Le joyau de la couronne

J'AI LU

PAUL SCOTT | *ŒUVRES*

Le quatuor indien :	
LE JOYAU DE LA COURONNE - 1	*J'ai lu* 2293*****
LE JOUR DU SCORPION (Le joyau de la couronne - 2)	*J'ai lu* 2330*****
LES TOURS DU SILENCE (Le joyau de la couronne - 3)	*J'ai lu* 2361*****
LE PARTAGE DU BUTIN (Le joyau de la couronne - 4)	*J'ai lu* 2397*******

Paul Scott

Le quatuor indien

Le joyau de la couronne

traduit de l'anglais par Maud SISSUNG

Éditions J'ai lu

PREMIÈRE PARTIE

MISS CRANE

Imaginez un paysage plat, noyé par la nuit, et donnant cependant à la jeune fille qui court dans les jardins du Bibighar une idée d'immensité, de distance, peu différente de celle qu'avait eue, des années auparavant, Miss Crane en se tenant à la limite de la ville et des champs : le lieu était autre, mais situé également dans la plaine alluviale bordée au nord par les montagnes et par le plateau au sud.

Quelques heures plus tôt, dans l'intervalle entre la pluie et le bref crépuscule, ce paysage empruntait sa palette au couchant pour colorer toute surface accrocheuse de lumière : murs ocrés des maisons de la Vieille Ville (que marquent aussi leur sanglant passé et leur présent tourmenté); eaux mouvantes de la rivière et dormantes des réservoirs; chaumes lumineux des terres labourées de champs lointains; macadam gris de la grand-route. Rares sont les arbres dans ce paysage, sauf parmi les bungalows blancs du quartier résidentiel britannique. À l'horizon, les collines font une tache violette.

Cette histoire est celle d'un viol, des événements qui y ont abouti et qui l'ont suivi, et l'histoire de l'endroit où il s'est passé. Il y a l'acte, les acteurs, le décor; tout est lié, mais l'ensemble ne s'éclaire que sur une scène beaucoup plus vaste.

Dans l'affaire des jardins du Bibighar, il y a eu des arrestations et une enquête. Il n'y a pas eu de procès à proprement parler. Certains disent qu'une sorte de procès était déjà en cours. Pour ceux-là, l'affaire qui s'est ouverte à Mayapore, le soir du 9 août 1942, s'est refermée sur le spectacle de deux nations s'opposant violemment, pas pour la première fois ni pour la dernière, parce qu'elles étaient encore embrassées dans une étreinte impériale si ancienne et si subtile qu'elles ne pouvaient plus démêler si c'était d'amour ou de haine, ni déceler la raison de ce qui les soudait et semblait avoir fait de leurs destinées respectives une image unique.

En 1942, année qui vit les Japonais battre à plate couture l'armée britannique en Birmanie et Mr Gandhi commencer à prêcher la sédition en Inde, les Anglais en poste à Mayapore, fonctionnaires et militaires, durent reconnaître que l'avenir s'annonçait mal. Mais des jours sombres, ils en avaient déjà affronté et ils s'estimaient de taille à en affronter encore – d'autant que, cette fois, on n'aurait plus de débats de conscience quant aux torts ou raisons de la politique et de l'administration.

Comme on le formulait volontiers au club, les choix essentiels étaient clairs, et lorsque la nouvelle y courut que Miss Crane, la surintendante des écoles de la Mission anglicane du district, avait retiré de son bureau le portrait de Mr Gandhi et qu'elle ne recevait plus de dames indiennes pour le thé mais de jeunes militaires anglais, on l'accueillit avec satisfaction et non sans quelque amusement. En temps de paix, à chacun ses opinions, si bizarres soient-elles. Mais en temps de guerre, il faut serrer les rangs. Et s'il s'agissait de choisir son camp, Miss Crane semblait finalement avoir montré quel était vraiment le sien.

Ce que très peu savaient, c'était que les dames indiennes avaient renoncé d'elles-mêmes aux thés du mardi qu'Edwina Crane donnait dans son bungalow. Miss Crane soupçonnait les maris d'avoir dissuadé leurs épouses de continuer à s'y rendre, pas seulement à cause du décrochage du portrait de Mr Gandhi, mais parce qu'en cette année explosive, de telles visites auraient pu être interprétées comme de la flagornerie à l'égard du *Raj,* de la souveraineté britannique. Ce qui la peinait le plus, c'était qu'aucune de ces dames ne lui ait fourni la moindre raison. Simplement, elles avaient progressivement cessé de venir, et se contentaient d'offrir à Miss Crane quelque vague excuse quand, par hasard, elles la rencontraient au bazar ou en route pour l'école missionnaire.

L'attitude de ces dames la peinait, parce qu'elle les avait toujours encouragées à lui parler franchement, mais pour ce qui était du portrait de Mr Gandhi, elle ne regrettait rien. Ces dames étaient excusables. Mr Gandhi ne l'était point. Elle estimait qu'il se comportait d'une façon abominable. En fait, elle se sentait trahie. Pendant des années elle s'était moquée des Européens qui prétendaient qu'on ne pouvait se fier à Mr Gandhi, et voici qu'il invitait pratiquement les Japonais à venir l'aider à débarrasser l'Inde des Anglais. Pour croire que les Japonais feraient de meilleurs maîtres, il fallait qu'il ait perdu l'esprit, ou alors – ce qui était pire – il démontrait que sa philosophie de la non-violence comportait un mauvais côté qui en annulait tous les autres aspects. Il attendait apparemment que les Japonais exercent la violence à sa place.

Depuis qu'elle nourrissait des soupçons à l'égard du Mahatma et qu'elle était déçue par le comportement des dames (un genre de déception qui, en fait, n'était pas inédit), elle se demandait si elle n'aurait pas mieux fait de vivre parmi ses compatriotes, qu'elle aurait persuadés d'apprécier les qualités des Indiens, plutôt que parmi les

Indiens, à s'efforcer de prouver qu'une Anglaise au moins les admirait et les respectait. Pourtant, en considérant de près ce qu'elle avait accompli, elle devait reconnaître que, dans l'ensemble, tous ceux avec qui elle s'était le mieux entendue étaient de sang mêlé; peut-être parce qu'elle-même n'était pas intégralement ceci ou cela – elle était enseignante sans véritables titres, elle œuvrait pour la Mission sans croire en Dieu. Elle n'avait jamais été totalement acceptée par les Indiens, alors qu'elle tendait elle-même à rejeter les Anglais dans leur ensemble. Il y avait là un certain paradoxe. Les Indiens l'auraient sans doute estimée davantage si elle n'avait représenté une de ces institutions dont ils se servaient tout en s'en défiant profondément. Inversement, si elle n'avait pas travaillé pour la Mission, elle n'aurait jamais conçu pour les Indiens une admiration née de l'amour et du respect de leurs enfants, ni été conduite à critiquer sévèrement sa propre race. Et elle n'avait pas fait mystère de ses critiques – ce qui était peut-être une erreur. Les Anglais sont toujours tellement susceptibles !

Mais Miss Crane appartenait à une génération obéissant à quelques règles d'action simples (même si on n'y adhérait pas entièrement). Elle se dit qu'il n'était jamais trop tard pour réparer, ou pour essayer de réparer. Songeant aux jeunes soldats britanniques toujours plus nombreux à Mayapore, et qui devaient arriver tout droit de la mère patrie à en juger par leur allure, elle écrivit à l'officier d'état-major de la garnison, puis eut un entretien avec lui, au cours duquel ils convinrent que tous les mercredis, de 17 heures à 18 h 30, elle recevrait de jeunes hommes de troupe pour le thé, pas plus de douze à la fois. L'officier la remercia de sa générosité. Il aurait souhaité, dit-il, qu'un plus grand nombre de gens comprennent ce que pouvait représenter, pour ces garçons, l'impression de se trouver dans un foyer anglais, même rien que pour une heure ou deux. Les dames du cantonnement clamaient bien fort leur patriotisme, mais regardaient de haut les hommes du rang. L'officier ne s'exprima pas en ces termes, mais c'est ce qu'il laissa entendre. À ses manières, Miss Crane devina qu'il était lui-même sorti du rang. Il espérait, dit-il, qu'elle n'aurait pas à regretter son invitation. Dans l'ensemble, ces gaillards savaient se tenir, mais ils pouvaient être bruyants ou balourds. Elle n'aurait qu'à lui téléphoner s'ils la fatiguaient ou si elle avait lieu de se plaindre de quoi que ce soit. Elle lui rappela en souriant qu'elle n'avait jamais vécu dans un cocon, et qu'à Mayapore elle s'était souvent entendu qualifier de « vieille dure à cuire ».

Les militaires qui se présentèrent au bungalow pour prendre le thé avec Miss Crane parlaient avec l'accent cockney, mais ils n'étaient pas balourds. À une seule exception près – un garçon nommé Barrett –, leurs grands battoirs manipulaient avec dextérité le service de porcelaine tendre. Les thés se terminaient toujours dans une ambiance agréablement détendue. De la véranda, elle leur faisait au revoir de la main tandis qu'ils suivaient l'allée de son jardinet, si joli et si soigné. Passé le portail, ils allumaient des cigarettes et rentraient groupés à leur casernement, en faisant résonner la route sous leurs brodequins. Miss Crane aidait son vieux serviteur indien Joseph à débarrasser, puis se retirait dans sa chambre où elle lisait des rapports, répondait aux lettres arrivées du siège de la Mission et préparait son sac de voyage pour son déplacement hebdomadaire du jeudi à Dibrapur, distante de cent vingt kilomètres, ce qui la forçait à y coucher une nuit. Tout en s'affairant, elle songeait aux jeunes soldats.

Parmi ces garçons, il y en avait un qui venait

régulièrement et qu'elle affectionnait beaucoup. Il s'appelait Clancy. Dans le milieu petit-bourgeois dont Miss Crane était issue, on aurait dit de Clancy que c'était un « gentleman-né ». Clancy s'enquérait toujours de sa santé. C'était lui qui répondait avec le plus de clarté aux questions qu'elle posait sur l'exercice, sur les sports, sur leur vie à la caserne. Et, contrairement aux autres, il ne l'appelait jamais que « Miss Crane ». De son côté, elle mettait un point d'honneur à se souvenir du nom de chacun et à leur dire cérémonieusement « *Mister* Untel ». Elle savait que les simples soldats détestent être appelés uniquement par leur nom de famille, surtout par une femme. Elle disait donc aussi « Mister Clancy », mais quand elle pensait à lui, il n'était plus que « Clancy ». C'était un joli nom, et ses camarades l'appelaient comme ça, ou bien « Clance ».

Elle se plaisait à constater que Clancy était aimé par ses camarades. Ses prévenances envers elle ne suscitaient ni froissements ni moqueries. Il semblait né pour être un chef. Il inspirait le respect. Beau garçon, il portait mieux que les autres la tenue réglementaire : chemise et short kaki. Seuls son accent et ses mains, toujours marquées de traces d'essence et de graisse de fusil, révélaient qu'il n'était qu'un simple homme de troupe.

Après le départ de ces garçons, tandis qu'elle pensait à eux tout en travaillant à ses dossiers, il lui arrivait d'être prise de tristesse. Certains d'entre eux, et surtout Clancy, qui aurait immanquablement des responsabilités, allaient risquer leur vie. Et elle éprouvait une autre tristesse encore lorsque, fugitivement, elle ne pouvait s'empêcher de songer qu'ils devaient rire d'elle sous cape et la considérer comme la vieille demoiselle qui vous leste de thé et de cake.

On le reconnaissait au siège de la Mission :

Miss Crane était une femme intelligente et perspicace, dont le discernement, le bon sens et les capacités d'organisatrice compensaient amplement ce qui pouvait sembler discutable chez un membre d'une Mission chrétienne – son agnosticisme, par exemple, et ses tendances foncièrement antibritanniques parce que pro-indiennes.

Alors âgée de cinquante-sept ans, Edwina Crane vivait en Inde depuis trente-cinq ans. Elle était née à Londres en 1885, de parents appartenant à la classe moyenne et jouissant d'une modeste aisance. Sa mère étant morte prématurément, Edwina avait dû se consacrer dès l'adolescence à son père – homme assez solitaire et désemparé par son veuvage. Celui-ci, qui dirigeait un cours privé, s'était progressivement muré dans l'alcoolisme, perdant ainsi les uns après les autres ses rares amis et ses élèves. Il était mort un jour d'été, laissant Edwina, à vingt et un ans, totalement démunie d'argent et incapable d'en gagner, sauf à devenir dame de compagnie ou gouvernante. Elle s'estima donc heureuse de trouver un poste de gouvernante auprès d'un gamin trop gâté qui lui inventait des sobriquets et qui un soir, dans la nursery, se livra à une manifestation précoce de sexualité pour la choquer.

Edwina n'avait pas été choquée. Elle avait dû supporter l'incontinence de son père, dans les derniers temps de sa maladie, et avant ça, quand il avait trop bu il ne se gênait pas pour déballer crûment des choses relatives au sexe, en se moquant de son long nez, de son physique ingrat et de ses piètres perspectives de mariage. Une fois dégrisé il était pris de honte, mais il ne trouvait pas le courage de le dire à sa fille. Elle le savait bien et, du coup, elle admirait le courage chez les autres et tentait – sans toujours y parvenir – d'en montrer elle-même. Par certains côtés, son père était comme son enfant. Quand il était mort, elle avait pleuré puis, séchant ses larmes, elle s'était mise en devoir de vendre le peu de choses qu'il leur restait pour lui offrir des obsèques correctes, refusant l'aide pécuniaire d'un oncle riche qui, du vivant de son père, ne s'était jamais manifesté, et les consolations de cousins pauvres reparus à l'occasion du décès.

Aussi le petit garçon ne l'avait-il pas choquée. Et elle n'éprouvait pas d'attachement pour cet enfant. Quand elle partageait la solitude de son père, elle pensait qu'ils étaient tous deux des gens à part, dont le triste fardeau venait du manque d'argent et de l'alcoolisme, mais elle ne voyait pas davantage régner le bonheur sous le toit de la famille riche et tempérante chez laquelle elle vivait à présent. Cela rétrécissait tragiquement son univers au moment où il aurait pu s'ouvrir. Parce qu'elle aspirait à se faire une place dans un monde inconnu qui lui offrirait sa nouveauté et, sinon des joies, du moins de l'aventure et des motivations, elle posa sa candidature auprès d'une dame qui regagnait l'Inde et cherchait quelqu'un pour lui tenir compagnie et s'occuper de ses deux jeunes enfants pendant la traversée. C'était une femme au teint pâle et à la constitution apparemment délicate, mais qui se révéla plus résistante qu'il n'y paraissait. Elle expliqua à Edwina que si la personne choisie donnait toute satisfaction, une fois en Inde on pourrait envisager de la garder, éventuellement en qualité de gouvernante. À défaut, cette personne trouverait facilement à accompagner pareillement une famille, mais cette fois pour regagner l'Angleterre – et si ce n'était pas le cas, on lui paierait la traversée du retour. Edwina dut plaire à la dame, car elle obtint le poste.

Le voyage fut agréable. Mrs Nesbitt-Smith traitait la jeune fille comme un membre de la famille;

les enfants, une fillette et un garçonnet aux yeux bleus, disaient qu'ils aimaient Edwina, qu'ils voulaient qu'elle reste toujours avec eux. À l'arrivée à Bombay, le major Nesbitt-Smith les attendait, et lui aussi traita Edwina comme un membre de la famille. Mais elle remarqua que, dès lors, l'épouse du major se rafraîchit progressivement à son égard, et quand ils atteignirent enfin la garnison de son mari au Pendjab, on se comportait à son égard comme avec une parente pauvre qu'on a recueillie et qui rend des services. Miss Crane faisait ainsi sa première expérience des distances sociales à l'étranger, bien différentes de celles qu'elle connaissait en Angleterre, parce qu'elles se compliquaient des exigences, parfois contradictoires, de la solidarité et de la suprématie des Blancs. Les Nesbitt-Smith s'estimaient tenus de lui montrer des égards qu'ils auraient déniés à un Indien, fût-il de la plus haute naissance, et en même temps ils la plaçaient presque au plus bas échelon de leur communauté fermée – beaucoup plus bas à l'extérieur qu'à la maison où, bien sûr, elle occupait une position très supérieure à celle de la domesticité indienne. Miss Crane désapprouvait ce souci des niveaux sociaux. Il heurtait ses instincts de plus en plus libéraux à mesure que son caractère se trempait. Et il compliquait l'existence. Notant l'embarras de Mrs Nesbitt-Smith qui, pour s'adresser à elle, semblait avoir peine à se composer une expression, elle en déduisait que cette indécision expliquait son air préoccupé, presque douloureux, lorsqu'elle devait s'exprimer.

Miss Crane resta trois ans chez les Nesbitt-Smith. De robuste santé, elle ignorait pratiquement la maladie, en dépit du climat éprouvant. Elle aimait bien les enfants et, vis-à-vis des serviteurs toujours si déférents, elle surmontait sa timidité foncière. Et puis, il y avait l'Inde, qui lui avait d'abord paru étrange, et même effrayante, et qui lui réservait à présent maintes compensations qu'elle n'aurait pu définir mais qu'elle sentait au fond de son cœur. Elle s'était fait peu de relations, elle se sentait toujours à l'écart, mais elle connaissait un sentiment neuf – celui d'appartenir à une communauté. Dans ce pays, bien des choses faisaient peur, et cela semblait bon de se sentir en sécurité, de savoir que Mrs Nesbitt-Smith, qui la traitait avec indifférence, n'en viendrait pas moins au secours d'Edwina si elle se trouvait menacée par un danger extérieur au cercle enchanté des privilégiés, même si sa place en était à la frange. Elle savait que cette Inde-là n'était que l'Inde des Blancs. Mais c'était tout de même un des visages de ce pays, et c'était par là qu'elle l'abordait.

C'est alors qu'elle tomba amoureuse : non pas du jeune suppléant du chapelain, qui le remplaçait parfois pour la célébration du service (il aurait fait un parti très convenable, comme le remarquait plaisamment Mrs Nesbitt-Smith lorsque, dans ses moments de bonne humeur, mi-taquine mi-sérieuse, elle encourageait Edwina à y songer), mais secrètement et sans espoir d'un certain lieutenant Orme. Beau comme Apollon, il se montrait avec elle aussi aimable, prévenant et gai qu'un héros de roman, mais ignorait ou voulait ignorer l'intérêt qu'elle lui portait – attitude toute naturelle chez un jeune homme aussi gâté par la nature et stationné dans une garnison qui, cette année-là, abondait en belles jeunes filles de la meilleure société. Elle était amoureuse sans espoir, car elle n'avait aucun atout; et secrètement, car, en sa présence, elle ne se trahissait pas par des rougeurs ou des maladresses. Même si Mrs Nesbitt-Smith avait prêté attention aux réactions de la gouvernante devant ce garçon magnifique à tous égards, elle n'aurait rien décelé de ses rêves. Miss Crane s'étonnait de ne pas être gauche et rougissante.

Quand il était près d'elle, elle sentait son cœur s'accélérer, et parfois elle avait la bouche un peu sèche, mais elle finit par conclure que si elle ne se conduisait pas comme une oiselle ignorante des réalités du monde, c'était en raison de l'intensité, de la maturité des sentiments qu'elle vouait au lieutenant Orme.

Lorsqu'il quitta la garnison, toujours libre de son cœur et comblé par la chance puisqu'il avait l'affectation d'aide de camp d'un général, désespérant une vingtaine de beautés, un nombre égal de laiderons et toutes les mères, nul n'aurait pu soupçonner, pensait Miss Crane, qu'avec lui disparaissait la lumière de son existence.

Avant qu'arrive la nouvelle période des chaleurs, le régiment du major Nesbitt-Smith fut rappelé en Angleterre. Le hasard voulut qu'Edwina entendît Mrs Nesbitt-Smith dire à une amie : « Je vais partir en premier avec les enfants, et Crane, bien entendu. » C'est ainsi que Mrs Nesbitt-Smith la désignait quand elle parlait d'elle en société, mais devant les enfants ou seule à seule elle lui disait toujours « Miss Crane » et, dans ses rares moments de confiance et de reconnaissance, « Edwina », par exemple quand elle gisait dans la fraîche pénombre de sa chambre éventée par le *panka* et que Miss Crane, agenouillée à son chevet, la soulageait de ses abominables maux de tête par des applications d'eau de Cologne.

Pendant bien des jours après l'annonce du retour en Angleterre, Miss Crane vaqua à ses occupations la tête vide, parce qu'elle en avait fermement évacué le lieutenant Orme et que rien n'était venu le remplacer. Elle se disait qu'il n'avait été qu'un rêve, une illusion, qui n'aurait jamais pu devenir réalité. « Maintenant que j'ai chassé cette illusion de ma tête, je vois bien ce qu'étaient mes pensées, ce qu'elles ont toujours été : vides, creuses, sans consistance. Et comment leur donnerai-je de la consistance chez nous, en Angleterre ? En m'occupant d'enfants qui grandiront, qui vieilliront – sans moi ? En les remplaçant par d'autres enfants, et leur mère par une autre Mrs Nesbitt-Smith ? Les foyers diffèrent, mais ne sont-ils pas toujours les mêmes ? Et ainsi, année après année, je serai Crane, Miss Crane, et parfois, toujours plus rarement et enfin plus du tout, Edwina ! »

À partir de 5 heures du soir, Miss Crane avait deux heures de liberté – entre le moment où les enfants, ayant pris leur thé, restaient sous la seule surveillance de l'*ayah,* la vieille bonne indigène qui présidait à leurs jeux et au bain, et 19 heures, où elle surveillait leur dîner. Après quoi elle dînait à son tour, toute seule ou, en certaines occasions, avec les Nesbitt-Smith. Ses deux heures de liberté, elle les passait généralement dans sa chambre où elle disposait d'une salle de bains privée. Elle se reposait, lisait, ou parfois écrivait à d'autres gouvernantes parties ailleurs dans le pays ou rentrées en Angleterre. Mais aujourd'hui, elle n'avait pas envie de rester entre quatre murs. Chaussant ses bottines et s'armant de son parasol, dont elle se protégea dès qu'elle fut dehors, elle remonta la rue ombragée d'arbres qui se raréfiaient progressivement jusqu'aux derniers bungalows du quartier résidentiel anglais, au-delà duquel s'étendaient des cultures. Ses pas la portaient parfois dans l'autre sens, en direction du *cantonment* de la ville européenne, où elle s'attardait au bazar. De l'autre côté de la rivière, il y avait la ville indigène, où elle n'avait pénétré qu'une seule fois – au milieu d'une troupe de dames rieuses et de demoiselles de compagnie effacées qui, solidement escortées par des messieurs, étaient venues en calèche pour voir un temple hindou. Le temple lui avait fait peur, et la ville indigène l'avait effrayée, avec ses ruelles malpropres, sa misère répugnante, sa musique éraillée et dissonante, ses chiens galeux, ses mendiants faméliques et estropiés, ses vaches sacrées et sa population déguenillée, ces hommes et ces femmes à l'air hostile, si différents des serviteurs indigènes du quartier anglais.

En ce jour où elle s'interrogeait sur son avenir, qui lui apparaissait en fait comme une image reflétée dans une série de miroirs jusqu'à devenir imperceptible – une file décroissante d'enfants de Nesbitt-Smith et d'Edwina –, sa promenade de 5 heures du soir la mena jusqu'aux champs, à travers lesquels la route se perdait dans le lointain. Elle fit halte, n'osant pas s'aventurer au-delà. Le soleil était encore assez haut et très chaud, de sorte que sous son chapeau à large bord et le dôme de son ombrelle elle dut plisser les yeux pour contempler jusqu'à l'horizon la plate immensité de la plaine du Pendjab. Il semblait impossible que le monde continue par-delà cette lointaine limite, qu'il change de nature, se couvre de forêts et de collines, se hérisse de montagnes couronnées de neiges éternelles où des fleuves prenaient leur source. Il semblait tout aussi impossible qu'il existe un océan où ces fleuves se jetaient. Physiquement et mentalement, elle avait l'impression d'être réduite à rien, écrasée sous le gigantesque poids de la terre et de l'air et de l'incompréhensible espace où même les corbeaux tournoyant avec de grands battements d'ailes avaient peine à se maintenir. Elle eut l'impression fugace d'avoir été effleurée par un doigt divin; non par le Très-Haut, le Dieu de miséricorde envers qui elle continuait à faire les gestes de la prière, mais par un dieu qui n'était ni de bonté ni de colère, ni créateur ni destructeur, ni endormi ni éveillé, qui simplement existait et pesait sur le monde.

Sans se dissimuler que les femmes dans sa situation se tournaient souvent vers la religion, le lendemain soir elle dirigea ses pas dans l'autre sens et, arrivée à l'église anglicane, elle pénétra dans son enceinte, suivit la large allée de gravier, dépassa les sépultures – petits tertres et pierres dressées – de ceux qui étaient morts loin de la terre natale mais qui reposaient dans ce cadre tellement anglais, à l'ombre de l'église et de sa cour plantée d'arbres. Elle pénétra dans l'édifice par la porte latérale, s'assit sur un banc du fond, contempla l'autel et regarda s'obscurcir le vitrail de la baie est, qu'elle voyait tous les dimanches en compagnie des Nesbitt-Smith.

Le dieu de cette église était familier, bon, compatissant. Elle l'avait dans son cœur mais non dans son âme. C'était au consolateur qu'elle croyait, pas au rédempteur. C'était le dieu d'une communauté – non de la communauté à peau brune luttant pour survivre sous le ciel écrasant du Pendjab, mais de la communauté privilégiée à peau blanche, dont elle-même était un membre inférieur. Est-ce que pour Lui elle serait Crane, Miss Crane ou Edwina ? Pour le Seigneur Jésus, ce serait sans doute Edwina, mais pour le Tout-Puissant, ce ne pourrait être que Crane.

– Miss Crane.

Elle sursauta, tourna la tête. C'était Mr Grant, le chapelain, vieil homme au nez pointu et rose dans un visage de gnome surmonté d'une couronne de cheveux blancs. Elle lui sourit, mais elle éprouvait une certaine gêne qu'il la trouvât là – donc en quête d'un réconfort. Il n'était pas difficile de cataloguer une femme aux traits ingrats, un peu chevalins même, et accusant vingt-cinq ans sonnés, qui était venue s'asseoir dans l'église déserte. Des années plus tard, Miss Crane se remémorerait ce moment comme celui où la certitude de demeurer vieille fille s'était imposée à elle.

– Vous vous reposez de vos tâches ? dit

Mr Grant avec les inflexions mélodieuses du ministre en chaire.

Comme elle hochait affirmativement la tête en gardant les yeux baissés, il reprit, cette fois sans détour :

– Puis-je vous aider en quoi que ce soit, mon enfant ?

Brusquement, elle eut envie de pleurer. « Mon enfant », c'était ainsi que l'appelait son père dans ses bons moments, dans ses moments de sobriété, ses moments d'affection. Mais elle ne pleura pas. Depuis la mort de son père, elle n'avait pas versé une larme.

– J'envisage de rester ici, répondit-elle avec une fermeté à laquelle elle ne s'attendait pas elle-même.

Voyant l'étonnement de Mr Grant et le regard circulaire qu'il jetait sur les murs de l'église, comme s'il s'y passait quelque chose dont on n'avait pas pris la peine de l'avertir, elle expliqua :

– Je veux dire en Inde, quand les Nesbitt-Smith rentreront chez nous.

– Je vois, dit le chapelain avec un léger froncement de sourcils, peut-être parce qu'elle avait dit « les Nesbitt-Smith ». Eh bien, Miss Crane, cela ne devrait pas présenter trop de difficultés. Il me semble que vous pourriez utilement vous présenter chez le colonel et Mrs Ingleby. Je sais que le major Nesbitt-Smith et son épouse vous tiennent en haute estime. Ils ont toujours vanté vos mérites.

L'avenir semblait sombre – une étendue noire et vide au centre de laquelle un minuscule point lumineux représentait tout ce qui restait d'Edwina Crane.

– J'aimerais travailler pour la Mission, dit-elle, formulant une idée au fond encore assez vague.

Le chapelain s'assit à côté d'elle; ils gardaient tous les deux les yeux rivés sur le vitrail.

– Pas pour l'évangélisation, reprit-elle, car je n'ai pas la foi…

Elle le regarda à la dérobée. Il contemplait toujours le vitrail. Il ne paraissait pas spécialement choqué par cet aveu.

– … Mais pour enseigner dans une école missionnaire. La formation peut s'acquérir sur place, n'est-ce pas ? l'interrogea-t-elle.

– Je vois. Vous voulez instruire non pas nos enfants mais ceux de nos frères en le Christ.

Elle hocha la tête. Elle avait peine à respirer.

– Vous connaissez l'école d'ici ? demanda le chapelain pour la regarder bien en face.

Certes, elle l'avait vue. C'était le bâtiment près de la gare, mais…

– Seulement de l'extérieur, dit-elle.

– Et Miss Williams, lui avez-vous déjà parlé ?

– Miss Williams ? Qui est-ce ?

– C'est l'institutrice. Mais au fond, vous n'avez pas de raisons de la connaître. C'est une dame de sang mêlé. Voulez-vous visiter l'école ?

– Volontiers.

– Eh bien, je m'en occupe, dit le chapelain après un instant de réflexion. Et si vous persistez dans votre projet, j'écrirai dans ce sens au directeur en chef, à Lahore. Mais en fait, le petit établissement de Miss Williams ne paie guère de mine. Voyez-vous, Miss Crane, c'est un domaine où nos résultats sont médiocres, bien que meilleurs que ceux des catholiques et des baptistes. Certes, les écoles missionnaires sont nombreuses dans le pays, toutes pareillement dévouées à l'instruction de ceux qu'il nous faut bien appeler des païens. À cet égard, l'Église et les Missions ont toujours montré le chemin. Mais pour dire les choses comme elles sont, le gouvernement a été long à en reconnaître les avantages. Et cela vaut peut-être aussi pour les Indiens. Voyez notre école, ici. Dans le meilleur des cas, on n'y trouve qu'une poignée d'enfants. Et pendant les fêtes, pas un seul. Je parle des fêtes hindoues et musulmanes, bien entendu. Si les enfants y viennent, c'est avant tout parce qu'ils sont nourris. Et lors des dernières émeutes, le bâtiment a été incendié, mais cela, c'était avant votre arrivée.

L'école de la Mission n'était pas, comme elle le pensait, la solide bâtisse à proximité de la gare, dont elle apprit qu'il s'agissait de la Joseph Wainwright Christian School – fondation privée destinée aux Eurasiens, aux fils et filles de militaires, d'employés des chemins de fer et de fonctionnaires subalternes ayant épousé des Indiennes. L'école de la Mission se trouvait dans les faubourgs de la ville indigène, et ce n'était qu'un modeste bâtiment rectangulaire au toit de tôle ondulée se dressant dans une aire de terre battue close de murs, sans autre signe distinctif que la croix surmontant la porte, simplement tracée à la peinture sur le plâtre jaune du mur. La honte empêcha Miss Crane d'avouer son erreur à Mr Grant qui, l'ayant aidée à descendre du *tonga,* la faisait entrer dans la cour.

Pour pouvoir se rendre là à midi, elle avait été obligée de demander l'autorisation à Mrs Nesbitt-Smith et d'expliquer les motifs de cette escapade. Mrs Nesbitt-Smith l'avait regardée comme si elle était devenue folle en s'exclamant : « Bonté divine, Crane ! Qu'est-ce qui vous prend ? » Et elle avait ajouté, cette fois avec une réelle sollicitude, qui avait plus bouleversé Edwina que son mouvement d'humeur : « Vous, au milieu de Noirs* et de métis, coupée de votre race ! Et puis, Edwina, nous vous aimons tous beaucoup. »

Il était vrai qu'elle se comportait stupidement, mue par une impulsion qu'elle démêlait mal. Le

* C'est ainsi que les Anglais appelaient les Indiens *(N.d.E.).*

seul fait d'avoir pris l'école eurasienne pour celle de la Mission prouvait qu'elle ne voyait pas plus loin que le bout de son nez, et que les gens comme elle ne savaient pratiquement rien de la vie quotidienne d'une ville où ils menaient en fait une existence de privilégiés. Puisqu'elle n'avait même pas su où se trouvait cette école de la Mission, comment osait-elle imaginer qu'elle pourrait apporter quelque chose à d'autres écoles, et qu'elle mériterait ainsi un salaire ?

La porte du bâtiment était ouverte. On entendait chanter des enfants. Lorsqu'ils arrivèrent au seuil de la classe, le chant s'interrompit. Mr Grant prévint Edwina que Miss Williams les attendait et s'effaça pour la laisser passer. Elle fit deux pas. La femme qui se tenait sur l'estrade dit aux écoliers assis en face d'elle, sur plusieurs rangées de bancs : « Debout, mes enfants », en leur faisant signe de se lever. Toute la classe obéit. Au tableau noir, une phrase était écrite en majuscules : BIENVENUE À MISS CRANE MEMSAHIB. Sur un autre signe de l'institutrice, les enfants répétèrent la phrase à l'unisson. La bouche sèche, Miss Crane réussit à articuler : « Merci. » Elle avait cru venir en solliciteuse, et voici qu'on la traitait en *memsahib* inspectrice. Elle était prise de terreur devant les obligations que cela lui conférait, devant cette salle étriquée aux murs chaulés, ces rangées d'enfants et l'odeur du feu de bouses de vache entrant par la porte et par les fenêtres – au fond de la cour, on devait sûrement faire cuire les *chapatis*, ces minces galettes de blé constituant une manne pour les enfants. Et elle éprouvait de la peur devant cette Miss Williams, une femme plus jeune qu'elle qui portait un corsage de cotonnade grise, une jupe longue marron et des bottines noires à boutons, et dont le teint bistré évoquait celui des Européennes fixées depuis toujours dans le pays (femmes exaspérantes entre toutes); mais, chez

Miss Williams, cela indiquait une ascendance semi-indienne, et l'on avait inculqué à Miss Crane une certaine horreur de cette origine.

Miss Williams descendit de l'estrade, qui ne comportait que le bureau et une chaise. À son invitation Miss Crane s'y assit, et le chapelain se tint près d'elle. Il avait présenté Miss Williams à Miss Crane mais non l'inverse, et, en prenant place, cette dernière voulut sourire à l'institutrice, pour s'excuser d'une omission qui n'était pas de son fait, mais elle avait les lèvres sèches et elle sentit qu'elle faisait une mine semblable à celle qu'arborait si souvent Mrs Nesbitt-Smith. Son visage se referma plus encore quand, se contraignant à regarder les petits, elle s'aperçut qu'ils n'avaient d'yeux que pour elle – des yeux emplis de curiosité et peut-être de crainte. La robe qu'elle avait mise pour être à son avantage – en mousseline blanche, simplement bordée d'une ruche en bas et sans autre ornement que les boutons de nacre de la guimpe –, le canotier campé tout droit sur son haut chignon; l'ombrelle blanche doublée de rose – cadeau de Mrs Nesbitt-Smith au Noël passé –, voici qu'à présent elle en était gênée. Ce costume étudié n'était pas celui des gens de sa classe.

Sur un ordre de Miss Williams, une gamine aux pieds nus et vêtue d'une sorte de housse taillée dans de la toile à sac, mais la natte parée de fleurs pour l'occasion, s'avança, fit la révérence et tendit à Miss Crane un petit bouquet. Miss Crane le prit et, cette fois encore, s'étrangla en disant « Merci », de sorte que l'enfant dut consulter Miss Williams du regard pour savoir si la cérémonie était bien terminée.

– Je pense que les enfants peuvent se rasseoir, n'est-ce pas, Miss Crane ? dit Mr Grant. Et puis ils nous chanteront la chanson ou nous réciteront la poésie que Miss Williams a dû leur faire répéter toute la matinée.

Miss Crane se rendit compte qu'elle fixait désespérément le bouquet, tandis que Mr Grant et Miss Williams attendaient son bon vouloir. De la tête, elle fit un signe d'assentiment, honteuse d'assumer si mal le premier rôle public de sa vie.

Sur un signe de Miss Williams les enfants s'étaient rassis, et ils restaient muets. « Ils doivent sentir mon malaise, se dit Miss Crane, et croire que je m'ennuie ou que je suis fâchée. » Elle regarda Miss Williams et dit :

– Je serais heureuse d'entendre la chanson... ou le poème, se reprit-elle, en se souvenant des paroles de Mr Grant. Ou les deux. Si vous le voulez bien, qu'ils exécutent ce qu'ils ont préparé.

– Eh bien, mes enfants, qu'allons-nous chanter ? demanda Miss Williams dans son anglais aux inflexions lentes et curieusement accentuées. La Chanson de l'Ami ?

Elle ajouta alors une phrase en hindoustani. Elle avait parlé si vite que Miss Crane ne saisit que le premier mot : *Acchâ,* qui signifie plus ou moins « très bien » ou « d'accord ». Comment osait-elle songer à être institutrice chez ces gens si elle ne comprenait même pas leur langue ?

Les enfants s'étaient levés. Miss Williams battit lentement une mesure pour rien et entonna le premier vers du cantique; puis elle s'arrêta, battit de nouveau la mesure et les petites voix s'élevèrent timidement, dans un unisson très approximatif et non sans quelques fausses notes.

Il est aux cieux, Il est l'Ami
De tous les petits enfants.
Il est la lumière et la vie;
Il les aime éternellement.
Ici-bas les amis nous quittent,
Ou changent avec les années,
Mais notre Ami des cieux mérite
Le doux nom qu'Il s'est donné.

Un refuge pour les petits
Est tout là-haut dans les cieux
Pour ceux qui aiment Jésus-Christ
Et son père, le Seigneur Dieu;
Un refuge de toute détresse,
Où l'Ami va les accueillir,
Loin du péché, de la tristesse :
L'éternité pour s'y blottir.

Miss Crane les regardait. Quelle pauvre petite troupe déguenillée ! Dans son enfance, elle aimait ce cantique entre tous. S'il avait été chanté comme en Angleterre, avec un accompagnement de piano ou d'harmonium, comme on le chantait dans la piètre école de son père, elle aurait peut-être intensément vibré, ou sombré dans la nostalgie d'un réconfort, d'une magie, d'un monde perdu. Mais elle n'éprouvait rien de tout cela. Elle se sentait en porte à faux, curieusement rebelle à l'idée de détourner ces enfants de leurs propres dieux pour leur en faire adorer un à qui, dans sa jeunesse, elle avait chanté des cantiques, mais en qui elle ne mettait plus vraiment sa foi. En même temps, il lui venait un respect soudain et passionné pour ces petits. Désespérément désavantagés, ces gamins faméliques et miséreux lui faisaient néanmoins appréhender une chose qui les dépassait : quelque part – et ce ne pouvait être qu'ici, dans la ville indigène, la « Ville noire » – on les aimait. Mais l'amour ne suffisait pas, leurs parents le savaient. L'amour ne pouvait supprimer la faim et la misère. Et les chapatis des écoles de la Mission ne coûtaient rien.

Elle comprit alors que si elle et ses pareilles pouvaient trôner ainsi, le nez dans un bouquet devant des enfants ignares et effrayés, elles ne pouvaient le faire qu'à la condition de se vouer à la cause de la dignité humaine et du bonheur. Et elle cessa d'avoir honte d'être ainsi vêtue, de redouter les murs de cette école ou l'odeur des bouses en combustion. Il n'y avait rien d'autre pour faire un feu, l'école était petite et confinée parce que l'argent manquait pour construire de grandes classes bien aérées, et sa robe ne symbolisait que son statut et son devoir de ne pas montrer sa peur, de ne pas en éprouver, son devoir aussi de devenir aussi digne qu'elle le pourrait afin d'être la preuve vivante que, quelque part dans le monde, l'espoir existe de connaître un meilleur sort.

Le cantique terminé, elle dit dans son hindoustani laborieux : « Merci, c'était très joli », et demanda à Miss Williams si elle pouvait rester pendant que les enfants prenaient leurs chapatis et peut-être assister à leurs jeux. Et aussi, si Miss Williams avait le temps d'y répondre, elle souhaitait lui poser une ou deux questions sur ce qu'on exigeait d'une institutrice.

Ainsi Miss Crane s'engagea-t-elle dans la longue voie, solitaire, dure et parfois périlleuse, qui devait la mener, des années plus tard, à Mayapore, en qualité de surintendante des écoles de la Mission de l'Église d'Angleterre dans le district.

Miss Crane avait décroché le portrait de Mr Gandhi, mais il restait encore un autre tableau dans sa chambre, perdu en face du bureau. Et celui-là, elle le possédait depuis beaucoup plus longtemps, depuis 1914, l'année où, servant alors la Mission depuis cinq ans, elle avait quitté l'école de Muzzafirabad, où elle était l'adjointe d'un certain Mr Cleghorn, pour aller prendre la direction de l'école de Ranpur.

Elle avait reçu ce tableau en cadeau d'adieu, au cours d'une petite réunion présidée par le directeur de la Mission lui-même. C'était Mr Cleghorn qui le lui avait remis, sous les applaudissements et les ovations des enfants. Elle conservait encore aujourd'hui, dans un tiroir de son bureau, la plaque dorée qui avait été fixée au cadre. L'inscription avait pâli mais demeurait lisible sur le métal terni : « À Edwina Lavinia Crane, en hommage à son courage, par le personnel et les élèves de l'école de la Mission anglicane, Muzzafirabad, Provinces frontières du Nord-Ouest. »

Avant d'atteindre Ranpur, elle avait enlevé la plaque, car cette mention de son courage la gênait. Son attitude courageuse avait simplement consisté, après avoir fait rentrer les enfants dans l'école, à se camper sur le seuil et à en interdire l'accès – en urdu, et au moyen d'expressions qu'elle n'aurait pu rapporter à ses supérieurs – à une bande d'émeutiers médiocrement résolus, ou qui, du moins, lui avaient paru tels. Il n'empêche qu'une heure plus tard eux ou d'autres plus déterminés pillèrent et incendièrent la Mission catholique, un peu plus bas sur la route, attaquèrent le poste de police et se ruèrent vers le quartier britannique où l'armée les dispersa en abattant un de leurs meneurs et en tirant ensuite des salves en l'air. La ville resta en état de siège pendant quatre jours, et avec le retour au calme, Miss Crane se trouva, bien malgré elle, au centre de l'intérêt public. Flanqué du chef de la police, le juge de paix du district vint la remercier. Elle ne put s'empêcher de leur dire qu'elle n'était nullement sûre d'avoir agi à bon escient. N'aurait-elle pas dû plutôt laisser les émeutiers mettre le feu à ce qu'ils voulaient détruire, livres de prières ou crucifix ? Comme elle les avait empêchés d'entrer, ils étaient partis encore plus exaspérés, ils avaient incendié la Mission catholique, et suscité de graves désordres.

Lorsque Mr Cleghorn revint de son congé, très alarmé car le bruit des troubles lui était parvenu, elle décida de demander son transfert. Elle estimait se trouver dans une position fausse, qui l'empêchait de remplir son office. Elle dit à Mr Cleghorn qu'il était impossible de faire la classe à des enfants pour qui elle était indûment devenue une héroïne, et qui ne suivaient le tableau que d'un œil, l'autre fixé sur la porte, dans l'espoir de nouveaux désordres qu'elle materait devant eux. Mr Cleghorn répondit qu'il serait navré de son départ, mais qu'il la comprenait et qu'il écrirait au siège de la Mission pour présenter les choses.

Lorsque lui parvint sa nouvelle affectation, elle découvrit qu'elle recevait une promotion puisqu'elle était nommée responsable de l'école de Ranpur. Pour célébrer son départ il y eut un thé et la remise du tableau : une copie en plus grand format, et dans un cadre plus élaboré, de celui qui était accroché derrière son bureau dans la classe de Muzzafirabad – une allégorie semi-historique intitulée *Le Joyau de la couronne,* où la vieille reine Victoria était représentée au milieu de personnages typiques de l'Empire des Indes : princes, propriétaires fonciers, négociants, prêteurs sur gages, cipayes, cultivateurs, serviteurs, mères, enfants, et mendiants curieusement propets. La reine siégeait sur un trône doré surmonté d'un dais pourpre, entourée de ses auxiliaires temporels et spirituels : l'armée, le gouvernement, le clergé. Le trône se dressait apparemment en plein air, car on voyait des palmiers et un ciel où le soleil radieux transperçait des cumulus annonciateurs des pluies de la mousson. Au-dessus des nuages voletaient des anges en prière et contemplant la scène. Parmi les hommes politiques campés derrière le trône, on reconnaissait Mr Disraeli, le doigt pointé sur une carte ancienne de l'Inde, l'air à la fois humble et fier. Un prince indien s'avançait vers le trône en tendant un coussin de velours où étincelait une grosse pierre précieuse. Pour les enfants, le « joyau », c'était cette pierre, et Miss Crane devait leur expliquer que c'était en fait un tribut, que le « joyau », c'était l'Inde elle-même qui, depuis la suppression du privilège de la Compagnie des Indes orientales, était passée sous l'autorité de la Couronne britannique en 1858, l'année qui suivit la « Mutinerie », ou révolte des cipayes, soldats indiens de la Compagnie (implantée en Inde depuis le XVIIe siècle), et la tentative de rétablissement sur le trône impérial, à Delhi, du dernier Grand Mogol. Le tableau avait été exécuté après 1877, l'année où, poussée par Mr Disraeli, la reine Victoria accepta le titre d'« impératrice des Indes ».

Le Joyau de la couronne inspirait à Miss Crane des sentiments très mitigés. Lorsqu'elle était arrivée à Muzzafirabad, comme adjointe de Mr Cleghorn, la reproduction de ce tableau ornait déjà la salle. Elle s'en servait pour les leçons d'anglais à sa classe de petits musulmans et hindous : « Voici la reine. Ceci est sa couronne. Le ciel est bleu. Il y a des nuages. L'uniforme du sahib est rouge. » Ministre anglican féru d'archéologie et d'anthropologie (très absorbé par son projet, constamment différé, de composer une monographie sur la topographie et les coutumes locales), Mr Cleghorn se consacrait surtout à ses devoirs ecclésiastiques et aux « grands ». La petite classe en pâtissait, et c'est pourquoi il avait demandé au siège de la Mission à Lahore qu'on lui adjoigne quelqu'un qui le déchargerait de ses responsabilités dans ce domaine. On lui avait envoyé Miss Crane. Pour lui, *Le Joyau de la couronne* égayait simplement les murs de la classe, et il s'émerveillait qu'elle s'en servît pour l'enseignement.

Il en faisait régulièrement la remarque lorsqu'il la trouvait entourée d'une demi-douzaine de gamins qui, les yeux écarquillés, contemplaient alternativement l'institutrice et l'image dont elle leur détaillait les éléments.

– Ah, ah ! Miss Crane, toujours le tableau ! disait-il. Admirable idée ! Jamais je n'aurais pensé à cela : enseigner en même temps l'anglais et l'amour des Anglais.

Ce qu'il entendait par l'amour des Anglais, c'était l'amour de leur justice, de leurs bons sentiments – ou, en tout cas, de leurs bonnes intentions. Souvent, sa simplicité irritait Miss Crane et, souvent aussi, elle la touchait. C'était un brave homme, charitable, infatigable. Sur l'islam et l'hindouisme, dont les manifestations extérieures effrayaient encore son adjointe, il portait un regard amusé – tel l'adulte qui sourit de certains jeux d'enfants, acharnés et spectaculaires mais bénins. Par moments, il lui semblait indifférent à la détresse humaine, mais elle se remémorait alors qu'il n'oubliait jamais la gloire de Dieu. Simplement, pour Mr Cleghorn la meilleure façon de servir et glorifier Dieu, c'était de développer son intelligence. Physiquement timoré (il craignait les chiens, et Miss Crane se souvenait, par exemple, de sa terreur panique devant un serpent qu'il avait fallu faire tuer par le veilleur de nuit, ou des tremblements qui l'avaient saisi, en une ou deux occasions, lorsque, à l'entrée de villages, des députations d'hommes les avaient accueillis avec des mines farouches, mais en réalité amicales), il possédait un courage moral qu'elle admirait.

Il se battait pied à pied pour obtenir de la Mission les crédits qu'il jugeait nécessaires. Attentif à l'injustice, il lui arrivait d'intercéder avec succès auprès du juge de paix pour faire lever une condamnation ou abandonner une inculpation si le cas lui paraissait mériter la clémence. Le juge de paix disait que Mr Cleghorn aurait dû choisir la fonction publique et non le ministère.

Là où il se montrait le plus opiniâtre, c'était pour faire pousser leurs études aux garçons dotés de sérieuses capacités intellectuelles. Que ces enfants de familles moyennement pourvues fussent anglo-indiens, hindous, musulmans ou sikhs n'entrait pas en ligne de compte. Ils étaient tous « des enfants à qui le Seigneur avait donné intelligence et sensibilité ». Quand il détectait des aptitudes définies chez un jeune, il s'attachait à persuader celui-ci et ses parents qu'il devait les cultiver.

– Regardez ce jeune Shankar Ram, disait-il à Miss Crane (qui ne voyait que vaguement de quel Shankar Ram il s'agissait), il dit qu'il se destine à l'administration. Ils veulent tous devenir fonctionnaires. Mais quelle carrière peut-il espérer, à part les postes et télégraphes ? Non, il doit être ingénieur. Il n'a peut-être pas ce métier dans le sang, mais il l'a dans le cerveau et dans le cœur.

Et il cherchait par tous les moyens à envoyer le jeune Shankar Ram de Muzzafirabad construire des ponts dans le vaste monde (nonobstant la déprimante proportion d'échecs qu'il rencontrait dans de tels projets). Miss Crane trouvait que Mr Cleghorn se distinguait singulièrement des autres ministres, car quatre-vingt-dix fois sur cent le Shankar Ram en question était aussi éloigné de la conversion au christianisme que la femme indienne de l'émancipation. Sur la question de la femme, anglaise ou indienne, Mr Cleghorn témoignait d'ailleurs d'un conservatisme exaspérant. Il était totalement fermé à la promotion des femmes. « Votre sexe est hélas, dit-il un jour à Miss Crane, ou plutôt non, pas “hélas”, mais par la grâce du Seigneur, fait pour le mariage ou le service de Dieu », et, lui saisissant la main, il la tapota (ce fut l'unique geste d'intimité qu'il y eut jamais entre eux), comme pour la consoler du fait que la première de ces bénédictions, la temporelle, lui fût refusée.

Miss Crane sut toujours contenir les envies qui lui venaient de dire à Mr Cleghorn, en lui montrant la vieille reine resplendissante sur son trône : « En tout cas, il y en a eu au moins une pour s'occuper des affaires du pays. » Et elle fut touchée lorsque, en déballant son cadeau d'adieu, elle découvrit qu'il s'agissait d'une copie de l'allégorie, mais dans des couleurs encore plus criardes; touchée parce que Mr Cleghorn, en réfléchissant gravement au choix du cadeau auquel elle attacherait le plus de prix, avait forcément trouvé celui dont elle aurait pu se passer.

Pourtant, deux jours plus tard, alors qu'il installait son ancienne adjointe dans un compartiment de première classe réservé aux dames, tandis que le jeune Joseph, un adolescent employé par charité aux cuisines de la Mission et qui avait demandé à passer au service de Miss Crane, s'occupait des bagages, Mr Cleghorn lui tendit son propre cadeau d'adieu. Elle le développa tandis que le train s'engageait dans le morne paysage des régions de la frontière : c'était un livre, *Essais fabiens sur le socialisme,* réunis par Mr George Bernard Shaw. Il portait comme dédicace : « À mon amie et collègue Edwina Crane », suivie de la signature « Arthur St. John Cleghorn » et de la date « 12 juillet 1914 ».

Cet ouvrage, Miss Crane le conservait toujours, dans la bibliothèque de sa chambre, à Mayapore.

Lorsque, travaillant à son bureau, Miss Crane s'accordait une pause – comme l'y autorisait son âge qui était autant celui de la contemplation que de l'action –, il lui arrivait de lever les yeux vers le tableau. Avec les années, il parvenait à évoquer vaguement en elle le sentiment du passé, de la gloire enfuie – tout en sachant bien qu'en fait cette gloire n'avait jamais eu de réalité. L'Inde de l'image n'avait jamais existé hors du cadre doré. Pourtant, quelque part, de façon vague, celle-ci était imprégnée de dignité.

Quand elle la contemplait, il lui venait des idées qu'elle analysait difficilement. Elle avait consacré sa vie – au niveau concret et modeste qui était le sien – à essayer de prouver que la peur était mauvaise, car génératrice de partis pris, que le courage était bon, car il signifiait l'oubli de soi-même, que l'ignorance était mauvaise car c'était d'elle que procédait la peur, que le savoir était bon, parce que plus on apprenait la complexité du monde et plus vous apparaissait l'insignifiance du rôle qu'on y jouait. Toutes proportions gardées, l'attitude de la vieille reine sur son trône rappelait à Miss Crane ce jour lointain où, vêtue de mousseline blanche, elle avait elle-même trôné sur une estrade. Et, dans cette représentation stylisée du tribut et de la sollicitude royaux, elle voulait voir l'expression d'un esprit de dignité dénué de pompe, cet esprit qu'une mère, sa mère, lui avait transmis quand elle était petite; elle y lisait aussi l'importance des devoirs et obligations, acceptés sans ostentation, avec abnégation, pour faire régner plus de bonheur et de bien-être, afin de débarrasser le monde de ces maux qu'ignorait l'image : pauvreté, maladie, détresse, ignorance, injustice.

Et c'était pour avoir découvert chez le simple soldat Clancy, derrière ce désir propre aux jeunes gens de se mettre en valeur (elle ne se leurrait pas à ce sujet), une étincelle de sensibilité, un instinct d'abnégation qui le faisait veiller à ce qu'elle ait une tranche de cake et puisse sucrer son thé, et peut-être aussi (elle le reconnaissait), parce que, physiquement, ce plébéien lui rappelait le beau, le distingué lieutenant Orme (qui avait été tué au cours de la Première Guerre, et décoré de la Victoria Cross à titre posthume), qu'elle pensait à Clancy plus fréquemment qu'à ses camarades. Elle devinait que cette sensibilité était superficielle, mais enfin, elle existait; elle n'en voulait pour preuve que sa gentillesse à l'égard de Joseph avec qui il plaisantait (son maniement approximatif de l'urdu réjouissait le vieux serviteur et lui faisait escompter avec plaisir les visites des soldats); et aussi dans son amitié pour son camarade Barrett, un garçon épais, balourd, laid et obtus. Ce fut en fait l'amitié qu'il témoignait à Barrett, tout autant que sa courtoisie envers elle et sa gentillesse pour Joseph, de même que leur assiduité, à lui et à Barrett, aux thés du jeudi, qui força Miss Crane à réfléchir à la « sensibilité » de Clancy; et qui lui fit employer consciemment ce mot quand elle pensait à lui. Elle savait que les garçons comme Clancy se lient souvent avec des camarades qui, physiquement ou intellectuellement, les mettent en valeur en leur servant de repoussoir. Elle savait qu'en choisissant Barrett comme acolyte, Clancy suivait simplement une règle psychologique élémentaire. Seulement Clancy n'assignait pas ce rôle à Barrett. Devant Clancy, nul ne riait de Barrett. Ce pauvre garçon était assez primitif. Au milieu de cette troupe délurée, il aurait pu être aussi voyant qu'un épouvantail dans un champ de blé vert. C'est ainsi que, pendant un temps, Miss Crane l'avait considéré, mais elle avait remarqué que tel n'était pas – ou n'était plus – le cas pour ses camarades; grâce à l'influence de Clancy, Barrett avait fini par être accepté; avec l'aide de Clancy il avait cultivé des aspects de sa personnalité répondant à ce que leurs camarades estimaient normal, et ces derniers, influencés par l'attitude de Clancy, ne remarquaient plus d'autres aspects qui, au début, les avaient dérangés.

Lorsque, avec l'arrivée des pluies, il fallut prendre le thé à l'intérieur, elle laissa les soldats s'installer dans le bungalow, en songeant même à leur fournir des cendriers et des cigarettes, ayant bien perçu qu'ils souffraient de ne pouvoir fumer pendant quatre-vingt-dix minutes. Ce fut Barrett qui, le premier, fit remarquer l'image de la vieille reine trônant sous un dais, tout simplement en allant la contempler bovinement, et Clancy, rejoignant Barrett et s'exprimant pour eux deux demanda : « Miss Crane, n'est-ce pas ce qu'on appelle une allégorie ? », prononçant le mot avec une sorte de fierté de ne devoir son instruction qu'à ses efforts personnels, fierté qui l'émut, mais la désorienta, car elle avait été sur le point de dire : « Ce n'est qu'une allégorie, Mr Barrett », mais s'en était abstenue, sachant que Barrett n'avait pas la moindre idée de ce qu'était une allégorie.

– Oui, c'est une allégorie, approuva-t-elle.

– Un charmant tableau ancien, dit Clancy. Tout à fait charmant. C'était un autre temps, n'est-ce pas, Miss Crane ?

Et comme elle lui demandait ce qu'il entendait par là, il précisa :

– Je veux dire que les choses étaient plus simples, en quelque sorte réglées d'avance.

S'étant accordé un temps de réflexion, elle répondit :

– C'était ce qu'on pensait généralement. Mais elles ne l'étaient pas vraiment. On peut aussi bien dire que les choses sont plus simples à présent. Après tout ce temps, il ne subsiste plus aucun doute : *il faut* que l'Inde ait son indépendance. Quand la guerre sera finie, nous devrons abandonner ce pays.

Le regard toujours fixé sur le tableau et non sur Miss Crane, Clancy dit :

– Je parlais de Dieu et du reste, et de cette affaire de croyance. Je ne sais pas grand-chose sur ce que vous évoquez, sauf qu'il existe un Congrès et que Mr Gandhi fait des déclarations. Miss Crane, si vous voulez mon opinion, il est cinglé.

– Cinglé, exactement, confirma Barrett avec empressement.

– J'avais son portrait au mur, dit Miss Crane. À cet endroit. La trace est encore visible.

Elle leur montra, sur le badigeon du mur, un rectangle vertical plus clair : c'était tout ce qui demeurait, pour elle, de l'image du Mahatma, souriant derrière ses lunettes, de l'homme en qui elle avait mis une confiance qu'elle reportait à présent sur Mr Nehru et Mr Rajagopalachari, lesquels comprenaient manifestement qu'il existe des degrés dans la tyrannie que les hommes peuvent exercer, et qui préféraient certainement vivre encore un peu plus longtemps sous celle de l'impérialisme pour ne pas subir celle du totalitarisme. En regardant Clancy et Barrett et en imaginant à leur place deux SS fanatisés par la doctrine ou deux Nippons aspirant à gagner le ciel en mourant au combat, elle savait bien quel camp elle choisissait. Elle n'ignorait pas que l'instinct participait à ce choix, ce très ancien instinct qui commande de rester à l'abri du cercle magique où les semblables se défendent mutuellement, qui lui soufflait qu'elle pourrait compter sur un Anglais comme Clancy si, par exemple, ce pauvre vieux Joseph, pris de folie subite, surgissait dans la pièce en brandissant une arme pour se venger sur elle de torts imaginaires, ou de torts bien réels dont elle n'était responsable que par sa race et sa couleur, et parce que la fureur ne permettait plus à cet homme simple de distinguer entre l'individu et le groupe.

Cette année-là, les pluies tardèrent. Elles n'atteignirent Mayapore que vers la fin de juin. Éprouvés par la canicule qui les avait précédées, les jeunes militaires accueillirent les premières trombes d'eau avec bonheur, mais la deuxième semaine de juillet se terminait à peine qu'ils se plaignaient de la moiteur et de l'humidité.

Miss Crane avait fini par ne plus se soucier du temps. En saison sèche, elle portait un grand chapeau, une robe de toile de coton ou de laine et de solides chaussures de marche; pendant la période des pluies, son costume consistait en un corsage et une jupe de gabardine, éventuellement des bottes de caoutchouc, une cape de léger tissu imperméable et un casque colonial protégé par une housse de toile huilée. Pour se déplacer dans Mayapore et aux environs, elle roulait à bicyclette, une vénérable Raleigh, robuste malgré sa piètre mine; elle réservait son automobile, une Ford vieille de dix ans, pour les longs parcours – mais elle ne la trouvait plus assez solide pour faire, comme autrefois, le trajet de Calcutta. À présent, quand elle devait se rendre à Calcutta, une ou deux fois l'an, elle y allait par le train, et seule, car Joseph, tout juste quinquagénaire, se trouvait néanmoins trop vieux pour l'accompagner. Il prétextait son manque de confiance dans le *chaukidar*, le veilleur, pour protéger le bungalow des voleurs, mais en fait, loin de Mayapore il se sentait inutile. Joseph faisait le marché, la cuisine, il avait la haute main sur les réserves de provisions et surveillait la fillette de douze ans qui venait du bazar pour faire le ménage. Pendant les mois chauds, il dormait sous la véranda; et, pendant les froids et les pluies, dans la resserre aux provisions, sur un lit de camp. Tous les dimanches soir, il empruntait la bicyclette de Miss Crane pour se rendre à l'église – pas à St. Mary, dans le quartier résidentiel, mais à l'église de la Mission (peu distante du bungalow), située près du pont de la porte du Mandir qui, avec le pont du Bibighar, menait à la ville indigène, de l'autre côté du large lit, souvent desséché, de la rivière.

Dans la partie délimitée par les deux artères aboutissant aux deux ponts habitaient les Eurasiens, à proximité des hangars, entrepôts et bureaux de la gare. Comme les voies couraient parallèlement au fleuve, chaque pont pouvait être fermé à volonté par un passage à niveau. Quand un train était annoncé, les barrières s'abaissaient, bloquant les véhicules et les piétons venant de la ville indigène jusqu'à ce qu'il soit passé. Alors, les ponts s'engorgeaient. Quand elle revenait à bicyclette de la ville indigène, il arrivait à Miss Crane d'être prise dans la foule, au milieu d'autres bicyclettes et de piétons : il y avait là des employés du siège administratif du district qui revenaient prendre leur poste après être allés déjeuner chez eux; des domestiques rapportant dans les bungalows britanniques les provisions qu'ils étaient allés faire au bazar; des tailleurs venant prendre les mesures d'un sahib ou de la dame d'un sahib qui préféraient l'ouvrage et les prix d'un tailleur du bazar à ceux de Darwaza Chand, qui tenait boutique dans le *cantonment,* le quartier européen; des colporteurs, avec leur boîte en équilibre sur la tête, des fermiers repartant dans leurs charrettes à buffles vers les villages des plaines du nord du *cantonment,* des femmes et des enfants s'en allant mendier ou fouiller dans les immondices; et, le cas échéant, des Européens en véhicule automobile, un administrateur de banque ou un homme d'affaires, le chef de police du district, le commandant de la garnison, des officiers anglais ou indiens dans les camionnettes jaunes de l'armée. Ces trajets donnaient parfois à Miss Crane l'occasion d'entrevoir, et de saluer d'un signe de tête – mais sans jamais lui adresser la parole – la femme blanche qui, habillée en religieuse, tenait un asile pour les malades et les mourants. Les Indiens l'appelaient sœur Ludmila, et on la disait folle.

Miss Crane empruntait le pont de la porte du Mandir pour se rendre à l'école du bazar Chillianwallah. Une fois arrivée sur la rive indigène, elle longeait le temple de Tirupati, dans l'enceinte duquel un sanctuaire abritait une statue couchée de Vishnu endormi, s'engageait dans des venelles sordides ponctuées d'échoppes, passait devant l'entrée proprement dite du bazar Chillianwallah (marché où l'on trouvait du poisson, de la viande et des légumes), puis tournait dans un boyau sombre, une impasse bordée de masures et creusée, en son milieu, d'une conduite d'eau à ciel ouvert. Au fond de l'impasse se dressait le haut mur d'enceinte de l'école du bazar, percé d'un portail en arcade. Passé ce portail, on débouchait dans une cour de récréation exiguë, au sol de terre battue, où des bananiers chétifs ne dispensaient un peu d'ombre que de très bonne heure ou tard dans la journée. Et même pendant les pluies de la mousson d'été, un après-midi ensoleillé suffisait pour rendre à cette terre rougeâtre, cuite par le soleil et damée par les pieds des enfants, sa consistance de béton.

L'école du bazar Chillianwallah était une bâtisse à un étage précédée d'une véranda à laquelle on accédait par quelques marches et que surmontaient des fenêtres à balcons et fermées de jalousies. Construite depuis plus de 70 ans, elle avait appartenu à un certain Mr Chillianwallah, un parsi de Bombay qui était venu faire fortune à Mayapore comme entrepreneur de travaux pour les édifices publics. Mr Chillianwallah avait construit les casernements, l'église St. Mary, le bungalow occupé par le *Deputy Commissioner,* le Commissaire délégué, et, dans un accès de philanthropie, il avait doté la ville indigène d'un bazar. Encore sous le coup de cet accès, il avait fait don de la maison de l'impasse à l'église St. Mary. Jusqu'à ce que la Mission édifie dans le *cantonment,* juste en face de sa propre église, une école plus importante, ce bâtiment avait constitué son unique base pour une hypothétique campagne de conversion. À partir de ce moment-là (cela se passait en 1906), la Mission en fit un refuge pour les vieux, les malades et les mourants, mais comme, au bout de quelques années, la nouvelle école croulait sous les effectifs d'enfants eurasiens, tandis que les petits Indiens la désertaient, elle réaffecta la maison Chillianwallah à l'enseignement, dans l'espoir de se réimplanter dans un terrain qui, virtuellement, lui échappait. Quant aux vieux, aux malades et aux mourants, ils allaient devoir attendre trente ans l'arrivée de sœur Ludmila.

L'école du bazar Chillianwallah était le deuxième établissement scolaire dont Miss Crane avait la charge dans le district de Mayapore. Le troisième se trouvait à Dibrapur, à proximité des mines de charbon. Le premier, c'était la vaste école en face de l'église de la Mission, où, épaulée par une succession d'enseignantes anglaises dont les capacités et la ferveur missionnaire dépassaient nettement les siennes, elle dirigeait le travail des institutrices anglo-indiennes et enseignait les mathématiques et l'anglais dans les classes des « grandes » (Eurasiennes et Indiennes chrétiennes). La plupart de celles-ci entraient ensuite à l'école supérieure d'État, dont la fondation, en 1920, avait largement contribué à saper l'influence de la Mission.

À l'école du bazar Chillianwallah, fréquentée uniquement par des petits Indiens, le maître, un homme entre deux âges au teint foncé, grand et filiforme, était un Madrassi chrétien, Mr Francis Narayan. Disposant d'amples loisirs, il arrondissait son modeste salaire en rédigeant des « Chroniques » pour la *Mayapore Gazette,* l'hebdomadaire local en langue anglaise. Il faisait également office d'écrivain public pour les gens du voisinage, tant hindous que musulmans. Outre le tamoul, qui était sa langue maternelle, il parlait couramment l'urdu et l'hindi ainsi que le dialecte régional, et, bien entendu, l'anglais. Au surplus, il était aussi habile à calligraphier les caractères des langues indiennes que les lettres de l'alphabet latin. Miss Crane se disait qu'en Europe, un homme possédant un tel bagage aurait pu prétendre à une belle carrière – plus d'ailleurs dans le domaine commercial que pédagogique. Elle le soupçonnait, parce que Joseph l'avait laissé entendre, de vendre des contraceptifs à des ménages chrétiens ou hindous d'esprit moderne. Elle ne le désapprouvait pas, mais elle trouvait plaisant, après cela, que Mrs Narayan fît grossesse sur grossesse et que le couple fût pourvu d'une ribambelle d'enfants, garçons et filles, bruyants et indisciplinés.

Mary Narayan, également originaire de Madras, avait le teint aussi foncé que celui de son mari. Une année, à la fin des vacances, il l'avait ramenée de sa ville natale. Il la disait chrétienne. Miss Crane en doutait, ne l'ayant jamais vue fréquenter l'église mais, à plus d'une reprise, pénétrer dans le temple de Tirupati ou en sortir. D'après son mari, elle avait vingt-cinq ans, ce dont Miss Crane ne doutait pas moins. Il y avait toutes chances pour qu'elle n'ait eu que treize ou quatorze ans au moment de son mariage avec Francis Narayan.

Les Narayan occupaient le premier étage de l'école du bazar Chillianwallah. Dans la classe, leurs enfants, trois filles et deux garçons (Miss Crane n'aurait su dire le sexe du sixième, qui n'était encore qu'un nourrisson), suivaient la classe au premier rang – et Miss Crane commençait à remarquer qu'ils étaient pratiquement les seuls à y assister régulièrement. Le dimanche, Mr Narayan et ses deux aînés – un garçon, John Krishna, et une fille, Kamala Magdalene – quittaient l'école du bazar Chillianwallah dans un *cyclo-tonga,* qui négociait avec peine le parcours de l'impasse à cause du petit canal central; le cycliste, un converti nommé Peter Paul Akbar Hossain, les conduisait à l'église de la Mission (Mr Narayan aidait aussi à faire la collecte). Son épouse, disait-il, devait rester à la maison à cause des autres enfants. Miss Crane recevait cette information non sans un léger scepticisme. Il aurait sans doute été intéressant de se poster, un dimanche matin, en face du temple de Tirupati, pour voir si l'absence de Mrs Narayan à l'église ne résultait pas de l'appel plus impérieux du seigneur Venkatasvara, le dieu du temple, dont l'effigie était extraite une fois par an du sanctuaire et portée jusqu'aux berges de la rivière pour qu'il bénisse tous ceux qui lui sacrifiaient rituellement.

Mais le dimanche matin, Miss Crane était prise ailleurs. Elle assistait à l'office de St. Mary où, par tous les temps, elle se rendait à bicyclette, pédalant le long des coquettes rues bordées d'arbres qui quadrillaient le quartier résidentiel anglais – en s'abritant sous son parapluie quand il pleuvait. Le parapluie de Miss Crane faisait la gaieté de la communauté. Pendant la saison des pluies, elle s'arrêtait à la porte latérale, posait sa bicyclette, et ouvrait et fermait vigoureusement son parapluie pour en secouer l'eau. On aurait dit un battement d'ailes de chauves-souris, et les fidèles occupant les bancs près de la porte, dans la travée en face du lutrin, souriaient en entendant ces bruits annonciateurs de l'entrée de leur compatriote.

Ils avaient une autre source de gaieté : la propension qu'avait Miss Crane à dormir pendant le sermon, ce qu'elle faisait de façon fort discrète en restant très droite, et même raide, de sorte que seules ses paupières fermées la trahissaient – et encore pouvait-on croire au début qu'elle se concentrait sur les images évoquées par le chapelain dans son prêche, qu'elle fermait les yeux pour mieux les voir. Ses paupières s'abaissaient, se relevaient; elles s'abaissaient encore une fois, et puis, de nouveau, se relevaient. Lorsqu'elles se fermaient pour la troisième fois – ni lentement ni lourdement mais brusquement –, Miss Crane n'était plus présente. Seul un léger sursaut de sa tête, lorsque le chapelain disait « Au nom du Père et du Fils », et que les fidèles exhalaient ensemble un soupir de soulagement, prouvait qu'elle n'avait pas entendu un mot du sermon, et que ses paupières ne s'étaient pas fermées pour méditer mais pour dormir.

Sa vigoureuse façon de secouer son parapluie – évoquant le bruissement d'ailes d'anges en courroux –, son profond sommeil pendant le sermon, sa réputation de franc-parler, son apparente indifférence aux gouttelettes de condescendance tombant de ceux qui, selon l'aune à laquelle on mesurait ces choses, lui étaient socialement supérieurs, tout cela lui valait d'être considérée par les Anglais de Mayapore comme une femme à qui ses activités missionnaires avaient élargi l'esprit plutôt que l'inverse.

L'image que les dames se faisaient de Miss Crane, et sur laquelle elles ne revenaient plus, résultait d'une remarque de Mrs White. « Il est évident, avait-elle dit, qu'Edwina a manqué sa vocation. Au lieu de perdre ses années dans la Mission, en rabâchant sur les iniquités de la suzeraineté britannique et sur l'intolérable fardeau supporté par ceux que son Église appelle nos frères de couleur, elle aurait dû diriger chez nous une bonne institution de jeunes filles. »

Jusqu'à la guerre, Miss Crane n'avait guère été reçue par les Européens. Le chapelain (qui avait été le premier à attirer l'attention sur sa tendance à dormir pendant le sermon) et sa femme l'invitaient de temps en temps à dîner; elle assistait à la garden-party annuelle donnée par le commissaire délégué et son épouse, ainsi qu'au souper auquel, durant la saison froide, ils conviaient le menu fretin de la colonie britannique. Mais à présent sa participation à maints comités féminins, patriotiques ou charitables, élargissait le cercle des dames qui, la rencontrant au bazar du *cantonment,* s'arrêtaient pour lui parler et l'inviter à venir prendre le café ou le thé. Et elle assistait à un autre souper du commissaire délégué, celui qui réunissait le gratin de la colonie britannique ainsi que des Indiens en vue, telle Lady Chatterjee, la veuve du fondateur de l'école technique de Mayapore, Sir Nello Chatterjee.

Pour ces grandes occasions, on s'habillait. Elle mettait sa robe longue de soie marron, dont le décolleté dégageait son cou tanné et ses clavicules saillantes, et des gants assortis en jersey de soie, montant jusqu'au coude avec une fente au poignet qui lui permettait de dégager seulement ses mains brunes et maigres, aux doigts souples dépourvus de bagues, aux ongles ras. Elle se coiffait un peu moins sévèrement, laissant ses cheveux gris bouffer légèrement sur le front et former un chignon un peu plus lâche sur la nuque. Elle exhalait une odeur composite de géranium et de naphtaline; à mesure que la soirée s'avançait, cette dernière prédominait, mais, dans l'euphorie des vins et des alcools, les autres convives ne la percevaient plus.

Le réticule qui pendait à son poignet et qu'elle gardait sur ses genoux pendant le dîner était en soie marron doublée de satin rouge – un marron qui jurait un peu avec celui de la robe. Ce réticule, fermé par des cordons coulissants, renfermait un poudrier d'argent (source du parfum de géranium), un mouchoir de linon uni, la clé de contact de la Ford, quelques roupies en petites coupures crasseuses, son agenda, un porte-mine en argent orné d'un gland de soie rouge et un flacon de sels. Lors de ces dîners chez le commissaire délégué, Miss Crane buvait tout ce qu'on lui versait :

xérès, bourgogne blanc, bordeaux, alcool, et avant de repartir en voiture elle se remettait d'aplomb en respirant les sels – dont Mrs White avait constaté non sans soulagement qu'ils étaient assez puissants pour préserver Miss Crane d'un écart indigne de la communauté.

Et puis elle regagnait son bungalow, rangeait la voiture dans le garage de tôle ondulée attenant, subissait les reproches de Joseph à cause de son retour tardif. Elle buvait le lait qu'il avait fait chauffer et réchauffer à son intention, mangeait les biscuits qu'il avait disposés dans une assiette, sur un napperon, avalait l'aspirine qu'il lui prescrivait et passait dans sa chambre, saluée par son « Dieu vous garde, Miss », ce à quoi elle répondait « Bonne nuit ». Fatiguée, elle dépouillait lentement l'encombrante robe longue que Joseph, le lendemain, veillerait à pendre en plein air avant de la ranger dans le coffre renfermant les quelques vêtements habillés et la lingerie neuve de sa maîtresse. Et il le ferait avec la fierté de servir une memsahib – car c'était une memsahib, nonobstant la bicyclette, le casque colonial ou les bottes de caoutchouc, et son travail qui la menait dans les ruelles fétides de la ville indigène, cette ville de païens.

À l'été 1942, cela faisait sept ans que Miss Crane habitait Mayapore, donc plus longtemps que bien d'autres Européens. Le commissaire délégué et son épouse, Mr et Mrs White, n'y étaient arrivés que quatre ans plus tôt, en 1938, année où le prédécesseur de Mr White, un veuf irascible du nom de Stead, avait pris sa retraite, ulcéré de ne pas avoir été promu commissaire de division ou versé au Secrétariat. Le commissaire adjoint et son épouse, Mr et Mrs Poulson, les avaient suivis de peu. Les deux couples s'étaient liés d'amitié, et c'était d'ailleurs à la demande de Mr White que Mr Poulson avait été transféré à Mayapore. Quant à Ronald Merrick, le chef de la police, un jeune célibataire dont on disait qu'il outrepassait parfois ses fonctions, et aussi qu'il cherchait volontiers noise aux autres membres du club, mais qui était une cible pour les jeunes filles à marier, il n'était là que depuis deux ans. Seul le juge de paix qui, avec le commissaire délégué et le chef de la police, formait le triumvirat de l'autorité civile dans le district, résidait à Mayapore depuis aussi longtemps que Miss Crane, mais c'était un Indien. Miss Crane n'avait jamais eu l'occasion de s'entretenir avec cet homme, qui s'appelait Menen. C'était un ami de cette Lady Chatterjee qui habitait à proximité du pont du Bibighar, sur la rive résidentielle, la vieille MacGregor House, du nom de l'Écossais qui l'avait reconstruite sur les fondations de la demeure d'un raja datant de l'époque où Mayapore était une principauté indigène. Ce raja avait été déposé en 1814 et sa principauté, annexée par la Compagnie anglaise des Indes orientales, était devenue un des nombreux districts de la province, le deuxième pour la taille et l'importance.

Parmi la bonne société indienne de Mayapore, Lady Chatterjee occupait le devant de la scène, et cependant Miss Crane la connaissait à peine. Elle l'avait rencontrée chez le commissaire délégué mais n'avait jamais été reçue à MacGregor House – réputée être l'unique lieu où Anglais et Indiens se fréquentaient sur un pied d'égalité, ou du moins sans trop de méfiance chez les Indiens ni de gêne chez les Anglais. Non que Miss Crane le regrettât : elle trouvait Lady Chatterjee occidentalisée à l'excès et plutôt snob, intellectuellement et socialement. Au cours des dîners chez le commissaire délégué, elle se montrait étincelante, mais beaucoup moins engageante ensuite, lorsque les dames se retiraient au salon, car elle les interrogeait alors d'une façon que Miss Crane estimait calculée pour faire apparaître qu'elles ne connaissaient pas plus la bonne société britannique que le monde cosmopolite. Et puis elle se renfermait dans sa dignité, sans plus prendre part aux menus propos échangés, jusqu'au moment où les hommes rejoignaient les dames et où elle pouvait recommencer à briller et à enchanter tout le monde par son esprit. Les Anglaises trouvaient Lady Chatterjee d'humeur plus agréable quand les hommes étaient là. La conclusion de Miss Crane, c'était que tous la craignaient un peu. Lady Chatterjee, elle, ne craignait aucun d'eux, mais, à sa façon, elle restait tout autant sur son quant-à-soi que les Anglaises. Vis-à-vis de Miss Crane, elle manifestait une totale indifférence, sans doute pour avoir découvert dès l'origine, en la questionnant directement, qu'elle ne possédait pas de diplômes ni d'autres qualifications pédagogiques que la rapide formation reçue à Lahore bien des années plus tôt, quand elle avait quitté les Nesbitt-Smith. D'un autre côté, l'indifférence de Lady Chatterjee provenait probablement aussi de sa désapprobation envers tout ce qui était missions et missionnaires. Lady Chatterjee était de sang rajput – c'est-à-dire d'antique aristocratie guerrière hindoue. Petite et menue, casquée de cheveux gris coupés à l'européenne, assise au bord du canapé, le buste bien droit, le pan de son sari étroitement ramené autour de ses épaules, exhalant l'autorité et la distinction avec son nez busqué de Rajpute et sa peau claire, elle était la parfaite image de la femme que l'histoire a spoliée de l'exercice d'un pouvoir qui lui revenait de naissance.

Veuve depuis quelques années d'un mari plus âgé qu'elle et mort sans postérité, un Indien fait chevalier par la Couronne en récompense de ses états de service et aussi de son œuvre philanthropique au bénéfice de ses compatriotes, Lady Chatterjee observait une politique qui devait avoir été celle de Sir Nello et qui consistait à participer de l'un et de l'autre monde dans ce qu'ils avaient de meilleur. Miss Crane trouvait cela assez discutable. Le couple ayant été autrefois lié d'amitié avec Sir Henry Manners, alors gouverneur de la province, et son épouse, Lady Chatterjee allait tous les ans séjourner auprès de Lady Manners, à présent veuve elle aussi, à Rawalpindi ou à Srinagar; et Daphné Manners, une nièce de Sir Henry, une grande fille physiquement assez quelconque, qui était bénévole à l'hôpital de Mayapore dans le cadre de l'effort de guerre, logeait chez Lady Chatterjee, à MacGregor House. C'était manifestement cette familiarité avec des Anglais aussi distingués que la vieille Lady Manners, tout autant que sa haute position à Mayapore, en tant que veuve de Sir Nello et, par ailleurs, membre du conseil du collège technique ainsi que de l'hôpital des femmes, le Purdah Hospital, dans la ville indigène, qui la faisaient traiter avec tant de considération par les personnalités de la colonie anglaise. Elle appelait le commissaire délégué et sa femme par leur prénom et réciproquement. Elle était toujours la bienvenue chez eux, elle y bridgeait, et Mrs White venait bridger à MacGregor House. Et même si, chez les White, il entrait une part de devoir dans la cordialité qu'ils lui témoignaient – leur devoir de représentants d'un gouvernement dont il leur fallait montrer et faire sentir la sollicitude à l'égard de tous ses sujets, Indiens ou Britanniques –, il n'en semblait pas moins exister une réelle sympathie entre eux et la veuve de Sir Nello.

Mais de l'opinion générale, MacGregor House était tout aussi accueillante pour les Indiens (et cela excitait l'intérêt de Miss Crane) : avocats, enseignants, médecins, juristes, officiers municipaux, fonctionnaires importants. Certains d'entre eux étaient même des dirigeants locaux du parti du Congrès, mais ce n'étaient pas eux qui affichaient le plus violemment des vues antibritanniques.

Ces hommes-là s'y trouvaient-ils souvent confrontés à des Anglais libéraux ? Miss Crane l'ignorait. Et elle ne savait pas plus si Lady Chatterjee favorisait ces rencontres pour calmer leur ardeur antibritannique ou pour radicaliser encore davantage les Anglais libéraux. En tout cas, Lady Chatterjee ne lui semblait pas posséder vraiment la fibre libérale. Elle s'avouait cependant que son absence de sympathie à l'égard de Lady Chatterjee dissimulait probablement le genre d'incompréhension qui est typique de l'exclu. Et, par là, elle s'avouait une vérité plus fondamentale.

La vérité, c'était qu'après avoir passé pratiquement toute sa vie de femme dans l'enseignement missionnaire, elle se trouvait seule. Depuis la mort de Miss De Silva, l'ancienne institutrice de Dibrapur, il n'y avait pas un seul être, anglais ou indien, avec qui elle entretînt cette amitié qui permet les longues conversations intimes. En mai 1942, quand elle avait décroché le portrait de Mr Gandhi qui exigeait que les Anglais abandonnassent l'Inde « à Dieu ou à l'anarchie » (autrement dit, aux Japonais), à la suite de quoi les dames indiennes avaient cessé de venir à ses thés, elle s'était rendu compte que leur défection ne créait pas vraiment un vide dans sa vie, parce qu'elles ne voyaient pas en elle l'individu mais la représentante de quelque chose qu'elles estimaient devoir être représenté. Et, de son côté, elle avait considéré ces thés comme des rencontres chargées de sens et non comme des réunions entre amies. À Mayapore, ce n'était pas l'amitié qui dictait les visites. À présent, les militaires remplaçaient les dames indiennes. Ceux-là venaient le jeudi (comme si elle avait voulu garder libres ses mercredis après-midi, au cas où les dames changeraient de sentiment). Et, en ce qui concernait les militaires, il y avait probablement un avis placardé au cercle du régiment : « Les hommes de troupe qui veulent assister au thé offert le jeudi après-midi par Miss E. Crane, surintendante des écoles missionnaires de l'Église d'Angleterre (district de Mayapore), doivent se faire inscrire auprès de l'officier de leur unité responsable des loisirs. »

Elle s'interrogeait parfois sur la part qu'avait eue dans sa décision d'inviter les soldats le simple instinct la poussant à trouver refuge dans le cercle protecteur, et privilégié, de la communauté blanche. Force lui était de constater qu'elle avait des idées sociales et politiques d'un schématisme assez désuet. N'ayant pas poussé très loin ses études, elle avait mûri lentement, en reprenant à son compte des notions qu'elle croyait neuves parce qu'elle les découvrait, mais qui appartenaient déjà à la génération précédente. Elle n'avait pas évolué au rythme de son temps, les idées politiques qui avaient cours la dépassaient. C'était cette relative ignorance qui créait le fossé la séparant tout autant des Anglais libéraux des nouvelles générations, qu'elle voyait chez le commissaire délégué et avec qui elle trouvait la conversation difficile, que de Lady Chatterjee, laquelle n'avait qu'à l'écouter vaguement parler de l'indépendance de l'Inde et du devoir sacré de l'accorder qui incombait aux Britanniques pour prendre aussitôt la mine de quelqu'un qui a entendu toutes ces idées depuis beau temps.

« Je suis une relique du passé », se dit Miss Crane. Supprimant mentalement « du passé », qui faisait pléonasme, elle contempla le portrait de la vieille reine, en espérant qu'il lui révélerait une notion simple mais irréfutable, qu'on avait peut-être perdue de vue à MacGregor House. Il était tout de même extraordinaire que ses invitées indiennes l'aient délaissée alors que ses compatriotes continuaient à aller chez Lady Chatterjee. Et pourtant, les Britanniques se savaient acculés à un mur que les Indiens étaient en train de détruire pierre par pierre. Le devoir de gens tels que le commissaire délégué et son épouse était de savoir tout ce qui se tramait, disaicnt-ils, et quel meilleur poste d'observation pouvait-on souhaiter que MacGregor House ? Au demeurant, on chuchotait que, sur instructions du gouvernement, le commissaire délégué avait déjà établi la liste des membres du parti du Congrès qui devraient être arrêtés dans le district de Mayapore en vertu des Ordonnances sur la défense du territoire, si le Congrès se prononçait en faveur de la campagne de désobéissance civile prônée par Mr Gandhi pour forcer les Britanniques à quitter l'Inde – car il leur serait alors impossible de défendre ce pays. Avec la désobéissance civile, ils ne pourraient plus approvisionner leurs troupes massées en Assam, à la frontière avec la Birmanie, en vivres et en matériel militaire, ni leur envoyer des renforts, puisque plus personne n'accepterait de faire fonctionner les chemins de fer, les postes et télégraphes, les dépôts, les usines, les mines, les banques, les administrations, autrement dit la totalité des structures vitales d'une nation qu'ils exploitaient depuis deux siècles, et que leur échec militaire en Birmanie risquait fort de faire succomber devant d'autres puissances bellicistes.

Ce refus massif, Miss Crane le redoutait. À son sens, l'unique espoir pour ce pays résidait dans une union enfin réalisée entre la population et ses dirigeants, une union à égalité dans la lutte à mort contre le totalitarisme. Si, ulcérés que le vice-roi ait fait entrer l'Inde dans la guerre, au nom du roi-empereur, sans les avoir consultés, les gens du Congrès n'avaient pas démissionné des ministères provinciaux, et si Mr Gandhi n'avait pas choisi le moment des plus grands revers de l'Angleterre pour exiger la liberté politique; si les choses avaient pu être prises en main par Mr Nehru (qui regrettait manifestement l'attitude de Mr Gandhi) et par Mr Rajagopalachari (ancien Premier ministre de la province de Madras, il avait souhaité donner une préparation militaire à tous les Indiens et les armer pour combattre les Japonais), de l'avis de Miss Crane il y aurait à présent un cabinet indien à Delhi, Lord Linlithgow serait gouverneur général d'un dominion pratiquement indépendant, tout ce qu'elle avait tant espéré et appelé de ses vœux serait arrivé en Inde, et on ferait face à la guerre avec ordre et résolution.

Lorsque, se réveillant la nuit et incapable de se rendormir, elle écoutait tomber la pluie, l'effroi la prenait des dangers grandissants que les gens se préparaient à affronter sans les comprendre. « Tout ce que nous comprenons, se disait-elle, ce sont les moyens de les affronter, ou, parfois, de les écarter. »

En l'occurrence, ils ne furent pas écartés.

La première semaine d'août, Miss Crane attrapa un refroidissement – ce qui lui arrivait rarement. Elle estimait qu'on ne doit pas jouer avec sa santé. Elle téléphona à l'école de Dibrapur pour reporter sa visite du jeudi au samedi suivant. Puis elle rentra et se mit au lit, où elle chassa le mal par d'abondantes sudations. Aussi fut-ce parfaitement rétablie que, le matin du samedi 8 août – le jour où le Congrès devait voter sur la résolution présentée par Mr Gandhi –, elle monta dans la Ford pour faire les cent vingt kilomètres du trajet jusqu'à la ville de Dibrapur, tout au sud du district de Mayapore.

L'école de Dibrapur était située relativement à l'écart, à mi-chemin du village de Kotali. La ville ne possédait ni église ni population européenne.

L'administration des mines de Dibrapur se trouvait à Aligarh, dans le district voisin.

Les écoliers venaient surtout de Kotali, ce qui ne leur faisait guère plus de quatre kilomètres de marche, nettement moins que s'ils avaient fréquenté l'école publique que le conseil du district entretenait dans un autre village. La situation isolée de l'école missionnaire venait de ce que, bien longtemps auparavant, on l'avait construite non seulement pour Dibrapur mais aussi pour les villages environnants. Avec l'extension du système éducatif d'État et la mise en place d'écoles primaires par les conseils de district, l'école missionnaire de Dibrapur n'avait guère vu diminuer le nombre de ses élèves, pour la simple raison qu'il avait toujours été faible : quelques petits villageois de Kotali, à cause de sa proximité relative, et quelques enfants de Dibrapur parce que l'enseignement y était dispensé en anglais. Dans l'ensemble, ces derniers étaient surtout des fils (et quelques filles) de commerçants qui voulaient orienter leur progéniture mâle vers une carrière d'entrepreneur de travaux publics ou de fonctionnaire subalterne, où la maîtrise de l'anglais parlé constituait un atout inappréciable. Tous les jours, une demi-douzaine de garçons et deux ou trois filles faisaient leurs quatre bons kilomètres de Dibrapur à l'école de la Mission. Comme les enfants de Kotali, ils apportaient leur gamelle, car on n'y dispensait pas de chapatis : rien que de l'instruction, de bonnes intentions et une décoction quand on avait le cœur barbouillé.

Existant depuis près de trente ans, l'école de Dibrapur avait constamment besoin de réparations et notamment, en cet été 1942, d'un chaulage extérieur, lequel ne pourrait être exécuté qu'après la saison des pluies. Le plus urgent, dans l'immédiat, était de colmater le toit, et toutes les préoccupations de Miss Crane au sujet de cette école tournaient presque exclusivement autour des devis qu'obtenait Mr Chaudhuri, l'instituteur, et des « attributions » – en termes vulgaires, de l'argent qu'on pourrait y consacrer. Jusque-là, Mr Chaudhuri n'avait pas réussi à obtenir des entrepreneurs du cru un seul devis qui ne dépassât pas de très loin les crédits. Il était apparemment brouillé avec les chiffres, et incapable de discuter un prix. « Nous aurons besoin d'une rallonge de cinq cents roupies, avait songé Miss Crane. Mais non, plus que ça; réparer la toiture ne suffira pas, il faudra la remplacer et, à vrai dire, c'est toute la bâtisse qu'il faudrait refaire. » Parfois, elle ne pouvait se défendre de penser que le maître d'école, lui aussi, devrait être remplacé, mais elle rejetait aussitôt cette idée, en l'imputant à un parti pris. Le fait qu'elle et Mr Chaudhuri ne se soient jamais vraiment entendus ne justifiait pas qu'elle méconnût ses remarquables talents de pédagogue.

Mr Chaudhuri était en poste à l'école missionnaire de Dibrapur depuis un peu moins d'un an. Il succédait à la vieille Miss De Silva, une Eurasienne originaire de Goa. Quand Miss De Silva était morte, Miss Crane avait perdu la dernière personne qui, sur cette terre, l'ait appelée par son prénom. Venue à Dibrapur pour sa première visite en qualité de surintendante des écoles missionnaires du district de Mayapore, elle s'était trouvée devant cette femme plus âgée qu'elle – une femme aux cheveux blancs, à la solide corpulence, au timbre bas, aux yeux noirs à fleur de tête, d'un abord aussi direct que son regard – qui lui avait dit tout de go :

– Vous avez obtenu le poste que *moi* je voulais. Je m'appelle Mary De Silva. Ma mère avait la peau aussi noire que votre chapeau.

– Edwina Crane, avait-elle dit en répondant à sa vigoureuse poignée de main. *Moi,* je ne savais pas que vous vouliez ce poste. Et quant à ma mère, elle est morte depuis plus longtemps que je ne saurais le dire.

– Si ça ne vous dérange pas, je vous appellerai Edwina. Je n'ai plus l'âge de faire des courbettes devant une nouvelle surintendante. Et toujours si ça ne vous dérange pas, parlons d'abord de ce satané toit.

Elles avaient donc parlé du toit, des murs, et du puits artésien dont le forage devait être déplacé, puis des enfants, et de la détermination qu'avait Mary De Silva d'envoyer, par n'importe quel moyen, un garçon du nom de Balarachama Rao à l'école supérieure d'État de Mayapore.

– Ses parents sont contre, mais moi je suis pour. Quelle est votre position là-dessus, Edwina Crane ?

– Ma position ? C'est de suivre l'avis que me donnent les instituteurs, car ils sont sur le terrain.

– Alors, trouvez-lui à se loger dans Mayapore. Parce que c'est ça le hic. S'il est admissible, il ne saura pas où habiter. Ses parents disent qu'ils n'ont pas de famille là-bas. Quelle bêtise ! Les Indiens ont de la famille *partout*. Je suis bien placée pour le savoir.

Miss Crane trouva un logis à Mayapore pour le jeune Balarachama, et mit près d'un mois, ou du moins la majeure partie de quatre visites hebdomadaires à Dibrapur, pour persuader ses parents de le laisser partir. Lorsqu'elle y parvint enfin, Mary De Silva lui dit :

– N'attendez pas que je vous remercie. Vous avez fait votre devoir, et j'ai fait le mien. Mais venez donc m'aider à déboucher une bouteille de rhum que je garde au chaud depuis Noël.

Elle avait donc accompagné Mary De Silva à son bungalow (où habitaient à présent les Chaudhuri), bu du rhum, écouté Mary De Silva raconter sa vie, et fait le récit de la sienne. Après ça, il y avait eu bien d'autres libations – rhum et citron doux – chez Mary De Silva, jamais excessives mais suffisantes pour leur délier la langue. Quand elle était à Dibrapur, auprès de Mary De Silva, Miss Crane avait l'impression de retrouver un foyer après une vie d'errance. Pendant six ans elle s'y rendit chaque semaine, et elle restait dormir chez Mary De Silva.

– Ne vous en faites pas une obligation, disait cette dernière, mais j'apprécie. La précédente surintendante ne venait qu'une fois par mois, et elle ne logeait jamais chez moi. Ça aussi, j'appréciais.

Au bout de six années, alors que la toiture avait été réparée et nécessitait de nouveau des réparations, que le nouveau puits artésien avait été foré, les murs bouchés et chaulés à deux reprises, vint un jour où, arrivant à Dibrapur, Miss Crane trouva porte close à l'école. Reprenant la voiture, elle se rendit chez Mary De Silva. La vieille institutrice était au lit, seule dans le bungalow car le domestique était parti quérir le médecin à la ville. Mary De Silva marmonnait; quand elle eut terminé de se parler à elle-même, elle hocha la tête, tourna son regard vers Miss Crane, sourit et dit :

– Et voilà, Edwina, mon compte est bon. Vous feriez bien de vous occuper encore une fois du toit.

Et, fermant les yeux, elle mourut comme une batterie qui tombe à plat.

Miss Crane s'occupa de faire transporter dans des conditions décentes et rapides le corps à Mayapore, où il fut inhumé dans le cimetière de St. Mary. Puis, ayant chargé Mr Narayan de trouver une remplaçante provisoire (ce qui, en plus, lui créait une occupation), elle repartit à Dibrapur pour rouvrir l'école et en assurer le fonctionnement en attendant la remplaçante. Également, elle informa par lettre le siège de la Mission de la mort de Mary De Silva, en indiquant les mesures qu'elle avait prises pour que l'enseignement continue jusqu'à ce que le poste fût de nouveau pourvu. Elle proposait Miss Smithers, avec qui elle avait travaillé au Bihar. Mais elle n'obtint pas Miss Smithers. Elle eut d'abord un cousin de Mr Narayan – un homme nettement porté sur la boisson. Puis arriva de Calcutta un certain D.R. Chaudhuri, licencié ès lettres et ès sciences, titres qui non seulement étonnèrent Miss Crane mais éveillèrent sa méfiance. Elle déduisit de la lettre que lui adressait le siège de la Mission qu'on s'en était également étonné là-bas, mais sans y voir sujet à méfiance. Mr Chaudhuri n'était pas chrétien, lui disait-on, mais d'un autre côté il ne professait aucune religion. Il avait démissionné d'une École normale d'État et demandé à la Mission de l'employer dans les plus humbles fonctions pédagogiques. On lui avait proposé plusieurs postes, qu'il avait tous refusés jusqu'au moment où, celui de Dibrapur étant devenu vacant, il avait trouvé, d'après la description qu'on lui en faisait, qu'« il ne pourrait mieux débuter que là ». « Il est évident qu'il a des compétences trop supérieures pour Dibrapur, et que vous ne le garderez certainement pas longtemps, prévenait-on confidentiellement Miss Crane. Ayez l'obligeance de veiller à ce que le bungalow de Miss De Silva soit mis en état pour les accueillir, lui et son épouse. Il semble disposer de revenus personnels, mais assez modestes. Comme vous le constaterez, le jeune Mr Chaudhuri est un homme réservé, et peu enclin à s'étendre sur les raisons de cet abandon d'une carrière dans l'enseignement supérieur. Cependant, aussi bien nos entretiens avec lui que les renseignements obtenus par ailleurs indiquent que son aspiration à instruire des petits enfants villageois provient d'une sincère compassion à l'égard des classes les plus humbles et de son adhésion à l'idée que des hommes possédant un bagage comme le sien devraient sacrifier leur intérêt personnel à celui de leur pays tout entier. Comme vous pourrez le constater, il estime également qu'une telle œuvre doit passer par nos écoles, non pas en raison de la religion que nous enseignons, mais parce qu'il trouve médiocre l'instruction publique dispensée dans les écoles primaires d'État, et voit dans leur corps enseignant des gens plus motivés par des considérations politiques que pédagogiques. »

En dépit de ce portrait prometteur, dès le début il s'était installé entre elle et Mr Chaudhuri une réticence que, pour sa part, elle estimait « classique » : chacun soupçonnant l'autre d'hypocrisie, de dissimulation et de profond conservatisme sous un vernis libéral, si bien que toute conversation ne portant pas strictement sur les problèmes de l'école de Dibrapur ne pouvait prendre qu'un tour ambigu ou creux.

Pendant des semaines, Miss Crane combattit ses propres réserves. Elle ne se cachait pas que le chagrin d'avoir perdu Mary De Silva y contribuait certainement. Elle continuait de venir une fois par semaine à Dibrapur, où elle était l'hôte, pour la nuit, des Chaudhuri, dans le bungalow de Mary De Silva complètement transformé par leur ameublement de style indien occidentalisé. Elle le faisait pour ne pas désobliger Mr Chaudhuri, qui connaissait la fréquence de ses visites dans le passé, mais, d'un autre côté, il pouvait aussi les interpréter comme un signe de méfiance vis-à-vis de ses capacités pédagogiques.

Grand, large d'épaules, sec et nerveux, Mr Chaudhuri avait le visage bien dessiné du Bengali. Il était beau, mais d'un genre de beauté que, personnellement, Miss Crane ne goûtait pas. Malgré la vigueur de ses traits, elle le trouvait mou, ou plutôt fade, car elle ne lui connaissait que deux expressions : l'indifférence ou l'agacement. Et quand il souriait, son regard demeurait éteint.

Son anglais était excellent. Il le parlait avec les inflexions et les cadences typiquement indiennes mais tout à fait couramment, et l'écrivait en puriste. Il l'enseignait également très bien. À côté de lui, Mr Narayan aurait fait figure de pitre. Et pourtant, avec ce dernier, Miss Crane parlait facilement et sans détour. Il n'en allait pas de même avec Mr Chaudhuri. Il y avait eu une époque où, très soucieuse de ménager la susceptibilité des Indiens connaissant parfaitement l'anglais, et jusque dans ses plus subtiles nuances, mais non les formules à l'emporte-pièce du parler quotidien, elle se défendait d'employer des expressions telles que « Ne dites pas de bêtises » ou « C'est ridicule ». Cependant, depuis des années elle disait les choses comme elles lui venaient. Quand on doit choisir ses mots, on parle de façon artificielle, on n'est plus soi-même. Si elle n'avait toujours eu ce franc-parler, elle se serait sans doute fait des ennemis, mais certainement aussi des amis. Et cette assurance extérieure avait contribué à lui donner une assurance intérieure, que perçoivent les gens d'une autre race comme un gage de sincérité, de loyauté. Mais il était trop tard à présent : dans le franc-parler, les Indiens ne voyaient souvent qu'une brusquerie, normale chez ces écervelées d'Anglaises. Il n'y avait d'ailleurs que les Anglaises pour l'apprécier, encore qu'avec un homme comme Mr Narayan elle pût avoir des échanges de propos assez vifs sans que, de part et d'autre, on s'en tînt rigueur. Avec Mr Chaudhuri, elle en revenait à l'expression feutrée, prudente, et puis gâchait l'effet éventuellement obtenu en recommençant à dire les choses tout à trac. Au début de leur collaboration, elle s'était laissée aller à dire « C'est ridicule ! » et avait aussitôt senti qu'elle s'aliénait cet homme déjà peu disposé à coopérer. Depuis ce malheureux incident, elle n'avait guère regagné de terrain. Si Mrs Chaudhuri avait été plus évoluée, Miss Crane aurait pu, en la fréquentant, se rapprocher de Mr Chaudhuri, mais bien qu'elle ait reçu une instruction secondaire et étudié la musique pendant des années, cette femme n'était pas au fait des relations sociales et se montrait singulièrement attardée dans sa conception du rôle d'une épouse.

Le matin du 8 août, avant que Miss Crane ait sorti la Ford pour aller à Dibrapur, Joseph avait essayé de la dissuader de ce voyage. Il disait qu'il y aurait des désordres. Le bruit en courait.

– Des bruits, on en entend constamment, avait-elle répliqué. Et est-ce que tu ne fais pas tout de même ton travail ? Si, bien sûr. Moi, j'ai du travail à Dibrapur, donc, j'y vais.

Il avait offert de l'accompagner.

– Et alors, qui gardera la maison ? Non, Joseph, pour toi comme pour moi, le travail commande.

Le travail lui avait donc fait prendre la route de Dibrapur, où elle était arrivée vers 16 heures, s'étant arrêtée en chemin pour manger ses sandwiches et boire le café de la thermos. Dans les villages, il y avait des gens qui criaient : « Quittez l'Inde ! » et d'autres qui réclamaient bruyamment l'aumône. Elle conduisait lentement pour ne pas heurter les vaches ou les buffles, les chiens, les poules et les enfants; elle souriait et saluait de la main ceux qui se manifestaient bruyamment.

À Kotali, le dernier village avant l'école, elle fit halte et parla avec des femmes dont les enfants étudiaient avec Mr Chaudhuri. Comme elles ne soufflaient mot des désordres, elle ne mentionna pas ce sujet. Ces femmes savaient forcément mieux qu'elle ce à quoi il fallait s'attendre. Kotali paraissait tout à fait paisible. À l'orée du village, elle vit les enfants qui revenaient de l'école, avec leur sac de toile et leur gamelle. La moyenne d'âge tournait autour de huit ans. Elle stoppa et leur distribua des sucreries.

Elle gara la Ford dans la cour de l'école, plantée d'arbres et ombragée. Elle trouva Mr Chaudhuri en train de mettre de l'ordre dans la classe.

– Vous avez des nouvelles ? lui demanda-t-elle.

S'il y avait des désordres en perspective, elle espérait que leur proximité lui ferait manifester autre chose que simplement de la courtoisie.

– Des nouvelles ? De quel genre, Miss Crane ?

– Sur le vote de la résolution par le parti du Congrès.

– Ah, là-dessus ! Non, je n'ai pas écouté les informations.

Dans la pièce faisant office de bureau, il y avait un poste de TSF. Mr Chaudhuri s'en servait parfois comme matériel éducatif. Miss Crane le mit en marche. Il diffusait de la musique. Elle éteignit le poste. C'était de la musique européenne. Chez les Chaudhuri, elle n'entendait jamais que de la musique classique indienne.

– Mais vous avez peut-être du nouveau à propos de la toiture ? dit-il.

– Non, rien de nouveau. J'ai revu tous les devis un par un, il n'y en a pas un qui soit assez bas. Vous ne pouvez pas trouver une entreprise qui demande moins cher ?

– Je me suis adressé à toutes celles qui, déjà, accepteraient de faire le travail. Si nous tardons trop, même les devis les plus bas subiront une augmentation. Et ces gens ne peuvent travailler gratuitement.

Elle fut sur le point de répondre : « Mais je ne leur demande pas de travailler gratuitement. » C'était ce qu'elle aurait rétorqué à Mr Narayan. Mais elle se contint, et dit simplement :

– Non. Eh bien, venez. J'ai envie d'un thé.

Et ces quelques mots donnaient quand même une impression de brusquerie.

Mr Chaudhuri ferma la porte d'entrée, la cadenassa, et monta dans la Ford à côté de Miss Crane. Au bungalow, le thé n'était pas prêt. Il ne s'en excusa pas, mais tandis qu'elle se reposait sur son lit elle l'entendit reprocher à sa femme de ne pas avoir préparé les choses en temps voulu. Le thé fut servi sous la véranda, mais Mrs Chaudhuri ne le prit pas avec eux. Elle faisait le va-et-vient entre la cuisine et la véranda, apportait elle-même ce qui manquait, souriante mais peu loquace, et quand enfin tout parut être en place, elle resta debout contre le chambranle de la porte-fenêtre, parfaitement effacée mais guettant le moindre signe de son mari pour aller chercher ce qui manquait ou remplir de nouveau les tasses.

Miss Crane pensait souvent que le problème était bien là : cette affreuse attitude féodale de Mr Chaudhuri empêchait qu'elle éprouvât de la sympathie pour lui.

Et pourtant non, le problème n'était pas là. Car parfois, au cours de la soirée, Mrs Chaudhuri chantait pour eux. À peine s'était-elle installée en tailleur sur la natte, pinçant les cordes de la *tambura* piriforme, qu'elle devenait une autre femme, une femme sûre d'elle, tenant avec grâce son corps anguleux, le buste droit (une attitude rappelant assez celle de Lady Chatterjee en visite chez le commissaire délégué). Elle chantait deux morceaux, et puis Mr Chaudhuri disait à voix très basse : « Cela suffit », et Mrs Chaudhuri se levait, ramassait la tambura et disparaissait dans une autre pièce. Et Mrs Crane savait que Mr et Mrs Chaudhuri s'aimaient, que l'époux n'était pas un tyran, et que l'épouse préférait les usages traditionnels parce que, pour elle, ils représentaient un patrimoine et une discipline, un moyen d'acquérir et de conserver la paix intérieure, la sagesse.

Ce soir-là, le soir du 8 août, dont Miss Crane pressentait qu'il était particulier, que c'était un soir de crise, elle aurait voulu délier la langue de Mr Chaudhuri, trouver la clé de ce qui le nouait, forcer sa réserve. Pour elle, ç'aurait été plus facile si cet homme avait eu des façons aussi surannées que celles de sa femme, parce qu'alors elle aurait entretenu avec lui des rapports d'un tout autre ordre. Mais ce n'était pas le cas. C'était un Indien occidentalisé. Elle l'avait toujours vu habillé à l'européenne. Chez lui, le repas était servi sur une table et on était assis sur des chaises. Une nappe couvrait la table, on mangeait avec fourchette et couteau, et la vaisselle, bien que commune, était en porcelaine. On parlait d'art, de musique, des affaires de l'école, mais jamais de politique. Mrs Chaudhuri dînait avec eux, mais en fait ne mangeait pratiquement rien et ne prenait guère part à la conversation. La femme qui apportait les plats faisait également office de cuisinière. Miss Crane se serait sentie plus à l'aise s'il s'était agi d'une intouchable – ce qui aurait prouvé que les Chaudhuri s'étaient émancipés des rigides notions de castes. Mais c'était une brahmane.

Ils prirent le café dans la pièce donnant sur la véranda, assis sur des divans bas et foulant aux pieds des tapis du Cachemire, là où elle et Mary De Silva s'installaient dans de vieux fauteuils de rotin. La vieille institutrice s'était contentée d'une lampe à pétrole; Mr Chaudhuri avait installé l'électricité grâce à un groupe électrogène placé dans le jardin. Autour de l'ampoule pendue à un fil et répandant une lumière crue, des papillons de nuit et des insectes tournoyaient follement – rituelle ronde nocturne, instinct primitif de se coller à ce qui brûle les ailes. Comme à son habitude, Mrs Chaudhuri les quitta, sans doute pour aider ou surveiller la servante à la cuisine.

Tout en buvant le café amer, Miss Crane trouva

plus palpable que jamais le silence froid qui s'installait entre eux dès qu'ils se retrouvaient seuls. Elle brûlait de savoir quelle tournure prenaient les événements, mais elle dut se contenter d'une autre réalité, qui prouvait que la nuit conservait tout de même quelque chose de normal : le coassement des grenouilles dont les invisibles bataillons sortaient à la suite des pluies vespérales.

Elle aurait voulu demander à Mr Chaudhuri : « Franchement, que représente l'école pour vous ? » Cependant elle s'en abstint, car ç'aurait été soulever une question qui engageait sa tête, mais aussi son cœur.

« Quelle idiote tu fais, ma pauvre Edwina ! se dit-elle un peu plus tard, tout en procédant à sa toilette de nuit. Tu viens encore de laisser passer une occasion, parce qu'aujourd'hui les cœurs vacillent et les têtes ne fonctionnent que si les entrailles le leur permettent. Mr Chaudhuri aurait parlé si tu avais su quelles questions lui poser et comment les formuler. Cette jeune génération d'hommes et de femmes à laquelle il appartient, elle a vu ce que j'ai vu, compris ce que j'ai compris. Seulement, voilà, elle voit et comprend aussi d'autres choses. »

Elle s'endormit et se réveilla à 4 heures du matin, comme si elle avait conscience qu'à une telle heure les gens de sa couleur pouvaient avoir motif d'être vigilants. À la même heure, Gandhi, le vieillard à lunettes, était lui aussi réveillé, et arrêté, et, à Mayapore, le commissaire délégué était réveillé et prévenu qu'il devait mettre en branle les plans prévus pour dissuader, pour empêcher. Et au matin, alors qu'elle n'avait pu se rendormir que sporadiquement, Miss Crane apprit de la bouche de Mr Chaudhuri que, la veille, à Bombay, le Congrès avait soutenu la résolution du comité exécutif, que le Mahatma était arrêté, de même que tous les dirigeants du parti, ce qui annonçait forcément une vague d'arrestations dans la totalité du pays. À 9 heures, elle se rendit à pied à l'école avec Mr Chaudhuri, pour y faire la classe d'Histoire sainte de l'école du dimanche, et elle constata que les seuls présents étaient les enfants de Kotali. Elle demanda au maître d'école de prendre son vélo et d'aller aux nouvelles à Dibrapur. Il revint peu avant 11 heures, annonçant que les commerçants fermaient leurs boutiques et que des forces de police se répandaient dans la ville. On disait que, par ordre du chef de police du district de Mayapore, trois fonctionnaires municipaux avaient été appréhendés et conduits à Aligarh. Des rassemblements se formaient, qui menaçaient de prendre d'assaut la poste et le local de la police.

– Dans ce cas, dit Miss Crane en posant les rapports qu'elle examinait, je monte dans votre bungalow pour téléphoner à Mayapore et savoir ce qui se passe là-bas.

– C'est inutile, répondit Mr Chaudhuri. J'ai déjà essayé, mais la ligne doit être coupée.

– Ah, bon ! Eh bien, écoutez, l'un de nous deux doit raccompagner les enfants à Kotali, pour qu'il ne leur arrive rien en chemin. Je m'en charge, et ensuite je filerai sur Mayapore. Pour vous, le mieux serait d'aller veiller sur votre femme, tout en veillant aussi sur l'école, si c'est possible.

Le regard de Mr Chaudhuri fit le tour de la malheureuse petite classe et revint se poser sur Miss Crane.

– Tout ce qu'il y a de précieux ici, ce sont les enfants. Prenez-les dans votre voiture et je vous escorterai à vélo. Si vous rencontrez des gens malintentionnés en route, il vaut mieux qu'on me voie avec vous.

– Allons donc ! Je ne risque rien. Et votre épouse ?

– Vous êtes la seule personne d'origine anglaise par ici. Ne vous inquiétez pas pour ma femme. Mais ils peuvent venir ici quand ils en auront fini avec la poste et le local de la police, ou je ne sais quoi d'autre, et ils peuvent arriver de n'importe quelle direction. C'est pourquoi nous allons raccompagner tous les deux les enfants à Kotali.

À son tour, Miss Crane jeta un regard circulaire sur la salle. Cette école lui avait toujours rappelé la première où elle avait pénétré, grâce au chapelain Grant. Mr Chaudhuri avait raison : il n'y avait pas grand-chose à protéger dans cette école – mis à part ses murs, et encore ! Par ailleurs, dans les circonstances actuelles elle voyait mal Mr Chaudhuri ou elle-même se planter devant l'entrée et décourager une foule exaspérée d'y pénétrer.

– Vous semblez pessimiste, lui dit-elle.

– J'ai vu les gens, je les ai entendus.

– Vous êtes sûr que la ligne téléphonique est coupée ?

– Oui.

Pendant quelques instants, ils se regardèrent droit dans les yeux, et Miss Crane pensa : « Voilà ce qui arrive quand les choses tournent vraiment mal – ce petit germe de doute, ce faible soupçon qu'on ne vous dit pas la vérité. Si la ligne est coupée, eh bien, elle est coupée. Mais elle ne l'est peut-être pas, car Mr Chaudhuri peut avoir décroché et, n'obtenant pas aussitôt le standard de la poste, en avoir faussement déduit qu'elle était coupée. À moins qu'elle ne le soit nullement et que Mr Chaudhuri me dise qu'elle l'est parce qu'il veut me voir partir vers Kotali. »

– Mr Chaudhuri, vous avez raison, dit-elle. Nous allons fourrer les enfants dans la Ford, et vous nous escorterez en vélo.

– J'espère que vous comprenez bien une chose, dit-il, si vous tenez à ce que je reste pour garder l'école, je le ferai.

– Il est possible qu'ils n'y touchent pas s'ils la trouvent vide.

– C'est ce que je pensais.

Elle se leva, rassembla les rapports, en fit un tas bien régulier. Mr Chaudhuri attendait. Elle demanda :

– Répondez-moi franchement. Est-ce que, cette fois, c'est grave ?

– C'est grave.

« Ils le savent toujours, se dit-elle, et voilà aussi ce qui arrive : on dit "ils", comme s'ils étaient différents. »

– Allons-y, Mr Chaudhuri. Est-ce que vous voulez bien rassembler les enfants ?

Il fit un signe de tête affirmatif et sortit chercher les enfants qui jouaient dans l'arrière-cour.

Elle glissa les rapports dans sa serviette et songea alors à son sac de voyage. Elle l'avait laissé au bungalow des Chaudhuri. Elle sortit, et dut crier pour se faire entendre par-dessus le tumulte des enfants qui venaient d'apprendre qu'ils rentraient chez eux :

– J'ai laissé mon sac de voyage chez vous ! Je fais un saut jusqu'au bungalow et j'en profiterai pour prendre congé de votre femme.

– Je l'ai envoyée chez des amis, répondit-il de loin. Et votre sac est dans la voiture. Je l'avais emporté.

Elle remercia machinalement et rentra chercher sa serviette. Elle brancha la TSF. Il n'y avait toujours que de la musique, diffusée par l'émetteur *All-India* à l'intention des troupes – de la musique anglaise. Elle l'écouta tout en finissant de boucler sa serviette. D'une certaine façon, la radio était un secours. « Je reste calme, pensait-elle, comme en 14, et en 19, et en 30, c'est automatique chez moi. En trente-cinq ans, je me suis habituée aux brusques alertes. Mais en même temps, j'ai un peu peur. Et j'éprouve aussi de la honte – à cause du téléphone, et ensuite à propos de mon sac de voyage. » Elle alla héler le maître d'école par la porte ouverte :

– Mr Chaudhuri ! S'ils sont prêts, amenez-les à l'entrée. Je vais sortir la voiture.

« Et dans ma voix, remarquait-elle, il y a toujours cette touche particulière d'autorité qui affleure lorsque nous *leur* parlons. Sans doute passe-t-elle inaperçue lorsqu'il s'agit de banales décisions quotidiennes, mais dans les moments difficiles, elle fait sentir que nous prenons le commandement. Et après tout, c'est bien ce qui se passe, nous prenons le commandement parce que nous devons assumer nos responsabilités. » Dans le cas présent, c'était à Mayapore qu'elle devait aller les assumer. Les choses prenaient toujours une tournure plus grave dans les villes.

Elle sortit la Ford de l'appentis. À l'entrée, Mr Chaudhuri, licencié ès lettres et ès sciences, était planté au milieu des enfants de pauvres gens, de gens parfois affamés, et ces enfants poursuivaient leurs jeux.

En période troublée, les rumeurs d'émeutes urbaines attiraient vers les villes des villageois voulant profiter du pillage. C'était ce qu'évoquait Mr Chaudhuri quand il avait parlé de rencontre possible avec des gens malintentionnés sur le chemin de Kotali à Dibrapur. Et Miss Crane savait qu'en s'éloignant de Dibrapur ils n'échappaient à des ennuis que pour aller au-devant d'autres ennuis.

Son problème à elle, c'était qu'après Kotali il lui faudrait couvrir les cent vingt kilomètres jusqu'à Mayapore, et donc traverser une quantité de villages. Dans cette partie méridionale du district, le paysage restait découvert, avec des cultures des deux côtés de la bonne chaussée empierrée et fort peu d'arbres. Miss Crane savait par expérience ce qu'elle devait guetter : en saison sèche, lorsque la terre des bas-côtés prenait une pulvérulence de craie, un nuage de poussière annonçait un cordon d'hommes barrant la chaussée; pendant les pluies, on arrivait plus inopinément sur un tel groupe, mais on voyait déjà de loin que certains tenaient des gourdins. Cela commençait par trois ou quatre hommes partant d'un village, et, de proche en proche, une petite troupe se formait. On pouvait arriver à toute vitesse sur eux, et si on ne ralentissait pas, ils se dispersaient; toutefois, on risquait les jets de pierres dont ils s'étaient armés en entendant arriver le véhicule. Miss Crane avait connu cela pendant les graves troubles de 1919, mais le conducteur était un jeune policier britannique, qui était venu la délivrer de l'école isolée où, comme l'avait pensé la surintendante dont elle dépendait, elle était virtuellement retenue prisonnière.

Elle se demandait si elle serait capable d'imiter ce jeune homme qui avait foncé à toute vitesse sans cesser de klaxonner. Cela dépendait de l'importance du groupe. Mr Chaudhuri ne savait pas conduire. Elle ignorait si elle devait s'en réjouir ou le déplorer.

L'importance du groupe dépendait de trois choses : de la nature de l'agitation dans la ville, laissant éventuellement espérer un pillage fructueux; de l'ambiance elle-même des villages environnants et du nombre des hommes qui, dans chacun, avaient le temps et l'envie de se livrer au pillage; et enfin du degré d'ordre que pouvait faire régner le chef de la force publique locale.

Chaque village possédait son chaukidar, son veilleur, appointé par l'État, tandis que des détachements de la force publique rayonnaient sur plusieurs villages à la fois. Si la police se montrait ferme, la bande d'émeutiers se dispersait. Mais si la police fermait les yeux ou si la détermination des émeutiers l'incitait à se boucler dans le poste, la bande continuait sur sa lancée et son nombre grossissait.

En arrivant à Kotali avec sa joyeuse cargaison enfantine (elle avait légèrement distancé Mr Chaudhuri, qui pédalait encore au loin), Miss Crane vit venir à elle le chaukidar, le chef du village et des parents qui se préparaient justement à aller récupérer leurs petits à l'école. Le chef du poste de police de Garhwar, le village situé immédiatement après Kotali, leur avait fait savoir que, ne pouvant plus joindre ses supérieurs à Dibrapur, il en déduisait que des troubles avaient éclaté à la suite de l'arrestation de Mr Gandhi, et il recommandait aux gens de Kotali de prendre leurs dispositions pour défendre leurs vies et leurs biens contre les émeutiers et les brigands.

À Kotali, on était en fureur contre cet homme, dit le chef du village, parce qu'il devait déjà savoir depuis la veille que des désordres menaçaient, et s'il les en avait avertis à temps ils n'auraient jamais laissé les enfants partir le matin pour l'école. Les mamans remercièrent Miss Crane d'avoir ramené les petits et lui apportèrent du thé qu'elle but au bord de la route, assise sur une chaise qu'on lui avait installée à l'ombre d'un arbre. Elles offrirent aussi du thé à Mr Chaudhuri.

– Je vais prier pour qu'il pleuve, lui dit-elle avec un sourire. Un bon déluge, voilà qui calme le monde. S'il pleut, ils resteront chez eux.

Sans faire de commentaire, Mr Chaudhuri termina son thé et se dirigea vers le chaukidar et le chef du village avec qui il discuta pendant un moment. Quand il revint, Miss Crane vidait sa deuxième tasse de thé.

– Vous devriez rester ici, Miss Crane, lui dit-il. À cause des enfants, vous n'avez que des amis dans le village. Il y a du danger à faire route vers Mayapore.

Miss Crane posa sa tasse sur le plateau que lui tendait une jeune fille postée près d'elle.

– Non. Il faut que je rentre à Mayapore.

– Ils prendront soin de vous. Le chef du village vous invite à vous installer chez lui.

– Je le remercie de son offre généreuse, mais je dois vraiment essayer de regagner Mayapore.

– Attendez tout de même une heure ou deux. Je vais retourner aux nouvelles à Dibrapur. Qui sait si ce n'est pas une tempête dans un verre d'eau ? Si c'est le cas, vous pouvez passer encore une nuit chez nous, et demain le téléphone fonctionnera probablement de nouveau.

– Mais si ce n'est pas une tempête dans un verre d'eau ?

– Alors, vous ne devriez pas essayer de regagner Mayapore mais rester ici, avec vos amis.

– À Mayapore aussi j'ai des amis, et mes responsabilités sont là-bas, Mr Chaudhuri. Je sais que vous insistez dans mon intérêt, mais vraiment, je dois m'en aller.

– Vous n'avez pas déjeuné.

– Je n'ai pas faim.

– Je vais vous chercher quelque chose à manger.

– Je sens que je ne pourrais rien avaler. Dans un cas pareil, j'ai l'estomac noué.

Elle mentait. Dans un cas pareil, elle éprouvait une faim de loup. Mais si elle s'attardait pour déjeuner, est-ce qu'ensuite elle envisagerait toujours aussi résolument de prendre la route ?

Mr Chaudhuri écarta les mains, dans un geste signifiant qu'il cédait.

– Soit, dit-il, mais je vais avec vous.

Et, sourd à sa réplique : « Ne soyez pas ridicule, c'est tout à fait inutile », il repartit parler avec le chaukidar et le chef du village. Deux ou trois enfants s'approchèrent de Miss Crane et lui récitèrent spontanément une comptine apprise en classe. Elle les complimenta en riant. Mr Chaudhuri se dirigeait vers la maison du chef. Il se retourna et, d'un geste, indiqua qu'il ne serait pas long. La mère d'un des écoliers apportait une assiette couverte d'un linge : des chapatis tout chauds. On versa de nouveau du thé à Miss Crane, et une autre femme lui présenta un bol de *dal* et une cuillère. Refusant la cuillère, elle se mit à manger la purée de lentilles en la roulant dans des morceaux de chapati. Dans l'air chaud et humide, la sueur lui perlait au front. Les villageois la regardaient. « Je déteste cela, pensait-elle, et je l'ai toujours détesté. Je suis assise là, sous un arbre, au bord de la route, et ils me regardent comme une bête curieuse. »

– Vous savez, dit-elle quand Mr Chaudhuri revint, ils m'ont obligée à manger.

– C'est par cordialité et par hospitalité, répondit-il comme s'il devait encore faire son éducation.

– Je le sais bien, ne put-elle s'empêcher de répliquer, mais aidez-moi à finir les chapatis. Je n'en viendrai jamais à bout toute seule.

– Non, ils ne les destinent qu'à vous. Forcez-vous, pour ne pas les offenser. Ils me préparent à déjeuner. Et ensuite, nous prendrons la route de Mayapore.

– Et votre épouse ?

– Elle est en sécurité chez sa meilleure amie. Quelqu'un du village ira lui dire que je vous accompagne.

Elle laissa un court silence s'installer; enfin, levant la tête et rencontrant son regard attentif, elle dit :

– Merci, Mr Chaudhuri, puis, non sans quelque peine : Toute seule, j'aurais eu peur.

Au premier village, Garhwar, les hommes de la force publique surveillaient la route, accroupis à l'ombre d'un banian près duquel s'élevait un sanctuaire hindou aux murs blanchis à la chaux.

De la véranda de sa cahute où il siégeait, demi-nu, à même le sol de terre battue, le prêtre préposé au sanctuaire regardait ces hommes armés de bâtons. Voyant arriver la Ford, le chef se dressa et la fit stopper. Ayant salué réglementairement Miss Crane et tout juste regardé Mr Chaudhuri, il annonça en urdu qu'il était dangereux d'aller plus loin. Il avait reçu ordre de rester posté là et de se tenir prêt en cas de troubles.

– Quand avez-vous reçu ces ordres ? le questionna Miss Crane dans la même langue.

L'ordre de se poster datait de la matinée, et celui de se tenir prêt en cas de troubles, de la veille.

– Vous auriez dû envoyer aussitôt un message à Kotali.

Justement, il l'avait fait en fin de matinée, et de sa propre initiative, car il n'avait pas reçu d'instructions à ce sujet.

– C'est hier que vous auriez dû les prévenir, mais peu importe, dit Miss Crane. Maintenant, auriez-vous l'obligeance de me dire si vous savez ce qui se passe à Mayapore, et aussi entre Garhwar et Mayapore ?

– Je ne sais rien. On ne peut pas parler au téléphone avec Dibrapur.

– La ligne est coupée ?

Elle était peut-être coupée, ou peut-être en dérangement. S'il avait envoyé des messages à Kotali et aux autres villages dont il avait mission d'assurer la sécurité, c'était parce qu'après avoir reçu l'ordre de surveiller la route il s'était aperçu que Dibrapur ne répondait plus au téléphone. Il avait fait porter les messages par de simples habitants de Garhwar, car il ne pouvait se priver d'aucun de ses hommes, au cas où les troubles éclateraient brusquement. Il avait fait tout ce qu'il pouvait, considérant qu'il ne disposait que d'une poignée d'hommes au cas où il arriverait du vilain.

Dans les villages, il y avait bien des mauvaises gens. Sa vie et la vie de ses hommes étaient en danger. Est-ce que la memsahib accepterait d'informer le sahib sous-inspecteur de Tanpur que le chef de la force publique Akbar Ali exécutait ses ordres à Garhwar mais qu'il n'avait aucun moyen de communiquer ?

– Vous pensez donc que nous atteindrons Tanpur sans dommage ?

Il n'en savait rien, mais Dibrapur était placé sous l'autorité des forces de police de Tanpur, composées d'hommes déterminés et aguerris. Il pensait qu'avec son auto, elle pourrait atteindre Tanpur, tout en estimant de son devoir de l'avertir qu'il était dangereux d'aller plus loin, et il ne pouvait évidemment répondre du parcours passé Tanpur, où il y avait beaucoup de villages pleins de mauvaises gens, qui pouvaient aussi bien marcher sur cette ville que sur Mayapore. Mais à Tanpur, le sous-inspecteur Govindas Lal Sahib serait beaucoup mieux placé que lui pour la renseigner.

À 2 heures de l'après-midi, ils atteignirent Tanpur – une petite localité sale et pauvre, où flottait une odeur d'immondices. La force publique qui patrouillait dans la grand-rue se composait de six hommes et du sous-inspecteur adjoint. Le sous-inspecteur Govindas Lal était absent. Selon son adjoint, pour réussir à entrer en contact avec le quartier général du sahib chef de la police du district à Mayapore, il était parti une heure plus tôt en camionnette avec un de ses hommes et trois câbleurs des postes et télégraphes afin de trouver à quel endroit étaient coupés les fils téléphoniques entre Tanpur et Mayapore. Ils étaient également coupés entre Tanpur et Dibrapur, mais c'était avec Mayapore que la liaison était capitale. Mr Chaudhuri dit au sous-inspecteur adjoint qu'à Garhwar le responsable de la police ne pouvait pas téléphoner, lui non plus, mais qu'entre ce village et Tanpur, et même à partir de Dibrapur, ils n'avaient vu ni fils ni poteaux. Le sous-inspecteur adjoint expliqua que, pour téléphoner de Garhwar à Tanpur ou l'inverse, l'appel devait passer par le standard de Dibrapur, et qu'apparemment les fils étaient coupés à la hauteur de Dibrapur, si les postes et télégraphes de cette ville n'étaient pas ravagés.

– Risquons-nous quelque chose en continuant notre route ? demanda Mr Chaudhuri.

– Qui pourrait le dire ? S'il n'est pas arrivé malheur au sahib sous-inspecteur, vous le verrez en chemin.

À Tanpur même, des groupes s'étaient formés dès le début de la matinée, mais le sahib sous-inspecteur les avait persuadés de se disperser. Les militaires faisaient route depuis Mayapore pour maintenir l'ordre, avait-il dit. Les boutiques demeuraient fermées (contrairement aux prescriptions) et les gens restaient chez eux. Selon les dernières instructions arrivées de Mayapore à l'aube, il fallait employer la persuasion pour disperser les rassemblements, sans recourir à la force. On aurait pu obliger les commerçants à ouvrir boutique, mais il valait mieux les laisser faire. Pour l'instant, tout était calme. Évidemment, si le sahib sous-inspecteur ne revenait pas bientôt, qui pourrait savoir si ça durerait ?

– Pour l'instant, ça va, dit-il soudain en anglais à Miss Crane.

– Nous le dirons au sous-inspecteur quand nous le verrons.

Mais ils ne virent pas le sous-inspecteur. À sept ou huit kilomètres de Tanpur, ils arrivèrent à la hauteur d'un véhicule retourné les roues en l'air, pratiquement devant un poteau télégraphique. Ce ne pouvait être que la camionnette en question car, à cet endroit, les fils étaient sectionnés et formaient un fouillis dans le fossé.

– Il faut faire demi-tour, dit Mr Chaudhuri. Ils ont enlevé le sous-inspecteur Govindas Lal.

– Et aussi les câbleurs.

– Ce sont peut-être les câbleurs qui l'ont enlevé. Aux postes et télégraphes, il y a des rouges.

– Mais ils n'étaient que trois, et le sous-inspecteur avait un homme avec lui et il était certainement armé. Ce devait être une bande plus nombreuse.

– C'est pour ça qu'il faut faire demi-tour, Miss Crane.

Le ciel était complètement bouché par les nuages, mais il ne pleuvait pas encore.

– C'est ridicule, dit Miss Crane. Hier, quand je suis passée par cette route, elle était tout à fait tranquille et sûre. Et à présent, il y a des fils sectionnés, une camionnette renversée, un sous-inspecteur enlevé. Tout ça est *trop bête* remarqua-t-elle en riant. Si vous voulez, Mr Chaudhuri, je vous ramène à Tanpur, mais ensuite je repars sur Mayapore, parce que ce que je viens de voir ici est *risible.* Mais si je vous ramène à Tanpur, les gens sauront qu'il doit y avoir une bonne raison, et la disparition du sous-inspecteur s'ébruitera. Alors, son adjoint s'affolera, et les choses cesseront d'être risibles.

Après un court silence, Mr Chaudhuri soupira et répondit :

– Je ne vous suis pas dans votre raisonnement, Miss Crane. C'est sans doute ce qu'on appelle le flegme britannique. Vous êtes démente. Moi, je suis dément de vous laisser continuer, et encore plus de vous accompagner. Je ne vous demande qu'une chose : si nous arrivons devant des gens massés sur la route, appuyez à fond sur l'accélérateur.

Elle tourna la tête vers lui, et ils se regardèrent de nouveau droit dans les yeux. Elle ne souriait plus, non parce qu'il l'avait traitée de démente ou parce qu'elle ne trouvait plus les choses risibles, mais parce qu'elle sentait s'établir entre eux une confiance mutuelle inespérée – la confiance qui peut surgir entre deux étrangers partageant fortuitement une situation difficile dont ils ignorent si elle deviendra effrayante ou amusante.

Et pour Miss Crane, il y avait quelque chose de plus – le sentiment déjà maintes fois éprouvé qu'elle était sur le point de franchir un obstacle jamais encore vaincu malgré trente-cinq années de détermination et d'efforts, cet obstacle qui, peu importe sa taille, entrave le cours des pensées qui vous relient à l'homme ou à la femme qui n'est pas de votre couleur. Ne fût-il pas plus gros qu'un caillou, il était toujours là, il troublait leur cours, il troublait la pureté des pensées.

– Oui, j'essaierai, dit-elle, j'essaierai d'accélérer à fond.

Elle aurait voulu trouver les mots pour lui dire ce qu'elle éprouvait alors de très profond à son égard, d'infiniment plus profond encore que ce qu'elle avait ressenti autrefois, devant les enfants déguenillés qui chantaient; plus profond et plus solide, parce que, devant les petits, elle avait été mue aussi par la pitié. Mais elle n'éprouvait pas de pitié pour Mr Chaudhuri, rien que du respect et cette sorte d'affection venant de la confiance qu'un être peut mettre dans un autre, alors que, jusque-là, pratiquement rien ne les unissait.

– Eh bien, continuons, dit Mr Chaudhuri.

Il semblait avoir les lèvres très sèches. Il avait peur, et elle aussi, mais à présent ils voyaient peut-être tous les deux le côté risible de la situation, et elle n'avait pas à lui exprimer quelque chose de particulier simplement parce qu'il avait la peau brune et qu'elle ne l'avait jamais compris. Après tout, lui non plus ne l'avait jamais vraiment comprise. Elle démarra. Au bout d'un moment, elle se mit à chanter. Et – surprise et bonheur –

il joignit sa voix à la sienne. C'était le cantique qu'elle aimait tant apprendre aux enfants. Dans toute l'Inde, pensait-elle, il y avait des adultes et des enfants à la peau brune ou cuivrée qui le connaissaient ou qui, au moins, en retrouveraient les paroles en l'entendant, et pour qui il évoquerait la memsahib Miss Crane. Elle le chantait, non avec sentimentalité mais avec joie, non sur une cadence pieuse, mais enlevée, presque comme une marche. Et quand ils eurent fini, ils le reprirent en chœur :

Il est aux cieux, Il est l'Ami
De tous les petits enfants.
Il est la lumière et la vie;
Il les aime éternellement.
Ici-bas les amis nous quittent,
Ou changent avec les années,
Mais notre Ami des cieux mérite...

Pas très loin devant eux, un groupe d'hommes bouchait la route.

– Je ne peux pas, dit-elle en continuant à rouler.

– Il le faut. Klaxonnez sans arrêt et appuyez sur l'accélérateur, *appuyez !* lui intima-t-il et, se penchant par la portière pour montrer son teint sombre de Bengali, il agita le bras en faisant signe de dégager la chaussée. Plus vite, cria-t-il à Miss Crane, plus vite, vous ralentissez ! Klaxonnez et accélérez !

– Je vais les renverser ! Non, je ne peux pas, je ne peux pas. Je vais les tuer !

– Ça ne fait rien ! Foncez en klaxonnant !

Pendant un instant, en arrivant presque sur le groupe elle crut que c'était gagné, car les hommes se déplaçaient. Mais non, de nouveau ils faisaient masse. Ils devaient avoir aperçu que la conductrice était une Blanche. Au premier rang, un homme agitait les bras pour les faire stopper.

– Foncez ! hurla Mr Chaudhuri. Fermez les yeux s'il le faut, mais foncez !

Elle serra les mâchoires, prête à s'exécuter. Mais c'était en vain. Elle ne pouvait pas lancer l'auto dans ce mur d'êtres vivants. « Excusez-moi ! » cria-t-elle en commençant à appuyer sur la pédale de frein. Elle stoppa à vingt mètres de l'homme mais ne coupa pas le moteur.

– Ils n'auraient pas bougé et je les aurais tués. Excusez-moi.

– Surtout, ne parlez pas. Laissez-moi m'en occuper, ordonna Mr Chaudhuri en posant sa main sur le poignet de Miss Crane. Je sais que vous ne m'avez jamais fait confiance, mais maintenant, il le faut. Faites ce que je vous dis, *tout* ce que je vous dis.

– Oui, j'ai confiance. Je ferai ce que vous dites. (Dans sa peur physique entrait une sorte d'ivresse, comme lorsqu'elle avait bu trop d'alcool chez le commissaire délégué.) Mais ne vous exposez pas, ça n'en vaut pas la peine. Je suis vieille, ma vie est derrière moi et j'ai échoué. Après tout, c'est moi qui les intéresse, pas vous, remarqua-t-elle avec un petit rire. Alors, qu'il en soit ainsi. Si c'est ici que ma route doit s'arrêter, qu'elle s'arrête.

– Voyons, Miss Crane, ne soyez pas ridicule.

À présent, les hommes se pressaient autour de l'auto. Miss Crane ne parvenait pas à distinguer un visage d'un autre. Ils avaient tous la même tête, ils exhalaient tous la même odeur d'alcool, d'ail et de coton trempé de sueur – le coton blanc, tissé à la main, de la tuniquc et du grand pagne appelé *dhoti* qu'ils portaient presque tous. Certains arboraient le calot blanc du parti du Congrès. Ils scandaient les mots dont, apparemment, toute l'Inde résonnait depuis le début du printemps : « Quittez l'Inde ! Quittez l'Inde ! » Mr Chaudhuri parlait au meneur. L'homme voulait savoir ce qu'il faisait dans l'automobile d'une Anglaise.

Mr Chaudhuri ne répondait pas à la question mais essayait de crier plus fort que lui, en clamant que Miss Crane était depuis toujours une amie de l'Inde, que ce matin encore elle avait protégé la vie de nombreux petits enfants indiens face aux brutalités d'hommes de la force publique pris de boisson, qu'elle se rendait à une réunion secrète du comité du Congrès de Mayapore qui lui accordait toute sa confiance et dont elle soutenait totalement les efforts pour renverser les Anglais.

Le chef de la bande dit qu'il n'en croyait pas un mot. Mr Chaudhuri était un traître. Jamais un homme indien qui se respecte ne roulerait dans la voiture d'une vieille fille anglaise desséchée à qui il faudrait faire sentir ce qu'est la force d'un mâle qui vous pénètre pour qu'elle commence tout juste à ressembler à une femme, et qu'est-ce que Mr Chaudhuri ferait s'ils tiraient la memsahib de l'auto, pour lui apprendre à quoi servent les femmes et ce qu'en font les hommes ? Mais ce serait gaspiller sa force et sa virilité, dit le meneur en crachant sur le capot de la Ford, que de s'épuiser sur ce vieux tas d'os.

– Elle parle hindi, dit Mr Chaudhuri, et elle entend ces insultes. N'as-tu pas honte de parler ainsi d'une *guru*, une enseignante, une disciple du Mahatma ? Malheur à vous tous et à vos fils si vous touchez seulement un cheveu de sa tête.

– Alors, c'est à ta tête qu'on va toucher, mon frère, croassa l'homme en ouvrant brutalement la portière dont, depuis des mois, Miss Crane négligeait de faire réparer la serrure.

– Partez, dit Mr Chaudhuri qu'on tirait à l'extérieur. Partez tout de suite. Moi, je ne risque rien.

– Pourceaux ! hurla-t-elle en hindi tout en essayant de retenir Mr Chaudhuri par le bras. Fils de pourceaux, mangeurs de viande de vache, idolâtres impuissants (les mots qui lui avaient servi, des années auparavant, à Muzzafirabad, lui revenaient), fornicateurs, abominations du dieu Siva...

– Allez-vous partir ? hurla Mr Chaudhuri qui, debout sur la chaussée et les bras immobilisés par quatre hommes, claqua la portière d'un coup de pied. Ou bien n'obéissez-vous qu'aux Blancs ? Ne tenez-vous vos promesses qu'avec eux ?

– Non, je pars ! lui cria-t-elle.

Elle voulut démarrer, faillit caler, de sorte que la voiture fit deux bonds, projetant en avant les hommes hilares accrochés au capot et qui n'eurent que le temps de s'écarter quand, dans un troisième bond, elle partit cette fois à toute allure. Deux cents mètres plus loin, elle stoppa et regarda en arrière. Trois hommes s'étaient lancés à sa poursuite. Derrière eux, les autres se passaient brutalement Mr Chaudhuri de main en main. Elle vit un gourdin s'abattre sur ses épaules. « Non ! Non ! Mr Chaudhuri ! » hurla-t-elle. Elle ouvrit la portière, descendit. Les trois hommes arrivèrent en riant, bras tendus vers elle et appelant : « Hé, memsahib, memsahib ! » Se penchant à l'intérieur de la voiture, elle saisit la manivelle et, plantée sur la chaussée, les en menaça. Riant de plus belle, ils mimaient l'effroi, se mettaient en garde, sautaient comme des singes savants. Mr Chaudhuri se protégeait la tête de ses bras repliés. Les gourdins s'abattaient sur lui avec d'horribles bruits sourds. Il tomba à genoux, disparut complètement au milieu de la meute qui ne cessait de le frapper. « Démons ! Démons ! » cria Miss Crane et elle s'avança sur les trois hommes en brandissant la manivelle. Ils reculèrent en feignant la peur. Le plus jeune glissa sa main dans son dhoti comme pour exhiber son sexe en hurlant des mots qu'elle ne comprit pas. Et soudain, ils firent volte-face et coururent vers le meneur qui les hélait. Les hommes restaient en cercle autour de Mr Chaudhuri, inanimé sur la chaussée. Deux d'entre eux fouillaient ses poches. Puis le chef leur montra la voiture. Cinq ou six hommes se détachèrent du cercle et se dirigèrent vers Miss Crane. Instinctivement elle fit quelques pas en arrière mais pas plus loin que la Ford. Arrivés devant elle ils l'écartèrent brutalement, comme s'ils s'en voulaient de ne pas l'assaillir parce qu'il leur manquait le courage de désobéir au chef. Ils se plièrent en deux, les uns sous le marchepied, les autres sous les garde-boue, soulevèrent plusieurs fois le véhicule en cadence et finirent par le faire verser. Cette démonstration de force enhardit l'un d'eux : s'approchant de Miss Crane, il la gifla à toute volée, une fois, deux fois, la fit reculer vers le profond fossé et l'y poussa violemment. Elle tomba, perdit connaissance. Quand elle rouvrit les yeux, elle attendit un instant que sa tête s'éclaircisse et, rassemblant ses forces, elle réussit à sortir du fossé en s'accrochant des mains et des genoux. La Ford flambait; les hommes disparaissaient au loin.

Traînant la jambe, elle marcha vers le corps inerte de Mr Chaudhuri. Elle s'agenouilla à côté de lui et dit : « Mr Chaudhuri », mais elle ne put se résoudre à le toucher à cause de son visage ensanglanté, de ses yeux grands ouverts, de sa tempe horriblement défoncée.

– Oh, non ! Ce n'est pas vrai. Seigneur, ô Seigneur, pardonne-moi ! Ô Seigneur, pardonne-nous à tous ! dit-elle, et elle se mit à sangloter dans ses mains, ce qui ne lui était pas arrivé depuis des années, et elle sanglota longtemps.

De la manche de son corsage elle s'essuya les yeux, une fois, deux fois, trois fois. De grosses gouttes de pluie commençaient à tomber. Sa cape imperméable était restée dans l'auto. Elle n'avait rien, absolument rien pour couvrir le corps. S'étant relevée, elle le saisit par les pieds et le tira sur le bord de la route.

– Je ne peux rien faire d'autre, dit-elle tout

haut, comme s'adressant à lui, au corps sans vie qui gisait là, ensanglanté. Non, je ne peux rien faire, rien faire.

Se détournant, elle partit dans la direction de Mayapore, marchant à grandes enjambées irrégulières. Elle dépassa la voiture qui brûlait encore malgré la pluie. Elle répétait : « Rien. Je ne peux rien faire. » Et puis, cent mètres plus loin, elle s'arrêta. « Mais si, je peux faire quelque chose », dit-elle en rebroussant chemin. Arrivée devant le corps de Mr Chaudhuri, elle s'assit tout contre lui, dans la boue du bas-côté, et lui prit la main.

– Il m'a fallu longtemps, prononça-t-elle (et elle ne parlait pas seulement de son retour vers Mr Chaudhuri). Je regrette qu'il ait été trop tard.

Comme Mr Poulson devait le dire par la suite, pour lui les troubles de Mayapore commencèrent avec la vision de la vieille Miss Crane assise au bord de la route sous une pluie battante et tenant la main d'un Indien mort. Ce jour-là, celui de l'arrestation des membres des sections locales du Congrès dans le district, Mayapore elle-même était calme. L'agitation n'y démarra que lentement. Seuls Dibrapur et les localités avoisinantes semblaient en effervescence. Mr Poulson partit de Mayapore dans le courant de l'après-midi, flanqué d'un des officiers de police de Mr Merrick et suivi par un plein fourgon d'agents, pour voir par lui-même ce qu'il en était des troubles présumés dans les agglomérations qu'on ne pouvait plus joindre téléphoniquement; et bien qu'en arrivant au village de Candgarh ils y aient trouvé le sous-inspecteur de police de Tanpur, un de ses hommes et trois câbleurs des postes et télégraphes enfermés dans le poste de police, ce ne fut qu'après avoir continué en direction de Tanpur et découvert d'abord la voiture calcinée de Miss Crane puis

Miss Crane elle-même qu'il commença à envisager vraiment la possibilité de troubles.

Ces troubles, que Mr Poulson – et quelques autres avec lui – n'avait pas tout de suite pris au sérieux, il allait falloir attendre jusqu'à la fin du mois pour qu'ils fussent complètement matés. À ce moment-là, dans Mayapore, chacun en offrirait sa version personnelle, mais tout le monde s'accorderait sur certains épisodes. Le premier, c'était l'équipée de Miss Crane, mais elle fut rapidement éclipsée par le viol de la jeune Anglaise, le 9 août, dans les jardins du Bibighar, à une heure où, à l'hôpital britannique de Mayapore, Miss Crane, atteinte de pneumonie, commençait à délirer. Quelque temps plus tard, lorsque Miss Crane se montra incapable d'identifier aucun des hommes arrêtés le jour même à Tanpur, on parla de nouveau d'elle. On se demandait si vraiment elle ne reconnaissait aucun de ses assaillants, des meurtriers de Mr Chaudhuri, ou si elle s'entêtait à tout prix dans cette histoire de loyauté à l'égard de ces damnés indigènes.

Mais on n'en oubliait pas pour autant l'affaire des jardins du Bibighar. Les Européens y voyaient la clé générale de la situation dans laquelle ils se trouvaient plongés – un signal aveuglant du danger qui les menaçait tous, mais plus particulièrement les femmes. Par la suite, on ne put jamais démêler si les mesures prises par les autorités à la suite du viol de la jeune Anglaise dans les jardins du Bibighar avaient déclenché des désordres pires que ceux qui étaient organisés, ou s'il y aurait eu de toute façon des émeutes. Là-dessus, les avis étaient partagés. Ceux pour qui, sans le viol, il n'y aurait eu que peu, ou pas du tout de désordres, estimaient que les arrestations opérées à l'aube du 9 août, conformément aux ordres du commissaire délégué, avaient bien jugulé ceux qu'il fallait juguler, et trouvaient que les mesures prises à la suite de l'affaire des jardins du Bibighar avaient été plus lourdes de conséquences que la désobéissance civile, à laquelle les incarcérations avaient mis un terme. Pour ceux qui, à l'inverse, estimaient que, de toute façon, il y aurait eu des désordres, et que l'affaire des jardins du Bibighar n'était qu'un symptôme de la trahison générale, les membres des sections locales du Congrès, que Mr White n'avait pu faire autrement que d'incarcérer, n'étaient que des paravents : les vrais fomentateurs de la rébellion, dans des villes comme Tanpur et Dibrapur, restaient dans la clandestinité. Mais, sur le moment, on ne pouvait distinguer la cause de l'effet, et pendant trois semaines on dut simplement faire face aux événements.

Miss Crane ne sortit de l'hôpital qu'au début de septembre – la première semaine de calme – et elle mit encore quinze jours à récupérer suffisamment de forces pour faire face à ses obligations. Ce fut donc seulement près d'un mois après la cessation des désordres dans le district de Mayapore qu'un jeudi après-midi elle rouvrit son bungalow aux jeunes soldats.

Elle se doutait qu'à certains égards ils ne seraient plus comme avant. À l'hôpital et depuis son retour chez elle, elle s'était efforcée de ne pas penser à ce qui s'était passé pendant les émeutes, mais elle savait que Mr White, perdant la tête, avait fait appel au général de brigade commandant la place, à qui il avait pratiquement livré Mayapore pendant trois ou quatre jours. Sans vouloir les écouter, elle n'en avait pas moins entendu les Indiens dire qu'avec le général de brigade Reid, la répression avait été presque aussi atroce que celle du général Dyer à Amritsar, en 1919. Non que l'armée ait tiré à vue sur les civils, mais il y avait eu des salves, donc des morts, et puis, ils avaient paraît-il forcé à manger du bœuf les six jeunes hindous suspects, ou coupables, du viol dans les jardins du Bibighar. On n'avait pas non plus fouetté publiquement des gens, comme cela s'était passé avec le général Dyer (des jeunes gens simplement soupçonnés d'avoir attaqué une Anglaise avaient été liés sur un chevalet et fouettés en pleine rue), mais on disait que les garçons contraints à manger du bœuf avaient aussi été battus, et à présent ils avaient disparu dans la masse anonyme de ceux qui étaient incarcérés sur condamnation ou arbitrairement.

Dans la ville indigène – Mr Narayan le lui avait assez répété – il y aurait eu de nombreuses charges de la police montée, et des salves tirées par l'armée pour disperser les foules ou châtier les pillards et les incendiaires. Dans tout le district comme dans beaucoup de provinces de l'Inde, les voies ferrées avaient été coupées en maints endroits, les liaisons postales et téléphoniques interrompues, il y avait eu des pillages d'entrepôts, de boutiques, et de dépôts de céréales appartenant au gouvernement (ce dont on se mordrait les doigts, faisait remarquer Mr Narayan, si les récoltes étaient mauvaises). Des postes de police avaient été attaqués, et il y avait eu des morts parmi les hommes de la force publique. On racontait que, dans une ville du district, le juge, qui était un Indien, avait fait flotter le drapeau du Congrès sur le bâtiment du tribunal, libéré les emprisonnés, infligé des amendes à des libéraux et des modérés, perçu illégalement des impôts et dissimulé des fonds qu'il aurait dû verser au Trésor. Miss Crane ne croyait pas trop à cette histoire, mais en revanche il semblait prouvé qu'un des subordonnés indiens de Mr White était en disgrâce, et qu'après le retour au calme il s'était présenté au bungalow du commissaire délégué où il avait sangloté pendant une heure.

Sa vieille expérience l'empêchait de prendre pour argent comptant tout ce qu'on racontait, mais lui faisait aussi percevoir quelque chose : ses jeunes visiteurs, ces troupiers tout juste arrivés d'Angleterre et ayant brusquement dû épauler le pouvoir civil pour mater l'insurrection dans un empire colonial qu'ils connaissaient très peu et dont ils devaient avoir à présent la pire opinion (en songeant au blitz, là-bas, dans la patrie, et aussi aux camarades tombés en Birmanie), ne devaient pas comprendre grand-chose au pourquoi et au comment des événements, ni non plus, à présent qu'ils avaient cessé, comment il se pouvait qu'Anglais et Indiens semblassent de nouveau s'entendre, même si c'était à leur corps défendant.

« À leur corps défendant », là était la clé de la situation. Quelque part, dans cette curieuse association séculaire, il devait résider une sorte d'amour dont le revers était la haine. Mais Miss Crane se trouvait présentement trop lasse, trop facilement accablée par le climat, par le pays, par les hordes de visages foncés et par la troupe clairsemée des Blancs arrogants, pour consacrer la moindre part du peu d'énergie que lui avait laissé la pneumonie à résoudre des problèmes moraux et dialectiques. Mais elle aurait voulu qu'au temps où elle était pleine de vigueur – un temps qui avait brusquement pris fin sur la route près de Tanpur –, l'idée lui soit venue de prendre à part un des militaires (elle pensait à Clancy) pour lui dire :

« Depuis le XVIIIe siècle, nous n'avons pas cessé de répéter chez nous, et nos gouvernants n'ont pas cessé de répéter à Whitehall, qu'un jour viendrait où prendrait fin notre suzeraineté sur l'Inde, et non dans le sang mais dans la paix, dans un geste parfait – tel que nous le présentions –, un geste d'égalité, d'amitié, d'amour. Pendant près d'un siècle, les livres qu'ont lus les Indiens étaient ceux de nos libéraux, de nos radicaux. Il y a eu une semence qui a germé dans l'imagination des

Indiens et dans celle des Anglais. Ils en attendaient un fruit sain, sérieux, plein de dignité, de considération, de paix, de sagesse. Car toutes ces choses bonnes sont en nous, elles sont en vous et moi, dans le vieux Joseph et dans Mr Narayan, dans Mr White et sans doute aussi dans le général de brigade Reid. Et elles étaient en Mr Chaudhuri. Pendant des années nous avons promis, et pendant des années nous avons trouvé le moyen de différer l'accomplissement de la promesse. Et elle n'est plus devenue qu'une sinistre tergiversation, même à mes yeux, sans parler des Indiens, lesquels, comme moi, ont un cerveau et un cœur. Et la tragédie, c'est que réside entre nous cette petite chose qu'est la couleur de la peau, qui nous empêche de comprendre nos erreurs mutuelles en pénétrant dans le cœur l'un de l'autre. Parce que si *nous* lisions en *eux*, nous saurions qu'une promesse est une promesse et qu'elle doit se réaliser. »

Cela, elle ne l'avait jamais dit à personne. Et le jour vint où reparut Clancy, entouré de camarades qui savaient que la vieille fille avait traversé un sale moment et failli y rester, et qui voulaient la distraire, et être gentils, pour qu'elle ne pense plus à ses malheurs, pour qu'elle sache qu'elle avait des amis, de solides gaillards qui en avaient vu pas mal eux-mêmes, et qui lui étaient reconnaissants de leur ménager un petit moment évoquant la patrie et la sécurité.

Mais pendant le thé, pas un d'entre eux, et même pas Clancy, ne jeta un seul regard sur Joseph. Quand ils furent partis, elle l'aida à desservir mais ne sut que dire pour panser la blessure faite à la dignité, à l'honorabilité de ce vieil homme. Alors, elle le laissa finir tout seul, rentra dans sa chambre, et décrocha le tableau de la vieille reine qu'elle serra dans le coffre – en prévision du jour, assurément lointain, où elle pourrait de nouveau le mettre au mur.

DEUXIÈME PARTIE

MACGREGOR HOUSE

Sous le grand soleil, le jardin de MacGregor House recèle un complexe lacis d'ombres. La gamme des verts est extraordinairement variée : vert pâle, vert cru, tons brisés, teintes neutres. Les feuilles sont de toutes formes et de toutes textures; rien qu'en les effleurant du regard, on sent leur consistance : douceur des jeunes pousses, vigueur de la pleine feuillaison, craquante fragilité de la feuille à son déclin. Et tout cela en même temps, car ici il n'y a point d'automne. Dans la pénombre s'allongent de légers voiles bleu nuit et planent les odeurs douceâtres du pourrissement sur les aires fertilisées par les fruits tombés au long des années.

Les modulations d'une jeune voix féminine arrivent de la maison. Elle chante le *raga* de l'épousée saluant ses parents avant de partir au loin vers son nouveau foyer. Il y a des ragas du matin et des ragas du soir. Celui-ci est un chant du matin. Il fait encore frais dans le jardin. Un corbeau au bec orangc descend en piqué du toit de la demeure, cn quête de son premier déjeuner. Sous le soleil, les gouttelettes de rosée irisent la pelouse.

Autour de la pelouse se pressent les buissons de bougainvillées blanches ou roses. Les hybrides portent des fleurs des deux couleurs. Ailleurs, il y a des foisonnements de jasmins et des parterres de cannas rouge foncé. La demeure se dresse au milieu du jardin, protégée du monde extérieur par des rangs serrés d'arbres : mélias, figuiers des pagodes, flamboyants, tamariniers, casuarinas, banians. Au XVIIIe siècle, un prince édifia là une maison pour une musicienne et chanteuse classique. Matin et soir, il venait voir cette femme. Elle chantait pour lui – peut-être les mêmes airs que chante la jeune fille –, et il finit par ne plus être épris que de sa voix, restant en auditeur quand elle donnait ses leçons aux élèves qu'il lui permettait de recevoir. Schéhérazade conta des histoires pour différer l'heure de son exécution. La musicienne chanta pour préserver son honneur. Sa mort devait navrer le prince, qui mourut de chagrin. Laissée à l'abandon, la maison se délabra et tomba en ruine, car le fils du prince, qui lui succéda sur le trône, et qui méprisait son père de s'être épris sans espoir d'une chanteuse, ne voulait pas qu'on la rouvrît. Lui-même édifia ailleurs une autre demeure, le Bibighar, pour y loger ses courtisanes. Ce prince jouisseur vida le Trésor, tandis que ses sujets mouraient de faim. Mais, à la suite de la mort, par empoisonnement, d'un Anglais attaché à sa cour, ce prince fut déposé et emprisonné, et son État annexé, ce dont ses sujets se réjouirent jusqu'à ce que, le temps ayant effacé les mauvais souvenirs, ils dussent faire face aux misères du présent. La maison de la chanteuse fut reconstruite par un nabab écossais à la face rubiconde portant le nom de MacGregor, un homme qui respectait Dieu, avait de l'inclination pour les musulmans et était frappé de crainte par les temples. La légende veut qu'il ait fait disparaître le Bibighar en l'incendiant, parce qu'il le considérait comme une abomination. Il fut tué par des cipayes lors de la fameuse Mutinerie.

Sa jeune épouse est le premier fantôme. Portant le costume de son temps, elle vient se placer sous la véranda et s'y balance, comme si elle berçait son enfant mort-né, mais ses bras n'étreignent rien. Il y a du sang sur son corsage déchiré. Elle s'appelait Janet MacGregor. Akbar Hossain, un serviteur musulman, perdit la vie en tentant de la protéger.

McGregor avait réédifié la maison de la chanteuse sur ses premières fondations grâce à de l'argent qu'on disait obtenu par des malversations. Elle se déploie en carré autour d'une cour intérieure dallée. En façade, le rez-de-chaussée et l'étage sont protégés par des vérandas en arcades. La maçonnerie de brique est masquée par un enduit de plâtre dont la peinture crème vire toujours au jaune en séchant. De la grande allée de gravier, on monte quelques marches de pierre pour accéder au rez-de-chaussée, surélevé de près d'un mètre. Des stores verts en lattes de bambou permettent de masquer les arcades, en fonction du temps et de la saison. Seule la véranda supérieure est fermée par une balustrade. Alignées devant la véranda du bas, des jardinières de terre contiennent des arbustes, des fleurs et des plantes grimpantes qui s'enroulent autour des piliers en arcades. Un vieil homme aux cheveux gris, vêtu d'un gilet blanc et d'une culotte kaki qui découvre ses jambes sèches et déformées par les rhumatismes, est en train de soigner ces plantes. C'est Bhalu. À force d'être exposée au soleil, sa peau noire est devenue violacée. Ses doigts de pieds nus, qui s'incrustent dans le gravier, sont si cornés qu'on dirait de la carapace de tortue.

Ce fut sur ces marches de pierre montant à la véranda que la jeune fille trébucha au terme de sa fuite nocturne éperdue dans les jardins du Bibighar; elle trébucha, tomba, et termina sur les mains et les genoux le peu de chemin la séparant encore de la sécurité.

– Oui, je me souviens de Miss Crane, dit la vieille Lady Chatterjee. Bien que tout cela soit fort lointain, je regrette encore de l'avoir jugée médiocre, mais en fait, je ne la voyais jamais que chez Connie et Robin White, parce que, à ces dîners chez le commissaire délégué (ils étaient d'un morne !), on invitait Miss Crane pour équilibrer la table quand il y avait trop de convives masculins célibataires. Miss Crane n'était pas d'un genre que j'appréciais. À de rares exceptions près, telles Connie White et Ethel Manners, je n'ai jamais apprécié les Européennes, et quant à celles qui viennent aujourd'hui en Inde, elles ne semblent appréciées de personne, sauf de leur mari, et encore... Ce sont des godiches. Dans le temps, elles étaient quasiment toutes des harpies. Je me disais que Miss Crane aurait été une harpie comme elles si elle avait été mariée et obligée de tenir son rang. En fait, c'était une godiche sous des dehors de harpie, le genre de créature qui n'a pas grand-chose à dire mais qui donne l'impression de réfléchir énormément – ce qui est tout à fait acceptable chez un homme mais déplaisant chez une femme. Comme peu de femmes accèdent à des positions dominantes, où elles s'expriment dans leurs décisions, je trouve que les autres ont le devoir de dire ce qu'elles pensent. Autrement, comment le monde peut-il se faire une idée de nous ? Ce que j'évoque ici, ce sont les conversations en société. Les bavardages des femmes entre elles ne m'ont jamais attirée, parce que, en l'absence des gentlemen partis au fumoir, ils me semblent tellement creux qu'autant vaut se reposer en songeant à quelque chose de vide et de blanc, la neige par exemple.

» Je classais Miss Crane parmi les médiocres parce que, alors que, en prenant le café avec les dames, elle bavardait aimablement et non sans intelligence, pendant tout le repas elle restait bouche cousue. Non qu'elle fût timide, même si, vraisemblablement, elle me craignait. Mais elle observait un silence lourd de sens, ce qui lui donnait cet extérieur de harpie, car rien n'est plus lourd de sens que le silence d'une harpie européenne. Mais le silence de la véritable harpie s'accompagne toujours d'un regard entendu ou d'une petite grimace vulgaire à l'adresse d'une congénère. Ce n'était pas du tout le style de Miss Crane. Et puis, au moment du café, qui est l'occasion pour les vraies harpies de sortir leurs griffes, elle se révélait curieusement capable de bavarder en toute candeur, ce qui évoquait pour moi la godiche. Je voyais en elle une libérale fumeuse, une pauvre femme ayant dû lutter contre ce qui la dépassait, contre l'injustice ou simplement l'adversité, et, pour cela, s'accrocher à quelque chose qui vous apaise l'esprit et vous stimule le corps, comme de circuler en pleine mousson sur cette invraisemblable bicyclette pour vérifier que les enfants apprenaient bien l'altruisme, le civisme et l'hygiène, tout en recevant un repas correct.

» Il y a eu cette niaiserie caractéristique du décrochage du portrait de Mr Gandhi parce qu'elle trouvait vilaine la conduite du vieux monsieur, alors que, de toute évidence, il se révélait simplement habile. Les Anglais ont toujours révéré la sainteté, mais ils détestent qu'elle soit associée à la ruse. Ceux qui voyaient un saint en Gandhi étaient en sympathie avec les milliers ou les millions d'Indiens qui le disaient saint, mais la sainteté ne signifie pas la même chose pour un Indien et pour un Anglais. Pour un Anglais, le saint est un être qui subira le martyre, un homme dont la logique personnelle demeure inopérante face aux trivialités du monde, qui a une nature intrinsèque de saint. Mis à part quelques tentations occasionnelles (d'où l'emploi des cilices), les saints des Anglais sont si peu de ce monde qu'ils ont déjà un pied au ciel. Et ce qu'ils entendent par « le ciel », c'est évidemment le contraire de « la terre ». Avec leur habituelle propension au classement, leur goût d'une société ordonnée où chacun reste à sa place, ils séparent le ciel de la terre. Mais c'est là une distinction qu'ignore totalement l'hindou, pour qui le monde matériel n'est qu'illusion et le ciel une simple désignation de l'extinction du soi. Personnellement, je n'ai jamais trouvé illusoire le monde matériel, ni attirante l'idée de la fusion de l'âme individuelle dans l'âme collective, cette sérénité suprême qui est l'état divin pour les hindous. Mais ce qu'il faut bien savoir, c'est que, dans ce difficile voyage conduisant de l'illusion à l'extinction du soi, *tout stade est pratique,* puisque le reste relève de la spéculation. Et, pour en revenir à Mr Gandhi, les hindous le disaient saint parce que, pendant trente ans, il avait été l'hindou le plus *actif* sur la scène, ce qui peut paraître paradoxal à un Européen, mais après tout, considérant ce qu'est l'être humain, il lui faut une énorme vigueur mentale et physique pour opérer ce passage de l'illusion à l'extinction. Tandis qu'en Occident, pour passer du monde matériel tangible au ciel où tout est désincarné, il suffit d'un acte dont nous sommes tous capables : la mort, forcément suivie d'une déception. Si irréligieuse que je sois, je ne peux me défendre de mépriser les religions occidentales pour leur paresse, et je m'en veux de ne même pas être une mauvaise hindoue. En tout cas, je ne me suis pas trompée comme s'est trompée Miss Crane. Si Mr Gandhi considérait ses actes matériels comme largement illusoires, comme les stades privés, franchis publiquement, de sa fusion personnelle avec l'absolu, en tant que femme aux idées pratiques je me dois d'admirer sa pénétrante habileté, la parfaite synchronisation avec laquelle il a lâché le chat au milieu des pigeons. Mais pour cette pauvre Miss Crane, les pigeons étaient des créatures vulnérables, les chats, de tendres petites bêtes, et les uns comme les autres avaient encore bien des choses à apprendre. Moi, j'en ai appris beaucoup sur cette femme une fois passés ces horribles événements, et j'ai même tenté de me racheter vis-à-vis d'elle, mais elle était assez insaisissable, et d'ailleurs le temps nous était compté. Tardivement, je le reconnais, je l'ai invitée, mais elle n'est jamais venue. Alors, c'est moi qui lui ai rendu quelques visites. Ses vertus continuaient à m'être moins sensibles que ses faiblesses. Elle persistait dans son idée qu'il faut montrer aux pigeons l'intérêt de céder, et aux chats l'avantage de se maîtriser. Pour elle, cet intérêt et cet avantage se plaçaient sur un plan spirituel, totalement distinct du niveau matériel – ce qui, pour moi, constitue une négation totale de la nature. Si je ne suis pas hindoue, je suis indienne. Je n'aime pas la violence, mais je la crois inévitable. La violence est une affirmation. Je déteste la négation. Vous me voyez ici, à MacGregor House, entrée positivement dans ma vieillesse, mais filant aux quatre coins du monde dès que notre parcimonieux gouvernement m'accorde une allocation de devises, et je me moque bien de faire quasiment figure d'anachronisme dans cette Inde neuve, d'être une femme qui se souvient encore de trop de choses pour qu'on y prête l'oreille. C'est aussi ce qui s'est passé pour Mr Nehru, que j'ai toujours affectionné, parce qu'il a négligé d'être un saint et que je continue à bien aimer parce qu'aujourd'hui, les discussions ne s'animent à son sujet que lorsqu'on parle de sa succession. Je suppose que nous attendons tous un Mahatma, parce que le premier nous a déçus et surpris en devenant un martyr et un saint dans l'acception occidentale sous les balles de ce stupide meurtrier. À mon sens, nous devons tous en tirer une leçon. Si le vieux monsieur vivait encore aujourd'hui, je pense qu'il nous enverrait son rouet à la tête en nous disant que si nous continuons sur notre lancée nous finirons par croire aux saints comme vous autres Anglais et par perdre toute chance qu'il en surgisse jamais un autre dans notre vie publique. J'estime qu'en proclamant dans notre constitution la laïcité de l'État nous avons mis le point final à notre indianité, *légalisé* nos longues années de concubinage avec les Anglais. Notre prétendue indépendance s'est plutôt apparentée à un mariage forcé. Les seuls Indiens à n'avoir pas encore compris que nous sommes en fait devenus des Occidentaux, ce sont nos paysans. Mais ils y viendront. Parce qu'aussi bien en Orient qu'en Extrême-Orient, tout le monde s'occidentalise.

La vieille dame rajpute trône là, enveloppée d'un sari de soie sombre dont les fils brillants accrochent la lumière, couronnée de cheveux blancs aux reflets d'acier, coupés court et ondulés; comme elle devait se tenir il y a des années, le buste droit, au bord d'un canapé, et effrayer Miss Crane en la forçant à comprendre qu'il ne suffit pas d'appliquer, même en y croyant de tout cœur, quelques simples idées charitables.

– Puisque Miss Crane paraît vous intéresser, poursuit la vieille dame, laissez-moi vous dire pourquoi je suis revenue sur mon opinion à son sujet. Non, ce n'était pas une femme médiocre. Elle a montré du courage, ce qui est la chose la plus difficile et l'attitude que je respecte le plus, particulièrement le courage physique. Derrière tous ces beaux discours sur le courage moral, je flaire une hypocrisie, car ce courage-là est refus. Le physique, au contraire, est invitation. Il est ouvert, et j'aime ça. Et d'ailleurs, il n'est pas vide de moralité. On parle du courage moral comme s'il se situait à un niveau supérieur, mais le courage physique ne va pas sans courage moral, et souvent même le premier ne s'exprime que grâce au second. Vous pourrez, certes, me dire que l'inverse est vrai. Ces notions de courage sont peut-être simplement occidentales, selon les distinctions pratiquées par les Occidentaux pour qui le noir est noir, le blanc est blanc, et le bien est le contraire du mal.

» Quel curieux mélange je fais, avec mon sang rajput, ma peau bistrée, ma curiosité occidentale, mon goût pour vos manières occidentales, et ma vieille langue qui n'est vraiment dans son élément qu'en anglais. Pour mon âge, je fume trop et je bois trop de whisky de contrebande. J'adore les monstruosités néo-gothiques des vieux édifices publics de Bombay et les temples « maritimes » de Mahabalipuram. Je trouve intéressante l'œuvre de Le Corbusier à Chandigarh, et une émotion stupide me saisit devant le Taj Mahal. Avez-vous jamais contemplé ce qu'on appelle le « palais flottant » d'Udaïpur ? Ou, depuis l'arc de triomphe du Carrousel, la longue perspective offerte par la place de la Concorde et les Champs-Élysées que couronne, la nuit, la circulation autour de l'Étoile ? Ou, à Londres, la City désertée par un dimanche matin d'octobre où brille le soleil ? Avez-vous vu d'avion l'archipel de Malaisie ? La botte de l'Italie, depuis un Comet volant à douze mille mètres ? Le paysage nocturne de New York depuis le Beekman Tower, cet hôtel de la Première Avenue, ou découvert Manhattan du pont d'un paquebot remontant l'Hudson par une fin d'après-midi ? Une vieille femme tirant de l'eau au puits dans un village de l'Andhra Pradesh, ou ma petite-nièce Parvati chantant un raga du matin ou du soir en s'accompagnant à la tambura ? Évidemment, vos yeux l'ont vue, mais avez-vous compris qui elle est ?

» Ces choses et ces gens se prêtent-ils à des distinctions, sauf dans l'esprit de ceux qui, les voyant, décident de leur attribuer un sens ? Mais je ne vaux pas mieux que vous, ni que quiconque. Même si je ne cherche pas de signification, il m'en vient naturellement une à l'esprit. À votre avis, est-ce maladif ?

» Allons, quand vous aurez fini votre verre, nous rentrerons dîner.

– La première fois que j'ai vu Daphné, dit Lady Chatterjee de la jeune nièce de Lady Manners, elle m'a paru être une brave enfant mais stupide. Elle était grande, et très maladroite. Elle laissait tout tomber.

MacGregor House résonne encore faiblement de l'écho du verre brisé, et personne, pas même les servantes, ne peut en être incriminé. Lili Chatterjee et sa petite-nièce Parvati ont le pied léger, et les servantes marchent pieds nus : alors, comment expliquer ce pas lourd de grosses bottines, qui parfois ébranle l'escalier ou traverse le hall carrelé, autrement que par la présence de Miss Manners ? Au travers du gargouillement insistant des pluies d'été, on croit entendre des chants autres que les ragas, entonnés par une voix qui n'est pas celle de Parvati, et d'un tour trop moderne pour qu'on les attribue au fantôme de Janet MacGregor. Au demeurant, on imagine plutôt cette dernière silencieuse, même au moment final, avec son corsage maculé de sang et la mort qui approchait. Était-ce le sang de son enfant ou de son époux ? C'était peut-être son propre sang. L'histoire n'y répond pas, et ne pose même pas la question. Janet MacGregor est un fantôme privé, une note invisible dans les marges de l'acte de propriété de MacGregor House, qui est passée d'un Européen à un Indien lorsque, dans les années 30, Sir Nello l'acheta pour marquer son retour dans la province et dans le district qui l'avaient vu naître. Lili Chatterjee était sa seconde femme, plus jeune que lui de quinze ans. Ses deux mariages étaient restés stériles. Et Nello était lui-même le second mari de Lili. Le premier était un prince rajput qui s'était brisé le col en jouant au polo. Ce sportif héritier d'un trône sédentaire la laissait sans enfant. Et c'est peut-être ce qui, étant donné la stérilité de son second mariage avec Sir Nello, expliquait une sagesse que rien n'entravait, une capacité de dire librement son sentiment. Cette veuve d'un prince était aussi fille de prince. Son éducation, commencée à Genève, s'était parfaite à Paris. Cette femme d'origine privilégiée, que son éducation et son expérience du monde avaient ramenée au sens commun, choisit comme second époux un homme aussi doué pour gagner de l'argent que pour le dépenser. Il y eut peut-être – et il y en a peut-être encore, bien qu'elle n'en parle jamais – des parents directs qui refusèrent de la revoir parce que, de naissance rajpute, elle avait épousé un homme de caste vaisya. Le père de Sir Nello n'avait été qu'un simple défenseur devant les tribunaux.

– Le grand-père de Sir Nello et les ancêtres de son grand-père n'étaient que de riches marchands et de petits propriétaires, dit-elle. Nello possédait encore quelques terres du côté de Tanpur mais cela remonte fort loin. Je crois qu'il en a donné aux cultivateurs. En tout cas, c'est ce qu'il m'a dit, mais peut-être racontait-il des histoires empruntées à Tolstoï. Il adorait *Résurrection*. Quand il admirait une ligne de conduite, il tendait volontiers à l'adopter lui-même. Nous autres Indiens sommes souvent ainsi. Nello était un formidable imitateur. Au cours d'une réception, il avait imité Sir Henry Manners, et le gouverneur l'avait appris. Alors, la fois où ils se retrouvèrent face à face – Nello était souvent consulté sur les questions d'industrialisation dans la province –, Henry lui dit : « Eh bien, Chatterjee, voyons donc vos talents. » Et Nello ne pouvait pas résister à faire son imitation sous les yeux du modèle. Il aimait avoir un public sans complaisance. Et c'est comme ça qu'ils sont devenus amis, et voilà pourquoi Henry lui a donné cette pipe de bruyère que vous voyez sous le globe. Henry trouvait que Nello l'imiterait encore mieux s'il tenait en bouche la pipe du modèle, et non une pipe imaginaire. Évidemment, Nello n'a pas fait mieux, mais il a feint de le croire, ce qui est tout à fait indien – feindre plutôt que d'offenser. Nello n'aimait même pas sentir une pipe entre ses lèvres. Il ne fumait pas. Il ne buvait pas. Pour tout dire, il ne manquait pas d'ascétisme, ce qui, probablement, explique qu'il ait amassé tant d'argent. Relativement à la religion, il n'était qu'à demi sérieux. « Lili, me dit-il un jour, comment réagirais-tu si je devenais un *sannyasin,* un renonçant, un homme qui abandonne tout, qui quitte sa maison, sa famille, et s'en va mendier avec son bâton et son écuelle ? » Et moi, j'ai répondu : « Eh bien, Nello, je mendierais avec vous. » Il en est resté tout interdit.

» Le *sannyasa,* le renoncement au monde, c'est le quatrième état de la vie, dans la voie que l'hindou doit s'efforcer de suivre. Le premier état, c'est l'étude, la discipline et la chasteté; le deuxième, c'est la fondation d'un foyer : l'homme engendre des enfants et établit sa maison. Le troisième état (celui de la maturité, ce que vous autres Anglais appelez la « force de l'âge », mais où, en réalité, vos enfants commencent à vous trouver un peu dépassés par rapport à leurs idées) est celui où vous relâchez vos liens : vous avez marié vos enfants et assuré leur établissement, vous bénissez vos petits-enfants et vous vous effacez progressivement. Puis vous atteignez le quatrième état. Vous vous retirez dans la forêt avant d'être devenu une charge, une vieille personne chancelante, et vous vous efforcez de rattraper le temps perdu dans la recherche de la vertu religieuse, ce que vous pouviez faire à travers les autres états, mais qui s'accomplit mieux lorsque, ayant abandonné vos biens et rompu vos attaches avec le monde, vous tendez à oublier votre *soi.* Les Anglais sont toujours horrifiés par le sannyasa. Ils trouvent affreux d'abandonner ainsi ses responsabilités et de vivre de la charité d'étrangers. Mais je ne manque jamais de leur faire remarquer qu'ils ont, eux aussi, leurs « renonçants » : tous ces pauvres gens dont, au soir de leur vie, plus personne ne veut, et qu'on met dans les asiles de vieillards. Vous devez admettre que les hindous sont des gens pratiques. Ne vous laissez pas égarer par l'aspect religieux. L'attitude envers les vaches en témoigne. La vache est devenue sacrée et sa chair impure pour que les paysans cessent de les abattre. S'ils les mangeaient, ils n'avaient plus de lait, plus de bœufs pour tirer les charrettes afin d'aller vendre leurs produits au marché, ou pour labourer, puiser l'eau, tourner la meule à grain. Eh bien, il en va de même avec le sannyasa : nous persuadons les vieilles gens de s'en aller – pour avoir une bouche de moins à nourrir – en leur faisant croire que c'est un chemin de la dévotion. Et nous nous assurons qu'ils seront nourris en persuadant les gens que donner une piécette ou quelques grains de riz à un sannyasin errant est aussi un acte de dévotion. Vous voyez que nous avons notre forme spécifique d'assistance sociale. Nous la possédons depuis plus longtemps qu'aucun autre peuple. Et on n'a pas à payer d'impôts pour la financer.

» Les femmes aussi peuvent être des « renonçantes ». Croyez-vous que ce sera mon cas ? MacGregor House est-elle en train de devenir mon *ashram* ? J'y vis tellement à l'écart du monde… ce que vous avez dû deviner en m'entendant parler comme un moulin. Mais en fait, c'était à Miss

Crane que je pensais. Vous dites qu'elle se prénommait Edwina. J'aurais plutôt penché pour Mildred. Pour moi, elle était Crane ou Miss Crane. Lors d'une des rares fois où je lui ai rendu visite après ses ennuis, alors qu'on la disait déjà dérangée mentalement, j'ai essayé de savoir pour quels motifs elle démissionnait de ses fonctions à la Mission. Sur les murs nus, deux rectangles plus clairs indiquaient qu'elle avait décroché des tableaux. Je connaissais l'histoire du portrait de Mr Gandhi, mais j'étais curieuse de savoir ce que représentait l'autre. Était-ce un portrait de Mr Nehru, ou du fondateur de la Mission ? Était-ce un sujet religieux ? J'ai donc posé obliquement la question en disant : « Je vois que vous préparez votre déménagement. – Non, je n'ai pas besoin de déménager », a-t-elle simplement répondu.

» J'en ai déduit que ces messieurs de la Mission lui laissaient la disposition du bungalow. Il existe toujours, allez donc le voir. Je suis passée devant, l'autre jour, en me rendant au Purdah Hospital, à l'hôpital des femmes, où je fais toujours partie du conseil, et où je continue à énerver tout le monde. « Attention ! disent-ils, la voilà qui rapplique. » J'y vais le deuxième mardi de chaque mois, et ma route normale passe par le pont du Bibighar. Mais comme la chaussée est en réfection, l'embouteillage vous fait perdre des heures. Alors cette fois j'ai dit à Shafi de traverser le pont de la porte du Mandir, mais cet idiot n'a pas tourné où il fallait, de sorte qu'au lieu de longer l'église de la Mission nous sommes passés devant le bungalow de Miss Crane. Je n'avais pas mis les pieds dans cette rue depuis des années. Elle semble être devenue le fief des *banias,* ces marchands du bazar qui y ont émigré. Au bungalow de Miss Crane, sous la petite véranda, il y avait un gros type vulgaire qui se curait les orteils en écoutant son transistor; deux chèvres broutaient l'herbe pelée et une demi-douzaine de gamins se couraient après. Elle avait un si joli jardin ! Notre unique point commun semblait être notre intérêt pour l'horticulture. Je lui disais de venir voir le jardin de MacGregor House quand elle s'en sentirait la force, mais elle ne l'a jamais fait. Tel vous voyez aujourd'hui mon jardin, tel il a toujours été. Année après année Bhalu cultive les mêmes fleurs dans les mêmes parterres. C'est un homme qui aime l'ordre. En arrivant chez moi, Daphné s'était chargée de cueillir des soucis pour décorer la table, mais elle avait tendance à piétiner les bordures des plates-bandes. Au bout de quelques jours, Bhalu est venu me supplier d'empêcher la jeune memsahib de l'aider. Comme c'était lui qui faisait pousser les fleurs, il estimait qu'il lui revenait de les cueillir. Je lui ai dit que la jeune memsahib aimait les fleurs et voulait lui être utile et que, bien qu'elle sourît toujours elle avait beaucoup souffert, ayant perdu toute sa famille à l'exception de sa tante Ethel; nous devions donc nous montrer patients et essayer d'orienter son intérêt vers les fougères et autres plantes vertes qui foisonnaient tout naturellement, et sont bien plus « chics » comme décoration pour la table. À présent, c'est Parvati qui cueille les soucis. Mais elle est légère comme une plume, et le vieux Bhalu est ravi de prolonger ses siestes pour rêver qu'il est toujours dans l'armée et qu'il soigne le jardin du sahib colonel James. J'ignore totalement qui pouvait être le colonel James, mais plus Bhalu vieillit et plus ce militaire monte en grade dans son souvenir, de sorte qu'aujourd'hui il a atteint celui d'attaché militaire du vice-roi. Pour une famille indienne, c'était un signe d'accession sociale que d'engager un domestique ayant travaillé chez des Britanniques. Ça l'est d'ailleurs toujours, mais les serviteurs de ce genre sont à présent si vieux qu'ils ne sont plus bons à grand-chose, et on a meilleur compte à prendre un jeune garçon du bazar que l'on forme soi-même. Quand il parlait de Nello, Bhalu disait le « *chota sahib* ». C'est ainsi que les anciens serviteurs des Anglais désignaient les Indiens, alors que, pour un Britannique, ils disaient « *burra sahib* ». *Burra* signifie « grand », et *chota*, « petit ». Nello en riait, mais je crois qu'il souffrait un peu d'être appelé « *chota sahib* » par son jardinier en chef.

» Je regrette que Daphné n'ait pas connu Nello, mais il était mort depuis plusieurs années quand elle est venue habiter chez moi. Ils possédaient le même genre de gaieté. C'est une chose qu'on remarque davantage chez une grande fille, ne trouvez-vous pas ? À moins que les grandes filles n'aient plus d'entrain que les petites. Mais non, les petites peuvent être pleines de gaieté. Je parle des jeunes filles anglaises, parce que, dans l'ensemble, les Indiennes sont menues. Regardez Parvati. Et les Indiennes de grande taille sont de caractère très sérieux et même parfois violent. Elles se comportent comme si elles avaient un rang spécial à tenir. Et quand elles sont plus grandes que leur mari, il faut s'attendre à des difficultés. Moi, j'avais trois centimètres de moins que Nello, et mon premier mari, Ranji, me dépassait d'une tête.

» J'essaie de me souvenir de la taille de Miss Crane. Elle était évidemment plus grande que moi, mais, par rapport aux Anglaises, elle devait se situer dans la moyenne. Ce que je me rappelle le plus nettement chez elle, c'est son cou et son nez. Lors des dîners de Connie White, je la voyais le plus souvent assise, et quand je suis passée à l'hôpital britannique puis chez elle, elle était encore trop faible pour se lever. Lorsque je lui ai fait ma première visite au bungalow, elle restait allongée sur un *charpoy* dressé dans la véranda. Quand mes amies anglaises étaient malades, elles allaient à la clinique Greenlawns, en chambre particulière. Si je voulais leur rendre visite, le Dr Mayhew me facilitait les choses. Et même si c'était à l'hôpital britannique, les gens que je connaissais avaient toujours des chambres particulières, de sorte qu'il me suffisait de téléphoner à Ian Macintosh, le directeur des services de santé, et il faisait avertir l'infirmière de service. Mais Miss Crane se trouvait dans une petite salle commune du pavillon réservé aux civils, et, par ailleurs, le jour où je décidai d'aller la voir, Ian Macintosh n'était pas à Mayapore. L'infirmière (une Anglo-Indienne mais aussi blanche qu'une Européenne) m'a refusé l'entrée de cette salle, et comme j'insistais elle m'a fait attendre dans le hall sous prétexte d'en référer à la surveillante. En réalité, elle l'avait déjà fait prévenir. C'était une attitude ridicule, considérant que Daphné, qui avait été bénévole dans cet hôpital, vivait chez moi, mais en tant qu'Indienne je n'étais pas admise, ou plutôt on me décourageait d'entrer. Non qu'il y eût un règlement écrit; c'était simplement une habitude. J'aurais pu pénétrer dans le pavillon réservé aux militaires, parce qu'il y avait des officiers indiens dans la garnison. Mais le pavillon civil était sacro-saint. Lorsque Mrs Menen, la femme du juge, a été malade, elle avait une chambre à la clinique, établissement que Ian Macintosh voulait multiracial, pourvu que les malades aient les moyens de se payer une chambre particulière. Mais, là aussi, l'habitude voulait qu'on n'y admît les patients indiens que s'ils répondaient à certains critères. En fait c'était sans importance, parce que si un Indien avait les moyens d'y faire hospitaliser sa femme mais n'appartenait pas au type souhaité, il y avait toutes chances pour que sa femme soit justement de celles qui n'auraient jamais songé à aller ailleurs qu'au Purdah Hospital.

» Toujours est-il que le jour dont je vous parle j'étais là, dans le hall, affectant d'ignorer qu'il pût s'élever la moindre difficulté, et au bout d'un moment ces godiches d'infirmières et les harpies du Corps des auxiliaires volontaires ont commencé à venir à la réception pour un oui pour un non, en réalité pour voir de leurs yeux s'il était vrai qu'une Indienne avait le front de vouloir pénétrer dans le service. J'avais l'impression d'être une bête de ménagerie, mais cela nous arrivait souvent, à l'époque. Je n'aurais certainement plus bougé de là si Bruce Mayhew, qui venait donner une consultation, n'avait fait irruption. Il s'est arrêté pile et m'a dit : « Tiens, Lili ! Mais que faites-vous donc, assise là ? » Je lui ai répondu que je venais voir Miss Crane et que la réceptionniste essayait, à mon intention, d'atteindre la surveillante. Je ne voulais pas susciter des ennuis à cette jeune fille, mais Bruce a parfaitement compris de quoi il retournait. Il a dit qu'il était inutile de déranger la surveillante, que justement il allait dans ce service et qu'il m'y conduirait. Dans la chambre où se trouvait Miss Crane, il est resté assez longtemps auprès de nous pour faire comprendre aux Anglaises occupant les autres lits que j'étais *quelqu'un.* Mais à peine était-il parti que l'une d'elles a sonné. Il aurait normalement dû venir une infirmière, mais c'est la surveillante qui a fait son apparition. Bruce m'a dit par la suite qu'en nous quittant il était allé la trouver dans son petit bureau et s'était excusé d'avoir mené une visiteuse chez Miss Crane sans son autorisation. Il n'avait pas désigné la visiteuse, sachant fort bien qu'on avait averti la surveillante qu'une dame indienne voulait pénétrer dans le service. Toujours est-il que, feignant la surprise, cette femme m'a dit : « Que faites-vous ici ? Ignorez-vous que ce n'est pas l'heure des visites ? » J'ai répondu que j'y avais été autorisée par le Dr Mayhew, parce qu'on ne parvenait pas à la trouver. « C'est moi qui suis responsable de ce service, a-t-elle dit, et non le Dr Mayhew, et je vous prie de sortir immédiatement. Est-ce vous qui sonniez, Miss Crane ? » Comme si Miss Crane avait pu sonner pour me faire chasser ! Et voici que la femme qui avait sonné s'en mêle : « Non, c'est moi. On trouble mon repos. »

» Une façon de parler qui sentait la femme d'un contremaître de la British-Indian Electrical. Une personne d'humble origine, qui copie le langage châtié des épouses de directeur. Pardonnez-moi, je m'exprime comme une affreuse snob, mais j'étais terriblement contrariée, furieuse même, non seulement à cause de toute cette histoire mais parce que je m'étais probablement mise dans mon tort, à cause de ces heures officielles de visite. Pourtant, Daphné disait toujours que personne ne les respectait, qu'on entrait là à n'importe quel moment. J'avais d'ailleurs vu arriver des gens. Mais la malchance voulait que, dans cette chambre, pas une des autres dames ne reçût alors une visite. Et le triste, c'était que, depuis son hospitalisation, Miss Crane n'avait eu que deux visiteurs : le chapelain et Mr Poulson, qui était d'ailleurs venu en qualité officielle. C'était lui qui l'avait recueillie sur la route, vous vous en souvenez. Une fois Miss Crane débarrassée de sa pneumonie, il a dû l'interroger longuement au sujet des assassins de Mr Chaudhuri. Il n'y était pas forcé, car cela faisait partie du travail de Ronald Merrick, mais Mr Poulson et Mr White savaient qu'il fallait traiter Miss Crane avec douceur, et la douceur n'entrait pas dans les qualités de Merrick. Non d'ailleurs que Miss Crane se soit montrée coopérative. Dans l'hôpital, l'opinion avait cessé de lui être favorable. Les gens pensaient qu'elle taisait quelque chose afin qu'on remette en liberté un Indien meurtrier. Le jour de ma visite, cela faisait trois semaines qu'elle était hospitalisée, et on venait juste de la retirer d'un service spécialisé pour la mettre dans cette salle de godiches et de harpies. Bruce Mayhew avait eu le temps de me dire qu'il appréciait que je sois venue la voir. Elle n'avait pour ainsi dire pas d'amis blancs. Au début, à l'hôpital on avait fait grand cas d'elle, à cause des vilains moments qu'elle avait vécus au début des troubles. Ils espéraient tenir là une héroïne criant vengeance et qui ferait se balancer au bout d'une corde quelques émeutiers. Mais Miss Crane ne criait pas vengeance, et si on finit tout de même par trouver certains des hommes qui avaient tué Mr Chaudhuri, ce fut grâce à la ténacité du sous-inspecteur de Tanpur. On pensait que la justice aurait suivi un cours plus rapide si Miss Crane avait fourni des signalements précis de ces hommes. Les rares amis qu'elle avait chez les Blancs étaient des gens qui n'avaient pas le temps d'aller la voir, et quant à ses amis indiens, ils n'auraient jamais osé s'y risquer. Plusieurs soldats se sont cotisés pour lui envoyer des fleurs, et elle a reçu quelques cadeaux adressés par des Indiens pauvres, tel Mr Narayan, qui enseignait à l'école du bazar Chillianwallah. Les cadeaux de ce genre ont dû être les plus nombreux. Le personnel hospitalier n'avait pas besoin de lire la carte pour savoir si un bouquet était adressé par des Indiens ou des Européens. Je subodore que beaucoup ont été jetés, de sorte qu'elle n'a pas eu la possibilité de savoir toute l'affection que lui portaient les Indiens, et pas simplement pour s'en être strictement tenue, dans sa déposition, à ce dont elle était sûre. Je sais que Connie White et Mavis Poulson *comptaient* toujours aller la voir à l'hôpital, mais avec les événements dramatiques, et presque l'état de siège, elles n'ont jamais réussi à le faire. Elle devait croire que personne ne l'aimait. Et quant à ma propre visite, n'oubliez pas qu'à ce moment-là les Indiens étaient tout à fait mal vus par les Blancs, et, en plus, l'autre affaire se greffait là-dessus. Tout le monde me connaissait comme la femme chez qui Daphné habitait. C'est ce que je me suis dit, une fois dissipées la contrariété et l'indignation d'avoir été chassée par cette harpie de surveillante.

» Ce qui m'a tout de même rendu cette expulsion supportable, c'est que Miss Crane semblait indifférente à ce que je reste ou parte, de sorte que la situation s'est résolue d'elle-même. La surveillante s'est plantée au pied du lit, moi je me suis levée et Miss Crane a dit : « Merci d'être venue me voir, Lady Chatterjee. » Mais on pouvait comprendre, à la façon dont elle prononçait cela, que j'étais venue trop tard, ou qu'il était trop tard pour elle, ou que rien de ce qui se passerait désormais ne pourrait changer ses façons de voir. Deux jours plus tard, Bruce me téléphonait : je pouvais aller voir Miss Crane à n'importe quel moment, me dit-il, il suffisait que je me présente à la réception. Il avait apparemment fait un scandale. Le personnel hospitalier n'avait pas compris qui j'étais. Et moi j'ai dit : « Allons donc, Bruce, ces femmes l'ont parfaitement compris. » Eussé-je été n'importe qui, elles auraient tourné la chose en plaisanterie. On refoule la personne et puis on n'y pense plus. Mais « Lady Chatterjee », la veuve d'un homme élevé au titre de Lord par leur roi, cela posait un sérieux problème, sans parler de leur jalousie personnelle devant une Indienne honorée d'un titre qu'elles n'avaient pas. D'autant qu'à l'époque, les Indiens honorés de distinctions ou de décorations les avaient pratiquement tous renvoyées au vice-roi à l'intention du roi George VI ou de je ne sais qui. Si Nello avait encore vécu, il en aurait certainement fait autant. Aujourd'hui, bien des gens se parent de ces titres alors qu'ils ne sont plus reconnus par le gouvernement, mais à ce moment-là on me disait : « Pourquoi ne renoncez-vous pas à vous faire appeler Lady ? Nello ne se ferait plus appeler Lord. » Je répondais que je ne pouvais décider pour mon défunt mari. Son titre, il l'avait mérité. Je l'aurais déshonoré en y renonçant pour mon propre confort moral.

» À Mayapore, certains m'accusaient de rester liée à Lady Manners uniquement par snobisme, par ce snobisme *indien* qui vous fait également appeler des Anglais par leur prénom. Et ils ont renchéri lorsque Daphné est venue habiter à MacGregor House. Elle était la fille du frère de Henry Manners. Connie White m'a raconté que dans des endroits tels que le Gymkhana Club, les gens essayaient de vexer Daphné en feignant de ne pas savoir où elle résidait pour pouvoir faire des mines ou paraître choqués quand elle disait que c'était chez moi. Elle ne fréquentait guère le club, du moins au début, parce que je n'y étais pas admise, même au titre d'invitée. Le commissaire délégué lui-même n'aurait pas pu m'y introduire. Ni même le vice-roi en personne. Elle n'y allait que pour entretenir des relations amicales avec d'autres jeunes filles bénévoles à l'hôpital, mais ensuite, quand Ronald Merrick eut jeté son dévolu sur elle, elle s'y était montrée plusieurs fois en sa compagnie – ce qui jouait également en sa défaveur. Mr Merrick était l'un des meilleurs partis de tout le *cantonment.* Il était beau garçon (encore qu'avec un regard dur et méprisant), et surtout chef de la police du district. Toutes les jeunes filles à marier – du moins celles qui n'attachaient pas trop d'importance au fait qu'il n'avait pour ainsi dire pas de « famille » – rêvaient de faire sa conquête. Il ne s'était jamais beaucoup préoccupé d'elles, aussi virent-elles d'un mauvais œil que Daphné se le soit attaché sans même lever le petit doigt. Pas plus Robin White que Jack

Poulson ne lui portait beaucoup de sympathie, mais ils le disaient compétent. Le juge Menen, lui, ne pouvait pas le souffrir (sans l'avouer en ces termes, bien entendu). J'avais invité Ronald Merrick à MacGregor House car j'entretenais de bons rapports avec son prédécesseur, Angus MacGilvray, un homme relativement âgé. Je pensais qu'il aurait été vexé de ne pas être invité, mais je fus surprise qu'il accepte de venir. En fait, c'était uniquement parce qu'il pouvait ainsi approcher socialement des Indiens. On pouvait voir que son esprit travaillait, engrangeait les plus menus propos qu'il noterait ensuite dans les dossiers confidentiels, de sorte qu'en cas de désordres on puisse mettre immédiatement sous les verrous ceux qui avaient une voix prépondérante dans le Congrès et toute personne classée comme dangereuse. Je pensais qu'il faisait des avances à Daphné par devoir professionnel, parce qu'elle risquait de laisser échapper des informations sur ce qui se passait ici. Il considérait MacGregor House comme un repaire, un foyer d'intrigues pour les Indiens, un endroit où ils « chauffaient » les Britanniques animés d'idées révolutionnaires. Mais je me trompais sans doute. L'intérêt qu'il portait à Daphné procédait de raisons autrement complexes. Et lorsque je l'ai compris, il était trop tard.

» Je voudrais pouvoir revivre cette période, sachant ce que je sais à présent. Pas seulement pour Daphné, mais aussi pour Miss Crane. Je crois que j'aurais pu empêcher Miss Crane de devenir une « renonçante » de cette façon particulièrement atroce. C'est très bien de tout abandonner, mais à condition de savoir clairement ce qu'on *possède*. La pauvre Miss Crane l'ignorait. La dernière fois que je lui ai rendu visite chez elle (lorsque j'ai remarqué que deux tableaux avaient été décrochés), elle m'a dit : « Lady Chatterjee, pourquoi venez-vous me voir ? » Et moi je n'ai rien trouvé d'autre à répondre que : « Pour voir si vous avez besoin de quelque chose. » Et pourquoi, je vous le demande ? Est-ce qu'une femme comme Miss Crane aurait avoué qu'elle avait besoin d'aide ? À votre sens, qu'aurais-je dû dire ? Si elle était toujours dans son bungalow, et non pas ce gros type qui se cure les orteils en écoutant son transistor déverser de la musique de film, je crois que je dirais ceci : « Parce que ni vous ni moi ne devons abandonner, et je vois que vous êtes sur le point de le faire. »

» Ce sont donc en tout trois visites que je lui ai rendues. La première, c'était à l'hôpital et les deux autres chez elle. À la deuxième, elle était encore alitée mais installée sous la véranda, et son vieux domestique restait planté dans la porte-fenêtre pour veiller à ce qu'il ne lui arrive rien. Et la troisième fois, c'était quelques semaines plus tard, parce que j'avais appris sa démission, laquelle surprenait tout le monde. Après ma première visite au bungalow j'avais pensé ne pas revenir tout de suite, par discrétion. Mais quand on m'a rapporté qu'elle recevait de nouveau ses militaires, je me suis dit : « C'est le moment. À présent, nous allons pouvoir faire mieux connaissance. » Mais j'ai tardé, parce que j'avais tellement à faire. De sorte que je n'y suis retournée qu'après avoir appris sa démission et entendu dire qu'elle déraillait un peu. Je me suis présentée chez elle un après-midi. Le serviteur était dans la véranda, chose en soi parfaitement normale sauf qu'il montait la garde. Il me dit que Miss Crane était trop occupée pour recevoir, mais, comme je repartais, de l'intérieur elle a demandé : « Qui est-ce ? » Alors, il est allé voir, et en ressortant il m'a invitée à entrer. Elle était dans sa chambre. Elle ne s'est pas levée de son fauteuil et ne m'a pas offert de siège, mais je me suis assise, et c'est à ce moment-là qu'elle a dit :

« Lady Chatterjee, pourquoi venez-vous me voir ? » Et j'ai répondu cette chose ridicule : « Pour voir si vous n'avez besoin de rien. » Alors elle a dit : « C'est très aimable, mais je n'ai besoin de rien. » Et moi j'ai dit : « Il paraît que vous avez démissionné de la Mission. » Elle s'est contentée de hocher la tête. Des yeux, j'ai fait le tour de la pièce. C'est un geste normal, n'est-ce pas, quand on sait qu'une personne va quitter son cadre de vie. Et, en remarquant qu'elle avait dû décrocher des tableaux, je lui ai fait cette remarque qu'elle préparait son déménagement. Elle a répondu qu'elle n'avait pas besoin de déménager, et puis, après un silence, pendant lequel j'essayai de comprendre pourquoi elle ne déménagerait pas, *elle a souri,* mais pas à moi – c'était une sorte de sourire intérieur. J'ai pensé qu'elle déraillait, comme on le disait. Et c'est parce que je pensais ça que je ne lui ai pas demandé ce qu'elle entendait par là, que je ne lui ai pas dit : « Alors, ces gens de la Mission vous donnent le bungalow ? » En plus, cela paraissait assez peu vraisemblable, et j'ai pensé que si je lui posais la question, sa réponse me convaincrait encore plus qu'elle perdait la tête, et je ne saurais plus quelle contenance prendre devant une telle situation. Nous en sommes donc restées là : elle n'aurait pas besoin de déménager. Pauvre Miss Crane, j'aurais dû poursuivre sur ma lancée, lui dire : « Pourquoi ? » Mais j'imagine mal qu'elle eût répondu la vérité. Et j'ai pensé plus tard à cette chose affreuse que ce fut peut-être seulement à ce moment-là, en disant qu'elle n'aurait pas besoin de déménager, qu'elle a *vraiment* compris *pourquoi.* Ce sourire qu'elle a eu, après avoir prononcé ça… Et puis elle a changé de sujet en demandant des nouvelles de Daphné. « Comment va Miss Manners ? » a-t-elle dit, comme si elle s'informait d'une *collègue,* comme si Daphné et elle représentaient quelque chose toutes les deux ensemble – ce qui, au fond, était le cas. Elle n'était pas au courant à propos de Hari Kumar. L'eût-elle été qu'elle aurait posé la même question sur le même ton, mais elle aurait ajouté : « Est-ce vrai, ce que j'ai entendu dire – ce qu'ils ont fait à ce jeune Mr Kumar ? »

Le déjeuner est le seul repas que Parvati prend avec la famille, autrement dit avec Lili Chatterjee, car la famille se compose d'elles deux. Lorsqu'il n'y a pas d'invités, il faut les voir, assises au bout de la longue table cirée, leurs couverts mis tout près l'un de l'autre, la vieille dame et la jeune fille, conversant en anglais parce que encore maintenant c'est la langue de la bonne société indienne, comme l'était, il y a un demi-siècle, le français pour les Russes cultivés.

L'homme qui les sert à table est jeune, trop jeune pour avoir été autre chose qu'un gamin employé à de petites besognes au temps où Miss Manners habitait là. En fait, il n'est même pas cela, car il n'a été engagé que récemment. Originaire du Sud, il est vaguement apparenté à Bhalu, le vieux jardinier. Un sujet d'amusement pour Lady Chatterjee, c'est que Raj Dass, qu'elle appelle Raju, a obtenu ce poste de domestique sur la recommandation de Bhalu, mais à présent il garde ses distances avec le vieux jardinier, dont la position est très inférieure à la sienne. Il nie même tout lointain cousinage avec lui. Le bruit de leurs disputes monte parfois du quartier des domestiques, à l'arrière de la demeure. Le cuisinier les méprise tous les deux. En son temps, il a été cuisinier d'une maharani. Il y a une fille de ménage : Sushila. Lady Chatterjee feint d'ignorer que le chauffeur musulman, le beau et souriant Shafi, couche avec Sushila. On a déjà bien du mal à trouver des domestiques, et d'une année sur l'autre, ils exigent des gages plus élevés. À MacGregor House, on n'ouvre plus jamais certaines pièces.

Lorsque tous les stores sont baissés, la maison est obscure et fraîche, même au milieu du jour. Les plafonds sont très hauts. Dans de telles pièces, la pensée court le même danger qu'un canari échappé de sa cage qui tournoierait toujours plus haut, voletant dans des zones d'ombre et des fentes jamais visitées par une main humaine depuis la reconstruction de la maison par MacGregor. Dans ces pièces, à la nuit tombée, même le flot de lumière artificielle des lampadaires et des appliques n'arrive pas jusqu'aux angles lointains. C'est en montant à l'étage que s'impose le sentiment d'accéder au passé, et il persistera aussi souvent que vous y ramènera la vie quotidienne. En effet, bien plus que les pièces d'apparat, ouvertes à tous, les chambres à coucher demeurent dépositaires des sentiments intimes de leurs anciens occupants.

Munie de la clé, Lady Chatterjee gravit le large escalier de bois ciré qui, à partir du hall carrelé blanc et noir, monte en tournant vers un enchevêtrement de paliers et de couloirs, et ouvre la porte d'acajou à bouton de cuivre de la pièce où couchait Miss Manners, qu'elle appelle toujours « la chambre de Daphné ». Il y flotte une odeur de renfermé, car elle est aussi peu visitée que le musée des curiosités de Sir Nello, qui se trouve juste au-dessous. Lorsque les stores sont levés, on voit qu'elle donne sur le jardin et, au-delà, par les échappées entre les petits arbres touffus, sur la plaine autour de Mayapore et les taches des collines à l'horizon. Le clocher de St. Mary se dresse au loin, aussi mal accordé à ce décor que semble l'être toute architecture, anglaise ou indienne, dans ce paysage étrangement inachevé, où l'incessant et monotone cri des corbeaux résonne comme celui des créatures encore partiellement développées, pas encore nées, mais déjà grosses de désirs dans lesquels le monde finira par reconnaître des faims.

Sur le bureau, il y a deux des lettres adressées par Daphné à sa tante, Lady Manners, et que celle-ci a données par la suite à Lili Chatterjee, refusant peut-être leur possession, ou les souvenirs qu'elles remuaient; et ces lettres sont empreintes, elles aussi, de faims et de désirs opposés : inconséquentes, chaotiques. Elle doit les avoir écrites (à moins que ça n'ait été la nuit, quand les corbeaux dormaient par à-coups, impatients de voir se lever le jour) sur ce même accompagnement qui, après toutes ces années, préside aujourd'hui à leur lecture. Lues sur ce fond sonore monotone et continu, ces lettres semblent curieusement mortes, inexpressives. Pourquoi se le cacher ? Elles ne font pas revivre leur auteur. Elles ne sont rien de plus qu'elles-mêmes, comme l'est la photographie de Miss Manners ornée de la signature fleurie de Subhas Chand, qui, dans le *cantonment,* tirait les portraits des gens voulant conserver pour leurs parents et amis l'image de ce que Mayapore avait fait d'eux. Subhas Chand avait une cabine dans la boutique du pharmacien, le Dr Gulab Singh Sahib. Et Clancy y a été photographié, posant de face, affirmant sa belle prestance dans une impeccable tenue d'exercice kaki, et aussi en groupe, avec son camarade Barrett, dans un décor absurde de draperies de velours et de plantes vertes.

Les portraits de Clancy gisent, eux aussi sans raison, tels de menus cadeaux conservés d'une papillote de Noël, au milieu des effets personnels de Miss Crane toujours entreposés au siège de la Mission, à Calcutta, reliques achevant de moisir car il ne se trouva personne pour les réclamer. Ayant déjà vu à Calcutta les portraits de Clancy, remarqué la signature de Subhas Chand, sa technique, le papier mat qu'il employait pour ses sépias (petit format album), le visiteur en retrouvera l'écho dans la photo de Miss Manners, dont le cadre en argent repose sur la coiffeuse où elle s'installait pour brosser ses cheveux que l'image nous montre courts et bouclés.

– Elle ne nous restitue pas sa personnalité, dit Lady Chatterjee en prenant le cadre pour y frotter du doigt une petite ternissure. Je trouve qu'on est extrêmement désappointé quand on voit la photo d'une personne qu'on ne connaît que par ouï-dire. Évidemment, on est d'abord captivé par une image comme celle-là, l'image de quelqu'un dont, comme on dit, le nom fut sur toutes les lèvres pendant un temps. C'est sans doute ce que vous éprouvez en ce moment, mais une fois satisfait le premier mouvement de curiosité, on déchante. Au demeurant, qu'est-ce qui prouve que la photo est vraiment ressemblante, ou même que c'est vraiment une photo de la personne en question ? Vous savez, il m'arrive de fixer attentivement des portraits de Nello et de moi – par exemple celui du salon, pris lors d'une garden-party à Simla, où nous sommes encadrés par Lord Willingdon et l'Aga Khan, et de penser : « Est-il possible que ce soit Nello ? Avais-je vraiment cette tête ? Ai-je vraiment jamais souri de la sorte ? » J'ai l'air à la fois réservé et suffisant, et mon regard est tourné vers quelque chose qui ne figure pas sur la photo. Comme je n'ai absolument plus aucune idée de ce qu'était cette chose, je me demande alors si la femme de la photographie (qui, de toute façon, ne me donne pas l'impression d'être *moi*) n'est pas une imitatrice, et si l'homme replet à côté d'elle n'est pas quelqu'un qui singe Nello aussi habilement qu'il singeait Henry Manners. Willingdon et l'Aga Khan ont l'air d'être eux-mêmes, mais quand on rencontre des gens placés à de tels sommets on a tendance à ne les voir qu'en deux dimensions, de sorte qu'ils vous paraissent aussi réels en photo.

» Daphné s'était fait faire ce portrait par Subhas Chand deux ou trois mois après son installation ici. L'idée ne venait pas d'elle. Lady Manners m'avait écrit : « Dites à Daphné que, pour mon anniversaire, j'aimerais recevoir une photo d'elle, mais qu'elle m'envoie simplement le cliché car j'ai une pleine malle de cadres provenant de l'Identité judiciaire de Henry. » L'Identité judiciaire, elle et Henry appelaient ainsi leur collection de photographies. Tout y était, depuis de vieux daguerréotypes du papa de Henry, le pied sur un buffle abattu, jusqu'à des portraits de groupe avec des princes lors de réceptions, et notamment celui où tous, sauf un, faisaient des mines furibardes parce que, se trompant dans le protocole, le bel aide de camp de Henry avait placé plus près du gouverneur un prince « à neuf coups de canon » qu'un prince ayant droit à onze. Et puis, il y avait toutes les photos données par les domestiques au papa de Henry et à Henry lui-même : de vieux boys timides aux favoris blancs, essayant de se composer un air martial sous leur turban en bataille. Henry ne se débarrassait jamais d'une photo. Il les donnait à encadrer et elles le suivaient dans tous ses postes. Après sa mort, Ethel les avait fait empaqueter et ranger dans des malles. Je me demande souvent quelle photo contenait originellement ce vieux cadre d'argent. Il me semble que si, en faisant faire le tirage pour sa tante Ethel, elle en avait commandé un à mon intention, je trouverais son portrait plus ressemblant. Mais il est arrivé par la suite. Il a pénétré dans cette demeure, dans cette chambre, alors que Daphné elle-même n'y reviendrait plus jamais. Voilà sans doute mon grief : il n'est pas vraiment chez lui. Certes, c'est bien Daphné, avec son petit sourire plein de bonne volonté. J'imagine qu'avant de s'asseoir pour la séance de pose elle avait fait tomber un des projecteurs du vieux Subhas Chand, et qu'elle pensait : « Patatras, toujours l'éléphant dans un magasin de porcelaine. » Son sourire est charmant, mais les photographes comme Subhas Chand donnent aux portraits l'aspect d'un masque de cire. À la retouche, il a supprimé les minuscules rides autour des yeux, et à travers ces yeux-là, ce n'est pas la vraie Daphné qui vous regarde.

» Elle clignait des yeux avant de commencer une phrase, apparemment incapable de sortir les premiers mots les yeux grands ouverts, et souvent elle les fermait tout à fait en terminant de parler. Dans ce dernier cas, elle faisait automatiquement un petit sourire, comme si les mêmes nerfs commandaient ses paupières et ses lèvres. C'était effectivement par nervosité, alors que j'y avais d'abord vu de l'affectation. J'ai fait sa connaissance à Rawalpindi, où j'étais allée passer la fin de l'année auprès d'Ethel Manners. C'était le premier Noël de Daphné en Inde, et Ethel m'avait écrit qu'elle s'efforçait de la distraire. Je m'attendais à quelqu'un de mélancolique, mais au lieu de cela elle clignait des yeux et babillait. Je l'ai trouvée affectée, maniérée, *avant* de remarquer ses clignements, mais ensuite, en distinguant entre la cause et l'effet, j'ai compris qu'elle était tout simplement timide. Ce que je prenais pour de l'affectation n'était qu'un moyen de se donner de l'assurance. Elle n'en usait plus dès qu'elle s'était habituée à vous, mais elle recommençait si quelqu'un qui lui était inconnu entrait dans la pièce. Cependant, les gens sympathisaient avec elle et, de son côté, elle maîtrisait sa timidité, elle conversait sans difficulté apparente.

» Ce que le vieux Subhas Chand n'a pas été capable de gommer, du moins pour moi, c'est que son modèle aurait été plus à l'aise si elle avait eu ses lunettes. Elle les mettait pour lire et pour écrire. Selon les oculistes, elle aurait dû en porter constamment, mais sa tante l'en dissuadait, arguant qu'une jeune personne n'en a pas besoin à ce point. Elle entendait par là que les lunettes sont peu seyantes. Moi aussi je l'en dissuadais, non parce que je trouve les lunettes peu seyantes mais parce que je sais qu'on peut guérir la vision défectueuse au moyen d'exercices : on regarde alternativement de près et de loin, par exemple en fixant attentivement la lettre qu'on écrit, ou le livre qu'on lit, puis en rivant son regard sur un point fixe situé à plusieurs mètres. « Mais, tante, disait-elle, car elle s'était mise à m'appeler tante, de loin je ne distingue rien, et même de près je ne vois pas nettement. » Elle se plaçait devant cette fenêtre, et puis elle mettait et ôtait ses lunettes. Et elle finissait par distinguer les collines. Elle tenait tellement à voir tout ce qu'il fallait voir en Inde. Nous disions qu'elle était éprise de ce pays. Elle avait toujours voulu le parcourir. Bien que née au Pendjab, elle n'en avait aucun souvenir. Sa mère ne supportant pas le climat, son père avait démissionné de son poste dans les services de santé et regagné l'Angleterre où il avait ouvert un cabinet alors que Daphné était encore toute petite. Il était beaucoup plus jeune que son frère Henry. À l'époque, il n'était pas fâché de quitter l'Inde. Il préférait exercer la médecine à titre privé plutôt que d'occuper des fonctions d'administrateur, dans lesquelles son brillant frère Henry le surclasserait toute sa vie. Quant à la mère de Daphné, c'était un dragon, régentant tout à sa guise et terriblement snob. Elle supportait mal que son mari n'ait qu'un poste subalterne dans les services de santé. Les deux domaines où nous autres Indiens avons vraiment percé sont le droit et la médecine, de sorte que George, le père de Daphné, avait trop de confrères indiens au goût de son épouse. Elle rêvait pour lui d'une carrière de médecin mondain à Londres : le grand ponte, ayant son cabinet dans Harley Street et ne soignant que le gratin. Et puis, une fois George engagé dans la voie qu'elle souhaitait, la voilà qui change d'avis et préfère jouer les notabilités provinciales. Ce pauvre George s'épuisait à faire la navette entre l'appartement de Londres et leur maison dans le Wiltshire. Vous pouvez imaginer la vie qu'il menait. Daphné m'a dit un jour : « Papa a toujours regretté d'avoir quitté l'Inde, n'est-ce pas, tante ? Comme je voudrais qu'il puisse la revoir avec moi ! » Il me semblait parfois que si elle s'efforçait tellement de bien connaître l'Inde, c'était pour son père, à qui ce pays avait tant manqué, et qui ne cachait probablement pas qu'il regrettait d'avoir cédé à son épouse. Et comme toutes ces femmes apparemment si fragiles qu'elles ne peuvent supporter le climat indien, la mère de Daphné était solide comme un roc. Du moins, jusqu'au moment de son cancer. Et à mon sens, c'est plus une maladie des forts que des faibles.

Imaginez Daphné Manners : une grande fille (pour reprendre l'image assez imprécise de Lady Chatterjee) penchée à la balustrade du balcon de sa chambre, se repaissant avidement du paysage (comme si elle le regardait pour elle et pour celui qui en fut privé, et qui à présent est mort), de ce paysage qui constitue un choc culturel pour l'Occidental, si disposé qu'il soit à l'accueillir. Il flotte là (même en cet observatoire au-dessus d'un jardin dont, en vous penchant, vous percevrez les senteurs florales) une odeur envahissante, portée depuis les plaines où tremble un brouillard de chaleur; depuis le large panorama des champs, de la rivière, du fouillis d'habitations (d'où émergent çà et là le clocher d'une église, la coupole en bulbe d'une mosquée ou d'un temple), des rues, des allées, des bungalows blancs enfermés dans leurs jardins, des immeubles privés, des édifices publics, de la garnison, des arrière-cours de MacGregor House. Une mauvaise odeur. Est-ce celle des immondices ?

Au bout de quelques mois, le nouvel arrivant ne la remarque plus. Partout présente, et d'abord répugnante, elle finit par se transposer, à travers des stades aussi plaisants que familiers, en une essence que seul saisit l'esprit empirique, de sorte qu'un vieux routier, se la remémorant, se la représente comme l'équivalent indien de l'odeur âcre du bois brûlé à la fin d'un automne aux tons de cuivre. Mais il ne faut pas que ce vieux routier ait été trop longtemps coupé de l'Inde. Il ne peut s'agir, par exemple, d'une absence de dix-huit ans à laquelle ont mis fin la chance et le désir entomologique d'épingler la vérité à propos de Miss Crane, de Miss Manners et de Hari Kumar, et des événements qui ont d'abord voleté au-dessus de Mayapore, puis l'ont secouée, mais l'ont en fait laissée inchangée, campée qu'elle est dans ses limites urbaines (à peine frangées de faubourgs clairsemés). Non, il faut que l'éloignement ait été court, pour qu'en retrouvant son odeur ambiante le voyageur s'écrie possessivement, et même avec bonheur : « Ah ! L'Inde ! » Car au bout de dix-huit ans, et après une trop rapide transition par un Comet faisant escale à Beyrouth et Bahreïn (avec la température qui monte en conséquence et libère les odeurs, de même que la chaleur d'une peau féminine lui fait diffuser la fragrance d'un parfum jusque-là discret), les narines, déshabituées mais se croyant préparées, chercheront à se fermer contre la vigueur de ce qui les assaille, pendant le trajet en taxi depuis l'aéroport Santa Cruz de Bombay, au long d'une route traversée des effluves qui montent des champs matinalement ponctués par les silhouettes accroupies de travailleurs lâchant leurs déjections sur la terre où elles vont durcir, s'incruster, se désintégrer, et s'élever dans les airs au gré des vents prédominants.

Prenant possession de la chambre afin de mieux se pénétrer, selon la formule de Lady Chatterjee qui vous y a laissé seul, du cadre de Daphné, traversant ces larges étendues de parquet – entre le lit drapé de sa moustiquaire et la porte de la salle de bains –, en essayant de passer d'un petit tapis à l'autre, sans poser le pied sur les lames de bois sombre, on songe à ce jeu enfantin qui consiste à ne pas marcher sur les joints des dalles d'un trottoir, et on peut se demander si Daphné avait le temps de s'amuser à de telles absurdités. La salle de bains est longue et étroite. Garnissant les murs jusqu'à mi-hauteur, les carreaux émaillés verts renvoient l'image floue des appareils sanitaires, et de son occupant sans tête. Il se peut qu'en raison de sa mauvaise vue, Daphné n'en ait pas eu conscience et qu'elle ait circulé, sans se savoir accompagnée par son reflet décapité, de la porte au piédestal de faïence dont la chasse, haut perchée et qui fonctionne en tirant une longue chaîne terminée par une poignée modelée pour que la main l'épouse, souligne le luxe d'un appareil relativement rare. La baignoire de faïence est un véritable petit lac artificiel. Ses pieds palmés sont ceux d'un monstre amphibie condamné à la porter comme Atlas portait le monde. Les énormes robinets jumeaux de cuivre évoquent les tubulures des pompes des navires. Seul fonctionne celui d'eau froide; celui d'eau chaude – qui résiste mais finit par céder – n'émet que des borborygmes et livre seulement des écailles de rouille. Mais l'eau froide est suffisamment chaude. La pièce est étouffante. Elle ne comporte pas de ventilateur et ne possède qu'une unique fenêtre, tout en haut du mur derrière le piédestal des toilettes. À l'autre extrémité – quinze pas à franchir pieds nus sur des carreaux tièdes et si râpeux qu'on éprouve la sensation relativement plaisante de marcher sur les alvéoles pétrifiés d'une race disparue d'abeilles géantes – il y a un lavabo désuet à dessus de marbre, surmonté d'un miroir à cadre doré, et garni d'un porte-savon en porcelaine et d'un pot à eau blanc; en dessous trouve place le seau de toilette à anse garnie d'osier et fermé d'un couvercle. Le porte-serviettes d'acajou est là; en forme de barres parallèles miniatures, il est garni d'immenses serviettes-éponges et de serviettes en nid-d'abeilles de tailles décroissantes, toutes brodées en bleu du chiffre LC.

En repartant vers l'autre extrémité, et en accédant littéralement au trône qui repose sur un large piédestal très anciennement couvert d'un tapis aux tons violacés, le regard est attiré par la splendeur du distributeur de papier hygiénique. Ce sont deux têtes de lion dorées dont les gueules maintiennent à chaque extrémité l'axe autour duquel tourne le rouleau de papier (le papier beige des restrictions, fait à partir de déchets de bois). Les têtes dorées sont si larges – quasiment comme le poing – que leurs crinières se touchent presque. On dirait deux gros chats souriant de la charge qui leur incombe de tenir à disposition quelque chose de nécessaire pour une fonction discrète chez ceux de leur race mais, à cause du papier, risiblement humaine.

On est étendu dans la baignoire, et le regard, se portant sur l'unique ampoule de 75 watts qui pend sous un réflecteur en chapeau chinois, tente de fouiller la pénombre lointaine du plafond. Un petit broc de cuivre, cabossé par maintes chutes sur le sol carrelé, repose sur une planchette placée en travers de la baignoire. Son usage vous revient et, s'étant savonné, on se dresse, on ramasse de l'eau et on s'en asperge, et on recommence maintes fois ce geste pour se rincer. Fermant les yeux pour ne pas voir qu'on est un homme, on s'efforce de recréer les gestes de Miss Manners se douchant après une dure journée à l'hôpital de Mayapore.

Daphné Manners
The MacGregor House

26 février 1942

Chère tante Ethel,

Pardonne-moi de ne pas t'avoir écrit plus tôt. J'espère que tu as reçu le télégramme de Lili t'annonçant que nous étions bien arrivées. Mais oui, tu l'as certainement reçu. Je n'arrive pas à croire qu'il s'est déjà écoulé une semaine depuis que nous t'avons quittée, à Pindi. Tu es tellement gentille de m'avoir laissée venir. Les jours ont passé si vite que je me demande comment nous avons déjà réussi à faire tant de choses. Je rentre de ma deuxième journée à l'hôpital. Tu vois que nous n'avons pas perdu de temps !

Une fois passé Lahore, le voyage jusqu'à Mayapore a été très intéressant, et beaucoup plus plaisant que celui de l'année dernière, où j'étais seule pour aller de Bombay à Pindi, et où j'étais peu rassurée parce que tout était nouveau et étrange. Mais cette fois-ci j'étais déjà mieux initiée, et, en plus, j'avais la compagnie de Lili. Elle est franchement extraordinaire, tu ne trouves pas ? Les horribles Anglaises de notre compartiment sont descendues le lendemain matin à Lahore. Elles étaient absolument odieuses. Et leur montagne de bagages qui prenait plus de la moitié de la place ! Après le départ du train, elles ont monopolisé la petite cabine de toilette pendant une grande heure, après quoi elles sont restées interminablement à boire, fumer et bavarder comme si Lili et moi n'existions pas, alors que nous cherchions à trouver le sommeil. (Nous avions les couchettes supérieure et inférieure d'un côté du compartiment, et elles avaient les couchettes en vis-à-vis.) J'étais tellement flapie que je ne me suis réveillée qu'à l'entrée en gare de Lahore, où leur débarquement n'a pas été une mince affaire. Un homme était venu les chercher, qui m'a paru être le mari de celle qui se tenait la cervelle au chaud avec un foulard. À un moment il est monté dans notre compartiment pour y chercher quelque chose dont cette femme déplorait la perte ou le *vol.* Ils s'entretenaient depuis un bon moment sur le quai tandis que les coolies rassemblaient les bagages, et l'homme est monté avec un air peu commode. À ma vue, il a paru décontenancé. En exhalant leurs griefs, elles n'avaient dû parler que de Lili. J'étais assise sur la couchette supérieure, surveillant nos bagages à nous, et j'avais les cheveux dans tous les sens. Lili, levée et habillée depuis 5 heures du matin (elle me l'a dit plus tard), était assise en bas, toute pimpante et l'air parfaitement détachée; elle restait plongée dans son livre, sans paraître rien remarquer. Toujours est-il qu'en s'excusant il a cherché ici et là (imité par les coolies), notamment sous le siège, partout où il pouvait fouiller sans révéler ouvertement que ces femmes nous accusaient d'avoir dérobé ce qui leur manquait. Et puis, l'une d'elles lui a crié par la portière : « Tout va bien, Reggie, par chance on l'a retrouvé. » J'ai apprécié ce « par chance » ! Reggie est devenu écarlate, il a filé et il leur a apparemment demandé des comptes. Nous n'avons saisi que la dernière phrase, prononcée très haut par la harpie : « Je m'en moque. C'est une honte. Je me demande où va ce pays. Voyager en première classe ne veut plus rien dire ! » Le terme qu'emploie Lili s'applique on ne peut mieux, n'est-ce pas ? *Harpie.*

Mais à partir de là, ce fut formidable. Nous avons eu le compartiment pour nous toutes seules, et on nous a apporté un délicieux petit déjeuner.

Tu sais, jusque-là je n'ajoutais pas entièrement foi à ce que tu m'avais raconté sur Sir Nello chassé de son compartiment de première classe par deux représentants de commerce anglais. Je pensais que si la compagnie laisse un Indien louer une place en première classe, personne ne devrait pouvoir l'empêcher d'occuper la place qu'il a payée. Mais je m'aperçois que si tu ne nous avais pas mises toi-même dans le train à Pindi, ces deux femmes nous auraient peut-être interdit l'accès du compartiment. Elles me l'auraient interdit parce que j'étais avec Lili. Est-ce pour cela que tu es montée la première en les saluant avec cette merveilleuse condescendance début de siècle, de sorte qu'elles n'ont pas compris tout de suite qu'elles allaient devoir voyager avec une Indienne ?

Quand je songe à ce que sont chez nous les voyages en train, avec le black-out, les wagons non chauffés, les compartiments et les couloirs bondés à craquer, mais où les gens s'entraident, s'efforcent de prendre les choses du bon côté, franchement, je suis outrée de ce que je vois ici. Tu sais, tante, en Inde bien des Blancs se prennent pour des seigneurs. Évidemment, chez nous je n'avais jamais voyagé en première classe, et je me souviens que les simples soldats tassés comme des sardines voyaient d'un assez mauvais œil des blancs-becs d'officiers tout frais émoulus de l'École de guerre voyager de façon relativement confortable. Mais l'armée, c'est l'armée. Tandis quc je parle ici de civils. À présent, passons au reste.

Il fait beaucoup plus chaud à Mayapore qu'à Pindi. Pour dormir, je garde seulement le drap, et bientôt, je devrai faire marcher le ventilateur toute la nuit. Lili m'a donné une chambre merveilleuse, avec une salle de bains rien que pour moi (mais le siège des toilettes branle un peu, et le distributeur de papier est maintenu par des têtes de lion !). MacGregor House est fascinante. J'oublie toujours que tu ne la connais pas puisque, quand Sir Nello l'a achetée, Oncle Henry était déjà parti en retraite. Mais tu te souviens évidemment de Mayapore, où tu trouverais cependant beaucoup de nouveautés, d'après ce que dit Lili, par exemple le collège technique, dont la fondation a valu son titre de chevalier à Nello, et les bâtiments neufs de la British-Indian Electrical. On est même en train de construire un aérodrome à Banyaganj, et les Anglais se plaignent que cette zone soit gâchée pour tirer le canard ! De quoi susciter l'hilarité de Hitler. (Lili me dit qu'il y a par là des lacs au bord desquels les Européens aimaient aller pique-niquer.) Avant-hier soir, nous sommes allées dîner chez le commissaire délégué et sa femme, Robin et Constance White. Ils disent t'avoir rencontrée avec Oncle Henry il y a des années, mais que tu ne t'en souviens certainement pas, parce qu'à l'époque Robin White occupait encore un rang médiocre. Il était le subordonné d'un certain Mr Cranston. D'après eux, tu ne peux pas avoir oublié celui-ci à cause d'une certaine tournée d'inspection du district qu'il effectuait comme en ce temps-là, c'est-à-dire en camp volant, et au cours de laquelle, étant vous-mêmes en tournée, vous avez débarqué à l'improviste et vous l'avez trouvé en train de se baigner dans un étang. Vous et Oncle Henry êtes restés plantés au bord, et vous avez bavardé avec lui pendant une éternité. Il était là, debout dans l'eau plutôt bourbeuse, dont seul son buste émergeait, se tenant presque au garde-à-vous, et n'osant pas faire un geste parce qu'il ne portait pas de caleçon de bain. Il a pensé par la suite que toi et Oncle Henry le saviez parfaitement, et que vous avez volontairement fait traîner l'entretien parce que sa fâcheuse situation vous amusait. J'ai promis à Mr White que je te rappellerais cette histoire dans ma lettre et que je te demanderais si vraiment vous le saviez. Mr Cranston n'en a jamais été certain. Mais ce n'est qu'une des anecdotes plaisantes sur le gouverneur et son épouse qui ont circulé pendant des années – et dont l'une a refait surface l'autre soir à Mayapore, après tout ce temps.

J'ai trouvé sympathiques Mr White et sa femme, bien qu'au début cette dame vous glace un peu. (Toi aussi tu me glaçais, au début.) Tous les deux admirent et respectent Lili. C'était une petite réception intime, avec juste deux hommes comme autres convives : Mr Macintosh, le directeur des services de santé, un veuf qui est un vieil ami de Lili, et le juge Menen. Le juge est marié mais sa femme se trouve en ce moment à la clinique. Cet homme m'a plu. Il a énormément d'humour, bien que je ne m'en sois pas aperçue tout de suite. Je l'avais d'abord trouvé prétentieux et porté à la critique, ce que j'attribuais au fait qu'étant le seul convive masculin indien, il voulait s'affirmer. Il est nettement plus âgé que Mr White, mais les Indiens n'arrivent jamais aussi vite à de hautes fonctions, n'est-ce pas ? Toujours est-il qu'au bout d'un moment je me suis rendu compte qu'il me menait en bateau, d'une façon que j'aurais tout de suite flairée s'il avait été anglais. Cela m'a rappelé la première fois que j'ai vu Lili, avec son côté pince-sans-rire. Si les mêmes choses tombaient de la bouche d'une Anglaise, on rirait immédiatement, mais comme elle ne l'est pas, tant qu'on ne la connaît pas bien on se dit (et c'est ce que je me disais) : « Où veut-elle en venir ? Qu'est-ce que cache sa remarque ? Que dois-je répondre, comment dois-je réagir pour ne pas la froisser ni paraître moi-même froissée ? »

D'après Lili, beaucoup d'Anglais critiquent le commissaire délégué. Ils trouvent qu'il va beaucoup plus loin qu'il n'est nécessaire dans ses rapports amicaux avec les Indiens, lesquels finiront par en abuser. Ils parlent du « bon vieux temps » de Mr Stead, son prédécesseur, un homme « qui tenait son monde en main », et qui savait faire sentir au district « qui était le maître ». C'est une attitude que j'ai découverte en deux jours de présence à l'hôpital, et j'apprécie la chance que j'ai eue, en vivant auprès de toi, de ne pas fréquenter l'Anglais moyen. L'infirmière-chef, une femme formidable qui habite ici depuis des années et connaît la musique, m'a dit quelque chose de particulièrement intéressant lorsque je suis allée poser ma candidature de bénévole. Grâce à Lili, j'étais recommandée par le directeur des services de santé, autrement dit le patron du domaine médical dans le district – mais tu connais ces choses mieux que moi. Elle m'a dit ceci : « Vous êtes placée sous de triples auspices : Mr Macintosh, moi-même et votre nom, dont la distinction demeure dans les mémoires, même si, en leur temps, bien des gens se cabraient contre l'attitude progressiste de votre oncle. La sagesse voudrait que vous vous en prévaliez, en demeurant beaucoup plus discrète sur votre quatrième parrainage. » Je savais ce qu'elle entendait par là, mais, me dressant sur mes ergots j'ai répondu : « Ma *vraie* caution, c'est Lady Chatterjee. » Elle a dit : « Je le sais. Et c'est la raison principale qui me fait vous prendre ici. Même les bénévoles doivent répondre à mes critères personnels de mérite. Mais ceci est un hôpital *britannique*, j'en suis l'infirmière-chef, et il y a beau temps que j'ai appris que, pour faire correctement mon travail, je devais observer une règle qui consiste à exclure toute considération n'ayant pas trait au bien-être des patients et à l'accomplissement des tâches hospitalières (c'est sa façon de parler, très « administrative »). Bien des choses vous déplairont foncièrement dans l'atmosphère de l'hôpital. Je ne vous demande pas de les aimer. Je demande simplement, en fait j'exige, que votre travail n'en soit pas affecté. – Cette atmosphère, il faudrait peut-être la transformer », ai-je riposté. Tu sais, à ce moment-là, si elle avait refusé de me prendre, je m'en serais moquée. Après tout, ce n'était que du bénévolat. « Je suis persuadée qu'il le faudrait, a-t-elle dit, et j'espère qu'un jour elle le sera. Libre à vous de différer jusque-là votre entrée ici, et de laisser à une autre la tâche d'adoucir le séjour des malades. Je le comprendrai parfaitement. Mais je suis sûre que quand vous conduisiez une ambulance à travers Londres sous les bombardements aériens, vous ne réfléchissiez pas aux idées ou aux partis pris des blessés que vous transportiez. Je suppose que vous songiez seulement à faire de votre mieux pour qu'ils ne meurent pas. » Évidemment, elle avait raison. Je l'ai regardée, à travers ces affreux verres que je dois porter si je veux vraiment être sûre de moi, et j'ai souhaité être encore au volant d'une ambulance. D'une certaine façon, cela m'exaltait, malgré la peur qui ne me quittait jamais. 1940. Comme ça semble loin ! Dix-huit mois seulement ont passé, mais cela me paraît un autre âge et un autre monde. Ici, la guerre vient juste de commencer, et je me demande parfois si les gens en ont seulement conscience. Bizarrement, chez nous elle semblait déjà terminée, ou installée pour durer pendant des siècles. À Mayapore, je songe plus que jamais à mon pauvre papa et au pauvre David. La guerre qui les a tués n'arrive que maintenant à Mayapore. Parfois, c'est comme s'ils allaient être tués encore une fois, et à d'autres moments comme s'ils avaient vécu et étaient morts sur une autre planète. Je suis heureuse que maman ait disparu avant tout cela. Contrairement aux Anglais d'ici, je ne peux en vouloir aux Indiens de refuser ces hostilités, des hostilités dans lesquelles ils sont engagés sans l'avoir décidé par eux-mêmes. Après tout, moi j'ai vu de quoi il retourne, même si ce n'était que de façon mineure, en tant que civile, mais la plupart de ceux qui, ici, pontifient sur la raclée qu'on va administrer aux Japs et aux Boches (ces désignations démodées qui semblent les galvaniser mais qui me dépriment tellement) n'ont jamais entendu parler les armes. En Inde, les Britanniques vivent toujours au XIXe siècle. Pour eux, Hitler est *un sujet de plaisanterie,* « un peintre en bâtiment qui en a conservé la mine même en uniforme ». Hourra pour la cavalerie ! Et vive la Marine ! Pardonne-moi, tante. Ce sont les cocktails de tante Lili – j'ai dû en boire un de trop. Et il est bientôt temps que je me fasse toute belle, car nous recevons, et nous serons honorées de la présence du chef de police du district. Un célibataire, d'après Lili. J'espère qu'il est endurci dans le rôle, car je ne peux supporter le genre d'homme qui fait comme s'il n'avait pas remarqué que je manque vraiment de séduction. Tu te souviens de la mine que prenait Mr Swinson ! Tante chérie, je t'aime et je pense souvent à toi, et à nos bons moments ensemble à Pindi. Je voudrais tant aller avec toi à Srinagar en mai, mais tante Lili semble déterminée à me garder ici, et puis j'ai un engagement moral envers l'hôpital. Sans compter tout ce que ça me fait voir de l'Inde. Dans le pavillon civil, il y a deux autres bénévoles comme moi, des jeunes filles de Mayapore, mais celles qui font la loi, ce sont les dames du Corps des auxiliaires volontaires et celles du Service infirmier impérial de la reine Alexandra. Si tu voyais les airs que se donnent ces dernières ! Chez nous, elles seraient simplement aides-soignantes ou, au mieux, infirmières. Ici, elles ont un rang de surveillantes. Pas plus elles que les bénévoles ne sont censées accomplir des tâches serviles. Lesquelles incombent aux pauvres petites

Anglo-Indiennes. Aujourd'hui, dans le cadre de l'effort de guerre, j'ai enroulé des kilomètres de bande. Je reconnais que c'est une tâche *propre,* mais je suis restée tout le temps debout, et je ne sens plus mes pieds ! Le boy vient d'entrer pour faire couler mon bain. Je te dirai le reste dans ma prochaine lettre. Je me plais ici, mais je retrouve la même impression d'étrangeté que lorsque je suis arrivée l'année dernière. Mayapore est un peu plus déconcertant que ne l'était ce cher vieux Pindi. Cela vient peut-être de ce que, là-haut, l'islam prédomine, alors que nous sommes ici en terre hindoue. Prends bien soin de toi et pense à ta nièce affectionnée,

Daphné.

Daphné Manners
The MacGregor House

Vendredi, 17 juillet 1942

Chère tante Ethel,

Tout plein de mercis pour ta lettre, et tout ce que tu me racontes sur ce qui se passe à Srinagar. Je suis contente que ma photo te soit bien parvenue, et juste à temps pour ton anniversaire. Mais encore plus contente que tu aies aimé la robe. La photographie me semblait si affreuse qu'il me fallait t'expédier autre chose avec elle – histoire de me racheter. Mais ensuite, considérant la longueur et la couleur de la robe, je me demandais si je n'avais pas aggravé les choses ! En matière de mode, je n'ai pas beaucoup de goût, pourtant il m'a semblé qu'elle t'irait bien. Quel soulagement que tu le penses aussi ! J'espère que le vieil Hussein ne l'a pas gâchée. Mais à vrai dire, il est plus adroit que le tailleur d'ici. Lili et moi avons célébré ton anniversaire autour d'un beau gâteau avec des amis qui sont restés ensuite à boire quelques verres (tu n'aurais pas apprécié, je le sais).

Les pluies sont vraiment arrivées, mais assez tardivement pour que tout Mayapore se mette à faire des réserves de vivres en prévision d'une éventuelle famine. Quand je dis « tout Mayapore », j'entends par là tous ceux qui en ont les moyens. Jack Poulson dit que la malédiction de l'Inde, c'est cette attitude de la bourgeoisie et des classes aisées indiennes qui dévalisent les boutiques dès qu'une crise menace. Mais c'est apparemment peu de chose à côté de la corruption qui sévit dans les hautes sphères où l'on s'occupe de l'approvisionnement alimentaire.

Devant la maison, la pelouse est d'un vert inimaginable. J'aime les pluies. Mais l'humidité s'insinue partout. Le boy fait quotidiennement *toutes* mes chaussures, pour les empêcher de moisir. Je me suis acheté une large cape et une sorte de suroît, mais je m'en sers peu car Mr Merrick met à ma disposition une voiture de police pour me conduire à l'hôpital et m'en ramener (le chauffeur est un fervent musulman, qui nous raconte que tous les hindous cachent des armes chez eux pour couper la tête des Anglais et des musulmans). Si c'est un jour « sans essence » (ce dont nous nous plaignons tous), Mr Merrick me fait prendre par le fourgon de police, officiellement en mission urgente (le transfert de prisonniers de la prison au tribunal). J'en suis gênée, et je lui répète que je peux très facilement faire le trajet à bicyclette, ou éventuellement prendre un tonga, mais il s'obstine, en disant que son devoir est de veiller à la sécurité, considérant le sentiment antibritannique attisé par le Congrès et la situation isolée de MacGregor House, à la lisière du *cantonment.*

À présent, j'éprouve davantage de sympathie pour lui. Je dois reconnaître qu'avec moi il se montre aimable et prévenant. Ce qui le dessert, c'est son attitude générale (et, naturellement, cette attitude dissimule quelque chose). Et puis, un chef de police de district est tout de même quelqu'un qui vous intimide. Mais maintenant que j'ai surmonté cela – et autre chose aussi, que je dois te raconter –, j'aime bien sortir avec lui. Sauf quand il prend son ton officiel, comme l'autre soir, quand il m'a mise en garde contre ce qu'il appelle mes contacts avec Mr Kumar, qui font jaser, disait-il, et pas seulement chez les Anglais mais aussi chez les Indiens. En riant, j'ai répondu sans réfléchir : « Voyons, cessez donc de jouer tout le temps au policier ! » Et je me suis immédiatement aperçue de ma bévue, car il prend ses fonctions très à cœur, il est fier d'y avoir accédé, il veut s'y distinguer, sans se laisser arrêter par les inimitiés qu'il peut se créer en les accomplissant correctement.

À présent, voici ce que je dois te raconter, *mais surtout garde-moi le secret.* Je n'en ai parlé à personne, même pas à tante Lili. Il y a environ un mois, il m'a invitée à dîner dans son bungalow. Il avait fait les choses superbement : je n'avais pas goûté une aussi délicieuse cuisine anglaise depuis mon arrivée en Inde (sauf la fois où tu as reçu les Swinson, qui clamaient tellement leur aversion pour la cuisine indienne). Un autre point qui, pour moi, plaide en sa faveur, c'est que son boy lui est manifestement tout dévoué, et qu'il avait pris plaisir à tout préparer pour le dîner aux chandelles de son sahib. Le prétexte de cette invitation, si tant est qu'il fallût un prétexte, c'était que Ronald Merrick voulait me faire écouter quelques disques. Je t'avais décrit, fin avril, cette fête organisée par les militaires, avec parade et fanfare. Je te disais que j'y avais revu le général de brigade Reid, dont nous avions fait la connaissance à Pindi. J'avais assisté à la fête avec deux autres bénévoles de l'hôpital et de jeunes officiers avec qui nous sommes allés ensuite au club. Plus tard dans la soirée, Ronald Merrick est passé au club (il avait été très occupé, parce qu'il fallait surveiller et canaliser les foules, etc.) Toujours est-il que nous nous répandions tous en éloges sur la parade et la fanfare – d'ailleurs vraiment remarquables –, et peut-être montrais-je encore plus d'enthousiasme que les autres car Ronald m'a dit : « Ainsi, vous aimez les marches militaires ! Moi aussi. » Il en possédait des tas de disques, a-t-il dit, et il se promettait de me les faire entendre.

Mais comme je n'aime tout de même pas la musique militaire au point d'en écouter des enregistrements, chaque fois qu'il en reparlait je trouvais des échappatoires. Je n'y songeais même plus lorsqu'il m'a invitée à dîner. J'ai accepté sans réfléchir, et quand il a dit : « C'est donc entendu, et ensuite je vous passerai quelques disques », j'ai pensé : « Seigneur ! Où me suis-je fourrée ! » En fait, ce n'était pas mal du tout (je parle de la musique). Comme nous sommes assez souvent sortis ensemble, les sujets de conversation ne nous manquaient pas. Et la musique complétait agréablement la soirée. J'étais déjà allée chez lui, mais avec d'autres invités, quand il offrait un apéritif le dimanche, et je n'avais pas remarqué à quel point son bungalow est plaisant et confortable. Comme c'est un homme qui ne fume pas et qui boit peu, je suppose qu'il consacre l'argent ainsi économisé à embellir son cadre de vie. Le bungalow lui est fourni tout meublé par l'administration, mais il y a ajouté certains éléments particulièrement heureux, à commencer par son combiné radio-tourne-disque (sur lequel il a passé deux marches de Sousa). Ensuite, sa vaisselle et son argenterie sont de très bon goût, et il possède un merveilleux tapis persan acquis dans une vente aux enchères à Calcutta. Mais ce qui m'a renversée, ce sont ses goûts en matière de peinture. Chez un homme aussi conventionnel, on s'attend à voir des images banales aux murs. Et s'il est vrai que les classiques gravures de parties de polo et de chasses au sanglier à l'épieu ornent la salle à manger, de même qu'une des « Frimoussettes » de David Wright trône dans la chambre (il m'a fait faire le tour du propriétaire, mais d'une façon si charmante que la visite de la chambre n'avait rien de gênant, comme ç'aurait été le cas avec un autre), il n'y a que deux œuvres au salon, et ce sont de bonnes reproductions des dessins de Henry Moore représentant des gens entassés dans le métro pendant les bombardements – images que j'ai peine à regarder mais que j'admire. Il a accueilli avec un plaisir touchant mon exclamation : « Tiens ! Des Henry Moore ! Vous êtes vraiment étonnant ! » Et une autre chose m'a frappée : dans les toilettes (celles des invités, sur le côté du hall), il avait fait mettre par le boy une savonnette parfumée (au chypre de Coty) et une petite serviette rose manifestement toute neuve. Il m'a semblé qu'elles avaient été achetées spécialement pour moi. (Et n'en tire pas non plus une autre conclusion, car dans sa salle de bains il a un vrai savon « pour hommes »).

Et une autre surprise m'était réservée. Après les deux marches de Sousa, il a posé un disque sur l'appareil en disant : « J'aime aussi cette musique-là », et c'était le « Clair de lune » de Debussy, interprété par Walter Gieseking. Cette pièce de la *Suite bergamasque* était un des morceaux préférés de mon frère David. Quand elle a débuté, j'ai pensé : « Quand ai-je pu dire à Ronald que David aimait cette musique ? » Mais non, je ne l'avais jamais dit. C'était extraordinaire, après les éclats tonitruants (mais qui, parfois, vous prennent à la gorge) de Sousa, cette délicate musique baignée de lune, trop terriblement poignante pour moi mais que cependant j'aime, et qu'on n'a pas coutume d'associer aux goûts d'un policier.

C'est à ce moment-là que le boy a apporté le café – du café *turc*. Il y avait un choix d'alcools et de liqueurs (curaçao ou crème de menthe, rien d'original). Les bouteilles étaient intactes – elles arrivaient tout droit de chez le marchand, à mon intention. Si je retourne dîner chez lui, je retrouverai certainement la fine champagne au niveau où nous l'avons laissée dans la bouteille. Pendant que nous prenions le digestif, il m'a posé des tas de questions : sur ma famille, sur les circonstances de la mort de David et de papa, et aussi sur moi, sur ma vision de la vie, sur mes goûts, mais d'une façon simple et amicale, qui m'a délié la langue. (Il doit être un champion des interrogatoires. Ce n'est pas de jeu ! Tu comprends ce que je veux dire, n'est-ce pas ?) Et il en est venu peu à peu à parler de lui. Je pensais à part moi : « Cet homme que les gens n'aiment guère est foncièrement *bon,* et voilà pourquoi nous nous entendons étonnamment bien. » Il m'a dit être issu d'« une famille très ordinaire », et bien que son père fût parvenu à une honnête aisance, il n'a pas dépassé le lycée. Ses grands-parents venaient d'« un très humble milieu ». Lui-même avait bûché, et accédé à un poste satisfaisant dans la police en Inde, dont il estimait les tâches peut-être rébarbatives mais essentielles, pourtant il regrettait que cela l'empêchât de servir dans l'armée. Son autre regret, c'était de ne pas avoir eu vraiment de « jeunesse », ni rencontré l'« âme sœur ». Il se sentait souvent « très seul ». Il savait qu'il n'avait pas grand-chose à offrir. Il n'oubliait pas la « sérieuse différence » entre nos milieux respectifs. Notre amitié comptait énormément pour lui.

Et puis, il s'est tu. Je ne savais que dire, craignant de me méprendre sur ses intentions. Pendant un instant, nous sommes restés à nous entre-regarder. Et puis il a repris : « Je voudrais savoir si, une fois que vous y aurez réfléchi à loisir, vous envisageriez l'éventualité de fiançailles entre nous ? »

Tu sais, tante, c'était la première fois qu'on me proposait le mariage. Au même âge que moi, cela avait dû t'arriver des dizaines de fois. Est-ce que toute jeune fille trouve la première demande en mariage aussi étrangement émouvante ? Cela dépend sans doute du soupirant. Mais si c'est un homme honnête, un homme « bien », comment se défendre d'être touchée, indépendamment de ce qu'on éprouve à son égard ? Ce que j'éprouve pour Ronald Merrick, c'est une certaine affection, mais rien de plus. Il est blond, jeune, il a les yeux bleus, c'est franchement un très beau garçon, mais il y a toujours chez moi une réticence (qui a peut-être même augmenté avec le temps) que j'attribue à l'impression qu'il me donne de n'être jamais vraiment de plain-pied avec qui que ce soit. Lorsque nous sommes ensemble, je ne me sens jamais tout à fait *naturelle,* sans savoir si la faute vient de moi ou de lui. Et justement, quand il a présenté sa requête (on ne peut pas appeler ça une demande en mariage, n'est-ce pas ?), j'aurais terriblement voulu pouvoir tout arranger pour lui en répondant « oui ». Les hommes savent-ils combien ils apparaissent vulnérables une fois qu'ils ont dépouillé cette cuirasse d'indifférence qu'ils semblent revêtir dès qu'il y a plus de deux personnes dans une pièce ? Infiniment plus vulnérables que les femmes lorsqu'elles ouvrent leur cœur.

L'extraordinaire là-dedans, c'est qu'il n'a même pas tenté de me prendre la main. Sur le moment, cette retenue a augmenté mon souci de ne pas lui faire de peine. Mais à la réflexion, je me suis dit qu'elle ajoutait à la froideur entourant ce moment. Nous étions assis chacun à un bout du canapé. J'aurais peut-être dû chausser mes lunettes ! Quand j'y repense, je n'arrive pas à me souvenir si, sur le moment, sa demande m'a saisie ou, du moins, surprise. Rétrospectivement, je vois bien que la soirée tout entière allait manifestement dans ce sens. Je n'ai donc sans doute pas été surprise, d'autant que j'ai dû enregistrer inconsciemment que ses propos y tendaient. À un moment, je me suis dit fugacement que malgré son heureux physique j'éprouvais de la répulsion pour lui, mais il me semble que c'était plus tard, une fois bien établi pour lui comme pour moi que je ne souhaitais pas le peiner, mais que je n'avais jamais pensé, ni ne penserais jamais à lui sous l'angle qu'il souhaitait. Cette idée a dû m'effleurer parce que je me sentais soulagée de m'être tirée d'une situation délicate, et je rentrais en moi-même d'une façon telle que nul ne pouvait m'y poursuivre. Mais dès lors, je me souciais beaucoup plus de l'effet que pouvait avoir mon « refus ». En toute franchise, je n'ai rien prononcé d'autre que : « Ronald, je vous remercie, mais... » Cela a suffi. Son visage s'est refermé, ou plutôt s'est éteint, comme la façade d'une maison dont les occupants coupent l'électricité avant de sortir, comme une maison qui va rester vide. Si on frappe à la porte, il n'y a plus personne pour vous répondre.

Nous avons encore écouté une ou deux faces d'un disque de Sousa, après quoi il m'a reconduite en voiture, et en cours de route nous avons bavardé sans effort. En arrivant à MacGregor House, je lui ai demandé s'il voulait monter prendre un dernier verre. Il a refusé mais m'a accompagnée jusqu'en haut des marches de la véranda. Je lui ai tendu la main, il l'a serrée et retenue un instant dans la sienne en disant : « Il faut parfois du temps pour se faire à certaines idées. » Il ne renonçait donc pas, mais l'homme qui parlait était différent, c'était le chef de la police du district, le Ronald Merrick pour qui je n'ai pas d'affection – celui-là même qui, il y a seulement quelques jours, m'a mise en garde contre mes « contacts avec Mr Kumar ».

Un des domestiques attendait sous la véranda. J'ai remercié Ronald de la soirée, leur ai souhaité à tous deux bonsoir et je suis rentrée. En montant l'escalier, j'ai entendu l'auto démarrer et le domestique verrouiller la porte. Sachant que, pour une fois, tante Lili avait prévu de se mettre au lit de bonne heure, je ne suis pas allée la voir dans sa chambre. La maison était tout à fait silencieuse. Pour la première fois, j'ai songé qu'on la disait hantée. Elle ne me paraissait pas hantée au sens surnaturel du mot. Simplement vaste, vide, quasi déserte et mal habitée. Qu'est-ce que j'essaie de te dire ? Non pas que j'avais peur. Mais il me venait brusquement une énorme envie d'être auprès de toi.

Je ne te l'ai jamais confié, mais il y a eu un moment – l'année dernière, au cours de mon deuxième mois en Inde – où si l'on m'avait offert la traversée de retour chez nous, je l'aurais tout de suite acceptée. Dieu sait pourtant si je me plaisais auprès de toi. Mais durant ce mois-là, ou au moins pendant deux ou trois semaines, j'ai été constamment malheureuse. Je détestais tout, parce que tout m'effrayait. Le pays m'était tellement étranger. À l'idée de sortir, je m'affolais. Je me suis mise à faire de mauvais rêves, pas des cauchemars avec un déroulement, mais uniquement des rêves où apparaissaient des visages. Émergeant de nulle part, ces visages étaient d'abord normaux, puis ils se déformaient et explosaient, laissant un vide que d'autres venaient remplir. Ces visages n'étaient pas ceux que je connaissais. Je les inventais, et avec une minutie alarmante, car il semble impossible d'imaginer quelqu'un avec autant de précision. Cela venait sans doute de ce que j'étais obsédée par l'idée d'être entourée d'étrangers, lesquels me suivaient ainsi jusque dans le sommeil.

Je ne t'en ai jamais parlé, mais je crois que tu t'en es doutée (j'ai vu le regard que tu me jetais) le jour où, dans la véranda, j'ai arraché ce corsage des mains du tailleur qui s'appliquait à le copier. Tu sais, eussé-je vécu chez des gens comme les Swinson que ce mouvement de colère-là m'aurait dès lors intégrée au petit cercle culturel que constituent les Anglaises (les hommes aussi, mais surtout les femmes) vivant dans une colonie.

Il est bien naturel, quand on est à l'étranger, d'avoir besoin de sentir à proximité quelqu'un qui vous ressemble, et sur qui on peut compter. À défaut de quelqu'un, il faut avoir quelque chose. À Pindi, pendant ces semaines que j'évoque, j'en venais à m'attacher ridiculement à mes valises et à mes vêtements, comme si je ne pouvais me fier qu'à eux. Jusqu'à toi que je surprenais en défaut à mon égard. Tu connaissais tout le monde, tu baignais dans le pays, et cela m'isolait de toi, même si tu m'emmenais partout. Et tu acceptais la misère et la crasse comme si tu ne les voyais pas (je n'ignorais pourtant pas tes sentiments là-dessus). Et c'est ce qui m'a fait arracher le corsage des mains de Hussein. Je ne pouvais supporter qu'il le déplie, qu'il l'examine, *qu'il le touche avec ses doigts noirs*. Je me détestais, et en même temps je ne pouvais me retenir, et c'est pour ça que je lui ai crié des horreurs. Une fois remontée dans ma chambre, je me suis laissée tomber dans un fauteuil; j'étais au bord des larmes, j'aurais voulu qu'on vienne me sauver, qu'on me ramène chez moi. Je n'avais jamais ressenti aussi durement le fait que je n'ai plus de chez-moi en Angleterre, maintenant que maman, papa et David ont disparu.

Et la même chose m'est arrivée à MacGregor House, au cours de la deuxième semaine, une fois émoussée ma curiosité au sujet de ces lieux nouveaux. Seulement, cette fois, « chez moi », c'était ton bungalow à Pindi. J'espère ne pas l'avoir montré dans mes lettres, ne pas t'avoir inquiétée. Car, à présent que j'ai surmonté cela, je me plais beaucoup ici. Mais pendant un moment j'ai détesté Mayapore. Je me demandais pourquoi j'avais atterri dans cet endroit affreux. J'allais jusqu'à soupçonner tante Lili de ne m'héberger que parce que je suis anglaise, pour s'enorgueillir d'être l'hôte d'une personne de race blanche. (Scandaleux, n'est-ce pas ?) Je repensais à notre voyage en train, et je trouvais des excuses à ces horribles femmes. Après tout, me disais-je, comment pouvaient-elles savoir que Lili ne ferait rien de *révoltant* ? Et à l'hôpital, je m'aperçois qu'il est tellement plus facile de parler avec une Anglaise, même si l'on a des opinions diamétralement opposées. Entre gens de la même nationalité, on emploie une sorte de sténographie orale, n'est-ce pas ? On n'a pas à faire d'effort et on exprime davantage de choses; et on est tellement habitué à cette facilité que toute expression qui vous demande un effort vous fatigue physiquement et moralement. Il en résulte une irritation qui augmente votre fatigue et qui s'avive d'autant plus qu'on essaie de ne pas la montrer.

Je crois que c'est la raison qui m'a fait *revenir sur ma résolution de ne pas mettre les pieds au club, résolution que j'avais prise parce que Lili Chatterjee ne pouvait pas y aller avec moi.* Non que j'aime le club, mais il m'amuse : il est confit dans ses préjugés et pourtant tellement vulgaire. Il y a toujours quelqu'un qui a trop bu, la conversation y remue généralement beaucoup de boue, mais ses membres parviennent à conserver, Dieu sait comment, un air convenable, comme si les propos méchants et les attitudes insupportables obéissaient à un *code* inviolable. J'ai mis près de deux semaines à m'apercevoir que les femmes me considéraient avec aversion et les hommes avec gêne parce que je réside à MacGregor House. Le fait que je ne l'aie pas senti immédiatement en dit long sur le soulagement que je devais éprouver, dans les débuts, *simplement à me retrouver parmi mes pareils*. Une fois, maman m'a dit : « Tu sembles aimer tout le monde. Ce n'est pas normal. Et, en plus, c'est regrettable. Tu vas gaspiller énormément de temps avant de savoir démêler qui sont les gens que tu as intérêt à connaître. » Je croyais qu'elle entendait par là l'intérêt social. Je me demande à présent si elle ne voulait pas dire « l'intérêt de préserver son intimité, d'avoir la paix de l'esprit, de se sentir en sécurité ». Mais, dans un sens comme dans l'autre, elle se trompait peut-être. Je suis sûre que ce désir de paix et de sécurité n'est pas bon. Tout en nous armant encore et encore de patience, nous devons nous percher sur une branche et défier quiconque de la scier, qu'il soit blanc ou noir.

Mais ce n'est pas facile, n'est-ce pas ? Le soir de mon dîner chez Ronald Merrick, une fois qu'il m'eut raccompagnée, je me disais en montant l'escalier que j'allais vers des moments désagréables, et j'ai eu envie de redescendre, de courir vers lui. M'immobilisant à mi-chemin, j'ai regardé le hall, en bas, et j'ai vu ce domestique, Raju, qui me regardait. Je savais très bien qu'il ne restait là que pour s'assurer qu'une fois en haut j'éteindrais la lumière, mais je me suis dit : « Qu'est-ce qu'il regarde ? » J'avais ma robe du soir verte, celle que tu aimes. Elle découvre mes vilaines épaules. J'ai éprouvé… mais tu sais aussi bien que moi ce que j'ai éprouvé. Il était trop loin pour que je distingue son expression. Je ne voyais que la tunique et le pantalon blancs surmontés d'une tache brune. Et puis, à la place de son visage est apparue une tête comme celles dont je rêvais en un temps, mais je ne la connaissais pas. Je lui ai lancé : « Bonsoir, Raju », il a dit « Bonsoir, madame » (les Indiens chrétiens du Sud disent « madame » aux Anglaises), j'ai fini de monter l'escalier et je crois qu'en arrivant sur le palier je m'attendais à voir notre fantôme, Janet MacGregor. Mais il n'y avait rien. Je ne l'ai pas encore vue. Je me suis sentie à la fois soulagée et frustrée.

Il faudra que je te parle plus longuement de Mr Kumar dans une prochaine lettre. Jusqu'ici je l'ai cité au passage, mais rien de plus. Et aussi que je te décrive une femme curieuse appelée sœur Ludmila, qui porte l'habit de religieuse et ramasse les cadavres. J'aimerais tant que tu sois là, pour pouvoir te raconter des choses à tout moment. Le gong vient d'annoncer le dîner. Il pleut des hallebardes, et les lézards jouent à cache-cache dans le mur. Ce soir, Lili et moi dînons seules toutes les deux, et je suppose qu'ensuite nous jouerons au mah-jong. Demain, j'espère aller visiter le temple hindou avec Mr Kumar.

Avec toute mon affection,

Daphné.

– Il est malheureux que vous n'ayez pu être ici au moment des pluies, dit Lady Chatterjee, car vous auriez vu le pays tel que Daphné le préférait. Mais je vous comprends. Vous voulez pouvoir circuler, et la saison des pluies s'y prête mal. Voyez le jardin, il a déjà son air desséché et exténué, ses tons de bruns. Mais j'aime toutes les saisons. Et ce que je préfère, ce sont les soirées comme celle-ci. Je m'installe toujours dans la véranda de devant parce qu'elle est protégée de l'odeur de la rivière – que je ne sens pas, mais je sais que mes hôtes anglais la perçoivent – et puis parce qu'elle donne sur l'allée d'entrée, qui me rappelle ceux qui la remontaient, me fait espérer le visiteur dont la silhouette va peut-être apparaître là-bas, et aussi à cause des massifs de cannas qui se découpent sur la lumière venant de la véranda. Par les nuits de lune, c'est encore plus beau avec la véranda éteinte, mais quand je donnerai ma réception en votre honneur toutes les lampes seront éclairées, y compris celles du jardin. Je voudrais pouvoir les allumer en ce moment, pour vous en montrer l'effet général, mais on nous demande de consommer le moins possible, sans doute à cause de cette guerre contre la Chine, et je suppose que cela s'applique aussi à l'électricité.

» À présent, revenons à Miss Crane. C'était une libérale anglaise de l'ancienne école, dans le sens où j'entends ce terme, une personne peu encline à de grandes amitiés – et même simplement à l'amitié tout court. Elle aimait l'Inde, elle aimait tous les Indiens, mais aucun Indien en particulier. Détestant la politique britannique, elle détestait tous les Britanniques, sauf ceux qui observaient les mêmes règles qu'elle. C'était sa tête qui commandait ses amitiés – rarement son cœur. Mais elle avait du courage, comme en ont souvent les femmes de ce genre. Et je crois que sa folie est venue finalement de ce qu'elle a eu le courage sinon de vivre avec la vérité, du moins de la regarder en face, de reconnaître que ses bonnes actions et ses nobles pensées avaient tourné à vide. Ma théorie, c'est qu'elle a vu clairement, mais trop tard, qu'elle ne s'était jamais vraiment engagée, au risque de se salir les mains, dans cette cause à laquelle elle se croyait attachée. Et c'est ce qui explique que Mr Poulson l'ait trouvée assise au bord de la route, tenant la main de ce maître d'école mort, Mr Chaudhuri.

» Daphné, elle, c'était une autre affaire. Ne le pensez-vous pas, après avoir lu ses lettres ? Ne prenez pas la peine de les recopier, emportez-les. Vous me les rendrez quand vous vous en serez servi. Je les connais presque par cœur. Je regrette seulement d'en avoir ignoré le contenu à l'époque. Mais je me demande en quoi, si j'en avais été informée, j'aurais pu agir, lui être utile. Il fallait qu'elle commette ses merveilleuses erreurs. Oui, merveilleuses. Peu lui importait de se salir les mains. Cela ne l'a jamais arrêtée. Quand elle se jetait dans quelque chose, c'était avec fougue. Et plus elle redoutait une chose, moins elle l'esquivait. Finalement, elle nous dépassait. Nous avions peur pour elle, *et même peur d'elle,* mais plus encore de ce qu'elle semblait avoir libéré, comme Pandore en ouvrant sa boîte.

» Est-ce également pour cela que je m'installe toujours dans la véranda ? Parce que ces marches… Mais vous le savez aussi bien que moi. Vous n'arrêtez pas de les regarder et de regarder l'allée, un peu comme si vous attendiez que se profile quelqu'un qui a fait tout le chemin depuis les jardins du Bibighar en courant dans le noir. Ce soir-là, je me trouvais dans le hall avec Mr Merrick, tout près de la porte du salon – un endroit d'où on ne voit pas les marches. Il avait garé son auto plus loin, dans l'obscurité. Peut-être ne voulait-il pas révéler trop manifestement qu'il se trouvait à MacGregor House alors que toute la colonie britannique de Mayapore bouillonnait de rumeurs d'émeutes dans différentes parties du district, et de bruits à propos de Miss Crane qui était déjà hospitalisée.

» En entrant, il m'a dit : « Est-ce que cela se passe bien pour vous, Lady Chatterjee ? », ce qui m'a franchement amusée parce que c'était la première fois qu'il me traitait comme une compatriote, comme si j'étais Lady Green, Brown ou Smith, seule dans une maison située à la limite du périmètre de sécurité. Comme je lui proposais de boire un verre, il a dit avoir peu de temps mais il ne l'a pas moins vidé avec empressement, ce que j'ai trouvé anormal de la part d'un homme aussi sobre. Je me souviens avoir pensé : « Quand il est préoccupé, inquiet, son visage s'anime, et alors, il est vraiment beau. » J'ai dit : « Vous veniez sans doute voir Daphné, mais elle est au club », et il a répondu : « Oui. À l'hôpital on m'a dit qu'elle y était allée directement, seulement elle ne s'y trouve pas. – Ah, oui ? ai-je dit en m'efforçant de dissimuler mon inquiétude. Mais je suis sûre qu'il n'y a pas lieu de s'en soucier. »

» Alors, il m'a posé franchement la question : « Est-ce qu'elle est avec Hari Kumar ? – Non, ai-je répondu, je ne crois pas. » J'avoue que je n'y songeais même pas. Je croyais d'ailleurs qu'ils avaient cessé de se voir, bien qu'elle ne m'ait pas parlé de la mise en garde de Mr Merrick. Ni non plus de la demande en mariage de ce dernier. Elle n'avait pas pu me dissimuler entièrement les sentiments qu'elle éprouvait pour Hari Kumar, ni qu'elle ne l'avait pas rencontré depuis plus de trois semaines. J'avais donc réagi en toute honnêteté, mais ensuite, je me suis posé des questions. Je n'en ai pas fait part à Mr Merrick, car il n'est pas de ceux devant qui on évoque délibérément le nom de Kumar. Il a dit : « Mais où peut-elle bien être à pareille heure ? » J'ai répondu : « Probablement avec des amies », et j'ai téléphoné à diverses personnes chez qui elle aurait pu se trouver. Je n'en finissais pas, parce que, dans Mayapore, toutes les lignes étaient bloquées par les communications officielles. Chaque fois que je raccrochais, Ronald Merrick revenait de la véranda. « Elle ne peut plus tarder, ai-je dit. Allons, prenez donc un autre verre. » Il a accepté, ce qui m'a causé une deuxième surprise. Il était encore en uniforme et paraissait exténué.

» « Est-ce grave ? », lui ai-je demandé. « Il semble que oui. Quel satané gâchis ! a-t-il lancé, puis il eut l'air gêné de parler aussi vertement. Certaines de vos relations sont emprisonnées, et moi je suis là, à boire une verre en votre compagnie. Est-ce que ça vous gêne ? » J'ai dit en riant que ça ne me gênait nullement, sauf si ensuite il m'embarquait dans un fourgon cellulaire sur le soupçon de menées révolutionnaires clandestines. Il a souri sans faire de commentaire, et j'ai pensé : « Alors, moi aussi je suis dans le lot ? » Et là-dessus, il m'annonce qu'il a demandé sa main à Daphné, et demande si elle m'en a fait part. Cela m'a fait un choc, car je comprenais seulement alors à quel point la situation était dangereuse. Je lui ai dit que je l'ignorais, et j'ai détourné la conversation en m'enquérant de la santé de Miss Crane. Je ne tenais pas à parler de Daphné, et encore moins de Hari Kumar ou de l'endroit où ils pourraient se trouver. Mr Merrick a toujours éprouvé de l'aversion pour le jeune Kumar, et j'avoue avoir été moi-même partagée à son sujet. Ce garçon me paraissait querelleur. Et, en une occasion, il avait eu des ennuis. Mr Merrick l'avait fait amener pour l'interroger. À l'époque, je ne le connaissais pas, mais une amie, Anna Klaus, du Purdah Hospital, m'avait téléphoné que la police détenait ce garçon sans motif. Vous me connaissez, j'en ai immédiatement parlé au juge Menen. Il s'est révélé qu'on grossissait beaucoup les choses, que ce garçon n'avait pas été appréhendé mais simplement amené aux fins de recueillir sa déposition. Il s'est alors révélé que mon vieil ami Vassi – c'est-à-dire Mr Srinivasan, qui habite toujours par ici, et que vous devez rencontrer – le connaissait. J'ai donc invité ce jeune Kumar à venir un soir, parce qu'il avait éveillé ma curiosité, et voilà comment il est entré dans ma vie, ou plutôt, dans celle de Daphné. Il avait été élevé en Angleterre. Son père avait fait de magnifiques projets pour lui, mais ceux-ci se sont effondrés parce que le père est mort ruiné. Le pauvre Hari a été renvoyé ici, à Mayapore, ce qui, pour lui, représentait pratiquement l'étranger. Il avait deux ans lorsque son père l'avait emmené en Angleterre, et il revenait ici à dix-huit ans. Son élocution, son comportement, et jusqu'à ses modes de pensée étaient ceux d'un jeune Anglais. Il paraît qu'il écrivait même son nom : Harry Coomer – selon l'orthographe choisie par son père en Angleterre. Sa tante y a mis le holà. C'est sa plus proche parente, et je crois qu'à sa façon, cette hindoue de stricte observance a été très bonne envers lui, mais cela signifie qu'elle ne l'a pas discipliné, qu'elle l'a laissé perdre son temps, et donc avoir le temps de remâcher ses malheurs. J'avoue avoir été un peu tracassée de voir que Daphné se prenait de sympathie pour lui, parce que je ne savais pas si c'était réciproque. Elle n'ignorait pas mes réticences, et lui non plus. J'aurais peut-être dû mettre les choses au point. Je suis responsable de ce qu'il peut y avoir eu de vaguement dissimulé dans ce que Mr Merrick appelait les contacts entre Hari Kumar et Daphné. Et ce soir-là, quand il m'a parlé de sa demande en mariage à Daphné, j'ai compris que les choses pouvaient avoir pris un tour très dangereux, en me souvenant que, le matin, elle m'avait paru particulièrement joyeuse. C'était d'autant plus frappant que cela faisait des jours qu'elle traînassait dans la maison – que ses seules sorties se limitaient à passer au club – tout en s'obstinant à dire que rien ne clochait. Cette gaieté ne pouvait signifier qu'une chose : elle savait que, dans la soirée, elle reverrait Hari Kumar. Dès lors, cela devenait évident : elle ne se trouvait pas au club parce qu'ils étaient ensemble. C'était apparemment ce que pensait aussi Mr Merrick. Et s'ils étaient ensemble, je savais *où*. Mais Mr Merrick pouvait le deviner aussi bien que moi, et je voulais surtout éviter qu'il aille les y surprendre. Le hasard voulut au surplus que ce fût justement l'endroit où Ronald Merrick avait vu Hari Kumar pour la première fois, et d'où il l'avait emmené pour l'interroger. Cela bouclait la boucle, et je sentais que le désastre était inévitable. Je lui ai donc demandé comment allait cette pauvre vieille Miss Crane. Il m'a répondu que, pour autant qu'il le sache, elle s'en tirerait, et puis, après avoir consulté sa montre, il s'est levé et m'a demandé s'il pouvait téléphoner à son quartier général. Juste à ce moment, la sonnerie a retenti. C'était le commissaire délégué. Les subordonnés de Ronald Merrick lui avaient indiqué où se trouvait leur chef. Ronald Merrick a pris l'appareil, et je me souviens très bien de ce qu'il a dit à Robin White : il avait personnellement contrôlé les patrouilles, pour l'instant la ville était calme, car toutes les boutiques étaient fermées et les gens restaient chez eux, presque comme s'il y avait le couvre-feu. Puis il a dit : « Non. Je suis ici parce que Miss Manners a disparu. » On aurait pu croire que c'était moi qui avais signalé sa *disparition* – un mot ridicule, mais en même temps exact. Il a ajouté quelques phrases puis il m'a tendu l'appareil parce que Robin White souhaitait me parler, et en même temps il s'est excusé de devoir me quitter immédiatement. « Lili, qu'est-ce qui se passe à propos de Daphné ? » m'a demandé Robin. J'ai répondu que je l'ignorais, qu'elle était censée être allée directement au club, mais que d'après Mr Merrick elle ne s'y trouvait pas, et qu'à présent je m'inquiétais un peu. « Robin, ai-je dit, est-ce que ça va mal ? » Il a répondu : « Ma foi, Lili, nous n'en savons rien. Voulez-vous venir dormir chez nous ? » – « Pourquoi ? ai-je demandé en riant. Est-ce que les gens creusent des abris pour s'y terrer ? »

» Vous connaissez sûrement le plan qui existait en cas d'insurrection : on regroupait les femmes et les enfants anglais à l'hôtel Smith et dans le bungalow du commissaire délégué et, pour finir, dans les anciennes casernes, si les événements prenaient une aussi vilaine tournure qu'au cours de la Mutinerie – ce que prédisaient les pessimistes. Robin avait dû mettre ce plan au point avec le général Reid, mais c'est alors que je l'ai entendu en parler sérieusement pour la première fois. « Non, pas encore, m'a-t-il répondu, mais deux ou trois femmes dont les maris sont absents sont allées s'installer au club. – Eh bien, Robin, ai-je riposté, c'est un endroit où je ne pourrais pas échouer, n'est-ce pas ? » Il m'a confié par la suite qu'il n'avait pas su comment prendre ma réflexion, parce qu'il ne m'avait jamais entendue proférer une chose amère. Mais je n'étais nullement amère. Simplement, je précisais automatiquement ma position. Il m'a demandé de le rappeler dès que Daphné serait rentrée, ou, en tout cas, une demi-heure plus tard, quoi qu'il arrive. Je l'ai assuré que je le ferais et j'ai raccroché. Il était près de 9 heures. Quand Daphné était retenue, elle téléphonait toujours pour me prévenir. Mais elle n'avait peut-être pas pu obtenir la communication, puisque ma ligne avait été longtemps occupée. En fait, je n'en croyais rien. Je les voyais très clairement tous deux, Daphné et le jeune Kumar, ensemble au Sanctuaire. Je ne connaissais pas moi-même cet endroit, ce qui était ridicule de ma part. Il m'inspirait de l'horreur, en dépit de ce que m'en disait Anna Klaus, de l'horreur pour la femme qui s'en occupait, cette sœur Ludmila qui ramassait les moribonds dans les rues. Elle impressionnait terriblement Daphné. L'idée m'est venue d'aller voir, à l'arrière de la maison, ce qui se passait dans le quartier des domestiques. Ils avaient été moroses toute la journée. J'ai trouvé la cuisine déserte – personne ne préparait le dîner. De la porte, j'ai crié de tous mes poumons dans la cour. Finalement, Raju est apparu. Le cuisinier était pris de malaise, m'a-t-il annoncé. « Tu veux dire qu'il a trop bu, ai-je tranché. Alors préviens-le que le dîner doit être servi à 21 h 30, sans quoi vous pourrez tous chercher une autre place, toi compris. Ton poste à toi, Raju, est *devant* la maison. »

» Je suis retournée dans le salon, et je me suis encore versé un verre. Et j'ai entendu Raju, devant la maison. J'ai d'abord pensé : Cet abruti a trop bu, lui aussi, et d'après le bruit qu'il a fait, il est tombé à plat ventre. Je suis alors sortie pour le gronder. Ce n'était pas Raju. Et j'ai d'abord refusé d'admettre ce que je voyais. Elle montait les marches à quatre pattes. Elle avait dû se faire mal contre ces marches de pierre et retomber, mais retomber parce qu'elle avait déjà mal et que sa course l'avait épuisée. Elle a levé la tête en disant : « Oh, tante. » Elle portait sa tenue kaki de l'hôpital, mais maculée de boue et déchirée, et elle avait le visage en sang. J'ai eu du mal à croire que c'était Daphné.

Dans le jardin de MacGregor House, toutes les lumières sont allumées en l'honneur de l'étranger. Les buissons prennent des allures théâtrales. Bien qu'il n'y ait pas de brise, le calme des branches et des feuilles est anormal. Autour des zones violemment illuminées, il y a de grands pans d'obscurité. Parmi les groupes qui bavardent debout sur la pelouse, certains invités se profilent en silhouette; ou encore, votre interlocuteur tourne la tête et la lumière accroche la transparence du globe de l'œil; il lève son verre, et elle dessine les os de la main. Et aussi, dans le noir, les lucioles que sont les bouts incandescents des cigarettes restent étrangement immobiles et puis dessinent soudainement une arabesque.

Ces gens-là sont les héritiers. Quelque part, loin dans le temps et l'espace, le feu qui consuma

Edwina Crane jaillit, rampe et prend. Malgré l'illumination nocturne, on pourrait remarquer cet éclat supplémentaire, et, à travers le bruissement des conversations, les sinistres crépitements du bois.

Il y avait une cabane derrière le bungalow de Miss Crane. En bonne Anglaise, elle y serrait ses outils de jardinage. Il est tout à fait dans sa manière d'avoir choisi (par un jour sans vent, quand la chaleur succédant à la mousson sèche le bois, qui se resserre avec mille craquements et se réchauffe jusqu'aux premiers jours frais) un endroit dont l'embrasement ne pourrait pas s'étendre au bungalow. S'y étant enfermée, elle a inondé les murs de pétrole, les a enflammés et est morte, peut-on espérer, dans les quelques secondes qui ont suffi à l'air brûlant de la fournaise pour l'étouffer.

On raconte que pour cette immolation par le feu, le *sati* qui faisait d'elle une *sati* (ce qui, d'après Lady Chatterjee, revient à être une « renonçante » sans accomplir le voyage), elle avait revêtu pour la première fois de sa vie un sari de couleur blanche, le sari pour son pays d'adoption, le blanc parce que c'est la couleur du veuvage et du deuil. Et il paraît que Joseph, rentrant d'une mission sans objet qu'elle avait inventée afin de l'éloigner, tomba à genoux devant le bûcher fumant en criant : « Madame ! Oh, Madame ! » tout comme, des semaines auparavant, Miss Manners agenouillée avait dit : « Oh, tante ! »

Ainsi les humains se sont-ils écriés en ne comprenant pas ce qui leur arrivait et ainsi ont été dressées les scènes et disposés les personnages, tels les jouets manipulés par des enfants à genoux, absorbés par leurs jeux sinistres mais nécessaires.

TROISIÈME PARTIE

SŒUR LUDMILA

On ignorait ses origines. Certains la disaient apparentée aux Romanov; en tout cas, les suppositions étaient variées : paysanne hongroise, espionne russe, aventurière allemande, novice échappée d'un couvent français. Ce qui était clair, du moins pour les Européens de Mayapore, c'était que même si elle vivait saintement, elle se parait indûment du nom de « sœur ». Les représentants des Églises catholique et protestante ne lui reconnaissaient pas ce titre, mais ils le toléraient car, longtemps auparavant, elle avait gagné la bataille de l'habit en déclarant au prêtre catholique venu faire cesser cette abomination qu'elle avait elle-même conçu son costume, et que si une vraie religion avait des prérogatives sur la vie éternelle, elle n'avait pas le monopole de la pudeur ni de la vulnérabilité à l'insolation : elle continuerait donc à porter la longue robe de cotonnade grise (sur laquelle elle n'arborait pas de croix, et qu'elle serrait à la taille par une vulgaire ceinture de cuir et non une corde de pénitente) et la cornette blanche aux larges ailes empesées qui lui protégeait le cou et les épaules du soleil et était visible même par nuit noire.

– Mais vous vous faites appeler sœur Ludmila, avait dit le prêtre.

– Non. Ce sont les Indiens qui m'appellent ainsi. Adressez-vous donc à eux. D'ailleurs, vous connaissez l'adage : « On ne trompe pas Dieu. »

À cette époque (en 1942), chaque mercredi matin sœur Ludmila quittait à pied les vieilles bâtisses où elle nourrissait les miséreux, soignait les malades, lavait et réconfortait ceux qui, sans ses patrouilles nocturnes, seraient morts dans la rue.

Elle portait une sacoche de cuir fermée à clé et attachée à sa ceinture par une chaîne.

Un jeune gaillard indien armé d'un bâton la suivait. Ses gardes du corps se renouvelaient tous les mois ou presque. Mr Govindas, le directeur de la succursale de l'Imperial Bank of India du *cantonment* où la menaient ces sorties du mercredi, lui avait demandé un jour d'où venait le garçon qui l'escortait. « Sans doute du ciel », avait-elle répondu. « Et le précédent, avait demandé Mr Govindas, venait-il aussi du ciel ? – Non, celui-là venait de la prison et il vient d'y retourner. » Mr Govindas en avait profité pour la mettre en garde : il était dangereux de se fier à un garçon simplement parce qu'il paraissait assez vigoureux pour la protéger. Elle s'était contentée de sourire en lui présentant son chèque.

Toutes les semaines elle retirait ainsi deux cents roupies sur son compte ouvert au siège de l'Imperial Bank of India à Bombay. Comme elle ne déposait jamais d'argent pour alimenter son compte et, au surplus, payait tous ses achats par chèque, Mr Govindas avait longtemps pensé qu'elle avait une fortune personnelle ou que son compte était régulièrement crédité par une autre source. Les chéquiers étaient établis au nom de « Mrs Ludmila Smith », et elle signait de ce nom. Mr Govindas avait finalement réussi à savoir, par un collègue de Bombay, que les fonds alimentant le compte venaient du trésor d'un petit État princier, qui versait une sorte de pension à Mrs Ludmila Smith parce que son mari, un ingénieur, était mort alors qu'il était au service du souverain.

Elle retirait les deux cents roupies sous la forme suivante : dix coupures de cinq roupies, cent d'une roupie, et le reste en petite monnaie. Mr Govindas pensait qu'elle distribuait les piécettes et les petites coupures aux pauvres et dépensait le reste pour payer ses auxiliaires et faire de menus achats au marché. Il savait que l'alimentation : viande, céréales et légumes lui était fournie par des commerçants qu'elle payait mensuellement, et qu'elle prenait les médicaments à la pharmacie du Dr Gulab Singh Sahib, qui lui consentait une ristourne de 12 % plus 5 % pour règlement mensuel. Et il connaissait le régime de sœur Ludmila : elle ne prenait, par jour, qu'un verre de jus d'orange et un seul repas, le soir, composé de riz ou de lentilles et de lait caillé, sauf le vendredi, où elle s'accordait un ragoût de légumes à l'indienne, et les jours de fêtes chrétiennes, où elle mangeait du poisson. Tous ses achats d'alimentation passaient à nourrir ceux qui l'aidaient et les miséreux. Mr Govindas aurait pu remplir des pages et des pages avec tout ce qu'il savait de sœur Ludmila, et pourtant, il ne savait rien d'important. À Mayapore, en 1942, il en allait de même pour beaucoup de gens.

Son âge, par exemple. Sous les ailes empesées de la cornette blanche, son visage que d'aucuns trouvaient impénétrable paraissait nimbé d'une lumière aseptisée. Ses mains étaient celles d'une femme qui a toujours dirigé le travail des autres. Le temps les avait pratiquement épargnées. Elle ne portait qu'une bague : une alliance d'or. Une haute guimpe blanche empesée s'étalait sur sa poitrine et venait lui couvrir les épaules. Elle avait des yeux foncés et comme incrustés dans les orbites. Ses pommettes hautes évoquaient le sang magyar qu'on lui attribuait. Elle avait une voix grave, s'exprimait dans un anglais très correct mais curieusement haché. Mr Govindas avait entendu dire des Anglais qu'elle avait l'accent allemand. On racontait aussi qu'elle possédait un passeport français et un passeport britannique. Elle devait approcher la cinquantaine, ou l'avoir dépassée de peu.

Sœur Ludmila plaçait les deux cents roupies dans la sacoche enchaînée à sa ceinture, remerciait Mr Govindas qui la raccompagnait à l'entrée, lui souhaitait le bonjour et prenait le chemin du retour, suivie par son jeune garde du corps, qui, pendant les dix minutes où il l'attendait, était resté accroupi devant la banque, à bavarder avec d'autres gens qui attendaient ou traînaient par là. Les propos échangés n'étaient jamais très relevés. Les autres garçons voulaient savoir si cette Blanche toquée l'avait invité à partager son lit, ou à quel moment précis il filerait avec cet argent sur lequel il était censé veiller. La verdeur des propos était toute naturelle, mais on aurait pu y déceler un vague et obscur malaise. Pour un homme en pleine santé, cette femme approchait de trop près la mort pour qu'on pût parler d'elle avec détachement.

En sortant de la banque, située dans Victoria Road, la rue dont les arcades abritaient les principales boutiques du *cantonment,* sœur Ludmila traversait le quartier des Eurasiens, longeait l'église de la Mission, puis franchissait le passage à niveau, devant lequel – comme Miss Crane, qu'elle saluait mais à qui elle n'avait jamais parlé – elle devait parfois attendre pour continuer par le pont de la porte du Mandir. En arrivant de l'autre côté de la rivière, devant le temple de Tirupati, elle distribuait de l'argent aux mendiants et au lépreux qui restait assis en tailleur, exhibant son tronc marbré de rose et ses bras réduits à des moignons. Le soleil semblait être plus dur sur cette rive, comme s'il était indispensable aux puanteurs de la misère et de la crasse. Par rapport à l'autre rive et à ses endroits ombragés, la couleur perdait ici sa singularité, son étonnante vivacité. Au sol, les tons passaient par toute la palette des gris et des jaunes. Il n'était pas jusqu'à la fleur écarlate glissée dans les nattes d'une femme qui, en l'absence du vert qui est sa complémentaire, ne parût brune. La cornette blanche de sœur Ludmila y prenait des allures d'oiseau préhistorique visible de très loin.

Passé le temple, la route se divise en deux voies plus étroites. À leur embranchement, un arbre sacré abrite un sanctuaire, des vaches qui ruminent, de vieilles gens immobiles. Juste à l'entrée de celle de droite (elle mène à la prison) se dresse le cinéma Majestic, qui annonce un épisode du *Ramayana.* Celle de gauche, sombre, resserrée et bordée d'échoppes, conduit au bazar Chillianwallah. Sœur Ludmila s'y engageait, suivie de son garde du corps et escortée par une douzaine de gamins espérant recevoir une piécette d'un *anna.* Elle avançait, très droite, le sac serré entre ses bras, sourde aux appels des marchands proposant des ustensiles de cuisine, des étoffes, de l'eau de Seltz, des melons, du jasmin. Au bout de la rue, à gauche, il y avait le grand mur d'enceinte du bazar Chillianwallah, percé d'une ouverture en arcade par laquelle elle pénétrait.

Au milieu de ce vaste périmètre se tiennent les marchés au poisson et à la viande qui ont un sol cimenté et des toits de tôle ondulée. Dans la partie non couverte, le long des murs, les femmes ont disposé sur des nattes un arc-en-ciel de légumes et d'épices et elles attendent, balance en main, comme autant de figures pelotonnées de la justice, mais une justice sans bandeau, car le commerçant se doit d'avoir l'œil vif. Au passage, sœur Ludmila achetait des piments verts puis se dirigeait vers l'ouverture perçant le mur du fond.

Mais, au lieu de sortir, elle montait un escalier de bois branlant et pénétrait dans les entrepôts dont une des parois forme à cet endroit le mur du bazar. Le nom de la firme s'y étalait en lettres bleues sur le fond blanc délavé : « Romesh Chand Gupta Sen, gros et demi-gros ». Accroupi au pied de l'escalier, son garde du corps patientait encore une fois en fumant une *bidi*. Au bout d'une dizaine de minutes, sœur Ludmila redescendait et, sortant du bazar, s'engageait dans le dédale de vieilles maisons musulmanes avec leurs portes d'entrée fermées et, à l'étage, leurs fenêtres closes par des volets. Et, brusquement, la ruelle débouchait dans des terrains où étaient (et sont toujours) dispersées les huttes et cabanes des intouchables. Par-delà les cabanes, il y a un réservoir d'eau stagnante au bord duquel, étalés à même le sol, sèchent les longues bandes colorées des saris et les haillons indescriptibles de ces femmes à la peau sombre, aux bras ornés de bracelets, qui, la robe retroussée sur les cuisses, se tiennent debout dans l'eau pour se laver et laver leurs vêtements. Il n'y a que trois arbres dans cette étendue triste et stérile. Des corbeaux croassants tournoient et virent vers la rivière, qui demeure invisible depuis le chemin que suivait sœur Ludmila, mais dont on sent l'odeur et dont on devine la présence, car au-delà d'une butte la terre semble se dérober et puis, au loin, remonter. Sur l'autre rive se dressent les dépôts et les installations du chemin de fer. Continuant dans ce chemin qui suit plus ou moins le cours sinueux de la rivière, sœur Ludmila arrivait devant un mur croulant percé d'une ouverture. En pénétrant dans la cour, on voyait trois bâtisses basses, reliques du siècle précédent, qu'on avait réparées et blanchies, nues, calmes et fonctionnelles. (Aujourd'hui, il s'y ajoute une quatrième bâtisse, d'aspect moderne.) C'était le Sanctuaire.

Sœur Ludmila ? Sœur ? (Une pause.) J'ai oublié. Non, je me souviens. Revêts l'habit de la pudeur. C'est ce qu'Il a dit. J'ai obéi. Un prêtre est venu, vraiment irrité. Je l'ai éconduit. Et après, j'ai demandé à Dieu si je m'étais conduite sagement. Tout à fait, a-t-Il dit. En riant. Il aime rire. S'Il n'est pas joyeux, quelle chance avons-nous de l'être ? Ces mines longues et douloureuses que nous faisons. Jamais un sourire lorsque nous prions. Comment supporter l'idée de l'éternité si, aux cieux, le rire était interdit ? Ou aussi bien les larmes. Rire et pleurer, n'est-ce pas la mesure de notre humanité ? Mais ce n'est pas pour cela que vous êtes venu. Je ne vous ai pas remercié. Je le fais donc à présent. Il vient désormais si peu de visiteurs, et ceux qui se présentent, je ne peux pas les voir. Une fois qu'ils sont partis, Il me les décrit. Pour tes yeux, je te plains, dit-Il, mais je ne peux rien faire, à moins que tu ne veuilles un miracle. Non, dis-je, pas de miracle, je Vous remercie. Je m'y habituerai, et je sais que Vous m'aiderez. Et puis, quand on a vécu aussi longtemps que moi, quand on arrive tout juste à se traîner avec deux cannes et qu'on passe presque toutes ses journées alitée, les yeux ne sont pas d'une grande utilité. Il faudrait trois miracles : un pour les yeux, un pour les jambes et un pour retrancher vingt ans de mon âge. Trois miracles pour une seule vieillarde ! Ce serait du gaspillage ! Sans compter que les miracles sont destinés à convaincre les sceptiques. Me prenez-Vous pour une incroyante ?

Cela m'intéressera, après votre départ, de découvrir qui vous êtes. Je veux dire, de Son point de vue. C'est presque un soulagement de ne plus posséder la vue. Je me sens plus près de Dieu. Une chose qui m'amuse, c'est d'entendre la description du temps qu'il fait, d'abord par mes auxiliaires, et ensuite, par Lui. « Ma sœur, il pleut, disent-ils; écoutez le bruit de la pluie sur le toit. » « La journée a été chaude et sèche », me dit-Il une fois qu'ils sont partis, et que j'ai fait mes prières pour L'appeler. Mes prières L'amènent toujours. Si occupé qu'Il soit, Il trouve le temps de passer avant que je m'endorme. Il parle surtout de choses du passé. Il dit : « Aujourd'hui, dans cette chaleur sèche, tu es allée à la banque. Tu t'en souviens certainement ? Et de ton soulagement quand Mr Govindas a pris ton chèque et l'a transmis au caissier et que le caissier est revenu avec les deux cents roupies ? Et tu te souviens que tu m'as remercié ? Merci, mon Dieu, as-tu dit d'une voix que moi seul pouvais entendre, l'argent continue à être versé. Et cela t'a rappelé ton enfance en Europe, lorsque ta mère disait : L'argent n'est plus versé, devrai-je connaître la faim, ne suis-je pas destinée au luxe ? » J'aimais ma mère. Je la trouvais belle. Lorsque la chance lui souriait, elle donnait de l'argent aux sœurs. Elles sont habillées comme ça, disait-elle en réponse à mes questions, parce que c'est l'habit de la pudeur que Dieu leur a imposé de porter.

Un jour, nous avons croisé les sœurs. « Ma sœur, a dit maman à l'une d'elles, voici pour votre quête. » Mais elles ont passé leur chemin. Maman les a rappelées. Elle venait d'avoir un gros coup de chance. Je me souviens qu'elle me disait : « Cette semaine, j'ai eu un gros coup de chance. » Dans ces cas-là, elle nous achetait des gants et de la viande de première qualité. Elle voulait donner de l'argent aux sœurs, mais elles ont continué leur chemin. Maman leur criait : « Ne sommes-nous pas tous des créatures soumises à la chance ? Une pièce est-elle plus souillée qu'une autre ? »

Vous comprenez... ? Oui, vous comprenez. Ce que je vous raconte se passait à Bruxelles. Je me souviens qu'il y a eu un bel appartement, puis un pauvre logement. « Nous retournerons bientôt à Saint-Pétersbourg », disait maman, mais d'autres fois elle disait que nous retournerions à Berlin ou à Paris. Je me demandais quelle était vraiment notre ville, où était « chez nous ». Notre vie avait quelque chose de provisoire. Cela, même une fillette de six ans peut le sentir. Et depuis lors, ce sentiment ne m'a jamais quittée. Je suis née six ans avant le siècle, et nous étions alors en 1900. Je me souviens que maman a dit : « Voici le premier jour du nouveau siècle; pour nous cette année sera celle de la chance. » Oh, la chaleur de sa main gantée serrant la mienne ! Les vitrines nous renvoyaient notre image, maman penchée vers moi, me murmurant une confidence ou une promesse, et me montrant des fruits confits, rangés au creux d'une boîte garnie de papier dentelle. Un monsieur au manteau orné d'un col de fourrure nous a saluées en se découvrant. Maman lui a répondu d'une inclinaison de tête. Nous avons continué notre promenade. Il y avait beaucoup de monde sur les trottoirs. Je revois un jardin public, un lac gelé, un marchand de marrons. Cela, c'était peut-être un autre hiver, dans une autre ville. Tout ce qui m'est arrivé d'heureux dans mon enfance, je le réunis et le concentre dans cette première journée du siècle, par exemple le bon dîner après lequel un monsieur qui fumait le cigare m'a donné une poupée aux yeux bleus et aux cheveux de lin. Et les choses déplaisantes, je les place toutes lors de cette journée où les sœurs ont refusé de recueillir l'aumône de maman. Je crois qu'à ce moment-là j'étais un peu plus grande. Ce devait être à l'époque du pauvre logement. Avec l'argent qu'avaient refusé les sœurs, maman m'a acheté des sucres d'orge et des pralines. Elle a donné les pièces souillées et reçu les sacs en échange. Ces sucreries me faisaient peur, parce qu'elles avaient été achetées avec l'argent refusé par les sœurs, donc de l'argent refusé par Dieu, car je croyais que les sœurs communiquaient directement avec Lui. « Pourquoi sont-elles habillées comme ça ? » avais-je demandé. « Parce que Dieu leur a ordonné de revêtir l'habit de la pudeur », avait répondu maman. Tout ce que faisaient les sœurs, c'était donc Dieu qui le leur commandait. Je ne savais pas vraiment le sens du mot « souillé », mais si cet argent était souillé, les sucreries qu'il avait payées l'étaient aussi, et le gant de ma mère, qui tenait les sacs, était souillé. Et, à travers le cuir de mon propre gant, cela pénétrait jusqu'à ma paume. Mais le pire, c'était de penser que Dieu nous rejetait. Les sœurs étaient Ses instruments particuliers. À travers elles, Il nous tournait le dos.

Et brusquement, j'ai compris la vérité ! Je m'étais totalement trompée. Il serait courroucé qu'elles aient refusé l'argent de maman ! J'ignorais ce qu'était la pudeur, mais s'Il avait dû les forcer à mettre un tel habit, c'était pour les punir et non pour leur marquer Sa faveur. N'était-il pas aussi le signe de la pénitence ? Qu'avaient-elles commis pour qu'Il leur impose ce costume particulier ? Et qu'allait-Il devoir leur faire porter de pire, pour aggraver leur punition ? Elles avaient refusé l'argent. Cet argent était destiné à assister ceux dont Dieu dit qu'il faut les assister : les pauvres, les affamés. Et comme ils devaient être malheureux, ces gens, s'ils étaient plus pauvres que nous, s'ils avaient tout le temps faim ! Donc les sœurs les condamnaient à être encore plus pauvres et plus affamés. Est-ce qu'Il allait leur mettre une vilaine marque rouge au front, pour que les pauvres s'écartent d'elles ? Ou leur faire porter un habit si voyant qu'on leur jetterait des pierres ? M'accrochant à la main de maman, j'ai dit : « Maman, qu'est-ce qu'Il va leur faire ? » Comme elle me regardait sans comprendre, j'ai répété :

« Qu'est-ce que Dieu va faire aux sœurs, cette fois ? » Sans répondre, elle a continué à marcher en me serrant la main très fort. En passant devant une mendiante, je me suis arrêtée. « Il faut lui donner du sucre d'orge », ai-je dit. Maman a ri. À la place, elle m'a donné une pièce. J'ai mis la pièce dans la main malpropre de la femme. Elle a dit « Dieu vous bénisse ». Je n'étais pas très rassurée, mais nous avions des chaussures, des gants, des manteaux bien chauds, et la bénédiction de Dieu. Envers Lui, nous avions réparé la vilaine action des sœurs. En rentrant, nous trouverions un bon feu dans la cheminée, et nous dégusterions les sucres d'orge et les pralines. J'ai dit à maman : « C'est notre année de chance, non ? » Je venais seulement de comprendre ce qu'elle entendait par « chance ». Cela me faisait chaud au cœur. On s'apercevait qu'on souriait sans raison. J'avais souvent vu maman sourire de la sorte.

Le Sanctuaire ? Oui, il a changé. À présent, c'est un orphelinat. Avec un bâtiment supplémentaire et un conseil d'administration composé d'Indiens bénévoles. Bien peu de gens se souviennent qu'on l'appelait le Sanctuaire. Grâce à Dieu, on me laisse y finir mes jours. Parfois, les enfants viennent me regarder par la fenêtre, à la fois effrayés et amusés par la vieille femme confinée dans son lit. Je les entends murmurer, et j'imagine qu'ils se cachent brusquement la bouche de leur main, pour étouffer un rire. Et puis, une des assistantes les appelle, j'entends la galopade des petits pieds nus et ensuite leurs cris montant à distance : ils ne pensent déjà plus à la vision qui, l'instant d'avant, les captivait, les amusait. Il y a parmi eux une fillette qui m'apporte des soucis, à l'odeur douce-amère, et dont la tige et les feuilles sont légèrement visqueuses. Ses parents sont morts de faim à Tanpur. Elle ne se souvient pas d'eux. Je lui raconte des épisodes du *Ramayana* et des histoires de Hans Christian Andersen, et je sens qu'elle me contemple avec émerveillement, qu'elle voit par-delà ma personne le monde des légendes et de l'imagination, la réalité derrière l'illusion. Pour un vieillard, la cécité est une vraie bénédiction. À présent, j'en remercie Dieu. Il fut un temps où j'en pleurais, car j'ai toujours aimé regarder le monde, mais je séchais mes larmes pour ne pas L'ennuyer avec ça, je Lui souriais. Quand Il est venu dans la chambre pour me dire qu'Il était désolé, je lui ai dit « Bonne chance. Le monde que Vous avez créé est merveilleux. À quoi ressemblent les cieux ? – Eh bien, sœur Ludmila, a-t-Il répondu, c'est la même chose qu'ici. » Il a pris l'habitude de m'appeler ainsi, en souvenir du passé, et peut-être pour son plaisir à Lui. Je lui ai demandé s'Il me pardonnait. Me pardonner de quoi ? De m'être intitulée « sœur », de les avoir laissés m'appeler « sœur », d'avoir revêtu l'habit de la pudeur ? « Assez de sottises, a-t-Il dit. Écoute, imagine que c'est aujourd'hui mercredi. Il fait chaud et sec, et Mr Govindas a honoré ton chèque. Tu vois qu'on a de la considération pour toi. Et moi, ne veillais-je pas à ce qu'il soit honoré ? »

Mais vous n'êtes pas venu pour entendre ces choses. Veuillez m'en excuser. Permettez cependant à la vieille aveugle de vous faire une remarque. Vous vous exprimez comme un homme pour qui ce nom de Bibighar n'est pas une fin en soi, ni le nom d'une affaire qu'on peut ouvrir et refermer quand on le souhaite. Et encore une autre remarque : compte tenu des données matérielles, vous pensez qu'un événement historique spécifique n'a ni commencement défini ni fin satisfaisante. Comme si le temps se télescopait. C'est bien le mot exact ? Comme si le temps se télescopait et l'espace s'imbriquait en lui-même. Comme si le Bibighar passé, présent et futur était tout entier contenu dans un même instant. Vous avez suivi un chemin, franchi une entrée, vu les bâtiments du Sanctuaire (même s'il y en a maintenant un de plus), et moi j'ai fait ce même chemin et vu ces mêmes bâtiments lorsque j'ai ramené au Sanctuaire le corps inerte du jeune Mr Coomer. Harry Coomer. Ou Hari Kumar, comme on l'écrivait à l'indienne. C'était un garçon aux cheveux très noirs, à la peau foncée, une créature des ténèbres. Un beau garçon, tout en muscles. Je l'ai vu se laver torse nu à la pompe. Cette vieille pompe n'existe plus. Essayez de vous représenter son emplacement, quelque part sous la nouvelle bâtisse, dont les gens me disent qu'elle ressemble aux inventions de Le Corbusier...

... mais en ce temps-là, avant Le Corbusier, il n'y avait que la pompe à cet endroit, et le jeune Kumar qui s'y lavait, au matin, alors que, dans la nuit, nous l'avions trouvé gisant dans le terrain vague près de la rivière et ramassé sur la civière. Pour nos tournées nocturnes, nous emportions toujours une civière. Quand nous sommes rentrés, Mr De Souza l'a examiné. « Celui-là a trop bu, ma sœur, a-t-il dit en riant. Depuis toutes ces années, je me doutais bien qu'un jour nous ramasserions un ivrogne. » De Souza. Vous n'avez pas entendu parler de lui ? Il venait de Goa. Il avait du sang portugais, mais cela remontait loin. À Goa, la moitié des gens s'appellent De Souza. Il était beaucoup plus foncé que le jeune Kumar. Vous semblez préférer l'appeler Kumar. Pourquoi pas ? En l'entendant parler, c'était Coomer. Mais en le voyant, c'était forcément Kumar. Il m'avait dit qu'il était devenu invisible pour les gens de race blanche. Mais moi j'ai vu comment les Européennes le regardaient en cachette. Malgré sa peau foncée, c'était un beau garçon à la manière occidentale.

C'est ce qu'a bien remarqué le policier. Un homme qui ne m'inspirait pas confiance. C'était un blond, beau garçon lui aussi, et musclé, avec des bras couleur brique et couverts de poils dorés, des yeux d'un bleu de faïence. Il avait une allure correcte mais, pour moi qui en ai connu de toute sorte dans le monde, une odeur suspecte. « Et celui-là, le garçon qui se lave à la pompe, a-t-il dit, est-ce un de vos auxiliaires ? » Cela, c'était le jour où le policier est venu au Sanctuaire. Six mois avant l'affaire du Bibighar. Ils recherchaient un homme. Ne me demandez pas qui était cet homme ni ce qu'il était censé avoir commis : avait-il publié un texte séditieux, incité des ouvriers à la grève ou à l'émeute, refusé de se laisser appréhender, s'était-il évadé de prison ? Je n'en sais rien. La puissance britannique avait tous pouvoirs. Depuis que les membres du parti du Congrès avaient démissionné de leurs postes de ministres, la province était de nouveau sous l'autorité du gouverneur britannique. Le vice-roi avait déclaré la guerre au nom de l'Inde. Alors, le Congrès avait dit : « Non, nous refusons cette déclaration de guerre », et les ministres s'étaient démis de leurs fonctions. Il suffisait qu'une chose déplaise pour constituer un délit. On pouvait être incarcéré sans procès. Les commerçants qui fermaient boutique pendant les heures prescrites pour l'ouverture encouraient des peines. Quand on évoque ces choses aujourd'hui, on a du mal à y croire.

Toujours est-il que ce policier, Merrick, était là, avec ses bras couverts d'une toison blonde et ses yeux d'un bleu de faïence, regardant Kumar à la pompe, d'une façon que, par la suite, j'ai remarquée chez d'autres. Cela ne me plaisait pas. Mais que pouvais-je faire ? Aurais-je pu prévoir, intervenir ? Aurais-je pu infléchir le destin conduisant, six mois plus tard, à ce qui s'est passé dans les jardins du Bibighar ?

Pour moi, l'affaire du Bibighar a commencé la nuit où nous avons trouvé le jeune Kumar dans le terrain vague près de la rivière, gisant comme mort. Plus loin, il y avait les huttes et les baraques des hors-castes, mais on n'y voyait pas de lumières, car il était tard. C'est par hasard que nous l'avons trouvé au retour de notre recherche nocturne dans le bazar, qui nous faisait longer le temple de Tirupati, suivre la berge de la rivière et passer sur l'arrière du réservoir où les femmes intouchables font leur lessive, comme vous l'avez vu en venant ici. Vous pouvez vous représenter notre procession habituelle : Mr De Souza tenant la lampe électrique, moi, puis le garçon portant la civière sur son épaule et, dans l'autre main, un solide gourdin. Lors de ces sorties, nous n'avons été attaqués qu'une seule fois, mais les assaillants se sont enfuis lorsque le garçon, jetant son gourdin, s'est avancé sur eux en faisant tournoyer la civière au-dessus de sa tête comme un fétu. Celui-là était un brave garçon. Généralement, le garçon que je choisissais pour porter la civière commençait à en avoir assez au bout d'un mois. Et comme il s'ennuyait, il faisait des sottises. C'est pourquoi je ne leur promettais jamais de les garder plus de quatre ou cinq semaines. Le moment venu, je guettais les jeunes gens flânant dans le bazar. Je voulais de préférence un garçon arrivant de la campagne ou d'une petite ville, cherchant un travail qui le mettrait, croyait-il, sur la voie de la fortune. Quelquefois, certains se présentaient d'eux-mêmes, ayant entendu dire qu'on gagnait facilement son argent avec cette Blanche folle, qui errait la nuit dans les rues pour y ramasser les morts et les mourants. Il arrivait que le précédent garçon fasse des méchancetés au nouveau, mais c'était rare, car ils étaient généralement contents de retrouver leur liberté, avec en poche un pécule et un certificat louant leur honnêteté et leur ardeur au travail. En voyant les soldats du casernement, certains s'engageaient, d'autres se plaçaient comme domestiques chez des officiers; il y en a eu un qui s'est retrouvé en prison et un autre, parti pour la capitale provinciale, y est devenu agent de police. La police se présentait souvent au Sanctuaire; le garçon en question admirait l'uniforme des agents et leur air d'autorité. Dans les villages, la force publique se compose d'hommes du cru, qui n'ont pas le prestige de la police urbaine, pour un jeune homme. Certains de ces garçons me donnaient de leurs nouvelles par lettre. Ce qui me touchait beaucoup, car, étant presque tous illettrés, ils avaient dû payer un écrivain public pour m'adresser ces quelques lignes. Un seul d'entre eux est revenu au Sanctuaire nous demander l'aumône.

Nous avancions donc dans le noir. « Éclairez par là, dans le fossé », ai-je dit à Mr De Souza. À cette époque, j'avais une vue perçante. Et puis je connaissais chaque pouce de terrain, les creux et les bosses, et les endroits où, justement, il n'y avait pas de bosses. Malgré le temps, certaines images vous demeurent gravées dans l'esprit, et ce qu'on a éprouvé devant elles leur reste associé. Parmi les centaines d'images qu'on rencontre quotidiennement, on sent celle qu'on n'oubliera jamais. On ne raisonne pas. C'est quelque chose que l'on ressent, comme un changement de température inopiné, et c'est seulement par la suite qu'on se dit qu'on ne l'oubliera jamais. C'est ce qui s'est passé cette nuit-là, avec le jeune Kumar. Son visage, à la lueur de la lampe électrique; Mr De Souza et moi dans le fossé. Au-dessus de nous, le garçon portant la civière roulée, en biais sur l'épaule, une silhouette de jeune géant se profilant sur les étoiles. Levant la tête, je lui ai demandé de préparer la civière. L'odeur de la rivière était particulièrement forte. Par les nuits tranquilles, lorsque la terre se refroidit et que l'eau demeure chaude, près des berges l'odeur est puissante, et lorsqu'il y a du vent, elle arrive jusqu'au Sanctuaire. L'aire assignée aux hors-castes est en aval par rapport au temple. S'ils entrent dans l'eau, ils ne souilleront pas le flot dans lequel les hindous se baignent, à condition de ne pas tenir compte de la souillure de l'eau dans les villes en amont de Mayapore. Nous sommes agenouillés devant le fossé, et une autre odeur se mêle à celle de la rivière : l'odeur qui, la nuit, monte de la terre. À l'aube, les intouchables défèquent dans le terrain vague. Si vous n'êtes pas sous la bénédiction de Dieu, il est horrible de se trouver là. Pauvre Kumar, il y gisait. Le lieu de la dégradation humaine. L'Inde est un pays où les gens mouraient (et meurent toujours) dehors, sans un réconfort, sans un refuge, sans le respect entourant la dignité de la mort.

« Qui est-ce ? » ai-je demandé à Mr De Souza. C'était la question classique, car il connaissait tant de gens. Le premier stade dans la routine de l'identification. Parfois, il savait de qui il s'agissait, parfois c'était moi, et parfois le porteur de civière. Par exemple un homme connu pour mourir de faim ou de maladie, un homme qui ne voulait ni aller à l'hôpital ni venir de lui-même au Sanctuaire, un homme dont la famille était dispersée, ou perdue de vue, ou morte, qui n'avait aucun espoir en ce monde, mais seulement celui d'une réincarnation plus heureuse ou d'une éternité d'oubli. Mais nous savions généralement où se trouvaient les hommes – et aussi les femmes – dans cette situation, et une nuit venait où nous pouvions les placer sur la civière sans qu'ils protestent ou résistent, et les transporter au Sanctuaire. Après leur mort, et moyennant une rétribution, le clergé hindou veillait à ce que les corps des fidèles de leur religion disparaissent conformément à leur rituel funéraire. De même, les musulmans récupéraient chez nous leurs morts, et l'État, les siens. Les morts de l'État, c'étaient ceux que nous n'avions pu identifier. Ils étaient déposés pendant trois jours à la morgue. Si nul ne les réclamait passé ce délai, on les livrait aux étudiants en médecine. Tous les matins arrivaient au Sanctuaire des femmes dont le mari, le fils, ou peut-être parfois l'amant n'était pas rentré à la maison. Et souvent aussi la police. Mais cela n'était pas mon affaire. Je laissais cet aspect des choses à Mr De Souza. Moi, je m'occupais des mourants, non des morts. Pour les morts, je ne pouvais rien faire. Pour les mourants, je pouvais faire le peu que ni moi, ni les religieuses n'avions pu offrir à ma mère : un lit blanc, une main serrant leur main, un mot qui, à travers les couches de l'inconscience, réchauffe l'âme en partance, là où son centre se resserre et se refroidit.

« Qui est-ce ? » ai-je demandé à Mr De Souza. C'était un homme de cœur et un homme compétent, un catholique apostat qui n'acceptait du Sanctuaire que le vivre, le couvert, et de quoi se vêtir. « Je l'ignore », a-t-il dit en retournant le jeune Kumar, pour voir s'il n'avait pas de blessure dans le dos. Quand nous l'avions trouvé, il était couché sur le côté, ce qui n'est pas la posture courante d'un homme ivre mort. Quelqu'un était passé avant nous et lui avait vidé les poches. Peut-être un habitant des huttes qui, le voyant tituber sur la berge, s'était emparé de son portefeuille et puis, rentrant vite chez lui, avait éteint la lampe pour qu'on croie qu'il dormait. Des huttes émanait un silence attentif, anormal.

Nous avons remis le jeune Kumar sur le dos. Et voilà l'image que je conserve : celle de son visage, dans le faisceau lumineux de la lampe électrique. Les yeux clos, les cheveux noirs bouclés tombant sur le front qui, même dans cet état d'insensibilité, semblait plissé par la colère. Oh, cette volonté de refus ! C'était une expression qu'on voyait souvent sur le visage des jeunes Indiens. Mais, chez Kumar, elle prenait une rare force. Nous l'avons placé sur la civière. J'ai pris la tête de la procession, et nous l'avons ramené au Sanctuaire – ici, dans la pièce où nous sommes. À l'époque, c'était le bureau de Mr De Souza. Moi, j'occupais une chambre dans le bâtiment d'à côté, celui qui servait de dispensaire. Aujourd'hui, c'est l'infirmerie de l'orphelinat. Mr De Souza s'était penché sur le jeune Kumar, et il s'est redressé en riant : « Celui-là a trop bu, ma sœur ! Depuis toutes ces années, je me doutais bien qu'un jour nous ramasserions un ivrogne. – Il est tout jeune, ai-je dit. Pour avoir bu de la sorte, il faut qu'il soit très malheureux. Gardons-le. »

Avant de m'endormir, j'ai prié pour lui. Je ne m'endormais jamais sans me remémorer le visage d'un de ceux que j'avais sauvés, et j'étais presque heureuse que, pour une fois, ce fût le visage d'un jeune homme, et non pas d'un mourant ou d'un blessé. En effet, nous allions dans des endroits où la police n'osait pas pénétrer, et il nous arrivait ainsi d'en ramener des gens ayant reçu des coups ou des blessures. Dans ces cas-là nous prévenions la police, mais parfois elle se présentait d'elle-même, comme le jour dont je vous parle, quand le jeune Kumar était chez nous. Cependant, c'était la première fois que le chef de la police du district venait en personne. Serait-il venu la veille ou le lendemain qu'il n'y aurait pas eu d'affaire du Bibighar. En prononçant ce nom, on penserait simplement aux ruines et aux jardins. Mais Merrick est arrivé ce matin-là, avec ses manches courtes découvrant des bras couleur brique, son regard bleu inquisiteur, sa détermination, son obsession de trouver quelque chose. Que voulait-il donc trouver ? Il a dit : « Je veux voir la femme qui se fait appeler sœur Ludmila. »

« C'est nous qui l'appelons comme ça », a répondu Mr De Souza. Il ne craignait personne. Moi, j'étais dans la pièce voisine. Aujourd'hui on y garde les vêtements, le matériel scolaire, les jeux, les balles et les battes de cricket, mais à ce moment-là nous y renfermions les remèdes spéciaux du Dr Gulab Singh Sahib dans un placard fermé à clé, ainsi que le coffre contenant l'argent que je retirais chaque semaine de la banque. Mr De Souza, qui avait aussi une clé du coffre, couchait dans la pièce où nous nous trouvons. Le lit n'a pas changé de place, mais il y avait un bureau à l'endroit où vous êtes assis et une table devant la fenêtre, sous l'ampoule électrique qui ne m'éblouit plus. En arrivant, c'est là que nous avions déposé la civière. Ce mercredi matin, Merrick est donc arrivé. J'étais en train d'ouvrir le coffre pour en retirer le sac et le chéquier. Et je l'ai entendu par la porte ouverte.

« Pour l'instant, elle est occupée, a dit Mr De Souza. Puis-je vous renseigner ? » Merrick a demandé : « Qui êtes-vous ? » Mr De Souza a souri (à son ton, j'ai senti qu'il souriait) : « Un homme sans importance. Je ne suis pas digne de votre intérêt. » Dans les procès-verbaux de police, on appelle cela « s'exprimer servilement », mais moi je trouvais à ses paroles un accent provocateur. Alors je suis entrée et j'ai dit : « Ne vous dérangez pas, Mr De Souza. » Merrick était là, en tenue : chemisette et culotte courte, ceinturon-baudrier d'où pendait le pistolet dans sa gaine, et un stick à la main. Ses yeux bleus nous détaillaient. « Mrs Ludmila Smith ? a-t-il dit. (Je l'ai salué de la tête.) Je me présente : Merrick, chef de la police du district. » Je l'avais reconnu, pour l'avoir vu, à la tête d'un détachement monté, discipliner les foules à l'occasion des fêtes, et aussi au volant d'un fourgon de police, quand il traversait le pont de la porte du Mandir. Il était accompagné du sous-inspecteur Rajendra Singh, un homme qui se laissait acheter et qui confisquait à son profit les montres des hommes qu'il arrêtait. Il portait justement une de ces montres à son poignet, plus belle que celle de Mr Merrick, mais peut-être moins robuste. Les Indiens ont toujours aimé le clinquant, alors que les Anglais s'en tiennent aux instruments simples mais pratiques. En revanche, Mr Merrick lui-même n'était pas simple. Il fonctionnait à l'envers, comme si, quand il était midi pour lui, il était minuit pour les autres. Je ne pense pas qu'on aurait pu tromper le destin en faisant en sorte que Kumar et Merrick ne se rencontrent jamais. Mais je le regrettais, bien que tout ait déjà été inscrit dans les murs de ces bâtisses croulantes lorsque, les voyant pour la première fois, j'ai su qu'elles serviraient mes intentions.

« Que puis-je faire pour vous ? » ai-je demandé en congédiant Mr De Souza d'un geste dont je savais que Merrick l'apprécierait, mais qui montrait également mon autorité. J'avais ma cornette blanche, et l'habit de la pudeur. Mon uniforme face à l'uniforme de Merrick. Ce sont des choses que le monde vous apprend : les règles, le code tacite, les petites annexes dans le labyrinthe du protocole. J'ai offert un siège à Mr Merrick mais je suis restée debout. Il m'a informée qu'il voulait fouiller les lieux. J'y ai consenti, ou du moins indiqué par mon attitude que je ne m'y opposais pas. Mais qu'il y perdrait son temps. Je ne lui ai même pas demandé ce qu'il cherchait, ou qui. Aurais-je été moins au fait de l'ingérence officielle que j'aurais pu dire bien des choses, mais je m'en suis abstenue. Il avait l'esprit vif. À son regard, j'ai compris qu'il saisissait instinctivement les raisons de ma docilité. Il devinait qu'à ma connaissance je n'avais rien à dissimuler, mais aussi que je n'aurais peut-être pas toujours la chance qui, jusque-là, m'avait favorisée.

« Par où allons-nous commencer ? » a-t-il demandé. Je lui ai dit d'agir à son gré. Nous sommes sortis. Son fourgon stationnait à l'entrée, devant laquelle il avait mis un agent en faction. Après qu'il eut fouillé deux bâtiments, nous nous dirigions vers le troisième, et c'est là que je revois Kumar, torse nu, courbé sous la pompe. Il s'est redressé. Nous étions à bonne distance de lui. Il s'est retourné. Merrick s'est figé, et il m'a demandé : « Et celui-là, est-ce un de vos auxiliaires ? » Il le regardait. J'ai appelé Mr De Souza qui nous suivait. « Il a dormi ici, ai-je répondu à Merrick. Mr De Souza connaît peut-être son nom. » Comprenez bien que je n'avais pas encore parlé à Kumar. Je savais simplement par Mr De Souza que ce garçon n'était pas blessé, mais qu'il se ressentait de ses excès de boisson, qu'il demeurait taciturne, pas spécialement reconnaissant d'avoir été transporté au Sanctuaire, et qu'il n'avait même pas livré son nom. Je pensais que pendant que Mr Merrick procédait à la fouille, Mr De Souza était peut-être allé dire à ce garçon : « La police est là. Comment vous appelez-vous ? »

« Mr De Souza, ai-je dit, ce garçon qui a dormi ici cette nuit ? » Et Mr De Souza a répondu d'un air détaché : « Comme vous le voyez, il va bien et il s'apprête à partir. – Personne ne quitte les lieux sans mon autorisation », a lancé Merrick au sous-inspecteur, évitant ainsi adroitement de me prendre de front. « Nous sommes donc tous en état d'arrestation ? » ai-je demandé en riant, et j'ai indiqué que, quoi qu'il en soit, je voulais le conduire au troisième bâtiment. Il a souri et expliqué que, comme je l'avais sûrement deviné, ils recherchaient quelqu'un. Et il est parti avec moi et Mr De Souza, en laissant sur place le sous-inspecteur à qui il avait signifié d'un geste de tenir Kumar à l'œil. En arrivant sous la véranda du troisième bâtiment, Merrick s'est retourné, et moi aussi. Kumar recommençait ses ablutions à la pompe. Le sous-inspecteur demeurait posté à la même place, jambes écartées, mains dans le dos. J'ai regardé Merrick. Lui non plus ne quittait pas Kumar des yeux. Ces trois hommes : Merrick, Kumar, Rajendra Singh, formaient les sommets d'un triangle équilatéral. Leurs trois personnalités composaient une sorte de dangereuse figure géométrique. « Sommes-nous ici dans la maison des morts ? » a-t-il demandé sans détacher son regard de Kumar. J'ai répondu en riant qu'apparemment certaines gens qui n'étaient jamais venues au Sanctuaire l'appelaient ainsi. « Y en a-t-il en ce moment ? – Non, pas depuis plusieurs jours. » Il a voulu savoir si nous recevions des sans-abri. J'ai répondu que non. Si nous nourrissions des gens. Oui, mais ce n'était pas aujourd'hui le jour de la distribution de riz. Si nous nous occupions aussi des malades. Je lui ai expliqué que nous nous en occupions, mais que notre dispensaire n'était ouvert que le soir, de sorte que seuls y venaient ceux qui ne pouvaient perdre une matinée ou une journée de travail en allant se faire soigner. Il voulait savoir quels titres nous avions à soigner les gens. « Mr De Souza s'occupe du dispensaire, lui ai-je expliqué. Il est docteur en médecine et a abandonné un poste rémunérateur pour venir travailler ici gratuitement. Les services de santé municipaux passent de temps en temps pour nous inspecter. Ils ne trouvent rien à redire. Mais, en tant que chef de la police du district, vous le savez certainement. – Et les morts ? – Le Dr Krishnamurti nous offre bénévolement ses services, de même que la doctoresse Anna Klaus, du Purdah Hospital. Si vous le voulez, vous pouvez également contrôler mes titres de propriété sur le terrain et les bâtiments. – C'est une curieuse organisation », a remarqué Mr Merrick. « C'est un curieux pays », ai-je dit.

Nous avons pénétré dans le troisième bâtiment. Nous avions six lits dans une pièce et quatre dans l'autre. L'année de la famine, ils étaient toujours occupés. Et pareillement l'année du choléra. Au moment dont je parle, il n'y avait pas de grande famine ni de menace de choléra. Il était cependant rare qu'il n'y ait pas au moins deux ou trois lits occupés, mais ce jour-là ils étaient tous vides. Les draps étaient d'un blanc aveuglant. Merrick n'a rien dit mais il a paru étonné. Cette propreté, ce confort, et pour qui ? Pour des mourants, pour des moribonds crasseux et étiques ? Quel gaspillage ! Faites donc le tour du bazar, et en quelques heures vous n'aurez plus un lit de vide – et les occupants en profiteront, ils se rétabliront. Le monde a un droit acquis sur ceux qui peuvent se rétablir. À un moment, il a été sur le point de dire quelque chose, mais il s'est ravisé. Le Sanctuaire dépassait sa compréhension. Il n'avait pas encore saisi que, dans cette société efficacement organisée, il ne restait qu'un seul service que je puisse assumer, un service dont, dans un pays comme l'Inde, on n'a officiellement ni le temps ni l'énergie de se préoccuper. Un service qu'une femme comme moi pouvait offrir grâce à des roupies qu'elle n'avait ni gagnées ni méritées, des roupies superflues. En ce monde, notre existence ne connaît point de dignité si ce n'est peut-être dans le rire. Alors, lorsque l'homme arrive au bout, qu'il savoure enfin la dignité. Qu'il parte dans la propreté, et dans la paix que peuvent lui donner la propreté et le réconfort. Ce qui est bien peu de chose.

Il se peut que dans ses os et dans son âme, Merrick ait senti la signification de la pièce dans laquelle il se tenait, lui, l'homme armé et en uniforme. Il a regardé le parquet ciré et puis, avec une sorte d'impolitesse enfantine, mes mains. J'ai toujours eu les mains douces et blanches. Il m'a demandé qui exécutait les tâches matérielles. « Quiconque a besoin de gagner quelques roupies », ai-je répondu. Pourquoi les aurais-je exécutées moi-même, quand je disposais de cet argent superflu qui aiderait à remplir la marmite d'une de ces intouchables que vous avez vues faire leur lessive dans l'eau stagnante du réservoir ? Il m'a demandé où se trouvaient mes auxiliaires. Je l'ai mené au quartier des auxiliaires qui se trouvait dans la cour, sur l'arrière du bâtiment. Peut-être a-t-il perçu là aussi la différence entre l'environnement des vivants et celui des morts : la cahute enfumée de la cuisine, les abris de terre et de chaume, les hommes et les femmes gagnant quelques roupies et habitant dans des quartiers qui, aux yeux des vivants, passaient pour propres, mais qui, comparés aux pièces réservées aux mourants, n'étaient que saleté. Il les a fait sortir des cahutes et attendre dans la cour tandis qu'il fouillait les lieux, mais sans succès.

Désignant ces gens du bout de son stick, il m'a demandé s'ils étaient mes auxiliaires permanents. Je lui ai répondu qu'au Sanctuaire il n'y avait pas de permanents, que j'engageais et débauchais sans scrupule, afin que le plus grand nombre puisse profiter de ce qu'il était en mon pouvoir de donner. Il a voulu savoir si Mr De Souza était aussi un « occasionnel. » « Non, ai-je dit, car le Sanctuaire lui appartient autant qu'à moi. Lui, il en comprend la finalité. Les autres ne sont là que pour les roupies. »

« Dans la vie, a-t-il remarqué, l'argent est une puissante considération. » Il souriait, mais de ce sourire particulier à l'homme armé. C'est pendant la Grande Guerre que je m'en suis aperçue pour la première fois : un homme armé vous sourit d'une façon qui vous exclut de ses pensées. Il avait tout visité sans trouver l'homme recherché. « Il ne reste donc plus que le garçon de cette nuit », a-t-il dit en remontant sous la véranda, d'où il a regardé le sous-inspecteur et puis le jeune Kumar qui, debout devant la pompe, boutonnait sa chemise. Il a dit : « Merci, sœur Ludmila, je ne vous dérangerai pas plus longtemps », et m'a saluée en touchant du bout de son stick la visière de sa casquette. Sans un mot pour Mr De Souza qui se tenait derrière nous, il a descendu les marches. Dès qu'il s'est mis à avancer, le sous-inspecteur en a fait autant. Ils convergeaient vers le jeune Kumar qui, ayant terminé de boutonner sa chemise, retroussait ses manchettes. Et attendait. Sans chercher à s'esquiver. J'ai interrogé Mr De Souza à mi-voix. « Il s'appelle Coomer. Kumar, de son vrai nom. Je crois que c'est un neveu par alliance de Romesh Chand Gupta Sen. » Je me suis souvenue d'avoir entendu quelque chose à ce sujet, mais où et quand ? « Il serait intéressant, et même souhaitable, d'aller voir ce qui se passe », a dit Mr De Souza. Nous avons donc suivi Mr Merrick d'assez près, suffisamment pour entendre les premiers mots – les premiers mots de l'affaire qui a abouti au Bibighar. Merrick parlait de toute sa hauteur, comme à un domestique. Le même ton, les mêmes façons de s'exprimer. Il demandait en urdu : « *Tumara nam kya hai ?* » C'est-à-dire : Comment t'appelles-tu ? *Tum* est la tournure vulgaire.

« Comment ? a dit Kumar avec une surprise peut-être feinte. Veuillez m'excuser, mais je ne comprends pas cette langue. » *Dans un anglais parfait. Il parlait avec plus de distinction que Merrick.* Ce visage, si sombre, si beau. Beaucoup plus beau que Merrick, même pour le goût européen. Là-dessus, le sous-inspecteur Rajendra Singh s'est mis à hurler en hindi qu'il lui conseillait de ne pas faire l'insolent, que le sahib qui le questionnait était le chef de la police du district, qu'il fallait lui répondre vivement, et de façon correcte.

Lorsqu'il s'est arrêté, Kumar s'est adressé à Merrick : « Cet homme n'a donc pas compris ? Il est vain de me parler dans cette langue. » Sans cesser de regarder Kumar, Merrick m'a demandé s'il y avait une pièce où il pourrait l'interroger. « M'interroger ? Pour quelle raison ? » a demandé Kumar. « Mr Kumar, vous vous trouvez devant la police, ai-je dit. Ces messieurs recherchent quelqu'un. Ils sont habilités à interroger toute personne dont je ne puis répondre. Nous vous avons transporté ici la nuit dernière après vous avoir trouvé dans un fossé, et nous pensions que vous étiez malade ou blessé. Il se trouve que vous aviez simplement trop bu. Il n'y a rien de terrible là-dedans. Si ce n'est le gros mal de tête des lendemains d'ivresse. »

J'essayais d'aplanir les choses en déridant les protagonistes. Je leur ai proposé de disposer du bureau et je me préparais à les y conduire, mais tout l'enchaînement du Bibighar avait déjà commencé. Il avait suffi de quelques secondes, et il n'y avait plus rien à faire, en raison de ce qu'ils étaient respectivement.

Hélas, pourquoi se sont-ils rencontrés ! Si Kumar ne s'était pas enivré, si nous ne l'avions pas ramené au Sanctuaire...

« Ainsi, vous vous appelez Kumar, a dit Merrick. Votre adresse ? – Mais, de quoi s'agit-il ? a demandé Kumar dont le regard faussement étonné allait de Merrick à moi. On peut donc être interrogé comme ça, sans raison ? – Allons, ai-je insisté, venez dans le bureau. Ne soyez pas ridicule. – Non, nous ne vous dérangerons pas plus longtemps, a dit Mr Merrick. Je vous remercie de votre coopération. »

Il a fait un signe à Rajendra Singh qui, s'avançant, a voulu saisir le garçon par le bras. Celui-ci a éludé son geste, sans brutalité, mais comme s'il voulait s'épargner un contact déplaisant. À ce moment-là, Merrick aurait pu intervenir. Il ne l'a pas fait. Et Rajendra Singh n'était pas homme à supporter une telle attitude si Mr Merrick le soutenait. Et il était nettement plus grand que Kumar. Il l'a giflé d'un revers de main. Le geste n'était pas violent, mais surtout insultant. Furieuse, je me suis écriée : « Ça suffit ! » Ils sont restés figés. Cela a empêché Kumar de commettre un geste fatal en rendant le coup. J'ai dit : « Ici, je suis chez moi, et je ne tolérerai pas de tels gestes. » Alors, ce pleutre de sous-inspecteur a lâché Kumar qu'il avait agrippé par le bras après l'avoir frappé. « Et quant à vous, ai-je dit à Kumar, soyez raisonnable. Ces messieurs sont de la police. Répondez à leurs questions. Si vous n'avez rien à cacher, vous n'avez rien à craindre. Allons, venez... » Et j'ai de nouveau fait le geste de les conduire au bureau. Mais Merrick ne voulait pas arranger les choses, il avait choisi de leur donner une tournure tragique. « Nous n'en sommes plus au stade où une conversation dans votre bureau permettrait d'éclaircir la situation de façon satisfaisante. Je l'emmène. »

« Sur quel chef d'inculpation ? » a demandé Kumar. « Sans chef d'inculpation. Vous allez monter dans le fourgon. Prenez vos bagages. » Kumar a alors dit qu'il voulait déposer une plainte pour voies de fait « contre ce monsieur barbu ». « Entraves à l'action de la police et résistance à agent constituent également un délit », a dit Merrick, et il m'a demandé si nous avions bien rendu au garçon tout ce qui lui appartenait. J'ai regardé Kumar. Il a porté la main à sa poche-revolver. Je lui ai dit qu'en le fouillant, pour pouvoir l'identifier, nous n'avions rien trouvé sur lui. Il est resté silencieux. J'ai compris seulement à ce moment-là qu'il avait dû être détroussé tandis qu'il gisait dans le terrain vague, près de la rivière. Un garçon de moindre trempe se serait écrié : « On m'a tout volé ! Où est mon argent ! » pour créer une diversion, ou simplement parce qu'en ce temps-là, pour un Indien la perte de son argent représentait la fin de son petit monde étriqué. Et Kumar était un Indien. Mais il n'a pas poussé un cri. Laissant retomber sa main, il a dit à Merrick : « Je ne possède rien. Mais je tiens à déclarer que si je vous suis, c'est en élevant une protestation. »

Ces inflexions si élégantes, cet anglais tellement châtié ! Et cela jouait contre lui. Car, comparée à la sienne, la façon de parler de Merrick lui venait de son autorité, de sa position, non de son éducation. C'était un affrontement fascinant. Surtout pour moi, une étrangère, qui n'avais guère connu que l'Anglais de type Merrick et non de type Kumar, et savais que le premier supportait mal l'accent affecté de la classe supérieure, des privilégiés. Ici, malgré le retournement des rôles impliqué par les couleurs de peau, les vieux ressentiments étaient à l'œuvre, et ils compliquaient encore davantage le conflit. Kumar s'est dirigé de lui-même vers le fourgon stationné à l'entrée. Merrick ne s'en est pas inquiété, car le sous-inspecteur suivait le prisonnier : un Indien surveillant un Indien. Il m'a saluée, a pris congé en me remerciant. Et moi, je regardais ce qui se passait entre Kumar qui s'éloignait, et le sous-inspecteur qui le rattrapait, le poussait, le tirait. D'où j'étais, je ne distinguais qu'une mêlée violente entre Rajendra Singh, Kumar et un agent – puis le garçon poussé brutalement à l'arrière du véhicule et peut-être bourré de coups car il a paru s'y effondrer plutôt qu'y grimper. Et l'agent s'y engouffrant derrière lui. Le sous-inspecteur restait à attendre Merrick. « Pourquoi le laissez-vous traiter de la sorte ? » ai-je demandé. Cela ne m'étonnait pas, mais me peinait. Nous traversions une période dure, violente. Mais Merrick, qui se dirigeait déjà vers le fourgon, a feint de ne pas entendre. Arrivé au véhicule, il a dit quelque chose au sous-inspecteur, et celui-ci a également grimpé à l'arrière. C'était ainsi. Cela arrivait quotidiennement. J'ignorais totalement de quoi on suspectait Kumar, et à plus forte raison de quoi il aurait pu être coupable. Moi seule avais vu ce qu'il y avait de noir en lui, et de noir dans l'homme blanc, dans Merrick. Lorsque de telles ténèbres s'opposent, elles créent parfois une lumière aveuglante. Cette lumière, les mortels ordinaires n'en supportent pas la vue.

Vous n'avez pas tardé à revenir. Merci de cette nouvelle visite. Avez-vous vu le site du Bibighar ? Les ruines de la demeure, les jardins retournés à l'état sauvage, tels que les préfèrent les Indiens ? Il paraît qu'il a peu changé, que même encore aujourd'hui des familles indiennes vont parfois y pique-niquer, que les enfants y jouent. Peu d'Européens s'y rendaient, et encore, juste par une curiosité malsaine. De nuit, il était toujours désert. On le croyait hanté, et donc peu accueillant même aux amoureux. Le Bibighar fut construit par un prince et rasé par un Anglais. Non, excusez-moi, par un Écossais. Il faut bien faire la distinction.

Le Bibighar, la Maison des Femmes. C'est là qu'il gardait ses courtisanes. Je parle du prince. Vous avez vu le Purdah Hospital ? Il est de ce côté-ci de la rivière, dans ce qu'on appelait la « Ville noire », par-delà le bazar Chillianwallah. Entièrement entouré de maisons, n'est-ce pas ? Et transformé. Mais c'était un palais au temps où Mayapore était la capitale d'un État princier, et où les Anglais ne s'étaient encore taillé une place que par le commerce, l'avidité, la volonté d'arracher ses richesses au pays que Dieu leur avait donné, comme on ouvre une huître pour en tirer la perle. Ici, les perles sont noires. Des perles rares, et infiniment convoitables. Mais il devait falloir autant de courage que de cupidité pour les extraire. Allez le voir, cet ancien palais, visitez la partie que l'hôpital a laissée intacte, l'étroite galerie avec ses cellules sans fenêtres, qui sont les pièces où pénétraient les négociants anglais pour conclure des marchés, et, à cause de la taille des pièces, vous y sentirez une ambiance cruelle, impitoyable. Le Bibighar était sans doute assez semblable, mais on ne le sait pas vraiment, car on n'en possède aucune représentation contemporaine, et l'Écossais l'a rasé jusqu'aux fondations. Le pont du Bibighar est nettement postérieur, de sorte que pour aller voir ses femmes, le prince devait franchir le pont de la porte du Mandir ou traverser le lit de la rivière en palanquin ou, quand les eaux étaient hautes, en bateau. Et son père, avant lui, faisait le même trajet pour aller voir sa chanteuse, dans la demeure qu'il lui avait construite sur la même rive, cette demeure réédifiée par l'Écossais MacGregor et qui porte depuis lors son nom. Oui, vous y résidez actuellement.

Allez au Purdah Hospital. Lady Chatterjee vous y conduira. Demandez à voir la pièce tout en haut de la vieille tour. De là, vous découvrirez le panorama des toits de la « Ville noire » et vous distinguerez, par-delà la rivière, le toit de MacGregor House. Le père et le fils y sont-ils montés souvent, le premier pour contempler la demeure de sa chanteuse, le fils pour apercevoir le Bibighar ? Du Bibighar, on devait certainement voir la maison fermée après la mort de la chanteuse. Elles ne sont distantes que de quinze cents mètres. Pas très distantes, donc, mais suffisamment pour une jeune fille courant dans la nuit.

Dans les temps que j'évoque, quand Mayapore était une principauté, la rive du *cantonment* ne portait pas d'autre construction que ces deux-là, deux jalons dans le paysage, deux monuments à l'amour, celui du père pour la chanteuse, celui du fils pour ses courtisanes, du fils qui méprisait son père d'avoir conçu un amour sans espoir. J'imagine que jour après jour, le fils montait à la tour de son palais ou à l'étage supérieur du Bibighar et, regardant se défaire lentement la splendeur de la maison de la chanteuse, il se disait : *Ainsi en va-t-il de l'amour non consommé.* Et que la nuit, en se livrant à la débauche dans sa maison de plaisir, il songeait encore qu'à quinze cents mètres de là, pierre après pierre se désagrégeait l'autre demeure. À présent, c'est l'inverse : le Bibighar a disparu, et la maison de la chanteuse a été relevée par ce MacGregor.

Il faut que je vous explique quelque chose. En 1942, l'année de l'affaire des jardins du Bibighar, bien que résidant à Mayapore depuis plus de sept ans, je savais très peu de chose sur le Bibighar et sur MacGregor House. Et tout le monde ou presque était dans mon cas. Pour nous, ce n'étaient que des appellations. On disait : « Prenez le pont du Bibighar, longez les jardins, et puis tournez dans MacGregor Road, suivez-la jusqu'à MacGregor House et obliquez alors dans Curzon Road, qui vous conduira tout droit à Victoria Road et au bazar du *cantonment.* »

Pour me rendre à la banque, c'était le chemin le plus court. Mais j'empruntais habituellement l'autre itinéraire, celui qui traverse le bazar Chillianwallah, longe le temple de Tirupati et arrive au pont de la porte du Mandir. Une fois franchi le pont, je passais devant l'église de la Mission, l'école des jeunes filles, et, après avoir traversé le quartier eurasien et longé la gare, je débouchais dans Victoria Road.

Mais après ce jour d'août 1942, les noms de Bibighar et de MacGregor se sont chargés de sens pour nous. Nous voulions savoir ce qu'avait été le Bibighar, et qui était MacGregor. Les renseignements étaient disparates. MacGregor aurait été un homme respectant Dieu, ayant de l'inclination pour les musulmans et frappé de crainte par les temples. Il aurait incendié le Bibighar parce qu'il le considérait comme une abomination, et puis rasé les ruines, en ne laissant subsister que les fondations, les jardins et le mur d'enceinte. On racontait qu'il avait agi ainsi à la suite de l'empoisonnement d'un Anglais de l'entourage du prince, événement qui avait servi de prétexte à l'annexion de l'État par les Britanniques, représentés à l'époque par la Compagnie des Indes orientales. En fait, les deux événements ne furent nullement consécutifs, car on trouve la première trace de MacGregor à Mayapore en 1853, près de trente ans après l'annexion. À cette date, Mayapore n'était pas chef-lieu de district, et MacGregor n'était pas un personnage officiel mais un négociant tel qu'il en a surgi bon nombre une fois que l'ancienne Compagnie des Indes orientales eut cessé de commercer tout en continuant de gouverner. Épices, grains, étoffes et pots-de-vin lui permirent de faire fortune. Le dépôt ferroviaire s'élève à l'emplacement de son comptoir, et il y a même une voie de garage qui porte son nom, alors que le chemin de fer n'a atteint Mayapore que dix ans après sa mort – ce qui laisse penser qu'il avait marqué la ville. Représentez-vous ses chariots bourrés à craquer, partant en convois sur la chaussée qui allait devenir la Grand Trunk Road, la grande route reliant Calcutta au Nord-Ouest, et imaginez la ville de Mayapore à l'époque. Sur cette rive-là, il n'y a encore que peu de constructions, pas de casernement ni de quartier européen. Il devait y avoir une chapelle, à l'emplacement actuel de St. Mary, et un petit édifice public, à l'endroit où s'élève le Palais de Justice. À l'époque, l'administrateur chargé du district résidait à Dibrapur et ne venait que passagèrement à Mayapore pour enregistrer les plaintes, siéger dans les procès civils et criminels et percevoir les impôts. Je me demande combien il entendait exposer de doléances concernant (bien que de façon détournée) les activités de MacGregor. Le portrait que je me fais de ce dernier est celui d'un homme rougeaud, aux joues couperosées, souverain virtuel de Mayapore, terrorisant tout le monde, de ses employés aux marchands en passant par les propriétaires fonciers, sans oublier l'administrateur et les petits fonctionnaires; un homme corrompu et violent, sachant arriver à ses fins en graissant les pattes.

Cette image ne coïncide pas du tout avec celle d'un homme incendiant le Bibighar parce qu'il estime ce lieu abominable. Elle nous est fournie par la version européenne des événements. Il se peut qu'il ait ainsi présenté les motifs de son geste à la jeune épouse qu'il ramena de Calcutta à MacGregor House. Les Indiens exposent tout autrement les faits : il aurait agi ainsi après avoir découvert que sa maîtresse indienne avait un amant de même couleur qu'elle, et que le couple se rencontrait clandestinement au Bibighar. Autre version : il aurait annoncé à sa maîtresse indienne que, comme il allait épouser une Anglaise, elle devrait quitter MacGregor House, mais qu'il l'installerait au Bibighar avec toute sa garde-robe et ses meubles préférés, et cette jeune femme s'était enfuie la nuit même avec son amant de cœur.

Voilà des versions qui sonnent plus vrai, n'est-ce pas ? Le pauvre MacGregor devait être un homme agité de sentiments violents et non un être d'une telle rectitude que le Bibighar, maison de plaisir, pût lui paraître une abomination qu'il fallait détruire par le feu. Et je me demande parfois ce qu'il serait advenu de lui si, en 1857, la Mutinerie ne lui avait coûté la vie. Ayant massacré leurs officiers, les cipayes de la garnison de Dibrapur marchèrent sur Mayapore, avec l'intention de gagner Delhi ou de rallier d'autres grands détachements de mutins. On ignore les circonstances exactes de la mort de MacGregor, qui fut peut-être tué sur les marches de sa demeure ou avec son domestique musulman, Akbar Hossain, dont le corps fut retrouvé près du portail. Et sa femme Janet, avait-elle eu vent de cette maîtresse indienne ? Vivait-elle un mariage heureux, ou son existence avec MacGregor n'était-elle qu'une suite de tourments ? Lorsque son fantôme revient, est-ce seulement pour chercher son enfant mort ? Ou pour avertir les gens à la peau blanche du danger qu'ils courent en habitant à MacGregor House ?

L'étrange, c'est qu'il y a toujours eu un lien particulier entre la maison de la chanteuse et celle des courtisanes, entre MacGregor House et le Bibighar. Tout se passait comme si, de l'une à l'autre, coulaient les noirs courants des conflits humains, dont la direction se lit dans le chemin d'une jeune fille qui fuit dans la nuit. Une rivière invisible qui coule. Vous comprenez l'image ? C'est un flot, et non une route ou un pont, qui relie MacGregor House et le Bibighar, les peaux blanches et les peaux noires. Pour aller d'ici à là, il fallait prendre son courage à deux mains, entrer dans le flot et se laisser porter, où qu'il vous conduise. C'est le courage qu'a eu Miss Manners.

Je ne crois pas qu'elle se soit d'emblée éprise de Kumar. Il l'attirait physiquement, ce qui est un puissant aimant. Mais j'ai vu de quelle façon le regardaient d'autres Blanches. Elles résistaient facilement à la tentation parce que, telles qu'elles le voyaient, il se tenait sur l'autre rive d'une eau dans laquelle elles n'auraient pas pu tremper sans horreur même le bout des doigts. Et cette jeune fille a peut-être aussi éprouvé épisodiquement cette horreur, mais en y résistant parce que cela contredisait ce qu'elle avait ressenti en le voyant pour la première fois. Et puis, elle a totalement rejeté cette idée de l'horreur, en comprenant que la question consistait à entrer dans le courant *pour s'y rencontrer,* où qu'il vous conduise. Elle a agi comme si elle avait réfléchi que la vie ne consiste pas à rester sur la berge, en ne se mouillant qu'occasionnellement les pieds. Tant que nous restons d'un côté, à regarder ceux d'en face, nous ne sommes pas dans la vie mais dans le songe. Alors, sautons dans le flot. Et s'il nous bouscule, il nous réveillera. Et si nous nous noyons, au moins aurons-nous eu pendant un bref instant conscience d'avoir les yeux ouverts, et d'exister.

Elle est venue à plusieurs reprises au Sanctuaire. Avec Kumar. Elle avait dû lui dire (du moins est-ce ce que je pense) : « Vous connaissez cette femme qui se fait appeler sœur Ludmila ? » Elle avait probablement entendu parler du Sanctuaire par Mr Merrick, ou par Lady Chatterjee. Et Kumar a répondu avec un sourire qu'il connaissait sœur Ludmila; et même qu'une nuit, l'ayant découvert et le croyant mourant, elle l'avait ramené sur une civière au Sanctuaire – ivre mort. Personnellement, je pense qu'il n'est pas allé aussi loin dans les confidences. Toujours est-il qu'ils sont arrivés main dans la main. Elle trouvait cela naturel, mais je pense qu'il ne s'y habituait pas. Je veux dire qu'il semblait avoir terriblement conscience de l'effet que cette attitude pouvait produire sur les passants. Mais elle, pas du tout. Elle est également venue seule à diverses occasions. Elle apportait des fruits – et ses bras. Elle souhaitait se rendre utile. Une fois, elle a même voulu nous donner de l'argent. Elle avait un modeste héritage, provenant de sa mère, morte juste avant la guerre, ainsi que de son père et son frère, que la guerre avait tués. Mais elle devait recueillir toute la fortune de sa tante, Lady Manners, lorsque celle-ci disparaîtrait. J'ai dit : « Non. Je n'ai pas besoin d'argent, sauf s'il était mis fin aux versements sur mon compte bancaire. Dans ce cas, je ferais appel à vous. » Elle a dit : « Alors, comment puis-je vous aider ? » Je lui ai demandé pourquoi elle voulait nous aider. « Il y a sûrement d'innombrables bonnes causes à soutenir », lui ai-je dit. Et je me souviens du regard qu'elle m'a alors jeté. Quand nous n'étions que nous deux, elle mettait ses lunettes. Je doute *qu'il les lui ait jamais vues*. Ne pas porter de verres, c'était la seule vanité de cette jeune fille. Elle m'a répondu : « Je ne pensais pas en termes de bonnes causes. » J'ai souri, pour montrer que je la comprenais, mais je n'étais pas entièrement sincère. Je n'ai compris que plus tard. Elle ne cloisonnait pas ses comportements. Elle s'impliquait intégralement dans ce qu'elle faisait. Ce qu'elle apportait au monde, c'était la plénitude de son être, de ses ressources. Personnellement, je n'ai jamais vécu cette plénitude-là.

Vous connaissez l'image du Siva dansant, la divinité à quatre bras au milieu du cercle de feu cosmique, un pied en l'air et l'autre planté sur le corps du mal et de l'ignorance pour le maintenir à sa place. Regardez le mur derrière vous, vous y verrez ma statuette de Siva, sculptée dans le bois. Danse de la création, de la préservation, de la destruction : c'est un cycle complet, c'est une totalité. Le concept est difficile à saisir, on doit l'appréhender avec le cœur, non avec l'intelligence. Elle le regardait, mon petit Siva. D'abord en plissant les yeux, puis en mettant ses lunettes. Elle était plus grande que moi, fortement charpentée. Pas jolie, mais gracieuse et gaie. Et plutôt maladroite. Elle nous a écrasé une boîte pleine de flacons de médicaments. Ils se sont vus plusieurs fois ici, elle et le jeune Kumar. Après son service à l'hôpital, elle venait au Sanctuaire et, en l'attendant, elle nous aidait au dispensaire du soir. Un jour où il était très en retard, nous avons patienté toutes deux dans ma chambre. Quand il s'est enfin montré, je les y ai laissés ensemble. J'ai eu l'impression que, d'abord, il n'avait pas voulu venir, puis qu'il s'était ravisé. Et cet autre soir, celui du Bibighar, il n'arrivait toujours pas. À la tombée du jour, elle est repartie seule, à bicyclette. Elle a pris la direction du pont du Bibighar. Je lui ai recommandé d'être prudente. La ville était encore calme, mais il régnait déjà une certaine effervescence aux alentours. C'était le jour où les premiers troubles avaient éclaté à Dibrapur et à Tanpur. À l'hôpital, elle avait vu cette femme de l'école de la Mission qu'on avait trouvée sur la route, tenant la main d'un mort. Elle était venue juste après, directement de l'hôpital au Sanctuaire. Tandis que nous attendions Kumar dans ma chambre, elle m'a raconté qu'en restant ainsi sous la pluie, à côté du mort, cette femme – une certaine Miss Crane – avait attrapé une pneumonie. Il pleuvait aussi pendant que nous bavardions en attendant vainement Kumar. Mais finalement la pluie a cessé et le soleil est apparu, juste à son déclin. Je me souviens de sa lumière sur le visage de Miss Manners. Elle paraissait très fatiguée. Comme le jour tombait, elle a dit qu'elle devait rentrer. Par le Bibighar. À bicyclette. La même bicyclette, je veux dire celle qui fut retrouvée au Chillianwallah Bagh, dans un fossé, tout près de la maison de Mrs Gupta Sen, chez qui habitait Hari Kumar. Retrouvée par Merrick. Du moins est-ce ce qu'on a dit. Mais si Hari était parmi les hommes qui ont violé la jeune fille, pourquoi aurait-il pris sa bicyclette pour la laisser à proximité de chez lui, comme preuve accusatrice ?

Et je vais vous dire quelque chose : quand je l'ai vue ainsi partir sur sa bicyclette, se retournant pour me faire un signe de la main, j'ai eu l'impression de ne plus rien pouvoir faire pour elle, et cela m'a rappelé Kumar, quelques mois auparavant, emmené dans le fourgon de police, pour une destination où je ne pourrais plus l'aider. C'était un mercredi, le jour où j'allais retirer les deux cents roupies à la banque. À chaque fois je priais Dieu, redoutant que Mr Govindas m'annonce d'un air gêné que les virements sur mon compte à Bombay avaient cessé. Mais Mr Govindas m'a compté l'argent comme d'habitude. Nous sommes repartis, moi avec le sac enchaîné à ma ceinture, et mon garde du corps du moment qui me suivait. Nous avons retraversé le pont de la porte du Mandir, longé le temple de Tirupati en sens inverse. Je n'y ai jamais pénétré, mais je sais qu'il est dédié au seigneur Venkatasvara, une des incarnations de Vishnu. Dans la cour il y a un sanctuaire renfermant une représentation de Vishnu endormi. Le soir du Bibighar, Miss Manners et moi avons parlé de cette statue. Deux ou trois semaines plus tôt, Kumar lui avait fait visiter le temple, sur sa demande à elle, car il ne croyait pas en ces divinités. Son oncle lui avait fourni une recommandation pour le brahmane préposé au temple. Ce soir-là, donc, elle me le décrivait, puisque je ne le connaissais pas. Cela m'a rappelé le Vishnu endormi que j'avais vu à Mahabalipuram, dans le Sud, près de Madras, un endroit où les sanctuaires sont taillés dans la falaise ou se dressent dans la mer. C'est aussi dans le Sud que se trouve le célèbre temple de Tirupati, en haut d'une colline. C'est à ce dernier que le temple de Mayapore doit son nom. On dit qu'à l'origine les gens de Mayapore venaient du Sud. Un maharaja de Mayapore aurait épousé une jeune fille de l'Inde méridionale, et aurait édifié là un temple en l'honneur du dieu qu'elle adorait. Il y a eu, depuis lors, tant de brassages, qu'on ne peut plus retrouver de fil directeur.

Toujours est-il qu'à Mayapore il y a un temple de Tirupati. Mandir signifie « temple ». C'est un mot du Nord. Vous avez ainsi la rencontre du Nord et du Sud : le temple de Tirupati, la porte du Mandir. Autrefois, une enceinte protégeait la ville. La nuit, on en fermait les portes. À cette époque-là, on accédait à la porte du Mandir par un escalier. En venant de la rive nord, la rive qui devint celle du *cantonment,* il fallait traverser la rivière en barque et monter, par les marches, jusqu'à la porte du Mandir. Le pont a été construit bien plus tard. Les marches demeurent, mais elles ne servent plus aujourd'hui qu'à accéder au temple de Tirupati. Au sud, il y avait d'autres portes, mais il n'y a jamais eu de porte du Bibighar, car l'enceinte n'existait déjà plus lorsque celui-ci a été édifié. Quant au pont du Bibighar, il date d'après MacGregor. Quel mélange ! MacGregor, Bibighar, Mandir, Tirupati.

Nous avons suivi le chemin habituel, en prenant à gauche après l'arbre sacré, par la ruelle aux échoppes. Nous sommes entrés dans le bazar Chillianwallah, où, au passage, j'ai acheté les piments verts que Mr De Souza aimait particulièrement. Et, juste avant la sortie, laissant le garçon au pied de l'escalier, je suis montée chez le négociant en gros Romesh Chand Gupta Sen, dont la belle-sœur, la veuve de son défunt frère, vivait dans une de ces habitations de béton du Chillianwallah Bagh.

Romesh Chand, l'oncle par alliance de Kumar, s'est exclamé : « Arrêté ! Ce garçon veut ma mort ! Mais pour qui se prend-il ? Ne suivra-t-il donc jamais les voies de l'honneur et de l'obéissance, comme il sied à un jeune Indien ? » Et, pour appeler son premier commis, il s'est mis à agiter une clochette comme dans un temple, et j'ai mieux compris alors l'indocilité de Kumar, en me remémorant son élocution si parfaitement anglaise, sa musculature, sa beauté. Me comprenez-vous ? Ce milieu, ce dédale de cellules composant les bureaux, au-dessus des entrepôts du négociant, tout cela représentait pour lui l'étranger. À deux ans, son père l'avait emmené en Angleterre, il y avait vécu jusqu'à l'âge de dix-huit ans, il parlait comme les Anglais de la meilleure société. Et il s'était brutalement retrouvé auprès de cet oncle indien, un bania, un marchand trônant derrière son bureau, sanglé dans l'*achkan,* la veste à haut col droit, avec son personnel de commis accroupis dans de petites stalles, au milieu d'une paperasserie malpropre – et l'un d'eux tenant même des billets de banque entre ses orteils. J'ai appris qu'après la mort de son père et son retour en Inde, il avait dû travailler là pendant un temps. Mais il s'était rebellé, et à présent il écrivait dans la *Mayapore Gazette.* Ce sont des renseignements que j'ai mis bout à bout, car je n'ai pas posé de questions. Je suis simplement allée informer l'oncle que Mr Merrick avait emmené Kumar. Pour qu'il avise. Et, de fait, quand le premier commis est entré, alerté par la clochette, il lui a fait porter un billet à un avocat, à qui il demandait de venir immédiatement. Dans sa firme, il n'y avait pas le téléphone. Était-ce parce qu'il n'en voyait pas la nécessité, ou parce qu'il ne voulait pas paraître « moderne », ouvert aux habitudes étrangères ? Je l'ignore. En tout cas, il était imbu de sa puissance et de son importance. Il m'a demandé comment il se faisait que son neveu se soit trouvé au Sanctuaire. Je me suis contentée de répondre qu'il y avait passé la nuit, et qu'au matin la police qui recherchait un homme l'avait emmené pour l'interroger. « Je vous remercie d'être venue me prévenir », a-t-il dit, et moi j'ai dit que c'était la moindre des choses, et j'ai pris congé.

Mais je n'arrêtais pas de penser à Kumar. Dans l'après-midi, j'ai dépêché Mr De Souza au bazar pour essayer d'y recueillir des renseignements et, de mon côté, je suis allée trouver la doctoresse Anna Klaus au Purdah Hospital; elle était originaire de Berlin, qu'elle avait fui à cause de Hitler, et nous étions liées d'amitié. Après que je lui eus exposé ce que je pensais de Kumar, elle a téléphoné à Lady Chatterjee, qui faisait partie du conseil d'administration de l'hôpital. En raccrochant, elle m'a dit que Lady Chatterjee parlerait de l'affaire au juge Menen ou au commissaire délégué. Mais tout dépendait de ce qu'il avait fait ou de ce dont on le soupçonnait. Si cela avait un rapport, si lointain fût-il, avec la subversion, on pouvait l'incarcérer sans mandat. Ce que je savais parfaitement.

Quand je suis rentrée ici, Mr De Souza m'y avait précédée. « Tout va bien, a-t-il dit. La police ne l'a gardé que deux heures. Lorsque l'avocat envoyé par Romesh Chand s'est présenté aux bureaux de la police, ils l'avaient déjà relâché. » Il avait obtenu ce renseignement du premier commis de Romesh Chand, qui avait lui-même bavardé avec le secrétaire de l'avocat. « Puisque les choses se sont arrangées, ne pensons plus à Mr Kumar », a-t-il dit. Et j'ai acquiescé. Et le soir, la doctoresse Klaus est venue. Je lui ai raconté ce que nous savions. Elle a dit : « Bon, tout va bien. C'est terminé. » Cette fois encore, j'ai acquiescé, mais sans en être vraiment convaincue. Je m'interrogeais. N'aurions-nous pas dû le laisser cuver son ivresse dans le fossé ? Et ensuite, avais-je eu raison d'avertir Romesh Chand ? D'alerter la doctoresse Klaus pour que des gens se préoccupent de son sort ? Après avoir interrogé le jeune Kumar, la police l'avait relâché. L'avocat envoyé par son oncle s'était présenté après son départ. Merrick avait dû en être informé, mais sans y attacher d'importance. Un avocat indien ne représentait rien du tout. Mais que, plus tard, le juge ou le commissaire délégué, ou des collaborateurs agissant sur leurs instructions lui aient téléphoné, alors que, pour lui, l'affaire était close et déjà oubliée, cela risquait finalement de nuire au jeune Kumar. Il avait répondu de façon satisfaisante aux questions, on l'avait relâché, et voilà que ce garçon qui, déjà, parlait un meilleur anglais que Merrick, se révélait à présent avoir des relations assez haut placées pour faire intervenir le juge Menen ou le commissaire délégué White, comme s'il était blanc, et non noir ! Ce garçon, disant avec un regard tellement arrogant : « Veuillez m'excuser, mais je ne comprends pas cette langue. »

Et, postérieurement, est-ce qu'il ne venait pas ici, au Sanctuaire, main dans la main avec Miss Manners ? Peut-être se promenaient-ils ainsi ailleurs ? Merrick en a certainement eu vent, si même il ne les a pas vus de ses yeux. J'ai appris, mais trop tard, que Merrick connaissait Miss Manners. Évidemment, tous les Européens se connaissent, mais Merrick avait apparemment entretenu avec Miss Manners des relations plus étroites. Je ne l'ai compris que la nuit des jardins du Bibighar. Merrick est venu ici dans son fourgon. Seul. Il m'a dit : « Je crois que vous connaissez Miss Daphné Manners. J'arrive de MacGregor House. Elle n'est pas encore rentrée. L'auriez-vous vue ? » J'ai répondu que oui, mais qu'elle était repartie à la tombée du jour. À ce moment-là, je ne savais pas encore qu'il la cherchait personnellement. Il y avait de l'agitation dans le district, et cet homme était le chef de la police. Je ne pensais qu'à elle. À ce qui avait pu lui arriver. Sur le moment, j'ai cru que Lady Chatterjee avait alerté la police parce que Miss Manners n'était pas encore rentrée alors qu'il faisait nuit.

Il a demandé pourquoi elle était venue au Sanctuaire. J'ai répondu qu'elle nous aidait occasionnellement au dispensaire. Il a eu l'air surpris : « Je l'ignorais. Elle m'avait dit être passée ici, un jour. Venait-elle souvent ? » J'ai répondu : « Très rarement. » Ma méfiance s'éveillait brusquement. Il a voulu savoir si elle venait seule, si ce soir-là elle était seule, si je savais où elle projetait de se rendre, à la nuit tombée. J'ai répondu qu'elle était seule, et qu'à ma connaissance elle rentrait chez elle, à MacGregor House. Il a voulu savoir par quel chemin. « D'ici, ai-je répondu, le plus court est par le Bibighar. N'êtes-vous pas venu par là ? » Mais non. En quittant MacGregor House, il était d'abord passé par le poste de police du pont de la porte du Mandir, et c'est seulement alors, se souvenant qu'elle lui avait parlé un jour du Sanctuaire, qu'il était venu jusqu'ici. « Voilà pourquoi vous ne l'avez pas rencontrée en route », ai-je dit. Et il a répondu : « Mais d'après vous, elle est partie à la tombée du jour. Or, je me trouvais encore à MacGregor House largement après 9 heures, et elle n'était toujours pas rentrée. »

Et alors, oubliant momentanément cette histoire entre Merrick et Kumar, parce que je m'inquiétais pour la jeune fille, j'ai laissé échapper : « Elle est peut-être passée voir Mrs Gupta Sen. » À la mine qu'il a faite, j'ai tout de suite regretté mes paroles. C'était comme si, en évoquant Mrs Gupta Sen, j'avais prononcé le nom de Hari Kumar. « Je vois », a-t-il dit. Avec un curieux sourire. Et tout s'est remis en place, dans cette dangereuse position géométrique que j'avais précédemment observée : Merrick à un sommet du triangle,

Kumar au deuxième, et Rajendra Singh au troisième. Mais, cette fois, le troisième sommet, c'était Miss Manners. Tout le monde a déjà éprouvé cela : on se retrouve devant une situation tragique par laquelle on est déjà passé, et on est aussi démuni que la première fois, comme si l'expérience ne vous avait rien appris. Je m'en suis aussitôt voulu de ne pas avoir songé que Merrick et Miss Manners se connaissaient. Moi qui me consacrais aux mourants, je savais mal ce qui se passait parmi les vivants. Mais j'aurais dû réfléchir que l'amitié qu'elle entretenait avec Hari Kumar ne l'empêchait pas d'être amie avec Mr Merrick. Si je n'avais pas commis cette bévue, nous aurions peut-être échappé au cycle de l'inéluctable. À présent, Merrick était convaincu que seul Kumar possédait la clé de la disparition de la jeune fille.

Que Merrick ait tenu à elle, c'est ce que j'ai compris en voyant, lorsque j'ai parlé de Mrs Gupta Sen, l'éclair qu'ont lancé ses yeux dont le bleu de faïence était pourtant peu expressif. En fait, il avait déjà choisi Hari Kumar comme victime bien avant cela – quand il le regardait se laver à la pompe, quand il l'avait emmené pour l'interroger, pour observer de plus près ce caractère obscur qui attirait ce qu'il recelait lui-même d'obscur. Chez Kumar, c'étaient les ténèbres de l'âme, chez Merrick, les ténèbres de l'esprit, du cœur, de la chair. Et là encore, mais dans un contexte anormal, l'attirance du Blanc pour le Noir, l'attirance pour le contraire, chez quelqu'un qui n'avait peut-être encore jamais pénétré ses propres abîmes, et encore moins baigné dans les choses de la vie, qui était resté à l'écart, se bardant dans son secret, se cuirassant dans son amère situation de Blanc détenant l'autorité sur un pays de Noirs.

Merrick savait depuis longtemps que Miss Manners avait lié amitié avec Kumar. Même si je n'avais pas laissé échapper le nom de la tante de ce dernier, il aurait forcément pensé à lui en constatant la disparition de Miss Manners. Et il faut que je vous parle d'elle, de choses que vous n'avez peut-être pas encore apprises à son propos. Je l'ai vue pour la dernière fois lorsqu'elle est venue me dire au revoir, car elle partait rejoindre sa tante, Lady Manners, dans le Nord, jusqu'à sa délivrance. Elle était enceinte. Nous avons d'abord parlé de choses et d'autres. Son calme me faisait grande impression. Je trouvais que c'était le calme d'une belle femme. Et pourtant, elle n'était pas vraiment belle, comme ont dû vous le dire ceux qui vous en ont parlé et comme vous avez pu le constater d'après sa photo. À un moment, nous sommes restées silencieuses. Ce n'était pas le silence de deux personnes à court de sujets de conversation, c'était le silence de deux femmes qui se comprenaient, qui se portaient de l'affection, mais qui hésitaient à se prévaloir totalement de cette affection. Alors, je me suis décidée à parler de Kumar. J'ai dit : « Savez-vous où il se trouve ? », c'est-à-dire où il est incarcéré. Elle m'a regardée bien en face, et son expression m'a fait comprendre deux choses : qu'elle ignorait où il était détenu, et que, fugitivement, elle avait espéré que je le saurais. Elle a secoué négativement la tête. En haut lieu, on refusait de le lui dire. Elle avait tenté d'interroger la tante de Kumar, mais Mrs Gupta Sen avait refusé de la recevoir. Elle n'avait pas osé faire davantage de démarches, de crainte que son insistance ne nuise à Kumar. Il avait été arrêté, la nuit du Bibighar, avec plusieurs autres jeunes gens. Comme vous vous en souvenez, à l'aube de cette même journée on avait appréhendé des personnages politiques – emmenés, paraît-il, dans des wagons plombés, pour une destination inconnue. On mettait les émeutes dans la ville sur le compte de l'arrestation des jeunes gens dans l'affaire du Bibighar. C'était faux, car elles avaient été préparées, mais il se peut que les bruits de ce que subissaient les jeunes gens les aient aggravées. Ou peut-être semblaient-elles prendre une tournure tellement affreuse parce que, après ce qui s'était passé dans les jardins du Bibighar, les Anglais pensaient que leurs femmes risquaient toutes le même sort. C'était, paraît-il, à cause de ce terrible événement que le commissaire délégué avait demandé à l'armée de rétablir l'ordre, alors que la situation était loin de nécessiter une intervention militaire. Nous ne connaîtrons sans doute jamais la vérité là-dessus. Avant que Miss Manners vienne me faire ses adieux, j'avais parfois songé qu'elle devait s'estimer involontairement responsable de tous ces désordres. Mais elle est arrivée, et elle avait cet air calme et concentré des femmes qui attendent leur premier enfant et que les affaires du monde laissent relativement indifférentes. Posant ma main sur la sienne, j'ai demandé : « Vous irez jusqu'au bout ? – Pourquoi me poser une telle question ? » a-t-elle répondu en souriant, et j'ai su qu'elle irait jusqu'au bout. « A-t-on tenté de vous en dissuader ? » Elle a fait un signe de tête affirmatif. « On me présentait cela comme un geste tout à fait simple. Et même comme un devoir. »

Pour ces gens-là, c'était sûrement un geste simple. Et même une obligation. Elle aurait dû avorter. Arracher de son ventre l'abominable embryon et le jeter aux chiens errants. J'ai entendu deux Blanches en parler dans la pharmacie de Gulab Singh, où elles achetaient des produits de beauté. L'une a dit à l'autre : « Est-ce vrai que cette petite Manners est enceinte et qu'elle est allée accoucher au Cachemire ? » Et comme l'autre le lui confirmait, elle a remarqué : « Eh bien, il faut donc croire qu'elle y a *pris du plaisir* ! » Pauvre Miss Manners, il n'avait pas fallu longtemps pour qu'elle devienne « cette petite Manners ». Immédiatement après l'affaire des jardins du Bibighar, les Européens prononçaient son nom avec autant de révérence que celui d'une sainte ou d'une martyre. À présent, elle n'était plus que « cette petite Manners » avec cet abominable commentaire qu'elle y avait peut-être *pris du plaisir.* Et après ça, la femme a souri et dit très haut : « S'il m'était arrivé une pareille chose, j'aurais avorté publiquement devant leur satané temple et j'aurais jeté cette ordure aux chiens errants. Ou forcé leurs prêtres à l'avaler. » Et elle a continué à choisir des poudres et des lotions pour sa peau blanche, en réussissant, comme elles le faisaient et le font encore toutes, à parler à l'homme qui la servait sans le regarder une seule fois ni risquer de l'effleurer du bout des doigts. Ce pouvait fort bien être une de ces femmes que, des mois auparavant, j'avais vues regarder le jeune Kumar le jour où, m'ayant rencontrée en chemin, et voyant que je n'avais pas de garçon pour m'accompagner, il s'était offert à venir avec moi à la pharmacie pour rapporter ma provision de médicaments au Sanctuaire. Le jeune Kumar et moi étions devenus amis. Du moins, je l'estimais mon ami, car, de son côté, il continuait à se croire complètement seul. En sortant de la boutique, il m'a dit : « Comme vous avez pu le constater, pour les Blancs je suis devenu invisible. » Il n'avait peut-être pas remarqué que les femmes blanches le détaillaient, mais seulement de quelle façon elles lui passaient devant, ou lui tournaient le dos, ou appelaient l'employé à qui il était en train de parler. C'était pour cette raison qu'il détestait aller dans les boutiques du *cantonment.* Et pourtant, il devait être terriblement attiré par elles, par cette ambiance anglaise, lui qui n'avait connu d'autre pays que l'Angleterre et qui abhorrait la ville indigène comme l'abhorrait tout Anglais fraîchement débarqué. Et sans doute davantage encore, parce que la Ville noire, c'était l'endroit où il était obligé de vivre, et non un lieu de passage qu'on traversait en pressant un mouchoir contre ses narines pour regagner ensuite le quartier européen et le club où se retrouvaient les Blancs.

Mais l'histoire, il faut la connaître d'un bout à l'autre. Vous y viendrez plus tard. Pour l'instant, je vais vous livrer un nom susceptible de vous aider, et que je suis peut-être seule à connaître ou qui, en tout cas, n'évoque plus rien pour personne : Colin Lindsey. Kumar m'a parlé de Colin la deuxième fois où je l'ai vu ivre. C'était à cause de Colin qu'il s'était enivré la première fois, la nuit où nous l'avions trouvé et ramené au Sanctuaire. En Angleterre, Colin Lindsey était le meilleur ami de Hari Kumar. Ils étaient condisciples au collège. Après la mort du père de Hari, Colin avait essayé d'obtenir que ses parents s'occupent de son ami qui n'avait pas encore dix-huit ans. Mais Hari avait été forcé de regagner l'Inde. Un garçon qui était anglais à tous égards, jusqu'à son nom anglicisé en Harry Coomer. Et qui ne parlait pas la langue de son pays natal. Un Anglais à la peau noire qui, à Mayapore, devint ce qu'il appelait « invisible pour les Blancs ».

Mais pas invisible pour les clientes de la pharmacie. Ni pour Miss Manners, ni non plus pour Merrick. Je vous avais dit que Merrick savait que la jeune fille et Kumar étaient en relations. Le jour où elle est venue me dire au revoir, je lui ai dit : « Miss Manners, je dois vous confesser quelque chose. Cela me pèse sur la conscience. » Et je lui ai raconté la visite de Merrick au Sanctuaire le soir de l'affaire du Bibighar en expliquant que, très inquiète pour elle, j'avais laissé échapper le nom de Mrs Gupta Sen, la tante de Kumar. « Mais en quoi vous estimez-vous fautive ? a-t-elle dit. Je sais bien qu'après être venu ici, Mr Merrick s'est rendu chez la tante de Hari. – Oui, mais il y est allé deux fois dans la nuit. Une première fois en sortant d'ici. Mais à la maison du Chillianwallah Bagh, on lui a dit que Hari était absent. Alors, Mr Merrick est retourné à MacGregor House. Et vous y étiez rentrée, dans cet horrible état. Sur-le-champ il a formé des patrouilles, fait cerner tout le périmètre autour des jardins du Bibighar, et arrêté les cinq premiers jeunes gens qu'il a trouvés dans les parages. *Après quoi il est retourné à la maison du Chillianwallah Bagh.* Il est monté à l'étage avec ses agents et y a trouvé Hari, qui baignait son visage tuméfié, pour atténuer des marques révélatrices, ont-ils dit. Et à l'extérieur, dans le fossé, votre bicyclette. – Oui, c'est exact, a-t-elle dit. Comment savez-vous tout cela ? – Par Mr De Souza, lui ai-je expliqué. Il a beaucoup d'amis et apprend bien des choses, quelquefois de simples on-dit. »

Mais cela, c'était manifestement vrai. Et je savais par Anna Klaus, qui l'avait entendu de la bouche de Lady Chatterjee, qu'*elle* n'avait pas parlé, qu'elle n'avait rien dit qui pût impliquer quiconque. Elle s'était refusée à reconnaître ses agresseurs dans les garçons arrêtés par la police, en plaidant que, dans l'obscurité, elle ne les avait pas vus.

« La question que je me pose, ai-je dit, c'est, si Mr Merrick n'était pas retourné à MacGregor House, où il vous a trouvée comme nous le savons, auriez-vous révélé cette agression ? – Pourquoi l'aurais-je cachée ? a-t-elle répondu après un instant de réflexion. C'était un acte criminel. Ils étaient cinq ou six. Quatre d'entre eux m'ont violée. Qu'essayez-vous de me faire entendre ? Que, vous aussi, vous croyez que Kumar était impliqué là-dedans ? – Non, non, pas du tout. J'essaie de me délivrer d'un fardeau, et je vous demande de m'y aider. Parce que, voyez-vous, je me souviens d'une autre chose. C'était le soir du Bibighar, lorsque vous attendiez Hari Kumar au Sanctuaire. Vous m'avez alors parlé de votre visite au temple. Et en vous écoutant, j'ai eu l'impression que, depuis lors, c'est-à-dire plus de deux semaines, vous n'aviez pas revu ce jeune homme. Que le jour de la visite du temple, vous aviez eu un désaccord, une dispute. Qu'en constatant qu'à la tombée de la nuit il n'était toujours pas arrivé, vous avez été déçue, mais pas étonnée. Quand vous êtes partie, j'ai pensé que vous passeriez chez lui, au Chillianwallah Bagh, avant de rentrer à MacGregor House. Pour dissiper la mésentente entre vous. Et voilà pourquoi, questionnée par Merrick, j'ai laissé échapper que vous étiez chez Mrs Gupta Sen. Il savait très bien où vivait Kumar, depuis l'interrogatoire de police auquel il l'avait soumis. Et quand j'ai appris que Kumar figurait parmi les jeunes gens arrêtés, il m'est revenu que le visage de Merrick avait changé quand j'avais parlé de la tante de Kumar. Et aussi, qu'il avait jeté un regard circulaire sur la pièce, comme s'il savait qu'entre ces murs vous vous étiez déjà attendus l'un l'autre en d'autres occasions et que, ce soir-là, vous attendiez également Kumar. Comme s'il découvrait enfin un des lieux où vous vous rencontriez. J'ai senti l'importance de cette découverte pour lui, et qu'il n'était pas simplement un policier recherchant une jeune fille disparue. J'avais déjà remarqué sa surprise, un peu plus tôt, en apprenant que vous veniez parfois nous aider au dispensaire. C'était la surprise d'un homme estimant avoir des titres à savoir tout ce que vous faisiez. – Oui. Il croyait en avoir. – Et il connaissait vos relations avec Kumar ? – Sur l'autre rive, tout le monde les connaissait. Mr Merrick m'avait même mise en garde contre ces « contacts ». – Et c'est après cette mise en garde que vous avez eu une dispute avec Kumar, pendant la visite du temple ? Après quoi vous avez cessé de vous voir, de sorte que Mr Merrick croyait que vous aviez écouté son avertissement ? – Oui, je le suppose. C'est ainsi qu'il a dû interpréter les choses. »

Ainsi, elle ne pouvait pas me libérer de mon fardeau. Je devais me reprocher d'avoir dit à Mr Merrick qu'elle était peut-être passée voir la tante de Kumar, et donc d'avoir ravivé en lui le soupçon cuisant qu'elle et le jeune Kumar se retrouvaient en cachette ici, au Sanctuaire. De lui avoir fourni un motif de *punir* Kumar, qu'il avait déjà élu comme sa victime. Car Merrick était un homme incapable d'amour. Il n'avait d'aptitude qu'au châtiment. Je crois cela du fond du cœur. C'était Kumar que voulait Merrick, ce n'était pas Miss Manners. Et ce sont sans doute les relations de la jeune fille avec Kumar qui ont déclenché l'intérêt de Merrick pour elle. Voilà comment je vois les choses.

Mais ce n'est pas tout.

Ce soir-là, le jeune Kumar se trouvait dans les jardins du Bibighar. Ou un autre soir avant celui-là. Car l'enfant qu'elle portait ne pouvait être que de Kumar. Sans cela, aurait-elle eu cet air de femme en état de grâce ? Et son refus de se faire avorter pouvait-il avoir une autre raison ? Ayant franchi une barrière, elle acceptait la logique de son action, dans toutes ses conséquences. Y compris son agression par une bande de voyous.

Il y avait une question que j'aurais voulu lui poser. Je ne l'ai pas fait car il me semblait savoir la vérité là-dessus, et aussi parce qu'elle aurait sans doute refusé d'y répondre – dans l'intérêt de Kumar. Elle s'environnait d'un silence qui englobait le souvenir de Kumar. Les Européens lui en faisaient terriblement grief. Et ils en voulaient pareillement à cette institutrice missionnaire – Miss Crane – de n'avoir pas pu décrire les assassins du maître d'école indien. Mais leur rancœur à l'égard de Miss Manners était pire parce qu'après le viol, elle avait d'abord été pour eux une innocente jeune fille blanche sauvagement attaquée et outragée par des barbares noirs, et ensuite ils en étaient venus progressivement à comprendre qu'elle les priverait d'une vengeance publique. Parce qu'elle n'identifiait pas ses agresseurs. Parce qu'elle était allée jusqu'à dire que, pour autant qu'elle le sache, ç'auraient tout aussi bien pu être des militaires anglais, aux visages noircis comme dans certaines opérations de groupes francs. Parce qu'apprenant que les jeunes gens arrêtés étaient tous hindous, elle avait dit qu'il devait y avoir une erreur car l'un de ses agresseurs était circoncis – donc musulman. Elle avait même précisé que s'ils tenaient vraiment à savoir pourquoi elle pouvait dire qu'il était circoncis, elle était prête à s'en expliquer. Elle l'a dit au cours de l'audience privée tenue à MacGregor House. Ils ont tenu cette audience parce que les Blancs réclamaient un procès. Mais quel genre de procès pouvaient-ils avoir si la victime jetait la suspicion sur leurs propres soldats, et discutait ouvertement de détails aussi impudiques qu'une circoncision ? Ils n'ont donc pas eu de procès, et d'ailleurs, quel besoin en avaient-ils ? Il n'était pas nécessaire que les garçons fussent reconnus coupables d'un délit pour être placés en détention. Et, parmi ces garçons, Kumar.

Alors, bien sûr, ils s'en sont pris à elle. Oh, pas ouvertement. Pas devant elle. Mais entre eux. Il ne fallait pas que les Indiens apprennent ce qu'ils pensaient. Mais pour la première fois, les Anglais se posaient les questions qui agitaient les Indiens depuis le début. Et d'abord, que faisait-elle en pleine nuit dans les jardins du Bibighar ?

Elle s'y trouvait manifestement de son plein gré. À aucun moment il n'avait été dit que ses agresseurs l'aient fait descendre de sa bicyclette et entraînée de force dans les jardins. D'ailleurs, s'ils l'avaient attaquée sur la route, elle aurait forcément reconnu au moins un de ces garçons, puisqu'il y a un lampadaire juste en face du Bibighar. En plus, à cent mètres de là se trouve le passage à niveau du pont du Bibighar, avec la cabane du garde-barrière; or, cet homme et toute sa famille ont juré n'avoir rien vu ni entendu, jusqu'au moment où les patrouilleurs de Mr Merrick les ont délogés de chez eux, alignés dehors et questionnés.

Je vais vous dire l'histoire qui a finalement émergé et que les Britanniques de Mayapore ont colportée. Son auteur n'est sans doute autre que Mr Merrick. Ils racontaient qu'elle était allée au Bibighar à la demande de ce Kumar, un garçon dont on connaissait bien le genre. Un indigène éduqué de la pire catégorie : vaniteux et arrogant. Ne fréquentant une femme blanche que pour satisfaire son orgueil. Et il avait eu beau jeu de séduire Daphné Manners, une jeune fille physiquement peu attrayante. Il était tellement sûr de son empire sur elle qu'il osait refuser de la voir pendant des jours et même des semaines, lui fixer des rendez-vous et ne pas y venir, se disputer avec elle en public, l'humilier. Et ensuite il condescendait à la retrouver pendant une heure ou deux. Et pendant tout ce temps il tramait pour elle la pire des humiliations, qui a coïncidé – et ce n'est sans doute pas un hasard – avec le moment choisi par ceux des Indiens qui voulaient se dresser contre les Anglais. Des jours durant, avant le soulèvement organisé, il l'a tenue à distance, exacerbant le désir qu'elle éprouvait pour lui, et puis il lui a fixé un rendez-vous au Bibighar. Elle s'est précipitée là-bas, et elle y a trouvé non seulement

Kumar mais aussi une bande de voyous qui, systématiquement, l'ont violée à tour de rôle. Elle ne l'a pas dénoncé à cause de la honte qu'elle éprouvait. Comment une jeune Anglaise avouerait-elle une aussi abominable vérité ? Mais ce Kumar s'est révélé moins habile qu'il ne le croyait. Il en va toujours ainsi de ces Indiens prétendument éduqués. Dans son arrogance et sa stupidité, il lui a volé sa bicyclette et n'a même pas eu l'idée de la laisser à une certaine distance de chez lui. Peut-être pensait-il que c'était sans importance, parce qu'au matin les Anglais seraient occupés à défendre leur vie. Car il y a au moins une chose certaine dans l'affaire : ce garçon élevé à l'anglaise a tout de même joué un rôle louche dans le soulèvement. Avec lui, la pitié n'est pas de mise. Le traitement que lui a réservé la police, il le méritait. Et ne vous apitoyez pas non plus sur elle. Elle a eu ce qu'elle méritait.

Voilà ce que répétaient les Anglais. J'en ai parlé avec Anna Klaus. Anna aimait bien Miss Manners. C'est elle qui l'a soignée après le viol. Je ne lui ai pas demandé ce qu'il en était d'un autre bruit voulant qu'elle ait dit au commissaire délégué que Miss Manners n'était certainement pas vierge. S'il a posé cette question à la doctoresse Klaus, il devait avoir ses raisons. S'il l'a posée. Parce qu'une fois le calme rétabli, et la mainmise des Britanniques raffermie, il y a eu pendant une période, dans cette communauté (jusqu'à ce que d'autres ragots l'occupent), un désir d'avilir Miss Manners, de la perdre de réputation.

Et ils y seraient peut-être parvenus, si Mayapore n'avait pas été une ville indienne. Chez les Anglais, les esprits se sont calmés, l'affaire du Bibighar a perdu la vedette, mais les Indiens, eux, ne l'oubliaient pas. Ils ne la comprenaient pas. On parlait de châtiments terribles. Et dans tous ces mystères, une chose émergeait toujours, peut-être vague mais tenace, comme une ancienne cicatrice qui continue à vous élancer : Daphné Manners les aimait. Elle ne les avait pas trahis, alors même qu'eux semblaient l'avoir trahie. Les Indiens ne doutaient pas qu'elle eût été violée par des hommes de leur race, mais ils ne croyaient pas qu'un seul des garçons arrêtés fût coupable. Et ils sentaient qu'elle ne le croyait pas non plus. C'était comme une épreuve qu'ils partageaient avec elle. Et ils l'honoraient pour les paroles qu'on lui attribuait et qui, sur le moment, les avaient autant choqués que les Anglais : que ç'auraient pu tout aussi bien être des militaires anglais aux visages noircis.

Quel extraordinaire courage, considérant l'époque ! Alors que la garnison était pleine de troupes blanches, qu'en Birmanie l'offensive japonaise arrivait aux portes de l'Inde, que les Anglais taxaient de trahison quiconque n'affichait pas un ardent patriotisme. Il faut bien se souvenir de cette ambiance tout à fait particulière. Les nerfs et les consciences étaient à vif. Qu'était donc cette puissance impériale blanche qui pouvait être chassée de Malaisie et repoussée à travers toute la Birmanie par une armées de Jaunes ? Cette question, les Indiens la posaient ouvertement. Les Anglais ne l'admettaient que dans le fond de leur cœur qui se glaçait. Et ils priaient que leur soient donnés le temps, la stabilité et la loyauté – toutes choses qu'on ne récolte pas sans les avoir semées.

Mais vos prières ont peut-être été entendues. Car vous êtes un étrange peuple. Très conscient, quand il marche au soleil, de la grandeur ou de la petitesse des ombres qu'il projette.

QUATRIÈME PARTIE

UNE SOIRÉE AU CLUB

Comme au temps des Anglais, le district provincial de Mayapore (6 000 km^2) est toujours divisé administrativement en cinq cantons. En 1942, il comptait 1 250 000 habitants. Vingt ans plus tard, le chiffre de sa population atteignait 1 500 000 personnes dont 160 000 pour la ville de Mayapore et quelque 20 000 dans sa banlieue de Banyaganj, où se trouve l'aéroport. Il y a une liaison aérienne quotidienne avec Calcutta, et bihebdomadaire avec Agra, où est assurée la correspondance avec le vol de Delhi. Tout autour de l'aéroport se sont implantés des usines et ateliers d'industrie légère. Quand on va de Banyaganj à Mayapore, on traverse le nouveau quartier résidentiel des Britanniques, avec ses maisons de béton blanc, modernes et fonctionnelles, puis on passe successivement devant la British-Indian Electrical, qui a pris de l'extension mais est toujours financée par des capitaux britanniques, les façades de brique rouge du collège technique fondé par Sir Nello Chatterjee et l'École supérieure d'État, au crépi crème. Immédiatement après l'école, on voit à gauche les voies de chemin de fer qui suivent la boucle de la rivière, après quoi on arrive directement à l'ancien *cantonment*.

Du bazar de l'ancien *cantonment*, qui est toujours le quartier commerçant chic de Mayapore, en suivant la Mahatma Gandhi Road (ancienne

Victoria Road), le voyageur verra à gauche la caserne centrale de la police puis, à droite, le Palais de Justice, flanqué des divers bâtiments, nichés parmi les arbres, du siège administratif du district, que suit un haut mur percé d'un portail à travers lequel on aperçoit, également entouré d'arbres, le bungalow qu'on appelait autrefois le « Dortoir », parce que trois ou quatre subordonnés célibataires de Mr White, généralement des fonctionnaires indiens non titularisés, y résidaient lorsqu'ils n'étaient pas en inspection dans le district. Ensuite, la voie est bordée des deux côtés par des bungalows dont le style et les dimensions notables indiquent qu'ils datent du temps des Britanniques. Le plus grand abritait autrefois le commissaire adjoint et son épouse, Mr et Mrs Poulson, et juste en face se trouve le bungalow du chef de la police du district. Deux cent cinquante mètres plus loin, la Mahatma Gandhi Road arrive à l'angle sud-est du *maidan*, vaste esplanade dont le gazon ras, vert pendant et après les pluies, revêt en cette saison des tons de bruns. À partir de là, si on poursuit vers le nord par Hospital Road, on arrive à l'hôpital général de Mayapore et, plus loin, à la clinique Greenlawns. Mais si on prend à gauche la Club Road (donc en direction de l'ouest), on trouve au bout le Gymkhana Club. Dans Club Road se dresse toujours face au maidan l'ancien bungalow du commissaire délégué, au milieu d'un fouillis d'arbres qu'un mur d'enceinte isole de l'extérieur.

À 6 heures et demie du soir, le soleil couchant silhouettait les arbres abritant les bâtiments du club, en face de l'angle sud-ouest du maidan. En suivant lentement Club Road, installé avec Lady Chatterjee dans une Ambassador grise appartenant à un avocat dont on va faire la connaissance, on peut imaginer que le lien certain et vivant entre l'aujourd'hui tangible et l'hier hors d'atteinte est fourni par les corbeaux, esprits familiers des défunts sahibs blancs comme de leurs héritiers noirs. C'est le moment où l'Indien de la classe moyenne profite de la fraîcheur vespérale relative en venant au maidan. On y voit même des femmes et des jeunes filles. Tout ce monde flâne, bavarde, s'installe par terre; les enfants se livrent à leurs jeux. On en retire surtout une impression de blancheur, blancheur des costumes masculins, des couvre-chefs, des chemises des adolescents, et qui, comme le brun du gazon, se colore d'un rose aussi subtil que celui du flamant, cet extraordinaire échassier. Une sorte de silence enveloppe cette foule qui prend le frais. Vient-il d'une gêne vaguement éprouvée à avoir franchi une ancienne limite invisible ? Ou est-il seulement perçu ainsi par le visiteur anglais encore obscurément imbu des privilèges raciaux, de sorte que, roulant en direction du club où l'invite un avocat brahmane, un samedi soir, conduit par un chauffeur musulman et accompagné d'une dame rajpute, dans cette lumière rapidement déclinante qui maintient la vieille et belle Mayapore suspendue entre le jour et la nuit, il se sent peut-être lui aussi suspendu entre l'histoire de son peuple et la poussée d'un courant trop impétueux pour avoir été pleinement compris, et se souvient sentimentalement des temps où le maidan était sacro-saint pour les Britanniques, militaires et civils, en éprouvant fugacement le regret qu'il ne soit plus, comme autrefois à cette heure du jour, pratiquement désert à l'exception de quelques cavaliers attardés rentrant chez eux au petit galop ?

Non que le maidan ne se soit pas trouvé aussi, mais seulement en certaines occasions, encore plus peuplé que ce soir. Les Britanniques y tenaient leur gymkhana annuel ainsi que l'exposition florale, et les militaires participaient à la Semaine de la Guerre en y organisant des défilés et des parades en musique (Daphné Manners y assista, avec d'autres bénévoles de l'hôpital et de jeunes officiers arrivant du front). L'exposition florale a toujours lieu, dit Lady Chatterjee, mais les roses que cultivaient les Anglaises nostalgiques du pays natal, et rêvant de rares congés en Europe, ne sont plus ce qu'elles étaient, aussi les tentes abritent-elles surtout des arbustes à fleurs et des légumes géants. Le gymkhana annuel continue aussi à s'y tenir, car Mayapore est toujours une ville de garnison qui conserve, en quelque sorte, le respect de la tradition. Les matches de cricket y attirent une nombreuse assistance, beaucoup plus importante que dans le passé. Autrefois, le public du gymkhana, de l'exposition florale ou des matches de cricket comprenait également des Indiens, mais seulement sur invitation ou contre entrée payante. En ces occasions, le maidan était entouré d'une barrière de piquets, à l'intérieur de laquelle se déployait une deuxième clôture formée de toiles de chanvre tendues entre des pieux (sauf pour le cricket, où on retirait les toiles autant pour des motifs pratiques qu'esthétiques). En voyant la clôture, on savait qu'il se passait là quelque chose de privé. À présent, les barrières de piquets servent toujours, mais pour séparer les participants du public, lors du gymkhana par exemple. Et bien des Indiens haut placés estiment que c'est une erreur de laisser n'importe qui assister à ces événements sur le maidan. Lady Chatterjee explique que le gymkhana de l'année précédente a été gâché par l'affluence des gens qui se sont répandus partout, se mêlant aux spectateurs des places payantes et allant jusqu'à envahir les tentes du buffet qu'ils croyaient ouvertes à tous. Le désordre fut tel que le secrétaire du club, Mr Mitra, offrit sa démission, et n'accepta de la reprendre que lorsque le comité eut décidé (à une faible majorité) d'en revenir désormais à l'ancien système de la double clôture. Quant au cricket, en cinq ans il était arrivé deux fois aux joueurs d'abandonner leur match pour protester contre le chahut que faisaient les spectateurs dans la partie du maidan ouverte à tous; la deuxième fois, ces derniers avaient envahi le terrain et s'en étaient pris aux joueurs. Il en était résulté une bataille rangée qui n'avait cédé qu'à des charges de la police maniant le *lathi,* ce bâton de bambou à bandage de fer, comme naguère lors de désordres autrement graves.

En raison de ces difficultés, les Britanniques de Mayapore se tiennent à l'écart – selon les bribes d'informations que consent à vous livrer Lady Chatterjee (lorsqu'on l'interroge sur ces questions délicates, elle se redresse de toute sa hauteur, répond brièvement et change de sujet). Il est rare qu'un membre de la colonie anglaise assiste à une des manifestations qui se tiennent au maidan. Les Britanniques ne participent ni à l'exposition florale, ni au gymkhana, ni aux matches de cricket. Faites-en l'expérience : demandez à l'Anglaise que vous voyez avec une amie dans le salon-bar du Gymkhana Club, feuilletant un numéro déjà ancien du magazine du *Sunday Times,* si elle est allée à l'exposition florale, le mois dernier. Vous jetant un regard totalement vide, elle vous dira : « L'exposition florale ? » comme si vous aviez employé une langue étrangère, et si vous précisez : « Oui, l'exposition florale au maidan », son froncement de sourcils et sa moue dédaigneuse suffiront à vous convaincre du ridicule de votre question.

Outre cette dame et son amie, il y a plusieurs autres Anglaises dans le salon. En revanche, Lady Chatterjee est la seule personne indienne, et si elle s'est installée à une certaine place (avec celui qui est son hôte à Mac Gregor House), c'est parce qu'en arrivant, alors qu'elle cherchait vainement des yeux Mr Srinivasan, elle a été accueillie par un dénommé Terry qui sortait d'une partie de tennis – lequel Terry lui a gaiement reproché de se faire trop rare, dit qu'elle devait boire quelque chose en attendant la venue de celui dont elle était l'invitée officielle, et l'a conduite à sa table, déjà occupée par les deux dames anglaises. Puis il est parti prendre sa douche, laissant Lady Chatterjee drapée dans son sari, l'étranger dans son ignorance et la table enveloppée d'un silence seulement ponctué par quelques phrases de Lady Chatterjee à son hôte et par les essais infructueux de celui-ci pour échanger de menus propos avec les dames en attendant Terry.

On peut se demander dans quelle mesure le club a changé par rapport à ce qu'il était du temps de Daphné Manners. Les serviteurs sont toujours en blanc, hormis les rubans du turban assortis à la large ceinture qui barre la tunique descendant jusqu'aux genoux, par-dessus le pantalon flottant d'où émergent des pieds nus à la peau brune – images d'un service feutré et docile. Il y a, çà et là, quelques touches modernes, donc éphémères : du formica, du tissu imprimé de motifs abstraits, de rigides fauteuils scandinaves.

Qu'on n'aille surtout pas en déduire que cette mise au goût du jour a une quelconque importance, ni que les Britanniques présents ici y viennent par identification inconsciente avec ce qui porte la marque du progrès et est donc supérieur. Ce salon, qui ouvre sur une véranda d'où l'on peut observer les parties de tennis, a toujours été l'endroit de prédilection des dames de Mayapore et, en tout cas pour l'instant, à part Lady Chatterjee, toutes les dames sont anglaises. Si les Indiennes préfèrent rester chez elles, à qui faut-il reprocher le fait que le salon semble réservé aux Européennes ? Mais pourquoi n'y voit-on pas non plus un seul Indien ? Et pourquoi les Anglais, laissant leur femme au salon, restent-ils à discuter debout avec des Indiens, au bar de l'autre salle ? D'où vient qu'on sent chez eux (même à distance, puisqu'on les aperçoit seulement entre les piliers carrés) une sorte de retenue qui fait songer à de vieilles demoiselles et non à des hommes entre eux ? Et pourquoi, revenant trouver sa femme au salon, l'Anglais rit-il un ton trop haut, tandis qu'elle l'accueille avec un haussement d'épaules et un petit sourire ? Pourquoi est-ce seulement maintenant qu'il affecte cette attitude agressivement virile qui aurait été plus de mise au bar ?

Ces questions que se pose intérieurement le visiteur sont interrompues par l'arrivée d'un sexagénaire grisonnant. Sa peau cuivrée semble reluire. C'est Mr Srinivasan, un homme svelte et de taille moyenne, aux manières assez cérémonieuses. Il est rasé de près et vêtu avec recherche. Le complet de tissu ultra-léger, la chemise et la cravate font ressortir une différence intéressante : les héritiers viennent là habillés correctement, tandis que les Anglais exhibent des cous massifs, de solides bras nus. Mr Srinivasan s'excuse courtoisement de son retard, qui l'a empêché d'être là pour accueillir ses invités. Il invoque avec humour l'heure de Mayapore, qui a toujours trente minutes de retard sur l'heure officielle de l'Inde (c'était une des plaisanteries favorites chez les Anglais). L'invité étranger se lève, lui serre la main. La douceur du regard de Mr Srinivasan n'en masque pas l'acuité – la plus subtile trace d'insulte ne lui échapperait pas, car il a une longue expérience en ce domaine. Lady Chatterjee, qui l'appelle Vassi, lui dit : « Vous connaissez la femme de Terry Grigson, n'est-ce pas ? » Il s'incline devant l'Anglaise qui, toujours immergée dans le supplément illustré du *Sunday Times*, répond symboliquement en levant légèrement la tête (ce qui devrait lui faire rencontrer le regard de Mr Srinivasan si, simultanément, elle n'abaissait les paupières) et en desserrant les lèvres, mais si peu qu'on n'entend pas son « Bonsoir ». Les présentations n'oublient pas son amie, laquelle, étant plus jeune, et peut-être moins marquée par d'anciennes distinctions, se mêlerait à la conversation générale si, juste à ce moment, Mrs Grigson n'attirait son attention sur un passionnant détail de la cathédrale de Coventry dont la photo illustre le magazine, de sorte qu'elles s'absorbent toutes deux dans les complexités de l'art moderne anglo-saxon. Ce qui prouve l'utilité de l'art pour les Anglais...

Mais aussi bien Mr Srinivasan, qui ne paraît pas à l'aise dans le salon, aurait-il dû se mettre à l'heure officielle de l'Inde, de sorte que lorsque sa deuxième voiture, l'Ambassador, amenait ses invités au club, il aurait pu les accueillir et les introduire directement au fumoir, au lieu de les laisser entre les mains du jovial Terry Grigson qui les a installés devant sa sinistre épouse, dont ils ne peuvent prendre congé tant que Terry ne sera pas revenu des douches et du vestiaire.

Le voilà justement qui revient, tout rouge et tout souriant, en chemise-veste à manches courtes et pantalon gris informe. Seulement, Mr Srinivasan a déjà appelé le serviteur d'un geste de sa main presque diaphane et, ayant demandé ce que chacun voulait boire, l'a envoyé chercher les consommations. Mrs Grigson a répondu : « Rien pour moi, merci », et son amie a cru devoir l'imiter. Alors, comme le serviteur rapporte trois gin-tonics, Mr Srinivasan demande à présent à Terry ce qu'il veut boire. « Pour moi, ce sera une bière. » Et Mrs Grigson, poussant son verre vers Terry, dit alors : « Commande-moi la même chose, veux-tu ? » Son amie, moins versée dans la science des affronts, n'aurait rien à boire si Terry ne profitait de ce que Mr Srinivasan est en conversation avec

Lady Chatterjee pour lui demander ce qu'elle veut, elle aussi. On peut quand même penser que Terry Grigson veillera à ce que les verres des deux femmes ne soient pas portés au compte de Mr Srinivasan, car Mrs Grigson préférerait mourir plutôt que de voir sa consommation payée par un Indien.

À présent, obéissant peut-être à un règlement tacite, ou ayant reçu un signe secret du clan, l'Anglaise replète qui est assise à la table voisine se penche vers Mrs Grigson et lui pose une question qui force cette dernière à incliner d'un ou deux degrés son corps anguleux et à déplacer imperceptiblement son siège, de sorte qu'elle s'écarte légèrement de ceux qui partagent sa table. On n'entend pas les propos qui semblent la captiver, car la conversation est animée entre Lili Chatterjee, Mr Srinivasan et Mr Grigson (capitaine courageux et solitaire). Aussi l'étranger ne peut-il se livrer qu'à des déductions – peut-être fausses, mais c'est peu probable. Le rejet social est clair, et il s'adresse aussi à l'étranger, pour être arrivé en compagnie d'une Indienne et être l'invité d'un Indien.

Et pendant le bref moment où l'étranger reste suspendu, sans savoir exactement de quoi l'on parle, en observant le visage sans beauté de Terry Grigson, il peut remarquer que son sourire est un peu forcé, plutôt diplomatique. Une diplomatie qui finira par ne pas faire le poids face à la détermination ségrégationniste de sa maussade épouse. Ce qu'on peut regretter, considérant tout ce qu'on dit chez eux sur l'importance des échanges commerciaux et des exportations, et sur la nécessité de se donner une image favorable à l'étranger.

– Non, nous ne sommes pas libres, répond Terry Grigson à Mr Srinivasan qui, pour la forme, l'invitait à se joindre, avec sa femme, à leur dîner au club. Vous êtes fort aimable, mais nous devons rentrer nous changer pour aller à la réception d'adieux de Roger.

Le Roger en question est le directeur administratif de la British-Indian Electrical; il part en retraite. Il ne se passe pas de mois sans qu'un membre de cette population européenne éphémère ne lève le camp pour regagner l'Angleterre ou aller prendre un poste dans une autre station. Inversement il y a fréquemment une pendaison de crémaillère ou une réunion amicale pour accueillir l'épouse d'un Anglais qui vient retrouver son mari dans la ville où il travaillera pendant un an ou deux. Quelles que soient ses attributions, cadre à la British-Indian Electrical ou dans une autre firme industrielle, ou professeur venant enseigner une matière abstruse au collège technique de Mayapore, il sera considéré comme possédant un bagage supérieur l'habilitant à diriger, guider, exécuter ou enseigner. Il appartiendra à cette nouvelle race de sahibs que sont les « spécialistes ».

« Il existe une histoire édifiante, bien que certainement inventée de toutes pièces, sur le prestige actuel des spécialistes britanniques en Inde », énonce Mr Srinivasan de sa voix un peu aiguë mais mélodieuse d'avocat. Terry Grigson et les dames, ayant vivement avalé leur consommation, sont partis se changer pour la fête des adieux à Roger. Après quoi Mr Srinivasan a conduit Lady Chatterjee et l'étranger vers l'ancien fumoir, pièce confortable avec ses fauteuils club, ses palmiers en pots, ses gravures de chasse souillées par les mouches – et malgré les effluves épicés du curry qu'apporte de la salle à manger adjacente l'air brassé lentement par les ventilateurs du plafond. Il n'y demeure plus qu'un seul Anglais. Il jette un regard au trio de Mr Srinivasan et ses invités, mais sans se départir de son expression – sorte de masque derrière lequel il s'abrite comme pour se protéger des jeunes Indiens qui l'entourent et pour qui il est le spécialiste à qui on veut parler, qu'on veut interroger. Questionné, Mr Srinivasan déclare ignorer qui est ce Blanc, mais présume qu'il s'agit d'un expert en mission.

Et c'est ce qui l'amène à raconter son anecdote sur les spécialistes britanniques en Inde. Un industriel hindou qui, depuis des mois, sollicitait sans succès un prêt du gouvernement pour agrandir son usine, apprend par un ami qu'il ne l'obtiendra pas parce qu'il n'emploie pas un conseiller technique anglais. Or, l'industriel n'a pas les moyens d'engager un spécialiste de ce genre, qui exigera un contrat de deux ou trois ans au minimum. Mais la chance lui fait rencontrer un touriste anglais qui, n'ayant plus d'argent, se préparait à regagner son pays. L'industriel hindou propose au touriste cinq mille roupies moyennant quelques services qui ne le retiendront que quinze jours de plus en Inde. Le touriste ayant accepté, l'hindou télégraphie au gouvernement, à New Delhi : « Pourquoi ce retard ? J'ai fait les frais des services d'un expert technique anglais, mais je n'obtiens pas de réponse de vous. » Il reçoit aussitôt une réponse télégraphique : des représentants du gouvernement viendront inspecter son usine tel jour, à telle heure. Alors, il va trouver l'Anglais, lui donne cinq mille roupies, et lui demande de se trouver à l'usine le lundi suivant. « Est-ce que, par hasard, vous connaissez quelque chose à la fabrication du matériel radio ? » Malheureusement le touriste ne s'y connaît qu'en monuments anciens. « Ça ne fait rien, dit l'industriel hindou, simplement, lors de la visite de lundi, lorsque je vous pousserai du coude, vous direz : « C'est le procédé que nous employons à Birmingham. » Et le lundi, se tient dans le bureau directorial une impressionnante conférence entre l'industriel hindou qui connaît tout sur la fabrication du matériel radio, le touriste anglais qui n'y entend pas un traître mot, et les représentants du gouvernement qui sont dans le même cas que le touriste. Avant le déjeuner, on fait le tour de l'usine. Et chaque fois qu'un des représentants du gouvernement demande au touriste anglais ce qu'on fait sur tel poste de travail, l'hindou le pousse du coude, et le touriste répond : « C'est le procédé que nous employons à Birmingham. » Après quoi ils déjeunent tous ensemble, dans une ambiance sympathique, et les personnages officiels reprennent l'avion pour Delhi tandis que le touriste anglais va retenir sa place en première classe sur un vol long-courrier pour l'Angleterre. « Moins d'une semaine plus tard, conclut Mr Srinivasan, l'industriel hindou recevait un prêt substantiel du gouvernement accompagné d'un message d'encouragement du Premier ministre Nehru lui-même. »

De tous les hommes présents dans le fumoir, Mr Srinivasan est le plus vieux.

– Ce sont tous des cadres du secteur privé, dit-il de ses cadets. Aujourd'hui, un jeune homme doué de bon sens ne s'oriente pas vers la fonction publique. Tous ces garçons sont des directeurs en herbe.

Plusieurs de ces directeurs en herbe sont en chemise-veste à manches courtes impeccablement repassée. Ils portent des montres-bracelets en plaqué or. L'un d'eux vient voir Lady Chatterjee, s'enquiert de sa santé. Comme Mr Srinivasan l'invite à prendre un verre, il s'excuse de ne pouvoir l'accepter, il doit courir à un rendez-vous. C'est un garçon solidement bâti et plein d'assurance. Après son départ, Mr Srinivasan explique :

– Ce jeune Surendranath en est justement un exemple. Son père appartenait à l'Indian Civil Service, il était dans la magistrature. Mais ce garçon est ingénieur électricien, ou plutôt il possède un diplôme de technicien supérieur en électricité, et il seconde le collaborateur indien du directeur des ventes de la British-Indian Electrical. Après avoir reçu sa formation technique à Calcutta, il est allé étudier les méthodes de vente en Angleterre, ce qui est l'inverse du parcours d'autrefois, où le diplôme technique s'obtenait à Londres, tandis que l'acquisition des méthodes de vente se faisait ensuite sur le terrain, au long des étapes chancelantes d'une carrière apportant progressivement davantage de prestige et d'influence. Voilà un jeune homme rompu aux affaires et tout à fait moderne, sauf dans sa vie privée, où son mariage prochain a été arrangé par ses parents. Mais il leur en a volontiers laissé le soin, car il se fie à leur jugement pour ces questions comparativement mineures.

» Et cet autre, là-bas, le garçon mince à la mine studieuse, est encore un cas du même ordre. Il s'appelle Desai. Son père et moi avons tous deux été incarcérés en 1942, en tant que dirigeants locaux du parti du Congrès, et, nous étant rencontrés par hasard l'année dernière à New Delhi, il m'a rapporté cette phrase que lui a dite un jour son fils : “Tu t'imagines qu'avoir été emprisonné te donne la capacité de trancher de tout ?” Ils se disputaient au sujet de Mr Nehru, que ce jeune homme à la mine douce avait traité de mégalomane, “qui, alors qu'en 1948 il ne pouvait déjà plus servir à rien, a désastreusement persisté à vivre dans le passé, faisant retomber l'Inde dans une situation pire que sous les Britanniques, à cause de sa totale ignorance des structures économiques internationales et de leurs pressions”. Mon vieil ami Desai était secrétaire du ministre de l'Instruction publique et des Services sociaux dans le ministère provincial installé en 1937 et démissionnaire en 1939. Avant cela, il appartenait à la fonction publique, mais sans être titularisé, et était avocat, comme moi. Mais il se trouve que son fils, ce jeune homme que vous voyez là-bas, est un expert en matière de pompes centrifuges, et il estime que son père, moi, et les gens de notre sorte sommes responsables du retard de l'Inde dans les domaines industriel et agricole, parce qu'au lieu d'apprendre le maximum de choses réellement importantes, nous avons perdu notre temps à jouer à la politique avec un pouvoir impérial dont le pire crétin aurait pu prédire que, même privé de certaines de ses armes, il gagnerait. Voilà des griefs salutaires pour des vieillards qui, comme moi, ont cru en un temps mener assez bien le combat.

» Et vous avez forcément remarqué qu'ici je suis le seul homme d'âge. Où sont mes vieux camarades, criminels politiques comme moi ? Je vous en prie, Lili, ne prenez pas votre mine indéchiffrable de princesse rajpute. Vous connaissez la réponse. Ils sont morts, disparus, à la retraite ou retranchés dans l'administration dont ils font lentement et médiocrement tourner les rouages. Vous en trouverez peut-être encore un ou deux à l'autre club. Vous ignoriez l'existence de l'autre club ? Comme c'est curieux ! Le mari de notre amie en était un des membres fondateurs.

– Nello avait fourni de l'argent, mais il y allait rarement, dit Lady Chatterjee.

– C'est pourtant à lui que le club doit son nom.

– Simplement, il a eu gain de cause en préconisant de l'appeler Mayapore Club et non Mayapore Hindu Club, comme le souhaitaient les autres.

– Il ne s'agissait pas moins, au départ, d'offrir un club aux hindous. Et c'est finalement ce qu'est devenu le Mayapore Club – moins un club, au sens anglais du terme, qu'un lieu de réunion strictement hindou, avec tout ce que cela a de restrictif et même d'étroitement nationaliste. Un fief de banias riches et relativement ignares, de propriétaires fonciers parlant encore plus mal l'anglais que le plus subalterne des fonctionnaires anglais ne parlait l'hindi. Ce nationalisme-là signifiait s'installer au club pieds nus, sur une chaise mais assis sur les talons, et manger ces affreux plats végétariens, boire ces jus de fruits répugnants. Mayapore n'est pas Bombay, où le Willingdon Club a été fondé à cause de votre compatriote, Lord Willingdon, qui avait piqué une rage parce que ses invités indiens à un banquet qu'il donnait personnellement au Royal Yacht Club, arrivant là dans leurs Rolls-Royce, avaient été éconduits sans qu'il en fût averti. Nello se prenait peut-être pour un petit Willingdon. Mais qu'est-ce qui s'est passé à Mayapore ? Les Indiens les plus susceptibles de profiter de ce club, copie assez fidèle d'un de ces lieux sociaux d'une société civilisée dont les Anglais leur avaient inculqué l'importance, l'ont déserté les uns après les autres, tandis que les banias s'y incrustaient encore plus solidement.

» Si vous le voulez bien, passons dans la salle à manger. Je vois que notre table est prête.

Les cocktails de crevettes roses sont suivis d'un curry de mouton. Le maître d'hôtel, venu veiller à ce qu'il soit servi dans les règles, s'éclipse cependant pour aller accueillir quatre Anglais, deux femmes et deux hommes qui se trouvaient au salon. Il leur montre la table qui leur est réservée, mais ils n'en tiennent pas compte et préfèrent s'installer à une autre. Les hommes sont en short et pieds nus dans leurs sandales. Les femmes, en petite robe de coton sans manches, exhibent des bras charnus et marbrés. Sans le cardigan de jersey qui, dans leur pays, serait de mise le soir, ces robes d'été ont quelque chose d'incongru. Ce sont des femmes jeunes. Elles s'asseyent côte à côte, face aux maris. Cette forme de ségrégation involontaire est la marque de la nouvelle race de sahibs et de memsahibs arrivant tout droit de leurs cottages banlieusards. Elle étonne encore certains Indiens qui se souviennent de la réprobation des Britanniques vis-à-vis de la stricte séparation des sexes – ne serait-ce que parce que toute hôtesse anglaise frémissait à l'idée d'organiser une table avec des convives indiens.

Comme le fumoir, la salle à manger n'a guère dû changer depuis l'époque de Daphné Manners. La pièce est carrée, avec un sol carrelé noir et blanc et des lambris de chêne jusqu'à mi-hauteur des murs qui, au-dessus, sont peints en blanc. Trois piliers carrés pareillement décorés soutiennent le plafond, en des points dissymétriques mais apparemment stratégiques. Elle contient une vingtaine de tables, rondes ou rectangulaires, chacune portant une nappe blanche amidonnée sur laquelle sont disposés les couverts en métal argenté avec le plateau de condiments assorti, les serviettes pliées en bonnet d'évêque, le vase chromé filiforme contenant un ou deux asters, le pot à eau en verre protégé par une mousseline lestée. Elle comporte une grande cheminée de style Tudor à l'âtre noirci partiellement dissimulé par un pare-feu de tapisserie et au manteau surmonté par un portrait de Mr Nehru, dont l'expression sereine semble masquer une vague perplexité. Il est certain que, du temps de Daphné Manners, le cadre contenait un portrait en couleurs de George VI arborant une expression similaire. Au plafond pendent quatre ventilateurs dont les lames fouettent l'air. Les murs sont percés de trois ouvertures cintrées, l'une donnant sur le fumoir, l'autre sur le hall, et la troisième conduisant aux cuisines. Près de cette dernière se dresse une crédence monumentale en chêne; sur sa tablette supérieure sont rangés les couverts, les serviettes et les pots à eau, tandis que se groupent en dessous les panières à pain, les coupes de fruits, les bouteilles de sauces et des huiliers dépareillés. L'éclairage électrique est dispensé par des appliques figurant des bougies à demi consumées et par deux lustres de bois aux abat-jour de parchemin. Le jour, elle est éclairée par les portes-fenêtres donnant sur la véranda en façade (ce soir, elles sont ouvertes pour laisser pénétrer la fraîcheur).

On peut se représenter l'atmosphère passée du Gymkhana Club, et notamment celle d'une soirée du samedi, il y a des années. Dans le salon débarrassé des tables et des fauteuils, un orchestre joue des musiques syncopées. La disposition de la salle à manger est modifiée, pour offrir un buffet froid. Dans l'arrière-cour dallée donnant sur les courts de tennis, et dont les arbres sont garnis de guirlandes d'ampoules de couleurs, des couples prennent le frais, en guettant le prochain fox-trot ou quickstep. Dans la petite piscine éclairée, derrière les vestiaires et les douches, il y a quelques nageurs. Tout cela, Mr Srinivasan le raconte en faisant visiter les lieux à ses invités, après les glaces qui ont suivi le curry de mouton. Il leur montre la piscine plongée dans le noir, et qui aurait grand besoin d'être curée. Elle ne sert plus beaucoup, car elle est à présent ouverte à tous, et ni les Européens ni les Indiens ne tiennent trop à se baigner dans une eau où les ont précédés des gens dont ils ignorent le degré de propreté. Sans compter que, voilà deux ou trois ans, un Anglais y a déversé tous les pots de chambre des cabines.

– J'évoquais tout à l'heure le genre d'hommes parmi lesquels des vieillards comme moi, élevés au milieu des dossiers et des archives juridiques et nourris de politique, se trouvent plus à l'aise que dans l'ambiance régnant ici, au Gymkhana, dit Mr Srinivasan.

Il a ramené ses invités dans le fumoir qui s'est rempli et où l'on voit même quelques dames en sari – sans doute des épouses de militaires. Appelant du geste un serviteur, il lui demande d'apporter le café et les digestifs.

– J'ai cité le nom de Romesh Chand Gupta Sen, reprend-il. Il en est tout à fait représentatif. Pour lui, les affaires ont toujours passé avant la politique. Et même, à dire vrai, il ne s'est jamais préoccupé de politique. Il a fait fortune à trois reprises, avant la guerre, durant la guerre, et depuis l'indépendance. Il n'a pas permis à ses fils de poursuivre leurs études au-delà de l'École supérieure d'État. Je lui en ai demandé la raison. « Parce que pour réussir dans la vie, m'a-t-il répondu, il faut savoir un peu lire, vaguement écrire, savoir faire une multiplication simple et veiller à ses propres intérêts. » Sa femme ne savait même pas signer son nom. Au début de leur vie commune, elle ne savait pas non plus tenir une maison, mais la mère de Romesh Chand l'a formée, car c'est à ça que servent les mères hindoues. Lorsque son frère cadet a épousé Shalini Kumar, il a prédit qu'il ne sortirait rien de bon de cette union parce que la jeune fille venait d'une famille qui laissait ses enfants s'instruire, avec ce résultat que le frère de Shalini était allé vivre en Angleterre, et que Shalini elle-même écrivait remarquablement l'anglais. Son mari est mort prématurément. Et vous allez avoir peine à le croire, mais les femmes de la famille de Romesh Chand se sont liguées pour la persuader de braver la loi et de devenir sati. Évidemment, elle s'y est refusée. Quelle femme dans son bon sens souhaiterait brûler vivante sur le bûcher funéraire du mort ? Et elle n'a pas voulu non plus quitter la maison de son mari dans le Chillianwallah Bagh. Je vous raconte ces choses parce qu'elles ont peut-être un rapport avec ce qui vous intéresse.

» Et ce fut Romesh Chand qui insista pour que le neveu anglicisé de cette femme, Hari Kumar, soit rapatrié d'Angleterre après la mort de son père, le frère de Shalini, qui laissait ce garçon sans toit et sans argent. En fait, nous soupçonnons le père de Hari de s'être suicidé en se voyant ruiné par des spéculations désastreuses. Quoi qu'il en soit, en apprenant la mort de son frère, Mrs Gupta Sen était allée demander à Romesh de prendre en charge l'entretien de Hari en Angleterre, pour qu'il puisse terminer ses études dans son collège du Berkshire et entrer ensuite à l'université. Elle ne possédait elle-même aucune fortune. Veuve, elle vivait solitairement dans la maison du Chillianwallah Bagh, grâce au petit secours financier que lui allouait son beau-frère Romesh. Et c'est parce qu'elle regrettait de ne pas avoir été mère qu'elle accepta la contre-proposition de Romesh : on ferait revenir Hari, il vivrait auprès d'elle et apprendrait à devenir un bon hindou. Pour parvenir à ses fins, qu'il estimait justifiées, Romesh déclara qu'il paierait le passage de Hari et qu'il augmenterait la somme qu'il allouait mensuellement à Mrs Gupta Sen. Elle vivait seule depuis longtemps, comprenez-vous ? Elle ne sortait pratiquement pas de chez elle. Elle était presque devenue elle-même une bonne hindoue.

» La simplicité de son existence a dû causer un choc au jeune Hari. De l'extérieur, la maison du Chillianwallah Bagh paraissait moderne. Les villas de cette cité-jardin ont été construites à la fin des années 20, sur des terrains laissés à l'abandon par leur propriétaire, un parsi du nom de Chillianwallah. Vous n'ignorez certainement pas que les parsis, très occidentalisés par rapport au reste des Indiens, sont souvent hommes d'affaires ou commerçants. Le futur lotissement fut acheté aux héritiers de Chillianwallah par une société constituée d'hommes d'affaires de Mayapore et dirigée par le vieux Romesh Chand, qui n'aurait jamais accepté de vivre lui-même dans ces maisons cubiques, mais ne répugnait nullement à en tirer profit. Pour être sûr d'obtenir tous les aménagements de viabilité, eau, électricité, égouts, ainsi qu'une subvention de l'État, il veilla à faire entrer dans le conseil municipal son frère cadet, celui qui avait épousé Shalini et qu'il n'estimait pas bon à grand-chose. Ainsi, ces monstruosités se sont élevées sur le lotissement, avec leurs minuscules fenêtres, pour laisser entrer le moins de soleil possible puisqu'elles étaient dépourvues de vérandas. Et le frère de Romesh s'est installé, avec sa femme Shalini, dans celle qui porte le n° 12. On peut présumer que le jeune Hari Kumar a éprouvé un choc en y pénétrant, parce que ces habitations sont obscures, mal aérées, avec des pièces petites, un escalier raide et des salles de bains à l'indienne. En outre, la maison était quasi vide. En effet, pour la meubler, le mari de Mrs Gupta avait emprunté de l'argent à Romesh Chand, lequel s'était ensuite remboursé en revendant la quasi-totalité du mobilier. Et il était le propriétaire de Shalini, la villa lui appartenant en qualité de créancier hypothécaire de son frère. Je sais tout cela parce que j'étais l'avocat de la famille.

» Oui, vous avez raison. Lili devinait que vous feriez le rapprochement : j'étais l'avocat que Romesh Chand a envoyé chercher le matin où sœur Ludmila vint lui dire que Hari Kumar avait été emmené par la police. Ils le croyaient arrêté. Cela se passait six mois avant ma propre arrestation. Mon engagement politique n'a jamais gêné Romesh Chand. Il comprenait l'utilité de la politique de la même façon qu'il comprenait la loi du rendement décroissant. Ayant appris, à la police, qu'ils avaient relâché Hari, je suis rentré à mon bureau et, après avoir préparé, pour Romesh Chand, un message que je lui ai fait porter par mon secrétaire, je me suis rendu à cette maison du Chillianwallah Bagh, pour savoir de quoi il retournait.

» Je n'ai pas pu voir Hari, car il a refusé de descendre de sa chambre. Mais Mrs Gupta Sen et moi étions de vieux amis. Nous nous exprimions toujours en anglais, alors qu'avec Romesh Chand je dois parler hindi. Je lui ai demandé s'il était vrai, comme on me l'avait dit à la police, que Hari avait été ramassé ivre mort par cette folle et transporté dans ce qu'elle appelait le Sanctuaire. Je savais que ce garçon causait du souci à sa famille, mais je n'avais jamais entendu dire qu'il buvait. Elle m'a répondu qu'elle ignorait elle-même qu'il s'adonnait à la boisson, mais que la vie à Mayapore lui devenait insupportable, par contrecoup, à elle aussi.

» Si Nello avait fondé et continué à financer le Mayapore Club, c'était justement à l'intention de garçons comme Hari Kumar. Mais, à l'époque de Hari, le club était déjà complètement envahi par les banias, assis à croupetons comme autant de bouddhas supputant les mystères des profits et pertes. Et, bien entendu, les femmes n'y avaient pas accès. Non que l'idée initiale ait été d'en exclure les femmes, mais c'était devenu – et ce demeure – un club masculin. Ce qui explique que je sois une exception à la règle en me montrant fermement partisan du Gymkhana Club. La dame que vous voyez là-bas est l'épouse du colonel Varma. Elle est délicieuse. Il faut que vous fassiez sa connaissance. Le général et Mrs Mukerji ne sont pas ici ce soir, mais certainement parce qu'ils étaient invités à la fête numéro un des adieux à Roger. Samedi prochain aura lieu la fête numéro deux, à laquelle est invité même quelqu'un comme moi.

– Moi aussi, dit Lady Chatterjee. Je devais aller à la numéro un, avec tous les régents du collège technique, mais comme je n'étais pas libre j'irai à la numéro deux.

– Nous nous y rendrons donc ensemble. Parfait ! Mais vous avez peut-être remarqué, cher monsieur, que tous les Anglais ont à présent déserté le club ?

– Ils sont partis chez Roger ?

– Non, pas du tout. Parmi vos compatriotes présents ici ce soir, seuls les Grigson et l'amie de Mrs Grigson sont invités à la numéro un. Les Grigson sont du niveau des cadres supérieurs, les autres Anglais que vous avez vus sont de rang subalterne. Ils sont invités à la numéro deux. Roger les appelle les « contremaîtres ». Et il appelait même le Gymkhana Club le « club des contremaîtres ». C'est un de ces « contremaîtres » qui a vidé les pots de chambre dans la piscine. Et après ça, un de ses amis a eu l'idée de faire un petit *Diwali*, une parodie de notre fête des lumières. Alors ils ont placé des bougies dans les pots, les ont allumées, et ont laissé flotter ces récipients. Des membres indiens du club qui se trouvaient là s'en sont plaints au secrétaire, et l'un d'eux, un jeune et vigoureux garçon, a même exprimé directement son déplaisir aux gentlemen qui s'amusaient si bien à nos dépens. Mais ils l'ont menacé de le jeter à l'eau, et dans des termes que je ne vous rapporterai pas. En tant que simple spectateur, j'ai trouvé tout cela très édifiant. Et je me remémorais nos sottises estudiantines au collège. Mais il ne s'agissait pas ici de collégiens. *In vino veritas,* dit-on, et c'était le cas, car ces hommes avaient trop bu. Ils agissaient sans être retenus par des garde-fous. Pardonnez-moi, Lili, je me rends compte que cette histoire vous déplaît. Invitons le colonel Varma et sa femme à se joindre à nous.

Le colonel, un grand homme sec, et son épouse, qui semble porter le costume traditionnel indien plus pour son côté spectaculaire que pour être à l'aise ou pour répondre à ses idées, s'installent à notre table. Le mince vernis de masculinité dont semblaient se cuirasser les épouses des officiers britanniques environne à présent Mrs Varma. Elle doit jeter la terreur dans le cœur des jeunes aspirants ! Elle a de l'esprit, et probablement la dent dure. Aujourd'hui, le colonel est en civil. Ils vont au cinéma, à la séance de 10 heures de l'Eros, qui passe des films anglais, et non pas au Majestic, qui ne programme que des œuvres indiennes. On parle de Paris, car le film qu'ils vont voir se passe à Paris (une histoire sans intérêt, mais des photos superbes !), et puis les Varma prennent congé. Lili Chatterjee va aux toilettes. « Pendant que nous attendons Lili, dit Mr Srinivasan, laissez-moi vous montrer quelque chose. » L'étranger le suit dans le hall carrelé blanc et noir. Ils arrivent devant une porte encadrée de deux têtes de buffles, dont des plaques de cuivre annoncent que l'un fut tué par le Major W.A. Tyrrell-Smith en 1915 et l'autre par Mr Brian Lloyd, en 1925. Sur la porte elle-même, la plaque émaillée indique simplement : « Secrétaire ».

Mr Srinivasan frappe; n'obtenant pas de réponse, il ouvre la porte et allume l'électricité. La petite pièce, où trône un vieux bureau à cylindre, a un air désuet. « Ayant été le premier secrétaire indien du club, de 1947 à 1950, dit-il, je puis me permettre d'entrer ici. » Dans la bibliothèque qui renferme, sous des reliures tachées de moisissures, les archives administratives du Gymkhana Club, il prend un des registres portant au dos, en lettres d'or : *Grand Livre des membres* suivi, en chiffres noirs, des années qu'il couvre. « En voici un qui vous intéressera », dit-il en tendant à l'étranger celui des années 1939-1945.

Les pages sont réglées horizontalement en bleu, et des lignes verticales rouges tracent les colonnes dans lesquelles figurent les dates d'admission.

– Au long des pages, vous verrez quelques signatures de membres indiens. Il s'agissait d'officiers revêtus de leur charge par brevet du roi-empereur. Ils ne venaient au club que pour jouer au tennis. Quand ils ont commencé à être affectés en bon nombre à la garnison de Mayapore, le bureau du club s'est trouvé placé devant un problème. La règle voulait que tout officier fût automatiquement membre du club et payât obligatoirement sa cotisation même s'il n'y mettait jamais les pieds. Et on ne pouvait en interdire l'accès à un officier sous prétexte qu'il était indien, car ç'aurait été insulter l'uniforme royal. Dans les années 30, on avait envisagé de fonder un autre club et de réserver le Gymkhana aux officiers supérieurs – parmi lesquels il ne risquait guère de se trouver un seul Indien. Mais l'argent manquait pour réaliser ce projet. Et de toute façon, les officiers indiens ont résolu ce problème d'eux-mêmes en n'apparaissant au club que sur les courts de tennis. Il n'y a pas d'exemple qu'ils aient jamais nagé dans la piscine, ils ne pénétraient que rarement dans le bar, et jamais dans la salle à manger. Des deux côtés, on ne manquait pas de prétextes permettant de sauver les apparences. L'Indien pouvait invoquer qu'étant abstinent, il n'était pas en position de s'associer totalement à la vie du club. L'Anglais pouvait accepter cette façon infiniment courtoise de se tenir à l'écart sans faire allusion au fait que, la solde de l'Indien étant inférieure à celle du Blanc, il n'avait pas les moyens d'y faire bonne figure. Et c'était encore plus facile pour l'officier indien marié, en raison de la répugnance des Indiennes à se mêler aux hommes. Il était donc tacitement entendu que celui-ci restait dans ses foyers.

» Et, de part et d'autre, cet état de choses suscitait extraordinairement peu de ressentiment. En aspirant au brevet d'officier, un Indien savait d'avance les problèmes qu'il rencontrerait. Pour les Indiens, il était déjà satisfaisant de savoir que le Gymkhana ne pouvait leur fermer ses portes, tandis que les Anglais étaient assurés que les Indiens n'y feraient que de discrètes apparitions. Les officiers anglais des unités veillaient d'ailleurs à aplanir les difficultés pouvant surgir dans des cas individuels.

» Je vous épargnerai les compromis qu'il fallut trouver après l'entrée en guerre, avec l'afflux d'un autre type d'officiers anglais : les officiers à titre temporaire, c'est-à-dire réservistes ou sortis du rang. On s'en tira en instituant un éventail de cotisations et un règlement qui revenaient, tout bien considéré, à ne permettre que très occasionnellement à ces derniers l'accès au club, ne serait-ce déjà que pour des motifs pécuniaires, et à s'assurer qu'à part les officiers indiens, personne d'autre n'introduirait au club, à titre d'invitées, des femmes anglo-indiennes ou indiennes. Le Gymkhana ne restait donc finalement ouvert qu'à l'élite blanche. En revanche, le Mayapore Club connut une énorme affluence. Ce fut aussi une période de plein épanouissement pour l'hôtel Smith, pour le restaurant chinois du bazar du *cantonment* qui fit fortune, et pour le cinéma Eros où il fallait louer ses places au moins deux ou trois jours d'avance.

» Une curieuse anomalie, en cette période où les irréductibles se lamentaient sur le naufrage des meilleures traditions, c'était que les Indiens de l'administration (y compris ceux des échelons les plus élevés) n'étaient pas admis au Gymkhana Club, même simplement comme invités d'un de ses membres. Ainsi le juge Menen, ce vieil homme si distingué, n'aurait pu y pénétrer, même s'il y avait été amené par le commissaire délégué. Non que cette exclusion fût stipulée. Il s'agissait simplement d'une règle tacite, rigoureusement observée par le bureau du club, et jamais enfreinte par ceux qu'elle excluait.

» Pourtant, comme en fait foi cette lointaine mention du 22 mai 1939, le commissaire délégué Robin White a eu la témérité d'amener au club trois Indiens qui n'étaient pourtant pas des officiers : le ministre provincial de l'Instruction publique et des Services sociaux, son secrétaire – mon vieil ami Desai – et moi-même. Cela, c'est la signature de Mr White. Avez-vous des dons de graphologue ? Mais tout cela est une longue histoire, dans laquelle je ne me lancerai pas ce soir. D'ailleurs, Lili doit nous chercher.

Cependant, avant de refermer le registre, l'étranger feuillette les pages de l'année 1942. Des noms familiers y apparaissent. Selon le règlement du club, un membre apposait sa signature dans le registre le jour de son adhésion et, ensuite, chaque fois qu'il y amenait un invité. À telle date en avril figure la signature presque illisible du général de brigade Reid; ailleurs, on lit celle de Robin White comme hôte d'hommes dont Mr Srinivasan indique qu'il s'agissait de membres du Secrétariat, de chefs des services fiscaux, du commissaire de division et, en une occasion, du gouverneur et de sa femme. Et on voit plusieurs fois une écriture ronde et un peu enfantine, qui rend aisément déchiffrable la signature : c'est celle du chef de la police du district, Ronald Merrick, qui a également inscrit le nom de son invitée, Miss Daphné Manners.

En février 1942, on lit en un endroit la signature du capitaine Colin Lindsey, sans doute en tant que membre privilégié temporaire, selon les subtilités inventées par le Gymkhana Club de Mayapore pour tourner la difficulté de l'adhésion automatique des officiers qui, en ces temps de guerre, menaçait son caractère de cercle réservé à l'élite. Et on peut imaginer à côté, bien qu'elle n'y figure pas, celle de son meilleur ami, Harry Coomer, qui, vers cette époque-là, fut trouvé ivre mort à la limite du terrain où vivaient misérablement les intouchables de la ville.

La nuit, toute la zone de l'ancien *cantonment,* au nord de la rivière, donne encore l'idée d'un espace qui commence seulement à succomber devant l'invasion de la brique et du béton – les théories civilisatrices d'une urbanisation coloniale nécessaire mais discrète. Du maidan à présent désert et plongé dans l'obscurité, à travers lequel les courants ininterrompus d'un air chaud – voluptueux, même – entretiennent un souffle qui vient vous effleurer la joue, il émane quelque chose de ténébreux, de pesant, qui vous emplit le cœur d'une tristesse semblable à celle qui pouvait (au fil des années, jusqu'à ce que le fardeau devînt intolérable) accabler un être qui s'était accoutumé, mais sans jamais les accepter totalement, aux conditions et aux buts de son exil, et qui retrouvait, dans l'existence de cet espace si curieusement et pourtant si poétiquement appelé maidan, une preuve du goût de ceux qui l'avaient précédé pour ce qui évoquait typiquement leur pays. Le silence et l'obscurité enveloppent une parcelle de terrain non cultivé et non clôturé qui illustrait d'elle-même l'humeur changeante des saisons. Avec, ici, un bâtiment et, là-bas, un clocher. Et partout, le ciel. Bleu suave. Ou traversé d'armées de nuages. Ou du même gris que la pierre d'une église romane. Ou sombre : coupole d'acier noir piqueté d'étincelles hypnotiques, ou encore – c'est affaire de caractère – stupéfiant cyclorama seulement éclairé par le scintillement nocturne des points d'une géométrie précise mais incommensurable.

Et, la nuit, l'odeur très particulière s'affirme encore plus : mélange de la poussière du sol qui picote les narines et de la fumée des feux de bouses. Une odeur à laquelle on ne s'accoutume que lentement, mais qui, avec le temps, deviendra inséparable de cette terre d'une beauté primitive et même tragique. C'est une odeur qui ne semble pas avoir de source visible. Elle ne se dégage pas seulement des habitations. C'est peut-être l'odeur des siècles qu'ont traversés le pays et ses populations. On la sent tout autant dans les larges plaines ouvertes qu'ici, dans la ville.

C'est la plus grande auto, la Studebaker. Pour rentrer, elle fait le grand tour : elle remonte vers le nord le long du côté ouest du maidan. Sur la gauche, s'élève le vieil hôtel Smith avec son architecture de chalet suisse et ses fenêtres faiblement éclairées, comme il sied à une institution ayant atteint son bel âge mais toujours debout. Nous sommes dans Church Road, qui mène à St. Mary et, plus loin, aux casernements. Cette chaussée, Miss Crane la parcourait à bicyclette tous les dimanches, et par n'importe quel temps. Elle n'a pas dû changer beaucoup, si ce n'est que les banians, qui l'ombragent le jour et qui, la nuit, avec leurs cimes entrelacées, composent un tunnel vert éclairé par les phares, y ont sans doute plongé encore quelques racines de plus depuis vingt ans. Church Road prolonge la voie partant du pont de la porte du Mandir et, à cette heure, la progression de l'auto est ralentie par le lent défilé des charrettes avançant au pas pesant des buffles blancs à bosse qui les ramènent vers les villages des plaines au nord de Mayapore. Le tintement des clochettes suspendues au cou des bêtes parvient, par les vitres baissées, aux occupants de la Studebaker – bruit amorti mais persistant pardessus le ronflement du moteur. Les paysans ont vendu leurs produits au bazar Chillianwallah. Les charrettes ne sont plus chargées que des maigres emplettes et des enfants des fermiers; ces petits dorment pelotonnés sur le plateau, à l'exception de quelques-uns qui restent assis, le buste droit, et attachent sur les phares un regard fixe de rêveurs éveillés.

Pendant un instant, alors que la Studebaker tourne autour du rond-point pour s'engager à droite dans la route longeant la lisière nord du maidan, le clocher de St. Mary peut entraîner aussi l'étranger dans un rêve éveillé. Il est si anglais, si parfaitement anglais. L'édifice lui-même doit être assez semblable à cette église d'un district du Pendjab où, il y a bien longtemps, pénétra Miss Crane cherchant une image d'elle-même qui ne la diminuerait pas à ses propres yeux. La même pierre grise. Le même aspect rassurant d'une maison habitée par le protecteur personnel de l'Angleterre. Mais peu d'Anglais assistent aujourd'hui aux offices de St. Mary, qui est devenue l'église de la communauté anglo-indienne.

Le presbytère jouxte l'église et son cimetière. Aucune lumière n'y brille. Quelques bungalows, situés en retrait, prolongent la ligne de ces bâtiments. La route suivie longe à droite le maidan et, à gauche, le camp militaire. De jour, on voit le réseau géométrique de ses voies et la multiplicité disparate de ses bâtiments anciens et récents. Presque en bordure, et, ombragées par des arbres, les casernes de style victorien, avec leurs murs rouges; dans le fond, les constructions récentes, en béton. Mais, de nuit, on a l'impression d'un grand espace piqueté de quelques habitations qui se signalent par des lumières. Vers son extrémité se dresse l'ancien mess de l'artillerie, un grand bâtiment de style palladien qui abrite aujourd'hui l'état-major de la zone militaire. En 1942, c'était le quartier général de la brigade commandée par le général Reid. À proximité, l'entrée fermée par une barrière blanche est gardée par deux sentinelles. Plus loin, cesse l'impression d'un espace ouvert. On longe un quartier de bungalows entourés d'arbres et fermés de murs clairs, quadrillé de rues éclairées de place en place par des lampadaires : c'est ici qu'habitent les officiers supérieurs. Là-bas, devant nous, se découpe la silhouette de l'hôpital général de Mayapore illuminé comme un transatlantique.

Cette fois la Studebaker tourne à gauche pour redescendre par Hospital Road, le long de la lisière orientale du maidan, et arriver au carrefour d'Hospital Road, Club Road et Mahatma Gandhi Road (ancienne Victoria Road), l'artère principale de l'ancien quartier britannique. « Continuons donc encore un peu la promenade, il n'est pas très tard », dit Mr Srinivasan, qui donne en conséquence ses instructions au chauffeur. Après avoir suivi l'ancienne Victoria Road, l'auto tourne à droite, faisant, à peu de chose près, le même trajet que sœur Ludmila lorsqu'elle retirait de l'argent à l'Imperial Bank of India (aujourd'hui nationalisée), par les petites rues du quartier où vivaient les Eurasiens, dans de modestes bungalows bordés, à l'arrière, par les installations de la gare, puis elle tourne à gauche, passe devant la grande école de la Mission et l'église de la Mission (toujours florissantes), et arrive au passage à niveau du pont de la porte du Mandir. La barrière est baissée. En face, la Ville noire encore très éclairée semble fort animée. Les escaliers montant de la rivière au temple de Tirupati sont inondés de lumière par une rampe au néon. Des hommes les descendent, d'autres les montent et pénètrent dans la cour du temple. L'odeur de la rivière semble stationner en couche sur l'air chaud qui l'apporte aux narines des occupants de la voiture immobilisée.

– Ils abaissent toujours le passage à niveau au

moment où un train doit passer, dit Mr Srinivasan, même s'ils savent parfaitement qu'il a une demi-heure de retard. Pour tromper notre attente, permettez-moi de vous relater de quelle façon, en mai 1939, Robin White nous fit pénétrer au Gymkhana Club, le ministre de l'Instruction publique, moi-même et mon vieil ami Desai.

» Nous nous trouvions tous trois au bungalow du commissaire délégué. Il était 6 heures du soir, et nous sortions d'une conférence harassante qui avait duré trois heures. « Si nous allions boire un verre au club ? » a proposé Robin White. Nous pensions tous au Mayapore Club, mais il a ajouté : « Au Gymkhana. » Le ministre s'est excusé de ne pouvoir se joindre à nous. Il pensait peut-être que c'était une plaisanterie. Mais Mr White a insisté. « Tout est organisé, la voiture nous attend. Vous avez bien encore une heure. » Et nous voilà tous en route pour le Gymkhana Club. Je n'y avais évidemment jamais pénétré, aucun Indien civil n'y étant admis. C'était donc, à tous égards, une « première ». En même temps qu'une « dernière », car le bureau du club allait empêcher Robin White de rééditer ce faux pas social. Si vous aviez pu contempler la tête du portier lorsque, ouvrant la portière de la voiture, il nous a découverts ! Robbie lui a dit : « Hossain, prévenez le secrétaire que j'arrive avec le ministre de l'Instruction publique et sa suite. » Un moment étonnant ! Nous sommes entrés lentement, Desai et moi, derrière Mr White et le ministre. Lentement parce que Robbie voulait donner au portier le temps de courir avertir le secrétaire. Sous la véranda, notre groupe s'est arrêté et, bien qu'il fît presque noir, Robbie s'est évertué à nous montrer de loin les installations sportives du club. En fait, il laissait au portier le temps de prévenir le secrétaire. J'avais déjà saisi que notre invitation n'avait nullement été organisée mais seulement envisagée. Avec une retenue typiquement britannique, le commissaire délégué avait attendu de voir le genre d'homme qu'était le ministre de l'Instruction publique avant de se risquer à l'emmener au club. Mais l'examen de passage s'était révélé satisfaisant : le ministre était un ancien élève d'Oxford et il partageait avec le commissaire délégué une passion pour Shakespeare, Dryden et Henry James. Un autre point le rapprochait de Robin White : son intérêt pour les Écoles supérieures d'État et les écoles primaires municipales. Et ils avaient également eu le plaisir de diverger à propos de Rudyard Kipling, dont Mr White pensait peu de bien, mais que le ministre, anticipant sur T.S. Eliot, plaçait très haut. Il faut toujours avoir un objet de désaccord, c'est la meilleure façon de jauger la résistance personnelle d'un individu.

» Et voici que s'est montré le secrétaire. Un certain Taylor, officier de cavalerie sorti du rang, et ayant obtenu son brevet de lieutenant de l'Intendance parce que ce qu'il ignorait de l'organisation du gymkhana annuel aurait pu être consigné sur la surface d'un ongle. Je l'ai vu sortir de son bureau et traverser le hall. Robbie White possédait le talent de percevoir ce qui se passait dans son dos. Il s'est retourné en disant très haut : « Bonsoir, Taylor ! Nous avons l'honneur de traiter des représentants de notre gouvernement provincial. Permettez-moi, monsieur le ministre, de vous présenter notre membre le plus éminent, le lieutenant Taylor. » Ce qui mettait le pauvre Taylor dans une situation intenable, car il détestait les Indiens mais adorait les commissaires délégués. Et il aimait avant tout se sentir important. Robbie le savait, et bien qu'il eût lui-même un rang prépondérant dans le bureau du club, il avait eu l'habileté d'attendre, pour son coup de force, que se présente une occasion vraiment propice. J'entends par là une occasion vraiment justifiable d'amener au club des invités socialement honorables. Après tout, un ministre du gouvernement provincial d'un État est un ministre d'État, et même si sa couleur déplaisait fortement à l'Anglais colonial moyen, il n'en demeurait pas moins qu'il avait été nommé à ses fonctions à la suite d'élections démocratiques organisées sous l'autorité du gouverneur général du roi-empereur. Et conformément à la politique *officielle* anglaise visant à faire accéder par étapes l'Empire des Indes au statut d'autonomie d'un dominion.

» Il n'empêche que Robbie prenait un risque, le club étant une institution privée où le commissaire délégué lui-même ne pouvait amener un invité sans l'assentiment d'un responsable. Cependant, il connaissait son homme. Le secrétaire faisait grise mine mais n'osait pas provoquer un esclandre. Alors qu'il tentait de nous faire dévier vers la petite antichambre adjacente au hall, Robbie nous a conduits directement dans le fumoir, sans paraître remarquer le lourd silence qui saluait notre entrée.

» Je ne saurais vous décrire ma gêne, d'autant plus vive qu'elle se colorait d'orgueil. Et savez-vous ce qui m'a frappé le plus, dans cet édifice sacré où je n'aurais jamais pensé pénétrer ? Son cadre défraîchi et désuet. Cet endroit qui nous était depuis toujours fermé ne présentait rien d'extraordinaire ! Les Anglais qui le peuplaient ne différaient en rien de ceux que nous pouvions voir ailleurs. Mais je me ferai peut-être mieux comprendre en vous décrivant Robin White. C'était un homme jeune – il n'avait même pas la quarantaine –, très grand, et avec un de ces visages anglais en lame de couteau qui, au premier abord, nous effrayait par son absence d'expression. Nous ne pouvions déterminer si l'homme était bien disposé envers nous ou simplement un sot. Mais un sot utile ou un sot dangereux ? Que sait-il, que pense-t-il ? Sourit-il de nos plaisanteries ou d'idées plaisantes qu'il entretient à notre sujet ? Se barricade-t-il parce qu'il nous tient en aversion ou parce qu'il est timide ? Il était presque plus facile de se trouver devant l'autre type de visage anglais, celui qui affichait une expression ouverte et amicale, même s'il y avait peu de chances que ça dure. Au moins ce genre de visage ne présentait-il pas d'énigme. Les étapes de sa transformation étaient non seulement évidentes mais prévisibles.

» Avec Stead, par exemple, le prédécesseur de Robin White, nous savions tous à qui nous nous heurtions. Il était la caricature de l'administrateur irascible. On disait qu'il se vengeait sur le district du sort que lui réservaient ses supérieurs et qu'il estimait immérité. S'il n'avait pas été au seuil de la retraite en 1937, notre ministre provincial des Affaires intérieures aurait appuyé sa promotion de commissaire de division (poste où il aurait été relativement inoffensif) et soutenu les titres d'un Indien à lui succéder. Ce qui nous aurait privés de Robin White. Il aurait pu nous échoir pire, mais certainement pas mieux. C'est là mon opinion, et elle n'était pas partagée par tous. Certains dirigeants locaux du parti du Congrès préféraient Stead parce qu'il fournissait fréquemment matière à adresser des plaintes au Congrès à Delhi, ce qui donnait lieu à des interpellations à l'Assemblée législative nationale, et, pour les conseils municipaux et de district, des motifs de doléances à déposer devant le cabinet provincial. Nous n'avions que trop tendance à la contestation ponctuelle au lieu de suivre une ligne qui, à long terme, pouvait mener de la coopération à l'autonomie.

» Stead penchait pour les musulmans, si on peut parler de penchant chez un homme pour qui tout

Indien était fondamentalement inférieur. Il ne s'en cachait pas, ce qui attisait encore plus les brandons de discorde au niveau local. Deux de ses représentants cantonaux étaient musulmans. Après la mise en place du cabinet constitué de dirigeants du Congrès, il a transféré un de ces hommes à Mayapore même, ce qui lui conférait virtuellement les fonctions de commissaire adjoint et de magistrat. Malheureusement ce musulman-là, Syed Ahmed, était du genre militant : au tribunal, ses coreligionnaires s'en tiraient avec des peines légères ou des non-lieux, tandis que les hindous se voyaient punis sévèrement. En représailles, le conseil de district, en majorité hindou, décida que dans les écoles de village les enfants musulmans devraient chanter les hymnes du Congrès et saluer son drapeau. Il en résulta des émeutes à Tanpur, qui était sous la juridiction de l'autre représentant cantonal musulman, un certain Mohammed Khan. Je vous ferai grâce du détail de nos plaintes, mais toujours est-il que, sur ordre du commissaire de division, Stead dut se défaire de Syed Ahmed en le transférant à Tanpur, tandis que Mohammed Khan était affecté dans un autre district. Et il se retrouva lui-même flanqué d'un commissaire adjoint du nom de Tupton, qui venait d'un district voisin. En fait, cela ne changeait rien à rien, car ce Tupton penchait, lui aussi, pour les musulmans, ce dont Stead dut bien rire jusqu'à sa retraite. Après quoi, Robin White l'a remplacé et, s'étant assez vite heurté avec Tupton, il a obtenu son remplacement par un homme de son choix, le jeune John Poulson.

» Je vous dirai que c'est cet acte qui nous a fait entrevoir que l'impassibilité de Robin White ne signifiait pas une absence d'intérêt. Tout d'abord parce qu'en se débarrassant de Tupton il écartait une source inutile de frictions. Et ensuite parce que nous avons constaté qu'il maintenait la balance égale entre hindous et musulmans. C'était un homme impartial, et qui avait le sens de l'État. Ainsi a-t-il demandé, dans des termes très diplomatiques, aux conseils municipaux et de district de reconsidérer la mesure obligeant les écoliers musulmans à saluer le drapeau du Congrès. Je garde toujours en mémoire son étonnante formulation : « Il m'apparaît que le Congrès attire dans ses rangs non seulement une majorité d'hindous mais également un nombre non négligeable de musulmans. Il me semble cependant que, bien que le Congrès soit fondamentalement un parti national indien et qu'il soit légitime d'insuffler aux enfants indiens un sens du devoir national au moyen de pratiques patriotiques, il est peut-être malavisé de laisser s'imprimer dans leur esprit le genre d'exclusion que le Congrès s'emploie très justement à extirper. »

» Et de fait, même si, pour l'Anglais que vous êtes, le parti du Congrès est synonyme d'« hindou », c'était originellement le Congrès panindien, celui de toute l'Inde – au demeurant fondé par un Anglais. Mais comme l'Inde a toujours compté beaucoup plus d'hindous que de musulmans, le Congrès était lui-même principalement composé d'hindous. Ce qui n'en faisait pas pour autant un parti défendant une politique purement hindoue. Malheureusement, il y a toujours un fossé entre les intentions et l'action. En tant qu'Anglais, vous êtes bien placé pour le savoir, considérant le fossé qui séparait les intentions libérales de votre gouvernement de l'action censée les traduire ici, sur le terrain.

» Notre section locale du Congrès avait eu connaissance de la lettre de Robin White, dont il avait songé à nous adresser une copie. J'ai soutenu son argumentation en faveur de l'abandon du salut au drapeau du Congrès pour les écoliers, mais elle a été repoussée par cinq voix contre deux. Et, à titre disciplinaire, j'ai été chargé d'adresser notre réponse au commissaire délégué. En fait, mon brouillon a été démoli point par point, et il n'est demeuré qu'une seule phrase de mon cru : « Le salut au drapeau du Congrès national indien ne saurait être susceptible d'une interprétation étroite en raison d'un contexte local. » Et l'intéressant, c'est que, lorsque j'ai revu le commissaire délégué, il me l'a citée mot pour mot. Il en avait décelé l'auteur. Et il m'a dit : « Je suis entièrement d'accord avec ces termes, Mr Srinivasan. » C'est de là que date notre amitié.

» Et c'est en raison de notre amitié que, apprenant que je devais déjeuner avec le ministre de l'Instruction publique et Mr Desai, qui se rendraient ensuite chez lui pour discuter d'un développement accru de l'instruction primaire dans le district, il m'a invité à me joindre à leur conférence. À cette époque, nos ministères provinciaux étaient parvenus à œuvrer de façon efficace. Ce que je vous relate se passait en 1939, mais aucun de nous n'aurait pu imaginer qu'à la fin de l'année le Cabinet démissionnerait parce que le vice-roi avait déclaré la guerre à l'Allemagne. Et encore moins que s'instituerait de nouveau la souveraineté britannique sur l'Inde, avec ses gouverneurs flanqués d'un conseil dont les membres étaient désignés d'en haut. Ce soir-là, quand nous sommes allés au Gymkhana, le monde entier semblait s'ouvrir devant nous.

» Et j'en arrive ici au point important auquel tout mon récit tendait. C'est seulement en pénétrant dans ce club que j'ai compris vraiment ce que défendaient des hommes comme Robin White face à une opposition bornée. Je ne parle pas de l'opposition parlementaire britannique mais de celle qu'il rencontrait ici, à Mayapore. J'ai constaté à quel point lui et le club se correspondaient.

Comme lui le club avait un visage difficile à percer, il était sans éclat, confortable, et impressionnant aussi, sans doute à cause de l'importance que les Anglais – la classe dirigeante – lui attachaient. Dans ce club (dans le fumoir, pour être tout à fait exact), j'ai vu pour la première fois la vraie nature de Robin White. En parlant aux serviteurs, il les *regardait.* On voyait qu'il ne s'estimait pas supérieur à eux, mais simplement plus responsable. Et c'est à cause de ce sens de sa responsabilité qu'il acceptait avec dignité sa position privilégiée. C'est une attitude qui porte à la confiance. J'ai eu la révélation – passez-moi ce terme théâtral – de ce que peut être foncièrement un Anglais quand le voile du pouvoir et de l'influence s'écarte. Et c'est pourquoi j'ai toujours aimé ce club.

– Encore aujourd'hui ?

– Je l'aime pour ce qu'il a été, et au fond il n'est pas si différent aujourd'hui. Mais l'Anglais de la classe moyenne n'y joue plus au gentleman. Les experts qui arrivent aujourd'hui de votre pays ne sont pas issus des classes supérieures. Ces garçons que vous envoyez à Mayapore pour nous apprendre à faire fonctionner des machines compliquées y sont traités comme des hommes de race supérieure, mais je ne pense pas qu'ils se sentent une *responsabilité.* Ils viennent à cause des salaires intéressants, du cadre de vie agréable. Ils ne comprennent pas que nous trouvions compliqué ce qui leur paraît si simple. Nous saisissons rapidement les aspects superficiels d'une machine, mais non sa logique interne. C'est ce qu'expriment des jeunes gens comme Surendranath et Desai quand ils disent que nous avons perdu notre temps à jouer à la politique. Toujours est-il que, devant nos insuffisances, l'expert se sent considérablement supérieur, et il tire aussi vanité, même s'il en a secrètement honte, du fait d'être automatiquement membre du Gymkhana Club. Il se moque de ce que perpétuait le Gymkhana – le caractère passéiste des bonnes manières de la haute société – et c'est sans doute pour cela qu'il y vient en short et chemisette, qu'il parle grossièrement. Ne sachant pratiquement rien de l'histoire anglo-indienne, il rejette tout ce qui lui semble y être lié, comme autant d'exemples d'un snobisme britannique dépassé. C'est pourquoi, d'une certaine façon, il nous rejette. Et bien sûr, cette attitude repose aussi sur autre chose : sur sa méfiance et son aversion vis-à-vis des gens à peau foncée, une aversion dont il n'avait peut-être pas conscience mais qu'il se découvre au bout d'un certain temps, et qui ne le distinguerait guère de ses prédécesseurs si ce n'est qu'il ne se gêne pas pour l'exprimer matériellement – comme celui qui a vidé les pots de chambre dans la piscine. Et tout cela est encore plus complexe. À l'égal des anciens maîtres anglais de l'Inde il recherche la considération, et il se sent donc spolié de ne pas avoir hérité de cet Empire, alors qu'il l'avait toujours considéré comme une pure affaire des classes dirigeantes. Si vous le lui disiez, il ne vous comprendrait pas, et il s'inscrirait en faux contre votre interprétation. Mais nous autres Indiens, nous le comprenons. Et ce que nous saisissons le plus clairement, c'est que, par-delà la politique officielle, la souveraineté étrangère, la mystique, les faux-semblants publics et privés, entre nos races la crainte et l'aversion procédaient de la couleur de la peau. Même quand nous aimions les Anglais, nous les redoutions, et lorsque seule primait la peur, elle se doublait de haine. Dans cette étrange relation d'attraction-répulsion, nous étions perdants, car nous devions bien convenir que vous nous dépassiez de très loin au point de vue scientifique et technique. Aujourd'hui encore, nous mettons en corrélation peau blanche et intelligence supérieure. Et même beauté. Ici, le soleil est trop violent. Il nous brunit et nous épuise. La peau blanche évoque le succès matériel, lequel n'est pas une affaire de muscles mais d'intelligence... Ah, voici enfin ce train !

Avec une précision mathématique inconnue de l'esprit local et donc importée par le savoir étranger, les barrières du passage à niveau se relèvent, rétablissant l'accès au pont qui mène à la Ville noire. La Studebaker (elle appartenait à un Américain qui, à Calcutta, l'avait vendue avantageusement à un ami brahmane de Mr Srinivasan) s'y engage souplement. En dessous, la rivière se pare de tous les feux des lumières nocturnes. En sens inverse, s'ébranle à son tour le flot relativement réduit des charrettes tirées par des buffles blancs à bosse. Dans la lumière des phares, leurs yeux semblent des braises rouges.

– Si nous visitions le temple ? s'écrie brusquement Mr Srinivasan. Il n'est pas encore très tard. Allons, Lili, montrons au moins une chose véritablement indienne à votre hôte !

À la sortie du pont de la porte du Mandir, le temple de Tirupati se dresse à gauche. Sur la droite il y a le cinéma Majestic. La place au fond de laquelle s'élèvent l'arbre sacré et le petit sanctuaire des voyageurs, et d'où partent la rue de la prison et celle du bazar Chillianwallah, ne possède qu'un seul lampadaire mais elle est également éclairée par les échoppes où on attend encore le client, sous l'éclat aveuglant d'ampoules nues ou de lampes à gaz. D'un café voisin s'échappe un air en vogue – une musique de la civilisation du microsillon, amplifiée par un haut-parleur, concert bruyant de cordes, de cuivres et de percussions accompagnant une chanteuse à la voix aigre et nasale. Il y a là deux vaches, des cyclo-pousses à l'arrêt, beaucoup de gens et plusieurs mendiantes qui, un enfant endormi sur le bras, convergent vers la Studebaker. Leurs yeux et l'anneau qui leur perce une narine étincellent fugitivement lorsqu'elles passent dans un rayon lumineux.

Elles entourent la voiture et l'escortent, moitié marchant, moitié trottant. Au moment où le chauffeur musulman stoppe pour se garer, par les vitres ouvertes elles tendent la main à ses occupants. Finalement, Mr Srinivasan les menace d'appeler la police. Elles reculent un peu, juste assez pour que les passagers puissent descendre. Elles n'importunent pas le chauffeur qui reste dans la Studebaker, mais les plus insistantes s'attachent aux pas du petit groupe qui remonte vers le temple. Quand on croit qu'elles se sont découragées, une main vous tirant par la manche prouve qu'il n'en est rien. Il ne faut pas commettre l'erreur fatale de les regarder. En Inde, on ne doit que trop souvent détourner les yeux. « Surtout, ne leur donnez rien », dit Mr Srinivasan. Il est évident qu'elles concentrent leurs efforts sur le membre le plus vulnérable du trio : le Blanc. Une de ces femmes persistera presque jusqu'à l'entrée du temple, lui tirant la manche et lui murmurant comme une litanie : « Sahib, Sahib. »

– Vous devez malheureusement vous déchausser, indique Mr Srinivasan. Mais vous pouvez garder vos chaussettes.

L'Européen décide de sacrifier même ses chaussettes.

L'entrée est assez étroite et longue, car la porte est en fait une haute tour de pierre à étages de largeur décroissante, entièrement décorés de sculptures que l'obscurité empêche de distinguer, et on y pénètre par un passage ménagé dans sa base. À mi-chemin, sous une lampe à huile se tient accroupi un serviteur du temple, entouré de chaussures et de sandales. Il fait un signe à la craie sur les semelles et donne à Mr Srinivasan un morceau de papier. Sous les pieds nus, le sol est tiède et assez râpeux. On descend dans la grande cour du temple par quatre marches basses. Ici, le sol est sablé. Les fidèles déambulent, prient ou bavardent assis par terre. L'éclairage est parcimonieux. Au centre de la cour s'élève le bâtiment carré du saint des saints. Toute l'enceinte est elle-même bordée de sanctuaires. Certains sont plongés dans le noir; d'autres sont éclairés, pour montrer que la divinité (dieu ou déesse) est éveillée. Leurs statues, souvent petites comme des poupées, sont peintes et garnies de colliers de fleurs. Une cloche tinte dans le sanctuaire central : un adorateur du seigneur Venkatasvara l'avertit qu'il vient se présenter devant lui. En faisant le tour de la cour, les trois visiteurs arrivent devant l'entrée du temple. Près d'un pilier stationne un homme au crâne rasé, torse nu, avec la cordelette sacrée sur son épaule cuivrée. Devant les portes ouvertes se tiennent les adorateurs du seigneur Venkatasvara, élevant leurs mains jointes au-dessus de leur tête, dans l'attitude de la prière. Ces hommes à la peau noire sont simplement vêtus d'un pagne. La courte corde attachée au battant de la cloche de fer suspendue au plafond s'agite encore. On entrevoit l'intérieur du saint des saints, grotte de pierre où luisent l'or, l'argent et l'ébène. Une odeur douce-amère flotte dans l'air, se mêlant à celle qui, par la porte monumentale, monte de la rivière. Ici le sable est grumeleux, là doux comme du velours.

Il y a des arbres dans la cour. Le jour, ils fournissent un peu d'ombre. Derrière le sanctuaire principal se dresse celui de Vishnu endormi. À l'intérieur, faiblement éclairé par les lampes à huile encastrées dans les murs, dort le dieu sculpté dont l'éternité semble peuplée de beaux rêves. Sa longue forme lisse et nue fait corps avec la pierre d'où elle émerge sans s'en détacher. Le dieu a des épaules larges, une bouche aux lèvres pleines dont les commissures se retroussent en un sourire. Les paupières closes semblent toujours sur le point de papilloter voluptueusement. On a l'impression qu'il va s'éveiller d'un moment à l'autre, ou en tout cas que la raideur des membres dissimule une sorte de souplesse, comme si le dieu se détendait parce que son long sommeil lui engourdit les muscles. Alors, la main délicatement sculptée mais puissante se détachera de l'oreiller de pierre, descendra en travers du torse. Et peut-être les lèvres pleines s'entrouvriront-elles pour exhaler tout doucement un mot, comme en un rêve, révélant ainsi un secret à quiconque, homme ou femme, se trouvera là : le secret de la puissance sur la terre et de la paix dans l'au-delà.

– Je regrette que nous ne puissions vous faire pénétrer dans le saint des saints, dit Mr Srinivasan. J'y parviendrai peut-être une autre fois, si j'arrive à convaincre le prêtre que vous êtes bouddhiste. Mais Lili paraît fatiguée.

Non seulement fatiguée, mais curieusement dépaysée.

Tandis qu'on cherche les chaussures, qu'on extrait les chaussettes de ses poches, qu'on donne une pièce à l'homme, Mr Srinivasan explique :

– À présent, les temples dépendent du gouvernement. Les prêtres sont quasiment des fonctionnaires. Ils reçoivent un salaire et recueillent les dons des fidèles conformément à un barême. Ils ne peuvent plus leur soutirer de l'argent abusivement. Nous autres, ceux de la vieille garde du Congrès, tenions avant tout à ce que l'Inde soit un État démocratique et laïque, et non une autocratie sous l'empire des prêtres.

Au sortir du temple, les mêmes mendiantes fondent sur le trio. Une fois retrouvée la sécurité de la Studebaker, Mr Srinivasan dit : « Je présume qu'à présent nous sommes sanctifiés. La règle veut que nous nous montrions charitables », et il jette des pièces par la vitre baissée. Les femmes les ramassent, à quatre pattes dans la poussière, et la voiture, ainsi libérée, démarre. Elle s'engage dans la rue de gauche, celle que suivait sœur Ludmila, portant son sac de cuir enchaîné à sa ceinture. Elle est étroite, peu éclairée et emplie de gens. Le capot de la Studebaker semble une proue de bateau se frayant un chemin sur une rivière particulièrement encombrée. Le chauffeur n'arrête pas de freiner et de klaxonner. Au débouché de la rue, face au mur d'enceinte du bazar Chillianwallah, la ville semble brusquement s'éteindre. Le marché est fermé, les volets des maisons sont tirés, et bien peu laissent filtrer une lumière. Les phares créent des ombres anguleuses. L'odeur de la rivière se glisse par les boyaux entre les maisons abandonnées.

La Studebaker tourne, arrive à proximité de l'ancien palais abritant le Purdah Hospital, l'hôpital des femmes : il est entouré d'un haut mur percé d'une entrée que barre un portail de fer, à travers lequel on aperçoit la verdure du jardin et une lumière brillant à travers le feuillage. Un chien tacheté jaune et blanc traverse la chaussée devant la voiture. Le ciel piqueté d'étoiles se déploie à l'infini. Quelque part vers la droite se trouve le lieu qu'on appelait le Sanctuaire et, vers la gauche, la cité-jardin du Chillianwallah Bagh.

« Elle est morte ici voilà de nombreuses années », dit Mr Srinivasan. Il parle de Mrs Gupta Sen qui, avant son mariage, s'appelait Shalini Kumar. Dans la cité-jardin, les rues sont tracées au cordeau mais leurs chaussées ne sont qu'empierrées et l'éclairage public laisse à désirer. Dans les cubes de béton protégés par de hauts murs d'enceinte, habitent surtout de riches marchands. Quelques-unes des fenêtres fermées par des barreaux de fer sont encore éclairées. Entre les villas, des cocotiers dressent leurs hautes silhouettes plumeuses qui penchent un peu. La Studebaker tourne dans une rue puis dans une autre. L'habitation qui porte le numéro douze ne se distingue en rien des autres, c'est une masse sombre et anonyme. Un petit-fils de Romesh Chand l'habite quelques mois par an, pendant la saison froide. Mr Srinivasan demande au chauffeur de stopper devant le portail cadenassé. La seule impression est celle de la tiédeur de la nuit, la seule vision est celle du jardin envahi par l'obscurité et de la courte passerelle couverte permettant d'atteindre le portail, par-dessus le fossé d'évacuation des eaux de la mousson, dans l'herbe duquel fut trouvée la bicyclette.

Et le jeune Kumar, où se trouve-t-il à présent ? D'un haussement d'épaules, Mr Srinivasan indique qu'il l'ignore. Il est peut-être mort. Après le viol dans les jardins du Bibighar, Romesh Chand l'a renié. Et qui sait si, de son côté, le jeune Kumar n'a pas renié sa famille ? L'Inde est un grand pays. Il est facile de s'y faire oublier. Cette idée d'immensité (plate, lourde, sans relief permettant de s'orienter), d'absence de limites, engourdit l'esprit. Ici, rien n'est éventuel, tout est possible. Il faudrait être dans les airs pour discerner un vague schéma, la trace d'un dessein humain sans aboutissement. La Studebaker repart, un peu au hasard, et retombe automatiquement dans la Chillianwallah Bagh Extension Road, qu'il suffit de suivre en direction du nord pour aboutir au pont du Bibighar.

Bordé par des parapets de pierre assez bas, le pont est arqué, comme tendu contre les douleurs rhumatismales que lui occasionne l'eau qui bat ses piles. La Studebaker le franchit, par-dessus l'eau invisible (car il n'y a pas de lumière pour s'y refléter), passant de l'éternel au transitoire, des eaux qui prennent leur source dans les neiges de lointaines montagnes aux lignes d'acier parallèles qui, vers l'est, conduisent à d'inimaginables eaux maritimes.

À présent, un lampadaire au néon éclaire la cabane du garde-barrière. La voiture bien suspendue rebondit en souplesse sur les planches disjointes du passage à niveau. On imagine facilement ce qu'on éprouvait en le traversant à bicyclette, lorsque le signal passait au vert et qu'arrivait ensuite, de la gauche, le train, avec son odeur métallique qui est la même dans le monde entier, et peu différente de ce qu'elle était il y a bien des années, de sorte qu'en la respirant on peut se dire : « Voilà ce qu'elle a senti quand elle est repartie du Sanctuaire de sœur Ludmila. »

Cependant, sur l'autre rive les choses évoluent. On refait la chaussée. Lili Chatterjee avait évoqué ces travaux. Des lanternes de signalisation montrent des tas de pierres et de longues perches reposant sur des chevalets de bois. La Studebaker doit rouler tout contre l'enceinte des jardins du Bibighar.

C'est un mur comme on en voit partout en Inde. Nettement plus haut qu'un homme, gris, lépreux, vieux. À cause des arbres qui le bordent intérieurement, on ne voit pas le parc. Tandis que la voiture le longe, personne ne dit rien. Ce qui, en soi, est un commentaire suffisant.

À partir de là, la route suivie est celle de la jeune fille courant dans la nuit. Et voici ce qu'elle a dû éprouver : l'impression, par-delà les masses sombres des habitations, d'un territoire illimité, infini. En passant d'abord par des rues banalement quotidiennes mais plongées dans le noir. Et toujours l'odeur persistante de la terre, à laquelle on s'accoutume au point de ne plus la remarquer et qui, même si on ne l'aime pas, vous devient nécessaire.

CINQUIÈME PARTIE

LE JEUNE KUMAR

Le père de Hari Kumar était mort à Édimbourg. Il avait pris une dose trop forte de somnifères. Lorsque ses avocats apprirent au jeune homme qu'il ne laissait même pas assez d'argent pour payer Mr et Mrs Carter, qui s'occupaient de la maison dans le Berkshire, il téléphona aux Lindsey pour leur demander ce qu'il devait faire. Bien que les avocats lui aient dit que ce n'était pas son affaire, il voulait assumer la responsabilité des dettes de son père – s'il se révélait qu'il laissait des dettes. Les Lindsey avaient autant de mal que lui à croire à cette histoire de ruine. Ils lui dirent de venir immédiatement chez eux, à Didbury, et d'accepter leur hospitalité. Ils lui recommandèrent de ne pas s'affoler. Mr Lindsey verrait les avocats et en obtiendrait des explications claires.

La mort de son père était survenue pendant les vacances de Pâques de 1938, quelques semaines avant le dix-huitième anniversaire de Hari. Les Lindsey se trouvaient alors à Paris. Sans cela Hari se serait réfugié chez eux, et ils l'auraient réconforté pendant les obsèques. Il passait généralement ses vacances chez eux. Leur fils, Colin, était son meilleur ami. Il était resté auprès d'eux jusqu'au moment de leur départ pour Paris. Et si son père ne lui avait écrit d'Édimbourg en annonçant qu'il venait à Sidcot pour discuter avec lui de son avenir, il serait parti avec les Lindsey. Mais au lieu de cela, il avait dû rentrer à la propriété. Son père n'y était pas encore arrivé, et Mr et Mrs Carter paraissaient d'humeur bougonne. Ils ne l'attendaient pas et ils dirent que son père ne les avait pas prévenus qu'il viendrait d'Édimbourg. Il n'aimait guère les Carter. À Sidcot, le personnel ne restait jamais longtemps. Les Carter y travaillaient depuis deux ans, ce qui était une sorte de record. Il ne se souvenait même plus de tous ces couples – gouvernante et jardinier-homme à tout faire – que son père avait employés. Et dans le passé, avant même qu'il aille à l'école, il y avait eu une succession de bonnes d'enfants et de précepteurs peu commodes, dont certains ne dissimulaient pas qu'ils préféraient travailler chez des gentlemen blancs. Pour lui, contrairement à ce qu'il constatait chez les Lindsey, la maison n'avait jamais été un foyer. Il ne voyait son père que trois ou quatre fois l'an, et encore, jamais plus d'une semaine. De sa mère, il n'avait aucun souvenir. Il croyait savoir qu'elle était morte en le mettant au monde, là-bas en Inde. Et de l'Inde non plus il n'avait aucun souvenir.

S'il avait du mal à croire les avocats, c'était parce que son père avait toujours paru posséder beaucoup d'argent. La maison de Sidcot était cossue, plus grande et plus richement meublée que celle des Lindsey. Et en plus, il y avait toute une succession d'appartements londoniens où son père s'installait et qu'il quittait en vertu d'un principe qui échappait à Hari et ne l'intéressait pas. Il veillait simplement à noter correctement les changements d'adresse et de numéro de téléphone afin de pouvoir joindre son père par lettre ou déjeuner avec lui au passage lorsque, à la fin d'un trimestre, il quittait le collège pour aller se reposer quelques jours à Sidcot. Dans ces cas-là, il emmenait généralement Colin. En une de ces occasions, regardant l'appartement peu accueillant mais somptueux, Colin avait remarqué : « Ton père doit être salement riche. » Et Hari avait simplement répondu, avec un haussement d'épaules : « Oui, je présume. »

Ce fut probablement à ce moment-là qu'il se mit à considérer d'un œil critique son père qui parlait l'anglais avec cet affreux accent, qui écrivait son nom « Coomer » et disait aux gens de l'appeler David parce que « Duleep est si difficile à prononcer ». Duleep avait choisi le prénom de Hari pour le seul de ses enfants qui ait survécu, son fils unique (ce fils qu'il avait tant appelé de ses prières et dont il préparait minutieusement l'avenir), car on le prononce facilement et il ne se distingue pas, à l'oreille, de Henry, diminutif de Harold, ce Saxon qui avait régné sur les Anglais avant l'arrivée des Normands.

Duleep avait forcé la main à ses parents pour qu'ils le laissent aller faire son droit en Angleterre. (À peu près à la même époque, Miss Crane quittait les Nesbitt-Smith pour se mettre au service de la Mission, tandis que mourait dans la misère la mère d'une adolescente qui entrait alors à l'orphelinat et qu'on appellerait plus tard sœur Ludmila.)

Habitants d'un district des Provinces-Unies, les Kumar étaient propriétaires fonciers. Comparativement à l'Indien moyen ils étaient riches, et se montraient fidèles à une couronne étrangère qui inclinait à respecter la législation sur les terres. Les Kumar étaient nombreux mais, comme le remarqua assez tôt le jeune Duleep, s'ils jouissaient de la considération des gens ayant la même couleur qu'eux, n'importe quel petit fonctionnaire britannique fraîchement débarqué pouvait les traiter de haut en les faisant attendre interminablement dans la véranda de son petit bungalow sacré aux pièces rafraîchies par des *pankas*, et en les traitant avec condescendance. La puissance, raisonnait Duleep, ne résidait pas dans l'argent mais dans cette combinaison magique du savoir, de l'éducation et de la race. Son père – un de ceux qu'on faisait attendre – s'élevait contre cette idée.

– Finalement, disait-il, la seule chose importante, c'est l'argent. Qu'est-ce qu'une rebuffade, une insulte ? Rien. Elle ne coûte rien à adresser et rien à recevoir. Une poche bien garnie guérit vite une blessure de fierté. Ce jeune homme qui me fait attendre est stupide. Il refuse les cadeaux, parce qu'on lui a enseigné que recevoir un cadeau d'un Indien, c'est se faire soudoyer. Chez lui, il serait moins prudent. Mais dans quarante ans il sera pauvre, et vivra de sa pension dans son climat froid.

– Mais pendant quarante ans, il aura exercé un pouvoir, rétorquait Duleep.

– Quel pouvoir ? Il aura tranché quelques litiges fonciers, veillé à faire prolonger un chemin, creuser un fossé, il aura perçu les impôts au nom du gouvernement, imposé l'amende à quelques milliers d'hommes, il en aura fait fouetter une vingtaine et envoyé deux cents en prison. Tandis que toi tu seras un homme relativement riche. Ta puissance sera matérielle, tu la verras en contemplant tes terres. Tu ne connaîtras qu'un seul désagrément, et il sera mineur : celui d'attendre le bon vouloir d'un des successeurs de ce jeune homme qui, lui aussi, refusera les cadeaux et, à son tour, exercera ce que tu appelles un pouvoir, mais ne mourra riche que de ses souvenirs coloniaux.

Duleep rit. La démonstration de son père ne manquait pas d'humour, mais autre chose lui paraissait comique là-dedans. C'était que lorsque son père mourrait, la terre qu'il s'enorgueillissait de posséder serait divisée entre ses enfants, puis ensuite entre ses petits-enfants et arrière-petits-enfants, et, pour finir, il ne resterait rien. La puissance se serait amenuisée village après village, champ après champ. Mais, dans le bungalow sacré, il y aurait toujours un jeune homme, se préparant à écouter d'un air impassible des histoires de misère et d'injustice; et en fait uniquement préoccupé de sa carrière, des échelons à gravir pour parvenir jusqu'au Secrétariat, ou au Conseil du gouverneur général, ou à la Haute Cour de justice.

Duleep était le benjamin d'une famille de sept enfants – quatre garçons et trois filles. Considérant sans doute que sept enfants est un chiffre favorable, après sa naissance (en 1888) ses parents n'avaient pas semblé désireux d'augmenter encore leur progéniture. Il était le petit, le dernier-né. Il se peut que ses frères et sœurs soient devenus jaloux des soins et de l'affection dont on l'entourait. Il est en tout cas certain que bien plus tard les aînés de Duleep survivants ne se manifestèrent pas pour venir en aide à son fils Hari. Et, au fond, les choses auraient peut-être mieux tourné s'il n'avait plus existé un seul Kumar. Mais c'était compter sans Shalini – la petite fille que sa mère mit au monde quand il avait onze ans. Tout atteste de l'existence d'un lien particulier entre le plus jeune fils et la plus jeune fille, né sans doute du sentiment d'isolement qu'éprouvait Duleep par rapport à ses frères et sœurs, lorsque ses parents eurent cessé de le couver. À ce moment-là, il considérait déjà son entourage d'un œil critique et aspirait à en sortir, à aller plus loin. Des quatre fils, il était le seul à avoir terminé ses études à l'École supérieure d'État et à être entré au Collège d'État, non sans avoir dû batailler contre ses parents, qui estimaient qu'il y perdrait son temps. Bien plus tard, il devait se plaire à citer les chiffres du recensement effectué dans la province vers cette époque. Hommes : vingt-quatre millions et demi; femmes : vingt-trois millions. Il n'y avait là-dessus qu'un million et demi d'hommes sachant lire et écrire, et, chez les femmes, moins de cinquante-six mille – chiffre dans lequel ne figuraient pas ses grandes sœurs. Son père et ses frères savaient lire et écrire leur langue, et ils déchiffraient un peu l'anglais. Et ce fut parce que Duleep maniait correctement cette dernière langue, celle des administrateurs blancs, qu'il se mit à accompagner son père lorsque celui-ci devait présenter une requête à leur représentant local. Dès lors, il se fixa un triple but : rompre avec la tradition familiale terrienne, devenir un homme qui accorde des faveurs et non qui en sollicite, sauver Shalini de l'ignorance et de la tyrannie domestique que les sœurs aînées et même les femmes des deux grands frères déjà mariés acceptaient avec résignation, comme si les femmes n'avaient rien d'autre à attendre de la vie. Shalini avait trois ans quand il commença à lui apprendre ses lettres. À cinq ans, elle lisait l'anglais.

Duleep avait alors seize ans. Le Collège d'État où il avait obtenu son admission se trouvait à cent cinquante kilomètres de chez lui – le bout du monde. Sa mère pleurait, ses frères ricanaient. Ses grandes sœurs et ses belles-sœurs le regardaient comme s'il s'embarquait dans une aventure honteuse. Bien qu'il ne comprît pas ce qui le poussait à étudier, son père le bénit la veille de son départ et, au matin, il le conduisit à la station de chemin de fer dans une litière tirée par des bouvillons.

Et commença alors ce qu'on peut appeler « la tragédie » de Duleep Kumar. Il ne possédait pas vraiment les moyens de ses fins. Au milieu des siens, son ambition s'était aiguisée en raison de leur incompréhension. Au collège, il se retrouva parmi des adolescents, des garçons d'origines diverses mais cherchant tous, comme lui, à réussir.

Devant la difficulté des matières enseignées, il s'apercevait qu'un tri s'opérait entre ceux qui avaient l'esprit vif et les autres. Pour la première fois de sa vie il devait s'avouer que, bien que doué d'intelligence, il assimilait moins vite que certains de ses condisciples. Évidemment, ceux-là venaient de familles aux idées modernes, où on parlait constamment l'anglais. Au collège le corps professoral se composait en majorité d'Anglais, alors qu'à l'École supérieure d'État, l'enseignement, bien qu'également en anglais, était surtout dispensé par des Indiens. Il avait toujours compris parfaitement ce que disaient les enseignants indiens, et même pensé souvent qu'il aurait su le formuler mieux qu'eux. Tandis qu'à présent, il suivait de plus en plus difficilement les cours, dérouté qu'il était par les mots eux-mêmes et, plus encore, par le raisonnement sous-jacent à ces mots. Et il n'osait pas poser de questions. Ses camarades n'en posaient pas. Ils écoutaient attentivement en prenant des quantités de notes, comme s'ils avaient compris. Demander quelque chose, ç'aurait été avouer son ignorance – un aveu fatal dans ce monde de rivaux.

À présent, ce n'était plus aux idées étroites d'une famille indienne orthodoxe qu'il se heurtait, mais à la langue elle-même. Ses camarades ne semblaient pas percevoir la différence qu'il y avait entre leur façon de parler l'anglais et celle des Anglais. Ce n'était pas seulement affaire de prononciation ou de syntaxe. Encore que, trop jeune pour formuler ce problème, il sentait qu'il devait percer là un important secret – un secret expliquant l'arrogance du représentant cantonal et le mépris intellectuel des professeurs anglais.

À bien des années de là, il dirait à son fils Hari : « Ce n'est pas seulement que, lorsque tu réponds au téléphone, la personne à l'autre bout du fil te prend pour un Anglais de la bonne société, mais *tu l'es,* par ta mentalité et ton comportement. Moi, à ton âge, ce n'était pas seulement que je parlais l'anglais avec un accent indien encore plus prononcé qu'aujourd'hui, mais mentalement et matériellement j'imitais les gens qui nous dominaient. Et ils le savaient, sans que nous ayons à l'avouer. Cela les amusait, et parfois les irritait. En nous entendant, ils ne pouvaient oublier que nous étions un peuple vassal, inférieur. Plus nous nous efforcions de reproduire le parler quotidien des Anglais, et plus notre pensée leur paraissait naïve, parce que nous raisonnions dans une langue étrangère. L'hindi est une langue belle et concise, qui permet de formuler les idées avec simplicité et authenticité, et donc de se comprendre mutuellement au moyen d'images concises, simples et vraies. L'anglais n'est pas concis mais il est beau. Ce n'est pas une langue vraie car ses subtilités sont infinies. C'est le parler d'un peuple qui s'est probablement acquis sa réputation de perfidie et d'hypocrisie à cause de la souplesse, de l'agilité de sa langue qui permet aux phrases de signifier une chose et puis, l'année suivante, une autre chose. Du moins en va-t-il ainsi de l'anglais écrit, celui dans lequel les Anglais expriment leurs nobles intentions et aspirations. En revanche, l'anglais parlé est rarement beau. Il est aussi concis que l'hindi, mais plus cruel. Nous autres, nous avions appris l'anglais dans les livres, et les Britanniques, sachant qu'il y a d'une part les livres et, de l'autre, la vie, riaient tout simplement de nous. Et ils continuent à le faire. C'est dans ce collège indien que j'ai compris l'importance capitale de bien posséder cette langue, écrite et parlée. Mais comme ce sont surtout les livres qui m'y ont amené, j'étais imprégné du style littéraire. J'ai appris par la suite que nos enseignants appelaient « kumarisme » toute formule alambiquée employée pour décrire une réalité simple. Et je n'ai même pas compris tout de suite que c'était une désignation péjorative. En tout cas, et bien qu'avec des notes faibles, j'ai été reçu à mes examens de fin d'études. Pour moi, c'était un triomphe. »

Ainsi, à dix-neuf ans Duleep Kumar rentra triomphant chez lui. Non qu'il n'y soit pas revenu dans l'intervalle, car il y avait les périodes de vacances, mais cette fois il était nanti d'un diplôme et d'ambitions : il fallait qu'il fasse la traversée sur l'eau noire, qu'il aille en Angleterre passer le concours d'entrée dans l'*Indian Civil Service,* c'est-à-dire la première classe de la fonction publique. (Le fait que ces concours n'aient lieu qu'en Angleterre réduisait singulièrement le nombre des Indiens susceptibles de s'y présenter.)

Il trouva ses parents moins joyeux de ses succès scolaires que préoccupés de le voir enfin accomplir son devoir primordial, celui du mariage, afin de se multiplier, de se donner au moins un fils qui, à sa mort, accomplirait le rituel funéraire et veillerait avec honneur à son départ vers un autre monde. La jeune fille à laquelle ils songeaient, qui s'appelait Kamala et dont, selon les astrologues, l'horoscope présentait d'heureuses conjonctions avec celui de Duleep, avait déjà quinze ans; en fait, dirent-ils, elle en avait près de seize. Non sans brusquerie, il refusa absolument d'entendre parler de cette Kamala.

La ferme des Kumar était un assemblage de bâtiments bas se développant autour d'une cour intérieure et située dans un vaste enclos à la lisière d'un des villages – le plus grand – dont ils étaient propriétaires. La ville, où résidait le représentant cantonal de l'administration, se trouvait à huit kilomètres – un trajet interminable quand il faut s'y rendre en charrette tirée par des buffles. Huit kilomètres pour atteindre le premier avant-poste de la civilisation. Duleep avait l'impression d'être en prison. Il s'amusait avec Shalini et, à intervalles, lui faisait répéter ce qu'il lui avait appris trois mois plus tôt, lors de son dernier congé; il constatait avec satisfaction qu'elle n'avait rien oublié. Entre eux, les sentiments confinaient à présent à l'adoration. Il la trouvait délicieusement douce, jolie, intelligente. Pour elle, ce frère était une sorte de divinité miraculeusement descendue sur terre, il était beau, il savait tout, il jouait avec elle, il ne se fâchait jamais – du moins avec elle, car elle l'entendait parfois hurler contre ses frères, se disputer avec son père. Et une fois aussi, alors qu'il se croyait seul, elle l'avait entendu pleurer; alors elle avait cueilli des fleurs pour faire partir sa tristesse, afin qu'il recommence à sourire et à lui raconter des histoires de Rama, le roi divin.

Il décida finalement de passer un marché avec ses parents. Il accepterait d'épouser cette Kamala, à condition qu'ils le laissent auparavant poursuivre ses études en Angleterre et passer le concours.

Son père voulut savoir combien de temps durerait son absence. Sans doute deux ou trois ans, dit Duleep. Son père répondit que ce n'était pas acceptable. Duleep voulait-il faire de sa future femme la risée de tout le monde ? Et songeait-il aux frais qu'entraîneraient ses études en Angleterre ? Où voulait-il qu'on trouve autant d'argent ? Duleep avait prévu cette objection. Il proposait de s'engager par écrit à abandonner à ses frères la part de son futur héritage correspondant à ces frais.

– Tu ne peux abandonner ce que tu ne possèdes pas encore, lui fit remarquer son père. En plus, c'est la perspective de ton héritage qui te rend un parti intéressant aux yeux des parents de Kamala.

– Et mon instruction, ma carrière, cela ne signifie rien pour eux ?

– Tu n'es même pas encore entré dans ce que

tu appelles ta carrière. Et songe aussi que la dot de ta femme viendrait grossir la propriété, ce qui permettrait de trouver l'argent nécessaire à ton séjour en Angleterre. Tu dois donc d'abord te marier. Tu as déjà dix-neuf ans. À ton âge, tes frères avaient déjà pris femme. Et à seize ans, l'âge qu'aura bientôt ta future épouse, tes sœurs aînées aussi étaient mariées. Moi, j'ai déjà dû constituer trois dots. Mes ressources ne sont pas inépuisables. D'autant que, dans quelques années, je devrai encore réunir une dot pour Shalini.

Les affaires de famille ne sont pas une chose qui se règle rapidement. Les négociations entre Duleep et son père durèrent plusieurs jours. Finalement, le jeune homme céda. Il acceptait d'épouser Kamala, mais il partirait pour l'Angleterre aussitôt après les noces.

Pour discuter avec lui, son père le recevait dans une pièce qu'il réservait, depuis un certain temps, à ses méditations. Elle ne contenait aucun mobilier, rien que des nattes posées sur le sol carrelé et sur lesquelles ils s'asseyaient. Le seul ornement des murs blanchis à la chaux était une gravure bariolée encadrée de bois de rose et représentant Ganeça, le dieu de la sagesse, dont la tête d'éléphant symbolise la réussite matérielle, et, sur le rebord de la petite baie simplement grillagée, une cruche généralement garnie de soucis ou de fleurs de frangipanier.

Le père de Duleep souleva une nouvelle objection :

– Je ne souhaite pas te voir entrer dans l'administration. Puisque tu ne veux pas t'occuper de tes terres, alors deviens avocat. Il me semble que tu peux faire ton droit à Calcutta.

– Que reproches-tu à l'administration ?

– Elle dépend d'un gouvernement étranger. Pour moi, ce serait une honte que mon fils la serve. En revanche, au tribunal il pourra la combattre en défendant les gens de sa race.

– Tu aurais honte ! Mais est-ce que tu n'as pas honte lorsque tu dois attendre debout sous la véranda du petit burra sahib ? D'ailleurs, tu disais : « Qu'est-ce qu'une rebuffade, une insulte ? »

– J'aurais honte, dit le vieux Kumar, si le petit burra sahib était mon fils.

L'argument était subtil. Duleep mit deux jours à le digérer, à se faire à cette soudaine antipathie de son père à l'égard de la domination anglaise, ou, en tout cas, à une antipathie jusque-là bien dissimulée. Et finalement, il céda.

– Voilà, j'ai réfléchi, dit-il à son père. Je serai juriste, peut-être même avocat. Mais je dois faire mon droit en Angleterre.

– Et tu épouseras d'abord Kamala ?

– Oui, père, j'épouserai Kamala.

Dans le cercle de famille, seules la mère de Duleep et une tante avaient vu sa future femme, Kamala Prasad. S'étant rendues chez ses parents, elles en étaient revenues favorablement impressionnées par la jeune fille, qui leur avait paru correctement élevée. Tranquillisé par les astrologues et satisfait de la dot prévue, le vieux Kumar n'avait plus qu'à sceller l'engagement par des fiançailles officielles et fixer la date du mariage.

Les Prasad habitaient à plus d'une trentaine de kilomètres des Kumar. Pour la cérémonie des fiançailles, seuls les hommes de la famille Prasad, le père de la future épouse, ses oncles et deux de ses frères mariés vinrent chez les Kumar. Ils apportaient en cadeau des sucreries et de petites sommes d'argent, mais voulaient en fait voir par eux-mêmes si le futur foyer de Kamala correspondait à ce qu'on leur en avait dit. Instruit par l'exemple de ses frères, Duleep s'inclina devant son futur beau-père puis s'agenouilla pour lui toucher les pieds en signe d'humilité. Celui-ci lui dessina sur le front le *tilak,* le signe propitiatoire. Ensuite les invités discutèrent cérémonieusement, prirent des rafraîchissements et repartirent vers la station de chemin de fer, première étape de leur voyage de retour. Duleep attacha peu d'importance à cette solennité qui lui semblait assez inutile mais, pour Shalini, ce fut un moment magique. « Le jour de ton mariage, lui demanda-t-elle, est-ce que tu chevaucheras l'épée au côté, comme un roi ? – Mais oui, sans doute », répondit-il en riant. Il trouvait tout cela assez bouffon. Il ne pensait qu'à son départ, qu'il commençait à organiser grâce à l'aide avisée du principal du Collège d'État. Il devait arriver là-bas en septembre, au début du premier trimestre.

Sitôt après la cérémonie des fiançailles, qui avait eu lieu en janvier, des difficultés s'élevèrent à propos du choix de la date des noces. Le moment idéal, indiquèrent les astrologues, était la deuxième semaine de mars. Kumar proposa la première semaine de septembre. Le navire sur lequel il avait retenu sa place par l'intermédiaire d'une agence de Bombay appareillait au cours de la deuxième semaine de septembre. Mais l'avis des astrologues était qu'à défaut de mars le mariage devait avoir lieu pendant la quatrième semaine d'octobre.

« C'est absolument ridicule, s'entêtait Duleep. Ils veulent simplement dire qu'ensuite, d'avril en juin il fera trop chaud et, de juin à octobre, c'est la saison des pluies. » Il n'avait aucune intention de vivre en homme marié pendant six mois avant de partir pour l'Angleterre. Il ne voulait pas coucher avec une fille qui n'avait pas seize ans, même si, selon ce qu'on disait, elle était jolie et nubile. Il fallait que le mariage ait lieu au début septembre. Il dormirait avec elle pendant une nuit ou deux, pour ne pas la déshonorer. Mais il n'accomplirait pas l'acte charnel. Il l'embrasserait doucement en lui expliquant que lorsqu'il reviendrait d'Angleterre, muni des diplômes l'habilitant à exercer une profession honorable, elle aurait tout le temps d'accomplir ses devoirs d'épouse et de lui donner des enfants. C'était tout juste s'il ne souhaitait pas qu'elle fût laide.

Il se réveillait parfois la nuit et, revoyant son parcours depuis sa sortie du collège, il estimait avoir commis une suite d'erreurs. Il avait renoncé à son projet d'entrer dans l'administration. Il avait cédé à ses parents qui voulaient le voir marié. La profession à laquelle il se destinait à présent ne lui plaisait pas vraiment. La seule chose qu'il avait obtenue, c'était d'aller en Angleterre. Mais quand il se réveillait le matin, cette dernière perspective suffisait à le rendre heureux et à répondre à l'affection de ses parents qui, à présent, étaient satisfaits de lui. Entendant un jour son père dire à un vieil ami : « Bien entendu, après son mariage Duleep ira poursuivre ses études en Angleterre », comme si c'était lui, et non son fils, qui avait pris cette décision, il se dit que, telle la bonne semence, la fierté paternelle pouvait germer dans le terrain le moins propice pourvu que ce terrain ait été arrosé par la sueur du devoir filial.

Et finalement, les choses se passèrent comme il le voulait. Les astrologues découvrirent une conjonction inattendue d'astres bénéfiques. Le mariage fut donc fixé pour la première semaine de septembre. « Tu vois, Shalini, confia-t-il à sa petite sœur, j'avais bien dit que tout cela était ridicule », mais il se retint d'ajouter que, de même que les Kumar, les Prasad étaient accablés de tant de filles qu'ils étaient trop heureux de se débarrasser de Kamala, même avant la fin des pluies de la mousson. Regardant Shalini, il essayait d'évaluer le fardeau que représentait déjà cette fillette de neuf ans : il faudrait lui constituer une dot, assurer son bonheur en lui trouvant un parti convenable, un garçon d'une famille telle que cette union honorerait les Kumar et serait bénéfique à leur fille, un mari qui serait bon avec elle, à qui elle pourrait vouer respect et affection, afin de lui complaire ainsi qu'à sa famille, et de trouver satisfaction pour elle et les siens.

« J'espère, se dit-il en songeant à sa future femme, que mon cœur me permettra de ne pas la détester. »

La première liste d'invités établie par son père atteignait près de trois cents noms. Après des négociations avec la famille Prasad, elle fut ramenée à un peu moins de deux cents invités. Du côté de la mariée, il y en aurait le double. Ces noces allaient saigner à blanc les Prasad. Vers la mi-août, chez les Prasad comme chez les Kumar, les invités commencèrent à arriver. Il en venait du Pendjab, de Madras, du Bengale, de Lucknow, de Bombay et même d'une ville aussi lointaine que Rawalpindi, ainsi que des Provinces-Unies elles-mêmes, où habitaient les deux familles. Duleep était le dernier fils du vieux Kumar; après lui, il n'y aurait plus qu'un seul mariage : celui de Shalini. La ferme était pleine, de même que la maison des invités, bâtie à distance de l'enclos, au moment des noces des grandes sœurs.

Par miracle, les pluies avaient cessé assez tôt pour la saison, ce qui constituait un heureux présage. Les Kumar et leurs invités partirent pour Delali le jour même du mariage, à l'aube. (Chez les parents de Kamala, les cérémonies se déroulaient déjà depuis deux jours.) Trois voitures leur étaient réservées. À la gare de Delali, une délégation de parents des Prasad les accueillit. Duleep et ses parents furent conduits chez un oncle paternel de la mariée. Là, on costuma Duleep en roi guerrier : culotte blanche collante, tunique brodée, épée, cape et turban pailleté surmonté d'une couronne d'où pendaient des guirlandes de roses et de jasmin qui lui dissimulaient à demi le visage et lui emplissaient les narines de leur parfum suave et enivrant. Dans la soirée, on le conduisit jusqu'au cheval caparaçonné qu'il enfourcha; le jeune cousin qui était son garçon d'honneur monta en selle derrière lui. Le cortège partit vers la maison de la mariée, escorté d'hommes portant des lanternes ou faisant claquer des pétards, martelant des tambours, sonnant de la trompette. L'air du soir résonnait de leur vacarme. Duleep en avait mal à la tête. Derrière le cortège venaient les habitants de Delali qui voulaient voir de leurs yeux le genre d'époux que la plus jeune fille du vieux Prasad avait finalement trouvé. Ils lançaient des insultes comiques à Duleep, que les champions du jeune homme leur renvoyaient vivement.

Ayant mis pied à terre devant la maison de l'épousée, il fut conduit jusqu'à la cour des femmes mariées où il subit sa première épreuve.

– Comme ça, tu t'en vas la semaine prochaine en Angleterre, dit une des femmes. Tu te fatigues donc si vite que tu préfères t'enfuir ?

– Non, non, répliqua Duleep en entrant volontiers dans le jeu, mais un jeune époux avisé obéit à l'adage : « De la modération en toutes choses. »

– L'épouse a peut-être des idées différentes là-dessus, lança une autre.

– Le miel est encore plus savoureux après un long jeûne.

– Et si le miel surit ? le questionna une femme encore plus hardie.

– À bouche fidèle, le miel le plus suret paraît doux.

Les femmes rirent en se cachant le visage. Duleep était un homme. La nouvelle fut rapidement transmise à l'épousée qui demeurait confinée depuis des heures dans sa chambre, après le rituel du bain purificateur, entourée des femmes ayant fonction de lui faire revêtir ses robes rouges, de la parer de lourds bijoux, de lui frotter de henné les mains et les pieds et de lui farder les yeux de khôl.

« Il est beau comme un prince, lui dirent-elles, et avec ça hardi. Oh, ces yeux ! Mais il est doux. Oui, vraiment, tu as de la chance. De tels hommes sont rares. Il vaudra bien la peine que tu l'attendes, après y avoir goûté. »

La deuxième épreuve était la cérémonie elle-même, qui devait commencer juste une demi-heure avant minuit – l'heure la plus bénéfique – dans la cour principale et durer des heures, conformément au rituel védique. Il siégeait à côté de l'épousée face au feu sacré de l'autre côté duquel se tenait le pandit. Dissimulée sous un voile épais, la mariée gardait la tête baissée. Duleep n'osait pas lui glisser un regard; il sentait son parfum, il la devinait petite et somptueusement parée. Le voile de l'épouse était lié au pommeau de l'épée de l'époux – avec laquelle, dans les temps anciens, il aurait dû trancher une branche d'arbre pour montrer sa vigueur. Ils étaient déjà indissolublement unis, pour la vie et peut-être au-delà de la vie. Et il n'avait pas encore vu son visage. Et elle-même n'avait pas vu le sien. Si elle apercevait quelque chose de lui, c'étaient ses chaussures dorées et brodées et ses jambes gainées par la culotte. Le pandit entonnait des mantras. On jetait de l'encens sur le feu dont Duleep et Kamala firent le tour l'un derrière l'autre, puis ils revinrent en sens inverse, et, cette fois, Kamala conduisait leur couple. On lui versa du riz dans les mains, et elle le reversa dans les mains de Duleep qui le jeta dans les flammes. Ils firent ensemble les sept pas propices, puis le pandit récita leur généalogie et on emmena Kamala, que Duleep ne verrait pour la première fois que le surlendemain soir, lors de la nuit nuptiale. Au cours de la journée du lendemain, Kamala serait conduite chez son époux, dans des vêtements offerts en cadeau par les Kumar.

Duleep se réveilla tard, rompit son jeûne et inspecta la dot exposée sur des tables soutenues par des tréteaux et protégées par des tentes – car on avait craint le retour malencontreux des pluies. Il y avait des vêtements pour lui et sa femme, des bijoux, des cassettes contenant des pièces d'argent et des billets de cent roupies, des costumes d'apparat transmis au fil des générations, de la vaisselle, des ustensiles ménagers et, dans un coffret, des titres de propriété foncière. Il se coucha tôt, étonné de se trouver à la tête d'une telle fortune – un père devait débourser gros pour donner un mari à sa fille. Le lendemain matin, on lui fit réendosser son habit royal, ceindre l'encombrante épée au fourreau de velours et, monté sur le cheval caparaçonné, il fut conduit en cortège jusqu'à la station de chemin de fer. Les parents de sa femme avaient mené celle-ci à son palanquin – forme menue vêtue de robes écarlates et ornée de lourds bijoux. Au dernier moment, elle avait dû hésiter, fondre en larmes, et ne consentir à y monter qu'après avoir été réconfortée et encouragée par sa mère. On tira les rideaux du palanquin, les porteurs le soulevèrent et les femmes qui le suivaient se mirent à chanter le raga de l'épousée, le raga du matin, le chant de la jeune fille quittant la maison de son enfance pour partir vers son nouveau foyer.

Le soir, aux abords de leur village, où ils arrivaient en cortège de la station de chemin de fer, ils furent accueillis par toute la population rassemblée. Les femmes mariées s'approchèrent du palanquin (fourni par les Kumar, pour remplacer celui que l'épousée avait laissé à Delali), en écartèrent les rideaux et inspectèrent Kamala. Les regards qu'elles jetèrent ensuite à Duleep lui laissèrent penser qu'elles n'avaient pas constaté de graves imperfections physiques. De toute la famille, seule Shalini avait été laissée à la maison. Elle sortit précipitamment et s'accrocha à la bride du cheval de Duleep (comme le palanquin, le cheval avait été envoyé de la ferme à la station de chemin de fer).

– Duleep, Duleep, cria-t-elle, comme tu es beau. Pourquoi l'as-tu épousée ? Tu ne pouvais pas attendre que je grandisse ?

Et, fièrement possessive, elle fit entrer le cheval dans la cour. Mais bien plus tard, alors qu'elle aurait dû être depuis longtemps au lit, elle vint le trouver dans la chambre où il se préparait pour la nuit.

– Tu sais, Duleep, dit-elle, je suis triste.

– Pourquoi donc ? lui demanda-t-il en la prenant sur ses genoux.

Lui passant ses bras autour du cou, la petite fille répondit :

– Parce que je l'ai vue.

– Et alors, pourquoi es-tu si triste ? dit-il, tenaillé par l'incertitude, le cœur battant au point de lui faire mal.

– Parce qu'on dirait une princesse. Tu as dû combattre pour l'avoir ? Tu as tué les démons, tu l'as sauvée ? Dis, Duleepji, tu as fait ça ? Tu l'as fait ?

– Il me semble que oui.

Il embrassa Shalini et l'envoya se coucher. Puis il attendit que sa mère lui amène Kamala.

La difficulté, devait-il raconter à Hari des années plus tard, fut que lorsqu'il dévoila Kamala, lorsqu'il la vit, il en tomba amoureux. Et c'est sans doute pour cela que, dès le départ, ses études de droit en Angleterre furent vouées à l'échec.

Quand il regagna son foyer, le poids de la défaite lui fut d'autant plus dur à supporter qu'à aucun moment son père ne lui reprocha les années gâchées, l'argent gaspillé. Il revenait en Inde accablé par bien des choses. Il devait reconnaître que son esprit n'arrivait pas à fonctionner au rythme fixé par des gens supérieurs, alors qu'au surplus on se montrait moins rigoureux envers lui, considérant qu'il n'était qu'un Indien, venu de si loin et à très grands frais, donc désireux de s'élever par lui-même au-dessus de sa condition défavorisée. Il devait aussi convenir qu'il ne pouvait s'en prendre à ses parents d'avoir souvent souffert du froid là-bas, d'avoir été solitaire, malheureux, et souvent aussi épouvanté par la misère et la crasse, par la vision d'enfants pieds nus, de mendiants déguenillés, de femmes ivres, ainsi que par la cruauté à l'égard des bêtes et des gens – toutes choses qu'en Inde seuls les Indiens étaient censés commettre ou tolérer. Il pouvait reprocher à ses parents de l'avoir contraint à un mariage prématuré qui l'avait dérangé dans le grand projet d'études qu'il se fixait, mais non de s'être toujours senti un étranger parmi les Anglais. Certes, on le traitait avec bienveillance et même avec respect, mais également toujours avec cette réserve gênante que suppose la bonne éducation. Il regrettait les façons directes et bon enfant de son pays. Pour comprendre le secret de l'attitude anglaise, il fallait être né en Grande-Bretagne. Pour lui, c'était trop tard, mais non pour son fils. En songeant qu'il serait père, il n'envisageait pas une nombreuse progéniture. Il lui suffirait d'un fils. Un fils qui réussirait là où il avait échoué – puisqu'il aurait tous les avantages qui avaient manqué à Duleep.

Lui, il portait la marque indélébile de l'Inde. Sous une mince surface anglicisée, il restait indien jusqu'au tréfonds, ce que son mariage arrangé par les familles avait confirmé et renforcé. « Pour l'Indien *indien,* devait-il dire un jour à Hari, il n'y a aucun avenir dans un monde *anglo*-indien. » Car Duleep possédait au moins une certitude : en dépit de ce qu'ils clamaient bien haut, les Anglais conserveraient la mainmise sur leur Empire, de son vivant à lui et largement encore du vivant de Hari. Sa théorie sur le départ éventuel des Anglais, c'était qu'ils attendraient que les jeunes Indiens fussent aussi anglais qu'eux-mêmes – sinon davantage –, de sorte qu'en leur transmettant les rênes du pouvoir ils n'auraient pas une impression de cassure violente. Ils agiraient comme un homme confiant à son fils adoptif une affaire créée à partir de rien et progressivement édifiée à travers des périodes alternées de succès et de revers.

Pour Duleep, l'indépendance indienne se ramenait à une question d'évolution, et non de politique – domaine dont il ignorait tout. Il croyait à la supériorité intellectuelle des Anglais car ce n'était pas par la force qu'ils exerçaient leur domination sur l'Empire. Ils imposaient leur gouvernement grâce aux armes administratives. Témoin le représentant cantonal campé dans son bungalow. Et lui, personne ne le forcerait jamais à épouser une jeune fille de seize ans. Peu lui importait de laisser ou non une postérité. Tout à l'accomplissement de sa tâche et à la poursuite de ses ambitions, il ignorait l'irrésistible élan qui peut s'emparer d'un garçon devant la jeune fille qu'on lui amène dans sa chambre et qui, dévoilée, lui inspire le tumultueux désir de la posséder, de sorte qu'oubliant toutes ses résolutions chastes et studieuses, il accède virilement au deuxième stade de l'existence sur lequel veillent des génies d'une nature nouvelle.

Bien plus tard, il confierait à Hari : « Que je sois tombé amoureux de ta mère, cela prouvait combien j'étais indien. La situation ne se ramenait pas simplement au fait que j'allais pouvoir assouvir mon désir sexuel. Quel jeune homme, d'ailleurs, n'aurait pas été transporté en découvrant une belle créature qui est sa femme et dont il peut faire ce qu'il veut ? Mais les choses étaient plus compliquées. Car j'accédais au deuxième stade de l'existence selon la règle hindoue. Je devenais un mari et le maître d'une maison. Au fond de mon cœur, mes ambitions se reportaient sur ma famille encore à naître, sur les fils et les filles que j'aurais. Comprends-tu cela ? Comprends-tu la puissance psychologique de cette assise ? Naturellement je prendrais du plaisir, un plaisir physique. Mais à quoi pourrait-il tendre, sinon au bonheur et à la réussite de ceux que j'enfanterais ? Il n'était pas normal que je redevienne ensuite célibataire et étudiant. Selon la règle hindoue, j'avais instantanément accédé au rang de l'homme, l'homme qui a ses responsabilités et ses plaisirs. Mais, pour le monde occidental dans lequel je retournais, je n'étais toujours qu'un jeune homme, un étudiant. Je vivais dans le mensonge. »

Duleep Kumar trouvait donc des excuses à son échec – si c'était vraiment un échec – mais il le remâchait d'autant plus que ni son père ni sa mère ne l'en blâmaient. Celle qui le lui reprochait peut-être, c'était Kamala, qui avait, elle aussi, accédé au deuxième stade, ayant été déchirée, pénétrée, et puis abandonnée avec les souvenirs de cet extraordinaire et douloureux passage de la jeune fille à la femme. Pendant l'absence de Duleep, elle avait habité alternativement chez ses parents et chez les Kumar. À son retour, elle l'avait accueilli avec une humilité qui parut à Duleep teintée d'aigreur et le força à reconnaître, en son for intérieur, que dans son pays aussi il se retrouvait perdant. Après tout, il ne revenait pas cousu d'or pour la libérer d'une tyrannie familiale, comme le lui avait laissé espérer son séjour en Angleterre. « Quand je suis parti, disait Duleep, j'étais un époux hindou craint mais adoré. Quand je suis revenu, je n'étais plus qu'une moitié d'homme – et souillé car j'avais traversé l'eau noire. J'ai accepté de me purifier en consommant les cinq produits de la vache – lesquels comprennent sa bouse et son urine. Mais non sa chair, bien entendu. »

En Angleterre, il n'avait révélé son mariage à personne. La honte l'en empêchait. Pendant un grand mois, il avait attendu – et redouté – d'apprendre que Kamala était enceinte. Il fut aussi soulagé que déçu qu'elle ne le soit pas. Une grossesse de sa femme lui aurait trop accaparé l'esprit, mais l'absence de grossesse portait atteinte à sa virilité. Il attendait les lettres avec impatience, et pourtant elles le désappointaient, le désespéraient même. Son père lui écrivait en hindi et traçait malhabilement la suscription de l'enveloppe en majuscules d'imprimerie latines. Chaque lettre contenait un sermon. Quant à celles de Kamala, outre leur rareté, elles étaient d'une naïveté enfantine, bien qu'elle ait dû y passer des heures et s'être largement fait aider. Et il savait que là-bas on devait lui lire les lettres qu'il lui envoyait. Seule la correspondance qu'il entretenait avec Shalini lui causait un réel plaisir.

Revenu auprès de sa femme, il se mit en devoir de lui apprendre à lire et à écrire couramment. Elle s'y prêtait de mauvaise grâce, estimant qu'il lui faisait perdre son temps et que cette initiative l'offensait dans son statut de femme mariée. En plus, les sœurs de Duleep ricanaient quand elles la voyaient avec ses livres.

La ferme des Kumar sombrait dans l'inactivité. Les femmes se disputaient. La mère de Duleep, imposant son autorité en criant encore plus fort, n'amenait que des trêves maussades. Son père s'enfermait pendant des heures pour méditer. Ses frères occupaient leur désœuvrement au jeu et aux combats de coqs. Pendant un certain temps, Duleep se laissa lui-même gagner par l'inertie ambiante. Il n'avait pas à lever le petit doigt. Il pouvait vivre sans travailler. Il s'amusait avec Shalini qui approchait de ses douze ans. « Nous attendons, se disait-il, la mort de notre père. Et puis nous nous donnerons le plaisir de nous chamailler à propos de l'héritage. Cela durera bien trois ou quatre ans. À ce moment-là, les enfants de notre frère aîné atteindront l'âge de se marier. On commencera à dilapider cet argent si prudemment amassé, puis à partager les terres et à les vendre. Exactement comme je le prévoyais. »

Il avait envisagé de reprendre ses études en Inde, ou encore de postuler dans l'administration provinciale subalterne. Il avait aussi songé à partir s'installer ailleurs avec sa femme, mais la perspective d'abandonner Shalini le retenait. Ses parents refusaient de la laisser aller en classe. Il avait fait une démarche auprès de la Zenana Mission, un organisme qui envoyait des enseignantes à domicile pour donner des cours aux femmes. Mais la Mission s'en désintéressa en apprenant qu'il n'y aurait qu'une seule élève. Pendant encore deux ans l'instruction de Shalini lui incomberait. Et puis Kamala fut enceinte. Duleep se mit à faire des projets d'avenir pour son fils, sans se dissimuler qu'ils avaient peu de chance d'aboutir. Il n'entrevoyait pas ce qui pourrait persuader Kamala de traverser l'eau noire. Et il ne pouvait l'imaginer vivant en Angleterre. De toute façon, il aurait honte d'elle. Là-bas, elle susciterait les risées. Et ici, c'était lui qui les suscitait. Le problème paraissait insoluble. Son fils grandirait avec ces mêmes handicaps dont lui-même avait souffert. Il aurait pu se reprocher d'avoir épousé une femme de ce genre, ou en vouloir à ses parents de l'y avoir contraint. Il aurait pu accuser l'Inde et la tradition hindoue. Mais il était plus facile de s'en prendre à Kamala elle-même. Elle devenait exigeante et criarde. Ils se disputaient souvent. Il n'éprouvait plus d'amour pour elle. Quelquefois, il la plaignait.

Leur premier enfant, une fille, ne vécut que deux jours. Un an plus tard, en 1914, l'année de l'entrée en guerre de l'Angleterre contre l'Allemagne, une deuxième fille leur naquit, mais elle mourut à un an. Et en 1916, Kamala accoucha d'une fille mort-née. La pauvre femme semblait incapable de lui donner des enfants robustes, et encore moins un fils. Entre les époux, les querelles prenaient un tour acrimonieux. Et Duleep découvrit que c'était à lui qu'elle imputait cet échec. Son devoir était de porter un fils, et elle voulait l'accomplir. « Mais ce devoir, dit-elle, je ne peux l'accomplir seule. Et la faute vient de vous. Toutes ces années passées à étudier dans des livres ont miné votre virilité. » C'en était trop ! Il prit de l'argent et quitta la maison en se jurant de ne jamais revenir. Il envisageait vaguement de s'engager dans l'armée. Mais alors, que deviendrait Shalini ? se disait-il. Si bien que quand il se retrouva à court d'argent, il rentra chez lui. Et ce fut pour apprendre qu'au cours de son absence d'un mois, Shalini avait été fiancée à un certain Prakash Gupta Sen. Les Gupta Sen étaient apparentés par alliance à la branche de la famille Kumar établie à Lucknow.

Shalini se lamenta auprès de Duleep, non à cause de ses fiançailles mais parce qu'il n'avait pas participé aux démarches solennelles.

– Pourquoi restais-tu parti, Duleepji ? Si tu avais été là, tu aurais pu aller à Mayapore avec mon père et mes frères. Et tu m'aurais dit franchement à quoi ressemble ce Prakash. Ils le décrivent comme intelligent et bel homme. Mais j'aurais voulu savoir ce que *toi,* tu en pensais. Toi, j'aurais pu te croire.

– Alors, c'est tout ce qui t'intéresse ? Savoir à quoi il ressemble ?

Mais Shalini avait cessé d'être une petite fille.

– À quoi d'autre devrais-je m'intéresser, Duleepji ? Et puis, j'ai tout de même quinze ans. Je ne suis plus une gamine.

Le mariage de Shalini fut célébré l'année suivante. En 1917. Une fois encore les invités emplirent la maison. Duleep s'étonnait du calme avec lequel Shalini acceptait la situation. Et même, elle s'épanouissait dans cette ambiance convenue de flatterie qui entoure toujours une jeune épousée. Lorsqu'il vit le jeune Prakash Gupta Sen, Duleep fut horrifié. Un garçon gras, futile, imbu de lui-même, et lubrique. Il évita Shalini. « Où est mon courage ? se disait-il. Je devrais faire un scandale, empêcher à tout prix cette horrible union. » Mais il connaissait la réponse : « Je suis un vaincu. L'avenir ne me réserve rien de favorable. Je ne suis qu'à moitié anglicisé. L'autre moitié demeure indienne. Et je suis content qu'il ne réserve pas mieux aux autres. »

La nuit du mariage de Shalini, il coucha de nouveau avec sa femme. Elle pleura. Ils pleurèrent ensemble. Ils se promirent d'être bons l'un envers l'autre, indulgents et compréhensifs. Le lendemain matin, il assista au départ rituel de Shalini. Elle monta sans hésitation dans le palanquin.

Et une chose lui fut alors révélée : en aidant Shalini à ouvrir son esprit, à élargir ses horizons, il lui avait enseigné ce que lui-même n'avait pas su apprendre – la valeur du courage, aussi bien moral que physique. Il ne devait plus la revoir que deux fois : lorsqu'elle revint avec Prakash passer une semaine chez ses parents, et, cinq ans plus tard, alors qu'avant de partir pour l'Angleterre avec son fils Hari, alors âgé de deux ans, il lui rendit visite à Mayapore à l'occasion de *Rakhi-Bandan,* la fête au cours de laquelle frères et sœurs réaffirment leurs liens, se promettant mutuellement assistance et affection. Il lui apportait des robes, et elle lui fit présent d'un bracelet de poil d'éléphant. À ce moment-là il était veuf de Kamala, morte à la naissance de leur fils, et la pauvre Shalini n'avait pas encore d'enfant. Duleep n'ignorait pas que son mari passait le plus clair de son temps avec des prostituées. C'est d'ailleurs chez sa favorite du moment que, quelques années plus tard, il devait être emporté par une attaque d'apoplexie.

Au moment de son veuvage, Shalini écrivit à son frère : « Figure-toi que les sœurs de Prakash voulaient m'amener à me faire sati pour honorer cet homme et m'acquérir des mérites ! » De Sidcot, Duleep lui écrivit en retour de quitter Mayapore et de venir s'installer auprès d'eux en Angleterre. Mais elle refusa.

« Mon devoir, si je me reconnais un devoir, est ici, répondit-elle. Duleepji, je sens que nous ne nous reverrons jamais. Est-ce que tu éprouves cela, toi aussi ? Nous autres Indiens sommes tellement fatalistes ! Je te remercie de m'avoir envoyé des livres – ils sont ma principale distraction. Et merci aussi pour la photo de Hari. Quel bel enfant ! Quand je pense à lui, je me dis que c'est mon neveu anglais. Peut-être le verrai-je un jour s'il vient en Inde et accepte de rendre visite à sa vieille tante indienne. Eh oui, j'ai déjà trente ans passés. Je suis si heureuse pour toi, Duleepji. Dans le portrait de Hari, je retrouve mon gentil frère qui me prenait sur ses genoux. Allons ! Ça suffit avec ces bêtises ! »

Tout cela, Duleep l'avait raconté à Hari. Et celui-ci le raconta à Colin Lindsey après la mort de son père, au cours des dernières semaines de son adolescence anglaise. Pour lui, ce n'étaient que des histoires sans rapport avec sa vie à lui (et même une fois sa place retenue sur le paquebot qui l'emmènerait en Inde, grâce à l'argent envoyé par cette tante au prénom bizarre de Shalini).

Et, parmi toutes ces histoires, il y en avait une que lui et Colin trouvaient proprement incroyable – ou plutôt, dont ils trouvaient incroyable qu'elle ait pu survenir dans la famille de Harry Coomer. Deux semaines après le retour rituel de Shalini dans la maison de ses parents, et une semaine après son départ définitif pour Mayapore en compagnie de son mari, Kumar père annonça son intention de renoncer à ses biens et à ses responsabilités, d'abandonner sa famille et de partir au hasard des chemins pour devenir sannyasin.

– Mon devoir est accompli, dit-il. Il importe de le reconnaître, de ne pas devenir un fardeau. À présent, je n'ai plus de devoir qu'envers le Seigneur.

La famille était bouleversée. Duleep essaya vainement de le faire revenir sur sa décision.

– Alors, quand nous quittes-tu ?

– Dans six mois, le temps de mettre mes affaires en ordre. L'héritage sera divisé à parts égales entre vous, mes quatre fils. La ferme reviendra à votre aîné. Votre mère y habitera aussi longtemps qu'elle le voudra, mais la maison sera sous l'autorité de l'aîné et de sa femme. Tout devra se passer comme si j'étais mort.

Duleep s'était mis en colère :

– Tu appelles cela bien agir, agir saintement ? Abandonner notre mère, t'ensevelir vivant dans le *rien,* mendier ton pain alors que tu es assez riche pour nourrir cent miséreux affamés !

– Être riche, cela ne veut rien dire. D'une simple signature au bas d'un document, je peux me débarrasser de ce que tu appelles ma richesse.

Mais quelle signature, et sur quel document, me libérera d'une autre existence après celle-ci ? Cette libération, on peut seulement l'espérer, et seulement la gagner en renonçant à tout ce qui nous attache au monde.

– Tu disais que tu aurais été honteux que ton fils soit un petit burra sahib, et maintenant ça t'est bien égal ! Moi, j'ai cédé à tes volontés, mais qu'est-ce que ça peut te faire ? Tu vas t'en aller, sans plus te soucier de moi, de mes frères, de ma mère !

– Tant qu'il y a devoir, il y a obéissance. Mon devoir envers vous tous, envers toi, est accompli. Désormais tu n'auras plus à m'obéir, tu auras d'autres obligations. Et moi, il me demeure un devoir d'une autre nature.

– C'est monstrueux ! s'écria Duleep. C'est une attitude cruelle et égoïste ! Tu as gâché ma vie. Je me suis sacrifié pour rien !

Il était plus facile d'accuser un autre que de se blâmer soi-même. Duleep devait regretter la brutalité de ses paroles. Il souffrait de s'être laissé emporter de la sorte. Il tenta vainement d'en parler avec sa mère; elle vaquait à ses tâches quotidiennes mais demeurait lointaine et muette. Lorsque le temps du départ fut proche pour son père, il alla implorer son pardon.

– Tu as toujours été mon fils préféré, reconnut le vieux Kumar. C'est un péché que d'aimer un de ses enfants plus que les autres. Il aurait mieux valu que tu n'aies pas d'ambition, que tu sois semblable à tes frères. Je t'ai fait sentir plus lourdement mon autorité parce que tu es le seul qui ait jamais paru la défier. Et aussi parce que j'avais honte de te préférer. Il se peut qu'à ton égard j'aie manié cette autorité sans motif raisonnable. Un père ne demande pas à son fils de lui pardonner. Mais un père bénit son fils et place sous sa garde la bonne épouse, la mère de ce fils.

– Non, ce devoir n'est pas le mien, dit Duleep

en pleurant. Il revient à ton fils aîné. Ne m'en impose pas le fardeau.

– Le fardeau reviendra au cœur le plus disposé à l'accepter, dit le vieux Kumar et, s'agenouillant, il toucha les pieds de son jeune fils, afin de s'humilier.

En s'engageant dans cette voie du sannyasin, le vieux Kumar agit comme s'il voulait mater sévèrement sa fierté. Il n'accomplit pas de rites, il ne revêtit pas la robe. Le matin de son départ, il sortit dans la cour simplement couvert d'un pagne et sans autres possessions qu'un bâton et une sébile de mendiant dans laquelle son épouse, impassible et glacée, déposa une poignée de riz. Et, franchissant le portail, il partit sur la route.

Ils le suivirent à distance. Il ne se retourna pas. Duleep et ses frères finirent par s'arrêter, mais leur mère continua. Sans échanger une parole, ils attendirent qu'elle rebrousse chemin. Mais quand elle s'arrêta, elle s'assit sur le bas-côté. Duleep dut aller jusqu'à elle, l'aider à se relever et la soutenir jusqu'à la ferme.

Plus tard, étendue sur son lit, dans la chambre qu'elle avait fait vider par les servantes de tout meuble ou objet rappelant le luxe ou le confort, et que les volets fermés plongeaient dans la pénombre, elle dit à Duleep :

– Tu ne dois pas céder à la tristesse. C'est la volonté de Dieu.

Dès lors, sa mère mena l'existence des veuves. Elle remit toutes les clés de la maison à la femme du fils aîné et alla s'installer dans une pièce à l'arrière de la maison, qui donnait sur le quartier des domestiques. Elle cuisait elle-même ses repas et mangeait seule. Elle ne sortait jamais de la ferme. Ses fils aînés et ses brus ne furent pas longs à s'accoutumer à cette situation. Par cette attitude, disaient-ils, elle s'acquérait des mérites.

Ils ne semblaient pas mécontents de l'oublier. Seul Duleep allait la voir tous les jours; il restait un moment auprès d'elle à la regarder filer le *khadi,* le coton destiné au tissage familial. Comme elle se renfermait dans son mutisme, il monologuait ou lui posait des questions simples auxquelles elle pouvait répondre par un signe de tête, affirmatif ou négatif.

De la sorte, il la tenait informée. Ainsi lui apprit-il la fin de la guerre entre l'Angleterre et l'Allemagne. Elle sut qu'il avait pris des participations dans certaines affaires, que Kamala était enceinte, puis qu'elle avait accouché d'une troisième fille, hélas, mort-née. Il lui rapporta un jour que son père avait été aperçu par un des Kumar de Lucknow qui, traversant en train l'État du Bihar, l'avait vu sur le quai d'une gare, avec sa sébile. Elle l'écoutait sans lâcher son rouet, même pendant une fraction de seconde. En 1919, il lui parla des troubles au Pendjab, mais sans lui raconter qu'à Amritsar les Britanniques avaient fait massacrer par des détachements gurkhas des civils indiens non armés. Cette même année, il lui annonça une nouvelle grossesse de Kamala et, en 1920, quelques semaines après *Holi,* la fête religieuse en l'honneur de Krishna, qu'un fils lui était né. La vieille femme avait à présent l'habitude de marmonner en filant. Duleep n'était même pas sûr qu'elle l'ait entendu. Et deux jours plus tard, quand il lui fit part de la mort de Kamala, elle ne leva pas la tête. Il se mit à rire, parce qu'il n'arrivait pas à pleurer – à cause de son épouse morte, de son robuste fils, de son père devenu mendiant, de sa mère, âgée et folle. « Mère, elle a réussi ! se mit-il à crier en anglais. Oui, elle connaissait son devoir ! Elle le connaissait, et elle l'a accompli au prix de sa vie. Mais moi aussi, je connais mon devoir ! Bien que j'aie enfin un fils, toi et père m'avez aussi imposé un devoir ! »

Il ne fut déchargé de ce devoir qu'au bout de dix-huit mois. Un matin, en entrant chez sa mère, il la trouva couchée. Au son de sa voix elle ouvrit les yeux.

– Ton père est mort, Duleepji, dit-elle d'une voix que son long mutisme avait rendue rauque. Je l'ai vu en rêve. Le feu est-il allumé ?

– Le feu, mère ?

– Oui, mon fils. Il faut l'allumer.

Elle s'endormit. Se réveillant dans la soirée, elle demanda de nouveau :

– Fils, le feu est-il allumé ?

– Ils le préparent, mère.

– Éveille-moi quand ils auront fini.

Elle se rendormit. Au matin, elle ouvrit les yeux et demanda :

– Les flammes sont-elles hautes, Duleepji ?

– Oui, mère. Le feu s'embrase.

– Alors, le moment est venu, dit-elle en fermant les yeux et en souriant. Je n'ai pas peur.

Et elle ne se réveilla plus.

Sa mère mourut en octobre de l'année 1921. Un an plus tard, après avoir vendu ses terres à ses frères et rendu visite à sa sœur Shalini, qui habitait Mayapore, Duleep partit avec son fils pour Bombay, d'où il s'embarquerait pour l'Angleterre. Il s'en allait avec un capital relativement coquet et, pendant seize ans, il l'arrondit grâce à d'heureux investissements et à des affaires lucratives. Mais, comme il en était convenu intérieurement bien des années auparavant, et, à l'époque, avec désespoir, il y avait en lui une faiblesse, laquelle ne résidait pas, comme il l'avait cru, dans une inclination au compromis, mais bien plutôt dans l'ardeur de sa passion – une passion exclusivement centrée sur Hari.

La vie professionnelle de Duleep Kumar (ou plutôt Coomer, selon l'orthographe qu'il avait choisie) n'avait de sens que par rapport à son fils : sa santé, son bonheur, son avenir, le pouvoir qu'il détiendrait dans un monde où, normalement, les enfants de sa sorte n'en détiennent aucun. Telle était l'unique finalité de Duleep quand il s'embarquait dans une affaire.

Lorsque le père de Colin Lindsey était allé voir les avocats-conseils de Duleep Kumar, afin d'obtenir des éclaircissements sur cette incroyable histoire de banqueroute, le responsable en chef du cabinet juridique lui avait dit :

– Il est probable que, dans son pays, Coomer aurait fait fortune et qu'il l'aurait conservée. Il m'a confié un jour qu'il aurait aimé se destiner au barreau ou à la haute administration, mais en fait il avait un remarquable sens des affaires. J'entends par là un sens très occidental. Tout compte fait, c'était même ce qu'il y avait en lui de plus anglais. En Inde, il aurait rendu des points à n'importe quel financier. Il voyait grand. Mais ses perspectives se rétrécissaient en se ramenant à cette unique question : Comment amasser le plus vite possible le maximum d'argent pour que son fils devienne ce qu'il n'était pas lui-même ? Quel dommage ! Depuis deux ans, en voyant péricliter ses affaires je le mettais en garde contre des spéculations hasardeuses. C'est peut-être une question de race et d'origine sociale, mais il a fini par s'affoler, et même par perdre la tête, à en juger par le gâchis qu'il a laissé. Et je pense qu'il s'est suicidé parce qu'il n'aurait pu supporter les conséquences qu'allait avoir pour son fils le passif qu'il laissait. Parce que Coomer s'était mis dans une situation plus que délicate. Je n'en ai rien dit au jeune homme, mais, selon la banque, il était allé jusqu'à commettre des faux en écriture.

Voyant l'expression scandalisée de Mr Lindsey, l'avocat reprit :

– Vous pouvez vous estimer heureux de ne pas avoir investi dans l'une ou l'autre des affaires de Coomer.

– Je n'étais pas assez fortuné pour songer à investir. Et d'ailleurs, je ne connaissais pratiquement pas Coomer. Mais nous avions de la compassion pour son fils. Et j'apprends avec surprise qu'il ne pensait qu'à ce garçon. Nous aurions plutôt cru le contraire. Nous sommes des gens sentimentaux, mon fils le premier. Il y a plusieurs années, découvrant que Harry serait seul pour les grandes vacances, il l'a invité à les passer avec nous. Et depuis lors, c'était quasiment devenu une règle.

– Voyez-vous, Mr Lindsey, c'était pour le bien de Harry que Coomer se tenait tellement en retrait. Je ne veux pas dire par là qu'il voulait donner l'impression de négliger son fils afin que le garçon soit invité par des Anglais et grandisse ainsi dans une ambiance typiquement britannique. S'il restait dans l'ombre, c'était parce qu'il savait que quand Harry serait devenu tel qu'il le souhaitait, il aurait honte de son père. Il y avait par exemple la question de l'accent de Coomer. Certes, il maniait très bien l'anglais, mais il avait un accent indien. Et il ne voulait surtout pas que Harry puisse lui ressembler le moins du monde. Il me l'a dit expressément : il attendait le jour où Harry ne souhaiterait plus sa compagnie. Il craignait que le garçon ne s'en défende par devoir filial. Il voulait que son fils devienne un véritable Anglais, et il y mettait le prix.

Mr Lindsey pensa qu'il y avait mis plus que le prix. Et cela contribua sans doute sérieusement à justifier à ses propres yeux son refus d'intégrer Harry dans sa famille, comme Colin le proposait, avec l'emportement romanesque de la jeunesse. Le plus choquant n'était pas que Coomer ait contrefait des signatures mais qu'il ait paru négliger son fils dans un but bien défini et peu honnête : faire entrer son fils dans une société dont même son argent ne pouvait lui ouvrir les portes.

Mr Lindsey se souvenait à présent – ou plutôt il laissait affleurer une idée qu'il écartait jusque-là – de remarques d'amis dont il appréciait le discernement sauf quand leurs opinions heurtaient ses conceptions libérales (qui se superposaient parfois inconfortablement à son esprit de clan). Ces remarques se ramenaient en substance aux idées suivantes : en Inde, pourvu qu'on ne les laisse pas paresser, dans l'ensemble les indigènes œuvrent dans l'intérêt commun; l'Indien authentique, celui en qui on peut le plus avoir confiance, c'est votre serviteur, l'homme qui gagne le sel qu'il mange sous votre toit et, juste au-dessous de lui, le simple paysan, qui déteste les usuriers affameurs appartenant à sa propre race, ne se soucie pas de politique mais seulement, comme tout être raisonnable, des intempéries, de l'état des récoltes; qui respecte l'impartialité et observe les lois. Voilà ce qu'était la majorité dans cette nation de gens simples et à qui nuisait un contact trop étroit avec les idées complexes du monde moderne. Mais le dernier à qui on pût se fier (et ils étaient tout de même qualifiés pour en parler savamment parce qu'ils avaient été là-bas, ou étaient parents de gens qui y avaient été), c'était l'Indien occidentalisé, parce qu'il n'était plus du tout indien. Les seules exceptions se trouvaient parmi les maharajas – gens nés dans les classes supérieures cosmopolites détentrices de l'autorité et veillant à préserver l'ancien *statu quo* social.

Il y avait eu une époque où son fils Colin croyait que le père de Harry était un maharaja ou un raja; ou au moins un grand propriétaire foncier. Il était revenu de cette idée avec le temps (et grâce aux réflexions de ces mêmes amis pour qui le père de Harry était probablement fils de petit *zamindar,* autrement dit de fermier ou de métayer). Fallait-il en conclure à une imposture totale ? Oui, peut-être. Mr Lindsey rentra chez lui en se disant qu'au fond, autant lui que Colin avaient été dupés, impliqués dans un état de choses assez répugnant en raison de leur propension à toujours croire le meilleur à propos des gens, et jamais le pire, ce qui leur avait fait négliger les mises en garde de ceux qui estimaient que rien de bon ne pourrait sortir de cette adoption de Harry Coomer par la famille Lindsey.

Le soir au cours du dîner, en écoutant son fils, ce beau garçon blond, et Harry, ce garçon à la peau sombre et aux cheveux noirs, il se surprit à penser : « C'est proprement extraordinaire ! Si je ferme les yeux, je ne perçois aucune différence entre eux. Ils parlent de la même façon, et ils sont branchés sur la même longueur d'onde. »

Mais à présent ses yeux étaient ouverts. Après le repas, il prit Harry à part :

– Je suis désolé, mon cher garçon, hélas, il n'est pas en mon pouvoir d'intervenir d'une façon quelconque. Les avocats m'en ont convaincu.

Harry fit signe qu'il avait compris. Mais la déception se lisait sur son visage.

– En tout cas, je vous remercie. Je veux dire, merci d'avoir essayé.

Il sourit, et attendit qu'à son habitude Mr Lindsey lui passe son bras autour des épaules. Ce soir-là, le geste d'affection ne vint pas.

Son souvenir le plus vif était celui des tas de feuilles, mouillées et glaciales au toucher, quand, à la fin octobre, elles conservent encore la trace des gelées de la nuit. Pour Hari, l'Angleterre c'était le froid sain et vif, piquant, odorant, propre; c'était l'air en mouvement, emplissant les dépressions, balayant le sommet des collines – et non pas quelque chose de lourd, de stagnant, de malodorant. L'Angleterre, c'étaient le parc et les prés derrière la propriété de Sidcot, les pignons de la demeure, les fenêtres aux vitraux losangés, la bienveillante glycine.

La nuit, se réveillant sur son lit de cordes dans sa chambre de la villa n° 12 du Chillianwallah Bagh, il se battait contre les moustiques tout en fermant ses oreilles aux coassements rauques des grenouilles, aux bruissements des lézards sur les murs et au plafond. Le matin, il émergeait de ses rêves anglais de fraîcheur et de confort et glissait immédiatement dans le cauchemar éveillé de son aversion vis-à-vis de tout ce qu'offrait ce pays étranger : les corbeaux qui croassaient dehors et, à l'intérieur, les grosses blattes jaunâtres qui cheminaient pesamment, en agitant leurs antennes plumeuses, de la chambre à la salle de bains attenante. Une salle de bains, ici, c'était une pièce comportant un robinet, un seau, un pot de cuivre et dont le sol cimenté était drainé par une rigole tapissée de dépôts savonneux, qui conduisait l'eau sale jusqu'à un trou dans le mur, d'où elle tombait en pluie sur la terre desséchée de la cour. Plus il s'aspergeait et plus il avait l'impression de se dépouiller de tout ce qu'il avait de britannique. Et il devait se rendre à l'évidence : ce qui s'était passé depuis cette lettre de son père annonçant son arrivée à Sidcot était bien réel. Son père avait parlé de discuter de son avenir et, au lieu de cela, il était mort dans son hôtel d'Édimbourg.

Parfois, quand arrivait une lettre de Colin Lindsey, il regardait attentivement l'écriture de l'enveloppe comme si, dans son tréfonds, subsistait vaguement l'espoir fou qu'elle venait de son père, qui lui dirait que tout cela n'était qu'une méprise. Il attendait impatiemment ces lettres d'Angleterre, il déchirait fiévreusement l'enveloppe, les lisait rapidement puis les relisait, mais pour s'apercevoir ensuite que sa journée en était assombrie au point de le faire remâcher des idées de violence gratuite – comme si un tel défoulement pouvait le ramener magiquement chez lui, dans son pays de bruyères et d'air frais, parmi des gens dont le comportement ne le révolterait pas. Il ne répondait pas immédiatement à la lettre. Il attendait que s'apaise la douleur aiguë qu'elle lui avait causée. Au bout d'un ou deux jours, il redevenait capable d'écrire sans révéler son désarroi, son effroi – mots qui n'avaient pas cours dans les valeurs auxquelles il devait s'accrocher s'il voulait arriver à sortir du cauchemar. Par quels moyens, par quelles voies ? Il l'ignorait – mais tout cauchemar a une fin.

C'est pourquoi Colin Lindsey ne pressentit jamais la souffrance de son ami exilé. Ainsi écrivait-il à Harry : « Je suis content que tu sembles t'installer. En ce moment, je lis pas mal d'ouvrages sur l'Inde pour mieux t'imaginer là-bas. Ça semble formidable ! Je voudrais bien pouvoir t'y rejoindre. T'es-tu distingué dans la chasse au sanglier ? Dans ce cas, garde-toi bien de déposer ton tableau de chasse devant une mosquée, parce qu'alors les fidèles du Prophète t'apprendront à vivre. Crois-en un vieux de la vieille ! Samedi dernier nous avons joué contre les Wardens. Le style Coomer nous a manqué : les lancers musclés mais élégants, la trompeuse nonchalance. Cela me fait drôle de penser que la saison du cricket commencera pour toi au moment où, au collège, s'ouvrira celle du football. De toute façon, cette année je ne verrai pratiquement pas de football. As-tu décidé de ce que tu allais faire ? Moi, je quitte le collège au moment des grandes vacances. Papa dit qu'il fera les frais d'un répétiteur si je veux aller à l'université, mais moi j'ai décidé d'entrer au siège londonien de cette compagnie pétrolière où mon oncle a des accointances. »

Ce à quoi Hari mit plusieurs jours à répondre :

« Tu te souviens sans doute qu'après Chillingborough je devais aller préparer à Londres le concours d'entrée dans l'Indian Civil Service. Bien qu'on puisse à présent poursuivre également ce genre d'études en Inde, ce ne sera finalement pas ma voie. Ici, à Mayapore, le vieux beau-frère de ma tante possède une affaire et je crois comprendre qu'il veut m'engager. Seulement, je dois d'abord apprendre la langue. L'oncle en question estime que ma propre langue constituera un atout mais qu'il ne peut m'employer si je ne comprends pas un traître mot de la langue dans laquelle s'expriment 90 % de la clientèle. En ce moment, il pleut à torrents. Parfois, entre deux averses, le soleil se montre et le sol fume. On m'a prévenu que les pluies dureraient jusqu'en septembre, après quoi le temps se rafraîchira, mais seulement pendant quelques semaines, parce qu'il recommence à faire très chaud dès le début de l'année et, vers avril ou mai, la fournaise est telle qu'on ne transpire même plus. J'ai de tels maux de ventre que je ne peux rien avaler d'autre que des fruits, bien que je me réveille avec des envies d'œufs au bacon. Transmets mon souvenir affectueux à tes parents, et rappelle-moi au bon souvenir de Connolly et de Jarvis, ainsi qu'au principal – cela va de soi. »

Il lui arrivait d'être tenté de déchirer ce genre de lettres et d'essayer de décrire vraiment à Colin ce qu'était la vie à Mayapore, quand on habitait du mauvais côté de la rivière. Il lui aurait dit :

« Il n'y a rien qui ne soit laid. Les maisons, la ville, la rivière, le paysage – tout cela forme un décor rendu uniformément sordide par les gens qui y vivent. Sauf sur l'autre rive, celle du quartier européen. C'est là que *toi* tu habiterais. Mais moi, j'habite le Chillianwallah Bagh. Une cité-jardin qu'ils disent moderne. Pour eux, quand on loge dans ces étouffantes monstruosités de béton, on est quelqu'un. Mais la puanteur des égouts se glisse partout. Dans ma chambre – si on peut appeler ça une chambre, car avec ses fenêtres sans vitres et fermées de barreaux, elle ressemble plutôt à une cellule – il y a un *charpoy,* c'est-à-dire un lit fait d'un bâti de bois sur lequel sont tendues des cordes, une chaise, une table que tante Shalini a recouverte d'une affreuse étoffe rouge brodée de fils d'argent, une penderie ou *almirah* dont la porte ne ferme pas. Ma malle et mes valises sont pleines de moisissures. Au centre du plafond pend un ventilateur qui cesse généralement de fonctionner en plein milieu de la nuit, si bien qu'on étouffe et qu'on se réveille. Ma tante et moi vivons seuls dans cette maison. Nous avons quatre servantes qui sont cantonnées dans un petit bâtiment sur l'arrière de la maison. Aucune ne comprend l'anglais. Lorsque je me tiens dans une pièce du rez-de-chaussée, elles se plantent dans l'embrasure des portes ou derrière les fenêtres pour regarder le neveu qui vient de *bilayati,* de l'étranger. Ma tante semble être une brave personne. Elle n'a pas encore quarante ans mais elle en paraît largement cinquante. Nous ne nous comprenons pas mutuellement mais, à cet égard, elle fait plus d'efforts que moi. Et elle est supportable à côté des autres, que je déteste tous. Pour eux, je suis impur. Alors, ils veulent me faire boire de l'urine de vache pour me purifier de la souillure d'avoir vécu à l'étranger et traversé l'eau interdite. Ils peuvent bien parler de purification ! Je vois des hommes et des femmes déféquer en plein air, dans un terrain vague en bordure de la rivière. La nuit, l'odeur de la rivière envahit ma chambre. Dans un coin de ma salle de bains, il y a un trou encadré par deux rebords pour placer les pieds, et on s'accroupit au-dessus. Il y a toujours des mouches dans la salle de bains. Et des blattes. On s'y habitue, au prix d'un avilissement de ses habitudes de civilisé. Mais au début, elles vous horrifient. Et même, elles vous terrifient. On a l'impression de faire son purgatoire en allant aux toilettes.

» Et pourtant, la maison est un havre de paix et de propreté par rapport au reste de la ville et à ce qui s'y passe. Le lait nous arrive sans intermédiaire. Grâce au ciel, tante Shalini le fait bouillir. Tous les matins, le laitier passe avec sa vache et la trait devant la maison, tout contre un poteau télégraphique auquel il attache un veau empaillé que la bête caresse de son mufle, ce qui prolonge sa montée de lait. Ce veau empaillé était son petit, et il est mort de faim pour que l'homme puisse vendre le lait de la mère aux bons hindous. Depuis que je sais cela, je ne mets plus que du citron ou de la limette dans mon thé, quand tante Shalini en trouve au bazar. C'est un endroit où je ne suis entré qu'une seule fois. C'était immédiatement après mon arrivée, vers la fin mai. Il faisait une chaleur terrible. Je ne comprenais pas encore clairement ce qui m'arrivait. J'ai accompagné tante Shalini au bazar pour être aimable avec elle et parce qu'elle semblait y tenir. Et je me suis retrouvé dans un cauchemar. Ainsi le lépreux qui campait à l'entrée et que personne ne paraissait particulièrement remarquer. Existait-il vraiment ? Eh bien oui, parce que son moignon de main m'a effleuré la manche. Tante Shalini a déposé une piécette dans sa sébile. Pour elle, les lépreux font partie du quotidien. Quand elle a mis la pièce dans la sébile, il m'est revenu cette histoire que je tenais de mon père et que je t'ai racontée – à propos de mon grand-père qui quitta son foyer pour partir mendier afin de s'acquérir des mérites et de se fondre dans l'Absolu. Se peut-il qu'il ait fini lépreux ? Ou s'est-il retrouvé en communion avec Dieu ?

» Ces choses que me rapportait mon père, je

les écoutais comme de simples contes. Et même, je les trouvais romanesques. Mais pour en tirer toute la quintessence il faut les imaginer dans leur cadre, ici, ou même dans un endroit encore plus arriéré. Je regarde tante Shalini et j'essaie de me représenter cette toute jeune fille qu'on a mariée (et les noces ont coûté une fortune) à ce type qui est mort de la syphilis ou de je ne sais quoi d'autre. En tout cas, il est mort dans un bordel. J'aurais préféré que père me passe ce détail. Pauvre tante Shalini ! À table, je me surprends à la surveiller, pour être sûr qu'elle ne met pas son pouce dans le plat qu'elle me tend. Elle m'interroge sur l'Angleterre – et je suis bien en peine de lui répondre, parce que, chez nous, ce sont des questions qu'on ne pose jamais.

» Chez nous. Cela m'échappe encore parfois. Mais à présent, mon pays, c'est ici. Je veux dire que je ne me réveillerai pas demain à Chillingborough ou à Sidcot ou dans ce que nous appelions *ma* chambre à Didbury. Je me réveillerai au Chillianwallah Bagh, et aussitôt j'entendrai les corbeaux. Il sera 7 heures du matin et, dans la maison, tout le monde sera déjà debout depuis une grande heure. De la cour montera l'odeur de quelque chose qu'on fait frire dans du *ghi*, du beurre fondu. J'aurai des nausées rien qu'à l'idée du petit déjeuner. J'entendrai les servantes parler à tue-tête. En Inde, tout le monde hurle. Il y aura un colporteur ou un mendiant devant le portail. Et il hurlera. À moins que ce ne soit l'« homme qui crie ». La première fois que je l'ai entendu, j'ai cru que c'était un fou échappé de l'asile. Mais c'est un fou qui n'a jamais été enfermé. On considère sa folie comme un signe que Dieu l'a remarqué. Il est donc plus sanctifié que ceux qui sont sains d'esprit. Et derrière cela, il y a peut-être l'idée que la démence est le seul état raisonnable pour un Indien, celui auquel tout le monde aspire.

» Le soleil se montrera sûrement. Si on regarde par la fenêtre, on a mal aux yeux. Il n'y a pas un éclairement progressif, mais une lumière brutale, aveuglante, et un brusque assombrissement quand passe un nuage. Plus tard, il pleuvra. Si la pluie est vraiment forte, son bruit masque les cris des gens. Mais au bout d'un moment, il vous rend timbré. Je me suis mis à fumer. Seulement, les cigarettes sont tout humides. Vers 11 heures arrivera un vieillard qu'on appelle le pandit Baba Sahib. Ma tante le paye pour m'apprendre l'hindi. Le pandit a un turban crasseux et une barbe grise. Il empeste l'ail. Son haleine me soulève le cœur. Ses leçons d'hindi sont une plaisanterie, car l'anglais qu'il parle m'est totalement incompréhensible. Quelquefois il oublie de venir, ou bien il arrive avec une heure de retard. Ils n'ont aucune notion du temps. Tu vois, je continue à dire « ils » en parlant d'eux.

» Tu me demandes ce que je vais faire. Je l'ignore. Pour le moment, je suis à la merci du beau-frère de ma tante. Du côté de ma famille paternelle, il y a des Kumar à Lucknow et un des frères de tante Shalini et de père habite toujours, avec sa femme, leur vieille ferme dans les Provinces-Unies. Mais pour eux, je n'existe pas. Ils ne se sont pas manifestés quand tante Shalini leur a annoncé la mort de père. Elle était la seule avec qui il fût demeuré en relation. Avant d'émigrer en Angleterre, il avait vendu sa part de terres à ses frères. Et tante Shalini pense que ce frère survivant craint que j'en revendique la propriété. Elle proposait de consulter un avocat pour savoir si la transaction s'était effectuée dans les règles. Beaucoup d'Indiens sont procéduriers dans l'âme. Mais moi, je m'y refuse. De sorte que tant que je ne serai pas en mesure de gagner ma vie, je dépendrai d'elle et de son beau-frère, Romesh Chand Gupta Sen. Mais comment gagner correctement ma vie alors que je n'ai ni métier ni diplômes ? Tante Shalini me laisserait volontiers aller dans une université indienne, mais elle n'a aucun poids, car c'est Romesh Chand qui tient les cordons de la bourse. (Après tout, la famille Gupta Sen *possède* tante Shalini au même titre qu'un autre bien.) Par ailleurs, Mayapore a un collège technique fondé par un certain Chatterjee, un Indien très riche. Je songe vaguement à y entrer pour y préparer un diplôme d'ingénieur ou quoi que ce soit qu'on enseigne dans un établissement de ce genre.

» Et il y a pire. Enfin, ce n'est peut-être pas le pire, mais c'est ce qui m'exaspère le plus : ce milieu où je suis plongé n'entretient pas de rapports sociaux avec les Anglais. Tante Shalini ne voit personne, ce qui règle la question. Mais aussi bien Romesh Chand que les autres s'y refusent par principe. Ils forment une société étroite et fermée d'hindous pseudo-orthodoxes. Je commence seulement à entrevoir contre quoi mon père se rebellait. S'ils connaissaient des Anglais, je suis sûr que ceux-ci s'intéresseraient à mon avenir. Mes cinq années de collège à Chillingborough représentent tout de même un bagage, et il doit y avoir toutes sortes de bourses ou de prêts sur l'honneur dont je pourrais bénéficier. Mais tante Shalini n'en sait rien, elle n'ose manifestement pas soulever la question, et les Gupta Sen s'en moquent. Romesh Chand dit que je lui serai utile dans son commerce. Or, j'ai vu ses bureaux. Si je dois travailler là-dedans, je deviendrai dingue. Le siège de son négoce est installé au-dessus d'entrepôts qui donnent sur le bazar Chillianwallah, et il y a un comptoir à la gare des marchandises, de l'autre côté de la rivière. Grainetier en gros, il a l'exclusivité de la fourniture de la garnison en céréales et en légumes. Selon tante Shalini, il possède des intérêts dans beaucoup d'autres affaires. Et la majeure partie des villas du Chillianwallah Bagh lui appartiennent. Voilà une Inde dont ne te parleront pas tes livres sur la chasse au sanglier. L'Inde de la classe moyenne des marchands, qui cachent leur argent sous les lattes du parquet, qui n'ouvrent leurs réserves de blé et de riz que lorsque la famine survient quelque part, parce qu'ils les négocient alors au prix fort, même si elles sont en grande partie gâtées. Dans ce cas-là, on les vend directement au gouvernement, en soudoyant le fonctionnaire qui vient les inspecter, pour qu'il ferme les yeux sur le fait qu'elles sont infestées de charançons. Et il y a encore une autre modalité : les vendre au gouvernement alors qu'il ne sévit pas de famine. Dans ce cas, les réserves se gâteront – à moins que des voleurs ne les pillent et ne les revendent à bas prix... au fournisseur, qui les engrange. Je sais ces choses par tante Shalini. Elle est vraiment naïve. Elle me les raconte pour m'amuser. Elle ne se rend pas compte qu'elle parle de gens avec qui je suis censé avoir des liens d'affection familiale – par exemple son défunt mari, Prakash Gupta Sen. Moi, je dois lutter pour me sortir de cette impasse. Mais pour aller où ? »

Pour aller où ? Il fallut des mois à Hari pour se poser à lui-même cette question, car pendant longtemps il se refusa à admettre la réalité de la situation. Elle recelait quelque chose de trop fantastique, et même parfois, mais rarement, d'ironique; l'idée qu'elle pût avoir une influence directe sur son avenir était impensable. Il s'accrochait à tout ce qui le définissait en tant qu'Anglais, avec une foi probablement aussi intense que celle qui avait animé son père lorsqu'il croyait que le simple fait de vivre en Angleterre transformerait sa vie.

Cette définition, c'était le plus précieux cadeau que lui ait fait son père, et il préférait oublier qu'il avait pu le critiquer, avoir honte de lui. Il prenait l'habitude, devant toute nouvelle horreur se découvrant à lui, de se dire : « Voilà ce qu'abhorrait mon père, ce dont il a voulu me préserver, au prix de sa raison. » Il ne pouvait expliquer le « suicide » de son père que par la folie. Et il comprenait que la solitude avait intensifié cette folie. Si Duleep Kumar n'avait pas été seul, il aurait peut-être trouvé le courage de faire face à cette débâcle financière annoncée par les avocats mais non expliquée de façon satisfaisante. Hari y voyait l'œuvre de ce même esprit malin qui lui rendait abominable la vie à Mayapore.

Pendant presque toute la saison des pluies – qui, pour lui, était une découverte – il souffrit chroniquement de diarrhées qui lui liquéfiaient le ventre. Cela le déprimait, lui enlevait tout courage. À cause de son état et du dégoût que lui inspirait la ville, il restait confiné dans la villa du Chillianwallah Bagh, parfois pendant plusieurs jours de suite. Il passait les pluvieux après-midi à dormir comme sous l'effet de stupéfiants. Il redoutait les moments où, lorsque cessaient les averses, tante Shalini lui proposait de sortir avec elle pour profiter de ce qu'elle appelait la fraîcheur du soir. Dans ces cas-là, ils se dirigeaient vers la rivière nauséabonde, puis, par la Chillianwallah Bagh Extension Road, ils descendaient jusqu'au pont du Bibighar où ils rebroussaient chemin, comme si ce qui se situait sur l'autre rive était zone interdite ou, en tout cas, infréquentable. Pendant tout ce temps, de mai à la mi-septembre, pas une seule fois il ne traversa la rivière pour aller dans le quartier européen. Au début, il ne le fit pas parce que rien ne l'y appelait; mais il continua ensuite à s'en abstenir parce que l'autre rive devenait pour lui synonyme de liberté, et le temps ne lui semblait pas venu d'y goûter. Il ne voulait pas tenter l'esprit malin.

Il franchit la rivière au cours de la troisième semaine de septembre 1938. Les pluies avaient cessé, il était rétabli et il ne pouvait plus trouver de prétexte pour ne pas se plier aux volontés de son oncle, Romesh Chand Gupta Sen. En fait, il avait décidé d'en passer par là, car, ayant eu une conversation avec l'avocat de ce dernier, un certain Srinivasan, il espérait à présent pouvoir obtenir qu'il le fasse entrer au collège technique de Mayapore ou à l'université de la capitale provinciale.

Il se disait qu'il deviendrait exactement ce que souhaitait son père, et qu'il chasserait ainsi l'esprit malin. Il deviendrait un Indien que les Anglais accueilleraient et estimeraient.

La mort de son père lui avait révélé ce qu'est une dette morale.

Il se rendit sur l'autre rive pour y porter des papiers à Mr Nair, le premier commis du comptoir. Il s'y rendit en cyclo-pousse. Comme il n'avait guère de vêtements adaptés au climat, sa tante l'avait équipé en confection chez le tailleur du bazar. Il portait donc un pantalon blanc à large fond, une chemise à manches courtes et tenait à la main un casque colonial kaki. Seules ses chaussures étaient anglaises, faites à la main et très coûteuses. Une des servantes de tante Shalini les avait fait briller comme des miroirs.

À l'entrée du pont de la porte du Mandir, le pousse dut s'arrêter car plus un véhicule n'avançait. Ils se trouvaient juste derrière un camion non bâché transportant des sacs de grain, au sommet desquels était juché un coolie demi-nu et couvert de sueur qui fumait une bidi. Il y avait un autre cyclo-pousse à la hauteur de celui de Hari et, derrière, un autocar. Apercevant des mendiants accroupis devant la porte du temple de Tirupati, il détourna les yeux, de peur de reconnaître le lépreux. Il entendit le roulement métallique du train sur la rive opposée, mais le camion lui en masquait la vue. Et, au bout de cinq minutes, la circulation reprit sur le pont. Au-delà du parapet de pierre badigeonné de blanc, Hari entrevit la rivière au fond de son large lit, ses rives serpentant au loin, bordées d'anses boueuses et de promontoires, et puis le cyclo-pousse tressauta sur les planches du passage à niveau et il se retrouva dans l'autre moitié du monde.

Il éprouva aussitôt une vive déception. L'artère conduisant du pont de la porte du Mandir à la gare était bordée d'immeubles peu différents de ceux de la Chillianwallah Bagh Extension Road. Mais juste avant que le pousse tourne à droite en faisant sonner son timbre et en hurlant pour faire s'écarter un vieillard qui s'efforçait de rattraper un buffle vagabond, Hari aperçut un rideau d'arbres suivi d'un grand espace découvert. Le pousse le déposa dans l'avant-cour de la gare des marchandises. Il dit à l'homme de l'attendre, et, sans écouter ses protestations, qui lui étaient d'ailleurs inintelligibles, il le laissa sur place – sûr de le retrouver en sortant puisqu'il ne l'avait pas payé. Il pénétra dans le comptoir dont la façade portait en grosses lettres : « Romesh Chand Gupta Sen, gros et demi-gros ». L'endroit sentait la toile à sac et la fibre végétale. Il était peu éclairé mais relativement frais. Des porteurs sortaient des sacs de grain sur le quai inondé de soleil et les chargeaient dans des wagons de marchandises. L'air était plein de poussière et de balles de céréales en suspension. Les bureaux donnaient sur la vaste caverne de l'entrepôt par une porte et des baies en bandeau. Ils étaient éclairés par des ampoules nues. Hari Kumar y pénétra. Le premier commis était absent. Installés devant des tables sur tréteaux, trois jeunes gens en dhoti et chemise de gros coton tissé à la main écrivaient dans des registres. Ils ne bougèrent pas de leur siège. Chez son oncle, quand il entrait dans les petites cellules obscures et étouffantes, les jeunes employés se levaient, et cette attitude le gênait. Mais ici, se doutant bien que l'on savait qui il était, il se sentit un peu humilié d'être traité avec désinvolture. Il demanda où se trouvait le premier commis. Celui à qui il s'adressait le renseigna en bon anglais, mais d'un ton dissimulant une certaine insolence.

– Dans ce cas, je vous confie les documents, dit Hari en les déposant sur la table du jeune homme, lequel les ramassa et les jeta dans une corbeille à courrier. Je vous signale qu'ils portent la mention « urgent », ajouta-t-il.

– Alors, pourquoi me les donnez-vous ? Vous n'avez qu'à les porter vous-même à Mr Nair, dans le bureau du chef de gare.

– C'est votre travail et non le mien.

– C'est à vous qu'on a confié ces papiers, pas à moi, dit le jeune homme en le défiant du regard.

– Puisqu'ils ne relèvent pas de votre compétence, laissez-les dans votre petite corbeille. Moi, je ne suis qu'un messager, lança Hari en se dirigeant vers la porte.

– Dites donc, *Coomer* ! le rappela l'homme juste comme il allait sortir.

Il se retourna, vexé de constater qu'on savait très bien qui il était.

– Si votre oncle veut savoir à qui vous avez laissé les documents, dites-lui que c'est à Moti Lal.

Au sortir du comptoir, il se dirigea vers le cyclo-pousse. L'homme paraissait furieux. Il réclamait le prix de sa course. Hari Kumar grimpa dans le véhicule et ordonna à l'homme de le conduire au bazar du *cantonment.* (Il avait appris par cœur cette phrase en hindi.) Comme le pousse secouait négativement la tête, il répéta l'ordre en haussant le ton. L'homme empoigna le guidon, fit tourner sa machine, courut à côté et sauta sur la selle. En le voyant reprendre le chemin par lequel ils étaient venus, Hari Kumar se remit à donner de la voix. Il devinait pourquoi le pousse ne voulait pas le conduire aussi loin : les passagers indiens payaient rarement la course au-dessus du tarif minimal.

Finalement le pousse se résigna et se mit à pédaler en direction du *cantonment*. Hari Kumar se retrouva dans de larges avenues, bordées de bungalows entourés de jardins. Ici il y avait de l'ombre, et cette sorte de silence qui règne entre le petit déjeuner et le repas de midi dans les villes de province anglaises – comme à Didbury, quand il y passait les vacances. La chaussée était goudronnée mais les accotements restaient grossièrement empierrés. Il entendait cliqueter régulièrement le pédalier. Il alluma une cigarette pour masquer l'odeur de cuir du siège et celle de transpiration que dégageait le corps du cycliste.

L'homme ayant tourné à plusieurs reprises à droite ou à gauche, Hari Kumar se demandait s'il n'était pas en train de l'égarer volontairement lorsque, en arrivant à un carrefour, il aperçut les boutiques sous les arcades et lut sur une enseigne : « Dr Gulab Singh Sahib : Pharmacie ». Ils entraient dans Victoria Road. D'un geste autoritaire, il fit signe au pousse de continuer. Il voulait voir le bazar du *cantonment* et, ensuite, aller jusqu'à cette esplanade appelée le maidan.

Sous les arcades se promenaient des Anglaises. Comme elles avaient le teint pâle ! Il y avait encore de l'ombre dans la rue, car on n'était qu'au milieu de la matinée. Hari vit des tongas attelés de chevaux. Les caisses des cabriolets étaient peintes de couleurs vives, les harnachements des bêtes décorés de médaillons argentés, de plumes rouges et jaunes. Certaines Anglaises étaient en pantalon. Il trouva d'abord ce costume peu seyant, mais revint vite sur sa première impression, tout au bonheur de se retrouver enfin parmi des gens qu'il comprenait. Il regardait à droite, à gauche : il vit la boutique de « Darwaza Chand, tailleur civil et militaire », l'Imperial Bank of India, l'immeuble abritant les bureaux de la *Mayapore Gazette.* Tante Shalini s'y était abonnée pour qu'il puisse lire en anglais les nouvelles locales. Tous les commerçants du quartier européen y passaient de la publicité, de sorte que leurs noms lui étaient familiers. Comme il aurait voulu avoir de la fortune ! Il aurait fait stopper le pousse devant l'Imperial Bank, et, après avoir retiré de l'argent, il serait allé se commander des complets et des chemises sur mesure chez Darwaza Chand. Puis, entrant dans l'English Coffee House, il aurait bu une ou deux tasses de café en fumant une cigarette et en bavardant avec ces deux jolies jeunes filles blanches qui venaient d'y pénétrer. Ensuite, d'une légère tape sur le dos décharné du pousse, il lui aurait commandé de le conduire au Mayapore Sports Emporium qui annonçait une vente réclame de battes de cricket en saule d'Angleterre. Rien qu'à les voir il s'imaginait bien campé sur ses jambes, rattrapant de justesse une balle difficile. Pour couronner sa journée, il dînerait au restaurant chinois (« Le Dragon Jaune ») afin de retrouver le goût d'une nourriture correcte, et finirait la soirée au cinéma Eros (à la séance de 19 h 30 ou à celle de 22 h 30) qui passait un film qu'il avait vu des mois auparavant avec les Lindsey à Londres, au Carlton de Haymarket. Si seulement les Lindsey avaient été là, à Mayapore, ils y seraient retournés ensemble. Davantage encore que tout le reste, ce cinéma, un bâtiment blanc à la grande entrée béante fermée par une grille articulée et précédé d'une cour sablée, ravivait en lui la douleur de l'exil.

Il ordonna au pousse de le mener au maidan. Le cinéma Eros était la dernière bâtisse du bazar du *cantonment.* Cette partie de Victoria Road était ombragée par des arbres et bordée de murets derrière lesquels se dressaient les dépôts et cabanes des Travaux publics. Le pousse prit de la vitesse, traversa la Grand Trunk Road, fila devant le Palais de Justice, les locaux de la police, le siège administratif du district, le « Dortoir », le grand bungalow du commissaire adjoint, et arriva à une large artère transversale bordant le maidan.

Hari Kumar fit stopper le conducteur. Hormis deux cavaliers – des enfants blancs montant des poneys derrière lesquels couraient leurs valets d'écurie –, le vaste espace était désert. Au-dessus, des corbeaux tournoyaient en croassant, mais Hari ne voyait plus en eux des oiseaux pillards. Ici régnait la paix. Comme cet endroit était beau ! Il apercevait tout au bout le clocher de St. Mary. Descendant du cyclo-pousse, il se mit à l'ombre des arbres. En fermant à demi les paupières, il pouvait s'imaginer être au bord du terrain de jeux de Didbury. Il ne remarquait pas à quel point les pluies avaient reverdi l'herbe, car il ne connaissait pas le maidan en mai, quand la pelouse grillée n'est plus qu'un tapis brun.

Il aurait voulu monter à cheval, galoper, sentir l'air lui fouetter le visage. Il se tourna vers le pousse pour lui demander si on pouvait louer des poneys par ici. Mais il ne saurait jamais le dire en hindi. Et c'était peut-être aussi bien, car il pouvait deviner d'avance la réponse : le maidan était le domaine réservé des Blancs. Il se disait cependant qu'il lui aurait suffi de pouvoir parler à un seul d'entre eux pour être admis dans leur société. Remontant dans le cyclo-pousse, il se fit conduire de nouveau au bazar du *cantonment.* Il voulait acheter du dentifrice et une savonnette

Pears' à la pharmacie du Dr Gulab Singh. Il vérifia à tâtons le contenu de son portefeuille. Il avait un billet de cinq roupies et quatre coupures d'une roupie. Le pousse en demanderait trois mais il serait déjà content d'en obtenir deux.

Pendant ce trajet en sens inverse, il remarqua que les cyclo-pousses étaient assez rares. Il y avait des automobiles, des bicyclettes et des tongas à cheval. Et les passagers des cyclo-pousses étaient toujours des Indiens. Il en vit même un dont les pieds nus dans des sandales reposaient sur une caisse à claire-voie pleine de poulets vivants. La honte lui vint de circuler dans un tel véhicule qui le désignait forcément comme un habitant de la ville indigène.

Il fit arrêter le conducteur devant la pharmacie de Gulab Singh, monta les deux marches conduisant au trottoir surélevé, se retrouva dans l'ombre des arcades. La vision des produits anglais exposés en devanture lui donna envie de hurler. De joie ou de désespoir. Il entra. Dans la boutique sombre et fraîche s'alignaient plusieurs longues tables transparentes, comme des vitrines de musée. L'endroit sentait vaguement le poivre et puissamment les onguents. Le comptoir se trouvait au fond. Des Anglaises faisaient leur choix, chacune servie par un commis. Il y avait aussi un Anglais, qui ressemblait un peu à Mr Lindsey. En voyant la façon dont cet homme était vêtu, Hari Kumar eut conscience de son propre accoutrement, sorti tout droit du bazar. En tendant l'oreille, il put saisir tout ce que disait l'Anglais :

– Comment se fait-il que vous n'ayez pas été livré ? Vous m'aviez dit mardi, et nous sommes mardi. J'aurais tout aussi bien pu passer la commande directement. En tout cas, donnez-moi le reste et vous me ferez porter ce qui manque ce soir. J'y compte absolument.

Le jeune Kumar attendit près du comptoir que

le commis ait fini de s'occuper de l'Anglais. Ce dernier lui jeta un coup d'œil puis reporta son attention sur le commis qui emballait un carton anonyme.

– Parfait, dit l'Anglais en prenant le paquet. J'attends votre livraison ce soir, à 6 heures précises.

– Avez-vous des savonnettes Pears' ? demanda Kumar au commis lorsque l'Anglais se fut éloigné.

L'homme, qui était nettement plus âgé que lui, hocha plusieurs fois la tête et s'en alla. Kumar ne savait même pas s'il avait compris la question. Un autre commis sortit d'une pièce marquée « Officine », mais il portait un paquet et se dirigea vers une cliente qui regardait les articles exposés dans une des vitrines. À l'autre bout de la salle, il y avait une cabine de photographe. Kumar attendit. Lorsqu'il aperçut de nouveau son commis, l'homme était en train d'ouvrir une vitrine pour un groupe de femmes blanches.

Kumar se dirigea vers un point de la salle où il se trouverait dans le champ visuel du commis. Et celui-ci le regarda effectivement, mais sans paraître se souvenir qu'il lui avait demandé un certain savon. S'il avait été en train de s'occuper de clients, et non de clientes, Kumar aurait pu interrompre leur conversation sans paraître cavalier. Au lieu de cela, il dut demeurer en retrait, à regarder ce bonhomme qui se réfugiait en quelque sorte derrière des femmes. Voyant que l'autre commis se dirigeait vers l'officine, il l'arrêta au passage :

– J'ai demandé si vous aviez des savonnettes Pears'.

L'homme s'arrêta, sans doute par une sorte de réflexe, à cause de la façon dont s'exprimait Kumar – celle des sahibs. Il parut d'abord interloqué, comme s'il n'arrivait pas à concilier le témoignage de ses yeux et celui de ses oreilles.

– Pears' ? Oui, nous en avons. C'est pour qui ?

Kumar, surpris par cette question, mit une fraction de seconde à en comprendre le sens. Mais pour qui le prenait cet employé ? Pour un *babu*, un subalterne faisant les commissions de son patron ?

– Mais pour moi, évidemment.

– Vous en voulez une ou deux douzaines ?

La gorge sèche, mais en s'efforçant de paraître très digne, Kumar dit qu'il voulait une savonnette.

– Nous ne les vendons que par douze, expliqua le commis, mais vous en trouverez certainement au bazar.

Et il ajouta quelque chose en hindi.

– Veuillez m'excuser, mais je ne parle pas hindi, répondit Kumar. Qu'essayez-vous de me dire ?

Il se rendit compte que l'énervement lui avait fait hausser le ton. Des clients les regardaient, tendaient l'oreille. Son regard croisa celui d'une Anglaise. Elle tourna la tête avec un sourire dur et méprisant.

– Je vous disais que si vous ne voulez qu'une seule savonnette, vous aurez intérêt à l'acheter au bazar Chillianwallah, parce qu'ils ne respectent pas les prix imposés.

– Je vous remercie de votre extrême obligeance, dit Hari Kumar en se dirigeant vers la porte.

Au siège de la firme commerciale de son oncle, au-dessus du bazar Chillianwallah, Hari Kumar travaillait dans un bureau plus grand que les autres. Il le partageait avec les commis connaissant l'anglais. Ces garçons le craignaient, à cause de ses manières hautaines et de ses liens familiaux avec leur patron. Fiers de leur maniement de l'anglais, langue qui n'était pas d'usage courant dans la firme Romesh Chand Gupta Sen, ils appréciaient peu l'intrusion de Hari, mais en tiraient une sorte de satisfaction perverse, dans la mesure où sa présence parmi eux rehaussait leur position. Ces garçons-là, qui ne parlaient hindi que s'ils ne pouvaient vraiment s'en abstenir, regardaient de haut les commis confinés dans les étouffantes petites cellules séparées par des cloisons, ces vieux employés qui conversaient et rédigeaient leur courrier commercial en langue vulgaire. Devant Hari, ils n'osaient plus exhaler des critiques contre Romesh Chand ou contre le premier commis. Au début, cela résultait de leur crainte qu'il fût placé là pour les espionner, et puis, une fois rassurés sur ce point, de la crainte de perdre leur place au profit de ce garçon anglicisé qui ne connaissait rien du métier mais avait des manières de *burra sahib*. Envers lui, leur attitude était un mélange de suspicion, de crainte respectueuse, d'envie et de servilité.

Hari les trouvait écœurants. Ces hommes manquaient de caractère, ils étaient pires que des filles – un jour ricaneurs, le lendemain boudeurs. Et en plus, il comprenait difficilement leur anglais. Ils enfilaient tous les mots à la suite, sur un ton chantonnant. Et quelle prononciation ! Au début, il s'était efforcé de saisir ce qu'ils disaient, mais il s'était rendu compte que cela lui était préjudiciable. Parce qu'on acquiert vite ces façons de parler étrangères. Le soir, il lui arrivait de discourir tout seul dans la chambre, pour vérifier si leur accent ne déteignait pas sur lui. Plus le temps passait, plus il s'accrochait à sa personnalité britannique. Malgré sa catastrophique expérience dans la pharmacie de Gulab Singh. Il se souvenait de ce que disait son père : « En t'entendant au téléphone, les gens croient parler à un Anglais. » Mais il n'y avait pas de téléphone chez son oncle. Et il n'y en avait pas non plus à la villa au n° 12 du Chillianwallah Bagh. Et même s'il y en avait eu, qui aurait-il pu appeler pour entendre une voix anglaise ?

Ce fut vers ce moment que lui vint l'idée qu'il était devenu invisible pour les Blancs. Il lui fallut cependant un certain temps pour la formuler. Une fois accoutumé à traverser la rivière pour se rendre à la gare de marchandises, et accoutumé aussi à cette façon qu'avaient les Anglais de le regarder sans le voir, même si son regard croisait le leur, l'idée de son invisibilité ne pouvait que s'imposer à lui et, avec le temps, il en dégagea le corollaire naturel : son père avait fait de lui quelqu'un qui n'était rien, rien dans la « Ville noire », rien dans la ville européenne, et même rien en Angleterre, où il n'était plus qu'un souvenir et une signature familière mais peut-être irréelle au bas de lettres à Colin qui étaient elles-mêmes vides de sens car sans rapport avec sa vraie vie. En fait, s'il continuait cette correspondance, c'était afin de conserver ses acquis d'anglais. Il en avait conscience. Il savait que ses lettres ne présentaient qu'un intérêt médiocre, et les réponses de Colin lui faisaient sentir à quel point ils évoluaient dans des directions différentes. Mais ces liens épistolaires lui étaient précieux. La signature de Colin lui prouvait que son existence anglaise ne relevait pas du rêve.

Qui donc peut encore nous renseigner sur la vie de Hari Kumar avant l'affaire des jardins du Bibighar ? Sœur Ludmila l'a fait. Shalini Gupta Sen, elle, n'est plus en vie; et quant aux autres membres de la famille Gupta Sen, ils ne savent rien, ou ne souhaitent pas en parler. Mais il y a l'avocat, Mr Srinivasan.

– En mai 1939, j'ai parrainé l'admission du jeune Kumar au Mayapore Indian Club, qu'on appelait plus souvent le Mayapore Club. Cela me semblait une bonne chose pour lui. Je ne l'avais que très peu vu. Il ne m'aimait pas, et se méfiait de moi parce que j'étais l'avocat de son oncle

Romesh. Exception faite de ses manières britanniques, que je trouvais arrogantes, sa personnalité me plaisait. Sans sa défiance à mon égard, j'aurais pu l'aider, par exemple en l'introduisant chez Lady Chatterjee, où il aurait pu rencontrer des Anglais. Tandis que lorsqu'il a finalement pénétré à MacGregor House, il était déjà trop tard. C'était après ses démêlés avec ce policier, Merrick, qui l'avait interrogé. En tout cas, le soir où je l'emmenai à l'Indian Club fut un fiasco. Les banias, les commerçants enrichis du bazar, s'y étalaient dans toute leur vulgarité. Il a détesté l'endroit, et je ne crois pas qu'il y soit jamais retourné. Et quelques semaines plus tard, il abandonnait sa place dans les bureaux de Romesh Chand. Il avait eu vent qu'on projetait de le marier et perdu tout espoir que l'oncle le laisse entrer au collège technique. Mais sans sa tante Shalini, il se serait trouvé dans une situation difficile, parce que Romesh Chand ne voulait plus s'en occuper, à aucun titre. Elle a dû le prier et le supplier pour qu'il ne lui coupe pas les vivres, et il a tout de même rogné sur la somme qu'il lui allouait mensuellement. Elle économisait sur tout, elle se privait pour donner un peu d'argent de poche à Hari. Et, bien entendu, elle le logeait, le nourrissait et l'habillait. Il avait tout de même dix-neuf ans. En Inde, c'est déjà l'âge d'homme. Mais il ne faut pas croire qu'il se laissait vivre. Ainsi, il a sollicité un poste à la British-Indian Electrical. Ils l'ont bien reçu, puis l'ont fait revenir pour un second entretien, et les choses semblaient se présenter favorablement pour lui. Ce garçon les intéressait principalement à cause de son éducation anglaise. Il ne connaissait rien à l'électricité, mais ils pouvaient le former et en faire un cadre administratif. Seulement il a eu maille à partir avec un des chefs de service anglais. C'est Shalini Gupta Sen qui m'a raconté l'affaire. À cette époque-là, l'activité commerciale ravalait les gens au plus bas échelon de la société coloniale. Même les instituteurs jouissaient d'une plus grande considération. L'homme à qui se heurta Hari parlait probablement l'anglais comme un petit employé, et il s'est cabré en entendant un Indien s'exprimer avec autant d'élégance qu'un directeur.

» Après la débâcle de Hari à la British-Indian Electrical, j'ai tenté de faire comprendre à Romesh que les capacités de ce garçon demeuraient inemployées. Mais j'avoue ne pas m'être préoccupé outre mesure de ce problème. Pour être tout à fait franc, le genre d'Indien que Duleep Kumar avait fait de son fils ne concordait guère avec mes idées. Moi, j'étais un quadragénaire très actif et intéressé avant tout par la politique. Or, pour Hari, la politique ne comptait pas – sans doute parce que son père lui avait enseigné que, dans ce domaine, les Indiens se berçaient d'illusions. Il en ignorait tout, et ne pouvait par exemple concevoir le progrès que représentaient les gouvernements provinciaux pour le Congrès. Il ne comprenait même pas que la province où il habitait avait été précédemment régie par un gouverneur britannique et un conseil désigné d'en haut. Il considérait la démocratie comme une chose naturelle. Il ignorait ce qu'est l'autocratie. À l'exemple de tant d'Anglais, il était politiquement vierge. À l'époque, je n'avais rien à faire de telles gens. Aujourd'hui, c'est moi qui me retrouve politiquement vierge, comme tous ceux d'entre nous qui ont activement milité pour leurs idées. Et surtout ceux à qui ces idées ont valu la prison. Parce qu'elle nous a fait remâcher à l'excès ce qui nous y avait conduits.

Au moment où Hari abandonna son emploi chez son oncle, il mit fin à ses leçons d'hindi avec le pandit Baba Sahib. Il ne voulait pas faire dépenser inutilement de l'argent à sa tante, et il savait assez d'hindi pour donner des ordres – niveau que l'Anglais moyen en Inde ne s'estimait pas tenu de dépasser. Il fit acte de candidature à la British-Indian Electrical au début de la saison des pluies de l'année 1939. Son rejet lui porta un rude coup, bien qu'il l'ait pressenti à la suite du dernier entretien. Pour la première fois il adressa à Colin une lettre qui donna – ou aurait dû donner – au jeune Anglais une idée plus claire de ce à quoi se heurtait Hari Kumar.

« Il y avait pratiquement toutes chances pour qu'on m'envoie m'initier aux aspects techniques, d'abord à Birmingham puis à Londres, à la maison mère. Tout a marché formidablement la première fois, écrivait-il à son ami. Celui qui me recevait, un certain Knight, a été élève de Wardens de 1925 à 1930. Il a joué dans le match Wardens-Chillingborough de 1929, où il semble qu'ils nous aient surclassés. En fait, nous n'avons pas vraiment parlé de mon engagement, bien que ce soit Knight qui ait mentionné de lui-même Birmingham et Londres, ce qui me donnait bon espoir. C'était comme si une prière faite depuis de longs mois était enfin entendue. Je lui ai tout raconté, au sujet de mon père et du reste. Il semblait bien disposé en ma faveur. La deuxième fois, c'est le directeur administratif qui m'a reçu, et l'entretien était beaucoup moins détendu – probablement parce que, comme Knight l'avait laissé échapper, il n'a qu'un léger vernis universitaire. Il m'a tout de même semblé que ça se passait bien, encore qu'il m'ait douché en me disant que la formation technique en Angleterre était exclue. Étant donné qu'il y a un collège technique à Mayapore, ils recrutent leurs futurs cadres parmi les garçons qui en sortent. Toutefois, ils envisagaient un accord avec cet établissement afin que leurs éléments les plus prometteurs puissent y étudier à mi-temps, pour compléter, par des bases théoriques, la formation pratique qu'ils recevaient "sur le tas". Si moi aussi j'obtenais un diplôme au collège, on pourrait alors songer à un stage de perfectionnement en Angleterre. Il a insisté lourdement sur le fait que je n'avais pas pris mes inscriptions dans cet établissement. « Parce qu'à votre âge, Coomer, beaucoup de jeunes Indiens sont déjà au niveau de la licence de lettres ou de sciences. » Je me suis retenu pour ne pas lui dire que quand on a fait ses humanités à Chillingborough, on a déjà largement atteint le niveau en question. Il me semble d'ailleurs qu'il en était conscient. Ce deuxième entretien me laissait cependant assez optimiste. Avant de sortir, je suis passé voir Knight qui m'a dit qu'après notre première rencontre (un mois plus tôt) il avait fait prendre des renseignements sur moi auprès du principal de Chillingborough par quelqu'un du siège de Londres, et que ceux-ci étaient bons.

» Et quinze jours plus tard, j'y suis retourné pour le troisième entretien, celui avec le directeur de la formation technique, un dénommé Stubbs. Knight et le directeur administratif m'avaient prévenu que l'homme avait son franc-parler, mais en me laissant penser qu'il ne s'agissait que d'une formalité. Il a commencé par pousser vers moi, à travers son énorme bureau, un petit cylindre en m'en demandant l'usage. Quand j'ai dit que je l'ignorais, mais que ça ressemblait à une sorte de valve, il m'a dit avec un sourire supérieur : « Vous débarquez de la cambrousse ou quoi ? » Puis il a pris un imprimé et s'est mis à lire des questions. Bien avant qu'il ait terminé, je lui ai dit : « J'ai déjà informé Mr Knight que je ne connaissais rien à l'électricité. » Il a continué comme si de rien n'était. Je n'aurais probablement pas dû mentionner Mr Knight. J'ai donc répété à chaque fois : « Je l'ignore. » Quand il a eu fini, il m'a dit avec un regard furibond : « Vous vous croyez peut-être drôle ! Je perds mon temps, moi. Vous le faites exprès ? » J'ai répondu que c'était à lui d'en juger. Il s'est carré dans son fauteuil tournant, et nous nous sommes mesurés du regard. Et pour finir, il a dit : « Écoutez-moi bien, Coomer ou Machin : dans mon boulot, les noirauds moscoutaires, j'en ai rien à faire. » Je me suis levé et je suis sorti. Il n'attendait que ça, ou alors que je rampe devant lui.

» Et maintenant, tu sais qui je suis, Colin : un noiraud moscoutaire. Parce que je sais traduire Tacite mais que je ne comprenais rien à ce que disait ce bonhomme. Et ce n'est pas tout. Trois jours plus tard, j'ai reçu une lettre de Knight me demandant de passer le voir. Il m'a dit alors que pour le moment ils n'avaient pas de poste vacant. C'était un tout autre homme. Il y mettait des formes, parce que je sors de Chillingborough, mais je le sentais intérieurement hostile. Stubbs devait leur avoir débité des sornettes. Et comme Stubbs est un Blanc, ils s'estimaient tenus de le croire. Après tout, pour le poste que je sollicitais, ils devaient avoir des dizaines d'Indiens diplômés ou non qui étaient prêts à ramper devant Stubbs.

» Ce qui m'étonnait, c'était qu'on ait laissé la décision finale à Stubbs. Knight ne pouvait ignorer quel genre d'homme c'était. Et pourtant, il n'a rien fait pour entendre ma propre version de l'entretien. Il n'en a même pas parlé. En repartant, je me demandais pourquoi il m'avait fait venir. Il aurait tout aussi bien pu m'informer par lettre qu'on ne retenait pas ma candidature. Par la suite, j'ai compris qu'il avait voulu me revoir sous un autre jour – tel qu'avait dû me dépeindre Stubbs. Et lors de cette seconde rencontre, j'ai dû lui faire assez piètre impression, assis en face de lui, devinant que j'étais blackboulé, et abominablement déçu. Et je voulais tellement le dissimuler que je devais paraître m'en moquer éperdument. Alors que ça comptait plus que tout pour moi, Colin. Et puis, la conversation a cessé : il n'avait plus rien à me dire, et moi rien à lui dire, sauf peut-être : « Je vous en prie, monsieur, donnez-moi une chance. » Je ne me souviens pas de lui avoir dit « monsieur » lors du premier entretien, et il n'avait sans doute pas prêté attention à ce détail. Mais après l'histoire de Stubbs, il devait probablement guetter si j'employais ce mot. Je ne l'ai pas fait. Toujours est-il que, brusquement, il a cessé de me regarder en face. Je me suis levé, je l'ai remercié. Il a dit qu'il conservait ma fiche, au cas où quelque chose se présenterait, et il s'est levé, mais en restant derrière son bureau et sans me tendre la main. Je crois qu'il voulait me faire comprendre que nous n'étions pas à Chillingborough, et qu'il était grand temps, pour moi, d'apprendre comment on se tient devant un Blanc. Je devenais quelqu'un qu'on a reçu par faveur, et qui doit le comprendre en se montrant respectueux. Je ne sais plus comment je suis sorti. Je me souviens seulement de m'être retrouvé devant la grande entrée de l'usine, d'être monté sur mon vélo et d'avoir pédalé sur la Grand Trunk Road jusqu'au pont du Bibighar, que j'ai franchi pour rentrer sur ma rive. »

Pendant une courte période, Hari ne fit plus que remâcher ses échecs. Il regrettait sa lettre à Colin Lindsey, et davantage à mesure que les jours passaient sans qu'il reçoive de réponse. Il commençait à voir certaines choses sous un jour différent. Par exemple l'attitude de Mr Lindsey, qu'il avait attribuée à sa gêne de ne pouvoir l'aider financièrement (à tort, il s'en rendait compte); celle des Anglais sur le paquebot : alors qu'ils lui parlaient librement depuis Southampton, une fois franchi Suez ils s'étaient groupés en petites coteries, de sorte qu'il n'avait plus trouvé d'interlocuteurs que parmi les Anglais faisant la traversée pour la première fois. Il partageait une cabine avec deux autres jeunes gens, des étudiants indiens qui rentraient chez eux, et ils ne sympathisaient guère. Ils lui parlaient de questions auxquelles il ne comprenait rien. Ils étudiaient l'économie politique et se destinaient au professorat universitaire. Il les avait trouvés incroyablement ternes et plutôt prudes. Ils prenaient des mines choquées parce qu'il dormait sans pyjama et s'habillait ou se déshabillait devant eux, au lieu de se retrancher dans le cabinet de toilette.

Il se rendait progressivement et douloureusement à l'évidence : les projets que son père avait formés pour lui reposaient sur une illusion : en Inde, jamais un Indien ne pourrait se trouver sur un pied d'égalité avec un Anglais. Les façons de penser, le comportement, l'élocution n'entraient pas en ligne de compte. Et peut-être était-ce la même chose en Angleterre – les Lindsey ayant été une exception. Il n'en voulait pas à son père mais aux Anglais, pour avoir créé l'illusion dont son père avait été victime. Au stade où se trouvait Hari, s'il avait eu plus d'estime pour ses compatriotes il se serait ligué avec eux pour prendre sa revanche sur les Anglais. Mais aucun ne lui inspirait de la sympathie; et quant aux méthodes mises en œuvre pour résister à la puissance britannique, il les trouvait puériles, ineptes. Et de toute façon, *eux* se méfiaient de lui. Les Anglais aussi. Mais s'il n'était plus rien pour le monde extérieur, en lui-même il estimait valoir quelque chose. D'ailleurs, il n'était pas absolument seul. Il y avait encore Colin au pays. Et tante Shalini à Mayapore. Il finissait par lui vouer une réelle affection. Dans la discrétion avec laquelle elle s'occupait de lui, il lisait une profonde sollicitude – peut-être plus profonde que celle de Mrs Lindsey, pourtant si chaleureusement démonstrative. Il sentait que tante Shalini l'aimait. Mais son affection ne pouvait s'exprimer hors du tout petit monde enclavé qu'elle connaissait, lequel étouffait Hari et souvent l'horrifiait. Un petit monde dans lequel il avait peine à pénétrer, même brièvement, pour lui montrer que lui aussi il l'aimait. Un petit monde où, pour se protéger, il affichait un mépris et une aversion dont elle croyait souvent qu'ils s'adressaient à elle. Lorsqu'elle lui donnait de l'argent, il ne parvenait pas à la remercier comme il l'aurait dû. Cet argent, il venait de Gupta Sen. Que ce soit parce qu'elle comprenait qu'il lui répugnait d'en être tributaire, ou à cause de la sécheresse de ses remerciements, toujours est-il que, désormais, elle plaçait l'argent dans une enveloppe qu'elle déposait dans sa chambre. Il était touché de constater que, sur l'enveloppe, elle orthographiait toujours son prénom « Harry ».

Et il était aussi touché qu'elle le traite comme s'il était le maître de la maison – parce que, dans la famille hindoue, le maître, c'est l'homme; normalement, il assure la subsistance, et il est mari et père; il est procréateur. Il ne pouvait s'imaginer marié. Les jeunes filles indiennes ne l'attiraient pas. Les jeunes filles anglaises qu'il voyait dans la ville européenne semblaient protégées par une barrière invisible qui en faisait des créatures irréelles et asexuées. Son désir amoureux se concentrait sur un être d'apparence humaine, de sexe féminin par ses cuisses et son ventre, par ses seins généreux, mais de couleur ambivalente; un être muet, aveugle et inerte sous son propre corps – son corps qui, certaines nuits, tendu par l'insomnie ou par un réveil brusque, en pénétrait le vide, déversant ce trop-plein d'ardeurs violentes dont nulle femme n'était l'objet.

Un mois plus tard, Hari fit de nouveau acte de candidature, mais dans un tout autre domaine. Il avait pris le temps d'étudier la logique d'une situation dont il admettait à présent la réalité. Son éducation entièrement anglaise le desservait à maints égards, mais pouvait cependant constituer un atout fondamental. Certes, il en avait d'autres : il était robuste et beau garçon, mais d'autres jeunes Indiens ne l'étaient pas moins, tandis qu'il se distinguait d'eux par sa maîtrise parfaite de la langue anglaise. Il devait donc exploiter cet avantage. Il songea à donner des cours particuliers d'anglais. Mais ç'aurait été une activité trop sédentaire, et il doutait d'ailleurs d'avoir la patience et les aptitudes requises. En fait, une autre voie l'attirait davantage, et c'était peut-être la seule à laquelle il pût prétendre : essayer d'entrer à la *Mayapore Gazette*, l'hebdomadaire en langue anglaise qu'il lisait depuis plus d'un an.

Ce journal appartenait à un Indien, et était entièrement fait par des Indiens. L'éditorial et les articles de fond étaient d'un très bon niveau, mais le style des nouvelles locales leur donnait souvent un tour involontairement comique. Si les Anglais de Mayapore appréciaient tellement ce journal, c'était peut-être autant pour y trouver des occasions de rire que pour y voir leurs noms imprimés dans le carnet mondain ou dans la page sportive. Au surplus, la *Mayapore Gazette* restait politiquement neutre, contrairement aux feuilles locales en hindi et à l'autre journal en langue anglaise, le *Mayapore Hindu*, qui n'était guère lu que dans les sphères officielles, par devoir, ou dans les milieux épris de sport – sujet qu'il couvrait abondamment – mais qui, dans l'ensemble, n'intéressait pas les Britanniques. De temps à autre, il était interdit.

Une fois sa décision prise, Hari passa plusieurs jours à sélectionner, dans divers numéros de la

Mayapore Gazette, des exemples d'articles d'une facture particulièrement médiocre, et à les récrire en bon anglais. Une fois sûr d'être apte à remplir le poste qu'il ambitionnait, il demanda par lettre un entretien au rédacteur en chef, un certain Mr B. V. Laxminarayan (son nom figurait en tête de la liste des collaborateurs). Il précisait qu'il souhaitait entrer au journal, indiquait son âge et ses qualifications, et prévenait Mr Laxminarayan que, pour lui éviter la peine d'une réponse, il lui téléphonerait sous deux ou trois jours. À la réflexion, il ajouta que Mr Knight, de la British-Indian Electrical, se ferait certainement un plaisir de transmettre au journal les références que lui avait fournies le principal du collège de Chillingborough. Mr Laxminarayan n'oserait certainement jamais faire une démarche dans ce sens auprès de Mr Knight, et même s'il la faisait, ce dernier n'irait jamais révéler à un Indien que sa compagnie avait refusé d'employer un Indien. Il signa sa lettre « Hari Kumar » et porta sur l'enveloppe la mention « Personnelle », pour éviter qu'elle ne pût tomber dans les mains d'un autre rédacteur dont l'intérêt aurait été de la détruire afin de conserver son propre poste. Il n'avait pas travaillé pour rien dans les bureaux de son oncle.

La lettre de Hari Kumar intéressa Mr Laxminarayan. Au téléphone, il lui dit : « Venez me voir, mais nous n'avons pas de poste vacant pour l'instant. » En fait, il n'envisageait nullement de l'engager, car le propriétaire du journal, Madhu Lal, qui vivait à Calcutta, lui avait ordonné de réduire les frais généraux et d'augmenter les bénéfices. Pour sa part, il estimait que le tirage de la *Gazette* ne pourrait grimper que si le journal prenait position en soutenant la revendication nationaliste indienne. Sachant que les gens favorables au Congrès vomissaient son journal, et que les Anglais ne le prenaient pas au sérieux, il pensait qu'il récupérerait des lecteurs parmi ces derniers s'il pouvait leur faire bouillir le sang. Quant au public déjà fidèle – des Indiens occidentalisés et des Anglais snobs –, il le demeurerait, étant donné que, par définition, ces gens-là suivaient le courant. Il se faisait fort, sur une période d'un an, d'augmenter le tirage de cinq ou même de dix mille exemplaires, si seulement Madhu Lal le laissait donner une coloration à son hebdomadaire et en faire un organe de presse franchement indien, au meilleur sens du terme.

Laxminarayan croyait honnêtement en son journal. Il en connaissait les insuffisances et les déplorait. Il ne lui fallut que quelques minutes de conversation avec Hari pour voir le parti qu'il pourrait tirer de ce garçon (qui pourtant, avec son assurance de sahib blanc et ses airs supérieurs, représentait l'antithèse de ce qu'il aimait). Grâce à lui, il ferait de la *Mayapore Gazette* le genre de journal que souhaitait Madhu Lal. Et lorsque Kumar lui montra les articles qu'il avait récrits, il sut qu'il allait l'engager, aux dépens du rédacteur auquel il portait le plus d'affection, un garçon plein de cœur mais peu doué, et qui finirait par lui attirer des ennuis.

Laxminarayan est aujourd'hui un vieillard. Il habite, dans Curzon Road, un bungalow abandonné en 1947 par ses occupants eurasiens. Il reconnaît que la ligne choisie par Madhu Lal était payante, car la *Mayapore Gazette* a continué de paraître sans problèmes après 1942, alors que le *Mayapore Hindu* était frappé d'interdiction, pour la quatrième fois au moins. Elle appartient à présent à un brahmane qui a fui le Pakistan, et qui a placé un sien cousin au poste de rédacteur en chef. De nuance centriste, le journal réserve une large place aux discours et activités de Mr Morarji Desai. Une édition simultanée en hindi est prévue pour l'année prochaine et, à terme, l'édition en anglais cessera. C'est ce qui attriste le plus Mr Laxminarayan. Il avoue son attraction-répulsion vis-à-vis de l'anglais, langue dans laquelle il a appris à formuler ses idées politiques, mais qui se prêtait aussi tellement bien à faire prendre pour du bon sens la voie du juste milieu imposée tout simplement par la frousse de s'engager.

L'étranger lui rend visite. Il le trouve entouré d'une ribambelle de petits-enfants dont les voix aiguës semblent monter de chaque pièce et aussi de tous les coins du jardin qui, sous le grand soleil, retourne à l'état sauvage.

– Vous voulez savoir ce que je suis aujourd'hui ? Un vieillard qui a assisté à l'un des plus grands bouleversements de l'histoire moderne – le premier et, me semble-t-il, le plus passionné, de toute une série de soulèvements, de rébellions contre la domination du Blanc, qui deviennent aujourd'hui presque assommants de banalité. Et j'en suis sorti indemne. À présent retraité, je suis membre honoraire à vie du Mayapore Club, où se retrouvent les bons hindous. Les jeunes journalistes qui apprennent que j'ai tenu la barre de la *Gazette* pendant les tempêtes précédant l'indépendance viennent me demander : « Monsieur, racontez-nous comment ça se passait vraiment du temps des Anglais. » Parce que l'Anglais colonial est devenu un mythe. Nos jeunes gens rencontrent la nouvelle génération d'Anglais et ils se disent intérieurement : « Ils n'ont pas l'air de monstres, ils s'intéressent aux mêmes choses que nous. Ils se moquent bien du passé, et nous aussi, sauf que nous nous demandons pourquoi il y a eu toutes ces histoires, et si notre gouvernement s'en tire mieux, ou même s'il nous représente vraiment. Parce que ce gouvernement où s'unissent difficilement la vieille orthodoxie et les vieux révolutionnaires ne dit rien qui puisse nous intéresser. »

» J'ai engagé ce Kumar et ensuite j'ai licencié Vidyasagar, un garçon qui, en 1942, a été arrêté en même temps qu'une partie des rédacteurs du *Mayapore Hindu* et mis en prison. Au moment de cette fâcheuse affaire du Bibighar, on m'a demandé d'intervenir. J'ai refusé. Personne n'a sollicité mes bons offices en faveur de ce pauvre Vidyasagar, qui a reçu quinze coups de bâton pour avoir enfreint le règlement de la prison. Non que j'eusse été en mesure de faire quoi que ce soit pour l'un ou l'autre. Mais j'ai mal digéré que lorsqu'ils ont été tous deux arrêtés, pour des motifs différents, les gens ne se soient préoccupés que de Kumar. On me téléphonait : « Ne pouvez-vous pas faire libérer Hari ? Vous étiez son patron. Ne pouvez-vous au moins agir en sa faveur ? Prouver qu'il n'était pas au Bibighar ? » Des gens tels que Lady Chatterjee. Ou encore ce Knight de la British-Indian Electrical, que sa conscience devait tourmenter. Et jusqu'à Mr Poulson, le commissaire adjoint, qui m'a envoyé chercher pour me questionner sur les véritables attaches politiques de Hari Kumar. Je lui ai répondu : « Mr Poulson, il est comme moi. Il n'en a pas. Il est tout dévoué au Raj ! » J'étais furieux. Pour quelle raison aurais-je dû l'aider ? Si les Anglais ne voyaient pas tout seuls qu'il était innocent, pourquoi serais-je intervenu ? Il était plus anglais qu'eux.

Une semaine après son entrée à la *Mayapore Gazette*, Hari reçut une lettre de Colin Lindsey. Elle était datée d'un des derniers jours de juillet 1939. Colin s'excusait de lui répondre avec un tel retard. « Il y a quelques semaines, je me suis engagé dans l'armée territoriale, de sorte que ta lettre m'a été réexpédiée ici, au camp d'entraînement, expliquait-il. On ne nous laisse pas souffler. S'il y a la guerre – ce qui est plus que probable –

je demanderai à passer élève officier. Sans ça, je me contenterai de rester caporal suppléant sans solde. (J'ai obtenu ce grade au début de l'été.) Je présume que toi aussi, Harry, tu envisages de t'engager – je veux dire, s'il y a la guerre. On dit que l'armée indienne est remarquablement organisée, et que ce ne sont plus des officiers anglais qui en assurent l'encadrement. Nous nous retrouverons peut-être sur un front quelconque ! Je te plains pour cette histoire d'usine d'électricité. Pourquoi les beaux-parents de ta tante ne veulent pas casquer pour te faire suivre la filière de l'Indian Civil Service, cela me dépasse. Papa me dit que les Indiens peuvent même devenir juges de la Haute Cour – ce qui implique d'entrer dans la fonction publique. C'est ça ou entrer dans l'armée. Personnellement, je préconiserais la dernière solution. C'est une vie épatante. Et franchement, Harry, tu ferais un superbe chef de section – ce que, pour ma part j'ambitionne d'être si la guerre survient. Et là, tu pourras faire marcher au doigt et à l'œil ce dénommé Stubbs, en qui je subodore un simple deuxième classe. Quelque chose me dit que quand tu en seras là, moi je serai en France. Pourquoi faut-il toujours que ça se passe en France ? Dans mon unité, on pense que les fridolins devraient venir jusque chez nous. On leur ferait alors une intéressante démonstration. D'après le major Crowe, notre chef de corps, avec toutes ces histoires de choisir entre le beurre et les canons, ces pauvres bougres n'ont plus la force d'épauler leur fusil, et encore moins de manier leur artillerie. Cher vieil Harry ! Je voudrais que tu sois là. On y participerait en chœur. Parce qu'à mon avis, on ne peut pas faire mieux en ce moment. Les chers parents t'envoient leur affection. »

– Un jour, il m'a parlé d'une lettre de ce jeune Lindsey, s'était remémoré sœur Ludmila. Pourquoi se confessait-il à moi ? Je ne le méritais pas. « Ma sœur, a-t-il dit, qu'auriez-vous fait si vous aviez reçu de votre plus cher ami une lettre vous révélant brusquement que vous ne parliez plus la même langue ? » Je ne sais plus quelle fut ma réponse, mais j'ai sans doute dit : « Il n'y a qu'une langue, celle de Dieu. » J'entendais par là « une seule vérité » – l'unique langue qui compte. Il a reconnu que, dans sa lettre à Lindsey, il n'avait pas dit toute la vérité, il n'avait pas ouvert entièrement son cœur. Peut-être en était-il incapable. Peut-être ne le savait-il pas lui-même.

À la *Mayapore Gazette*, le salaire mensuel de Hari se montait à soixante roupies, soit un peu plus de quatre livres, dont il donnait la moitié à sa tante Shalini (envers qui Romesh Chand se montrait très chiche depuis l'entrée de son neveu au journal). Il y faisait office de secrétaire de rédaction. En outre, Laxminarayan le payait à la pige pour les articles qu'il écrivait : un *anna* la ligne. Pour un texte de seize lignes, Hari recevait une roupie.

En répondant à la lettre de Colin, il lui raconta tout cela. Peut-être voulait-il lui montrer ainsi que, vue de Mayapore, la menace des ambitions de l'Allemagne semblait vraiment lointaine, et que le curieux bellicisme de son ami était à mille lieues de ses préoccupations immédiates. Au surplus, il y avait eu un temps où ils entretenaient tous deux des idées pacifistes. Ils avaient même envisagé l'objection de conscience... L'uniforme suffisait donc à corrompre un être ? Et pour commencer, qu'est-ce qui avait poussé Colin à l'endosser ? N'avait-il pas dit un jour que, comme la ferveur religieuse, le patriotisme était une perversion de l'instinct de survie ? Et Chillingborough était une pépinière d'administrateurs, non de militaires. Pour l'administrateur, le militaire représente la dernière ligne de défense d'une politique – celle sur laquelle, tout bien pesé, il est honteux de se replier.

« Je suis heureux que tu ne trouves pas la vie dans la territoriale trop éprouvante, écrivait-il... [Cette finesse de la langue anglaise ! La formule pouvait passer aussi bien pour une approbation que pour une critique.]... et je suppose que si les choses se gâtent, l'Inde entrera elle aussi dans la guerre. Donc, j'y participerai. (Il prit un temps de réflexion. En fait, il ne voulait pas du tout y participer.) Il est difficile de s'en tenir à une théorie lorsque la situation vous contraint à l'action. Tu es sans doute dans ce cas, comme je le suis moi-même. »

Hari se souvenait qu'en un temps Mr Lindsey ne voyait en Hitler qu'un « satané peintre en bâtiment », puis, plus tard, qu'il concédait que c'était « tout de même un homme qui obtient des résultats ». Il se souvenait aussi qu'au moment de Munich, qui avait coïncidé avec sa propre période de conciliation vis-à-vis de l'oncle Romesh Chand, Colin lui avait dit, dans une lettre, que grâce au bon sens de Mr Chamberlain on avait évité la guerre. À l'époque, Munich ne signifiait rien pour Hari – ni non plus, sans doute, pour les Anglais de Mayapore, confits dans leur certitude de coloniaux qu'ils étaient une race indestructible. Mais le ton de la dernière lettre de Colin reflétait certainement l'opinion des Britanniques dans leur ensemble, à l'intérieur comme à l'extérieur. Or, même en s'y efforçant, Hari ne parvenait pas à la reprendre à son compte. Car dans tous les lieux où elle régnait, et que son travail à la *Mayapore Gazette* lui rendait à présent familiers – le *cantonment*, le Palais de Justice avec ses tribunaux correctionnels ou d'appel, et même le maidan –, il pénétrait en tant qu'Indien, en fonction d'une tolérance et non d'un droit. Il n'aimait pas ces endroits, et il n'aimait pas non plus le sentiment d'envie qui le saisissait vis-à-vis des Anglais et de leurs institutions. Il était si facile et si triste d'imaginer Colin à la place du jeune magistrat anglais, n'ayant pas le droit de vie ou de mort (car ses pouvoirs judiciaires étaient restreints) mais au moins celui de condamner à un an de prison un homme du même âge que son père. D'un autre côté, il ne parvenait pas à s'imaginer lui-même à la place du juge indien qui remplaça un jour le jeune magistrat anglais et ne montra ni moins d'assurance ni plus d'indulgence. Pour la première fois Hari s'était demandé ce que faisait là un Indien, à imposer une amende à un homme, décider de l'incarcération d'une femme, renvoyer telle autre affaire devant une haute juridiction. Il se rebellait à l'idée qu'un Indien fasse le travail d'un Anglais. Et il se rendit alors compte qu'il réagissait comme le membre d'une race soumise – idée qui l'angoissa.

À part un court billet que Colin lui expédia de chez lui, à Didbury, où il passait Noël après avoir fait ses classes d'aspirant, Hari ne reçut plus aucune nouvelle de lui pendant près d'un an. Au printemps 1940, Mr Lindsey lui écrivit que Colin était « quelque part en France » et que, pour cette raison, la dernière lettre que lui avait adressée Hari avait été réexpédiée à Didbury. Il lui conseillait également de lui envoyer désormais toute correspondance, et il se chargerait de la faire suivre à Colin, qui changeait souvent de secteur postal.

Hari se sentit aussitôt pris de méfiance. Et si Mr Lindsey lisait ses lettres, s'il ne les transmettait pas parce que le contenu risquait de bouleverser son fils, ou simplement lui déplaisait ? Dès lors, l'ombre de Mr Lindsey se glissa en tiers quand il écrivait à Colin. Il sentait s'élargir la faille entre lui et son ami, non seulement en raison des circonstances mais à cause de l'intervention de ce puissant esprit malin qui avait fait mourir son père et qui l'avait lui-même forcé à l'exil. Pourtant, lorsque arriva une lettre de Colin en août 1940, il lui sembla que rien n'avait fondamentalement changé entre eux. Généralement, on ne s'interroge sur une amitié que si elle est menacée. En s'efforçant de l'analyser, Hari la découvrit toujours solide. Ils étaient unis par une communauté d'esprit qui avait surmonté depuis longtemps la curiosité morbide ou enfantine née de leur différence de couleur et de gènes. La lettre de Colin le ramenait des années en arrière. Celui qui avait écrit cela, c'était le vrai Lindsey. Hari lut entre les lignes que son ami avait dû traverser de sales moments – ce qui les remettait au même niveau. Ayant fait Dunkerque, Colin s'était retrouvé à l'hôpital, et les choses avaient traîné. « Non que j'aie pris une sale blessure, mais il fallait le temps que ça se referme, et ça ne marchait pas tout seul, mais à présent tout est rentré dans l'ordre. » Il écrivait de chez lui, ayant eu droit à une permission entre sa sortie de l'hôpital et le retour au front.

« Une sanglante pagaille, voilà ce que c'était. Cela m'amuse d'entendre papa dire aux gens que son fils était à Dunkerque, comme s'il y avait de quoi être fier de cette affaire. Quand j'y pense, la colère me vient, mais sans que je m'en prenne à un groupe ou à une personne en particulier. En tout cas, le destin funeste ne nous a pas fait de cadeau. J'y ai perdu un bon camarade. L'autre jour, je suis allé voir sa sœur. Dans ces cas-là, on se laisse ridiculement aller. Nous en étions tous les deux conscients et gênés. Quand je suis arrivé chez nous, papa m'a donné deux lettres de toi. Il ne me les avait pas transmises et j'en étais assez furieux. Que devais-tu penser, en ne recevant pas de réponse ? Pour commencer, il a dit qu'il ne voulait pas me causer de soucis supplémentaires, et que tu comprendrais très bien que j'avais d'autres préoccupations. Puis il a avoué qu'il les avait lues, et qu'il les trouvait pleines d'« idées radicales ». Je te confie cela, Hari, pour que tu en tiennes compte à l'avenir. Il a promis de ne plus jamais lire tes lettres, et convenu qu'il avait eu tort, mais va savoir ce qui peut lui passer par la tête ! Il entretient toute sorte d'idées bizarres. Je me méfie de mes réactions, car je ne le reconnais plus. La vérité, c'est qu'il m'énerve. Il a fixé au mur une carte publiée par le *Times*, et il y plante des repères comme un général. Celui de Dunkerque porte un petit drapeau anglais. J'ai l'impression que c'est pour me représenter. Écris-moi donc un peu des choses raisonnables. »

Des choses raisonnables ! Le jour où Hari reçut cette lettre, il était allé au Palais de Justice pour faire le compte rendu d'une audience en appel, concernant un homme condamné à Tanpur pour avoir volé une vache et revendu la bête à un père de famille qui l'avait incluse dans la dot de sa fille. L'homme condamné arguait que la bête ne cessait de paître sur ses terres, sans que son propriétaire accepte de l'empêcher de divaguer, et que le fourrage qu'elle avait consommé dépassait sa valeur marchande. L'appel reposait sur le fait que le magistrat de Tanpur n'avait pas jugé recevable le témoignage de deux personnes prêtes à jurer que le propriétaire de la vache n'avait tenu aucun compte des avertissements répétés de l'homme condamné. Le juge Menen avait rejeté l'appel, et Hari avait quitté le tribunal, parce que la dernière affaire pouvait vaguement prêter à une interprétation politique (article 188 du Code pénal indien). Ce genre de compte rendu d'audience, Mr Laxminarayan le proscrivait.

« Des choses raisonnables ? écrivit Hari à Colin. Eh bien, je suppose qu'en temps de guerre il est raisonnable d'emprisonner un homme qui dit ce qu'il pense. L'article 188 du Code pénal indien prévoit une peine de prison pour ceux dont les propos sont de nature à troubler l'ordre public. Le jour où ta lettre est arrivée, une affaire de ce genre passait en appel au tribunal. Je ne sais comment a statué le juge Menen (un Indien), car je suis parti avant l'ouverture de l'audience. Mais j'ai vu arriver le détenu entre deux agents. Il m'a dit « Salut, Coomer », tandis qu'on l'introduisait par la porte des prévenus. Il s'appelle Moti Lal, et je ne l'avais rencontré qu'une seule fois, quand il travaillait au comptoir de mon oncle, à la gare de marchandises. En rentrant au journal, je me suis renseigné à son sujet. Mon oncle l'a licencié, il y a quelques mois, pour incapacité patente. Mais la véritable raison, c'est que mon oncle avait appris que Moti Lal était proche de ce qu'on appelle le courant clandestin du parti du Congrès. J'ai interrogé l'avocat de mon oncle, un brahmane qui s'appelle Srinivasan, sur ce que l'on reprochait à ce garçon : il ne cessait d'« inciter » les ouvriers et les étudiants à la grève et à l'émeute et, en dépit de l'interdiction qui lui était faite, il avait pris la parole devant une réunion d'étudiants de dernière année au collège technique. Il était également soupçonné de diriger un groupe de jeunes qui imprimaient et distribuaient des tracts séditieux, mais sans qu'on puisse en produire de preuves. Toujours est-il qu'il a écopé de six mois de prison, et que son pourvoi en appel a été rejeté. Cela, je l'ai appris hier au tribunal, par un ancien confrère de la *Gazette*, un dénommé Vidyasagar qui travaille à présent au *Mayapore Hindu*, une feuille radicale.

» Vidyasagar est un garçon sympathique, et j'ai mauvaise conscience à son sujet, parce que, lorsque je suis entré à la *Gazette*, le rédacteur en chef m'a expédié un peu partout avec lui, et ensuite il l'a renvoyé. Vidya a bien pris la chose.

Il m'a confié qu'il avait deviné les intentions du rédacteur en chef quand il le faisait m'initier au métier. « Je ne t'en veux pas, Kumar, m'a-t-il déclaré, parce que tu n'es qu'un novice. » Chaque fois que nous nous rencontrons, il me taquine en me disant qu'avec le temps je finirai par devenir un bon Indien.

» Mais j'avoue ne pas savoir ce que c'est qu'un bon Indien. Est-ce celui qui s'engage dans l'armée (par tradition familiale), ou qui possède assez de fortune et d'ambition pour contribuer à l'Emprunt de guerre, ou encore le rebelle qui se fait arrêter comme Moti Lal ? Ou est-ce que le bon Indien est le Mahatma, que tout le monde ici appelle Gandhiji, et qui le mois dernier, après que Hitler eut montré à l'Europe ce que valait son armée, a félicité la France de s'être rendue, et a écrit au cabinet de Londres pour l'adjurer de choisir la « voie pure et noble » en laissant les puissances de l'Axe s'emparer de la Grande-Bretagne ? Il leur conseille « l'arme vraiment efficace de la non-coopération non violente ». Ou est-ce que le « bon Indien » est Mr Nehru qui, lui, veut combattre Hitler, mais estime que les difficultés de l'Angleterre sont une chance que l'Inde doit saisir dans sa lutte en vue de l'indépendance ? À moins que le bon Indien ne soit cet ancien dirigeant du Congrès, Subhas Chandra Bose, pour qui la priorité majeure est la liberté de l'Inde et qui, de Berlin où il lèche les bottes de Hitler, nous parle à la radio en nous exhortant à briser nos chaînes. Ou encore Mr Mohammed Ali Jinnah, qui a au moins simplifié le problème des communautés différentes en demandant la création d'un État séparé pour les musulmans si le Congrès dominé par les hindous réussit à chasser les Britanniques. Ou peut-être un des princes indiens dont, par traité, la Couronne britannique respecte les droits souverains, et qui n'a pas l'intention de les perdre simplement parce qu'une bande de politiciens radicaux indiens veulent instaurer leur gouvernement sur l'Inde britannique. Car il faut bien voir qu'à eux tous les princes possèdent un tiers de l'Inde. À moins que le bon Indien ne soit en fin de compte le pauvre paysan qui n'aspire qu'à une chose : se débarrasser enfin de l'usurier afin de posséder en propre ce qu'il fait pousser. Et où se situent les Anglais là-dedans ?

» Je l'ignore, n'étant pas traité comme un des leurs. S'il m'arrive de rencontrer des Anglais, c'est uniquement en qualité de journaliste couvrant certaines manifestations ou festivités qui, considérées depuis votre Angleterre assiégée et rationnée, vous feraient hurler de rire ou de rage. Et il faut voir leur étonnement en constatant que je parle comme eux. Parfois un homme (jamais une femme) me demande où j'ai appris à maîtriser aussi bien sa langue, et quand je le lui dis, il prend un air incrédule comme si je lui racontais des histoires.

» Les Anglais semblent très montés contre les Américains (qui ne sont pas encore entrés dans la guerre, s'ils y entrent jamais), parce que ceux-ci veulent les forcer à faire des concessions aux Indiens – que les premiers considèrent évidemment comme leur propriété privée. Mais ils jubilent que Churchill soit au pouvoir, parce qu'il s'est toujours élevé bien haut contre la moindre réforme libérale dans l'administration de l'Empire des Indes. Je n'aurais jamais pensé qu'il fût aussi impopulaire chez les Indiens, qui l'appellent l'archi-impérialiste. Après la déroute britannique à Dunkerque, il a voulu calmer les revendications des Indiens avec la vague promesse qu'ils participeraient davantage au gouvernement de leur pays (apparemment en plaçant quelques Indiens acceptables de plus dans le conseil du vice-roi), ce qui, pour les radicaux, équivaut à une plaisanterie.

Bien entendu, les libéraux indiens disent qu'ayant toujours été réaliste – et même opportuniste –, Churchill en viendra à octroyer au pays une certaine liberté. Ils en donnent pour preuve le fait qu'à Londres le gouvernement d'union nationale comprend des membres de l'opposition travailliste.

» Je me demande ce qu'il en sortira. En tout cas, ces vingt dernières années l'Angleterre a vraiment réussi à diviser pour régner. Je m'en rends compte lorsque j'assiste aux événements que j'évoquais : Recrutement des guides, braderies, matches de cricket inter-raciaux (généralement interrompus par la pluie et se terminant par des batailles à coups de petits pains sous des tentes réservées, sans qu'il soit besoin de pancartes, respectivement aux Européens et aux Autres Races). Les Anglais disent ouvertement qu'« il ne faut pas abandonner ce satané pays parce qu'il n'y a pas un seul parti indien assez représentatif pour le prendre en charge ». Ils préfèrent les musulmans aux hindous (Dieu et Allah sont plus proches que Dieu et Brahma), ils ont un penchant naturel pour les princes, s'émeuvent de la condition des intouchables et s'exaspèrent de la prédisposition des paysans à considérer tout pouvoir comme d'essence divine. Ils s'attribuent le mérite des progrès faits par le pays mais non la responsabilité des divisions qui y règnent. Et pourtant, si cette idée du Pakistan, État musulman séparé, finit par se réaliser (ce que, pour ma part, je ne crois pas), ce sera bien à cause de leurs tergiversations.

» Mon travail au journal me force à regarder le monde, à essayer de le comprendre. Mais je me demande toujours où je me situe là-dedans. Tu sais, Colin, pour l'instant je n'arrive pas à me reconnaître un devoir absolu envers l'un ou l'autre pays. Peut-être les nations disparaîtront-elles dans l'avenir. Et il n'y aura plus, pour diviser les hommes, que la couleur de leur peau. »

Voilà donc tout ce que Hari trouvait à dire de « raisonnable » à Colin, mais au fond, peut-être se satisfaisaient-ils de pouvoir encore communiquer. Pourtant, Hari restait marqué par l'autre lettre de Colin, celle à cause de laquelle il avait interrogé sœur Ludmila : « Ma sœur, qu'auriez-vous fait si vous aviez reçu de votre plus cher ami une lettre vous révélant brusquement que vous ne parliez plus la même langue ? » Et par la suite, il devait se confier beaucoup plus intimement à elle :

– J'aurais dû lui raconter ce que je vivais à Mayapore. J'aurais dû lui dire : « Nous avons changé l'un et l'autre, nous n'avons peut-être rien de commun. Si je revenais à Didbury, nous ne serions pas en harmonie, et si tu venais à Mayapore tu ne voudrais pas *être vu* en ma compagnie. » Je ne l'ai pas dit parce que je ne voulais pas y penser. Nous avons continué à correspondre simplement pour nous rappeler le temps où le monde ne pesait pas sur nous, où seule l'innocence commandait nos impulsions.

» Lorsque Colin est arrivé en Inde en 1941, et qu'il m'a écrit de Meerut, j'ai été fou de joie. Mais ça n'a pas duré longtemps, car je savais ce qui allait se passer. S'il était venu directement à Mayapore, les choses auraient peut-être été différentes. Mais Meerut est loin. Pour que nous puissions nous retrouver, il aurait fallu qu'il soit envoyé en poste dans une garnison relativement proche de Mayapore, ce qui paraissait peu probable. Et plus les semaines passaient, plus il devait se rendre compte du fossé séparant un Blanc d'un homme de couleur. Et un moment viendrait où il ne souhaiterait plus franchir ce fossé. Je me souvenais de l'horreur que j'avais éprouvée devant la crasse et la misère – il serait donc dans le même cas. Mais lui, il pourrait y échapper, se réfugier dans ce qui lui apparaîtrait finalement comme l'Inde réelle, celle qu'il devait défendre à tout prix : le club, le mess, le bungalow, les fleurs anglaises dans le jardin, les serviteurs en uniforme impeccable, les distractions, la priorité partout, dans les boutiques, les banques, les trains – toutes choses permettant de supporter l'atmosphère de ce pays, mais qui finissent par vous gonfler de votre importance et alimenter vos préjugés.

» Et même en supposant que Colin ait résisté à cette atmosphère, où aurions-nous pu nous retrouver s'il était venu me voir à Mayapore ? Pas dans la ville indigène qui, depuis le début des hostilités, était interdite aux officiers (sauf en mission officielle), ni non plus au Gymkhana Club puisque je ne pouvais y pénétrer. Il était exclu de l'emmener au Mayapore Club, que même moi je trouve détestable. De même qu'étaient exclus l'hôtel Smith, dont le propriétaire anglo-indien n'aime pas les Indiens ordinaires, et le restaurant chinois, parce que la salle du premier étage est réservée aux officiers et qu'aucun Indien n'a le droit d'y monter, sauf s'il est officier par brevet du roi. Si nous avions voulu voir un film, Colin n'aurait pas aimé les places où, en tant qu'Indien, j'aurais été obligé de me mettre. Et quant à prendre quelque chose à l'English Coffee Shop... Elle ne porte pas son nom pour rien. Une amitié peut-elle survivre dans de telles conditions ?

» De Meerut, il a été muté à Ambala, et ensuite dans un camp près de Lahore. Dans sa première lettre, il disait que sur la carte, Meerut ne semblait pas tellement distant de Mayapore. Dans la deuxième, il se demandait s'il serait jamais posté assez près pour que nous puissions nous voir. Dans la troisième, il n'évoquait même plus la possibilité d'une rencontre. Et j'ai deviné ce qui s'était produit rien qu'en trois mois. Il avait vu ce qu'il ne pouvait appeler que *mon* Inde. Et il était horrifié. Effrayé, même. Comment aurait-il pu savoir que moi aussi j'avais été horrifié et effrayé ? Que pendant trois ans j'avais tellement espéré, tellement attendu qu'on m'en délivre. En tant qu'Indien anglicisé, je m'étais gardé plus que tout de lui parler de mes dégoûts et de ma peur, de crainte de paraître « délirant ». De sorte qu'en voyant *mon* Inde, il était fondé à croire que je m'y retrouvais dans mon élément naturel.

» En fait, je ne me formulais pas les choses aussi clairement. Je trouvais des excuses à Colin. En constatant qu'il ne m'écrivait pas de Lahore, je me suis dit : « C'est tout à fait normal. Il n'est pas un civil qui n'a rien d'autre à faire qu'à se réveiller, déjeuner, aller au travail et rentrer chez lui en se demandant si le facteur a apporté une lettre. » Et quand la guerre s'est rapprochée, quand les Japonais ont bombardé Pearl Harbor, envahi le Siam, la Malaisie, la Birmanie, j'ai songé : « Ce pauvre Colin, il est en plein combat, lui. » Je suis allé jusqu'à me reprocher de ne pas m'être engagé, pour renforcer les rangs d'un peuple auquel, un temps, je m'étais assimilé. Je me rendais compte que, depuis 1938, je ne servais à rien – je ne m'étais pas fait d'amis, j'étais toujours maussade (comme les commis que je méprisais), je ne rendais pas son affection à tante Shalini, je ne lui exprimais jamais ma gratitude.

» Et puis, je les ai vus. Au *cantonment*, en janvier 1942. Avec, sur leur patte d'épaule, le nom du régiment de Colin, celui que le « Capitaine C. Lindsey » indiquait dans ses lettres de Meerut, puis d'Ambala, puis du camp près de Lahore.

– Voilà pourquoi le jeune Kumar s'était enivré, raconte sœur Ludmila au visiteur. Il me l'a confié par la suite. « Je l'ai vu, m'a-t-il dit, ou en tout cas je crois que c'était lui. Il sortait de l'Imperial Bank et il est monté dans un camion portant, à l'arrière, le même insigne que ces soldats sur leur patte d'épaule. » Mais il n'en était pas absolument sûr. Et, de toute façon, il lui trouvait des excuses. Il faut dire qu'avec les Japonais aux portes de l'Inde, le climat avait changé. Les déplacements militaires étaient incessants et secrets. Le jour où il crut avoir vu Colin, il pensait trouver chez lui une lettre disant : « Je suis stationné près de Mayapore et je viens parfois au *cantonment*. Où pouvons-nous nous retrouver ? » Mais, comme cette lettre n'arrivait pas, il s'est dit qu'il s'était trompé. Jamais Colin ne serait venu à Mayapore sans lui faire signe. L'Inde ne pouvait tout de même pas changer un homme à ce point, et surtout pas Colin.

» Pouvez-vous vous imaginer les sentiments de Kumar ? Attendant une lettre, n'en recevant pas, se disant que le hasard lui ferait peut-être rencontrer son ami sur l'autre rive. Tous les jours il se rendait à bicyclette du Chillianwallah Bagh à la *Mayapore Gazette*. Parfois, il reprenait sa machine pour aller couvrir un événement, et là, il devenait invisible aux Blancs : le gymkhana, l'exposition florale, celle des guides, les démonstrations d'athlétisme de l'École supérieure d'État, le match de cricket du collège technique, la fête de l'hôpital. Il connaissait de nom et de vue pratiquement toutes les personnalités anglaises, et absolument tous les notables indiens. Mais eux ne le connaissaient pas, parce qu'il n'avait jamais affaire qu'aux attachés de presse. Et si l'événement le commandait, c'était Mr Laxminarayan lui-même qui représentait le journal. « Il fut un temps, m'a-t-il confié, où je croyais qu'en lisant un article les gens diraient : « Comme c'est bien écrit ! Qui est donc ce Kumar ? » Mais ils ne connaissaient même pas mon nom. Au mieux, je suis ce journaliste de la *Gazette*. Mes articles ne sont jamais signés. Je ne suis qu'un visage vaguement familier. Laxminarayan m'exploite. Tantôt, il me fait récrire de l'anglais indien. Tantôt, il m'envoie en reportage.

Mais je ne suis qu'un rouage dans une machine anonyme. J'ai entendu un Anglais lui dire : « Qu'est-ce qui se passe, Laxminarayan ? La rubrique du Flâneur n'est plus drôle du tout. » Mon rédacteur en chef s'est contenté de rire, sans dire pourquoi ces articles ne sont plus comiques. Il me punit, à cause de Vidyasagar, à cause de tout – et de ses propres insuffisances.

» Et c'est en qualité de journaliste, explique sœur Ludmila, qu'il a vu ce Lindsey pour la deuxième fois. Qu'il l'a vu, sans l'ombre d'un doute, parce qu'il en était assez rapproché pour reconnaître ses traits, son expression, son attitude. Quel était l'événement ? Je l'ai oublié. Je me souviens seulement que cela se situait à la fin de février. Et qu'il a mentionné le maidan. Mais il me l'a raconté de façon si vivante que j'ai l'impression d'y avoir assisté. La soirée s'avançait. Était-ce un match de cricket ? Je l'ignore. En revanche, je sais qu'au maidan, lorsque le soir tombe, les races se côtoient sans pour autant se mêler.

» Et voici qu'il voit ce Lindsey. Combien de souvenirs, combien de secrets du corps et de l'esprit ont dû remonter à la surface ! Il me parlait souvent de l'automne en Grande-Bretagne. Je les imaginais adolescents, courant la campagne dans le froid et puis, rentrés à la maison, se cuisant les mains devant l'âtre, ou bien soufflant leur chaude haleine sur les vitres pour le plaisir de les voir s'embuer. Comme ils devaient se trouver bien dans leur petit monde protégé... Lindsey l'a regardé puis il a tourné la tête. Un Indien habillé comme tout le monde, un visage foncé parmi d'autres. Comment aurait-il pu le reconnaître ?

– Je me suis dit que je n'étais pas seulement invisible pour les Blancs parce que je suis noir, mais également invisible pour mon ami blanc, parce que pour lui tous les Indiens se ressemblent.

Je n'étais rien, rien du tout. J'ai quitté le maidan. J'ai rencontré Vidyasagar qui partait, lui aussi – et qui, lui non plus, n'est rien. Je ne sais plus qui étaient les autres avec lui. Je me souviens d'une petite pièce étouffante où nous buvions du mauvais alcool. Dans la ville indigène, notre ville. Vidyasagar disait en riant que j'étais en train de devenir un bon Indien car il s'agissait d'alcool de contrebande que nous buvions aux frais du gouvernement. Les autres étaient jeunes comme Vidya. Nous étions tous habillés de la même façon : chemisette et pantalon de coton achetés au bazar. Je me souviens que nous avons démoli mon casque colonial, parce que tous ces petits lèche-culs, de fonctionnaires subalternes le portent. Ils n'arrêtaient pas de remplir mon verre. Ils voulaient m'enivrer. Une sorte de méchante et douloureuse farce. Dans cette vilaine petite pièce, la ferveur le disputait au désespoir.

– Il se souvenait de s'être retrouvé au Chillianwallah Bagh, raconte sœur Ludmila. On l'avait transporté jusque devant chez lui, pour qu'il ne risque pas d'être détroussé, ou ramassé par la police. Mais au lieu de rentrer il était reparti. Ses pas l'avaient mené jusqu'au terrain vague près de la rivière. Il avait dû trébucher, rouler dans le fossé, perdre connaissance et se faire dérober son portefeuille par quelqu'un qui l'avait suivi. Et je me souviens de son visage, dans le faisceau lumineux de la lampe électrique. Les yeux clos, les cheveux noirs bouclés tombant sur le front. Oh, cette volonté de refus ! Nous l'avons placé sur la civière et ramené ici, au Sanctuaire. « Celui-là a trop bu, ma sœur », a dit Mr De Souza. « Il est tout jeune, ai-je répondu. Pour avoir bu de la sorte, il faut qu'il soit très malheureux. Gardons-le. » Et avant de m'endormir, j'ai prié pour lui.

SIXIÈME PARTIE

CIVIL ET MILITAIRE

1

Le militaire

Extraits des Mémoires inédits du général de brigade A.V. Reid Distinguished Service Order, Military Cross : « Une Vie simple » (manuscrit)

À la fin du mois de mars 1942, alors que nous étions toujours à Rawalpindi et venions tout juste d'apprendre que notre fils unique Alan avait été porté disparu au combat en Birmanie, je reçus l'ordre d'aller prendre le commandement d'une brigade d'infanterie en cours de formation dans la zone de Mayapore. Ce fut le général « Tubby » Carter qui m'informa de cette nomination par téléphone. Il me prévenait avant que je reçoive ma feuille de route pour que j'aie le temps de l'annoncer à Meg avec ménagement, car elle n'était pas encore en état de m'accompagner. Il me coûtait de la quitter alors que nous étions dans l'affliction au sujet d'Alan et espérions d'autres nouvelles. Je suis immédiatement allé à la clinique.

Malgré tout, j'étais heureux de pouvoir de nouveau faire vraiment mon métier. Je m'étais presque résigné à la perspective de passer le reste de la guerre dans un bureau. Notre fils Alan combattait, c'était un peu comme une relève des gens d'âge et d'expérience par les jeunes générations ardentes. Mais à présent que l'incertitude planait sur son sort, c'était comme si une divinité compréhensive avait voulu rétablir l'équilibre en me faisant jouer un rôle qui – si le pire arrivait à Alan – me donnerait au moins la satisfaction de rendre coup pour coup à l'ennemi.

Meg a réagi comme toujours dans les passes les plus dures : sans songer une seule seconde à elle-même. En la voyant encore si pâle et si souffrante, j'aurais voulu qu'il fût en mon pouvoir de faire apparaître Alan dans sa chambre, vigoureux et gai, pour redonner des couleurs aux joues de sa mère. Je bénis le Ciel qu'elle ait disparu sans savoir qu'Alan était mort sur cet abominable chantier de construction du chemin de fer Birmanie-Siam, nouvelle qui a endeuillé pour moi les jours de notre Victoire.

J'arrivai à Mayapore le 3 avril (1942) et entamai immédiatement la première phase de ma tâche : faire de ma brigade d'infanterie une force supérieurement apte au combat, que je pourrais conduire au feu sur un théâtre d'opérations où les Japs avaient temporairement l'avantage. La besogne serait rude, la plupart des hommes étant inexpérimentés et la campagne environnante n'offrant pas, pour les manœuvres, de configurations semblables à celles du terrain que nous devrions reconquérir.

Je connaissais Mayapore pour y avoir été stationné bien des années auparavant. Je m'en souvenais comme d'une charmante ville de garnison avec des lacs à proximité – un endroit qui s'appelait Banyaganj – où l'on tirait le canard. Le vieux mess de l'artillerie offrait un excellent exemple d'architecture anglo-indienne du XIXe siècle et commandait une belle vue du maidan. À partir de mars, la chaleur y était assez pénible, mais on s'échappait vers les stations d'été, Darjeeling au nord, Mussoorie au sud-est. Et, par le train, on atteignait Calcutta dans un délai raisonnable. On pouvait donc amplement profiter des permissions de détente.

Évidemment, à présent il n'était plus question de détente. Et Mayapore ne m'offrait plus le même visage que lorsque j'étais un jeune officier subalterne qui connaissait depuis peu une jeune fille dont il songeait sérieusement à demander la main. Officier supérieur, j'y revenais trente ans plus tard, en un moment où les destinées de ma patrie étaient précaires et où le pays auquel j'avais voué mon existence, la pierre angulaire de l'Empire, s'était avancé si loin sur la voie de l'autonomie qu'il se tenait pratiquement au seuil de l'indépendance – indépendance momentanément différée dans l'intérêt de l'ensemble du monde libre.

Considérant l'agitation qui s'emparait alors de l'Inde, une des premières choses que je fis dès mon arrivée à Mayapore fut de rencontrer le commissaire délégué, qui s'appelait White, afin d'avoir son sentiment sur l'état de son district, et de lui dire franchement qu'en nous montrant fermes au moindre signe de troubles, nous nous épargnerions de perdre ultérieurement beaucoup de temps et d'énergie. J'avais déjà décidé de ramener en cantonnement à Mayapore le bataillon anglais de la brigade, une unité des Berkshires, et de les remplacer dans le camp qu'ils occupaient, à proximité de Banyaganj, par les Pankot Rifles, jusque-là casernés à Mayapore. J'obéissais ainsi à un double motif. Les soldats anglais arrivaient de la patrie, et j'avais constaté dès ma première inspection qu'ils souffraient des quartiers rudimentaires que leur offrait Banyaganj. On construisait tout près de là un aérodrome (ce qui avait chassé les canards des lacs), et le camp des coolies, avec ses effluves peu salubres, n'était situé qu'à quinze cents mètres. On avait ajouté des baraquements, mais beaucoup d'hommes dormaient encore sous la tente, ce qui est plus que pénible en avril. Sans me dissimuler que je paraissais établir une distinction susceptible de créer des problèmes, j'estimais que Johnny Jawan supporterait mieux l'inconfort de Banyaganj que Tommy Atkins. Et par ailleurs, la présence des Berkshires dans Mayapore même pouvait contribuer à y désamorcer l'agitation – ce à quoi je tenais à tout prix. De toute façon, si le pouvoir civil en venait à demander l'aide des militaires, mon intention était d'employer des troupes britanniques.

Et je savais aussi que le cantonnement des Berkshires à Mayapore serait bénéfique pour le moral des nôtres – des hommes et des femmes accomplissant de difficiles besognes en une période particulièrement dure. Et c'est dans le même dessein que j'ai fait organiser la Semaine de la Guerre – à laquelle la fanfare militaire n'a pas peu contribué – à la fin avril. Elle s'est tenue sur le maidan, et je peux dire sans vanité (car, si l'idée est de moi, tout l'honneur en revient à ceux qui l'ont préparée ou y ont participé) qu'elle a fait du bruit et « remonté » les gens à tel point que Mayapore a peu ressenti l'échec de la mission Cripps, envoyée par Sir Winston (qui n'était encore que Mr Churchill) à Delhi pour tenter de résoudre l'impasse entre le gouvernement britannique et ces politiciens indiens qui se targuaient de représenter le peuple tout entier et demandaient encore plus d'autonomie. La mission Cripps s'appelait ainsi à cause de celui qui la dirigeait, Sir Stafford Cripps, le ministre travailliste qui est devenu chancelier de l'Échiquier lorsque, la guerre finie, notre race insulaire a rendu hommage à sa façon à l'architecte de notre victoire en le dépouillant de ses fonctions de Premier ministre. Ce fut après l'échec de la mission Cripps, en avril 1942, que Mr Gandhi lança sa célèbre campagne « Abandonnez l'Inde ! » – qui revenait à inviter l'empereur du Japon à entrer dans le pays et à y prendre les rênes du pouvoir.

Je n'ai malheureusement pas trouvé White – le commissaire délégué – pleinement conscient de la situation à laquelle j'estimais que nous serions confrontés si on laissait les leaders indiens s'élever contre l'effort de guerre et pousser les masses à suivre ce que Mr Gandhi appelait la non-coopération non violente, une politique qui pouvait immobiliser le pays. White semblait convaincu que le Congrès retenait surtout l'idée de non-violence. Il avait plus foi que moi dans la capacité d'une foule à résister à l'hystérie, laquelle peut, en un instant, transformer une manifestation pacifique en meute hurlante cherchant à se venger des brutalités purement imaginaires de la police ou de l'armée. En fait, il ne semblait nullement prévoir de grande manifestation autre que la démonstration de masse de la *satyagraha* – ce qu'ils estiment être une « action efficace en vue de la justice » et qui consiste à se laisser arrêter en si grand nombre que les prisons ne sont plus assez grandes. La première fois que j'ai vu White, Mr Gandhi n'avait pas encore lancé sa campagne intimant aux Anglais qu'ils devaient quitter l'Inde, mais l'échec de la mission Cripps montrait déjà clairement qu'on ne s'entendait pas sur la représentativité des leaders indiens.

Bien qu'il ait été évident, dès notre première prise de contact, que « ça ne collait pas », comme on dit aujourd'hui, entre Mr le commissaire délégué et moi, j'en suis quand même venu à admirer son courage. Sur son courage physique, il ne pouvait y avoir aucun doute, et je l'avais bien jugé en estimant que, quelles que soient ses réserves personnelles sur la politique gouvernementale, il ne l'en appliquerait pas moins dans son district. Je lui ai notamment demandé ce qu'il ferait s'il devait mettre en état d'arrestation les dirigeants locaux du parti du Congrès, et il a répondu très simplement : « Je le ferai, bien entendu. » Mais il a ajouté : « Tout en sachant que je ne pourrais faire pire. » Comme je lui demandais pourquoi, il a répondu : « Parce que les hommes que je devrais arrêter sont ceux qui croient sincèrement à la non-violence. Emprisonnez des dirigeants de ce calibre, et vous laisserez les foules suivre des gens bien différents. »

Sans être d'accord avec lui, je reconnaissais la sincérité des idées de White. Je lui ai évidemment demandé s'il se proposait de débusquer ces agitateurs clandestins. Il m'a répondu : « Cela revient à chercher une aiguille dans une botte de foin. On en connaît quelques-uns. Arrêtez-les si vous le voulez. Mais les autres demeureront libres, et ce sont probablement les plus habiles puisqu'ils ont réussi jusqu'ici à militer sans être démasqués. Pour eux, le Congrès et l'Empire sont à mettre dans le même panier. N'est-il pas préférable de laisser ceux qui ne prônent pas la violence canaliser l'ardeur des foules dans le satyagraha, cette action d'une lutte non violente ? »

Je lui ai dit que je comprenais son raisonnement, mais à condition qu'on puisse accorder crédit à cette histoire de non-violence, laquelle, à mon sens, n'était que de la poudre aux yeux. Et comme j'insistais pour en savoir plus, White a reconnu qu'il laissait le soin de traquer ces agitateurs clandestins au chef de police du district, un nommé Merrick, avec qui j'avais sympathisé d'instinct lors de notre première prise de contact.

Conférant ensuite avec Merrick, je lui ai dit

que je comptais entièrement sur lui pour cette tâche, en déclarant sans ambages que la mienne consistait à former, entraîner et commander une brigade qui devrait combattre l'ennemi à nos portes, et que je ne souhaitais pas employer mes hommes contre les ennemis intérieurs. Je ne lui ai pas caché qu'à mes yeux ses initiatives, même hardies, seraient les bienvenues. J'avais bien jaugé mon homme. Il est jeune, zélé et franc. Il m'a confié sans détour qu'il venait d'une « famille de la toute petite bourgeoisie », et qu'il s'estimait taillé pour sa mission dans la police indienne. J'ai apprécié la façon dont il le formulait, sans trace aucune de vanité. Les tâches de la police sont ingrates, mais elles doivent être accomplies. Il a avoué qu'il regrettait d'avoir été amené par les circonstances à servir dans ce corps alors que nous combattions à présent contre les puissances de l'Axe. Il voulait savoir s'il y avait la moindre possibilité d'obtenir son transfert dans l'armée, « même comme deuxième classe ». Pensant à Alan, qu'il me rappelle un peu physiquement, j'ai pu mesurer son patriotisme, mais je ne pouvais lui donner aucun espoir. Et d'ailleurs, dans la situation telle qu'elle se présentait, il était certainement plus utile à son pays en tant que chef de la police locale. Il a promis de me tenir officieusement informé de l'état d'esprit dans le district.

Ayant fait ces mises au point avec White et Merrick, je pensais pouvoir désormais me consacrer à ma besogne sans être trop fréquemment dérangé par des questions de sécurité intérieure. Au demeurant, j'avais amplement à faire avec l'arrivée de mon troisième bataillon, une unité des Ranpurs. Originellement, on m'avait promis un bataillon de Sikhs, mais qu'on m'ait envoyé à la place une unité de mon ancien régiment, c'était inespéré ! J'ai caserné une compagnie des Ranpurs à Mayapore (ce qui me permettait d'utiliser au mieux les Berkshires, qu'ils libéraient ainsi de certaines factions), j'ai installé leurs autres compagnies ainsi que l'état-major du bataillon dans la région de Marpuri, au nord-ouest de Mayapore – site qui me paraissait particulièrement propice. Tous mes hommes étant en place, j'allais pouvoir enfin passer aux choses sérieuses.

Les Berkshires montraient d'excellentes dispositions. Le transfert de Banyaganj au cantonnement leur réussissait. Les vieux casernements jouxtant l'ancien mess de l'artillerie étaient spacieux et frais, et les hommes appréciaient le luxe inusité de pouvoir profiter des serviteurs indigènes attachés à ces quartiers, et dont beaucoup étaient fils d'hommes qui avaient pris soin de précédentes générations de Tommies. En outre, leur installation dans la ville leur permettait de jouir des distractions organisées si généreusement par nos dames. Il y avait longtemps que Mayapore n'abritait plus de régiment d'artillerie, mais le vieux mess conservait sa dénomination. Depuis plusieurs années, la ville possédait une école de sous-officiers et servait de station d'été aux Pankots. Et depuis le début des hostilités, elle s'était pratiquement transformée en centre de formation de brigades. Le directeur de l'école de sous-officiers, un colonel qui était également commandant de la garnison, se trouvait en congé de maladie lorsque je suis arrivé, et finalement il n'est pas revenu car l'école a été transférée dans le Pendjab, de sorte que j'ai hérité théoriquement de ses fonctions. Heureusement, je pouvais me reposer presque entièrement sur l'officier d'état-major de la garnison, un homme sorti du rang zélé et efficace.

J'ai préféré installer mes quartiers dans l'ancien mess de l'artillerie, au lieu d'occuper le bungalow qu'on mettait à ma disposition, à la fois parce que ma pauvre Meg ne pouvait venir auprès de moi et nous organiser un foyer comme elle l'avait déjà fait dans tant de régions de l'Inde, et parce que je voulais que le personnel sente ma présence constante. J'occupais l'appartement des invités, qui donne sur le maidan. Là, dans le petit salon dont j'avais fait mon bureau privé, je pouvais m'abstraire des questions de service pour réfléchir à loisir aux nombreux problèmes qui se présentaient à moi. Et c'est dans cette pièce que, vers la fin juin, juste au début de la saison des pluies, j'ai appris par une communication téléphonique de Tubby Carter qu'Alan figurait dans la liste des prisonniers de guerre. Jusque-là, j'avais continué d'espérer qu'il aurait pu se replier en Inde, avec un des groupes de militaires ou de civils qui, ayant affronté un périlleux voyage et de grandes privations, étaient enfin rendus à l'affection des leurs. J'ai demandé à Tubby s'il voulait bien en informer personnellement Meg. Et, une fois de plus, ce cher Tubby a donné la mesure de son amitié, en se prévalant de son grade supérieur pour aider un vieux compagnon d'armes. Il m'a ordonné de rejoindre Rawalpindi. Trente-six heures plus tard, j'étais au chevet de Meg.

Sans entretenir d'illusions sur le sort des prisonniers des Japonais, nous nous sommes réconfortés mutuellement en nous disant qu'au moins Alan était vivant. J'éprouvais un grand soulagement de pouvoir employer le présent, et non le passé, pour parler de lui à Meg. Dans la soirée, Tubby est arrivé à la clinique avec une bouteille de champagne. Dans d'autres circonstances, il aurait semblé déplacé de boire du champagne alors que notre fils affrontait probablement de dures épreuves, mais Tubby a donné aux choses l'éclairage qui convenait en nous proposant de boire à la santé d'Alan. J'ai été fier de Meg lorsqu'elle a levé son verre en disant « À Alan » et en souriant comme si elle lui portait un toast en une occasion joyeuse. Son état semblait avoir considérablement empiré en quelques semaines. En considérant sa maigreur et son regard éteint, j'ai brusquement compris que Tubby ne m'avait pas seulement rappelé à Rawalpindi pour que j'apprenne moi-même à Meg la capture d'Alan, mais pour que je puisse faire face à une autre révélation, encore plus douloureuse.

Nous avons souhaité bonne nuit à Meg et, au sortir de sa chambre, Tubby m'a conduit au bureau du colonel « Billy » Aitken et m'y a laissé. « Il n'y a hélas pas de doute, m'a dit celui-ci, c'est le cancer. » Nous connaissions Billy depuis des années. Dans le civil il aurait pu devenir un grand praticien et gagner beaucoup d'argent en prescrivant des placebos aux Londoniennes chics qui ont leurs nerfs. Mais, comme il le disait souvent, il préférait se consacrer à ses compatriotes – hommes et femmes – qui accomplissaient des besognes ingrates à l'étranger. Je lui ai demandé combien de temps il lui donnait. « Six mois, trois mois, peut-être moins, m'a-t-il dit franchement. Nous allons l'opérer, mais l'issue sera la même. » Et puis il a eu le tact de me laisser seul quelques instants. Je n'arrivais pas à admettre que ma chère Meg me serait enlevée par un sort encore plus cruel que celui qui nous privait d'Alan. Au moins notre fils avait-il eu la satisfaction d'assener quelques coups à l'ennemi. Seul dans le bureau de Billy Aitken, j'ai brusquement compris que je ne le reverrais jamais.

Billy et Tubby sont revenus ensemble. Tubby m'a demandé si je voulais abandonner mon commandement et réintégrer Rawalpindi. Il m'a laissé entendre qu'il y avait un poste à pourvoir, et qui me vaudrait le grade de général de division. J'ai sollicité un peu de temps pour y réfléchir. Ils m'ont conduit au club où l'on m'avait réservé une chambre. Le lendemain matin, j'ai posé à Billy une question qui m'avait échappé la veille : Meg connaissait-elle la gravité de son mal ? Il m'a dit être sûr que oui, mais sans qu'il le lui ait révélé lui-même. « Billy, ne le lui révélez pas », ai-je dit. Ma décision était prise. Je rejoindrais en toute hâte ma brigade. Là résidait mon devoir. Il faut faire face aux responsabilités que comporte la vie qu'on a choisie. Meg me comprendrait et m'approuverait. Et même, elle puiserait de la force dans cette décision qui me coûtait tellement. La séparation n'en fut pas moins particulièrement pénible. Dans l'avion de Calcutta, où Tubby avait réussi non sans mal à me faire obtenir une place, je songeais que la situation aurait peut-être été moins dure à supporter si Meg m'avait demandé de ne pas retourner à Mayapore. Il semblait y avoir entre nous un poids terrible de choses que nous ne nous étions jamais dites. Tubby m'avait assuré qu'il me ferait revenir lorsque ce serait la fin pour Meg. Mais je ne devais pas la revoir vivante. Jamais plus je n'écrirai ton nom, bien-aimée Meg, ma femme chérie. Dieu veuille que nous soyons réunis dans un plus heureux séjour.

D'entrée de jeu, j'avais posé que notre entraînement se poursuivrait, dans toute la mesure du possible, après l'arrivée des pluies de la mousson. À force d'insistance, j'avais réussi à obtenir qu'à Banyaganj on élève enfin des baraquements pour la dernière compagnie de Pankots encore sous la tente. À Marpuri, les Ranpurs étaient moins heureux, mais l'eau n'éteignait pas leur ardeur, loin de là ! En juillet, nous avons entamé les manœuvres. Ces garçons y allaient avec une fougue qui m'enchantait. Mon major de brigade, le jeune officier de carrière Ewart Mackay, valait son pesant d'or. Il communiquait son enthousiasme à tout l'état-major. Gai, efficace, très sportif (et notamment tennisman accompli), il était soldat dans l'âme et ne badinait pas avec la discipline. Christine, sa charmante épouse (la fille aînée du général « Sporran » Robertson), était avec lui à Mayapore. Les portes de leur délicieux bungalow de Fort Road m'étaient toujours ouvertes, et Christine organisait pour moi les dîners en comité restreint dont, en d'autres circonstances, la responsabilité aurait incombé à ma chère femme.

Les deux sorties en manœuvres de juillet me donnèrent l'occasion d'apprécier la mobilité et la cohésion de mes troupes. Dans mon esprit, ces démonstrations des forces armées (surtout impressionnantes pour le profane !) ne pouvaient manquer de frapper une population que le Congrès abreuvait de plus en plus de sa propagande contre la guerre. Entre autres inventions méprisables, cette propagande racontait qu'au cours de la retraite de Malaisie et de Birmanie les autorités s'étaient désintéressées du sort des troupes indiennes et des populations indigènes. Quand on connaît comme moi l'affection de l'officier anglais pour ses cipayes et ses gradés indigènes, on ne pouvait prendre au sérieux ces scènes dépeintes par le Congrès : des soldats indiens abandonnés par leurs officiers à la mort ou à la capture, ou bien des unités indigènes désemparées et des villageois affolés poussés sur les bas-côtés des routes, rejetés des trains ou des bacs pour laisser fuir les Blancs en priorité !

Au milieu de juin, le général de division commandant de la zone militaire m'avertit que les autorités civiles locales avaient reçu, des gouverneurs de provinces, des instructions secrètes pour lutter de toutes les façons possibles contre l'insidieuse et mensongère propagande du Congrès national indien. Ce qui me donna l'occasion de discuter une nouvelle fois avec le commissaire délégué White.

Il fallait que je sache où il se situait. Je faisais confiance à la police, et j'étais sûr de nos bataillons indiens. Quant aux Berkshires, ils étaient parfaitement entraînés pour prêter main-forte au pouvoir civil : les patrouilles et escouades anti-émeutes étaient prêtes à intervenir s'il survenait des désordres. Bien que ces jeunes Anglais aient trouvé plutôt étrange de se préparer à de telles besognes alors que tant des leurs avaient déjà donné leur vie pour protéger l'Inde de la tyrannie des nazis et de celle des Japonais, ils s'y plièrent rapidement.

Ce qu'il faut bien savoir, c'est que l'armée ne pouvait intervenir que sur demande écrite d'un haut responsable parmi les autorités civiles. Par exemple :

Destinataire : Commandant de la garnison.

Je considère que l'autorité civile ne peut plus maîtriser la situation et que l'assistance de l'armée devient nécessaire. En conséquence, je requiers cette assistance.

Imaginons qu'au moment où je reçois une telle demande je dispose d'une section d'infanterie prête à intervenir. L'autorité civile me demande de me porter en un point où des troubles semblent imminents ou ont déjà éclaté. Disons par exemple (pour choisir un des nombreux incidents survenus à Mayapore en août 1942) qu'une foule menaçante s'est rassemblée sur la place voisine du grand temple hindou et se prépare à traverser le pont de la porte du Mandir pour marcher sur la ville européenne.

La section de Berkshires, dépêchée dans des camions, descend à deux cents mètres de la foule qui, débouchant du pont, arrive dans Mandir Gate, Bridge Road. Elle se forme en périmètre carré.

Au centre du carré prennent place les éléments suivants :

Chef de la section
Représentant de la police
Magistrat
Clairon
Porte-bannières
Infirmier
Sergent de la section
Signaleur
Preneur de notes

Ce genre d'opération passait, si nécessaire, par trois phases : Dissuasion. Décision. Action.

Le chef de section donne l'ordre au clairon de sonner, pour signaler à la foule la présence de la force légale. Après quoi est élevée la première bannière portant, en anglais et dans la langue vernaculaire, la sommation de se disperser. (Parfois, la foule obtempérait aussitôt.) Puis le clairon sonne de nouveau et, si le chef de section estime que la situation l'exige, le second porte-bannière élève la sienne, qui porte, également dans les deux langues, la sommation claire de se disperser, faute de quoi il sera fait usage de la force. La raison de ces bannières venait de ce que la foule faisait généralement un tel tumulte que les sommations verbales étaient inaudibles. Au moment où l'on élevait la seconde bannière, le chef de section et le magistrat devaient prendre la décision en fonction de leur appréciation de la situation.

Heureusement, dans cette affaire de la Mandir Gate Bridge Road (la première de la série), le magistrat, qui était Mr Poulson (le commissaire adjoint), n'hésita pas à remettre au chef de section le papier signé lui demandant de commander le feu. Le front des émeutiers n'était plus qu'à quelques mètres de la ligne des tireurs, et déjà des pierres et des briques volaient. Sur l'autre rive, une fumée montant dans le ciel indiquait un incendie criminel. C'était le poste de police *(kotwali)* voisin du temple hindou qui brûlait. Et en même temps, à l'insu des forces déployées dans la Mandir Gate Bridge Road, une partie des émeutiers se dirigeaient vers la gare, parce que la police n'avait pas réussi à les contenir au passage à niveau. Mais une autre section des Berkshires fut aussitôt envoyée à cet endroit pour renforcer les forces de police (que dirigeait personnellement leur chef, Mr Merrick).

Mais revenons à la section déployée en carré dans la Mandir Gate Bridge Road. De façon classique, les émeutiers avaient poussé de vieilles femmes au premier rang, pour empêcher les soldats de tirer. Le chef de section devait choisir parmi eux un ou deux hommes que leur attitude désignait comme des meneurs. Dans ce genre d'incidents, on ne donne généralement de balles réelles qu'à un seul homme, un tireur d'élite. Mais ce jour-là, à Mayapore, on avait déjà dépassé le stade où il convient de se prémunir contre de graves pertes dans la population. Et pourtant, le sergent parla à tous ses hommes de première ligne et fixa à deux d'entre eux des cibles précises – en ordonnant aux autres de tirer au-dessus de la foule. Il fallait tout de même à ce gradé une sérieuse maîtrise de soi pour donner calmement ses ordres alors qu'il avait l'épaule sérieusement meurtrie par une pierre. La salve fut tirée, et deux émeutiers tombèrent. La foule parut sur le point de refluer, mais d'autres meneurs en prirent la tête aux cris de : « Agir ou mourir ! » – la formule lancée par le Mahatma. Le sergent fut donc contraint d'ordonner une seconde salve, qui fit deux tués et cinq blessés dont, malheureusement, une femme. Le chef de section fit alors charger la troupe en tirant à volonté mais au-dessus de la foule qui battit en retraite. L'infirmier donna les premiers soins à la femme, qui n'avait en fait qu'une blessure superficielle – la balle ne lui était pas destinée, mais l'homme mis en joue s'était déplacé à l'instant même du tir.

Lors de ce genre d'actions, le « preneur de notes » notait les événements, pour les consigner ensuite dans le journal de campagne de l'unité. De son côté, le chef de section faisait à ses supérieurs un rapport dans lequel il exposait les faits et les motifs de ses initiatives. Le magistrat faisait son propre rapport aux autorités civiles et le représentant de la police (un inspecteur ou un sous-inspecteur) faisait le sien à son chef. Ainsi, en cas de plainte en justice contre des actes de brutalité ou un emploi indu de la force, le tribunal pouvait se faire communiquer ces témoignages. Il faut cependant bien comprendre qu'en cas d'urgence l'intervention ne pouvait s'accompagner de toutes les procédures exigées, ni les personnes requises se trouver nécessairement sur place. La seule chose qui comptait alors, c'était l'action !

Mais je m'aperçois que j'ai brûlé les étapes en décrivant, à titre d'exemple, un affrontement qui devrait se placer plus loin dans le récit. Revenons donc à ce jour de juillet où j'ai conféré de nouveau avec Mr White, le commissaire délégué. Sachant qu'il avait reçu des instructions secrètes pour lutter contre la propagande défaitiste du Congrès national indien, j'estimais nécessaire de jauger son attitude. Si elle m'inspirait des craintes, je les communiquerais confidentiellement au général commandant en chef de la zone militaire.

Le commissaire délégué avait sensiblement modifié son évaluation de la situation. Estimant, pour ma part, une confrontation inévitable, je ne constatai pas sans une certaine satisfaction que Mr White comprenait à présent que les choses prenaient probablement une tournure irréparable. Mais il demeurait persuadé que les « troubles » qui surviendraient seraient de nature « non violente », sauf si les chefs du Congrès étaient emprisonnés, auquel cas, disait-il, il ne pourrait répondre du maintien de l'ordre.

Il a prononcé quelques phrases qui demeurent pour moi le témoignage de la haute vocation de nos meilleurs administrateurs coloniaux. « Mon général, il est une réalité que je vous demande de garder en tête au cas où mon attitude susciterait votre mécontentement. Si je vous demande de nous prêter main-forte, je sais que vous agirez efficacement. Par la suite, vous vous en souviendrez comme d'une besogne déplaisante mais accomplie correctement – donc, pour vous, d'un succès. Pour moi, vous avoir appelé à la rescousse ne pourra être qu'un échec personnel. » Comme je trouvais le mot « personnel » trop fort, il a souri en hochant la tête. La plupart des hommes qu'il devrait faire appréhender appartenaient au gouvernement provincial et étaient ses amis. « Cependant ne vous inquiétez pas, a-t-il ajouté. Je suis également réaliste. Si j'évoque l'"échec", je ne suis pas homme à m'y complaire. »

Je ne demandais rien de plus. Et des rencontres ultérieures m'ont amené à respecter White. L'homme avait le sens de la responsabilité. Bien que réservé, et même quelque peu « intellectuel », il se montrait concret et pratique dans l'action. Je compris qu'il était représentatif de la nouvelle race de nos administrateurs locaux atteignant leur maturité au moment même où notre gouvernement s'apprêtait à laisser l'Empire des Indes voler de ses propres ailes – peut-être prématurément, mais dans la droite ligne de notre patience, de notre bienveillance, de notre sens de l'histoire.

Le 8 août 1942, le Congrès national indien adoptait le principe d'un mouvement de désobéissance civile pour forcer l'Angleterre à abandonner l'Inde. Me trouvant à Marpuri avec les Ranpurs, je reçus le 9, en début de soirée, un appel téléphonique du capitaine de mon état-major, qui m'informait de troubles dans deux cantons, Dibrapur et Tanpur. Un détachement de la police de Mayapore, auquel s'était joint Mr Poulson, le commissaire adjoint, venait de s'y rendre. Arrivant dans le village de Candgarh, ils avaient libéré du poste de police où les émeutiers les avaient enfermés des câbleurs des postes et télégraphes et une patrouille de police; et ils avaient ensuite découvert, sur la route de Tanpur, d'abord une automobile incendiée puis la surintendante des écoles de la Mission du district, assise par terre, sous la pluie battante à côté du cadavre d'un maître d'école indien (il avait été battu à mort, vraisemblablement par la même bande d'émeutiers qui parcourait les environs). Je décidai de regagner immédiatement Mayapore.

À 21 heures, j'arrivai au bungalow du commissaire délégué. Ce fut pour apprendre que la jeune Miss Manners avait disparu. Merrick dirigeait les recherches. White me dit également qu'alarmées par la tournure des événements plusieurs dames anglaises s'étaient réfugiées au Gymkhana Club (un des asiles prévus en cas de menace sérieuse contre les vies et les biens). Prenant White à part, je lui demandai si nous ne prendrions pas une mesure sage en faisant une démonstration combinée de forces – des patrouilles conjointes police-armée. Tel n'était pas son sentiment. La ville était calme et, comme la plupart des commerçants du bazar avaient fermé boutique (indûment), les gens restaient chez eux. Comment expliquait-il les violences à Dibrapur et Tanpur ? lui demandai-je. Il y voyait une « réaction spontanée » à l'annonce des arrestations de membres du Congrès, chez des hommes ayant le temps et le goût de susciter des désordres. Au demeurant, les communications étaient rétablies avec ces villes, les forces de police indiquaient qu'elles avaient la situation en main, et, à Tanpur, on avait appréhendé plusieurs hommes, parmi lesquels on pensait tenir un ou deux responsables de la mort de l'Indien et des brutalités contre l'Anglaise. Cette dernière était à présent soignée à l'hôpital général de Mayapore.

Plus tard, juste comme j'allais partir, le jeune Poulson est entré. Après avoir fait tout le tour du *cantonment*, il était passé sur la rive indigène pour surveiller l'opération consistant à extraire de la prison les membres du Congrès en état d'arrestation, et à les convoyer, par le pont de la porte du Mandir, jusqu'à la gare. Il ne l'avait quittée qu'après le départ du train où ils avaient été placés dans un wagon spécial qui les emmenait vers une destination tenue secrète. Nous avons échangé quelques mots. Pour lui, les événements prenaient une fâcheuse tournure. Il se souciait beaucoup à cause de sa femme qui était enceinte, et de leur petite fille, qu'ils avaient avec eux à Mayapore. Les fils jumeaux des White, eux, avaient été renvoyés au pays en 1938. Femme très active et absorbée par de nombreuses tâches, Mrs White ne se plaignait jamais de cette séparation, mais je devinais qu'elle lui pesait.

J'avais espéré voir aussi Merrick, mais il recherchait cette jeune fille disparue, Miss Manners, qui vivait chez une certaine Lady Chatterjee, dans une des vieilles villas proches des jardins du Bibighar. En une ou deux occasions, j'avais rencontré Miss Manners à Rawalpindi et aussi à Mayapore, où elle était bénévole à l'hôpital. Je me souvenais d'avoir entendu dire par Christine Mackay, la femme du major de ma brigade, qu'elle choquait les dames du *cantonment* à cause de son attachement à un jeune Indien. Considérant que la « disparue » était la nièce de l'ancien gouverneur de la province, je sentais que de graves ennuis menaçaient.

Je regagnai mes quartiers et téléphonai au commandant de la zone militaire. Il me dit que, dans l'ensemble, la province et même tout le pays étaient calmes. Je l'informai des désordres survenus dans le district mais, à son sens, il s'agissait d'incidents isolés et sans portée, parce que leurs instigateurs, les gens du Congrès, étaient à présent sous les verrous.

Mon ordonnance me réveilla le lendemain matin à 7 heures et m'annonça que le chef de la police du district souhaitait me voir. Je lui dis de l'introduire immédiatement. Bien qu'impeccable, comme à son ordinaire, Ronald Merrick avait les traits fatigués d'un homme qui a été sur pied toute la nuit. Il m'informa que, le soir précédent, Miss Manners avait été agressée dans les jardins du Bibighar et violée par une bande de scélérats. La chance avait voulu qu'il revînt chez Lady Chatterjee peu de temps après le retour de la pauvre jeune fille, qui était dans un état navrant. Regagnant immédiatement le siège de la police, Merrick avait réuni d'urgence un détachement et ils avaient foncé au Bibighar. À peu de distance des jardins, ils avaient découvert dans une cahute cinq hommes en train de boire de l'alcool distillé clandestinement et les avaient appréhendés (de toute façon, ils contrevenaient à la loi). Par bonheur, il avait également retrouvé la bicyclette de Miss Manners, volée par un des coupables. L'engin gisait dans un fossé, devant une maison du Chillianwallah Bagh. Pénétrant dans cette maison, il avait constaté que c'était le domicile de ce jeune Indien que fréquentait Miss Manners, un certain Kumar si mes souvenirs sont exacts. Le visage du garçon portait des éraflures et des ecchymoses. Merrick l'avait appréhendé sur-le-champ. Pour l'instant les six garçons étaient détenus au siège de la police.

Je le félicitai d'avoir mené si promptement l'opération, mais lui demandai cependant pourquoi il venait m'en informer personnellement et à une heure aussi matinale. Il répondit que trois raisons l'y poussaient. D'abord, le souci de me faire connaître au plus vite cet « incident » que, pour sa part, il jugeait extrêmement grave. Deuxièmement, il voulait savoir si je consentirais à ce que ces prisonniers soient transférés au poste de garde des Berkshires, au cas où il estimerait que leurs conditions de détention n'étaient pas assez sûres. Et enfin, il tenait à me faire savoir qu'à son sens le commissaire délégué méconnaissait la gravité de la situation, alors qu'en quelques heures il y avait eu agression contre deux Anglaises et meurtre d'un instituteur indien de la Mission. Je lui avais dit, me rappela-t-il, qu'à mes yeux « ses initiatives, même hardies, seraient les bienvenues ».

Je lui ai demandé s'il estimait être dans ce cas. Oui, m'a-t-il répondu, car bien qu'il fût convaincu que les garçons arrêtés étaient les agresseurs de Miss Manners, il serait peut-être difficile de le prouver. La jeune fille disait n'en avoir reconnu aucun parce que « c'était arrivé dans le noir ». Il avait passé la majeure partie de la nuit à les interroger, mais ils protestaient de leur innocence. Merrick, lui, était convaincu du contraire, surtout dans le cas de ce Kumar, qui avait manifestement volé la bicyclette de la jeune fille, et qu'on avait surpris en train de baigner son visage tuméfié et éraflé, sans doute parce que la jeune fille s'était défendue avant de succomber aux assauts.

Comme je demandais à Merrick s'il savait pourquoi Miss Manners se trouvait au Bibighar, il m'a dit qu'elle avait dû s'y rendre pour rencontrer ce Kumar, détail sur lequel, pour la réputation de la jeune fille, il espérait qu'on glisserait. Lui-même s'était prévalu de l'amitié qu'il lui portait pour la mettre en garde contre ses contacts avec cet Indien. Mais Kumar semblait l'envoûter. Ayant questionné celui-ci un certain temps auparavant, à cause d'un prisonnier évadé du nom de Moti Lal, Merrick l'avait jaugé. Bien qu'occidentalisé, c'était un assez vilain personnage, conscient de plaire aux femmes et trop heureux de séduire une Blanche pour ne pas l'humilier subtilement. Il travaillait dans un journal de Mayapore et, sans agir ouvertement de façon répréhensible, il fréquentait des jeunes gens soupçonnés d'activités anarchistes ou révolutionnaires – exactement le genre de ses codétenus. Lui et les cinq autres étaient de connivence. Il avait fixé rendez-vous à Miss Manners dans les jardins du Bibighar, et ils avaient sauvagement abusé d'elle.

Profondément choqué par ce récit, je dis à Merrick que j'étais d'accord avec lui : moins on parlerait des liens de la jeune fille avec l'un des suspects et mieux cela vaudrait, surtout si l'affaire donnait lieu à un procès public. Il était entièrement fondé à détenir préventivement ces hommes sur de tels soupçons. En apprenant le crime, les Britanniques seraient réconfortés de savoir qu'on en avait arrêté les auteurs présumés, et quant à la population indienne, elle constaterait qu'on ne peut commettre impunément de tels forfaits.

Merrick se déclara heureux que je l'approuve. Il sentait que les événements de ces derniers jours préludaient à d'autres violences et regrettait que White n'ait pas accepté ma proposition de patrouilles conjointes de la police et de l'armée. Il prit congé, trop pressé par ses tâches pour déjeuner avec moi comme je l'y conviais. Je l'assurai que si les circonstances l'exigeaient, ses prisonniers pourraient être transférés chez les Berkshires pourvu qu'il leur affecte des gardiens – les militaires ne pouvant assumer la responsabilité de leur détention. Merrick craignait un assaut contre ses locaux pour libérer ces hommes (toute la ville devant déjà être au courant de leur incarcération car, en Inde, les rumeurs vont vite), alors qu'une foule indienne ne se risquerait certainement pas à attaquer le casernement des Berkshires.

Ayant pris mon petit déjeuner, je téléphonai au commissaire délégué. Je lui dis que j'étais informé par Merrick de l'agression contre Miss Manners, et lui proposai de nouveau un déploiement de forces à titre dissuasif. Il refusa, arguant que le district était calme. L'administration avait toujours ses espions ou informateurs. Selon les siens, la population était moins agitée que perplexe, ne sachant pas ce qu'attendaient d'elle les dirigeants du Congrès emprisonnés. Il ne fallait surtout pas la provoquer. Heureusement, du moins dans l'immédiat, les communautés musulmane et hindoue vivaient en bonne intelligence, et bien que cela pût faire envisager leur alliance contre les Anglais, dans un autre sens on n'avait pas à craindre que naissent entre elles des incidents susceptibles de dégénérer en quelque chose de pire.

Une fois de plus, je fus frappé de la pondération du commissaire délégué. Dans l'agression contre Miss Manners, il voyait un incident isolé, un forfait commis par une bande de vauriens des alentours, venus à Mayapore pour profiter des troubles (comme à Tanpur) et qui, déçus dans leur attente, s'en étaient pris à la première personne sans défense qui s'était trouvée sur leur chemin. Selon Merrick, lui dis-je, les coupables ne seraient pas des villageois mais de jeunes anarchistes de Mayapore. Comme il ne réagissait pas à cette information, je lui demandai s'il estimait qu'on tenait les vrais coupables. Il m'a dit qu'il ne voulait pas se prononcer, que la vérité sortirait certainement du témoignage de la jeune fille quand elle serait en état d'être entendue. Même si Merrick se trompait, il avait le mérite d'avoir agi rapidement et appréhendé des garçons qui, à tout le moins, contrevenaient à la loi.

Ayant fait le point avec le commissaire délégué, je réunis mon état-major et fis un exposé de la situation : a) selon Merrick; b) selon Mr White; c) telle que je la voyais – c'est-à-dire une situation potentiellement grave mais, pour l'instant, tenue en main. Et je fis préparer ma voiture pour 10 heures afin de passer une inspection impromptue des Pankots à Banyaganj. Ce répit allait nous permettre de nous occuper des choses vraiment importantes.

À Banyaganj, la construction de l'aérodrome battait son plein. Quelle pitié n'éprouvais-je pas pour ces humbles travailleurs, hommes et femmes peinant pour gagner leur subsistance. Ceux-là n'abandonnaient pas l'outil ou le panier de pierres sur l'injonction de n'importe quel meneur. Je ne pouvais m'empêcher de penser que si toutes ces femmes besognant si dur dans la chaleur humide de cette matinée d'août, avec leurs saris en loques et maculés de boue, avaient pris le Mahatma au mot et étaient rentrées filer le coton chez elles, elles n'auraient pu nourrir leurs enfants. Pour ces femmes et pour leurs petits, nos femmes anglaises avaient fondé un comité, représenté, ce matin-là, par la jeune Mavis Poulson et par l'épouse de l'officier d'état-major de la garnison. Toutes deux s'évertuaient à prendre soin des bébés musulmans et hindous qui rivalisaient de hurlements, et des mères qui s'effondraient sous le poids des chargements de pierres. Heureusement, il y avait dans les parages quelques solides gaillards de la Royal Air Force, qui viendraient sûrement au secours de Mrs Poulson et de Mrs Brown si nécessaire. Je poursuivis donc ma route jusqu'au camp des Pankots. J'y passai quelques heures et assistai avec satisfaction à leurs exercices et manœuvres de combat. En fait, c'était le calme précédant la tempête !

Rentrant à Mayapore vers 5 heures de l'après-midi, je pris au passage Mrs Poulson et Mrs Brown, pour leur épargner le retour dans l'inconfortable autocar de la RAF. Mrs Poulson avait à peu près la même opinion que Christine Mackay sur le sort malheureux de Miss Manners. Elle pensait que toute l'affaire devait être extrêmement pénible pour Lady Chatterjee, qui devait se sentir une certaine responsabilité, non seulement parce que Miss Manners résidait chez elle, mais aussi en tant qu'Indienne. Comme je lui demandais son sentiment sur ce Kumar en lui apprenant qu'il avait été appréhendé, elle répondit sans ambages : « Eh bien, vous tenez votre homme ! J'ai rarement vu un pareil énergumène. » Elle pensait que cette douloureuse affaire ne serait pas arrivée si Miss Manners n'avait été aussi « innocente » à propos de l'Inde. Curieusement, et pourtant logiquement, dit-elle, les deux Européennes ayant eu à souffrir des désordres étaient précisément des femmes entretenant des sentiments pro-indiens. Mrs Brown se montrait plus réservée sur le sujet, mais j'attribuai son attitude à la timidité. Le lecteur se souvient qu'elle était l'épouse de l'officier d'état-major de la garnison, un homme sorti du rang dont j'estimais hautement les capacités. Mais je suis sûr qu'elle pensait comme Mrs Poulson et comme moi-même : tout en reconnaissant que la jeune fille avait été imprudente, nous étions consternés de ce qui lui était arrivé et déterminés à la soutenir. J'y lisais une nouvelle preuve de notre solidarité. Avec une telle arme, on peut affronter n'importe quelle crise.

Je déposai Mrs Brown au bazar du *cantonment* où elle devait faire des achats et reconduisis Mrs Poulson à son bungalow. Sans accepter de boire un verre comme elle m'y conviait, je pris congé tandis qu'elle remplissait son rôle de mère de famille en surveillant la servante qui mettait la petite Anne au lit et je regagnai mon quartier général. La pluie avait de nouveau cessé et le soleil se montrait tardivement. L'aspect paisible du maidan me rappela ces jours lointains où j'étais un jeune homme sans soucis. Après avoir dîné et fait ma correspondance personnelle, je me plongeai dans un plan de manœuvres en campagne préparé par mon état-major. Il était excellent. Si seulement ç'avait été un véritable plan d'attaque ! Les Japonais n'auraient pas dormi aussi paisiblement !

Quant à moi, je passai une bonne nuit, ce qui ne devait plus m'arriver ensuite pendant bien des jours.

Dans le journal personnel que j'ai tenu durant cette période, le jour suivant (le 11 août) est muet. Mais je lis pour la date du 12 août, cette rapide note consignée à 14 heures : « Un moment de répit après des désordres dans tout le district. J'ai reçu à 20 heures (le 11) une demande de main-forte du commissaire délégué. Piètre consolation, pour nos forces en Assam et en Birmanie, de savoir que ceux dont le rôle est de les ravitailler et éventuellement d'arriver en renfort sont retenues de la sorte. »

Quand je repense à cette journée d'août qui marqua le début des troubles dans la quasi-totalité du pays, et quand je me souviens que, devant les nouvelles qui arrivaient – émeutes, incendies, sabotages –, nous comprenions que ce que nous craignions se produisait, je m'étonne que certains y voient encore des manifestations spontanées d'indignation à cause de l'emprisonnement des dirigeants du Congrès. Et la preuve contraire, c'est l'exhortation du Mahatma à ses partisans au moment où on l'emmenait : « Agir ou mourir ». Je ne l'ai entendue que le 11, alors que les foules se rassemblaient, se lançaient à l'assaut des postes de police, des bureaux du télégraphe, sabotaient les voies ferrées en criant ce slogan.

À Tanpur et Dibrapur, la force publique était pratiquement débordée. À Mayapore, l'après-midi du 11, dirigées par des officiers montés, les forces de police ont eu fort à faire pour disperser les foules qui ne cessaient de se reformer, et elles ont eu plusieurs blessés. Elles ont arrêté et incarcéré une vingtaine de manifestants. À Dibrapur, ville située à environ cent vingt kilomètres de Mayapore, le drapeau du Congrès a été hissé sur le tribunal. La poste, déjà saccagée le 9 août (le jour de l'agression contre la surintendante des écoles de la Mission), a été incendiée. Jusqu'au rétablissement de l'ordre par nos troupes, le 17, les émeutiers y ont fait la loi, au point que l'un de leurs meneurs s'est nommé lui-même commissaire délégué et a désigné comme juge le représentant cantonal de l'administration (un Indien), qu'en un premier temps il avait enfermé. Ce dernier a fait valoir par la suite qu'il s'était prêté à la mascarade afin de pouvoir mettre en sûreté l'argent de la trésorerie cantonale. (Cela et ses bons états de service lui ont épargné d'être châtié pour s'être apparemment rallié aux émeutiers.) Mais dans bien des endroits, des magistrats et même des fonctionnaires indiens d'un haut échelon ont cédé aux meneurs, de sorte que le gouvernement a été spolié de grosses sommes. Ces administrateurs autoproclamés n'hésitaient pas à imposer des amendes aux citadins et aux villageois et percevaient l'impôt « pour le compte de l'Inde libre ». À ma connaissance, les Anglais du Civil

Service n'ont pas été contraints d'agir à leur corps défendant, et, grâce à Dieu, il n'y a pratiquement pas eu de morts d'Européens. Le seul cas dont je me souvienne, c'est le lynchage de deux officiers de la RAF (dans un autre district que le nôtre), parce que la populace croyait qu'il s'agissait des pilotes d'un appareil ayant participé, peu avant, à un raid punitif contre un village voisin tenu par les rebelles.

Mais revenons à cette journée du 11 à Mayapore, tout au long de laquelle le chef de la police du district a fait montre de remarquables capacités de tacticien. Ne disposant que de forces restreintes, Merrick s'efforça surtout de contrôler les trois « points chauds » : la Chillianwallah Bagh Extension Road, la place longeant le temple de Tirupati (parce qu'elle commandait le pont de la porte du Mandir, autrement dit l'accès à la rive européenne) et la rue menant à la prison.

La journée avait paru commencer normalement, bien que la police ait signalé que la population observait le *hartal*, la grève. Mais dès 8 heures un rassemblement se forma dans la Chillianwallah Bagh Extension Road. Il fallut une heure et demie pour le disperser – et pendant ce temps une autre foule marchait sur la prison. Ayant prévu ce mouvement, Merrick avait déjà déployé ses forces. Il y eut plusieurs échauffourées. Une attaque contre la poste fut repoussée. Des violences et des sabotages étaient signalés dans tout le district. À 12 heures, les manifestants lancèrent au sous-inspecteur responsable du *kotwali* voisin du temple de Tirupati un « ultimatum » lui enjoignant de rallier les forces de l'« Inde libre » et de coopérer à la « libération des six martyrs du Bibighar ». L'ultimatum lui fut remis sous forme de tract imprimé en langue vernaculaire. Cette manœuvre des leaders clandestins pour soulever la population au nom de la défense d'hommes qu'elle estimait injustement emprisonnés était habile. À peine Merrick eut-il vu le tract qu'il fit une descente au siège d'un journal local en langue anglaise, le *Mayapore Hindu*, où il constata qu'une presse semblait équipée également pour imprimer dans la langue vernaculaire. Il détruisit cette machine sur-le-champ et appréhenda les rédacteurs. Il m'informa par la suite que l'un de ceux-ci, un dénommé Vidyasagar, était très lié avec ce Kumar, le principal suspect dans l'affaire de Miss Manners.

Au cours de l'après-midi, j'allai voir le commissaire délégué au siège du district. Il restait calme et déterminé. Je lui dis que j'étais prêt à donner au prévôt de la police militaire ordre de participer au transfert des six prisonniers au quartier des Berkshires – éventualité dont Merrick n'avait pas dû l'informer car il parut surpris. Il déclara qu'il n'avait aucune intention de placer six Indiens soupçonnés du viol d'une Anglaise sous le nez de mes soldats. Devant cette mise en cause injustifiée de la discipline de mes hommes, je réagis assez vivement. Il m'assura qu'il n'avait nulle intention offensante, mais que le devoir de garder de tels prisonniers serait mauvais pour le moral des Berkshires, qui auraient besoin de tout leur sang-froid dans les opérations de maintien de l'ordre. Je ne pouvais le suivre sur ce point, et nous nous séparâmes assez fraîchement.

À 20 heures arriva, de façon prévisible, la demande de renforts. J'envoyai immédiatement la patrouille anti-émeutes et un détachement des Berkshires au siège du district, pour assister les autorités civiles dans les tâches de police, et expédiai le reste du bataillon à Tanpur et Dibrapur, où même les renforts de police envoyés de Mayapore ne parvenaient pas à rétablir le calme.

À Mayapore, le lendemain matin, le personnel de la British-Indian Electrical se mit en grève, tandis que les élèves de l'École supérieure d'État et du collège technique préparaient, pour l'après-midi, un défilé de masse qui les mènerait jusqu'à Banyaganj où les travailleurs employés à la construction de l'aérodrome cessaient progressivement le travail, en raison d'actes d'intimidation commis contre ceux qui voulaient continuer à gagner leur pitance.

Dans l'après-midi eut lieu l'affrontement de Mandir Gate Bridge Road décrit plus haut pour donner un exemple de l'assistance militaire au pouvoir civil. Pensant que les forces de police seraient occupées à briser la manifestation des étudiants, les émeutiers agirent en deux directions : dans la ville indigène ils incendièrent le kotwali et se lancèrent à l'assaut de la prison (dont ils libérèrent plusieurs détenus).

Comme je le décrivais, les troupes prêtant main-forte dans Mandir Gate Bridge Road avaient réussi, en tirant des salves, à disperser les émeutiers et à les repousser vers le pont. Le chef de la section demanda au magistrat, Mr Poulson, s'il devait faire traverser ses troupes jusqu'à l'entrée de la ville indigène où l'on apercevait de loin des meneurs en train de regrouper une foule. Soucieux de ne pas disperser les forces de l'ordre, Mr Poulson s'y refusa, d'autant que des coups de feu éclataient sur la gauche, dans le quartier de la gare, où des groupes avaient réussi à s'infiltrer. Et juste à ce moment, ces groupes qui refluaient et voulaient repasser sur la rive indigène se trouvèrent face aux Berkshires qui tenaient le pont. Malheureusement, en dépit de l'ordre immédiat du commissaire adjoint de dégager un passage, et de la réaction non moins rapide du sous-officier, le mouvement des soldats pour laisser la voie à tous ces civils sans armes qui refluaient fut interprété par ces derniers comme une menace. Ceux qui étaient en tête voulurent reculer et furent foulés aux pieds par la masse des autres. Beaucoup dégringolèrent les berges pour tenter de traverser la rivière à la nage, et un certain nombre d'hommes et de femmes se noyèrent. Ce malheureux incident devait être source de polémiques. On tenta de prouver que la troupe avait tiré sur les manifestants, et que c'était pour échapper au feu que beaucoup s'étaient jetés dans la rivière. Les « preuves », en fait, furent seulement que certains noyés portaient des traces de balles. Or, ces blessures leur avaient certainement été infligées lorsque, dans le quartier de la gare, la foule avait accueilli les sommations de dispersion avec des jets de pierres et de briques. L'action était conduite par le chef de police Merrick. Il s'est dépensé sans compter et au mépris de sa vie. Sans relâche il pressait sa monture dans les rangs des émeutiers pour les empêcher de former un front. Et c'est seulement lorsqu'il a dû reculer qu'il a ordonné le tir à ses maigres forces de police et laissé les militaires les appuyer.

Ce fut vraiment un après-midi noir. La pluie s'était mise à tomber à verse, et, entre 5 et 6 heures du soir, un orage se déchaîna comme pour répondre à celui qui rageait sur terre. Ce fut dans ce climat qu'un fort détachement de Berkshires fut transporté sur l'autre rive, pour reprendre la prison. Je surveillai moi-même l'action en compagnie du commissaire délégué. Les troupes durent tirer de nombreuses salves en l'air pour arriver à dégager les abords de la prison – dont il fallut briser les portes à la hache car les rebelles s'étaient barricadés à l'intérieur. Ceux-ci avaient également forcé les portes de l'armurerie; heureusement, ils ignoraient le maniement des armes perfectionnées, sans quoi nos hommes auraient été accueillis par un feu nourri. Et ils y laissèrent tout de même un blessé.

Exaspérés de n'avoir pu rester maîtres de la prison, les rebelles retournèrent leur colère contre eux-mêmes. Pendant toute cette nuit du 12 au 13, le harcèlement des forces de l'ordre céda le pas à des règlements de comptes. Les Indiens incendiaires et pillards sévirent cette fois dans la ville indigène et s'attaquèrent même aux personnes. Il était si facile, le lendemain matin, de faire d'un cadavre un « martyr de la liberté » en prétendant qu'il avait été battu à mort par les forces de l'ordre. Il y eut aussi des incidents dans le *cantonment* : de petits groupes de manifestants qui y avaient trouvé des cachettes en émergèrent à la faveur de la nuit et causèrent quelques dégâts sur la voie ferrée. Également, un incendie se déclara dans un des entrepôts de la gare de marchandises.

Au cours de cette même nuit, j'eus une courte entrevue avec le commissaire délégué White, qui finit par accepter que j'aille prendre les choses en main à Tanpur et Dibrapur. À l'aube je fis route vers ces deux foyers de troubles, aux environs desquels stationnaient déjà une section de Pankots et une compagnie de Ranpurs. Le soir même (le 13 août), les Ranpurs pénétraient dans Dibrapur où je proclamai la loi martiale. Il leur fallut trois jours pour s'en rendre maîtres. Le 17, force restant à l'ordre et à la loi, un représentant du commissaire délégué réinstituait le pouvoir civil sur Dibrapur. Le représentant cantonal de l'administration, un magistrat et plusieurs membres de la force publique, tous indiens, furent emmenés à Mayapore pour comparaître en premier lieu devant le commissaire délégué. Le représentant cantonal devait échapper à un châtiment puisqu'il restitua l'argent de la trésorerie qu'il disait avoir pu mettre en sûreté en feignant d'entrer dans le jeu des rebelles.

Dans tout le district, la rébellion, qui semblait parfois avoir atteint un paroxysme incontrôlable, en arrivait à présent à un stade qui laissait augurer que nous avions maté les forces qui lui donnaient son impulsion. D'ailleurs, le 14 août, à Mayapore, la foule qui tenta de nouveau de pénétrer dans la ville européenne en portant des banderoles réclamant la libération des « innocentes victimes des jardins du Bibighar » et des pancartes « Abandonnez l'Inde ! » semblait adhérer strictement à la doctrine de non-violence du Mahatma. Elle se composait surtout de femmes et d'enfants – vision si touchante que nos soldats répugnaient à lâcher leurs salves, bien que, dans de tels cas, ils eussent l'ordre de tirer au-dessus des têtes. Je vis même un homme des Berkshires quitter sa position pour consoler une fillette affolée qui cherchait sa mère, laquelle était sans doute, avec beaucoup d'autres, couchée sur la chaussée pour empêcher la troupe d'avancer afin de dégager le pont.

Selon les chiffres officiels publiés par la suite dans tout le pays, le nombre d'affrontements au cours desquels la police et/ou les militaires durent faire usage de leurs armes atteignait 500. Il y avait eu plus de 60 000 arrestations, 1 000 tués et plus de 3 000 personnes grièvement blessées. Les Indiens voudraient à présent nous faire croire qu'il y eut 40 000 morts ! Les opérations que j'ai menées moi-même se soldaient ainsi : nombre d'incidents au cours desquels il a fallu ouvrir le feu : 23 (dont 12 à Dibrapur); nombre de tués par balles : 12; nombre de blessés par balles : 53. On voit donc que nos hommes ont fait preuve d'un grand sang-froid ! Je ne connais pas le chiffre des arrestations, car elles relevaient de la police, ni non plus celui des châtiments, par exemple des peines de fouet – sujet auquel les Indiens ont toujours été particulièrement sensibles. Les dégâts matériels ont été importants, et il fallut plusieurs semaines avant que la région ne retrouve un semblant d'ordre dans les communications et les transports ainsi que dans l'exercice de l'autorité civile.

Ce fut finalement la population qui pâtit de ces troubles. Sans la rébellion, la famine de 1943 au Bengale aurait pu être évitée ou, du moins, partiellement. Dans bien des cas, des magasins et des réserves de vivres avaient été détruits.

Ce fut le 18 août, alors que s'amorçait le retour au calme (Dibrapur étant rendue à l'autorité civile depuis la veille), que je reçus de Tubby Carter un télégramme m'ordonnant de venir immédiatement à Rawalpindi. Bien qu'assurée par les voies militaires, sa transmission avait été retardée par les troubles. Je savais que l'« ordre » signifiait simplement que je devais rentrer en toute hâte. Je téléphonai aussitôt au commandant de la zone militaire, qui m'autorisa à partir sur-le-champ par tous les moyens dont je disposerais. C'était déjà le soir. Déléguant le commandement de la brigade au jeune et compétent major Ewart Mackay, je voyageai toute la nuit dans ma voiture d'état-major. Mon ordonnance était un hindou, et mon chauffeur, un musulman. Je songeais à l'exemple que nous pouvions administrer à ceux qui parlaient si volontiers des « différences » : un hindou, un musulman et un chrétien – les trois principales « puissances » en Inde – voyageant dans une concorde parfaite. Le trajet ne m'en parut pas moins interminable. Dans la nuit, si peu de temps après tous ces désordres, je réfléchissais à l'immensité de l'Inde, à son étrange et irrésistible beauté.

Nous n'atteignîmes Calcutta que tard dans la matinée du 19, bien que mon chauffeur (sentant qu'il m'arrivait quelque chose de grave) ait conduit à tombeau ouvert. Il était armé (comme mon ordonnance et moi), et je crois qu'en cas d'attaque il nous aurait aidés à défendre chèrement notre vie. À Calcutta, je me rendis immédiatement auprès de mon vieil ami le lieutenant-colonel « Pug » Jarvis (déjà prévenu par Tubby), qui me dénicha une place dans un appareil de la RAF.

Mais nous ne décollâmes que vers minuit. Heureusement, il faisait route directement pour Chaklala, avec juste une courte escale à Delhi. Nous atterrîmes à Chaklala à l'aube du 20 août. Tubby m'y attendait. Il me conduisit d'abord à son bungalow, et ensuite à la clinique, où Meg était morte la veille – sans que me fût accordée cette consolation que je souhaitais si chèrement : la revoir vivante.

Je regagnai Mayapore au cours de la deuxième semaine de septembre mais, quinze jours plus tard, me parvenaient mes ordres pour prendre le commandement d'une brigade stationnée à proximité du théâtre des opérations, à l'est du Brahmaputra, et se préparant à affronter les Japonais. De cette brigade, je parlerai dans un autre chapitre. Dans cette affectation à un poste plus actif, j'ai reconnu l'intervention de mon vieil ami de Rawalpindi. Il savait que, pour moi, le seul service était au front.

2

Le civil

Lettre de Robin White, ancien commissaire délégué

Je vous remercie de m'avoir communiqué un chapitre des Mémoires inédits du défunt général Reid relatif à ses rapports avec l'autorité civile à Mayapore en 1942. Contrairement à lui, je ne tenais pas de journal, et ces événements sont à présent fort lointains. Il en fait un récit apparemment correct du point de vue militaire, mais qu'il faudrait sans doute nuancer si l'on voulait en présenter la version « civile ». Je me garderai bien de vous fournir une telle version. J'ai quitté définitivement l'Inde en 1948, en y laissant de vieux amis et des souvenirs avec lesquels je n'ai jamais renoué.

Je vous retourne ci-joint le manuscrit du général Reid. Certains passages m'ont éclairé et touché. Ainsi, ma femme et moi ignorions la gravité de la maladie de Mrs Reid. Bien entendu, je savais que leur fils était prisonnier de guerre, et j'y songeais toujours lorsque nous nous opposions – nous n'étions apparemment pas faits pour nous entendre. J'ai appris par la suite que son envoi sur le « théâtre des opérations » pouvait avoir été un moyen de débarrasser Mayapore d'un homme dont l'attitude pendant les désordres finissait par prêter à contestation localement, et aussi qu'il n'avait finalement jamais affronté l'ennemi car on l'avait réaffecté à l'arrière.

Quant à son bilan officiel des désordres d'août 1942, je ne possède pas d'éléments qui me permettraient de l'infirmer ou de le confirmer. À propos des chiffres qui lui manquaient, vous indiquez dans la marge qu'il y a eu 958 peines de fouet appliquées. C'est encore un chiffre sur lequel je ne me prononcerai pas, mais je préciserai cependant que c'était là le châtiment légal prévu dans le cas de participation à des émeutes.

J'ai été heureux d'apprendre que Lady Chatterjee vivait toujours et continuait d'habiter MacGregor House, et que Mr Srinivasan semblait avoir peu changé. J'ai trouvé très intéressant le récit des visites que vous leur avez faites.

Je regrette de ne pouvoir vous aider utilement.

J'évoquerai cependant un souvenir beaucoup plus ancien de ma carrière dans ce qu'on appelait l'Indian Civil Service – souvenir sans rapport direct avec vos recherches, mais peut-être non dénué de portée dans un sens plus large.

Je suis arrivé en Inde en 1921, tout jeune fonctionnaire de l'administration civile dans laquelle j'étais entré en préparant d'arrache-pied le concours, et pénétré du mythe qui l'entourait. Je me voyais, jeune représentant cantonal, fumant ma pipe sous un vieux figuier des pagodes en songeant aux échelons que je gravirais, juste et avisé, providence des jeunes et des vieux, laissant le souvenir légendaire du sahib blanc qui avait apporté la paix et la prospérité aux villageois qui en parleraient encore cinquante ans plus tard.

Évidemment, je me trouvai plongé dans une réalité bien différente. Et je n'étais pas taillé pour le paternalisme. Mes supérieurs étaient les derniers de cette race d'administrateurs. J'ai détesté mon premier commissaire délégué. Il ne le méritait sans doute pas. Et j'ai abhorré l'Inde – l'Inde réelle, derrière le mythe du paisible fumeur de pipe. J'ai abhorré la solitude, la saleté, les odeurs nauséabondes – et notre cuirasse de supériorité. J'ai abhorré les Indiens parce qu'ils étaient la cible la plus immédiate et ne pouvaient rendre les coups, sauf d'une façon détournée et subtile qui me faisait les détester encore davantage.

Et puis un jour, j'ai dû accompagner le *land settlement officer*, le contrôleur de l'impôt foncier, dans sa tournée des villages. À l'époque, ces déplacements se faisaient à cheval, et on logeait et travaillait dans des camps de toile – des tentes transportées dans les bagages et montées à chaque étape. J'étais excédé par la servilité des trésoriers de village, par l'hypocrisie des *tahsildars*, les agents du fisc, et je supportais mal l'attitude du contrôleur qui semblait se prendre pour Dieu le Père. Et puis un incident nous a coupés des serviteurs et des bêtes chargées du matériel de campement et, bloqués dans un village perdu, nous avons dû passer la nuit dans une cahute de terre. J'en aurais pleuré d'énervement et d'impuissance. Le contrôleur était allé boire des grogs à l'arack avec les anciens du village – le Christ au milieu de ses disciples –, et j'étais seul dans la cahute, gisant sur un lit de cordes, sans moustiquaire. Mes boyaux délabrés me torturaient. Soudain, j'ai vu qu'une Indienne d'un certain âge se tenait dans l'encadrement de la porte. Nos regards se sont croisés, et elle a disparu. Mais elle est revenue peu après, apportant une petite jatte de lait caillé et une cuillère.

Retrouvant aussitôt ma dignité, je lui ai fait signe de s'en aller. Au lieu de cela, elle s'est approchée du lit et s'est mise à m'entonner le lait caillé à la cuillère, comme à un enfant. Elle n'a pas dit un mot, et je ne voyais même pas son visage – seulement ses mains noires et la blancheur du caillé. Ensuite, je me suis endormi. En me réveillant, j'allais beaucoup mieux, et j'ai d'abord cru que j'avais rêvé cet épisode. Mais, à mon chevet, la jatte que je n'avais pas entièrement vidée était posée sur un plateau de cuivre et protégée par un linge et, à côté, il y avait une fleur. Il faisait déjà jour. Le contrôleur ronflait sur l'autre lit de cordes. J'ai senti que cette femme m'avait fait recouvrer mon humanité. Le lait caillé et la fleur n'étaient pas un dû mais un témoignage d'affection, nuancé d'une leçon maternelle : mon indisposition serait facile à surmonter une fois que j'aurais compris que je n'avais pas véritablement d'ennemis.

Debout sur le seuil de la cahute, j'ai respiré profondément. Et j'ai senti le parfum derrière la puanteur. Ils tenaient prête de l'eau chaude pour ma toilette. Mais auparavant, j'ai dû prendre place sur une vieille chaise de bois pour être rasé par le *naï*, le barbier – sans savon à barbe, rien que ses doigts, de l'eau chaude et un « sabre ». J'ai senti le fil de la lame me racler tout le visage, même le front et les paupières. Je retenais ma respiration, m'attendant à ce qu'il me tranche l'œil. Mais non, ses gestes étaient doux et compétents. Après ça, j'avais l'impression d'avoir un visage tout neuf. Je suis ensuite passé dans la petite pièce des ablutions et je me suis douché avec cette eau chaude préparée à mon intention dans des pots de cuivre.

Au moment de partir, j'ai cherché des yeux, parmi les femmes, celle qui m'avait nourri comme elle aurait nourri son fils, mais je ne l'ai pas reconnue. Il y avait une fleur au pommeau de ma selle. J'en ai été gêné, et en même temps cela m'a fait plaisir. La selle du contrôleur ne portait pas de fleur, et il n'a pas prêté attention à la mienne. En partant, je me suis retourné et j'ai fait un signe de la main. Les villageois n'y ont pas répondu, mais j'ai senti qu'ils en faisaient un intérieurement – qu'ils me souhaitaient de bien agir envers eux et envers moi-même.

Je suppose qu'ils ont dû jeter la jatte et la cuillère – devenues impures à mon contact.

Appendice

Témoignage de S.V. Vidyasagar

Je ne songe pas sans honte à mon adolescence. Quittant sans diplômes l'École supérieure d'État à seize ans, j'ai vécu pendant un an dans la débauche. Mon père m'avait chassé du toit familial. Je m'adonnais à la boisson, je fréquentais de mauvaises femmes, je gaspillais dans les plaisirs l'argent que me donnait secrètement ma mère. Je compromettais ma santé. À dix-sept ans, je fis un retour sur moi-même et Dieu m'aida à abandonner cette vie d'infamie. Mon père m'ouvrit généreusement les bras. Engagé comme commis chez un entrepreneur, je m'efforçai de poursuivre les études que mon existence dissolue m'avait fait interrompre. Même quand je me promenais, j'emportais un livre (le vendeur de livres, près du temple de Tirupati, me permettait d'en emprunter dans ses rayons). Je fis ainsi la connaissance de Moti Lal, commis chez le négociant en gros Chandra Gupta Sen, qui remarqua que je lisais un ouvrage politique. Les questions politiques éveillaient mon intérêt. Et ce fut aussi à cause de mes nouvelles habitudes studieuses que Mr Narayan, l'instituteur de l'école missionnaire du bazar Chillianwallah, s'intéressa à moi. Il complétait ses maigres émoluments en écrivant des « Chroniques » et les billets du « Flâneur » dans la *Mayapore Gazette*. J'étais dans ma dix-huitième année lorsqu'il me proposa d'entrer dans ce journal, dont le rédacteur en chef cherchait un jeune homme dynamique qui, tout en faisant office de coursier, s'initierait au journalisme. Mon père s'opposait à ce que je quitte mon emploi, mais il finit par accepter que je m'engage dans cette nouvelle voie. Hélas, il mourut six mois plus tard, et je devins le « maître de la maison », avec la responsabilité de marier ma jeune sœur, alors âgée de seize ans.

Ces obligations familiales me retinrent pendant les années 1937 et 1938. Après le mariage de ma sœur, je vécus seul auprès de ma mère. Elle me répétait que, moi aussi, je devais fonder une famille. Mais je me consacrais entièrement à la politique et à mes tâches de journaliste débutant. Celles-ci m'amenaient quotidiennement de l'autre côté de la rivière – les bureaux de la *Mayapore Gazette* étant situés dans le *cantonment* –, ce qui me donnait l'occasion de voir de près le fonctionnement de l'administration et de la police ainsi que la façon dont les Britanniques vivaient entre eux. Jeune Indien sans prestige social, je souffris maintes avanies, et je ne voyais pas sans amertume la vie confortable de ces gens, alors que mon père, un employé modèle, s'était tant privé. Je me liai avec des garçons de mon âge et je me mis à fréquenter beaucoup Moti Lal. Nous passions souvent une partie de nos nuits à discuter. Il travaillait chez Mr Romesh Chand Gupta Sen, l'oncle de Hari Kumar à qui Mr Laxminarayan donna ma place, après quoi je fus engagé par le *Mayapore Hindu*.

À ce moment-là, les Anglais combattaient l'Allemagne. Nos ministres appartenant au parti du Congrès avaient démissionné. Une fois de plus nous étions contraints d'assumer une part disproportionnée du fardeau de la guerre en échange de promesses creuses. Et nous devions nous garder de révéler notre opinion à ce sujet, car les autorités employaient des espions et des délateurs parmi les nôtres, qui pouvaient très bien vous faire arrêter simplement pour régler de vieux comptes. Moti Lal lui-même fut incarcéré pour avoir pris la parole devant une réunion d'étudiants qui était interdite, mais il parvint à s'évader.

Quand les Japonais envahirent la Birmanie et en chassèrent les Anglais, nous vîmes se dessiner la liberté. Nous ne craignions pas les Japonais, sachant que nous pouvions leur rendre la vie aussi difficile qu'aux Anglais s'ils nous traitaient aussi mal qu'eux. Beaucoup de nos camarades abandonnés par leurs officiers anglais en Birmanie et en Malaisie avaient été libérés par les Japonais et formaient l'« Armée nationale indienne » dirigée par Subhas Chandra Bose. Nous ne comprenions rien aux divagations des chefs du Congrès. Nous étions prêts à combattre pour parvenir un jour à faire de l'Inde une grande puissance. Mais nous ne formions que de petits groupes, nous n'étions pas organisés. Nous nous disions que quand viendrait le moment de nous dresser contre les oppresseurs, nous saurions nous unir et donner un exemple de bravoure et de détermination qui s'étendrait de proche en proche.

Au moment de la rébellion de 1942, mes camarades et moi étions prêts à donner notre vie. Le jour où j'ai été arrêté, le 11 août, nous voulions prendre la tête des foules et les exhorter à marcher sur la ville européenne. C'est pourquoi nous avions imprimé des tracts réclamant la mise en liberté des garçons injustement accusés d'avoir agressé une jeune fille anglaise. Je me trouvais au *Mayapore Hindu* quand la police y a fait une descente et a emmené tous les collaborateurs du journal, sous prétexte qu'une vieille presse à bras aurait servi à imprimer ces tracts, ce qui était faux. Je sais qu'ensuite les autres ont été relâchés, mais le journal a été interdit. Moi, je n'ai rien avoué pour ne pas avoir à révéler les noms de mes complices.

Dans la soirée du 11, on m'a conduit au siège de la police, où le chef de la police du district m'a interrogé lui-même. J'ai vu qu'il possédait un dossier sur moi. Il n'arrêtait pas de me questionner sur Moti Lal et aussi sur ce Kumar et sur les autres garçons appréhendés dans l'affaire de l'Anglaise. Je ne pouvais nier que je les connaissais car tout était déjà noté dans le dossier : les endroits et les dates où on nous avait vus ensemble, à commencer par la nuit de février où, à plusieurs, nous nous étions enivrés avec Kumar, à la suite de quoi il avait été arrêté et interrogé. J'en arrivais à me demander si ce n'était pas lui qui avait été payé pour nous espionner. J'ai compris ensuite qu'il n'en était rien, et j'ai eu honte de l'avoir soupçonné.

J'avais très peur, en raison des bruits atroces qui couraient sur le traitement qu'ils avaient fait subir aux garçons accusés du « viol ». C'était justement pour cela que nous nous étions empressés d'imprimer les tracts (la presse était cachée dans une maison close – endroit sûr car, quand la police y faisait une descente, les hommes ne s'occupaient que des prostituées) pour réclamer leur libération. Nous avions appris, par quelqu'un qui avait parlé à un planton de la police, qu'ils avaient été assommés de coups puis ranimés et contraints de manger du bœuf. Nous ne les pensions pas coupables, parce qu'au moment de l'affaire des jardins du Bibighar, ils buvaient de l'alcool distillé clandestinement. Ils devaient avoir été dénoncés par le garde-barrière du passage à niveau du pont du Bibighar. Cet homme savait qu'ils organisaient parfois des beuveries dans une cahute, parce que, dans ces cas-là, il leur soutirait un verre pour prix de son silence.

Au cours de l'interrogatoire, le chef de la police a voulu me faire dire que je me trouvais avec eux et avec Kumar, et que je les avais quittés parce que, dans leur ivresse, ils parlaient de partir en quête d'une femme dans le *cantonment*. J'ai vu qu'il voulait me faire porter un faux témoignage, et bien qu'effrayé par les mauvais traitements de la police j'ai dit non, que ce soir-là je travaillais au *Mayapore Hindu* – ce qui était la vérité. Et il s'est mis en colère parce qu'il savait que c'était la vérité. Il m'a dit que j'aurais le temps de regretter mes mensonges avant qu'il me lâche. Et il m'a laissé tout seul dans la pièce qui contenait une table, une chaise, le tabouret où j'étais assis et un chevalet de fer. Je ne pouvais même pas essayer de m'échapper, car elle ne comportait pas de fenêtre. Alors, j'ai prié pour avoir la force de subir la torture sans livrer le nom de mes camarades. Je m'attendais à tout moment à voir entrer les hommes qui m'arracheraient des aveux. Mais le sahib chef de la police est revenu tout seul. Il a recommencé à me poser les mêmes questions, et finalement il m'a fait conduire à la prison.

Au bout d'une semaine, je suis passé en jugement. J'ai été condamné à deux ans de prison à régime sévère pour impression et propagation de textes séditieux. Le témoin à charge était un espion qui a affirmé m'avoir vu distribuer les tracts, ce qui était faux. Après ma condamnation, j'ai été incarcéré dans un établissement pénitentiaire près de Dibrapur. Le chef de la police du district de Mayapore devait avoir donné des ordres pour qu'on me réserve les plus durs traitements, car je fus placé dans une cellule dégoûtante et on me donnait une nourriture tellement infecte que je ne pouvais rien avaler. Un jour, j'ai jeté l'écuelle au sol. Le lendemain, ils m'ont extrait de ma cellule et dit que pour avoir enfreint le règlement pénitentiaire j'allais recevoir quinze coups de bâton. Ils m'ont emmené dans une petite pièce contenant un chevalet comme celui que j'avais vu au siège de la police à Mayapore. Après m'avoir montré l'instrument du supplice, un bâton gros comme le pouce, ils me dépouillèrent de mes vêtements, me courbèrent sur le chevalet, m'attachèrent les poignets et les chevilles et exécutèrent la « sentence ». La souffrance fut telle qu'à la fin je perdis connaissance.

Je fus ensuite transféré dans une autre prison. Je ne recevais jamais de visites. Un jour, ils me dirent que ma mère était morte. Je pleurai et priai Dieu de pardonner le mal que je lui avais fait en militant pour la liberté. Peu de temps avant la fin de ma peine, je pus échanger quelques mots avec un nouveau détenu. C'était un des garçons arrêtés pour cette affaire des jardins du Bibighar. Ils avaient tous été enfermés dans des prisons différentes, et finalement, faute de témoignage permettant de les impliquer dans le viol, ils avaient été simplement gardés sous les verrous sur le soupçon d'activités subversives.

À ma libération, Mr Laxminarayan me trouva un logement et me donna un peu de travail. Je ne pesais plus que quarante-cinq kilos et je toussais beaucoup. Mais je repris peu à peu des forces et ma santé se rétablit.

Apprenant un jour qu'un des garçons accusés du viol était revenu à Mayapore, je lui rendis visite. C'était celui que j'avais rencontré à la prison. Comme moi, il devait se présenter régulièrement à la police. Il savait qu'elle continuait à le surveiller. Vainqueurs de la guerre, les Anglais demeuraient en Inde. Nous désespérions de l'avenir, malgré les bruits qui voulaient qu'ils se préparent à s'en aller pour toujours.

Un soir, vers la fin de 1946, je me trouvais chez ce garçon, que j'appellerai Sharma, pour préserver son anonymat. Et soudain, il m'a dit : « Je vais tout te raconter. » Il a parlé longtemps.

Le soir de l'affaire des jardins du Bibighar, la police les avait ramassés et bouclés dans une cage. Croyant qu'il s'agissait de leur consommation illégale d'alcool, ils riaient et plaisantaient. Et puis, ils virent amener Hari Kumar, le visage éraflé et tuméfié. Ils pensèrent que les agents l'avaient tabassé. L'un d'eux a appelé Kumar, mais celui-ci n'a pas tourné la tête. Et il n'a pas été enfermé avec eux. On est venu les chercher un par un. Ils ne riaient plus. D'avoir trop bu ils avaient mal à la tête et terriblement soif. C'est Sharma qui fut extrait le dernier de la cage. Les gardes le conduisirent en bas et lui dirent de se déshabiller. Et puis l'un d'eux a frappé à une porte, et le chef de la police du district est entré dans la pièce. Sharma était terriblement humilié d'être nu, surtout devant un Blanc. Un garde lui a immobilisé les bras dans le dos, et, du bout d'un bâtonnet, le chef lui a soulevé les parties et les a examinées. Ne comprenant pas qu'on le traite de façon aussi honteuse, Sharma a demandé : « Pourquoi faites-vous cela, sahib chef de la police ? » Sans répondre, le policier a retourné les vêtements de Sharma avec son bâtonnet, et puis il est parti. Sharma a compris plus tard qu'il cherchait des traces de sang à cause du viol.

Ensuite, les agents lui ont fait remettre son caleçon mais pas le reste de ses vêtements et l'ont ramené dans la cage où ses camarades, eux aussi en caleçon, l'avaient précédé. Ils ont essayé de plaisanter au sujet de l'intérêt que portait le sahib à leurs parties génitales, mais ils n'avaient pas le cœur à rire. On est encore revenu les chercher un par un, et Sharma restait toujours le dernier. Quand son tour est venu, on l'a conduit devant le chef de la police, assis à son bureau, qui l'a laissé debout pendant tout l'interrogatoire. Au début, Sharma ne comprenait pas les questions, puisqu'il croyait être accusé d'avoir bu de l'alcool distillé clandestinement. Mais le chef de la police a dit soudain : « Comment saviez-vous qu'elle se trouverait dans les jardins de Bibighar ? », et Sharma a commencé à comprendre, sans savoir cependant qui était cette « elle ». « J'enquête sur l'agression dont a été victime la jeune fille anglaise, celle qui croyait que ton ami Kumar était aussi son ami. » Et il s'est mis à débiter un chapelet de questions : « Quand Kumar vous a-t-il proposé d'y aller tous ensemble ? Était-elle déjà là ou bien l'avez-vous attendue ? Quel est le premier qui l'a assaillie ? C'est toi qui faisais le guet et tu n'y as pas goûté ? Alors, pourquoi te laisserais-tu punir ? Si, tu en as profité aussi. Combien de fois ? Et Kumar, hein, combien de fois a-t-il abusé d'elle ? De quoi as-tu peur ? On boit, et ensuite on pense aux femmes, c'est ça ? Avoue donc que tu étais ivre et que tu n'as pas su te contenir. Tu ne portes pas de traces de sang, elle n'était pas vierge, hein ? Ou tu as pris le soin de te laver ? Tu savais que tu paierais si tu étais pris ? Eh bien tu es pris, et tu vas payer. Si tu avoues, j'en tiendrai compte. Moi, je suis homme à comprendre ces choses. Et elle n'était pas vierge, hein ? Elle allait avec n'importe qui ? Et elle aimait les noirauds ? Il vous a dit ça, Kumar, hein, hein ? »

Et il n'arrêtait pas de taper sur le bureau avec son stick, parce que Sharma disait qu'il ne savait rien. Finalement, il s'est levé en disant qu'il allait le briser, et il a appelé deux agents. Ces hommes ont emmené Sharma dans une pièce à peine éclairée, mais il a distingué un corps nu attaché sur un chevalet. Moi aussi j'y suis passé, et je sais que dans cette position on peut à peine respirer. Sharma a dit qu'il entendait le malheureux faire des efforts pour retrouver son souffle. Et il avait les fesses pleines de sang. Et puis, le chef de la police est entré et a dit : « Kumar, voici un ami à toi qui vient entendre tes aveux. Il te suffit de dire : "Oui, c'est moi qui suis l'instigateur du viol", et on te détache, la correction est terminée. » Kumar a seulement émis une sorte de grognement. Sur l'ordre du sahib chef de la police, un agent a cinglé plusieurs fois les fesses de Kumar. Sharma a crié à Kumar qu'il ne savait rien et n'avait rien dit, et il s'est mis à hurler aux policiers : « Pourquoi lui faites-vous ça ? » Les agents ont continué à battre Kumar jusqu'à temps qu'il ne puisse plus retenir un gémissement. Sharma a détourné les yeux, c'était trop horrible.

Ils l'ont fait sortir, mais très vite ils l'ont ramené dans cette pièce obscure. Ils lui ont retiré son caleçon et l'ont attaché sur le chevalet. Il a senti qu'on lui mettait quelque chose comme un linge mouillé sur les fesses. Ils l'ont cinglé neuf fois. Il a dit que la douleur était si atroce qu'il ne pouvait comprendre comment Kumar avait pu en supporter tellement plus. Le linge mouillé, c'était pour ne pas lui entailler la chair, afin qu'il ne puisse pas exhiber de marques.

Ensuite ils l'ont ramené dans la cage où se trouvaient ses camarades, mais pas Kumar. Il leur a raconté ce qu'il avait subi et ce qu'avait subi Kumar. Le plus jeune s'est mis à pleurer. Ils ne comprenaient pas ce qui leur arrivait. L'idée qu'ils allaient être fouettés à leur tour les terrorisait. Le sahib chef de la police est arrivé avec deux hommes. Ils ont fait descendre le caleçon de Sharma pour montrer aux autres ce que faisaient rien que neuf coups appliqués au travers d'un linge mouillé. Et le sahib chef de la police leur a dit que s'ils osaient laisser entendre à qui que ce soit, « pendant l'enquête ou au cours du procès qui s'annonçait », qu'ils avaient été maltraités, ils recevraient tous ce châtiment, et de la pire manière. Leur camarade Sharma pouvait leur en parler par expérience et pour avoir vu un autre homme le subir.

Une demi-heure plus tard, on leur a apporté de la nourriture. Ils étaient épuisés et affamés. Ils se sont mis à manger. Au bout de quelques bouchées, ils ont vomi, en s'apercevant que la viande n'était pas du mouton mais du bœuf. Les deux gardiens musulmans qui les regardaient manger ont éclaté de rire en leur disant qu'à présent ils étaient impurs et que même Dieu se détournait d'eux.

SEPTIÈME PARTIE

LES JARDINS DU BIBIGHAR

Journal de Daphné Manners, destiné à Lady Manners Cachemire, avril 1943

Chère tante, je suis désolée de t'avoir causé tous ces ennuis, depuis que tante Lili m'a ramenée auprès de toi à Rawalpindi, en octobre dernier. C'est par ma faute que tu es contrainte à l'exil. Merci d'avoir si bien pris soin de moi, sans jamais me faire sentir que cela te pesait, comme cela devait déjà te peser à Pindi où tant de vieux amis te désertaient à cause de moi, de « cette petite Manners » comme disent les gens, qui ont si vite oublié tout ce que toi et oncle Henry avez fait pour arranger les choses en Inde et la rendre vivable aux Anglais. Oui, je suis désolée de donner apparemment raison à ceux qui critiquaient les idées que vous défendiez.

Si tu lis ces lignes, c'est que je ne serai plus là pour te présenter ces excuses de vive voix. Si, au contraire, je m'en tire, nous continuerons probablement, comme en ce moment, à éviter les sujets qui peuvent nous rappeler la raison de notre séjour ici. Et voilà pourquoi je t'écris. Je ne voudrais pas disparaître sans avoir mis les choses au point. Le silence que nous observons tacitement convient aux vivants mais non aux morts. Ne crois pas que j'entretienne des idées morbides. Simplement, je me prépare. Au fond, je me suis préparée depuis qu'à Londres un médecin m'a dit de me ménager et de cesser de conduire mon ambulance pendant le black-out. Il se peut que j'aie mis les bouchées doubles par rapport à ceux qui pensent vivre mieux.

Si mes prémonitions ne me trompent pas, il y aura de quoi s'étonner qu'une grande fille apparemment vigoureuse et saine ait pu présenter tant de défectuosités physiologiques. Après la mort de maman, c'était le cancer qui me faisait peur. Mais ensuite, j'ai craint d'avoir une tumeur au cerveau, ce qui expliquerait ma mauvaise vue et les maux de tête dont je souffre parfois. Je crois surtout que je ne suis pas bien « bâtie ». Comme le médecin de Pindi, le Dr Krishnamurti parle de césarienne; je lui ai dit que je m'y refusais. Tu ne peux imaginer combien il est important pour moi que les choses se passent normalement. Je ne veux pas qu'on m'ouvre le ventre pour en extirper l'enfant. Je veux le mettre au monde moi-même, lui donner la vie. Je veux aller jusqu'au bout de ce que j'ai commencé. Cela, le Dr Krishnamurti semble presque le comprendre. Il me regarde parfois d'une manière si étrange. Et voilà encore une chose pour laquelle je te dois de la gratitude : tu n'as pas songé une minute à m'empêcher de choisir un médecin indien ! Si j'avais été la nièce des Swinson (les premiers « coloniaux » que j'aie vus, et cette rencontre m'a marquée), jamais ils n'auraient toléré d'autre médecin qu'un Blanc. En fait, dans ce cas, pour rien au monde je n'aurais consulté le Dr Krishnamurti. Et je ne me serais d'ailleurs jamais fourrée dans ce qu'ils appelleraient ce « pétrin ».

À Mayapore, il y avait un praticien du même nom – un collègue de la doctoresse Anna Klaus. Comme je demandais à notre Dr Krishnamurti si ce ne pouvait être un parent à lui, il m'a dit que c'était vraisemblable, à condition de remonter assez loin dans la lignée. Je lui ai confié que ce lien avec Mayapore me faisait plaisir. Il a paru un peu choqué que je parle sans embarras de cette ville. Il a déjà réussi à surmonter la gêne qu'il éprouvait à me toucher, mais pas encore celle que je suscite chez les Indiens comme chez les Britanniques. Ce que je représente pour eux prend à présent le caractère d'un témoignage physique. À Pindi, je remarquais bien que les rares personnes qui venaient nous voir – ou plutôt, qui venaient te voir malgré ma présence – ne pouvaient détacher leurs regards de mon tour de taille. À présent, bien sûr, l'enfant inconnu (inconnu, indésirable et inacceptable sauf pour moi) me déforme suffisamment pour qu'on ne remarque que ma grossesse. Je reste cloîtrée ici, mais si je sortais pour aller au bazar je devrais me munir d'une clochette, comme les lépreux, afin que les gens puissent se terrer quand je passe. Si j'avais été violée par des hommes de ma race, je susciterais la pitié. Et les gens qui ont de la religion m'admireraient d'avoir refusé l'avortement. Mais ces hommes n'étaient pas de ma race. À Pindi, dans le *cantonment,* même les Indiens détournaient les yeux à mon passage, comme s'ils craignaient que je leur transmette un horrible châtiment.

Et même toi, tante, tu évites de regarder mon corps déformé.

Évidemment, je n'étais pas vierge. Anna Klaus m'a dit par la suite qu'on l'avait interrogée à ce sujet, et qu'elle avait répondu franchement. Elle m'en informait pour que je sache que la question avait été posée et tranchée. Elle n'a pas sollicité de confidences, et je ne lui en ai pas fait. Mais à toi, tante, je vais dire les choses. Mon premier amant fut un ami de mon frère David. Le deuxième, c'était un homme que j'ai connu à

Londres quand j'étais ambulancière. Deux amants, donc – mais sans amour, bien que, pendant un temps, j'aie cru aimer le premier.

Le seul homme que j'aie aimé, c'est Hari. Tu ne peux imaginer à quel point je voudrais l'évoquer devant toi, ne serait-ce qu'en remarquant : « Oui, c'est exactement ce que disait Hari » ou « Nous avons vu ça ensemble, avec Hari ». En prononçant son nom devant quelqu'un, j'aurais l'impression de le faire entrer dans ma vie quotidienne. Mais je ne le peux pas. Je sais que ton visage se fermerait, et cela me serait insupportable. Je me dis parfois que tu sais où il est, que d'autres gens le savent aussi, et qu'on me laisse dans l'ignorance. Je ne te le reproche pas. Tu te tais pour mon bien, comme je me suis tue pour le bien de Hari. Dieu sait pourtant qu'il y a eu des aventures entre des gens de la couleur de Hari et des gens de la mienne, et même des mariages, des enfants, du bonheur et de la détresse. Mais notre aventure à nous était vouée à l'échec. J'ai abandonné tout espoir de le revoir.

Et c'est pour cela que l'enfant a une telle importance pour moi. Même si je n'ai pas la certitude qu'il est de lui. Pourtant, je le crois. Et puis, c'est un enfant, voilà tout. Qu'il soit aussi foncé que Hari ou aussi blanc que moi, il ou elle est ma chair et mon sang. Il est mon offrande à l'avenir – une offrande maladroite, comme toutes mes actions.

Cela fait deux jours que je n'ai pas ouvert ce journal. J'écris surtout la nuit, pelotonnée dans ta couverture en peau de mouton, près de la cheminée où rougeoient encore des braises. Quel pays merveilleusement contrasté ! Alors qu'en ce moment à Mayapore les nuits doivent être étouffantes, si je vais regarder par la petite fenêtre grillagée je verrai les montagnes enneigées. Et pourtant, dans quelques semaines la vallée s'emplira de gens en congé. Ils se baigneront dans les lacs, leurs *shikaras* envahiront la rivière. Ironsnous alors à Srinagar, chère tante, pour y habiter dans une maison flottante que nous remplirons de fleurs ?

Les fleurs ! Oh, le mécontentement de Bhalu quand je me suis chargée de cueillir des soucis pour la table de Lili ! Son indignation parce que j'avais piétiné ses plates-bandes la première fois où Hari est venu à MacGregor House ! J'ignore si Lili t'a raconté les circonstances de cette visite. Peu après mon installation à Mayapore, Anna Klaus lui avait demandé d'intervenir auprès du juge Menen pour savoir ce qui avait valu à un certain Mr Kumar ou Coomer d'être malmené par la police et appréhendé « pour interrogatoire ». Elle m'en avait à peine parlé. Tu sais combien elle répugne à évoquer ce que subissent les Indiens.

En fait, je n'ai appris toute l'histoire que longtemps après, et de la bouche de Hari – le soir où nous sommes allés au temple de Tirupati. *Jusque-là, je ne savais même pas que le policier qui l'avait questionné était Ronald Merrick.* J'ai mal pris la chose. Il me semblait que tout le monde me l'avait dissimulé – particulièrement sœur Ludmila, alors que l'incident s'était passé au Sanctuaire et devant elle. Les gens que j'aimais, en qui j'avais confiance, m'avaient vue entretenir des relations amicales avec l'un et avec l'autre sans m'avertir de rien, comme s'ils guettaient curieusement la suite des événements. Depuis lors, j'ai compris que j'étais injuste. Il en va toujours ainsi en Inde lorsque des gens d'une race ou de l'autre tentent de sortir de leur petit cercle fermé. Dans ces cercles, on ne peut rien faire sans que tout le monde le sache, et les commérages n'arrêtent pas. Mais à l'extérieur, le terrain est si mouvant que c'est déjà un exploit de s'y tenir sur ses deux pieds. Et même s'il y a de la mésentente dans votre cercle, la tentation est grande de s'y réfugier et de se mettre au diapason en feignant de penser comme les autres.

J'en voulais à Ronald. Moi qui le croyais trop haut placé pour mener personnellement l'interrogatoire d'un Indien « soupçonné » d'une peccadille ! Et il avait osé me mettre en garde contre mes « contacts » avec Hari (quelques jours avant la visite du temple de Tirupati) sans me révéler qu'il le connaissait. J'en voulais à tout le monde, mais je crois surtout que je m'en voulais à moi-même. Seulement, le soir de notre visite au temple, Hari a cru que mon ressentiment s'adressait à lui, que je l'accusais de fourberie – le défaut indien par excellence aux yeux des Britanniques. Nous nous sommes séparés plus que fraîchement. Je voulais mettre les choses au point avec Lili, mais elle n'était pas encore rentrée. Je me suis couchée et, pendant des heures, j'ai retourné toute l'histoire dans ma tête.

Et c'est alors que j'ai vraiment compris que j'aimais Hari.

La première fois que j'ai vu Hari, je l'ai trouvé affreusement susceptible. Il était invité avec sa tante Shalini mais il est venu seul. Nous étions en mars, et tante Lili avait décidé de donner un petit cocktail. En établissant sa liste elle a dit : « Et si j'invitais ce jeune Mr Kumar pour voir à quoi il ressemble ? » Comme je ne savais plus de qui il s'agissait, elle m'a rafraîchi la mémoire : « Ce jeune homme pour qui j'ai téléphoné au juge Menen, celui qui avait été arrêté par erreur. Mais surtout, ne va pas évoquer cette histoire ! » Il est vrai que je suis terriblement gaffeuse, parce que je veux à toute force parler aux gens pour dissimuler ma timidité, et je dis alors la première chose qui me vient en tête.

Je ne me souviens plus de toutes les personnes présentes. Il y avait la doctoresse Anna Klaus, que je voyais à l'hôpital mais sans lui avoir été présentée, l'infirmière-chef, et Vassi (l'avocat Srinivasan, un ami de Lili et aussi de la famille de Hari). Mr Laxminarayan, le rédacteur en chef de la *Mayapore Gazette*, était également invité, mais il n'est pas venu, peut-être parce qu'il estimait indigne de lui d'assister à une réception à côté d'un de ses subordonnés. En tout cas c'est ce que Hari m'a dit par la suite. Les White y ont fait une courte apparition, et il y avait aussi des enseignants de l'École supérieure et du collège technique.

Hari est arrivé en retard. Il avait dû se faire violence pour venir, car il avait honte d'être mal habillé. À part Vassi, avec qui il ne sympathisait guère, il ne connaissait personne. Ou plutôt il connaissait tout le monde, mais uniquement de vue, en raison de son poste à la *Gazette*. Il a dit à tante Lili qu'en qualité de journaliste il l'avait rencontrée quand elle avait remporté le deuxième prix à l'Exposition florale (elle présentait des roses). Elle a feint de s'en souvenir. Et il s'en est rendu compte. D'où la susceptibilité qu'il a immédiatement affichée.

Et, bien entendu, j'ai gaffé en lui demandant où il avait appris l'anglais pour le parler aussi bien. « En Angleterre », a-t-il répondu presque sèchement. Lili m'a tirée de ce mauvais pas en me conduisant vers d'autres invités. Plus tard, je l'ai vu qui restait plus ou moins isolé près du groupe des enseignants. Alors, je suis allée le trouver et je lui ai dit : « Venez, je vais vous montrer le jardin. » C'était idiot, puisque nous nous tenions justement dans le jardin, et en plus il faisait déjà presque nuit. Mais j'ai remarqué alors pour la première fois qu'il était vraiment beau garçon. Et grand. Tant d'Indiens sont nettement plus petits que moi, ce qui me rend encore plus gauche quand je dois leur parler.

Nous avons tout de même fait le tour du jardin. Je lui ai montré la plate-bande qui m'avait valu les foudres de Bhalu dans la matinée. Je lui ai demandé si, en Angleterre, il avait eu un joli jardin. Il pensait que oui, m'a-t-il dit, mais à l'époque il n'y prêtait guère attention. Comme je remarquais qu'il le regrettait peut-être, il a répondu : « Non, plus maintenant. » Et il s'est détourné en disant qu'il devait partir. Nous sommes remontés vers la maison. La réception se terminait. Il a pris congé de Lili en la remerciant d'une façon presque cavalière, et s'est contenté de me saluer d'un signe de tête. Quelques intimes de Lili sont restés pour dîner. En les contemplant, j'ai été frappée du caractère si suprêmement anglais de Hari – à part la couleur de sa peau.

Au moment d'aller nous coucher, alors que Lili et moi buvions un dernier verre, elle m'a demandé :

– Alors, que penses-tu de ce jeune Mr Coomer ?

– Je le trouve terriblement triste, ai-je répondu spontanément.

C'est à toi que je destine ce récit, mais en fait il m'aide à mieux comprendre les choses. En mon for intérieur, je reprochais à Lili de ne pas avoir sympathisé avec Hari. J'avais tort. Après tout, elle était responsable de moi. En nous voyant partir tous deux dans le jardin, elle avait dû entendre un petit signal d'alarme que son expérience de femme et d'Indienne lui interdisait de négliger. Hari était si beau ! Il est vrai aussi qu'il ne l'avait même pas remerciée de son intervention auprès du juge Menen, mais je doute qu'elle lui en ait tenu rigueur. Si je n'avais pas manifesté le moindre intérêt envers lui, elle aurait certainement tenté de l'intégrer plus dans le « clan » de MacGregor House, mais elle avait pressenti que ce pouvait être dangereux pour moi.

Tu te souviens des mauvais rêves dont je t'ai parlé dans une lettre ? Des visages inconnus mais extraordinairement précis. Deux ou trois semaines après mon installation à Mayapore, alors que la nouveauté du décor s'émoussait pour moi, ces cauchemars sont revenus. C'était à peu près au moment du cocktail que je viens de décrire. Et j'ai commencé à fréquenter le club alors que je m'étais promis de ne jamais y mettre les pieds puisque Lili n'y était pas admise. Les autres bénévoles de l'hôpital me proposaient tout le temps d'y aller avec elles. Et cela me soulageait de me retrouver avec des gens au milieu desquels je pouvais être absolument naturelle, employer des expressions ou faire des mines que tout le monde comprenait, dire ce qui me passait par la tête sans craindre que les autres se méprennent.

Nous sortions de l'hôpital vers 17 h 30. De jeunes officiers de la garnison attendaient mes camarades et nous conduisaient au club. Il n'y avait pas vraiment de liaisons entre eux. Ces garçons et ces filles se retrouvaient pour se distraire ensemble et parfois faire l'amour s'ils trouvaient un endroit propice. Nous allions au club dans des tongas ou des camions militaires, nous y buvions un verre. Dans une salle, il y avait un petit pick-up et des tas de vieux disques de danse : Victor Sylvester, Henry Hall, ou des plus récents : Dinah Shore, Vera Lynn et les Inkspots. Vers 18 h 30, je prenais un tonga pour rentrer à la maison. Au début, je m'excusais de mon retard sans dire à Lili où j'avais été. Mais j'ai fini par le lui avouer, d'autant qu'elle m'incitait elle-même à fréquenter le club, où je m'intégrais de plus en plus. Il m'arrivait d'y dîner, en prévenant tante Lili par téléphone au dernier moment.

Et puis un jour, un garçon a insisté pour m'accompagner jusqu'au téléphone. Il avait trop bu. « Ce n'est pas vraiment votre tante, n'est-ce pas ? » m'a-t-il demandé. « Non, ai-je répondu. Pourquoi ? » Et il m'a expliqué qu'il avait pris un pari sur le fait que je n'avais pas de sang noir. J'ai alors compris la mine que faisaient certaines femmes lorsque je disais que j'habitais à MacGregor House, et les questions détournées des hommes à propos de toi et d'oncle Henry, pour voir si j'étais vraiment votre nièce et non une bâtarde de la famille de Lili Chatterjee.

Mais au fond, tout cela aurait glissé sur moi si, en dehors du plaisir de me retrouver avec des gens de mon âge et de ma race, je n'avais pas commencé à trouver le club assommant. Au bout de quelques verres, les conversations se teintaient de sous-entendus salaces. Ces gens se retrouvaient entre eux non par sympathie mais par nécessité. Je m'apercevais que je perdais mon temps dans cette ambiance faussement amicale.

Je me le suis avoué le soir où nous sommes allés au club après avoir assisté à la parade couronnant la Semaine de la Guerre. Ce jour-là, j'avais revu Hari. Et au club, il y avait Ronald Merrick. Que de coïncidences !

C'était un samedi. En plus de la parade et de la fanfare, les militaires organisaient des finales de lutte et de boxe. L'une d'entre nous ne tenait pas à voir les matches de lutte qui se déroulaient entre soldats des régiments indiens. Nous avons donc regardé les jeunes troupiers britanniques qui se bourraient de coups et s'ensanglantaient le visage. Et ensuite, en attendant la parade qui commençait à 17 h 30, nous nous sommes rendues à la tente du buffet. Je n'ai jamais rien vu de semblable. Une débauche de fleurs, de longues tables sur tréteaux couvertes de nappes d'un blanc éblouissant. Des fontaines à thé en métal argenté. De grands gâteaux glacés ou fourrés de crème, des marmelades, des petits fours. Dans notre bande, un garçon a dit que le traiteur indien « avait dû ramasser un joli paquet ». Moi, je pensais aux restrictions en Angleterre, aux boutiques vides, aux tickets de rationnement. Et aussi aux gens qui ne pouvaient pénétrer sous cette tente, non par manque d'argent mais parce qu'elle était exclusivement réservée aux « Officiers et Invités ». À part un tout petit nombre d'Indiennes – des femmes d'officiers indiens –, il n'y avait là que des Blancs, sauf, bien entendu, les serviteurs, qui se démenaient pour satisfaire tout le monde. Et l'inscription « Officiers » n'était qu'une façon de dire « Européens », car les civils n'y manquaient pas.

Comme nous passions à côté du commissaire délégué qui parlait avec un officier supérieur, il m'a dit : « Bonjour, Miss Manners. Vous connaissez le général Reid, n'est-ce pas ? » Les garçons et les filles de la bande en restèrent muets. Comme le général était précédemment stationné à Pindi, nous nous étions vaguement entrevus à l'occasion de réceptions. En tout cas, il a demandé de tes nouvelles, et le commissaire délégué m'a dit : « Comment va Lili ? » Sur le moment, j'étais ravie, parce que cela montrait à notre groupe que « cette Indienne » chez qui j'habitais n'était pas n'importe qui. Mais ensuite, j'ai remâché le fait qu'il n'ait pas dit : « Où est Lili ? » Sans même y réfléchir, il savait qu'elle n'était pas au maidan parce qu'on ne l'aurait pas admise sous la tente des « Européens » – et elle ne voulait pas aller sous « l'autre tente ».

Je lui ai présenté les jeunes militaires et les

filles de la bande. Ils ne se tenaient plus d'aise. De sorte que plus tard, ayant aperçu Hari, j'ai pu bavarder cinq minutes avec lui tandis que les autres m'attendaient docilement. Puisque je comptais parmi mes relations le commissaire délégué et le général Reid, cet Indien était peut-être un personnage important. Et quand je suis venue les retrouver, j'ai répondu à l'un des sous-officiers qui me demandait qui c'était : « Oh, un garçon du collège de Chillingborough », comme si je l'avais connu là-bas. Ils n'ont pas insisté, car aucun n'était allé dans une institution aussi chic. Je n'ai pas eu honte de jouer sur leur snobisme. En Inde, ils s'en faisaient une arme. Pendant un court instant, j'ai été ravie de retourner leur arme contre eux.

Hari assistait à la parade en tant que journaliste de la *Mayapore Gazette*. Je ne l'avais pas reconnu tout de suite parce que je ne portais pas mes lunettes, mais surtout parce qu'il était vêtu avec une certaine élégance, et non plus comme un babu, un employé indien. Par la suite, j'ai compris qu'il se passait de fumer pour économiser afin de s'habiller correctement. Son invitation chez Lili avait dû susciter en lui des espoirs. Je suppose qu'elle t'a raconté son histoire. Pour ce garçon qui avait reçu la meilleure éducation britannique, ce devait être atroce de devoir vivre chichement auprès de sa tante Shalini, et surtout dans la ville indienne, même s'ils habitaient une villa moderne du Chillianwallah Bagh. Et encore plus d'être tenu à distance par la race au milieu de laquelle il avait vécu si longtemps.

Toujours est-il qu'une fois la fête terminée, toute notre bande s'est rendue au club. Les militaires ne tarissaient pas sur le bel ensemble et la précision des Berkshires à la parade, sur la musique, sur la vaillance des boxeurs. Plus tard, Ronald

Merrick est arrivé et il s'est dirigé droit vers moi. J'en étais étonnée, car je le connaissais pratiquement depuis mon arrivée, pour l'avoir vu à dîner chez tante Lili, mais nous échangions à peine quelques mots quand nous nous rencontrions au club, et s'il m'y avait offert une ou deux fois un apéritif, cela semblait simplement un geste de courtoisie, parce que nous nous étions trouvés nez à nez. En général, il restait au fumoir, où il cherchait facilement noise aux autres membres. À part les filles qui voulaient se caser, personne ne sympathisait beaucoup avec lui. Or, ce soir-là, il vient vers moi et me dit : « Alors, ça vous a plu ? Je vous ai vue au maidan. » Il s'est assis avec nous pour boire un verre. Et la suite, tu la connais, car je te l'avais contée dans une de mes lettres : il m'invite plus ou moins à aller écouter ses disques de musique militaire. Inutile de te dire que les autres m'ont ensuite taquinée à ce sujet, et pas toujours avec gentillesse. Une des filles a même dit : « Et moi qui m'évertue depuis des mois à ferrer ce Mr Merrick ! Il faut croire que Daphné a ce qu'il faut. » Un des garçons a demandé s'il s'agissait de « ferrer » ou de « lever », et la conversation a repris ses tonalités grivoises habituelles. Comme c'était un samedi, nous avons dansé. En plus des ampoules multicolores, la terrasse était décorée de tas de petits drapeaux. Il régnait une ambiance moins guerrière que « coloniale ». Le garçon avec qui je dansais a dit que la Semaine de la Guerre allait faire réfléchir ces satanés Indiens. Et il s'est montré si entreprenant que j'ai dû me défendre. Alors, je me suis réfugiée dans les toilettes. Assise sur l'abattant de la cuvette, je suis restée à écouter les grossièretés qui se débitaient de l'autre côté de la cloison, chez les « hommes ». Et je me suis dit que ce monde n'était pas le mien. Et plus tard, alors que la musique hurlait au maximum, j'ai pensé : « Je ne peux pas me permettre de gaspiller tant de temps. »

J'avais l'impression d'être dans un paquebot transatlantique, comme le *Titanic*. Illuminé, résonnant du bruit de l'orchestre, et se dirigeant dans l'obscurité, sans personne sur le pont.

Tante chérie, promets-moi que si l'enfant survit, et si tu ne peux supporter de le garder, tu t'efforceras de lui trouver un endroit où il pourra commencer sa vie grâce à l'argent que je lui lègue. Je me suis faite à l'idée que tu n'en voudras pas sous ton toit. Il ne sera qu'à moitié ma chair et mon sang. Mais ne t'en inquiète pas. Il est normal qu'ayant été si mal conçu il paye pour mes fautes. Et puis, ne nous leurrons pas : nul n'est immortel. Même si tu élèves cet enfant, tu ne pourras le conduire jusqu'à l'âge adulte. J'avais songé à Lili. Mais là aussi je me pose des questions. J'espère tellement qu'en grandissant il ressemblera à Hari. Ce serait ma revanche. Un de mes cauchemars est que ce soit une créature des ténèbres, un reflet de cette horrible nuit. Mais ce sera tout de même un enfant, un don de Dieu, une créature sur qui il faudra veiller.

Je pense donc que si je ne suis plus là pour l'élever, il devra être placé dans une institution. Il y a une femme qu'on appelle sœur Ludmila. En une occasion, j'ai voulu lui donner de l'argent. Elle a refusé, mais en promettant de faire appel à moi si elle venait à en manquer. Elle s'occupe des mourants – peut-être acceptera-t-elle d'aider un tout-petit à bien commencer sa vie. Je ne parle pas de confort ou d'instruction mais de choses plus simples : manger à sa faim, être aimé.

Si c'est un garçon, il faudra le prénommer Harry, ou Hari si sa peau est assez foncée pour *faire honneur* à cette orthographe. Si c'est une fille, je ne sais pas... pour l'instant, je n'imagine pas que ce puisse être une fille. C'est peut-être à cause de maman, qui m'a rendu l'adolescence si pénible, en s'en prenant tout le temps à papa ou à moi. En revanche elle adorait David. Et c'est lui qui m'a expliqué qu'elle était une éternelle insatisfaite. Après des années de vie confortable en Angleterre, elle continuait à parler de l'Inde comme si elle en était revenue la veille. Et à force de penser à ce pays, je me suis mise à l'aimer. Papa me montrait des photos et me racontait des histoires que je trouvais merveilleuses sur « cette terre où j'étais née ». C'est pourquoi, quand j'y suis arrivée, je cherchais cette Inde que je croyais connaître pour me l'être imaginée, comme une sorte de mirage miroitant à l'horizon, au milieu de brises chaudes et parfumées venues des collines lointaines...

On a beau connaître l'existence des pluies de la mousson, on se représente l'Inde comme un vaste désert mogol – des paysages desséchés par le soleil et piquetés de villes fortifiées d'où n'émergent que des bâtiments en forme de mosquée et des arcades de pierre ajourées. Depuis le train, on entrevoit parfois cette Inde imaginée (tel était le cas quand j'ai fait pour la première fois le trajet jusqu'à Pindi). Je suis heureuse d'y être arrivée avant les pluies. Il faut avoir connu les chaleurs accablantes d'avril et de mai qui font s'épanouir les fleurs des flamboyants, ces « flammes de la forêt », pour goûter pleinement la violence des premières pluies grâce auxquelles tout reverdit. *Mon Inde*, c'est l'Inde de la mousson.

À part « Hari », il y a un autre nom que nous ne prononçons jamais : Bibighar. Tu es allée une fois à Mayapore, mais je doute que tu aies visité ces jardins. Ce n'est qu'un fouillis végétal – les plus grandes chaleurs n'éteignent jamais totalement le vert des feuilles –, un délire d'arbres et de broussailles contenu par des murs. Des sentiers s'y égarent et débouchent brusquement sur des clairières miniatures révélant l'emplacement d'anciens bassins ou plates-bandes. Il reste les fondations de la demeure elle-même, du Bibighar, où subsiste encore un pavement de mosaïque auquel on accède par quelques marches. C'est peut-être l'ancienne entrée. Cette mosaïque est protégée par un toit reposant sur des piliers. Cela fait une sorte de kiosque, que des employés de la municipalité débarrassent une ou deux fois l'an des plantes grimpantes et de la végétation qui l'envahissent. Au fond des jardins, le mur écroulé les fait communiquer avec un terrain en friche. Et quant à l'entrée elle-même, ce n'est plus qu'une arcade perçant le mur d'enceinte, mais sans portail pour la fermer. Bien qu'on puisse donc y pénétrer à volonté, les jardins du Bibighar sont peu fréquentés. Les enfants les croient hantés. Ils y jouent parfois dans la matinée, et, pendant la saison sèche, des familles bourgeoises indiennes y piqueniquent occasionnellement. Dans l'ensemble, l'endroit est assez désert. C'est même moi qui l'ai fait découvrir à Hari.

Avec Hari, nous allions au Bibighar parce que, dans tout Mayapore, c'était l'unique endroit où nous pouvions être ensemble en nous conduisant vraiment naturellement. Mais nous avions tout de même le sentiment de nous cacher des regards curieux, ou ironiques, ou désapprobateurs. Et là où nous l'éprouvions le plus intensément, c'était en arrivant ou en nous préparant à partir. En plus, alors que nous ne faisions rien d'autre que rester assis côte à côte au bord de la « plateforme » de mosaïque, jambes pendantes, nous étions toujours vaguement en alerte, au cas où quelqu'un nous surprendrait. Mais en tout cas, ce ne serait pas un Blanc. Les jardins du Bibighar étaient purement indiens, tout comme le maidan était purement anglais.

Tu t'étonnes peut-être que je dise « l'unique endroit ». Il est vrai que nous nous sommes vus aussi à MacGregor House, quand tante Lili sortait bridger. Et une ou deux fois chez l'aimable tante Shalini, au Chillianwallah Bagh. Mais il était exclu d'aller ensemble au cinéma des Européens (où les Indiens étaient parqués à part) ou à celui de la ville indigène (étouffant, malpropre, et ne passant que d'interminables films indiens), au restaurant chinois (les Indiens n'y étaient admis qu'au rez-de-chaussée, parmi les hommes de troupe britanniques) et ainsi de suite.

Notre amitié a résisté à de tels obstacles, mais à quel prix ?

Cette amitié, c'est moi qui l'ai nouée délibérément. En revoyant Hari au maidan, je lui ai dit de nous rendre visite à MacGregor House quand il le voudrait. (Il n'en a rien fait.) Je ne comprends que rétrospectivement les réactions de tante Lili quand je lui ai fait part de cette invitation. Intérieurement, cela lui a fait plaisir, mais elle en a craint les conséquences pour moi. Elle m'en a dit un peu plus sur Hari, en croyant peut-être me mettre en garde, alors qu'en fait elle attisait mon intérêt pour lui. Cependant, je suis sûre qu'en parlant à Hari au maidan je croyais faire une bonne action. Rien qu'en y pensant aujourd'hui, je suis révoltée par cette condescendance, même involontaire, à l'égard d'un homme que j'allais aimer.

Comme il ne s'était pas manifesté au bout de quinze jours, je lui ai envoyé un mot (son adresse était dans le répertoire de tante Lili). J'allais être seule le samedi soir, car tante Lili devait bridger chez les White avec le juge Menen – dont la femme était alors hospitalisée à la clinique Greenlawns. L'élan patriotique qui avait soulevé le club après la Semaine de la Guerre ne me donnait guère envie d'y retourner. Ne sachant pas trop ce que je voulais, j'ai pensé à Hari. Pour être franche, j'avais beaucoup pensé à lui. Le samedi matin, j'ai écrit le mot et je l'ai fait porter chez lui par un serviteur. En rentrant, l'homme m'a dit qu'il avait laissé le billet parce que Kumar Sahib n'était pas là. Je ne savais donc pas si Hari répondrait à mon invitation, mais je m'entêtais d'autant plus dans l'idée de le voir que Lili critiquait en quelque sorte « silencieusement » ce rapprochement. J'ai indiqué au cuisinier ce que je voulais pour le dîner : poulet rôti, riz au safran, oignons macérés, une montagne de chapatis et des « mangues Melba » comme dessert. Ensuite je suis passée au Sports Emporium où j'ai acheté une pile de disques. Et en rentrant, j'ai dévalisé les plates-bandes de ce pauvre Bhalu. Vers 6 heures et demie, tante Lili est entrée dans ma chambre alors que je prenais mon bain. Elle m'a crié : « Daphné, je pars chez les White. Je rentrerai vers minuit. Amuse-toi bien. » De la salle de bains, j'ai répondu : « Oui, merci. Transmets-leur mes amitiés. » Elle a repris : « J'espère qu'il aura la correction de venir. » Je lui ai dit que s'il avait voulu se décommander, il m'aurait envoyé un message. Pauvre Lili. Elle croyait qu'il me ferait faux bond, et au fond, je le croyais aussi. J'ai mis ma robe bleu électrique, cette affreuse couleur qui verdit sous la lumière artificielle. Mais peu m'importait mon apparence. Dans n'importe quelle toilette, je serais toujours moi-même. Pour une fois, il était agréable de ne pas devoir s'arrêter à de tels détails.

Et il est arrivé exactement à l'heure dite : 19 h 30, dans un tonga à cheval. Pour trouver ce véhicule, il avait sans doute dû passer à la gare, car sur l'autre rive il n'y avait que des cyclo-pousses. Ou peut-être arrivait-il du bazar du *cantonment*, où il avait attendu, chez Darwaza Chand, qu'on finisse sa chemise – car elle sentait le coton neuf.

Dans mon invitation, je n'avais pas précisé que nous dînerions en tête à tête – j'ignorais si lui, ou en tout cas sa tante Shalini, ne trouverait pas la chose inconvenante. Aussi guettait-il l'apparition de Lili. Raju nous a servi l'apéritif sous la véranda. Comme je lui offrais une cigarette, Hari a refusé en disant qu'il ne fumait plus. Cette privation le rendait nerveux. Et je me suis sentie brusquement mal à l'aise en m'apercevant de la fausseté de la situation. Il pouvait croire que Lili s'était absentée pour ne pas le rencontrer, ou encore que je l'invitais en cachette de Lili. Alors, je lui ai dit la vérité : sachant que je serais seule ce samedi soir parce que Lili allait jouer au bridge et que je détestais ce jeu, j'avais eu envie de dîner tranquillement avec quelqu'un à qui je pouvais parler de l'Angleterre. Et si je n'avais pas précisé que ce serait en tête à tête, c'était de crainte de choquer sa tante Shalini.

J'ai vu que mes paroles l'étonnaient. Les manières des Britanniques ne lui étaient plus familières. Cependant, il s'est très vite détendu. Après avoir bu chacun trois gin-fizz, nous sommes passés dans la salle à manger et nous avons pris place côte à côte tout au bout de la table. J'aurais aimé pouvoir dire à Raju de se contenter d'apporter les plats, mais j'ai pensé qu'il serait agréable à Hari d'être servi dans les règles. Bien entendu, Raju a essayé de rabaisser Hari en s'adressant à lui en hindi, mais il y a vite renoncé en s'apercevant que mon invité ne le parlait guère mieux que moi ! Cela nous a mis en joie tous les deux.

Et nous avons mangé de bel appétit. Nous nous jetions sur les plats comme deux gosses. (Lorsque Lili donnait des dîners, les hommes indiens semblaient se modérer, comme s'il était vaguement inconvenant de se montrer gros mangeur devant des dames.) Je n'arrêtais pas d'envoyer Raju nous chercher des chapatis brûlants, et Hari en a avalé un nombre incalculable. Par la suite, en dînant chez sa tante Shalini, j'ai constaté combien leur cuisine était différente de la nôtre, ne serait-ce que parce que sa tante employait du *ghi* pour certains plats – ce qui me rend immédiatement malade et ne devait pas mieux réussir à Hari.

Le dîner terminé, nous nous sommes plus ou moins affalés sur le divan du salon. Tandis que Raju nous servait le café et les liqueurs, Hari s'occupait du phono. Pendant tout le dîner nous avions parlé de « chez nous ». Sur bien des choses nos souvenirs concordaient, car nous étions presque du même âge : des événements, des films : *Rain* ou *Mata Hari*; certains matches de cricket mémorables, des courses automobiles ou des concerts au Queen's Hall (où il n'était pourtant jamais allé car il n'aimait que le jazz).

Quand il a commencé à passer des disques, j'ai vu qu'il était ravi d'entendre de la musique, mais, en même temps, qu'il paraissait de nouveau un peu crispé. Au troisième (un enregistrement de Victor Sylvester), il a rassemblé son courage : « J'ai pratiquement oublié les pas, et je n'ai d'ailleurs jamais été très fort, mais voulez-vous m'accorder cette danse ? » J'ai répondu qu'on m'avait un jour traitée d'éléphant en galoches, et que nous serions donc à égalité. Au début, il me tenait trop loin de lui, nous regardions nos pieds, et nous nous excusions à chaque faux pas. À la fin du disque, je me disais qu'il ne récidiverait pas, et qu'il pensait peut-être que j'avais accepté de danser avec lui pour ne pas le désobliger mais qu'il me déplaisait d'être touchée par un Indien. Alors, je lui ai demandé de chercher *Dans l'ambiance*, un air que tu ne connais certainement pas, très simple et bien rythmé et, comme je restais debout, il a dû s'exécuter de nouveau. Cette fois il m'a tenue plus étroitement, nous avons cessé de penser à nos pieds et nous avons suivi tout naturellement la cadence.

Si tu lis jamais ces lignes, je ne serai plus là pour entendre tes critiques. Pour moi, c'est la façon de revivre ce moment. Non qu'il ait été « magique », ni même simplement naturel. Entre nous, rien n'a jamais été simple. Nous étions empruntés, parce que conscients de notre différence de couleur. Le disque terminé, nous nous sommes assis, chacun dans son fauteuil, conscients que nous quittions un terrain miné, mais sans savoir si l'autre subissait cette *attraction du danger*.

Et c'est ainsi que Lili nous a trouvés en rentrant, bavardant tranquillement, contents de notre soirée. Il est resté encore quelques minutes. Tandis qu'il faisait la conversation à Lili, je sentais qu'il réendossait progressivement son armure. Et, de son côté, Lili s'est d'abord montrée relativement sociable et ensuite assez fraîche, comme si elle voulait dresser une barrière devant lui.

Nous étions au début du mois de mai. À Mayapore, on cuisait déjà. L'infirmière-chef m'a dit que je pouvais prendre un congé d'une quinzaine. Lili aurait sans doute aimé aller à Darjeeling ou dans une autre station en altitude. Comme je ne voulais pas quitter mon travail à l'hôpital si peu de temps après y être entrée – d'autant qu'on manquait de personnel –, j'ai suggéré à Lili de partir seule. Mais elle n'a rien voulu entendre. Nous avons donc supporté la chaleur accablante, qui ne permettait même plus de donner des réceptions. Nos distractions se sont limitées à quelques dîners auxquels nous avons été conviées ou que nous avons donnés.

Le lendemain de notre soirée à MacGregor House, Hari m'a adressé une lettre dans laquelle il me remerciait et, quelques jours plus tard, Mrs Gupta Sen m'invitait à dîner chez eux, au Chillianwallah Bagh, le samedi suivant. Lili était également invitée, mais, selon elle, ce n'était que par politesse, et de toute façon, elle ne pouvait l'accepter puisque c'était sa soirée de bridge. J'ai donc répondu à Mrs Gupta Sen que je viendrais seule. Après quoi j'ai reçu de nouveau un message de Hari disant que, si cela me convenait, il passerait me chercher vers 7 heures du soir, car il n'était pas facile de trouver leur villa (le Chillianwallah Bagh n'est pas une rue mais un réseau de voies). Il espérait, ajoutait-il, que je ne trouverais pas la soirée trop morne, car ils n'avaient pas de phono ni rien de ce genre. J'ai demandé à Lili si je ne devrais pas emporter le phono portatif et des disques. Mais elle me l'a déconseillé. Non seulement Mrs Gupta Sen trouverait inconvenant d'avoir une telle machine sous son toit (d'autant que la musique occidentale lui écorcherait probablement les oreilles), mais elle pourrait s'en offenser.

Le samedi soir, j'étais très nerveuse. Et, pour ne rien arranger, Hari avait du retard. Avant de partir, Lili m'avait recommandé de boire un ou deux verres au cas où Mrs Gupta Sen ne m'offrirait rien d'alcoolisé, et j'avais plus qu'amplement suivi son conseil pendant que j'attendais vainement sous la véranda. Quand Hari est enfin arrivé en tonga à cheval, il s'est confondu en excuses (il craignait que j'interprète son retard comme un reflet typique de sa race). Il m'a dit avoir eu du mal à trouver un véhicule parce que tout le monde en prenait pour aller au cinéma. Quand nous sommes montés dans le cabriolet, j'ai remarqué avec soulagement que, d'après la forme du sac qu'il y avait laissé, il avait dû prendre du gin au passage. Il faisait pratiquement nuit quand nous avons traversé le pont du Bibighar. Avant d'y arriver, nous avons longé le mur des jardins, et je lui ai demandé s'il les connaissait. (Je les avais visités avec tante Lili.) Comme il avouait n'y être jamais allé, nous avons ri en remarquant que c'est toujours la même chose : on habite depuis longtemps dans une ville (lui, cela faisait quatre ans) sans avoir jamais visité des curiosités que connaissent les nouveaux arrivants (moi, je n'étais là que depuis quelques mois).

Lorsque le tonga s'est engagé dans la Chillianwallah Bagh Extension Road, j'ai remarqué, outre la parcimonie de l'éclairage public, l'odeur nauséabonde de la rivière. Je me suis demandé dans quoi je m'étais aventurée. Mais j'ai repris courage en voyant les villas – ces formes cubiques m'étaient familières. Et j'ai ri d'entendre Hari parler en hindi au cocher. Il ne se débrouillait guère mieux que moi. Je l'ai plaisanté là-dessus, et il s'est détendu progressivement.

Mais en arrivant devant chez lui, il s'est de nouveau énervé, parce que le portail était fermé. Il a appelé les servantes, mais sans succès, et il est finalement descendu pour l'ouvrir lui-même, car le cocher ne bougeait pas de son siège. La cour était si exiguë qu'après m'avoir déposée devant la maison l'homme a eu toutes les peines du monde à faire tourner son véhicule pour ressortir; il paraissait furieux, d'autant plus que Hari refusait de le payer, en lui disant de revenir à 23 heures chercher la dame.

L'homme m'énervait tellement que j'ai failli lancer : « Laissez donc partir cet imbécile, je rentrerai à pied », mais je me suis contenue, parce que j'aurais vexé Hari en paraissant prendre les choses en main. J'ai donc simplement dit : « Ils font toujours des histoires », ce qui était encore pire, car j'avais l'air d'une memsahib qui trouve amusantes ces discussions entre Indiens. En m'en rendant compte, j'ai eu envie de sauter dans le tonga et de retourner tout droit à MacGregor House. La soirée s'annonçait mal !

Muets et tendus, nous sommes entrés dans le minuscule vestibule. Et la tante Shalini est apparue : on aurait dit une petite princesse rajpute. Très discrètement fardée, elle portait un sari mauve pâle en simple cotonnade mais particulièrement seyant et frais au regard. Elle m'a tendu la main, ce qui m'a évité de me ridiculiser en essayant de la saluer à l'indienne. « Entrez, nous allons prendre l'apéritif », a-t-elle dit en nous introduisant dans la salle de séjour – une pièce petite mais arrangée avec une élégante sobriété : un ou deux tapis, un divan et un confortable fauteuil de rotin où elle m'a installée. Hari avait placé aussi discrètement que possible les bouteilles qu'il apportait sur une table basse d'ébène sculptée et incrustée de nacre et couronnée par un plateau de cuivre de Bénarès où étaient déjà disposés trois verres. Pendant qu'il préparait nos boissons, la tante Shalini me faisait la conversation. J'ai été frappée de la ressemblance entre elle et Hari. Et devant l'élégance de sa minuscule personne, j'avais vivement conscience de n'être qu'une grande créature sans grâce et trop dénudée par sa robe légère. Hari, lui, portait un costume de toile grise, mais il a demandé la permission de retirer son veston car les ventilateurs fonctionnaient mal.

Une fois notre verre terminé – j'en aurais volontiers bu un autre –, elle a proposé de passer à table dans la pièce voisine, qui était encore plus petite que le salon.

Au milieu de la table, il y avait une coupe où

flottaient des fleurs de frangipanier. Nos couverts étaient mis sur des napperons de dentelle faits à la main. Au moment du plat de résistance (elle m'en a dit le nom mais je l'ai oublié; en tout cas, c'était du poulet), elle a demandé à Hari : « N'avons-nous pas de la bière au frais ? » Il est allé chercher la bière. Elle-même ne buvait rien, même pas de l'eau. En guise de verres nous avions des gobelets anciens mais dépareillés. Je sentais Hari gêné par la modestie du couvert. Pourtant, vers la fin du dîner, alors que je le contemplais sans m'en rendre compte, son regard a rencontré le mien et il y a lu la vérité : cette simplicité me donnait l'impression d'être « chez moi » en dépit de nos usages différents.

Après dîner, Mrs Gupta Sen m'a montré des photos de Hari enfant et adolescent en me les commentant. Elle parlait excellemment l'anglais. Elle m'a dit que c'était le père de Hari, Duleep Kumar, qui le lui avait appris quand elle était fillette, et qu'elle était heureuse d'avoir son neveu auprès d'elle parce qu'elle pouvait ainsi renouer avec cette langue et perfectionner son accent. Plusieurs photos de Hari le montraient dans le jardin de leur maison du Berkshire – en fait, un petit château. D'autres clichés, plus récents, étaient pris avec des amis anglais, qui s'appelaient Lindsey. J'avais envie de fumer, mais je n'osais pas fouiller dans mon sac. Soudain, la tante de Hari lui a dit : « N'avons-nous pas des cigarettes blondes pour Miss Manners ? » J'ai admiré l'intuition de cette femme, et en même temps sa tolérance, puisqu'elle songeait à offrir à ses hôtes ce que, personnellement, elle trouvait répugnant : du tabac et de l'alcool. Hari paraissait d'ailleurs surpris par son aisance de maîtresse de maison recevant une invitée anglaise (ce qui ne lui était encore jamais arrivé). Il a eu la courtoisie d'allumer une cigarette, pour que je ne sois pas gênée d'être la seule à fumer dans la pièce, mais il l'a plus ou moins laissée se consumer toute seule, car il craignait de reprendre goût au tabac.

Il y a tout de même eu un moment gênant : celui des toilettes ! Juste après le dîner, Hari s'est éclipsé quelques minutes – intentionnellement, j'en suis sûre. Mais elle n'en a pas profité pour me demander si je voulais aller aux toilettes parce que ça la gênait horriblement. J'ai vu qu'il l'avait compris, et que cela le tracassait. Vers 22 h 30, cela me tracassait fortement moi-même. Je me disais qu'ils n'avaient peut-être pas de toilettes présentables. Comme l'homme au tonga se présentait au portail, Hari est sorti lui dire d'attendre. J'ai profité de son absence pour demander les toilettes à la tante Shalini. C'était un réduit tout à fait convenable. Évidemment, ce n'étaient pas des W.-C. à cuvette, mais elle avait préparé à mon intention un pot de chambre sur un tabouret bas (je n'ai pas osé en faire usage), ainsi que, sur une table qui semblait venir d'une autre pièce, un bassin et un pot à eau, du savon, des serviettes de toilette et un miroir. Il y avait bien un ou deux cafards, mais cela ne me dérangeait pas. Lili pousse les hauts cris quand elle en voit, alors que je me suis accoutumée assez vite à ces bêtes qui, à mon arrivée en Inde, m'horrifiaient.

En prenant congé de tante Shalini, j'avais envie de me pencher pour l'embrasser mais je me suis abstenue, de crainte qu'un tel geste ne lui paraisse offensant. Hari a tenu à me raccompagner à MacGregor House dans le tonga. Il n'a pas voulu rentrer boire un dernier verre. Alors, je me suis installée dans la véranda et je l'ai bu toute seule, en attendant le retour de Lili.

Le lendemain, j'ai cueilli moi-même un énorme bouquet que j'ai fait porter à la tante Shalini par un boy. Comme Bhalu ne décolérait pas, je lui ai remis dix annas en le priant de ne pas aller se plaindre à « Madame ». Dès lors, nous sommes devenus complices. Lorsqu'il y avait des hôtes à MacGregor House, Lili augmentait les gages des serviteurs et il était entendu que les invités ne leur donneraient pas d'argent. Bhalu ne s'est plus jamais plaint à Lili que je lui coupe ses fleurs, mais tous les mois, le jour où il touchait ses gages, il venait me trouver et restait planté devant moi en faisant le salut militaire jusqu'à ce que je lui donne quelques piécettes. Il a pu ainsi s'acheter de grosses sandales de fantassin dans lesquelles il avançait comme une tortue sur le gravier. On voyait qu'il aurait préféré marcher pieds nus, mais qu'il portait les sandales pour rehausser son prestige quand il régnait sur le jardin de MacGregor House.

Je bavarde, n'est-ce pas, tante chérie ? Je retarde le moment de parler des choses que tu veux vraiment savoir. C'est que les bons et les mauvais moments sont indissociables. Et cette période fut si intense pour moi...

Depuis que je connaissais l'autre moitié de Mayapore, la ville me paraissait plus grande et à la fois je m'y trouvais plus petite, parce que mon amitié avec Hari se heurtait à des barrières qui me limitaient. Mais en même temps, avec lui j'avais l'impression de pouvoir m'exprimer personnellement, dans ce pays où il fallait toujours adopter une « attitude » ou une autre. Cette liberté *intérieure* m'était une source de joie. Cependant, il m'arrivait d'avoir peur, parce que je m'engageais dans un espace restreint et dangereux, le même genre de peur qui m'a prise le soir où Ronald Merrick m'a raccompagnée après m'avoir « demandée en mariage » et où j'ai cru que j'allais voir le fantôme de Janet MacGregor. Cet épisode se situait à la mi-juin. Les pluies tardaient. Nous étions tous épuisés, physiquement et mentalement. Et puis, il me semblait que je ne comprenais pas vraiment Ronald, mais que j'aurais probablement dû lui accorder ma confiance. La pensée de Ronald m'oppresse. J'ai l'impression que toi et les autres vous savez des choses que vous me cachez (de même que vous savez sans doute où Hari est détenu).

Tante chérie, qu'a-t-il fait à Hari ? Est-ce qu'il l'a battu, humilié ? On ne m'a rien dit. Et qui aurais-je pu interroger puisque, après l'horreur du Bibighar, je suis restée recluse à MacGregor House ? Je n'en suis sortie que deux fois : pour aller voir la tante Shalini, qui a refusé de me recevoir, et puis, la veille du départ pour Pindi avec tante Lili, pour rendre visite à sœur Ludmila. L'idée de Ronald lui pesait, à elle aussi. Elle avait apparemment ignoré à la fois que lui et moi entretenions des relations amicales et que je ne savais rien de l'interrogatoire auquel il avait soumis Hari. En fait, je me demande si Ronald ne s'est pas réellement intéressé à moi à partir du moment où il m'a vue parler à Hari au maidan, le dernier jour de la Semaine de la Guerre. S'il le tenait à l'œil en tant qu'élément subversif potentiel, il pensait peut-être me soutirer des renseignements sur lui. Ou peut-être voulait-il simplement, en tant qu'Anglais, empêcher une compatriote de se fourvoyer avec un Indien « peu recommandable ». Toujours est-il que c'est le soir même, au club, qu'il s'est intéressé à moi comme jamais auparavant. Évidemment, il m'a laissée ignorer l'épisode de l'interrogatoire et, pour ma part, je ne lui ai jamais parlé de Hari. Un monde séparait mon ami anglais de mon ami indien.

Mon ami indien ! Quand nous nous promenions ensemble dans le *cantonment*, les gens nous regardaient furtivement et détournaient la tête. Avant de faire du Bibighar notre refuge, nous ne pouvions nous rencontrer tranquillement que chez lui ou à MacGregor House. Un jour, je lui ai fait visiter la pièce où Nello entassait tout un bric-à-brac rapporté de ses voyages, et qu'il appelait son « musée ». Je me disais qu'on aurait pu nous y exposer avec une pancarte annonçant : *Types de contraires absolus. Vers 1942. Prière de ne pas toucher.* J'en ai eu très vite assez et, sans réfléchir, je lui ai tendu la main en disant : « Venez. Laissons ces reliques moisies. » Aussitôt je me suis rendu compte qu'à part le soir où nous avions dansé, et les rares fois où il m'avait aidée à descendre d'un tonga, nous ne nous étions jamais touchés. J'ai vu qu'il hésitait. Plus il hésitait et plus mon geste, à l'origine purement amical, prenait le sens d'une invite. Finalement, il a saisi ma main tendue. Et j'ai eu soudain envie qu'il m'embrasse.

Nous sommes sortis, et il a lâché ma main. Que pouvait-il éprouver pour moi ? Je n'étais qu'une grande perche pas spécialement jolie.

Et puis, les pluies sont arrivées, fraîches et violentes. Elles transformaient le jardin, Mayapore, tout le paysage environnant. La nuit, si j'étais réveillée par le froid, j'écoutais l'eau fouettant les arbres, je guettais les roulements du tonnerre, j'ouvrais grands les yeux pour voir les éclairs illuminer la chambre, les meubles jeter fugacement leurs grandes ombres puis se pétrifier jusqu'au prochain embrasement.

Je me trouvais au Chillianwallah Bagh le dernier jour de la saison sèche. Depuis deux nuits il y avait des éclairs de chaleur, et le tonnerre grondait au loin. Nous étions à la fin juin. Une semaine plus tôt, en me raccompagnant à MacGregor House après ce dîner chez lui, Ronald Merrick m'avait dit : « Il faut parfois du temps pour se faire à certaines idées. » Tout en bavardant avec Hari et sa tante Shalini, j'éprouvais l'impression d'être suspendue dans le temps, sans avenir envisageable ni désirable. Je voulais avancer, mais je restais accrochée à la sécurité du connu, du prévisible.

Nous sommes montés dans le tonga vers 11 heures du soir. Sur le chemin du retour qu'illuminaient les éclairs de chaleur, nous l'avons vue – les grandes ailes blanches de sa cornette –, précédée et suivie d'un homme. Le dernier portait sur une épaule une sorte de perche, qui était en fait la civière roulée. (Nous faisions le grand tour par le bazar et le temple, parce que j'avais envie de prolonger la soirée, et non sans remords en pensant que Hari devrait acquitter une plus longue course.) Ils s'engageaient en procession dans une ruelle. J'ai dit : « C'est la Russe folle qui ramasse les mourants, n'est-ce pas ? » Hari m'a répondu qu'elle n'était pas folle, probablement pas russe et qu'on l'appelait sœur Ludmila. Il m'a expliqué qu'il avait écrit un article sur elle et le Sanctuaire pour la *Gazette*, mais que le rédacteur en chef l'avait refusé parce qu'on aurait pu en déduire que les Britanniques laissaient les Indiens mourir dans les rues. Je lui ai demandé s'il voulait me conduire au Sanctuaire. Il a accepté, en me prévenant toutefois que sœur Ludmila me traiterait en indiscrète. Ce n'était pas une femme à encourager les visites, car elle ne s'intéressait qu'aux mourants. Je lui ai demandé comment il avait fait sa connaissance. « Par hasard », m'a-t-il répondu.

Quelle femme extraordinaire ! Pour tout domaine personnel : une cellule aux murs blanchis à la chaux, simplement décorés d'un texte biblique encadré et d'un petit Shiva dansant. Et conduisant tous les soirs ses expéditions dans les ruelles et impasses obscures. Quand je lui ai proposé une aide financière, elle a refusé, mais elle me laissait travailler un soir par semaine dans son dispensaire. Une sympathie est née entre nous. De ma part, ce fut d'abord à cause de l'affection qu'elle portait à Hari. Quand il venait au Sanctuaire, elle mettait sa chambre ou son bureau à notre disposition pour que nous puissions bavarder tranquillement. À la nuit tombée, Hari me raccompagnait à bicyclette jusqu'à MacGregor House. Les jours où je savais que je le verrais au Sanctuaire, j'allais à l'hôpital à bicyclette, mais, le reste du temps, je profitais généralement de la voiture de police que Ronald Merrick m'envoyait. Il m'arrivait aussi de laisser le véhicule de police me reconduire à MacGregor House d'où je repartais pour le Sanctuaire sur ma machine. Je craignais que la direction de l'hôpital ne se formalise de ce que j'aidais sœur Ludmila dans son dispensaire. Un jour où je m'y suis trouvée face à face avec la doctoresse Anna Klaus, je lui ai demandé de garder le secret. Elle m'a répondu en riant que c'était certainement inutile, car dans une ville comme Mayapore tout se sait – ou presque.

En fait, tout le monde ne savait pas exactement tout. Du moins, sur notre rive. Inconsciemment, je divisais ma vie en petits compartiments étanches. Il y avait ce que je taisais à Ronald, ce que je taisais à tante Lili. Je n'ai compris que les autres avaient aussi leurs compartiments et leurs secrets que le jour de la visite du temple de Tirupati avec Hari. Ce soir-là, j'ai appris qu'il avait été appréhendé, questionné, ainsi que le rôle joué par Ronald dans l'affaire. Et en m'apercevant que tout le monde trichait, j'ai dû reconnaître que, moi aussi, je trichais puisque je m'aventurais dans tous les camps sans en choisir aucun de façon assez ouverte pour qu'on puisse me cataloguer.

Mais j'étais sincère dans mes amitiés. Je portais une réelle sympathie à ceux de notre bande au club. J'éprouvais de l'affection pour Ronald, qui pouvait d'ailleurs se montrer gentil et naturel avec moi (quand il se guindait dans son personnage « officiel », je croyais le comprendre). Quant à Lili, je l'adorais, même quand elle prenait ses grands airs de princesse rajpute. J'aimais la robuste gaieté des Anglais, tant qu'elle ne devenait pas vulgaire et violente. J'aimais l'enfantine gaieté des Indiens, et aussi leur sérieux, tant qu'ils ne singeaient pas la raideur des Européens. Avec Hari, je ne peux pas parler d'affection, parce qu'il s'y est mêlé une puissante attirance physique qui s'est transformée en amour, sans pourtant me rendre aveugle à son entêtement et à sa susceptibilité. Mais si j'étais aussi affectueuse et tolérante que je me dépeins, pourquoi ai-je tout gâché irrémédiablement ?

La première fois que j'ai vu le Bibighar, je l'ai trouvé typiquement indien parce que je ne connaissais rien de comparable à Mayapore. Mais il s'en dégageait quelque chose de beaucoup plus universel : il donne l'impression qu'un jour tout s'est gravement déréglé, et qu'on pourrait remettre les choses en ordre à condition de connaître la méthode appropriée. Ce qui était typique dans le Bibighar, c'était qu'il conservait l'empreinte d'actes et de désirs humains d'une façon inattendue et parfois effrayante.

Avec Hari, nous nous y retrouvions de préférence le dimanche matin. Mais un samedi, alors que nous longions les jardins à bicyclette pour aller prendre le thé chez la tante Shalini, une pluie torrentielle nous a forcés à courir nous abriter sous le « kiosque ». L'hôpital me donnant congé cet après-midi-là, je m'étais rendue au *cantonment* pour voir si les photos que j'avais fait prendre pour ton anniversaire étaient prêtes. Apercevant Hari qui sortait de la *Gazette* je l'ai hélé et il m'a accompagnée chez Subhas Chand où il m'a aidée à choisir le portrait que je ferais agrandir. Je les trouvais tous affreux mais ce n'était pas son avis, et je lui ai dit que, pour la peine, il pourrait en avoir un lui aussi. Ensuite, je lui ai demandé de m'accompagner chez Darwaza Chand où je voulais acheter une robe pour toi. Les rares clients qui s'y trouvaient ne nous ont pas ménagé les regards désagréables. Comme il était près de 16 heures, j'ai proposé à Hari de prendre le thé à MacGregor House mais il m'a dit : « Non. Venez plutôt rendre visite à tante Shalini. » J'ai accepté d'autant plus volontiers que tante Lili n'était pas là car elle assistait à la réunion du conseil du Purdah Hospital. Nous sommes partis en direction du pont du Bibighar. Hari n'aimait pas passer par le pont de la porte du Mandir parce que, dans ce cas-là, nous devions traverser le bazar. Surpris par l'averse, nous nous sommes donc réfugiés dans le Bibighar. Seulement, au lieu de s'apaiser la pluie a redoublé et le vent s'est mis de la partie.

J'ai confié à Hari l'impression que me donnait le Bibighar, mais notre conversation était bizarre car nous devions crier pour nous faire entendre et nous taire quand les rafales étaient trop violentes. Comme je lui disais qu'il devrait faire tirer son portrait, il a prétendu qu'il n'était pas photogénique. « Ne soyez pas ridicule, ai-je riposté. Et les photos que m'a montrées tante Shalini ? » Réponse : à l'époque, il était « plus jeune ». Je lui ai demandé s'il correspondait toujours avec ses amis Lindsey. D'un haussement d'épaules, il a écarté la question. J'avais remarqué qu'il avait paru mécontent lorsque tante Shalini les avait cités. J'ai cru qu'il avait cessé de leur écrire et qu'il s'en voulait. À présent, à cause d'une remarque que m'a faite sœur Ludmila la dernière fois que je l'ai vue, je sais qu'il a dû se passer quelque chose entre lui et le fils des Lindsey, son meilleur ami.

À 18 heures, alors que la nuit commençait à tomber, nous étions toujours assis sur le pavement de mosaïque, et nous n'avions pas eu notre thé. Que la pluie s'arrête ou non, je devais rentrer vers 19 heures à MacGregor House pour avoir le temps de m'habiller car tante Lili recevait à dîner le juge Menen et sa femme, qui venait de sortir de l'hôpital. J'avais des frissons, et je craignais d'avoir pris froid. J'aurais voulu que Hari me réchauffe dans ses bras. Un garçon anglais l'aurait fait. Je suis devenue maussade. Il restait là, à un mètre de moi. L'envie me tenaillait de lui prendre la main et de la porter à ma joue.

Notre attitude, en quittant le Bibighar, était celle d'amoureux qui se sont disputés. Mais nous n'étions pas des amoureux et nous ne nous étions pas disputés. Je me disais une fois de plus que ça ne pourrait pas marcher entre nous. Il m'a raccompagnée à MacGregor House. Bien que le lendemain fût un dimanche, nous n'avons pas fixé de rendez-vous. Je n'étais rentrée que depuis quelques minutes et je me prélassais dans mon bain lorsque j'ai entendu rentrer tante Lili. Elle appelait Raju. J'ai eu l'impression de reprendre pied dans la vie quotidienne après une longue absence.

Je n'ai pas revu Hari pendant plus d'une semaine. J'ai passé deux soirées au club (une avec Ronald et une avec ma bande) et toutes les autres auprès de tante Lili. Pourtant, je pensais continuellement à Hari et j'avais envie de le voir. Seulement, je ne me décidais pas à en prendre l'initiative. Je me disais que nos difficultés venaient de ce que nous ne pouvions nous rencontrer nulle part sans susciter la curiosité. (Je m'apercevais d'ailleurs qu'au club les femmes me battaient froid.) Et c'est alors que j'ai pensé au temple de Tirupati.

J'ai demandé à tante Lili si les Européens pouvaient y pénétrer, mais elle l'ignorait, parce que Mayapore n'était pas une ville touristique. Elle m'a dit qu'elle interrogerait là-dessus un enseignant anglais du collège technique ou de l'École supérieure d'État, parce que c'était une visite pouvant tenter quelqu'un qui s'intéressait à l'art et à la culture. Je l'ai priée de ne pas prendre cette peine, puisque je pouvais questionner Hari là-dessus. « Mais oui, pourquoi pas ? » a-t-elle répondu. Sentant qu'elle allait en profiter pour évoquer mes relations avec lui, j'ai fait dévier la conversation. Le lendemain, j'ai envoyé à Hari ces quelques lignes : « J'aimerais beaucoup visiter le temple de Tirupati. Pensez-vous pouvoir m'y mener ? Je préférerais que ce soit un soir. La nuit, tout prend plus de relief. »

Deux jours plus tard, il me téléphonait de la *Gazette* (au Chillianwallah Bagh, il n'avait pas le téléphone). J'étais sur le point de partir pour l'hôpital. Si je tenais vraiment à cette visite, m'a-t-il dit, il pourrait l'organiser par l'intermédiaire de son oncle qui, à défaut de s'acquitter de ses devoirs religieux, donnait beaucoup d'argent au temple afin de s'acquérir des mérites. Je lui ai proposé de venir dîner le samedi soir à MacGregor House, après quoi nous irions au temple puis nous reviendrions écouter des disques. Il m'a dit qu'il me le confirmerait. Ni lui ni moi n'avons parlé de nous rencontrer dans l'intervalle. Je pensais cependant le voir le mardi soir au Sanctuaire, mais il ne s'y est pas montré.

Dans la semaine, je suis passée au club, et comme Ronald s'y trouvait, nous avons dîné ensemble. Tandis qu'il me reconduisait à MacGregor House, il m'a proposé de sortir avec lui le samedi soir. J'ai dit que je ne serais pas libre, car j'espérais visiter le temple. Quand il a stoppé devant la maison, il n'y avait pas un serviteur en vue, même pas Raju. Au lieu de descendre pour ouvrir la portière de mon côté, Ronald est resté sur son siège et il m'a demandé : « Qui est-ce qui vous y emmène ? Mr Kumar ? » Comme j'en convenais, il est demeuré un moment silencieux, puis il m'a dit qu'il fallait enfin que je sache qu'on parlait de moi et de mes sorties avec un Indien. Les Indiens étaient toujours fourbes, et particulièrement l'homme en question, qui « n'avait pas une très bonne réputation », et « jouait sur le fait qu'il avait vécu quelque temps en Angleterre pour se donner des airs britanniques ».

– Vous connaissez mes sentiments à votre égard, a-t-il ajouté. Ce sont eux qui m'ont empêché de vous avertir plus tôt. Mais j'ai le devoir de vous mettre en garde contre vos contacts avec Mr Kumar.

– Allons, ne jouez donc pas au policier, ai-je répondu en riant. J'ai fait la connaissance de Mr Kumar chez Lady Chatterjee, et je ne crois pas qu'elle invite des gens perdus de réputation. D'ailleurs, mes amitiés me regardent, et peu m'importe la couleur de mes amis, puisque c'est apparemment ce qui suscite des critiques.

– Mais si, la couleur importe. C'est fondamental. Tout est dans la race.

Comme j'ouvrais la portière pour descendre, il m'a retenue en me prenant la main et il m'a dit :

– J'ai mal formulé les choses, mais je n'ai pu m'en empêcher. C'est une pensée qui me révolte.

J'ai eu pitié de lui. Il avait la sincérité et presque l'innocence d'un enfant. Mais aussi la cruauté.

– Ne vous inquiétez pas, Ronald, ai-je dit. Je comprends.

Il m'a lâchée comme si ma main le brûlait. En refermant la portière, j'ai ajouté :

– Merci de ce dîner et de m'avoir raccompagnée.

La formule était maladroite, mais qu'aurais-je pu dire d'autre ? Il a démarré tandis que je montais les marches de la véranda.

Le vendredi soir, un boy m'apporta un mot de Hari. Nous pourrions visiter le temple de Tirupati le lendemain, à 21 h 30. Dans ma réponse, je lui proposai de venir dîner vers 19 h 30. Il est arrivé à l'heure, amené en cyclo-pousse. Le genre du véhicule expliquait son exactitude mais faisait en même temps ressortir la différence de nos conditions respectives. Et pendant toute la soirée, Hari allait souligner volontairement cette différence. Il s'était remis à fumer – mais des petites cigarettes indiennes à l'odeur déplaisante. Il n'a pas voulu que j'écoute tout de suite les deux disques qu'il m'avait apportés. Comme il regardait sa montre, je lui ai proposé de passer à table. En entrant dans la salle à manger, il s'est plaint de ce que les ventilateurs tournaient à plein régime. J'ai demandé à Raju de les ralentir, et alors il a fait trop chaud. À table, Hari ne s'est pas servi des couverts mais il a mangé à l'indienne, en roulant chaque bouchée de nourriture dans un morceau de chapati. Je l'ai imité. À la fin, Raju nous a apporté des serviettes et de l'eau chaude pour nous laver les mains et la bouche. Je m'attendais presque à ce que Hari éructe et réclame un cure-dent. Et, alors qu'il se montrait toujours aimable avec Raju, il ne lui a parlé que pour lui ordonner sèchement d'apporter de l'eau ou autre chose.

Comme nous étions prêts à partir pour le temple, il a soudain proposé d'écouter les disques. Il a ordonné à Raju d'apporter le phono, mais l'a renvoyé alors qu'il s'apprêtait à le remonter. Il a lâché si brutalement le bras du phono que l'aiguille a rayé le disque, de sorte qu'à chaque tour la musique était interrompue par un crachotement. Et il avait choisi de la musique indienne, un raga du soir qui se répétait interminablement. Ce qu'il n'avait pas escompté, c'était que ça me plairait énormément. Cela n'a fait qu'élargir le fossé entre nous puisque moi, une Blanche, j'aimais quelque chose que lui, le Noir, n'appréciait pas du tout et n'avait jamais cherché à comprendre, bien que ce fût une expression musicale de son pays.

À la fin du deuxième disque, j'ai pris l'initiative du départ en criant à Raju de m'apporter mon foulard. Il me semblait que, dans un temple indien, les femmes devaient se couvrir la tête. Hari s'était muni d'un parapluie au cas où il pleuvrait lorsque, durant la visite, nous nous trouverions en plein air. Dans le cyclo-pousse qui nous emmenait, nous n'avons pas échangé un mot. Je n'étais encore jamais montée dans ce genre de véhicule. Pour arriver à nous tirer, le pauvre conducteur devait pédaler debout. Mais je préférais ce moyen de locomotion parce que, dans les tongas à cheval, on est assis le dos au cocher (je présume que c'est pour préserver les passagers des gaz intestinaux que lâche le cheval) et il est un peu effrayant de ne pas voir vers quoi on vous mène...

Un serviteur du temple nous attendait à la porte pour nous guider. Il connaissait quelques mots d'anglais. Nous nous sommes déchaussés dans l'entrée. Hari a donné au guide et au gardien des chaussures une partie de l'argent dont l'avait muni son oncle, et nous avons été traités avec une déférence particulière.

En arrivant dans le périmètre du temple, j'ai été frappée du calme qui y régnait. Comme si l'on était coupé du monde. Pourtant, il était loin d'être vide. Accroupis sous les arbres, des hommes et des femmes bavardaient. Toutes proportions gardées, cela m'a rappelé les fidèles qui, après le service, font la conversation devant l'église.

Tout le long du mur d'enceinte s'alignaient les sanctuaires consacrés à diverses divinités hindoues. Ces petites idoles bariolées m'ont fait songer au catholicisme. Pourquoi faut-il que les pauvres et les ignorants aient tellement besoin d'images ? « Le guide demande si nous souhaitons accomplir la *puja* au seigneur Venkatasvara », m'a dit Hari.

Nous allions pénétrer dans le saint des saints ! Je n'aurais jamais osé y prétendre. J'étais ravie. Notre guide s'est frayé un chemin parmi les fidèles attendant d'être admis devant leur dieu. Cela m'a choquée. Après avoir parlé à un prêtre qui se tenait près de la porte du sanctuaire, il est revenu vers nous et a adressé à Hari une longue phrase en hindi. En entendant Hari lui répondre, j'ai compris qu'il parlait beaucoup mieux la langue qu'il ne voulait l'avouer. Il m'a avertie : « Je dois faire tinter la cloche pour avertir le dieu de notre présence. Ensuite, faites semblant de prier. J'ignore ce qui nous attend. »

Tandis que je me couvrais la tête de mon foulard, j'ai vu que le prêtre ne nous quittait pas de l'œil. Nous avons monté les marches. J'apercevais l'intérieur : une sorte de grotte illuminée où il me semblait entrevoir une idole noire parée d'or et d'argent. Hari a tiré sur la corde qui faisait tinter la cloche, puis il a joint les mains. Je l'ai imité.

Il est entré le premier. Des barrières métalliques délimitaient une sorte de rectangle où se tenaient les fidèles. De l'autre côté, dans la petite grotte, est apparu un prêtre tenant une coupelle dorée. Nous avons tendu nos mains et il y a versé quelques gouttes d'eau. Imitant les fidèles, nous avons porté le liquide à notre bouche. Cette eau avait une bizarre saveur douce-amère.

Il fallait ensuite se passer les mains sur la tête.

Puis le prêtre a récité une prière pour Hari et une prière pour moi, en élevant au-dessus de nos têtes un bonnet doré (une sorte de récipient retourné). Après ça, il l'a reposé sur un plateau doré qui contenait également des petits tas de poudre colorée et des pétales de roses rouges. Il a enfoncé son doigt dans la poudre et nous en a marqué le front. Les pétales formaient un petit collier qu'il m'a passé autour du cou. Tout cela n'a pris que quelques secondes. En sortant, Hari a déposé de l'argent sur le plateau que présentait un autre prêtre.

Les lèvres me cuisaient et la saveur douce-amère persistait. Ce devait être de l'urine de vache que nous avions bue, et non de l'eau. Nous étions la cible des regards. Mais je m'en sentais protégée par la marque sur mon front et par le collier de pétales de roses (je l'ai conservé dans du papier de soie blanc, tu le trouveras dans ma valise).

Il nous restait encore à voir le Vishnu endormi. Le dieu du temple, le seigneur Venkatasvara, est une de ses incarnations. Nous avons pénétré dans la grotte où il est sculpté à même la pierre. Moi qui m'attendais à une petite idole, j'ai été impressionnée par sa taille, nettement plus grande que nature, et par la vigueur qui s'en dégageait. Il devait faire de beaux rêves car il souriait. J'aurais pu rester devant lui pendant des heures, mais Hari m'a chuchoté que nous devions laisser la place aux fidèles qui attendaient, d'autant que l'endroit est si étroit qu'on ne peut guère y tenir à plus de trois ou quatre. Une fois revenus dans la cour, nous sommes allés jusqu'à l'autre porte, celle qui ouvre sur la rivière. Bien que le bain soit une obligation rituelle après la puja, il n'y avait qu'un seul fidèle dans l'eau. Tout près de là, sur une terrasse abritée par un auvent, les barbiers du temple rasaient le crâne des fidèles qui offraient leur chevelure au dieu.

Nous nous sommes dirigés vers la porte monumentale où nous avons récupéré nos chaussures, non sans que Hari distribue encore de l'argent. J'avais hâte de sortir. À l'extérieur, nous avons été assiégés par les mendiants. Le pousse nous en a délivrés, en criant et en actionnant son timbre. Il craignait d'être supplanté par un de ses collègues stationnant à proximité. Nous nous sommes retrouvés dans le tumulte et la saleté. De la musique s'échappait d'un café voisin. Comme j'étais pieds nus dans mes chaussures, le sable qui y était resté collé me grattait.

En rentrant à MacGregor House, nous nous sommes installés dans la véranda. J'ai prié Hari d'envoyer le pousse à la cuisine où on lui donnerait à manger. Et, me trouvant seule un moment, je me suis fait amener ce garçon par Raju et je lui ai donné dix annas. L'adolescent – il ne devait pas avoir plus de dix-sept ans – paraissait ravi de ce supplément. Raju m'a certainement désapprouvée. Il est possible qu'il ait exigé sa part du tribut ou qu'il ait mis le garçon à la portion congrue. Cette indifférence des Indiens pour leurs frères est si intolérable qu'on finit par souhaiter n'en rien savoir.

La pluie nous a forcés à rentrer au salon. Hari paraissait épuisé, comme quelqu'un qui a subi un échec, mais son agressivité du début de la soirée avait disparu. Je voulais cependant mettre les choses au point entre nous.

– Vous vouliez me décourager, n'est-ce pas ? ai-je dit.

– Comment ça, vous décourager ?

– Me décourager de vous voir. Tout le monde en est là !

– Qui ça, tout le monde ?

– Mr Merrick, par exemple. Il pense que je mise à tort sur vous.

– Que vous misez à tort ? Est-ce que je suis un cheval de course ou une valeur boursière ? Alors, pour lui, quand vous me fréquentez vous faites un investissement ?

Pour la première fois, nous nous sommes violemment heurtés. Je ne sais plus ce que nous nous sommes reproché réciproquement, mais j'ai dû lui dire qu'il parlait de quelqu'un qu'il ne connaissait pas... et comprendre brusquement que le policier qu'il accusait de l'avoir appréhendé et laissé battre par ses subordonnés était justement Ronald. Je ne saurais te dépeindre sa surprise quand il s'est rendu compte que j'ignorais tout de l'épisode. Comme je lui demandais où cela s'était passé, il m'a répondu :

– Au Sanctuaire, évidemment.

Ainsi, j'étais probablement la seule à n'avoir rien su de cette affaire ! Je l'ai interrogé. Il m'a raconté qu'ayant trop bu (il n'a pas voulu me dire pourquoi) il s'était effondré dans un terrain vague près de la rivière. Que sœur Ludmila et ses assistants l'avaient ramené au Sanctuaire. Et que le lendemain matin, Ronald et ses hommes qui recherchaient un fugitif l'avaient malmené et embarqué. Le malheur voulait qu'il connût le fugitif, parce que c'était un employé de son oncle. Cela, il ne l'avait pas caché. Comme Ronald voulait savoir pourquoi il s'était enivré et en quel lieu, il a refusé de dire le lieu mais il était tellement persuadé qu'on le garderait en prison qu'il ne s'est pas gêné pour en donner les raisons : il en avait soupé de cette saleté de pays, de ses habitants et de ceux qui le dirigeaient. « Et de vous comme des autres, Merrick », a-t-il lancé. (En tant que journaliste à la *Gazette*, il connaissait Ronald de vue et de nom.) D'après lui, Ronald s'était contenté de sourire en lui disant qu'il était libre, et même en s'excusant sarcastiquement « de l'avoir dérangé ». En rentrant chez lui, il avait appris que sœur Ludmila avait fait intervenir Lady Chatterjee en sa faveur.

Après ça, a-t-il dit d'un ton amer, il avait trouvé plaisant d'être invité chez Lady Chatterjee, ou de me voir venir à lui, au maidan, sous l'œil attentif de Merrick. (Moi, je ne m'étais pas aperçue que Ronald me surveillait.)

– Alors, vous avez trouvé plaisant de sortir avec moi ?

– Oui, si vous tenez à le formuler de cette façon. Mais vous m'avez témoigné beaucoup de gentillesse et je vous en suis reconnaissant.

– Je ne le faisais pas pour être gentille, ai-je dit en me levant.

Il s'est levé aussi. Il aurait suffi qu'il me touche pour effacer cette dispute stupide. Il ne l'a pas fait. Il a craint de braver la différence que Ronald disait « fondamentale ». Et moi, je n'ai pas bougé.

J'ai dit : « Au revoir, Hari. Bonne nuit. »

Tandis que je montais dans ma chambre, j'ai entendu s'éloigner le cyclo-pousse. Je songeais à notre dispute, à ce qu'il m'avait raconté, à ce qui ne s'était pas passé entre nous. J'avais le cœur lourd. Je sentais que Hari n'aspirait qu'à une chose : disparaître, se fondre dans un océan de visages noirs. Mais comment y parviendrait-il avec sa personnalité ?

D'une certaine façon, Ronald avait raison en parlant de nos « contacts ». Hari et moi pouvions être des adversaires ou des amants, mais nous ne serions jamais des amis. Entre nous, l'amitié était constamment mise à l'épreuve de nos propres interrogations. Pourquoi voulions-nous être ensemble ? De mon côté, je savais que c'était parce qu'il m'attirait sensuellement. Mais je doutais que ce fût réciproque, car je ne m'illusionnais pas sur mon physique. La vérité, c'était que je l'aimais. Je ne voulais pas qu'il lui arrive du mal. Si, pour cela, il devait me quitter, j'y consentirais.

Et si nous devions nous revoir, je lui en laisserais prendre l'initiative.

Il n'écrivait pas, il ne téléphonait pas. Pour éluder les questions qu'aurait pu me poser Lili (elle était trop fine pour ne pas remarquer que je ne sortais plus avec Hari), j'allais presque tous les soirs au club. Il ne m'échappait pas que les gens le remarquaient avec plaisir. Si j'étais parmi eux, je n'étais pas avec mon Indien. La première fois que j'y ai revu Ronald, il m'a demandé : « Alors, le temple vous a plu ? » En haussant les épaules, j'ai répondu : « Oui, certainement. Mais l'aumône obligatoire, c'est un peu fatigant. On ne peut pas faire un pas sans cracher au bassinet. » C'était tellement facile de jouer le jeu, de faire comme tout le monde – l'unique norme étant d'affirmer la supériorité des Blancs.

Et je n'arrêtais pas de désirer Hari. Je l'imaginais, face à ces visages roses. Haineusement replié sur lui-même. Prêt à exploser, telle la charge compressée d'une arme à feu.

Toute cette histoire de *notre présence en Inde* allait exploser, parce qu'à l'origine il y avait eu un viol, une contrainte physique, même s'il s'y mêlait des motifs moraux. Et à présent, il ne s'y mêlait plus rien de moral, mais seulement la morgue d'êtres s'estimant supérieurs. Dieu seul sait ce qu'il en sortira. Les choses ne cessent de s'aggraver d'une année sur l'autre. La mauvaise foi règne dans les deux camps. Ils veulent le pouvoir auquel nous nous cramponnons. Si nous nous méfions d'eux à cause de leur peau noire, ils nous craignent à cause de notre peau claire. Et que Dieu nous protège quand ils cesseront de nous craindre.

J'ai fini par écrire à Hari, parce que je ne pouvais plus supporter son silence, notre séparation, la fausseté de ma position. Et parce que je ne voulais pas renoncer à lui. Je lui disais que je regrettais notre malentendu et que je serais heureuse d'en discuter avec lui. Pour ne pas le prendre de court, je lui proposai une rencontre trois ou quatre jours plus tard, c'est-à-dire le 9 août au soir : je serais au Sanctuaire et j'espérais qu'il y viendrait.

Bien qu'il ne m'ait pas répondu, le matin du 9 je me réveillai toute joyeuse. Pendant que je prenais le petit déjeuner, le téléphone sonna. Je me précipitai vers l'appareil. Hélas, à l'autre bout du fil ce n'était pas Hari, mais la petite Mrs Srinivasan qui demandait Lili. J'ai envoyé Raju prévenir Lili de prendre la communication au poste de sa chambre. Et quand je suis montée lui dire au revoir, elle m'a annoncé : « Vassi est arrêté. »

À l'hôpital, les Anglaises se rengorgeaient comme si elles avaient elles-mêmes mis le Mahatma et les membres du Congrès sous les verrous. Un an plus tôt, la plupart ignoraient certainement l'existence du Congrès. L'une d'entre elles a dit : « Vous avez vu les filles de salle ? Elles se font toutes petites, hein ! » Et là-dessus elles n'ont pas cessé de faire subir des avanies à ces pauvres Anglo-Indiennes. Et leur attitude à mon égard a subtilement changé, comme pour me faire sentir que j'avais misé sur le mauvais cheval. Mais dans l'après-midi, elles ont commencé à s'affoler, parce qu'on parlait d'émeutes dans les cantons, de l'interruption des liaisons téléphoniques avec Tanpur. Le commissaire adjoint, Mr Poulson, était parti enquêter sur place. Il s'est mis à pleuvoir. Un peu avant 17 heures, alors que je me préparais à quitter mon service, tout l'hôpital est entré en effervescence parce que Mr Poulson venait d'y amener Miss Crane, la surintendante des écoles de la Mission. On parlait de viol. Mais, comme je passais chez l'infirmière-chef, j'ai croisé Mr Poulson et il m'a raconté les faits : Miss Crane agressée en route, son automobile incendiée, l'instituteur indien assassiné. Comme je connaissais un peu Miss Crane, pour l'avoir rencontrée lors d'un dîner chez le commissaire délégué, l'infirmière-chef m'a autorisée à aller la voir. La pauvre vieille demoiselle délirait déjà. Elle n'arrêtait pas de marmonner que c'était trop tard, qu'elle n'arriverait jamais à manger tous ces chapatis, et brusquement elle a prononcé très clairement : « Moi, c'est Edwina Crane, et quant à ma mère, elle est morte, depuis plus longtemps que je ne saurais le dire. » Puis elle a recommencé à égrener des choses incohérentes, à propos d'un toit qu'il fallait réparer. Elle répétait comme un leitmotiv : « Rien. Je ne peux rien faire. »

J'ai quitté l'hôpital sous la pluie. Le chauffeur de Ronald ou le fourgon de police n'était pas là pour me raccompagner – ce qui, considérant les nouvelles, était normal. De toute façon j'avais ma bicyclette et, avec ma cape et mon suroît imperméables, je ne craignais pas l'eau. Je me suis rendue au Sanctuaire par le pont du Bibighar. La pluie et les rumeurs alarmantes retenaient certainement les gens chez eux car, en chemin, je n'ai pas vu grand monde. Je suis arrivée au Sanctuaire un peu avant 18 heures. La pluie se calmait légèrement.

Je crois que je ne t'ai jamais dépeint le Sanctuaire : trois vieilles bâtisses (elles remontent au début du XIXe siècle) plantées dans un enclos, non loin de l'abominable endroit où sont parqués les intouchables. Il y flotte l'odeur nauséabonde de la rivière, mais à l'intérieur tout est blanchi à la chaux, très propre, très net.

Dans le bureau de sœur Ludmila, j'ai trouvé

Mr De Souza, un médecin originaire de Goa – son associé, comme elle l'appelle – et d'autres assistants, hommes et femmes, qu'elle rémunère. D'où vient son argent, je l'ignore. Mr De Souza m'a dit que sœur Ludmila était dans sa chambre et qu'il ne s'était pas présenté de malades au dispensaire du soir, sans doute en raison des événements. Je suis allée frapper à la porte de la chambre de sœur Ludmila, et elle m'a priée d'entrer. Comme je ne l'avais pas revue après la visite du temple de Tirupati avec Hari, elle m'a demandé de la lui relater.

Dans l'intervalle, la pluie s'était arrêtée, et le soleil se montrait, bien que ce soit à son coucher. Comme sœur Ludmila me demandait si Hari viendrait, j'ai dit honnêtement que je l'ignorais. Je lui ai décrit notre puja au seigneur Venkatasvara (elle n'avait jamais pénétré dans le temple) et l'image du Vishnu endormi. J'ai dû rester avec elle environ une heure, jusqu'au crépuscule. Je me disais que Hari était retenu à la *Gazette*. Je ne pouvais pas croire qu'il était arrêté – ce sort n'était réservé qu'à d'importants membres du Congrès, des figures en vue.

En quittant le Sanctuaire, je me suis dirigée vers le Chillianwallah Bagh, dans l'intention de voir la tante Shalini. Mais je me suis ravisée en chemin, et j'ai décidé de rentrer directement à MacGregor House. Il faisait déjà presque noir quand j'ai traversé le pont du Bibighar. Comme j'étouffais dans ma cape caoutchoutée, en arrivant sous le lampadaire face à l'entrée des jardins je me suis arrêtée pour le retirer. Et j'ai soudain eu l'impression que Hari était dans le kiosque, qu'il m'y attendait sans croire vraiment que je viendrais.

Voulant en avoir le cœur net, j'ai pénétré dans le Bibighar. De loin, le kiosque n'était qu'une masse toute noire mais, à un moment, j'ai entrevu le bout incandescent d'une cigarette. Poussant ma machine, j'ai remonté l'allée à la lueur de ma petite lampe électrique. En me rapprochant du kiosque, j'y ai distingué une silhouette. J'ai dit : « C'est vous, Hari ? – Oui. »

Appuyant ma machine contre un arbre, j'ai éteint la lampe et je suis montée rejoindre Hari sous le kiosque. En arrivant à côté de lui, je me suis rendu compte que je tenais toujours ma cape à la main. J'ai dit : « Vous n'avez pas reçu mon mot ? » – question stupide à laquelle il n'a pas répondu. M'apercevant que je n'avais plus de cigarettes, je lui ai demandé de me donner une des siennes. Mais à peine avais-je tiré une bouffée que je me suis mise à tousser. J'ai jeté la cigarette. Je me suis assise sur le pavement de mosaïque et j'ai déposé ma cape à proximité. En s'égouttant du feuillage dense de tous ces arbres, l'eau faisait un tel bruit qu'on aurait pu croire qu'il pleuvait encore. Hari a fini par s'asseoir à côté de moi. Comme il allumait une cigarette, je lui ai dit :

– J'ai envie d'essayer encore une fois.

Il m'a tendu son paquet. Je me suis servie. Hari tenait sa cigarette entre deux doigts. J'ai saisi sa main et, l'élevant vers mon visage, j'ai allumé ma cigarette à la sienne. Il se taisait. Je m'efforçais de tirer sur ma cigarette sans avaler l'âcre fumée.

– Qu'est-ce que vous essayez de prouver ? m'a-t-il demandé. Que ça ne vous dérange pas de me toucher ?

– Je croyais que nous avions dépassé ce stade.

– Non. Et nous ne pourrons jamais le dépasser.

– Mais si, voyons ! Nous n'en sommes plus là. De toute façon, c'est un obstacle qui n'a jamais existé pour moi.

Il m'a demandé pourquoi j'étais venue au Bibighar. J'ai répondu qu'après l'avoir attendu vainement au Sanctuaire, sur le chemin du retour j'avais pensé qu'il se trouverait peut-être au Bibighar.

– Vous n'auriez pas dû circuler seule en pleine nuit. Je vais vous raccompagner. Jetez donc ce tabac infect.

Comme je ne réagissais pas, il s'est penché vers moi, m'a pris le poignet et, m'ôtant la cigarette des doigts, il l'a jetée en contrebas du kiosque. Je n'arrivais pas à accepter l'idée de le perdre alors qu'il était là, tout près de moi. Il me tenait encore le poignet. Je ne voulais pas qu'il me lâche. Pendant un instant, j'ai éprouvé une sorte de panique. Nous nous sommes accrochés l'un à l'autre, nous nous sommes embrassés. Sa chemisette avait remonté, ma main a rencontré son dos nu. Et nos corps se sont cherchés. Il m'a prise brutalement, me repoussant contre la mosaïque, déchirant mes dessous, m'écrasant de tout son poids. J'ai crié quand il m'a pénétrée. Et il n'y a plus eu que *nous*.

Ils ont surgi alors que, dans une sorte de torpeur, nous écoutions le coassement des grenouilles, à demi enlacés, sa main refermée sur un de mes seins, ma main glissée dans ses cheveux, cherchant du bout des doigts le miraculeux dessin de son oreille.

Cinq ou six hommes. Bondissant soudainement sur la plate-forme. Les visages de mes cauchemars. Mais pas vraiment des visages. Des formes noires vêtues de coton blanc; vêtements déchirés, nauséabonds. Convergeant sur Hari, l'entraînant. Et puis les ténèbres. Et une odeur familière. Chaude, suffocante. Me recouvrant la tête. Je me débats mais je ne pense qu'à cette chose qui me couvre la tête et qui m'étouffe. Et puis il y a eu un moment – sans doute le moment où l'homme qui m'écrase et me couvre de cette chose suffocante mais familière me libère de son poids – où j'ai eu soudain conscience de la nudité de mon ventre. Les autres en ont fini avec Hari et ils viennent participer. On m'immobilise les genoux, les chevilles, les poignets. Atroce vulnérabilité, écartèlement. Et puis l'horrible pulsion animale, les gestes de l'amour dénaturés par la violence.

Je ne rêve plus de visages. Dans mes cauchemars, je suis aveugle. J'évoque d'abord l'image de Siva dansant. Quittant son cercle de feu cosmique, il m'immobilise bras et jambes dans les ténèbres. Un bras supplémentaire me pousse pour lutter contre lui ou l'enlacer, mais Siva a toujours un bras pour me clouer au sol, un nouveau lingam pour remplacer celui qui s'épuise. Le rêve se termine lorsque, cessant d'être aveugle, je vois son visage. Son expression semble m'absoudre et, en même temps, chercher à m'attirer. Alors, je me réveille et je me souviens. Ils étaient partis. Ramenant ma cape autour de mon corps, je respirais très fort, après avoir suffoqué si longtemps. Je me cramponnais à la cape parce que c'était quelque chose qui faisait partie de ma vie. Je me croyais seule. Je pensais que Hari s'en était allé avec eux, qu'il avait été l'un d'eux.

Et puis j'ai distingué sa forme, gisant sur la mosaïque comme j'y gisais. À l'aide de bandes de tissu, sans doute arrachées à leurs vêtements, ils lui avaient lié les pieds et les mains, ils l'avaient bâillonné. Rampant vers lui, j'ai tout de suite détaché le bâillon, de crainte qu'il ne puisse plus respirer, et j'ai libéré à grand-peine ses mains et ses pieds parce que les nœuds étaient serrés, et parce qu'en même temps je m'efforçais de me couvrir de ma cape. Il restait inerte. Je l'ai pris dans mes bras. Je ne pouvais pas supporter ses sanglots.

Il pleurait de honte. Il n'avait rien pu faire pour empêcher cette horreur. Je comprenais mal ce qu'il disait, mais je crois qu'il me demandait pardon.

Brusquement, j'ai eu très froid et je me suis mise à trembler. Alors, c'est lui qui m'a prise dans ses bras. Nous nous cramponnions l'un à l'autre. Comme je n'arrêtais pas de trembler, il m'a arrangé la cape sur les épaules en la ramenant par-devant pour me couvrir entièrement. Il s'est levé et a cherché mes affaires à tâtons. Il me les a mises dans les mains. Il m'a dit : « Accrochez-vous à mon cou », et il m'a soulevée dans ses bras. Il a descendu les marches, il s'est engagé dans l'allée. Je lui ai dit : « Ma bicyclette est par là. » Il m'a déposée debout mais sans me lâcher. Ne distinguant pas la machine, il a pensé que les hommes l'avaient volée ou cachée. Il m'a de nouveau soulevée de terre. Malgré mon poids, je suis sûre qu'il m'aurait ramenée ainsi à MacGregor House si je le lui avais demandé. Mais, une fois dehors, tandis que moi je retrouverais une sorte de sécurité, pour lui le danger commencerait. Il m'avait déposée pour reprendre sa respiration. Et lorsque, une fois de plus, il a voulu me soulever de terre, je l'ai repoussé.

– Non, ai-je dit, je dois rentrer seule. Nous n'étions pas ensemble. Je ne vous ai pas vu. (Et comme il voulait me saisir le bras, j'ai repris :) Non. Laissez-moi. Vous ne m'avez pas rencontrée. Vous ne savez rien. Vous ne devez rien dire.

Il essayait de me prendre dans ses bras. Et moi, je m'affolais. Parce que si je révélais la vérité, personne ne me croirait.

– Je veux rester avec vous, a-t-il dit. Je vous aime. Je vous en prie, laissez-moi vous accompagner.

Un instant j'ai songé qu'il avait raison et que j'étais dans l'erreur, que la seule façon d'affronter ce qui nous attendait était de dire la vérité. Mais c'était justement ce qui m'affolait : que lui feraient-*ils* s'il *leur* disait : « Je l'aime. Nous nous aimons » ?

Je me suis dégagée de son étreinte, non pour m'enfuir mais pour qu'il s'enfuie.

– Vous ne savez rien, lui ai-je encore lancé. Vous étiez chez vous. Vous ne m'avez pas vue. Promettez-le-moi.

Je suis partie en courant. Il m'a rattrapée. Il essayait de me retenir. Pendant un instant je me suis accrochée à lui – c'était la dernière fois que je le touchais – et puis je me suis mise à courir dans le noir. À un moment, je me suis arrêtée pour m'appuyer contre le mur. J'avais envie de rebrousser chemin, d'avouer que je ne pourrais affronter seule ce qui allait suivre. Lui dire que tout était ma faute. J'avais mal, j'étais épuisée. Et j'avais peur. Trop peur pour repartir vers lui.

J'ai couru dans le noir. Les rues me conduisaient vers la sécurité de la maison, mais je ne les reconnaissais pas. J'avais l'impression qu'en courant toujours je traverserais les plaines et les étendues vides, que j'atteindrais l'ultime bord du monde.

En arrivant à MacGregor House, j'ai trébuché sur les marches de la véranda. Je me suis effondrée. Une douleur fulgurante m'a traversé le genou. J'ai dû perdre connaissance pendant quelques secondes. En revenant à moi, j'ai vu Lili. Elle me contemplait comme si elle ne me reconnaissait pas. Elle appelait Raju. Ensuite, je me suis retrouvée sur le canapé du salon. On me donnait un verre d'alcool. Raju et Bhalu devaient m'avoir portée à l'intérieur. Je revois leurs pieds nus sur le tapis. Leurs pieds, leurs mains, leurs visages noirs. J'ai avalé l'alcool. Lili leur a dit de porter la memsahib à l'étage. En les voyant s'approcher, j'ai fermé les yeux en criant à Lili de les renvoyer. C'est alors qu'elle a compris ce qui était arrivé. Quand j'ai rouvert les yeux, nous étions seules. Je n'osais pas la regarder. Elle m'a demandé :

– Était-ce Hari ?

– Non, non, ai-je répondu. Je n'ai pas vu Hari. Je ne l'ai pas revu depuis notre visite au temple.

– Alors, qui était-ce ?

– Je ne sais pas. Cinq ou six hommes. Il faisait noir. Et ils m'ont couvert la tête.

– Où ?

– Au Bibighar.

Encore aujourd'hui, j'ai honte de ma réaction devant Bhalu et Raju. Malgré mon amour pour Hari, je n'avais pas exorcisé cette peur primitive, cette peur stupide des Noirs. Pourtant la couleur de Hari comptait dans l'attirance physique que j'éprouvais pour lui, mais je lui attribuais une vertu spéciale : elle prouvait la force de mon amour qui transcendait cette barrière. Notre réelle différence – celle de la couleur –, je ne l'avais pas surmontée. Non, c'est faux. Je l'avais partiellement surmontée, car j'ai demandé à Lili de rappeler Bhalu et Raju. Ils m'ont soutenue pour monter à ma chambre. Je les ai remerciés, en m'efforçant de leur montrer combien je regrettais ma précédente attitude. Le lendemain matin, sur le plateau de mon petit déjeuner, il y avait des fleurs. Bhalu avait dépouillé son précieux jardin pour moi.

Une fois dans ma chambre, Lili m'a dit que la doctoresse Anna Klaus allait arriver. Elle l'avait fait appeler par Raju. « Ne t'inquiète pas, Daphné, tout ira bien. » Nous avons entendu un crissement de pneus sur le gravier de l'allée. Peu après, Anna frappait à la porte de la chambre.

Lili lui a crié d'entrer. Comme je ne voulais pas voir Anna, j'ai détourné la tête. La porte s'est ouverte. « Non, non, pas vous ! » a dit Lili en se levant précipitamment. Elle est sortie en refermant la porte derrière elle. Quand elle est revenue, elle m'a annoncé que c'était Ronald, qu'il était déjà passé au début de la soirée pour voir si j'étais rentrée. Puis elle m'a transmis les questions de Ronald : Heure approximative ? Combien d'hommes ? De quel genre ? En ai-je reconnu un ? Pourrais-je en identifier un ? Comment avais-je pu regagner MacGregor House ? Et elle est allée lui donner mes réponses.

En rentrant, elle s'est assise sur le lit et elle m'a pris la main sans rien dire. Nous avons entendu Ronald démarrer en trombe. Sans lever les yeux, j'ai demandé à tante Lili si elle lui avait bien dit que ce n'était pas Hari. Elle m'a répondu affirmativement. Il lui avait donc posé la question. Aussi bien elle que lui, ils avaient immédiatement mis Hari en cause. Cela m'a renforcée dans ma résolution de nier à tout prix sa présence au Bibighar.

Anna est enfin arrivée. Elle m'a traitée avec un détachement clinique que j'ai apprécié. J'avais envie de prendre un bain. Tante Lili est allée le faire couler elle-même, mais Anna m'avait administré un puissant sédatif, de sorte que je me suis endormie au bruit de l'eau emplissant la baignoire. En me réveillant le lendemain matin, j'ai vu Anna à mon chevet. Je craignais qu'elle n'ait veillé toute la nuit mais elle m'a rassurée. Elle était passée avant de se rendre à l'hôpital. Jusque-là, j'avais toujours éprouvé une certaine appréhension devant Anna – celle que suscitent les gens qui ont traversé de très douloureux moments. Je ne l'avais jamais interrogée sur l'Allemagne. À présent, c'était inutile. Nous nous étions découvert quelque chose de commun. Pendant une fraction de seconde, nous nous sommes souri.

Chère tante, je m'efforce de dire toute la vérité. Je déteste mentir, mais si c'était à refaire, je mentirais de nouveau. Hari a souffert, cela je le sens. Je sais qu'il a subi un châtiment. Pourtant, je suis sûre que son sort aurait été bien pire si j'avais dit la vérité. Il me suffit de songer aux efforts qui ont été déployés contre lui. Heureusement, j'ai réussi à maintenir ma version et à déjouer les pièges.

Mais il m'est douloureux de savoir que ces autres garçons ont été punis, alors qu'ils étaient innocents. J'ai appris que les motifs retenus pour leur infliger des peines de prison étaient finalement sans rapport avec le viol. Je m'accroche à cette idée. Cependant, sans le viol, leurs condamnations n'auraient pas été aussi lourdes. Et moi j'affirme qu'ils en sont innocents : je n'ai pas distingué mes agresseurs, mais je sais par leurs vêtements, leur odeur, etc. qu'il s'agissait d'hommes de la campagne, d'une bande de chenapans de village venus semer le trouble à Mayapore.

Vers midi et demi, Lili est entrée dans ma chambre avec Anna. Elle m'a annoncé que le commissaire adjoint, Mr Poulson, souhaitait me questionner, mais qu'il pouvait le faire en présence d'Anna. Si j'étais terriblement gênée, il l'était encore beaucoup plus que moi. Il m'a expliqué que le commissaire délégué l'avait chargé de recueillir mon témoignage parce que l'affaire ne concernait pas seulement la police mais toute la communauté – donc l'administration civile.

J'avais eu le temps d'imaginer toutes les questions qu'on me poserait et, en quelque sorte, de « revivre » cette soirée conformément à la version que j'en donnerais.

Je racontai donc à Jack Poulson qu'en quittant l'hôpital je m'étais rendue au Sanctuaire. J'en étais partie au crépuscule, car personne ne s'était présenté au dispensaire du soir, sans doute en raison des rumeurs de troubles. Un calme insolite enveloppait la ville. Les rues étaient vides. Loin d'avoir peur, j'en retirais trompeusement un sentiment de sécurité. Pour une fois, tout Mayapore m'appartenait. Pédalant tranquillement, j'avais parcouru la Chillianwallah Bagh Extension Road, franchi le pont du Bibighar.

– Avez-vous vu quelqu'un au passage à niveau ?

Comme personne ne m'avait dit qu'on avait arrêté mes agresseurs présumés, et justement dans ces parages, je n'ai pas saisi le motif de la question. Autant valait m'en tenir à la vérité. J'ai répondu :

– Non. Le feu était vert. J'ai aperçu de la lumière dans la cabane du garde-barrière, et entendu pleurer un enfant. J'ai continué sans ralentir. Arrivée sous le lampadaire face à l'entrée des jardins du Bibighar, j'ai mis pied à terre.

– Pourquoi ?

– En premier lieu, pour retirer ma cape imperméable. Contrairement à ce que j'avais craint, il ne pleuvait pas. Et comme c'est du tissu caoutchouté, j'avais trop chaud.

Jack fit un signe d'assentiment, et me demanda si je m'étais arrêtée exactement sous le lampadaire. J'en déduisis que quelqu'un m'avait vue, ou qu'on essayait d'établir que j'aurais pu être vue. Il valait mieux que je continue à m'en tenir à la vérité. (Dans ma version des faits, j'avais d'abord songé à dire que je m'étais arrêtée pour *mettre ma cape* parce que la pluie menaçait. Mais n'importe qui aurait pu prouver que c'était faux.)

– Pourquoi dites-vous « en premier lieu » ? remarqua Jack Poulson.

Cela, c'était le point dangereux. Heureusement, j'avais écarté ma première version : des agresseurs inconnus qui m'avaient entraînée dans les jardins du Bibighar.

– Vous allez me trouver sotte, ou en tout cas

peu raisonnable. (Cette Daphné Manners, tellement gauche... elle ne fait rien comme les autres...) Tout était si silencieux et si désert. J'ai cru entrevoir les fantômes.

– Les fantômes ?

– Oui, les spectres du Bibighar. Je n'y étais jamais allée qu'en plein jour. Mais les fantômes ne se montrent que la nuit. Alors je me suis dit : « Haut les cœurs et on va bien voir ! » J'étais déjà fière à l'idée d'annoncer à Lili que le fantôme de Janet MacGregor n'était pas grand-chose à côté de ceux du Bibighar. Je me suis dirigée vers le kiosque en poussant ma bicyclette et, l'ayant déposée contre un arbre, je suis montée sur la plate-forme. Là, j'ai éteint ma lampe de poche, et j'ai fumé une cigarette. (Ça, j'aurais dû le taire, parce que si des mégots avaient résisté aux pluies nocturnes, on verrait que ce n'était pas du tabac blond.) Je défiais les fantômes : « Allons, montrez-vous ! » Et brusquement, j'ai songé que je me conduisais comme une idiote, surtout après ce qui était arrivé à Miss Crane. Au fond, comme bien des gens je n'avais pas pris au sérieux ce qui s'était passé dans le district, mais loin de Mayapore. Ils devaient me guetter. Je n'ai rien entendu, à part l'eau s'égouttant des arbres et le coassement des grenouilles. Ils ont fondu sur moi...

– N'avez-vous pas eu le temps de les entrevoir ?

– Non, ou alors pendant une fraction de seconde. Je n'avais même pas eu l'intuition de leur présence. Tout a été si rapide.

Jack Poulson n'osait plus me regarder. Il tournait la tête vers Anna, comme pour quêter son soutien moral. Mais elle restait plantée devant la porte-fenêtre, les yeux fixés sur le jardin, n'assistant à l'interrogatoire que pour veiller sur sa patiente.

– Je suis désolé de devoir évoquer ces moments.

Avez-vous le souvenir de quelque chose, d'un détail qui pourrait contribuer à identifier vos agresseurs, ou au moins l'un d'eux ?

– Je ne vois pas, ai-je dit pour gagner du temps afin de réfléchir. Enfin, je veux dire qu'ils sont tous pareils. Surtout dans le noir.

Je me suis rendu compte trop tard que ma formule, pourtant banale, pouvait être interprétée dans un sens vulgaire.

Comment étaient-ils habillés ? m'a-t-il demandé. J'avais un net souvenir de coton tissé à la main : dhotis, amples chemises à col droit. Le costume paysan, crasseux et malodorant. Mais devais-je l'avouer ? *Parce que si on attrapait jamais ces hommes, ils témoigneraient de la présence de Hari au Bibighar.* Pour ma part, je savais que même dans l'obscurité je les aurais reconnus. On enregistre inconsciemment des détails révélateurs. Je voulais éviter à tout prix une confrontation avec des hommes qui auraient pu crier bien haut *qu'ils n'auraient jamais agressé une Blanche s'ils ne l'avaient déjà vue faisant l'amour avec un Indien.*

Et voilà, tante ! Une fois qu'on a commencé à mentir, il faut continuer. Tout ce que je pouvais faire, c'était m'entêter dans ma version.

Ce que j'oubliais, c'était qu'en vertu d'une législation d'exception on pouvait arrêter, détenir et condamner quelqu'un *sur de simples soupçons.* À un moment, j'ai d'ailleurs failli livrer la vérité. Mais je suis heureuse de l'avoir tue, car alors Hari risquait d'être accusé de viol. Lui et ces autres garçons, qui en sont innocents. J'avoue ne pas savoir la peine qu'on réserve aux violeurs. La pendaison ? L'emprisonnement à vie ?

De toute façon, il fallait bien que je réponde à la question de Jack Poulson : Comment étaient-ils habillés ?

– Comme des paysans.

– Vous en êtes sûre ?

Son insistance prouvait qu'il avait déjà une thèse (ou qu'on lui en avait fourni une), avec Hari pour principal suspect.

– Oui. Et ils avaient l'odeur des paysans.

– Sentaient-ils l'alcool ?

– Non. Je ne l'ai pas remarqué.

Jack Poulson a réitéré ses regrets d'être obligé de me poser toutes ces questions. Il ne faisait que son devoir, lui ai-je dit, et je le comprenais très bien. Pour la première fois depuis son arrivée, nos regards se sont vraiment croisés.

– Parlons de votre bicyclette, car c'est important. Vous l'aviez donc appuyée contre un arbre à proximité du kiosque. Et votre cape imperméable, l'aviez-vous laissée sur la machine ?

Je ne voyais pas où il voulait en venir. Il savait forcément que les hommes m'avaient couvert la tête avec ma cape. Cela et tous les autres détails, j'en avais fait part à Lili et Anna, qui les lui avaient relatés. Il ne m'a d'ailleurs absolument rien demandé au sujet du viol lui-même. Mais il était magistrat, et il devait conduire son enquête. Ne voyant aucun intérêt à mentir, j'ai dit :

– Non, je ne l'ai pas laissée. Je pensais que le pavement de mosaïque serait mouillé. Mais comme il était sec, au lieu de m'asseoir sur ma cape je l'ai posée près de moi.

– Vous dites qu'ils ont fondu sur vous. Donc, ils arrivaient de toutes parts ?

– Oui, ils m'ont brusquement entourée.

– L'un d'eux a donc surgi derrière vous ?

Autrement dit, il y en avait au moins un que je n'avais même pas pu entrevoir. Ce dernier aurait pu être Hari, se plaçant derrière moi pour ne pas risquer d'être reconnu.

– En fait, ils n'arrivaient pas de toutes parts. J'étais assise au bord de la plate-forme. J'ai jeté ma cigarette et je me suis tournée pour me relever. Peut-être avais-je entendu un bruit anormal. Je finissais par n'être plus très rassurée. En me dressant, j'ai distingué deux silhouettes tout près de moi, tandis que trois ou quatre autres bondissaient sur la plate-forme.

Jack Poulson voulait savoir si j'avais appelé à l'aide. Non, j'étais pétrifiée de surprise. Les hommes avaient-ils dit quelque chose ? Non, mais l'un d'eux avait eu un petit ricanement. Pouvais-je préciser absolument leur nombre : cinq ou six ? J'en étais incapable. Tout ce dont je me rappelais, c'était l'horreur d'être agressée par plusieurs hommes. Et leur abominable odeur de paysans crasseux. Non, je ne voulais plus en parler...

– C'est suffisant, Mr Poulson, a dit soudain Anna.

Il s'est levé, apparemment heureux d'en avoir fini. Elle l'a conduit à la porte. Puis, étant revenue voir comment j'allais, elle m'a laissée me reposer. À midi, Lili m'a apporté du lait caillé et des fruits. J'ai sommeillé pendant tout l'après-midi. Quand je me suis réveillée, Lili était auprès de moi et Raju sortait. Il venait d'apporter le thé.

Pendant que je buvais mon thé, Lili a dit :

– J'estime que Mr Poulson aurait dû t'en informer : cette nuit, on a arrêté des jeunes gens. Dans le nombre, il y a Hari.

On avait trouvé ma bicyclette devant la villa de Hari, dans un fossé. Ou plutôt, Ronald l'avait trouvée. Il avait appréhendé Hari. C'était fou, c'était impossible !

Comment imaginer que Hari, bouleversé comme il l'était, se serait mis à la recherche de ma machine dans le noir, l'aurait utilisée pour rentrer au Chillianwallah Bagh et laissée dans un fossé devant chez lui ! Quant à mes agresseurs, ils étaient hors de cause. Comment des villageois auraient-ils su où habitait Hari ? Et d'ailleurs, considérant l'énormité de leur forfait, ils s'étaient certainement empressés de quitter la ville. J'ai demandé à Lili de me laisser seule. Je voulais réfléchir.

Lorsque Jack Poulson avait recueilli ma déposition, il connaissait déjà les circonstances de l'arrestation de Hari. Et comme Ronald avait forcément interrogé immédiatement son prisonnier, le commissaire adjoint devait aussi avoir eu connaissance du procès-verbal de l'interrogatoire. Or, dans les questions qu'il m'avait posées il n'avait rien dit qui pût indiquer que Hari eût « passé des aveux ». On ignorait donc qu'il se trouvait au Bibighar, et ma version demeurait solide. Bien que peu au fait des questions judiciaires, je me doutais bien que la présence de ma bicyclette à proximité de chez lui ne pourrait jamais être retenue comme une preuve de sa « culpabilité ». On le détenait donc arbitrairement. Jack Poulson allait m'entendre...

Je sonnai Raju et lui ordonnai d'aller prévenir Poulson Sahib que je voulais le voir. Tout à fait lucide à présent, j'en voulais au commissaire adjoint. J'en voulais même à Lili. Elle n'avait pas fait un geste en faveur de Hari. L'instant d'après, elle entrait dans ma chambre. Elle essaya de me calmer, mais sans succès. Il semblait qu'une barrière se fût dressée entre nous. Elle me dit que si je voulais vraiment voir Mr Poulson, elle le préviendrait par téléphone. Elle pensait sans doute que je voulais tout avouer. Elle savait que j'avais menti. Mais la vérité lui serait aussi préjudiciable que le mensonge. C'était elle qui avait introduit Hari à MacGregor House, et, comme elle, il était indien.

Jack Poulson arriva après le dîner. Lili le conduisit elle-même jusqu'à ma chambre. Comme elle me demandait si je souhaitais sa présence, je répondis qu'il valait mieux que Mr Poulson et moi restions seuls.

– Pourquoi ne m'avez-vous pas dit qu'on avait arrêté Hari Kumar hier soir ? demandai-je dès qu'elle fut sortie.

Habituellement, j'avais de la sympathie pour Jack Poulson. Mais à présent, je le méprisais. Je méprisais d'ailleurs tout le monde. J'ai cru qu'il allait tomber raide. Il m'a répondu qu'on avait arrêté Hari parce que les preuves semblaient le désigner même si, pour ma part, je le croyais en dehors de cette affaire.

– Les preuves ! Quelles preuves ? C'était moi qui étais là-bas, et je sais ce que je dis. Vous n'avez rien pour l'incriminer, absolument rien.

Malgré ma « conviction » qu'il ne se trouvait pas au Bibighar, certains indices le laissaient cependant penser, dit-il.

Je ripostai que ce n'était pas une question de « conviction ». Croyait-il vraiment que je n'aurais pas *reconnu* Hari s'il avait été parmi mes agresseurs ? Il prit un air anxieux. Il redoutait des confidences intimes. Je résolus d'en profiter, avec lui comme avec les autres, pour leur faire craindre que, devant un tribunal, je ne dévoile mes turpitudes avec un Indien. Je l'ai interrogé sur les autres hommes appréhendés. Il prétendait ne rien savoir.

– Je vois que Ronald se montre discret, ai-je dit avec un léger sourire. Mais ce n'est guère étonnant. Il est évident qu'il a fabriqué la « preuve » de la bicyclette.

Il a paru abominablement choqué, et m'a demandé ce qui motivait mon allégation. Je lui ai répondu qu'il n'avait qu'à interroger Ronald lui-même. Je trouvais judicieux de le laisser se débattre avec un casse-tête. Et comme il prenait congé, estimant qu'il n'était « pas souhaitable de poursuivre un tel dialogue », je lui ai dit :

– Hari n'était pas là-bas. Et je doute également qu'aucun des hommes que vous avez appréhendés s'y soit trouvé. Mais c'est toujours la même chose : une Anglaise est agressée et tout le monde perd la tête. Vous et Ronald, vous vous fourvoyez si vous pensez vous en tirer en désignant comme coupables les premiers Indiens qui vous sont tombés sous la main, parce que la communauté européenne réclame des têtes. Vos accusations ne résisteront pas devant un tribunal, car moi je viendrai à la barre et je déclarerai ce que je viens de vous exposer. Et je serai sans doute plus explicite sur pas mal de points.

Il s'est levé en marmonnant qu'il était désolé pour moi, que tout le monde comprenait que j'avais subi une terrible épreuve. Pour sa part, il avait la certitude qu'on ne condamnerait jamais des innocents.

– Dans ce cas, si on néglige le fait que vous détenez au moins un innocent, les autres répondent-ils à ce que j'ai décrit d'eux ?

Il m'a répondu qu'il l'ignorait, car il ne les avait pas vus. Mais je voulais le pousser dans ses retranchements.

– Allons, Jack, vous le savez parfaitement. Même sans les avoir vus, vous devez avoir appris de qui il s'agissait. Étaient-ce des paysans ? Des hommes sales et sentant mauvais ? Ou des garçons comme Hari ? Un genre de garçon que Mr Merrick semble tenir à incriminer…

Tout en accusant le coup, il a continué à plaider son ignorance. Il pensait cependant qu'un ou deux d'entre eux étaient déjà connus de la police, car soupçonnés d'activités politiques de « type anarchiste ». Alors, je lui ai lancé :

– Vous voulez dire des garçons instruits ? Pas des paysans, des gens sentant mauvais ?

Sans le nier, il s'est refusé à dire un mot de plus.

Rétrospectivement, je regrette d'avoir été si dure avec ce pauvre Jack Poulson. Mais il le fallait. Je suis sûre qu'il est parti en pensant que mon témoignage ne permettrait jamais d'incriminer les garçons arrêtés par Ronald Merrick. Probablement est-il allé tout droit chez Robin White, le commissaire délégué, pour lui exposer l'affaire telle qu'elle se présentait à présent : ou bien je mentais, ou bien Hari était innocent. Mais même dans le premier cas, si je persistais dans mon mensonge, de toute façon Hari ferait figure d'innocent car on ne trouverait pas de preuves contre lui. Et il en allait de même pour les autres. Dans un cas comme dans l'autre, Ronald Merrick s'était fourvoyé.

Quoi qu'il en soit, Robin White s'est déchargé entièrement de l'affaire sur Jack Poulson. Sans doute considérait-il comme mineur le viol d'une écervelée de jeune Anglaise alors qu'il devait s'occuper de troubles autrement graves dans le district. Au demeurant, je doute que le commissaire adjoint ait osé lui répéter que j'accusais Ronald Merrick d'avoir fabriqué la preuve de la bicyclette. En tout cas, cet aspect de l'affaire n'a pas été évoqué au cours de l'audience privée de l'instruction.

Cette audience s'est déroulée à MacGregor House où Jack Poulson, Ronald Merrick et le juge Menen s'étaient déplacés. Ronald Merrick a exposé les circonstances des arrestations et leurs motifs : des jeunes gens buvaient de l'alcool de contrebande dans une cahute à proximité du passage à niveau, donc non loin des jardins du Bibighar. Jack Poulson s'est contenté de lui demander quelques précisions quant à l'heure de la descente de police et aux faits ayant motivé les arrestations. Pour Hari, Ronald a dit l'avoir trouvé dans sa chambre, « où il se baignait le visage, qui présentait des égratignures et des ecchymoses ». Et aussi qu'il possédait une photo de moi. Jack Poulson m'a demandé si c'était moi qui la lui avais donnée, et j'ai répondu affirmativement, ce qui réduisait à néant l'image que Merrick voulait donner de Hari : un Indien obsédé par une Blanche et volant sa photographie pour s'en repaître. À propos du visage tuméfié de Hari, Jack Poulson m'a demandé si j'avais souvenir d'avoir « marqué » un de mes agresseurs. J'ai répondu que non.

Après avoir recueilli les « déclarations de police », Jack Poulson et le juge Menen ont relu ma propre déposition en me questionnant sur certains points. (Ronald était sorti, la police ne devant pas assister à cette partie de l'instruction.) En fait, le juge Menen ne m'a interrogée que tout à la fin :

– Pourquoi, l'autre jour, avez-vous refusé d'identifier les suspects ?

J'avais effectivement refusé de me prêter à une confrontation avec ces hommes au moment où, le calme revenant dans Mayapore, les autorités souhaitaient régler toutes les affaires susceptibles de ranimer les passions.

– Parce que je ne pense pas qu'il s'agisse des coupables. Si nécessaire, je suis prête à le déclarer en justice.

Le juge Menen dit qu'il comprenait mon refus en ce qui concernait le « sieur Kumar », mais non les autres prévenus. Le ministère public pouvait y voir une obstruction délibérée du cours de la justice par le principal témoin – dont les déclarations seraient alors estimées sujettes à caution.

Jack Poulson parut reprendre espoir. La question de forme soulevée par le juge Menen signifiait simplement que la justice britannique (même par la voix d'un Indien) suivrait son cours. Je fis remarquer au juge que le simple fait de me prêter à une confrontation ne pourrait attester la validité de mon témoignage.

Il demeura impassible, mais il sentait forcément la minceur de ses arguments. Cependant, il contre-attaqua en faisant appel à la logique :

– Vous avez dit avoir eu l'impression que vos agresseurs étaient des paysans. Dès lors, pourquoi refusez-vous de coopérer pour nous aider à déterminer si les charges relevées contre les prévenus sont suffisantes pour étayer l'action en justice ?

J'ai compris qu'il savait aussi bien que moi que les prévenus étaient innocents. Et si je me prêtais à la confrontation, il était évident que je ne les identifierais pas comme mes agresseurs. Mais je conservais un doute : et si c'étaient vraiment eux ?

– Je refuse de coopérer parce qu'un de ces hommes est innocent. Si on inculpe un innocent, peu m'importe la culpabilité ou l'innocence des autres. Les hommes qui m'ont violée étaient des paysans. Ce n'est pas le cas des garçons que vous détenez, ce qui devrait suffire à établir leur innocence. Et d'ailleurs, ils sont tous hindous, n'est-ce pas ?

Jack Poulson répondit affirmativement.

– Eh bien, laissez-moi vous dire encore une chose : l'un des hommes était musulman. Il était circoncis. Si vous tenez à savoir comment je puis l'affirmer, je suis prête à être plus explicite, encore que je préfère m'en abstenir. Mais en dehors de ça, mes impressions sont très floues. Pour autant que je le sache, ç'auraient tout aussi bien pu être des militaires anglais aux visages noircis comme dans certaines opérations de groupes francs.

Mr Poulson et le greffier ont paru profondément choqués. Me regardant bien droit dans les yeux, le juge Menen a dit :

– Merci, Miss Manners. Nous en avons terminé. Nous sommes désolés d'avoir dû vous faire subir cette audience.

Ils se sont levés aussi solennellement qu'au tribunal, alors que nous nous trouvions dans la salle à manger de MacGregor House. Le juge s'est effacé pour me laisser sortir la première, et Jack Poulson s'est précipité pour m'ouvrir la porte.

Il paraissait hébété, comme s'il avait reçu un coup sur la tête.

Je suis montée dans ma chambre. Je croyais que c'était terminé, que j'avais gagné, que Hari serait relâché le soir même ou le lendemain. M'étant servi un verre, je l'ai bu debout sur le balcon où je me tenais si souvent depuis deux semaines. Tant que les troubles avaient fait rage, on entendait des cris, des coups de feu, des ronflements de camions ou de fourgons sillonnant la ville. Un soir, Lili m'a raconté que les émeutiers avaient forcé les portes de la prison. Ignorant que Hari était détenu ailleurs, j'espérais qu'ils l'avaient libéré. Je m'attendais presque à le voir surgir à MacGregor House. En fait, les choses étaient moins claires dans mon esprit. Je me demandais surtout ce qui se passerait si, comme je le croyais possible, les Indiens prenaient le pouvoir. Je me faisais du souci pour sœur Ludmila et Anna Klaus; si dévouées qu'elles fussent aux Indiens, c'étaient tout de même deux femmes blanches en plein milieu de la ville indigène. En fait, si Anna a été pratiquement bloquée pendant deux jours au Purdah Hospital, sœur Ludmila a continué à s'occuper des mourants (elle me l'a raconté plus tard), et elle n'a malheureusement pas manqué d'ouvrage.

Je m'inquiétais aussi de ton sort. Lili a fini par demander à Robin White de t'expédier, par les voies officielles, un message rassurant à mon sujet. Ils s'étaient efforcés d'obtenir que mon nom n'apparaisse pas dans la presse nationale. Cela, c'était trop demander. Mais au moins ai-je pu te parler au téléphone avant que les articles ne relatent mon « affaire ». Chacune à leur façon, Lili et Anna avaient été parfaites de tact et de discrétion. Et pourtant, Lili me porte tant d'affection qu'elle devait sûrement maîtriser sa nature impulsive.

Avec Anna, les choses sont différentes : devant la souffrance, elle essaie de se protéger, afin de ne pas s'apitoyer sur elle-même et sur ses épreuves passées.

Tandis que, debout sur le balcon, je buvais un gin-citron bien mérité, j'ai vu sortir de la maison Ronald Merrick et Jack Poulson, qui sont partis dans la voiture de police. (Le juge Menen, lui, était resté prendre l'apéritif avec Lili.) Et j'ai songé que ces hommes m'étaient curieusement indifférents. Je n'éprouvais aucun ressentiment à leur égard. Ils agissaient de façon prévisible au sein de la machine judiciaire. Ils se conformaient à ses normes sans jamais les remettre en question. Et, en temps habituel, cela suffisait pour en faire des fonctionnaires dévoués à l'État et à leurs compatriotes. Mais qu'il survienne une affaire telle que celle du Bibighar, et on voyait alors la différence entre les serviteurs dociles de la machine et ceux qui n'hésitent pas à en bloquer un rouage.

Cela, le juge Menen l'avait fait. Il fallait être un vieux et fin juriste pour avoir été capable de reconnaître, au moment voulu, l'unique instrument susceptible de faire patiner l'engrenage judiciaire. Un instrument faisant partie de la machine elle-même, et qu'il m'avait laissée saisir en mettant la justice au défi de comprendre la logique de sa propre action.

J'ai pris un bain, je me suis habillée pour dîner et je suis descendue. Anna arrivait du Purdah Hospital. Lili lui a proposé de partager notre repas. Le juge Menen était parti depuis dix minutes. Tandis que Lili donnait à Raju ses instructions afin qu'il prévienne le cuisinier que nous serions trois à table, j'ai servi un verre à Anna.

– Vous avez bien meilleure mine, m'a-t-elle dit. Il faut continuer ainsi.

– Oui, j'y veillerai. Je crois que nous avons gagné.

J'ai dit « nous » parce qu'Anna m'avait soutenue sans réserve. Je savais ce qu'elle avait répondu lorsqu'on lui avait demandé si j'étais vierge. Elle a salué mon bulletin de victoire en levant son verre.

Ce fut ma dernière soirée de bonheur. Ensuite, je suis demeurée optimiste mais je n'étais pas heureuse. Et finalement j'ai perdu mon optimisme. Je ne songeais qu'à Hari. Tout mon être le réclamait. Le temps s'écoulait; une semaine était déjà passée. Je ne sortais pas. Lorsqu'il venait du monde, je montais m'enfermer dans ma chambre. Un jour, j'ai reçu la visite de Connie White. Elle m'a dit :

– Je tairai à mon mari que je suis venue vous voir. Et je sais que je ne devrais pas me mêler de cette question, mais je voulais vous apprendre que Hari Kumar a été envoyé en détention. Les autres aussi, d'ailleurs.

Au fond, je m'y attendais. J'y étais préparée par le mutisme de Lili à propos des suites de l'affaire. J'ai demandé ce qui motivait son incarcération. Connie l'ignorait. La décision venait du commissaire de division à qui tout le dossier avait été transmis. Elle se demandait s'il n'y avait pas certaines choses que je souhaiterais lui confier, de femme à femme.

– Quelle sorte de choses ?

Elle m'a fait un signe d'intelligence, en disant que je le savais certainement mieux qu'elle. Flairant un piège, je me suis contentée de lui sourire.

– Écoutez, vous savez comment sont les hommes. Ils vous expliqueront tout sur l'expansion de l'univers ou la composition chimique de la cellule, mais ils ne sont pas curieux des êtres. Si fascinantes qu'elles soient, leurs théories sont sans intérêt pratique pour *nous*, avec nos soucis domestiques et aussi terre à terre que de garder des serviteurs qui s'empressent de vous quitter dès qu'on les a formés.

Cette fois, j'ai ri franchement. Elle plaisantait, elle papotait. C'était ça son armure. Mais je devais saisir au bond la balle qu'elle me lançait : le mot « curieux ». En me voyant rire de plus belle, elle a dû croire que je déraillais comme cette pauvre Miss Crane. (Lili, qui était allée la voir, m'avait fait un tableau pathétique de son état mental. Et, par la suite, elle s'est immolée par le feu, comme tu l'as certainement lu dans le *Times of India*.) Quand j'ai réussi à reprendre mon sérieux, j'ai demandé à Connie ce qui suscitait sa curiosité.

C'était un certain Moti Lal, m'a-t-elle dit. Un commis du commerçant en gros Romesh Chand, l'oncle de Hari. Un agitateur, car il faisait des discours incendiaires devant les étudiants et les ouvriers. Comme il finissait par perturber la marche de son commerce, Romesh Chand l'avait licencié.

Pour finir, Moti Lal avait été poursuivi en vertu de l'article 188 du Code pénal indien (« propos de nature à troubler l'ordre public »), condamné à six mois de prison et incarcéré à Aligarh. C'était lui le fugitif que Ronald Merrick recherchait le jour où il avait découvert Hari au Sanctuaire. On ne l'avait d'ailleurs jamais retrouvé, et il était entré dans la clandestinité.

Or, lors de ses interrogatoires, Hari n'avait pas caché qu'il connaissait Moti Lal. Et c'était une des raisons de son emprisonnement. Il était détenu pour des motifs politiques et non à cause du viol. Les autres aussi, d'ailleurs. Ils connaissaient tous Moti Lal.

– Mais c'est le comble de l'arbitraire ! On ne peut pas détenir des gens uniquement parce qu'ils connaissent un délinquant !

– Non. Seulement les interrogatoires ont fait apparaître qu'ils entretenaient des idées avancées et qu'ils étaient tous des agitateurs potentiels.

Mais le plus étrange, m'expliqua-t-elle, c'était que Hari Kumar émergeait progressivement comme un personnage « sur qui pesaient de graves soupçons » (je reconnaissais là le style de Jack Poulson). La police l'avait « fiché » depuis plusieurs mois et le surveillait. D'une certaine façon, il était lié à l'évasion de Moti Lal puisqu'on l'avait interrogé à ce propos, et ils avaient d'ailleurs été collègues de travail. En outre, il entretenait des rapports amicaux avec un ancien journaliste de la *Mayapore Gazette* : un jeune anarchiste du nom de Vidyasagar, présentement détenu pour distribution de tracts séditieux réclamant la libération des « martyrs du Bibighar ». Et il y avait deux choses particulièrement graves : l'une, c'étaient ses propres propos, consignés dans le procès-verbal de son interrogatoire après la descente de police au Sanctuaire : « J'en ai soupé de cette saleté de pays, de ses habitants et de ceux qui le dirigent. » L'autre, encore plus sérieuse, c'était une lettre que la police avait trouvée en perquisitionnant dans sa chambre, juste après l'affaire de Bibighar. Le correspondant, un militaire britannique qui signait seulement de son prénom, décrivait Dunkerque comme une « sanglante pagaille ». Il disait que son père ne lui avait pas transmis les lettres de Hari parce que, les ayant décachetées, il les avait trouvées « pleines d'idées radicales ». Ce correspondant était manifestement un « rouge » écrivant à quelqu'un qui partageait ses idées. Tous ces indices avaient paru suffisamment probants à Robin White, le mari de Connie, pour qu'il prenne « à contrecœur » la décision de faire incarcérer Hari et les autres en vertu des ordonnances sur la défense du territoire – décision approuvée par le commissaire de division à qui avait été transmis le dossier.

J'ai été prise d'un rire nerveux, peut-être pour ne pas éclater en sanglots. C'était vraiment trop monstrueusement absurde ! Hari pouvait se disculper si facilement, ne serait-ce qu'en révélant l'identité du militaire britannique prétendument « rouge ».

– C'est justement ce qui m'intrigue, ma chère Daphné, m'a dit Connie White. Les autres ont tout nié en bloc. Ils ont crié, sangloté, protesté de leur innocence (sauf pour leur consommation d'alcool illicite, puisqu'ils avaient été pris en flagrant délit). Or, nous savons bien qu'ils mentaient. Tandis que Hari Kumar, qui a été interrogé par Jack Poulson lui-même, a opposé la même réponse à toutes les questions : « Je n'ai rien à dire. » Sa déposition se ramène uniquement à deux phrases, au moment où on l'accusait du viol : « Je n'étais pas au Bibighar. Je n'ai pas vu Miss Manners ce soir-là. » *Moi,* je trouve cette attitude anormale. Il a été interrogé par des hommes; ceux-ci ont interprété son refus de parler comme un aveu de sa culpabilité. Mais avec mon raisonnement de femme, je me dis qu'un homme se défend, qu'il lutte pour sauver sa tête, pour recouvrer sa liberté. Ou alors, c'est qu'il souhaite être condamné.

Nous nous tenions dans la véranda. Les fauteuils de rotin, la table portant le service à thé, le parfum des fleurs, l'odeur de l'Inde – tout cela semblait immuable.

– Vous allez me trouver sotte, a dit Connie, mais je crois que je comprendrais mieux le silence de Hari Kumar s'il était britannique. Et encore, même dans ce cas, il aurait fallu que ce silence lui fût imposé par une femme.

De nouveau je me suis mise à rire, mais cette fois c'était un rire désespéré. Je ne pouvais rien faire pour éclairer Connie, rien faire pour tirer Hari de son infâme prison, rien faire pour retrouver l'homme que j'aimais, que je désirais.

Un homme à la peau noire. Un homme que j'aimais pour sa peau noire. Connie disait qu'elle le comprendrait mieux s'il était britannique. Mais c'était justement à cause de sa fierté britannique qu'il avait tant tardé à me prendre. Et à présent, il mettait un point d'honneur à se taire... À moins que Connie n'ait eu raison. Qu'il soit allé de lui-même au-devant d'un châtiment qui le ferait se fondre dans la masse indienne, qui le priverait de son individualité mais en lui donnant la paix de l'anonymat.

Après le départ de Connie (apparemment persuadée que je déraillais) je suis montée dans ma chambre. Lili m'y a trouvée, sanglotant désespérément. Elle s'est assise au bord du lit.

– Je veux Hari, tante, je le veux. Je t'en prie, aide-moi. Il faut que je le retrouve. Il faut qu'il me revienne.

Elle est restée muette. Comme Hari. Il me semble que *pour eux* le silence est un acte. Le tumulte et la violence de l'Inde en masquent le profond silence. Silence de la danse de Shiva, du sommeil de Vishnu. La musique des Indiens semble jaillir du silence et puis s'y réfugier de nouveau, comme pour prouver que toute sonorité fabriquée par l'homme n'est qu'illusion.

Quelle étrange conception du monde ! Nous ne la comprendrons jamais, mais la comprennent-ils vraiment eux-mêmes ? Est-ce pour essayer de la comprendre que sœur Ludmila parcourt les rues en ramassant les mourants ? Il se peut qu'elle ait sa source au fond des âges, dans l'expérience d'une insondable souffrance. Je songe à cela à cause d'Anna, qui a survécu à tant de souffrances et qui semble se tenir, elle aussi, en équilibre entre l'illusion et la réalité. Quand je me suis aperçue que j'étais enceinte, j'ai demandé à Lili de la faire venir. Anna ne veut pas que les patients aient mal. Elle ne lésine jamais sur les analgésiques et les sédatifs.

Je la revois, debout au pied de mon lit, fouillant dans sa trousse d'un air absorbé. J'ai cru qu'elle préparait un abortif. Affolée, j'ai demandé :

– Qu'est-ce que c'est ? Que faites-vous ?

– Ne vous agitez donc pas ! a-t-elle dit. C'est pour vous faire passer une bonne nuit. Les futures mères doivent être contemplatives. Comme des moniales.

Rassurée, j'ai donc attendu qu'elle m'administre son produit. Et brusquement, j'ai éclaté :

– Qu'est-ce que je vais faire, Anna ? Je ne peux pas vivre sans lui.

Elle a répondu sans me regarder, comme si elle parlait à la potion qu'elle dosait :

– Ce que vous ferez ? Vous apprendrez à vivre sans lui.

Elle m'a tendu le verre, et a attendu que je le finisse jusqu'à la dernière goutte.

Appendice

Lettres de Lady Manners à Lady Chatterjee

Srinagar, le 31 mai 1943

Ma chère Lili,

Voici la lettre que je vous promettais dans mon dernier télégramme. Laissez-moi d'abord vous faire une proposition. Pourquoi ne viendriez-vous pas me retrouver le mois prochain ? Je serai dans la maison flottante.

Je prévois maintes complications légales à propos de l'héritage de cette pauvre Daphné car elle n'avait pas fait de testament. Elle avait deux ou trois cousins germains, mais j'ignore s'ils peuvent prétendre à une part quelconque étant donné qu'elle laisse un enfant. Et j'ignore également si les dispositions sont différentes lorsque l'enfant est illégitime. De toute façon, j'ai confié la succession au cabinet juridique de Londres qui gérait déjà son patrimoine, c'est-à-dire le petit héritage qu'elle tenait de ses parents et qu'elle n'a jamais entamé car elle se contentait des intérêts. De toute façon, nous ne saurons pas avant longtemps ce qui revient exactement à la petite.

En attendant, je me charge entièrement d'elle. Lili, lorsque vous viendrez, peut-être pourrez-vous me dire si, selon vous, elle est la fille de Hari Kumar. Je tiens à le savoir. Non que je veuille faire porter une quelconque responsabilité à Mr Kumar, ni obtenir éventuellement qu'il reconnaisse la petite. Mais je serais heureuse de savoir que cette enfant est née d'un geste d'amour et non d'une tragique violence. Bien entendu, je souhaite seulement votre opinion. Si vous préférez la taire ou si vous êtes trop incertaine, je le comprendrai parfaitement.

C'est une enfant délicieuse, jolie. Elle a la peau claire, mais on voit bien qu'elle n'est pas blanche. Et j'en suis contente, car plus tard elle n'aura pas à subir la tentation de se faire passer pour ce qu'elle n'est pas. Au moins le lot de détresse et d'humiliation des Eurasiennes lui sera-t-il épargné. J'ai l'intention de l'élever comme une Indienne. C'est pour cela que je l'ai appelée Parvati. Daphné aurait aimé ce nom : Parvati Manners.

Elle a fait des difficultés pour venir au monde, mais à présent elle semble sérieusement déterminée à y rester. Le Dr Krishnamurti lui a trouvé une nourrice, une belle jeune femme de Srinagar qui venait de perdre son premier-né. Elle adore Parvati. Elle est mariée à un de ces garçons qui, pendant l'été, manœuvrent les barques sur le lac. J'ai promis d'employer son mari lorsque j'irai m'installer sur la maison flottante. J'aimerais la garder comme bonne d'enfants quand Parvati sera sevrée, mais elle dit ne jamais vouloir quitter Srinagar. J'essaierai tout de même de les emmener tous les deux à Pindi en septembre. Il a l'air d'un parfait vaurien, mais ils forment un beau couple et elle semble le tenir en main. C'est un tableau touchant que de les voir jouer avec Parvati comme si elle était leur fille. Lorsqu'elle lui donne le sein, il monte la garde à proximité. Il est à la fois captivé et gêné par cette opération, mais extraordinairement fier des capacités de sa femme, et sans doute aussi du rôle qu'il a joué pour remplir de lait ces seins qui, aujourd'hui, nourrissent l'enfant d'une autre. Et sans doute considèrent-ils tous deux l'argent qu'elle gagne ainsi comme une compensation à la mort de leur petit – un don d'Allah.

Oui, Daphné aurait été heureuse de les voir avec sa fille. Elle-même l'a à peine entrevue. Elle a été dans les douleurs pendant quarante-huit heures. Le Dr Krishnamurti a été merveilleux. Cette pauvre Daphné paraissait taillée pour mettre au monde une ribambelle d'enfants, mais elle avait une mauvaise conformation du bassin, et en plus l'enfant se présentait mal. Il fallait le retourner. Comme elle refusait d'écouter le Dr Krishnamurti, qui lui conseillait d'aller à la clinique, il a accepté de le faire lui-même ici. Il est venu avec deux infirmières, un anesthésiste et tout un tas de matériel. Cela, c'était deux ou trois semaines avant l'accouchement. Il m'a dit qu'il avait retourné l'enfant, mais qu'il suffisait de peu de chose pour qu'il reprenne sa place initiale, auquel cas, à l'accouchement il se présenterait par le siège. Il voulait la persuader d'accepter une césarienne dès le début des douleurs. Seulement, elle s'entêtait. Elle se faisait apparemment un devoir d'expulser l'enfant de manière « naturelle ». Il est triste de penser que Krishnamurti et moi, qui avons toujours été sincères l'un envers l'autre, ne sommes vraiment devenus amis qu'à cause de cet affreux événement. Dès le début je lui avais transmis ce que votre doctoresse Klaus vous avait confié : Daphné avait une arythmie cardiaque. L'ayant examinée, il m'a dit que le diagnostic était exact, mais pas inquiétant. C'était sans doute ce qui avait conduit ce médecin de Londres à lui recommander de ne plus conduire une ambulance la nuit. Curieusement, elle avait toujours prétendu que c'était à cause de sa mauvaise vue. Toujours est-il que le Dr Krishnamurti n'estimait pas devoir s'en préoccuper outre mesure. Selon sa formule, cela « augmentait simplement un peu plus le passif ».

Au cours de ces quarante-huit heures, il y a eu un moment où j'ai pensé qu'elle voulait la mort du bébé, ou sa propre mort. Mais non, elle voulait simplement faire les choses « normalement ». Malheureusement, le bébé s'était de nouveau retourné. (Vous et moi, qui n'avons pas eu d'enfants, sommes terriblement ignorantes de ces choses.) Heureusement, le Dr Krishnamurti l'avait envisagé. Il avait amené son équipe et son matériel. La chambre est devenue une salle d'opération. La pauvre Daphné n'avait plus assez de conscience pour comprendre ce qui se passait. C'est moi qui ai consenti à ce qu'on pratique une césarienne.

Voilà ce qui me pèse sur la conscience. Elle aurait dû être à la clinique. Le Dr Krishnamurti a tout fait dans les règles, mais elle a été emportée par une péritonite. Pendant au moins deux jours, j'ai refusé de regarder le bébé. J'avais assisté à sa naissance. En blouse d'infirmière. Avec un masque de gaze. Il a fendu le ventre de Daphné comme on ouvre une boîte de conserve. J'ai eu fugacement l'impression de contempler une obscénité, et puis ils ont extirpé ce petit paquet de chair, et c'était comme si moi-même je renaissais. C'était un miracle, qui vous fait comprendre qu'un miracle n'est jamais beau car il se situe dans un plan où le mot « beauté » ne signifie rien.

Après la mort de Daphné, j'ai repoussé ce petit être qu'on m'apportait pour me distraire de mon chagrin. Il avait tué sa mère. Mais cela n'a pas duré, car j'ai très vite éprouvé de la commisération pour cette enfant (pour la première fois, j'y songeais comme à une fille) qui ne connaîtrait jamais ses parents.

Je vous ai dit que Daphné l'avait entrevue – pendant le bref intervalle où elle a repris conscience. L'infirmière a posé la petite contre elle. Elle a voulu la toucher, mais elle n'en a pas eu la force. Elle lui a souri. C'est pour cela que j'aimerais savoir si Parvati ressemble à Hari Kumar.

Affectueusement à vous,

Ethel.

Rawalpindi, le 5 août 1947

Ma chère Lili,

J'ai décidé de quitter Pindi. Je me refuse à vivre dans une région où, d'un simple trait de plume, les habitants vont devenir des ennemis de l'Inde, ce pays que mon mari a tant aimé et servi. Et croyez bien que le mot « ennemis » n'est pas trop fort. La création du Pakistan est notre ultime échec. Je n'arrive pas à l'accepter. Alors que, depuis deux siècles, la seule justification de notre domination sur l'Inde était l'unification de ce pays composite, nous venons de le diviser en deux. En Angleterre, on s'émerveille de l'habileté du nouveau vice-roi qui a débrouillé la question en un temps record. Or, c'est là une notion typique du

XXe siècle, alors que l'Inde vit toujours au XIXe. Sa personnalité éblouit les Indiens. Ils ne se rendent pas compte que s'ils obtiennent l'indépendance, ce ne sera pas parce que le Congrès l'a arrachée de haute lutte, mais parce que cela correspond à notre pensée politique moderne.

Je descends au Gopalakand, où m'invite Sir Robert Conway, un vieil ami de Henry, qui est le conseiller du maharaja. Les maharajas aussi vont être sacrifiés dans l'affaire – encore que beaucoup ne doivent s'en prendre qu'à eux-mêmes. La petite Parvati envoie ses affectueuses pensées à tante Lili – et j'y joins les miennes.

Ethel.

New Delhi, juin 1948

Ma chère Lili,

Vous serait-il possible de venir me retrouver ? Je réside au palais que possède ici Son Altesse du Gopalakand. Ma santé se détraque, et j'aimerais parler de diverses choses avec vous. Je souhaite également vous faire lire des lettres de Daphné ainsi que son journal (et vous les confier, si vous les acceptez).

J'ai modifié mon testament afin d'assurer matériellement l'avenir de Parvati. Je prévois également un legs qui sera affecté à la fondation d'un orphelinat pour les petits Indiens. Je tiens à ce que cette institution soit située à Mayapore, et je sais d'avance que vous accepterez de figurer dans son conseil d'administration. Parmi les locaux auxquels j'ai songé, il y a cet endroit appelé le Sanctuaire. Voilà encore une chose dont je veux discuter avec vous. L'année dernière, vous m'aviez dit que sœur Ludmila perdait la vue. S'il est possible, légalement et matériellement, d'affecter le Sanctuaire à l'orphelinat, il faudrait évidemment stipuler qu'elle continuera à vivre dans cet endroit qu'elle a sanctifié.

Vous comprendrez mieux ma décision en lisant le journal de cette pauvre Daphné (je ne vous en révèle qu'aujourd'hui l'existence, mais je crois que vous vous en doutiez). Je veux aussi parler avec vous de l'avenir de Parvati. Sans entretenir des idées noires, je sens que je la laisserai bientôt seule en ce monde. Je persiste à penser qu'il ne faut pas essayer de retrouver l'homme dont nous avons toutes deux la certitude qu'il est son père. Chaque fois que vous la voyez, vous remarquez qu'elle ressemble de plus en plus à Hari Kumar. Je n'estime pas souhaitable de le mettre en présence de cette preuve vivante de sa responsabilité. Si j'avais cru devoir le faire, cela m'aurait été facile lorsqu'il était emprisonné. Et encore aujourd'hui je pourrais retrouver sa trace, bien qu'il ait été libéré voilà deux ou trois ans. Je pense, comme vous, que lorsque sa tante Shalini a quitté Mayapore en 1944, elle est retournée dans sa ferme natale des Provinces-Unies, afin que son neveu trouve un refuge familial lorsqu'il sortirait de prison – même s'il ne devait y séjourner que temporairement. Ce Romesh Chand Gupta Sen est certainement au courant de leur sort. Et si, comme vous me l'avez raconté, il a dit à son avocat, votre ami Srinivasan, qu'il avait rompu avec la famille Kumar, c'est sans doute pour couper court aux questions qu'on pourrait lui poser sur eux.

Pour ma part, je pense qu'une fois libéré Hari Kumar a dû aller retrouver sa tante Shalini, mais qu'ensuite il s'est installé ailleurs, peut-être en changeant de nom. Un garçon qui a été détenu pour des motifs politiques ne manquerait pas d'amis dans l'Inde nouvelle, or, j'imagine que ce n'est pas ce qu'il recherche. Il est aussi possible qu'il ait péri l'année dernière – une victime innocente parmi tant d'autres de ce sauvage déchaînement de violence entre musulmans et hindous, qui a ensanglanté un pays que nous estimions avoir unifié et civilisé.

Laissons ce pauvre Kumar faire son salut s'il est toujours en vie, et s'il peut exister une quelconque forme de salut pour un garçon comme lui. Il est un résidu, une scorie de notre domination, le genre de personnage que nous fabriquions, sans doute avec les meilleures intentions. Tout en reconnaissant que, sur la scène internationale, Nehru émerge comme une force morale potentielle, je ne vois pas ce qui permettrait à l'Inde de résister au formidable héritage de division que nous lui laissons. La partition est notre œuvre, le produit de notre lassitude peut-être, de notre démission sûrement.

Et ce qui me terrifie, c'est l'idée qu'avec le temps, une fois émoussées les protestations d'amitié éternelle entre l'Angleterre et l'Inde, resurgira ce vieil instinct que nos deux peuples avaient réussi à mater, ne serait-ce que parce qu'il était aussi nuisible aux dominateurs qu'aux dominés. Je veux dire l'aversion et la peur qui existent entre Blancs et Noirs. Il est une scène qui me revient : votre cher Nello en train de faire une de ses merveilleuses imitations de Henry. La pipe à la bouche, il arpentait le bureau en disant : « La politique, la politique ! Qu'elle aille au diable ! C'est l'art du possible, elle est faite pour les petits esprits. Passons donc à l'invraisemblable et voyons où ça nous mène ! » Alors que je riais de bon cœur, j'ai remarqué l'expression scandalisée d'un des collaborateurs de Henry qui se trouvait là. Pour lui, il était intolérable qu'un homme à la peau brune prenne une telle liberté avec un homme à la peau blanche. En fait, le pauvre Henry avait plutôt le teint gris et jaune car il s'acheminait vers la tombe. Finalement, la division irréductible est bien la couleur. Je veux dire la division qui n'a pas cessé de subsister.

En tout cas, vous et moi avons toujours ouvert nos portes à tous. *Et vous n'avez pas fini.* Car voici le véritable objet de cette lettre : quand je viendrai à disparaître, prendrez-vous Parvati sous votre toit ?

Avec toute mon affection,

Ethel.

Imaginez un paysage plat, qui tourne et chavire en sens contraire des évolutions du Viscount pour Calcutta, vol de nuit n° 115; dans ce paysage noir, Mayapore forme une masse lumineuse environnée de fragments beaucoup plus modestes : la piste balisée de l'aéroport, l'agglomération de Banyaganj, banlieue qui semble coupée de sa ville mère car le cordon qui les relie, la Grand Trunk Road, n'est pas éclairée, si ce n'est par les phares des rares voitures et, à mi-parcours, par la petite galaxie des villas abritant la nouvelle colonie britannique, à égale distance du collège technique, des usines et de l'aéroport (ils prennent l'avion comme la génération précédente prenait le train ou l'autocar). Dans l'appareil presque vide, il y a deux Britanniques : l'étranger, et l'homme qu'assiégeaient au club des jeunes gens tels que Surendranath et Desai, anxieux de rattraper le temps perdu (du moins, à leur sens) par leurs aînés. Ils sont installés à plusieurs sièges de distance. Les autres passagers, des Indiens que leurs affaires appellent au Bengale occidental, sont également isolés les uns des autres. Lorsque s'éteindra l'avertissement lumineux *(Attachez vos ceintures. Éteignez vos cigarettes)*, ils ouvriront leur serviette et se mettront au travail. Le vol est court, mais chaque minute compte. L'un d'entre eux porte le dhoti. La forme des sièges ne lui permet pas de s'asseoir sur ses talons – ce qui, considérant tous les endroits où ont pu se poser ses pieds, est aussi bien pour les passagers qui reprendront le vol en sens inverse.

L'appareil semble avoir de la difficulté à prendre de l'altitude. Lorsque la piste balisée est de nouveau visible par le hublot, on n'a pas l'impression d'être beaucoup plus haut. Les lumières de Mayapore, elles, sont un peu floues, mais c'est sans doute dû à la condensation sur les doubles vitres des hublots. Et l'étranger, qui a eu à présent le temps de s'orienter, reconnaît la configuration de la ville.

La forme oblongue du maidan : rien que du noir, mais entouré de lumières repérables : Hospital Road, Church Road (qui a conservé son nom, alors que Victoria Road est devenue Mahatma Gandhi Road), Artillery Road. Le Viscount vire sur l'aile, prend le cap à l'est. Il suit plus ou moins le cours du fleuve qui, pour Miss Crane, aboutissait à une inimaginable côte.

Grâce à l'éclairage au néon des marches du temple de Tirupati (l'entrée du côté de la rivière), on peut, à partir de là, repérer un autre éclairage au néon : celui du passage à niveau du pont du Bibighar (sur la rive anciennement « européenne »). L'étranger, qui retourne à Calcutta pour y examiner une deuxième fois des reliques moisies conservées à la Mission, parvient même à déterminer les positions relatives des jardins du Bibighar et de MacGregor House.

Les jardins sont plongés dans l'obscurité (aujourd'hui comme hier) mais Lili Chatterjee avait promis l'embrasement de MacGregor House, et elle a tenu parole. Toutes les pièces de la maison sont éclairées, tous les projecteurs sont braqués sur le jardin. D'en haut, ces lumières paraissent douces, mais tellement « présentes » qu'on cherche Lili Chatterjee de l'œil. Et on l'imagine, debout sur les marches de la véranda. Parvati se tient à côté d'elle. Elles contemplent les clignotements rouges, verts et jaunes du grand monstre aérien qui prend enfin son essor.

Littérature

extrait du catalogue

Cette collection est d'abord marquée par sa diversité : classiques, grands romans contemporains ou même des livres d'auteurs réputés plus difficiles, comme Borges, Soupault, Goes. En fait, c'est tout le roman qui est proposé ici, Henri Troyat, Bernard Clavel, Guy des Cars, Alain Robbe-Grillet, mais aussi des écrivains tels que Moravia, Colleen McCullough ou Konsalik.

Les classiques tels que Stendhal, Maupassant, Flaubert, Zola, Balzac, etc. sont publiés en texte intégral au prix le plus bas de toute l'édition. Chaque volume est complété par un cahier photos illustrant la biographie de l'auteur.

ADAMS Richard	**Les garennes de Watership Down** 2078 ******
ADLER Philippe	**C'est peut-être ça l'amour** 2284 ***
AMADOU Jean	**Heureux les convaincus** 2110 ***
ANDREWS Virginia C.	Fleurs captives :
	- Fleurs captives 1165 ****
	- Pétales au vent 1237 ****
	- Bouquet d'épines 1350 ****
	- Les racines du passé 1818 ****
	Ma douce Audrina 1578 ****
APOLLINAIRE Guillaume	**Les onze mille verges** 704 *
	Les exploits d'un jeune don Juan 875 *
AUEL Jean-M.	**Les chasseurs de mammouths** 2213 ***** & 2214 *****
AVRIL Nicole	**Monsieur de Lyon** 1049 ***
	La disgrâce 1344 ***
	Jeanne 1879 ***
	L'été de la Saint-Valentin 2038 **
	La première alliance 2168 ***
BACH Richard	**Jonathan Livingston le goéland** 1562 * illustré
	Illusions 2111 **
	Un pont sur l'infini 2270 ****
BALTASSAT Jean-Daniel	**La falaise** 2345 **
BALZAC Honoré de	**Le père Goriot** 1988 **
BARBER Noël	**Tanamera** 1804 **** & 1805 ****
BATS Joël	**Gardien de ma vie** 2238 *** illustré
BAUDELAIRE Charles	**Les Fleurs du mal** 1939 **
BEAULIEU PRESLEY Priscillia	**Elvis et moi** 2157 **** illustré

BENZONI Juliette	**Marianne** 601 **** & 602 ****
	Un aussi long chemin 1872 ****
	Le Gerfaut :
	- Le Gerfaut 2206 ******
	- Un collier pour le diable 2207 ******
	- Le trésor 2208 *****
	- Haute-Savane 2209 *****
BLOND Georges	**Moi, Laffite, dernier roi des flibustiers** 2096 ****
BOLT Robert	**Mission** 2092 ***
BOMSEL M.-C. & QUERCY A.	**Pas si bêtes** 2331 *** illustré
BORGES & BIOY CASARES	**Nouveaux contes de Bustos Domecq** 1908 ***
BOVE Emmanuel	**Mes amis** 1973 ***
BOYD William	**La croix et la bannière** 2139 ****
BRADFORD Sarah	**Grace** 2002 ****
BREILLAT Catherine	**Police** 2021 ***
BRISKIN Jacqueline	**La croisée des destins** 2146 ******
BROCHIER Jean-Jacques	**Odette Genonceau** 1111 *
	Villa Marguerite 1556 **
	Un cauchemar 2046 **
BURON Nicole de	**Vas-y maman** 1031 **
	Dix-jours-de-rêve 1481 ***
	Qui c'est, ce garçon ? 2043 ***
CALDWELL Erskine	**Le bâtard** 1757 **
CARS Guy des	**La brute** 47 ***
	Le château de la juive 97 ****
	La tricheuse 125 ***
	L'impure 173 ****
	La corruptrice 229 ***
	La demoiselle d'Opéra 246 ***
	Les filles de joie 265 ***
	La dame du cirque 295 **
	Cette étrange tendresse 303 ***
	La cathédrale de haine 322 ***
	L'officier sans nom 331 **
	Les sept femmes 347 ****
	La maudite 361 ***
	L'habitude d'amour 376 **
	La révoltée 492 ****
	Amour de ma vie 516 ***
	Le faussaire 548 ****
	La vipère 615 ****
	L'entremetteuse 639 ****
	Une certaine dame 696 ****

des CARS (suite)	L'insolence de sa beauté 736 ***
	L'amour s'en va-t-en guerre 765 **
	Le donneur 809 **
	J'ose 858 **
	De cape et de plume 926 *** & 927 ***
	Le mage et le pendule 990 *
	La justicière 1163 **
	La vie secrète de Dorothée Gindt 1236 **
	La femme qui en savait trop 1293 **
	Le château du clown 1357 ****
	La femme sans frontières 1518 ***
	Le boulevard des illusions 1710 ***
	Les reines de cœur 1783 ***
	La coupable 1880 ***
	L'envoûteuse 2016 *****
	Le faiseur de morts 2063 ***
	La vengeresse 2253 ***
	Sang d'Afrique 2291 *****
CARS Jean des	Sleeping story 832 ****
	Louis II de Bavière 1633 ***
	Elisabeth d'Autriche (Sissi) 1692 ****
CASTELOT André	Belles et tragiques amours de l'Histoire 1956 **** & 1957 ****
CASTRIES duc de	Madame Récamier 1835 ****
CATO Nancy	L'Australienne 1969 **** & 1970 ****
	Les étoiles du Pacifique 2183 **** & 2184 ****
CESBRON Gilbert	Chiens perdus sans collier 6 **
	C'est Mozart qu'on assassine 379 ***
CHASTENET Geneviève	Marie-Louise 2024 *****
CHAVELET É. & DANNE J. de	Avenue Foch 1949 ***
CHOW CHING LIE	Le palanquin des larmes 859 ***
	Concerto du fleuve Jaune 1202 ***
CLANCIER Georges-Emmanuel	Le pain noir :
	1- Le pain noir 651 ***
	2- La fabrique du roi 652 ***
	3- Les drapeaux de la ville 653 ****
	4- La dernière saison 654 ****
CLAUDE Madame	Le meilleur c'est l'autre 2170 ***
CLAVEL Bernard	Lettre à un képi blanc 100 *
	Le tonnerre de Dieu 290 *
	Le voyage du père 300 *
	L'Espagnol 309 ****

	Malataverne 324 *
	L'hercule sur la place 333 ***
	Le tambour du bief 457 **
	Le massacre des innocents 474 *
	L'espion aux yeux verts 499 ***
	La grande patience :
	- La maison des autres 522 ****
	- Celui qui voulait voir la mer 523 ****
	- Le cœur des vivants 524 ****
	- Les fruits de l'hiver 525 ****
	Le Seigneur du Fleuve 590 ***
	Victoire au Mans 611 **
	Pirates du Rhône 658 **
	Le silence des armes 742 ***
	Tiennot 1099 **
	Les colonnes du ciel :
	- La saison des loups 1235 ***
	- La lumière du lac 1306 ****
	- La femme de guerre 1356 ***
	- Marie Bon Pain 1422 ***
	- Compagnons du Nouveau-Monde 1503 ***
	L'homme du Labrador 1566 **
	Terres de mémoire 1729 **
	Bernard Clavel, qui êtes-vous ? 1895 **
	Le Royaume du Nord :
	- Harricana 2153 ****
	- L'Or de la terre 2328 ****
CLERC Michel	**Les hommes mariés** 2141 ***
COCTEAU Jean	**Orphée** 2172 **
COLETTE	**Le blé en herbe** 2 *
COLLINS Jackie	**Les dessous de Hollywood** 2234 **** & 2235 ****
CORMAN Avery	**Kramer contre Kramer** 1044 ***
COUSSE Raymond	**Stratégie pour deux jambons** 1840 **
DANA Jacqueline	**L'été du diable** 2064 ***
DARLAN Eva	**Le Journal d'une chic fille** 2211 ***
DAUDET Alphonse	**Tartarin de Tarascon** 34 *
	Lettres de mon moulin 844 *
DAVENAT Colette	**Les émigrés du roi** 2227 ******
DEFLANDRE Bernard	**La soupe aux doryphores** 2185 ****
DHÔTEL André	**Le pays où l'on n'arrive jamais** 61 **
DIDEROT	**Jacques le fataliste** 2023 ***

DJIAN Philippe	*37°2 le matin* 1951 ★★★★
	Bleu comme l'enfer 1971 ★★★★
	Zone érogène 2062 ★★★★
	Maudit manège 2167 ★★★★★
DORIN Françoise	*Les lits à une place* 1369 ★★★★
	Les miroirs truqués 1519 ★★★★
	Les jupes-culottes 1893 ★★★★
DOS PASSOS John	*Les trois femmes de Jed Morris* 1867 ★★★★
DUMAS Alexandre	*La dame de Monsoreau* 1841 ★★★★★
	Le vicomte de Bragelonne 2298 ★★★★ & 2299 ★★★★
DUTOURD Jean	*Henri ou l'éducation nationale* 1679 ★★★
DYE Dale A.	*Platoon* 2201 ★★★
DZAGOYAN René	*Le système Aristote* 1817 ★★★★
EGAN Robert & Louise	*La petite boutique des horreurs* 2202 ★★★ illustré
EXBRAYAT Charles	*Le Château vert* 2125 ★★★★
FEUILLÈRE Edwige	*Moi, la Clairon* 1802 ★★
FLAUBERT Gustave	*Madame Bovary* 103 ★★★
FRANCOS Ania	*Sauve-toi, Lola !* 1678 ★★★★
FRISON-ROCHE	*La peau de bison* 715 ★★
	La vallée sans hommes 775 ★★★
	Carnets sahariens 866 ★★★
	Premier de cordée 936 ★★★
	La grande crevasse 951 ★★★
	Retour à la montagne 960 ★★★
	La piste oubliée 1054 ★★★
	La Montagne aux Écritures 1064 ★★★
	Le rendez-vous d'Essendilène 1078 ★★★
	Le rapt 1181 ★★★★
	Djebel Amour 1225 ★★★★
	La dernière migration 1243 ★★★★
	Le versant du soleil 1451 ★★★★ & 1452 ★★★★
	Nahanni 1579 ★★★ illustré
	L'esclave de Dieu 2236 ★★★★★★
GALLO Max	La baie des Anges :
	1- La baie des Anges 860 ★★★★
	2- Le palais des Fêtes 861 ★★★★
	3- La promenade des Anglais 862 ★★★★
GEDGE Pauline	*La dame du Nil* 1223 ★★★ & 1224 ★★★
	Les Enfants du Soleil 2182 ★★★★★
GERBER Alain	*Une rumeur d'éléphant* 1948 ★★★★★
	Le plaisir des sens 2158 ★★★★
	Les heureux jours de Monsieur Ghichka 2252 ★★

2293

Composition Communication à Champforgeuil
Impression Brodard et Taupin
à La Flèche (Sarthe) le 10 octobre 1988
1437A-5 Dépôt légal octobre 1988
ISBN 2-277-22293-3
1er dépôt légal dans la collection : déc. 1987
Imprimé en France
Editions J'ai lu
27, rue Cassette, 75006 Paris
diffusion France et étranger : Flammarion